D1718846

1

Mischa

Trilogie

Vertrieben

Roman

Buch 1

Noah Fitz

„Schnell! Packt eure Sachen und verschwindet von hier! Die kommen, um euch zu holen!" Ein aufgeregter Nachbar stürmte ins Haus und zerrte an Johanna und ihren Kindern, um sie zur Eile zu bewegen.

Michael schaute seine Mutter und die Geschwister mit weit aufgerissenen Augen an. Er rannte zum Fenster und sah, wie sich mehrere Männer mit Gewehren und finsteren Mienen dem Haus näherten. Einer schoss auf ihren Hund, als der sich auf die Eindringlinge stürzen wollte. Der laute Knall ließ alle zusammenfahren. Das arme Tier war auf der Stelle tot. Durch Michaels Körper ging ein Ruck. Anita begann zu weinen, das Baby greinte.

*****

„Nein!", schrie Johanna, als sie samt ihren Kindern von den Soldaten abgeführt wurde und zusehen musste, wie ihr Haus in Flammen aufging.

„Verräter, Faschisten, Teufel ...", hallten die Worte der Dorfbewohner in ihr nach, als Familie Berg und einige anderen Deutsche Richtung Bahnhof eskortiert wurden, um später in Viehwaggons nach Sibirien abtransportiert zu werden ...

Impressum:

NoahFitz@gmx.de

Covergestaltung © Traumstoff Buchdesign
traumstoff.at (http://traumstoff.at)
Covermotiv © Tomsickova Tatyana
shutterstock.com (http://shutterstock.com)

JOHANNSFELDEN (ROTER OKTOBER), RUSSLAND AN DER WOLGA. OKTOBER 1941

Als der erste Schnee liegen blieb, veränderte sich das Leben vieler Deutscher in Russland. Johanna Berg holte ihre Tochter Anita wie jeden Tag, außer Sonntag, vom Kindergarten ab. Michael, ihr dreizehnjähriger Sohn, begleitete sie.

Er kam gerade von der Schule und war strahlender Laune. Heute hatte er eine gute Note bekommen und wollte unbedingt seiner Schwester davon erzählen. Eigentlich waren diese Neuigkeiten nur ein Vorwand, Michael wollte nämlich vor allem die neue Erzieherin sehen. Ihr Name war Elena, sie war jung und hübsch und sie lächelte immer so schön, wenn sie ihn erblickte. Michaels Herz machte dabei Riesensprünge, und ihm wurde bei dem Anblick sehr warm ums Herz. Johanna nahm ihren Sohn bei der Hand, sie mussten sich beeilen. Michael schien wie so oft in Gedanken versunken, auf seinem Gesicht lag ein undefinierbares Grinsen.

Nachdem das rotwangige kleine Mädchen angezogen war und Johanna sich von der netten jungen Dame verabschiedete, stand Michael wie angewurzelt da. Als er endlich aus der Starre erwachte, schlug er vor, den Hof vom Schnee zu befreien. Elena bedankte sich höflich und zeigte auf den grauen Himmel. Die dicken Wolken hingen schwer über ihrem Dorf und streuten unzählige große Flocken auf die friedliche Siedlung. „Ich denke, deine Anstrengung wird verlorene Liebesmüh sein, denn wenn sich das Wetter nicht ändert, versinken wir wieder bis zur Hüfte im Schnee." Sie lachte fröhlich und zwinkerte dem Jungen freundlich zu.

Johanna lächelte und verabschiedete sich schnell, Michael entblößte zwei Reihen weißer Zähne und stammelte ein leises „Auf Wiedersehen". Seine Wangen glühten, die Augen glänzten vor Verlegenheit. Dann beeilten sich die drei, nach Hause zu kommen, denn dort warteten zwei weitere Kinder und das Mittagessen musste noch fertig zubereitet werden.

„Kommt, Kinder, vielleicht kommt Papa heute heim", ermunterte Johanna ihre Kinder. Die aufkeimende Hoffnung brannte in ihrer Brust wie ein kleines Feuer. Sie wollte diese Hoffnung nicht verlieren, denn mehr war ihr nicht geblieben.

Draußen kreiselten wieder die Schneeflocken und vollführten einen anmutigen Tanz, bis sie zu Boden fielen und zu Schneebergen wurden. Die weiße Schicht knirschte laut unter den Füßen.

„Was ist *Partisanen?*", wollte Anita auf dem Nachhauseweg wissen.

„Dafür bist du noch zu klein", entgegnete Michael. Er beugte sich schnell nach vorne, griff tief in das weiße Pulver und begann eine Kugel zu kneten. Schon flog der Schneeball aus seinen Händen und traf das kleine Mädchen am Rücken. Anita kicherte und versuchte umständlich, eine Kugel zu formen, die aber immer wieder auseinanderfiel und als Klumpen an ihren Fäustlingen haften blieb.

Johanna verfolgte das Spiel der beiden amüsiert, die Eile war vergessen. Ab und zu bekam auch sie eine Schneewolke ins Gesicht, wenn Anitas Schneeball eine andere Flugbahn nahm als beabsichtigt. Die Kinder plapperten fröhlich miteinander, stampften vergnügt über die vom Schnee verwehten Wege und machten Schneeengel. Völlig erschöpft, aber glücklich, erreichten sie ihr kleines Haus.

Dort stand Gregor mit vor der Brust verschränkten Armen und einem Schmollmund vor ihnen. „Wo wart ihr so lange?"

Johanna zerzauste mit ihrer geröteten Hand sein dunkles Haar und trat ein. Sie wies die beiden vom Schnee bedeckten Kinder an, sich vor der Tür auszuziehen und ihre Sachen abzuklopfen. Michael und Anita taten wie geheißen. Gregor hielt einen Brief von ihrem ältesten Sohn Alexander in den Händen. Johanna griff nach dem Kuvert, als er damit vor ihrer Nase herumwedelte.

„Aber lies bitte laut vor", sagte Gregor mit gespielter Ernsthaftigkeit. In wenigen Sätzen berichtete Alexander, dass es ihm an nichts fehlte. Johanna überflog den kurzen Text mehrmals und legte das gefaltete Blatt zu seinen anderen Briefen auf die Fensterbank. Viele waren es nicht. Aber bald würde Johanna wieder aufatmen können, wenn ihr Sohn endlich nach Hause kam. Sie freute sich schon jetzt darauf und zählte die Tage bis zu seiner Entlassung aus der Armee.

Alexander war der ganze Stolz ihrer Familie, ein schlaksiger junger Mann von zwanzig Jahren. Blond, blauäugig, von schmaler Statur, voller Lebensfreude und stets gut gelaunt. Er diente dem russischen Land als Soldat, an der Grenze zu Litauen. Seine Dienstpflicht lief im Sommer aus, danach käme er wieder nach Hause, hatte er seinem Vater versprochen.

Vor sechs Monaten hatte er seine Familie besuchen dürfen. Da war Roman noch bei ihnen gewesen. Sie saßen alle beisammen und hörten ihrem ältesten Sohn und Bruder gespannt zu. Michael und Gregor verfolgten das Ganze mit offenen Mündern. Damals schon sprach Alexander von einer sehr angespannten Atmosphäre, und darüber, dass seine Kameraden ihn immer öfter einen Verräter und Faschisten schimpften. „Wir sind aber zu fünft, wir halten zusammen", erklärte er seiner Mutter mit einem Augenzwinkern, als sie anfing zu weinen. Alexander war schon immer ein Optimist gewesen.

„Was sind Faschisten?", fragte der stets wissbegierige Michael stirnrunzelnd. Johanna fehlten die Worte, schweigend strich sie ihm über den blonden Schopf. Sie wusste nicht, wie sie ihrem Kind das am besten erklären sollte. Michael hatte vor wenigen Wochen sein dreizehntes Lebensjahr vollendet.

„Das sind die Deutschen, die den Krieg angefangen haben und jetzt alle Menschen in Europa erschießen", erklärte Gregor mit finsterer Miene. Er war schon vierzehn und ging seit fast sieben Jahren zur Schule. Jeden Tag mussten er, sein jüngerer Bruder Michael und zwanzig weitere Kinder bei Wind und Wetter zu Fuß acht Kilometer in ein benachbartes Dorf laufen, um die dortige Schule zu besuchen. „Wir sind auch deutsch", entgegnete Anita mürrisch.

„Was du nicht sagst, du kleines Mädchen", äffte Gregor sie mit übertrieben piepsiger Stimme nach.

„Ich bin schon sechs", begehrte sie trotzig auf und streckte ihm ihre spitze Zunge heraus. Darauf, dass sie schon sechs Jahre alt war, war Anita besonders stolz. Mit ernster Miene band sie es jedem auf die Nase, wenn sie nach ihrem Geburtstag gefragt wurde – und wenn nicht, tat sie es trotzdem.

Gregor schnaubte verärgert und verzog genervt das Gesicht. Alle seine Geschwister, außer Alexander, waren blöd und nervig, vor allem aber Anita. Sie war ihm ein ständiger Klotz am Bein, beschwerte er sich bei seiner Mutter. Johanna gab sich Mühe, den Hausfrieden zu wahren, und schlichtete die Auseinandersetzungen zwischen den Kindern, wo sie konnte. Leider gelang ihr das nicht immer. In solchen Momenten vermisste sie ihren Mann am meisten.

Als Gregor seine Schwester an den Zöpfen packen wollte, ermahnte sie ihn, drohte ihm sogar eine Strafe an. Erst als sie sagte, dass er ohne Essen ins Bett gehen müsse, ließ Gregor von Anita ab. Zornig kreuzte er seine Arme vor der Brust und begann zu schmollen. Anita bekam von ihrer Mutter einen leichten Klaps auf den Hinterkopf, als sie ihm erneut ihre freche Zunge herausstreckte.

„Die Rote Armee wird alle Faschisten dem Erdboden gleichmachen", brummte Gregor. „Das hat unser Lehrer gesagt", fügte er mit noch finsterer Miene hinzu.

„Sind wir auch Faschisten, Mama?", fragte Anita mit ängstlichen Augen. Ihr Kinn zitterte, als würde sie frieren.

„Nein, Kind, sind wir nicht." Johannas Stimme klang kehlig und rau. Ihr Mann Roman war vor fünf Tagen von russischen Soldaten abtransportiert worden. Sie kamen in der Nacht, klopften an die Tür und verlangten, dass er ihnen folgte. Roman tat wie er geheißen, verabschiedete sich nur mit einem trockenen Kuss von ihr, die Kinder schliefen bereits. Er sagte, er müsse mit den Männern etwas besprechen, aber Johanna wusste, dass er log.

Roman kam nicht wieder zurück. Manche munkelten, er sei ein Krimineller und gehe krummen Geschäften nach, indem er das Korn an die deutschen Soldaten verkaufe. Und die anderen, die mit ihm in einem Laster abtransportiert wurden, wären seine Komplizen gewesen. Ein Klüngel von deutschen Verrätern, so wurden sie beschimpft. Andere sagten, sie hätten unweit ihres

Dorfes Schüsse gehört. Johanna glaubte ihnen, denn sie waren allesamt erfahrene Jäger, die einen Gewehrschuss sehr wohl vom Axtschlag der Holzfäller unterscheiden konnten. Wassilij, einer von den Jägern, war Romans Stellvertreter als Bürgermeister. Er klopfte eines Abends betrunken an ihre Tür und erzählte Johanna unter Tränen, er habe mit eigenen Augen gesehen, wie Roman erschossen wurde.

„Was? Verschwinde aus meinem Haus und hüte deine Zunge, Wassilij. Bevor du so einen Unfug verbreitest, solltest du lieber schlafen gehen."

Wassilij beharrte jedoch auf seiner Behauptung. Er weinte und ermutigte sie zur Flucht, solange sie noch Zeit zum Packen hätte. Sie hörte nicht auf ihn. „Scher dich doch zum Teufel, du Säufer", schimpfte sie stattdessen und schickte ihn nach Hause, drohte ihm eine Tracht Prügel mit dem Schürhaken an, den sie in den Händen hielt.

„Sei keine Närrin, Johanna. Fahr zu seinen Eltern. Dein Mann kommt nie wieder zurück. Ich habe ihn schon vor Monaten gewarnt, aber er war ein ergebener Kommunist. Er glaubte an die Menschenrechte und an Lenins Worte. *Wir sind alle gleich,* an diesem Traum hat er bis zur letzten Stunde festgehalten." Auf einmal sah Wassilij noch trauriger aus. Der Glanz in seinen Augen war eisig. Sie befürchtete, dass er die Wahrheit sagte, aber sie verscheuchte die Zweifel mit einer energischen Handbewegung. In dieser Nacht hörte sie nur auf ihr Herz und unterdrückte die lautstarke Warnung ihres Verstandes.

„Schlaf dich aus", sagte sie mit Tränen in den Augen und schob ihn aus der Tür.

„Du tust dir und deinen Kindern keinen Gefallen, wenn du hierbleibst. Viele Deutsche sind schon aus unserem Dorf geflohen. Denk an meine Worte, deiner Kinder wegen." Er torkelte in die Dunkelheit hinaus, der splittverkrustete Schnee knirschte unter seinen Stiefeln wie Glasscherben.

Auch vier andere Männer kamen nicht mehr nach Hause. Sie hatten sich für die Rechte der Deutschen in Russland eingesetzt.

Immer mehr Häuser standen nun leer, nachdem die Familien nur mit dem Nötigsten auf Karren verladen worden waren und für immer verschwanden. Keiner wusste, wohin die Menschen gebracht wurden, denn sie tauchten nie wieder auf. Oft wurden die Räumungsaktionen in tiefster Nacht durchgeführt. Wie schon Jahre zuvor im Sommer 1937, als die über ein Jahr lang anhaltende Repression viele Deutsche das Leben gekostet hatte. *Die große Säuberung* nannten die Russen die vom NKWD durchgeführte Operation. Sie kamen im Schutz der Dunkelheit, zerstörten Häuser, verschleppten Männer und Frauen, nahmen alles mit, was nicht niet- und nagelfest war, raubten und plünderten. Alles, was blieb, waren Leid und unheilbare Wunden an Leib und Seele der deutschen Bevölkerung, aber auch anderer ethnischer Gruppen in der grenzenlosen Sowjetunion. Die Übergriffe dauerten nur wenige Stunden. Am nächsten Tag waren die betroffenen Familien wie vom Erdboden verschluckt. Das herrenlose Nutzvieh wurde von den Kolchosen übernommen, die restlichen Habseligkeiten rissen sich skrupellose Nachbarn unter den Nagel.

Michaels nächste Frage schreckte Johanna aus ihren Erinnerungen auf. Er wollte das Thema nicht ruhen lassen. „Was sind wir dann?" Seine Augen funkelten.

Johanna wischte sich mit dem Handrücken eine verirrte Träne ab. Sie spürte, wie in ihrem Inneren ein Gefühl des Zorns aufstieg. Was würde aus ihrer Familie werden, wenn ihr Mann ihren täglichen Gebeten und aller Hoffnung zum Trotz nicht nach Hause kommen sollte? Wenn eine Familie keinen Mann im Haus hatte, war sie dem Untergang geweiht. So hart und zugleich so einfach war das Leben nun mal. Eine Frau mit fünf Kindern war machtlos gegen die Kapriolen des Schicksals.

„Aber wir sind doch auch Deutsche", bohrte Michael nach und riss sie aus ihren sorgenvollen Gedanken. Seine Finger zupften am Ärmel ihres Kleides. Er war schon immer sehr schüchtern und in sich gekehrt gewesen, aber auch hartnäckig und sehr intelligent. Stets wollte er alles wissen und den Lauf der Dinge begreifen. Besonders dann, wenn er um seine Familie bangen musste.

Johanna machte sich oft Sorgen um ihn. Er war anders als die anderen Kinder. Manchmal befürchtete sie, dass ihr Kind nicht ganz normal war. Selten spielte er mit Gleichaltrigen und Klassenkameraden, was in dem kleinen Dorf oft für Gesprächsstoff sorgten. Die alten Tratschweiber zerrissen sich nicht selten die Mäuler darüber, dass Michael ein Sonderling war. Stets in Gedanken versunken, grübelte er über Dinge nach, die nicht einmal einem Erwachsenen in den Sinn gekommen wären.

Sein älterer Bruder Gregor war in dieser Hinsicht einfacher gestrickt, sich den Kopf zu zerbrechen wäre ihm gar nicht eingefallen. Er spielte lieber fangen, stritt sich mit den Nachbarskindern oder schlug sich die Nase blutig.

Die beiden Brüder zankten sich oft. Sie waren von Grund auf verschieden. Gregor mit seinem dunklen Haar und den kastanienbraunen Augen war ganz der Vater, Michael kam eher nach seiner Mutter. Sein strohblondes Haar und die hellgrauen Augen verliehen ihm die Züge eines Engels, dachte Johanna. *Wäre er nur nicht so aufbrausend und stur, was seine Ansichten anbetrifft,* ging ihr durch den Kopf. Michael hielt sich normalerweise aus Konflikten heraus, versuchte alles zu regeln, ohne sich zu prügeln. So war er nun mal, *ein kleiner Erwachsener,* dachte sie und strich mit ihren Fingern sanft sein blondes Haar zurecht.

Einmal hatte er sie gefragt, warum sie nicht in Deutschland lebten, obwohl sie Deutsche waren. Warum er zwei Sprachen beherrschte und Nikolai Bobrow, der drei Jahre älter war als er selbst, nicht mal eine richtig sprechen konnte. Auch, warum sie jetzt auf einmal als Verräter und Feinde der Sowjetunion beschimpft wurden. Johanna erzählte ihm die Geschichte über die Volkswanderung, dass die Deutschen schon seit mehreren Generationen in Russland lebten und dass die russische Zarin Ekaterina die Zweite eigentlich eine deutsche Prinzessin gewesen war. Und dass sie diejenige war, die das deutsche Volk zu dieser Reise ermutigt hatte.

„Jetzt hat sich die Situation verändert. In Europa herrscht Krieg, weil Deutschland andere Länder überfällt", versuchte

13

Johanna ihrem Sohn so schonend wie möglich beizubringen, warum die ganze Welt sich gegen sie gewendet hatte.

„Bekommen wir jetzt Ärger, weil die Deutschen unschuldige Menschen töten?", hatte Michael mit zittriger Stimme gefragt. Seine hellblauen Augen waren voller Sorge gewesen, als er zu seiner Mutter aufsah. Johanna suchte nach Worten.

„Aber *wir* töten doch niemanden, du Dummkopf", entgegnete Gregor wichtigtuerisch.

„Bin ich nicht", schrie Michael beleidigt und begann zu weinen. Er hasste es, wenn er als Dummkopf bezeichnet wurde, vor allem von seinem Bruder. Gregor wusste das und nutzte jede Gelegenheit, um Michael damit zu ärgern. Seinen Bruder als Idioten hinzustellen machte dem ungeduldigen Gregor Spaß. Michael legte seine dünnen Arme auf die Tischkante, vergrub das Gesicht darin und schluchzte lautlos. Nur sein zuckender Rücken verriet, dass er weinte. „Ich möchte, dass Papa nach Hause kommt", flüsterte er. Seine Stimme klang dumpf und kläglich. „Er weiß alles, er ist Bürgermeister von Johannsfelden."

War Bürgermeister, korrigierte Johanna in Gedanken und fuhr herum, als die kreischende Stimme des Babys durch das ganze Haus hallte.

„Jetzt hast du Anja geweckt", schimpfte Gregor und verpasste Michael eine Kopfnuss. Gregor war zwar älter als Michael, aber der hatte trotz aller Friedfertigkeit keine Angst, sich zu wehren. Niemals. Auch das machte Johanna Angst. Wenn sein Temperament mit ihm durchging, konnte ihn niemand mehr beruhigen. Wie auch jetzt. Mit seiner kleinen Faust schlug er seinem Bruder heftig auf die Nase, präzise wie ein Schmiedehammer. Gregor presste die rechte Hand flach auf das schmerzverzerrte Gesicht. In hellem Rot schimmerndes Blut quoll durch seine wulstigen Finger. Johanna packte die beiden am Kragen und stellte sie in die Ecke. Dem verletzten Gregor wusch sie mit einem Handtuch die immer noch blutende Nase und wies ihn mit ernster Miene an, den Kopf in den Nacken zu legen.

„Willst du dich nicht bei deinem Bruder entschuldigen?", wollte sie von Michael wissen, als es spät wurde und er immer noch mit gesenktem Kopf in der Ecke stand. Der schüttelte nur den Kopf und murmelte: „Er hat es verdient."

Gregor saß mit seiner Schwester am Tisch und aß. Er schaute voller Erwartung zu seiner Mutter und rieb sich die immer noch gerötete Nase. Er war zwar ebenso aufbrausend, aber nicht so nachtragend, und entschuldigte sich ziemlich schnell für seine Taten. Michael nicht. Johanna strich ihrem Sohn über das blonde Haar und schickte ihn schweren Herzens ohne Abendessen ins Bett. Er trottete mit bleiernen Schritten davon, den Kopf immer noch eingezogen, die Hände zu Fäusten geballt.

*****

Als Alexander an die Front zurückgefahren war, hatte die Sonne heiß heruntergebrannt. Jetzt war der Spätherbst angebrochen, draußen lag schon der erste Schnee.

Die Deutschen kamen immer näher. Alexander hatte Angst davor, gegen sein eigenes Volk kämpfen zu müssen. Wie würde er reagieren, wenn er plötzlich einem deutschen Soldaten gegenüberstand? Waren sie wirklich so brutal und unmenschlich? Verbrannten sie ihre Feinde tatsächlich bei lebendigem Leibe? Auch ihn, wenn er in ihre Hände geraten sollte?

Seine Befürchtungen erwiesen sich als grundlos. Er würde nicht gegen die Deutschen kämpfen – es kam noch viel schlimmer. Sie kamen wie Diebe in der Nacht. Grobe Hände packten ihn und plötzlich war er ein Gefangener. Die schweren Stiefel trafen ihn hart in den Bauch. Alexander wusste nicht, ob er sich wehren sollte. Die hämischen Fratzen seiner falschen Kameraden schimmerten blass im schwachen Licht. Jemand hielt ihm eine Petroleumlampe dicht vors Gesicht. Alexander schloss demütig die Augen.

„Jetzt bist du fällig, du Verräter! Wir wissen was du getan hast – du hast uns an die Faschisten verraten", zischte eine Stimme hinter dem flackernden Licht. Alexander roch eine Alkoholfahne. Sein malträtierter Körper wurde an den Armen gepackt und weggeschleift, nachdem er mit dem Gewehrkolben einen heftigen Schlag gegen die Schläfe bekommen hatte. Erst am nächsten Morgen kam er mit brummendem Schädel wieder zu sich.

Voller Genugtuung verkündeten seine einstigen Waffenbrüder ihm und anderen deutschstämmigen Soldaten eine grausige Botschaft. Alexander saß immer noch gefesselt in einem Schuppen und hörte sich mit gesenktem Kopf an, was ihn in den nächsten Tagen erwartete, falls er heute nicht erschossen wurde. Sie sagten, dass er und die anderen allesamt deutsche Schweine und Verräter seien. Darum würden sie auch wie Tiere nach Sibirien verfrachtet. In Tierwaggons, so, wie es Verrätern eben gebührte, zusammen mit den Schweinen, schrien sie ihm lauthals lachend hinterher, als er mit hinter den Rücken gebundenen Händen abgeführt wurde. Wie ein Verbrecher.

Zur Feier des Erfolgs, die Verräter endlich losgeworden zu sein, erlaubte der russische Kommandeur seinen sowjetischen Soldaten und treuen Mitgliedern der roten Partei, die Säuberung ihrer Reihen mit Schnaps zu begießen. Sie prosteten ihren früheren Kameraden zu. Unter den Aussätzigen waren nicht nur Deutsche vertreten. Juden und litauische Partisanen teilten das gleiche Schicksal. Sie stellten sich am Gleis entlang in einer Linie auf, die Köpfe zwischen die Schultern gezogen. Entwaffnet, degradiert und entehrt warteten die Männer auf weitere Befehle. Der Zug hielt mit durchdringendem Pfeifen und Schnauben. Die Waggons waren nichts anderes als auf die Schnelle zusammengezimmerte Holzcontainer.

Scham und Abscheu vor sich selbst ließen Alexander sich innerlich schmutzig fühlen, als habe jemand seine Seele herausgerissen und mit schweren, nach Kuhmist stinkenden Stiefeln in den Dreck getreten.

Unter Schmähungen und Tritten wurden Alexander und viele andere willkürlich in den Waggons zusammengepfercht und zu Tausenden in Richtung Osten abtransportiert. Wer die höllische Fahrt überlebte, würde in den kalten Weiten des sibirischen Waldes zur Zwangsarbeit verdammt sein. Sie waren Verräter,

16

Fahnenflüchtige, Juden, Faschisten, der letzte Abschaum der menschlichen Rasse. Alexander focht jetzt einen anderen Krieg aus – den Kampf um das nackte Überleben.

Um der Situation zumindest den Anschein der Legalität zu verleihen, durften Alexander und seine Leidensgenossen vor ihrer Abreise noch einen Abschiedsbrief an die Familie schreiben. Allerdings befürchtete er, dass der nie bei seiner Mutter ankommen würde. Trotzdem glomm ein kleiner Funken Hoffnung ihn ihm auf. Dieses schwache Leuchten in seiner Brust spendete ihm Wärme und die Kraft, nicht aufzugeben. Alexander kauerte am Boden, breitete den Fetzen Papier auf einem flachen Stein aus und schrieb mit zittriger Hand wenige Worte nieder. Die Grafitmine hinterließ unsicher wirkende Linien auf dem karierten Blatt Papier. Alexander hatte nicht viel Zeit zum Überlegen, er schrieb, dass es ihm gut ginge und er nicht mehr kämpfen müsse.

Die Briefe wurden eingesammelt und in einen Sack gesteckt. „Hoffentlich hat keiner seine nicht vergessen", bemerkte der Mann mit dem Jutesack sarkastisch. Seine Stimme troff vor Schadenfreude.

„Und jetzt alle einsteigen! Im Schnellschritt", kommandierte ein älterer Mann. „Komm, Junge, mach dass du einsteigst", sagte er zu Alexander, der dem falschen Briefträger nachschaute. Als sie fast alleine dastanden, griff er Alexander unter den Arm und half ihm auf die Beine. „Meine Enkelin ist auch so jung wie du. Wie heißt du denn?"

„Alexander", flüsterte er.

„Der Sieger, der Ruhmreiche. Ich heiße Wladimir. War Lehrer, jetzt muss ich an die Front ..." Plötzlich räusperte sich der betagte Mann und schob Alexander grob Richtung Zug. „Schneller. Komm, beweg deine Füße", befahl er schroff. Alexander begriff den Grund für den Stimmungswechsel sofort. Der selbst ernannte Briefträger schlurfte an ihnen vorbei und stierte die beiden misstrauisch an. Als Alexander in den Waggon stieg, sah er aus dem Augenwinkel, wie der Sack in hohem Bogen zu vielen anderen auf einen Karren geworfen wurde.

„Die Hoffnung darf niemals erlöschen", sagte ein schwarzhaariger Mann mit einer krummen Nase, die leicht bläulich schimmerte. Er saß neben Alexander, den schmalen Rücken an die Bretter gelehnt. Dieser Mann war kein Soldat. Er trug keine Uniform. Sein Gesicht wirkte leicht asymmetrisch. Die linke Gesichtshälfte war stark angeschwollen, das Augenlid spannte sich über dem Augapfel wie eine überreife Pflaume. Alexander schaute ihn skeptisch an und irgendwie gab ihm dieser Anblick Kraft. Der stoische Trotz des Fremden schürte seine Wut aufs Neue und fachte sie zu einer unauslöschlichen Flamme an. Alexander nickte dem Mann kaum merklich zu. Sein Nachbar erwiderte die Geste mit einem Augenzwinkern – mit dem intakten rechten Auge. Trotzdem verzog er schmerzerfüllt das Gesicht.

2

DIE ENTEIGNUNG UND DER LANGE MARSCH

„Mama, warum nehmen die Männer unsere Kuh mit?", fragte Michael erstaunt, als er auf einem Schemel vor dem Fenster stand und die uniformierten Männer beobachtete, die ihre Kuh verluden. Seine Augen waren tellergroß.

„Weil wir sie nicht mehr brauchen", log Johanna. Ihre Stimme bebte. Die Gerüchte waren zur bitteren Realität geworden. *Die Deutschen werden nach Sibirien umgesiedelt,* tuschelten ihre Nachbarn. Familie Berg erhielt im Lebensmittelladen kein Brot mehr, keine Eier, auch kein Fleisch.

Die Verkäuferin Galina Ivanovna meinte: „Liebe Johanna – euch darf ich nichts mehr verkaufen." In ihren Augen glitzerten Tränen. Sie nahm Johannas Rechte in ihre warme, weiche Hand und drückte sie fest an ihren fülligen Körper. „Warum? Warum geschieht das?" Ihre Stimme brach. Sie ließ Johanna los, fasste sich an die Brust, tat einen tiefen Atemzug und verschwand im Nebenzimmer, um gleich darauf mit zwei Laiben Brot und ein paar Eiern zurückzukehren. Sie wickelte alles schnell in Zeitungspapier und schob Johanna durch einen Hinterausgang nach draußen. „Mehr kann ich nicht für dich tun", verabschiedete sie sich und zog die schwere Tür laut hinter sich ins Schloss.

Eier hatten sie schon seit drei Tagen nicht mehr gegessen, ihr Nachbar Fedor hatte alle ihre Hühner eingefangen und in seinem Hühnerstall versteckt. Jetzt würden sie auch keine Milch mehr haben. Johannas Finger zitterten, als sie das schwarze Brot in etwas Milch einweichte. Was sollte sie ihren Kindern in den nächsten Tagen zu essen geben? Gedankenversunken schaute sie aus dem Fenster. Die Brotkrumen schwammen in der Schüssel und lösten sich in kleine braune Flocken auf.

Erschrocken zuckte sie zusammen, als scheppernd die Tür aufflog. Im Rahmen stand Ivan Petrow, ein Freund ihres Mannes, aber auch Johanna kannte den großgewachsenen Mann mit den markanten Zügen schon lange. Sie waren noch Kinder gewesen, als er hinter einer Scheune heimlich ihren ersten Kuss gestohlen hatte. Ivan mochte sie immer noch, das wusste Johanna. Obwohl auch er verheiratet und mit vier Kindern beschenkt war, waren seine Gefühle nicht erloschen. Tamara, seine Frau, sei immer kränklich und tauge als Hausfrau nur wenig, hatte er ihr einmal erzählt, als sie sich nach der Arbeit auf dem Nachhauseweg begegnet waren. Seitdem mied sie seine Gegenwart nach Möglichkeit. Sie wollte ihrem Mann keinen Anlass zur Eifersucht geben. Gerüchte wucherten schneller als jedes Unkraut, vor allem, wenn es um Liebesbeziehungen ging. Johanna schwelgte oft in den Erinnerungen an ihre Jugend, nicht selten überlegte sie, was wohl aus ihr geworden wäre, wenn sie sich damals für Ivan entschieden hätte.

Jetzt stand er vor ihr, sein Gesicht war puterrot. Eine kalte Windbö wirbelte eine Schneewolke herein, als die Tür hinter ihm ins Schloss fiel. Seine schweren Stiefel polterten laut auf den hölzernen Dielen.

„Sie kommen! Pack deine Sachen, Johanna, nimm die Kinder und verschwindet hier," Er keuchte schwer, völlig erschöpft und außer Atem schnappte er nach Luft.

„Wer?" Mehr brachte die erschrockene Frau nicht heraus.

„Die Soldaten! Jede Kolchose wird nach Deutschen durchsucht. Sie werden euch ..." Er begann lautlos zu weinen. Johanna traute ihren Augen kaum. Der große, starke Ivan weinte?

Seine schwieligen Hände, groß wie Schaufeln, packten sie grob an den Schultern und pressten ihren schmalen Körper fest an sich. „Meine Johanna, meine kleine Johanna, ich hätte dich damals heiraten sollen." Dabei küsste er sie sanft auf die Wange, sah ihr tief in die Augen und sagte: „Beeilt euch, ich bringe euch hier weg." Es war nur ein Flüstern, trotzdem dröhnten seine Worte markerschütternd laut in ihren Ohren.

Ivan half Johanna beim Zusammenpacken. Nur das Nötigste wurde in eine Tagesdecke gesteckt. Die zu Tode erschrockenen Kinder standen mehr im Weg, als dass sie halfen, trotzdem war Johanna dankbar, dass auch sie beschäftigt waren und die eine oder andere Habseligkeit mit einpackten. Als das Bündel voll war, zogen sie gemeinsam die Kinder an. Michael wunderte sich, warum er auf einmal zwei Mäntel, drei Paar Socken und zwei Hosen anziehen musste. Auch Gregor sah verdutzt drein, als er sich die ganzen Sachen überstreifen musste – sogar die Jacke seines Vaters.

„Ich kann mich gar nicht bewegen", jammerte Anita, wurde aber ignoriert. Die Ärmel des Mantels, den sie trug, berührten fast den Boden. Ivan stülpte ihr eine dicke Pelzmütze über den Schopf und bugsierte sie und ihre Brüder nach draußen.

„Schnell, Johanna, die werden bald da sein!", drängte Ivan die verzweifelte Mutter zur Eile. „Gregor, lauf zu mir nach Hause, warte dort bei den Pferden! Du auch, Michael!", schrie er die Kinder an, mehr aus Verzweiflung als in böser Absicht.

Johanna hatte in den ganzen vierzig Jahren ihres Lebens noch nie so viel Angst gehabt wie jetzt. Nicht einmal bei den beiden Fehlgeburten nach Alexander hatte sie so sehr um ihr Leben gebangt. *Meine Hände zittern wie die eines Säufers*, ärgerte sie sich über sich selbst und versuchte vergeblich, sich zu beruhigen. Sie verzweifelte beinahe an dem dicken Schal, in den sie ihre Kleinste einwickeln wollte. Johannas Blick verschwamm, Tränen verschleierten ihre Sicht. Anja war erst drei Monate alt. „Ein Kind der Liebe", sagte Roman, als sie ihm mehr als fünf Jahre nach Michaels Geburt eröffnet hatte, dass sie erneut schwanger war. Im Dorf wurde hinter vorgehaltener Hand darüber getuschelt und gelacht, dass sie in ihrem Alter immer noch mit ihrem Mann schlief. Eine Weile schämte sich Johanna dafür, und als sie hochschwanger war, verließ sie kaum noch das Haus. Die giftigen Blicke der gehässigen alten Weiber verfolgten sie, selbst wenn sie bloß im Hof die Wäsche aufhängte oder die Latrine aufsuchte.

Ihren Beruf als Lehrerin hatte sie aufgeben müssen. Johannas Vater war Schuldirektor gewesen, ihre Mutter Deutschlehrerin, und beide waren damals sehr stolz auf sie gewesen, als sie ihnen verkündet hatte, sie arbeite jetzt auch als Lehrerin. Die Freude ihrer Eltern verpuffte allerdings schlagartig, nachdem Johanna sie darüber in Kenntnis gesetzt hatte, wo sich die Schule befand. Zum Glück dauerte die Verstimmung nicht sehr lange.

„Die Schule ist klein und das Dorf ruhig und beschaulich", berichtete sie den aufgebrachten Eltern. Sie würde sie regelmäßig besuchen – niemals würde sie ihre Eltern im Stich lassen – und wäre immer für sie da, versicherte sie. Die beiden ließen ihre einzige Tochter schweren Herzens ziehen. Wie Johanna versprochen hatte, hielt sie den Kontakt aufrecht und wurde nicht von ihren Eltern verstoßen. Als der erste Enkelsohn zur Welt kam, war die Enttäuschung schnell vergessen gewesen.

Nun waren ihre Eltern seit mehr als fünf Jahren tot, beide starben im selben Jahr. Ihr Herz war von Trauer und Schmerz erfüllt, als sie an die Vergangenheit dachte. Jetzt musste sie fliehen, war mit vier Kindern ganz allein. Johanna knotete mit letzter Kraft das wärmende Gewebe um das schreiende Kind. Der Schal aus Kaninchenflaum sollte Anja vor der eisigen Kälte schützen können. Sie durfte nur nicht in die Windeln machen, dachte sie mit einem schiefen Grinsen. Warum mussten sie überhaupt von hier weg, warum tat man ihnen das alles an? Sie hatten doch schon immer hier gelebt, mit achtzehn war sie damals hierhergezogen. Das Dorf Johannsfelden gab es schon seit der Zeit von Katharina der Zweiten, lange vor der Oktoberrevolution. Wegen der kommunistischen Ideale war aus Johannsfelden später „Roter Oktober" geworden, aber die Menschen waren die Gleichen geblieben. Nach dem Großen Terror kamen die Russen ins Dorf, vorher war das kleine Örtchen rein deutsch gewesen.

Johannas Augen tränten. Vor Angst, Verzweiflung und Wut zitterte sie am ganzen Körper, als würde sie frieren. Wer gab diesen Menschen das Recht, sie wie Hunde zu vertreiben, ihr Hab und Gut zu stehlen? Sie waren doch immer gesetzestreue Bürger gewesen. Bei diesen Gedanken erschien eine Zornesfalte auf ihrer geröteten Stirn.

Das Gespräch mit Wassilij fiel Johanna ein. Die schlimmste Nachricht ihres Lebens – ihr Mann Roman sei erschossen worden. Auch jetzt nahm sie den Alkoholdunst wahr, wie in der Nacht, als Wassilij vor ihrer Haustür gestanden hatte. Sie warf Ivan einen Blick zu, dem alten Freund, der ihr helfen wollte – auch er war betrunken. Aus dem Augenwinkel bemerkte sie, wie sich seine Lippen bewegten. Tonlos, als spräche er durch eine

22

Fensterscheibe. Blind vor Tränen nahm sie ihr jüngstes Kind auf den Arm und drehte sich langsam zu ihm um. Ivan stand dicht hinter ihr. Erst jetzt hörte sie seine Worte, roch den selbstgebrannten Schnaps in seinem Atem.

„Ich glaube, es ist alles zu spät." Sein Gesicht war aschfahl geworden, die Augen blutunterlaufen. Sein Flüstern vermischte sich mit anderen Stimmen. Männer! Johanna lief zum Fenster und lugte auf den Hof hinaus, wo die Unruhestifter herumbrüllten. Allesamt unbekannte Gesichter. Ihr Geschrei wurde von aufgeregten Rufen unterbrochen. Johanna konnte nicht mit Bestimmtheit sagen, aber ihr war, als höre sie Frauen weinen. Jemand rief: „Ihr Hurensöhne!" Das Getuschel der Schaulustigen steigerte sich zu einem Stimmengewirr aus Flüchen und Verwünschungen. Die Dorfbewohner, die immer alles zu wissen glaubten und jede Lüge für bare Münze nahmen, hatten sich nun vor dem schiefen Zaun ihres Hauses versammelt. Ein einzelner Gewehrschuss fiel und das Geschrei erstarb. Plötzlich herrschte Totenstille.

Johanna erstarrte. Sämtliche Muskelstränge verkrampften sich, ein dicker Kloß in ihrem Hals hinderte sie am Atmen. Sie drehte sich zu Ivan um, der das Ganze mit ernster Miene verfolgte.

Sie werden noch viele Tagen damit verbringen, sich die Mäuler darüber zu zerreißen, was Familie Berg wohl verbrochen hat, war der einzige Gedanke, der durch ihren Kopf irrte. *Erst der Mann, dann die Frau und ihre ungezogenen Kinder.* Alexander war ihren Geschichten nach schon längst zu den Deutschen übergelaufen. Johanna warf erneut einen kurzen Blick durch das beschlagene Fenster. Endlich konnte sie sich aus der Starre lösen, doch bevor sie irgendetwas tat, hielt sie einen Lidschlag lang inne. Wartete. Ihr Blick war immer noch auf den Hof gerichtet. Sie blinzelte, hoffte, alles wäre nur ein böser Traum. Erst jetzt konnte sie die Fremden richtig sehen. Sie beobachtete, wie die Männer zielstrebig über ihren Hof liefen. An ihrer Körperhaltung erkannte sie die Absicht des unangekündigten Besuchs. Einer der drei Männer, sein Rücken war verwachsen und zu einem auffälligen Buckel gekrümmt, trat nach dem Hund, der sich den Eindringlingen in den Weg stellte. Die viel zu kurze Kette hinderte den Schäferhund daran, die

Männer wirklich anzugreifen. Als er nicht aufhörte zu bellen, schoss der verkrüppelte Mann dem armen Tier in den Kopf. Johanna biss auf ihre Faust, um den aufsteigenden Schreckensschrei zu unterdrücken. Der arme Hund winselte und schnappte in der letzten Sekunde seines Lebens nach seiner rechten Pfote. Sein Körper zuckte konvulsiv, dann erschlaffte er und blieb im kalten Schnee liegen. Der dampfende Fleck unter dem Kadaver wurde mit jeder Sekunde größer und färbte den Schnee leuchtend rot.

Als die polternden Schritte von schweren Stiefeln im Flur zu hören waren und ein kalter Hauch von Tabak und Alkohol die uniformierten Männer ankündigte, sah Johanna Ivan erneut ins Gesicht.

Für einen Moment kniff er seine stahlgrauen, von vielen kleinen Fältchen gesäumten Augen zusammen. Dann wandte er sich von ihr ab und sprach mit eisiger Stimme: „Ich konnte sie noch rechtzeitig aufhalten, Genossen. Sie war gerade im Begriff, samt ihren Kindern zu fliehen. Als ehrlicher Bürger und Kommunist sehe ich mich dazu verpflichtet, euch die Verräterin zu übergeben, damit sie ihrer gerechten Strafe zugeführt werden kann." Wie ein Reibeisen dröhnte seine Stimme durch das kleine, jetzt überfüllte Haus. Ivan hatte schon immer eine Art an sich gehabt, die ihn von anderen Menschen unterschied, doch dieser heuchlerische Opportunismus war Johanna neu. Erstauntes Gemurmel brandete auf. Die Männer schienen verdutzt.

Johanna war so schockiert, sie konnte ihre Fassungslosigkeit nicht verbergen. Beinahe hätte sie ihre greinende Tochter fallen lassen. Alles um sie herum wirkte wie von einem grauen Schleier bedeckt. Wie Spinnweben legte sich die grausige Wirklichkeit über sie und blieb an ihrer Seele kleben. Das Geschehen glich einem Albtraum. Johanna hoffte mit der ganzen Zuversicht einer zutiefst verzweifelten Seele auf eine friedliche Lösung. *Das Ganze muss ein Irrtum sein.* Ivan verabschiedete sich mit einem unverbindlichen Winken von den drei bewaffneten Männern und ging mit gesenktem Kopf hinaus. Johanna sah ihm stumm hinterher. Nie wieder würde sie irgendjemandem vertrauen, schwor sie sich in diesem Augenblick.

Wie es schien, hatte sich inzwischen das ganze Dorf vor ihrem Haus versammelt. *Wenn alle anwesend sind, kann das Spektakel ja beginnen,* dachte sie mit einem Hauch von Sarkasmus. Alle gierten nach dem bisschen Hab und Gut, das sie sich all die Jahre mit Blut, Schweiß und Tränen erarbeitet hatten. Wie die anderen angeblichen Vaterlandsverräter wurde auch ihre Familie eskortiert und auf einen Schlitten geladen, vor den ein alter Klepper gespannt war. Sie waren nicht die Ersten, dämmerte es Johanna. Die Pferdeschlitten waren nicht leer. Johanna wurde abgeführt, wie ihr Mann seinerzeit, nur konnte sie ihre Kinder nicht in der Freiheit zurücklassen. Sie weinte lautlos, gab sich Mühe, tapfer zu sein. Sie spürte, wie ihre beiden Söhne nach ihren Armen griffen und ihr stumm folgten. Anita ging neben Michael und hielt seine Hand.

Die Familien Traubenwein und Buchweizen saßen schon mit ihren bunten Bündeln in den Wagen und warteten. Die Pferde waren unruhig, weiße Dampfwolken stiegen von ihren Nüstern in die kalte Luft auf. Johanna sah insgesamt drei der klapprigen Gefährte an dem schiefen Zaun vor ihrem Haus stehen. Wie in Trance lief sie darauf zu, sie nahm nur Bruchstücke des Geschehens um sie herum wahr. Sie achtete nicht darauf, wer ihr in den Schlitten half oder wer ihr Bündel zu den anderen warf. Alles, worauf sie achtete, waren ihre Kinder. Immer wieder huschten ihre Augen besorgt über die blassen, ängstlichen Gesichter.

Als der Tross eben aufbrechen wollte, veränderte sich die Atmosphäre gravierend. Die Luft knisterte regelrecht, wie vor einem Sturm. Alle schienen zum Zerreißen angespannt. Plötzlich begann sich die Menge der Schaulustigen in Bewegung zu setzen. Hier und da erklang eine aufgebrachte Stimme und wurde sofort von einem lauten Warnruf übertönt. Johannas Verstand klärte sich allmählich. Die Umwelt nahm wieder Konturen an. Sie ließ ihren Blick schweifen, nahm zum allerletzten Mal das Bild ihres Hauses in sich auf. Eine weiße Rauchwolke stieg zum Himmel empor, sie hatte vergessen, den Topf vom Feuer zu nehmen. Jetzt war die Suppe bestimmt schon verbrannt, dachte sie bei sich. Wie der Rauch aus dem Schornstein verflüchtigte sich auch ihr bisheriges Leben, die glücklichen Tage schienen nur noch eine vage Erinnerung. Sollte doch auch das Haus in Flammen aufgehen. Die Russen hatten kein Recht, sich einfach so ihres Heims zu bemächtigen. Sie ließ von den Gedanken an ihr Haus ab, maß dem Ganzen keine Bedeutung mehr bei und konzentrierte sich stattdessen auf die aufgebrachten Menschen, die einst ihre Freunde und Nachbarn gewesen waren. Immer lauter murrten die empörten Stimmen, aber das Dröhnen in ihrem Kopf ließ nach, sie nahm ihre Umgebung wieder deutlicher wahr. Der Unmut breitete sich unüberhörbar unter den Anwesenden aus. Sie spürte, dass gleich etwas Schreckliches passieren würde. Johanna drückte ihre Kinder noch enger an sich. Plötzlich schrie eine Frau: „Lasst ihn nicht vorbei!" Johanna war diese Stimme wohlvertraut. Aljona, ihre Nachbarin.

Erst als sich die Menge widerwillig teilte, wurde ihr klar, warum die Proteste immer lauter wurden. Wassilij kam auf die Schlitten zu. Trotzdem mischte sich keiner ein. Niemand wagte, sich ihm in den Weg zu stellen, geschweige denn, ihn anzugreifen. Jeder, der auch nur ein Fünkchen Verstand besaß, wusste, was Wassilij mit demjenigen anstellen würde, der ihn von seinem Vorhaben abbringen wollte.

Wassilij hatte mächtig Schlagseite. Die nackte Wut brannte in seinen Augen. Schon von Weitem grölte er, beschimpfte die drei Fremden aufs Äußerste, er riss an ihren Gewehren und zog Johanna und ihre Kinder wieder von dem Schlitten. Er verfluchte die Kommunisten und ihre Methoden. Seine Eltern seien von der Roten Armee enteignet und umgebracht worden, brüllte er die Männer an, die diese unerwartete Wendung in eine regelrechte Schockstarre versetzt hatte. Er hätte in einem Waisenheim aufwachsen müssen, hätte niemanden außer seiner Frau und seinen Kindern, schrie er. „Meine Eltern wurden von den Kommunisten erschossen, direkt vor meinen Augen, bloß weil mein Vater sich gewehrt hat. Nur hatte *er* damals kein Gewehr bei sich – ich aber schon", lallte er kaum noch verständlich.

26

Wassilij war so betrunken wie noch nie. Seine Frau war auch eine Deutsche, sie saß ebenfalls in einem der Schlitten, stellte Johanna mit Entsetzen fest. Ihre drei gemeinsamen Kinder sollten mit ihrer Mutter verschleppt werden. Sie weinten und schrien, streckten die kleinen, von der Kälte roten Hände nach ihrem Vater aus.

Langsam kam wieder Bewegung in die Menge. Der Zank zwischen den Schaulustigen eskalierte zu einem handgreiflichen Streit und endete schließlich in einer brutalen Rauferei. Frauen wurden an den Haaren gepackt, Männer trugen blutige Kratzer auf Armen und Wangen davon. Zwei lagen am Boden. Einige Vernünftigere versuchten dazwischenzugehen, um die Kämpfenden zu trennen, mussten aber letzten Endes ohnmächtig zusehen, wie das Ganze in eine Massenschlägerei ausartete.

Dann fiel ein Schuss. Johanna konnte in der darauffolgenden Stille ihren eigenen Atem hören. Der Anstifter des ganzen Tumults war Konstantin, Wassilijs Sohn. Er hielt das doppelläufige Jagdgewehr seines Vaters in der Hand und richtete es auf die Fremden. Seine Brust hob und senkte sich schwer. Das ursprünglich weiße Leinenhemd hing in schmutzigen Fetzen von seinem knochigen Oberkörper. Seine Augen waren rot und verquollen. Von dem Lauf stieg eine dichte Wolke auf. Johanna roch das Schießpulver. Aus dem Augenwinkel sah sie einen der Männer zuckend zu Boden fallen. Er hatte die ganze Zeit etwas abseits neben dem ersten Pferd gestanden. Jetzt lag er im Schnee. Seine Beine traten im Todeskampf ziellos gegen die kalte Erde und die Pferdeschlitten. Der weiße Schnee unter ihm färbte sich rot. Der Körper zuckte ein letztes Mal, bevor er erschlaffte, schließlich lag der Mann still. Es war der Bucklige, stellte Johanna mit kaltherziger Genugtuung fest.

Für einen Augenblick herrschte Grabesstille, die durch einen zweiten Schuss verjagt wurde wie ein scheues Tier. Gleich darauf sackte Konstantin zusammen. Mit einem großen Loch in der Brust lag der junge Mann in seinem Blut. Die Menschen warfen sich erschrocken zu Boden. Der nächste Schuss ließ nicht lange auf sich warten, und Wassilij folgte seinem Sohn in den Tod, weil er nicht wie die anderen Deckung gesucht hatte. Er wollte zu seinem toten Sohn hinüberlaufen. Nach nur drei

Schritten traf die Kugel seinen Rücken. Er taumelte weiter und schaffte es noch, sich über seinen Sohn zu werfen, bevor alles Leben aus seinem Körper wich. Schreiend und fluchend rappelten sich die Dorfbewohner auf, um sich in alle Himmelsrichtungen zu zerstreuen wie eine Meute feiger Hunde.

Krähen umkreisten das kleine Dorf wie eine schwarze Wolke und verfluchten dessen Bewohner mit ihrem kehligen Krächzen, das aus hunderten von Schnäbeln in einer Kakofonie auf die Fliehenden niederprasselte. Johannas Kehle zog sich zusammen. Nur mit Mühe konnte sie sich bei Sinnen halten, war einer Ohnmacht nah. Mit all ihrer Kraft hielt sie an ihrem Leben fest, „der Kinder wegen", wiederholte sie die Worte wie ein Gebet. Nur ihre Lippen bewegten sich, ihre Stimme versagte. „Nur meiner Kinder wegen", flüsterte sie immer und immer wieder.

Die Massenpanik dauerte mehrere Minuten an, erst dann hatten die bewaffneten Männer die Situation wieder unter Kontrolle. Rücken an Rücken standen sie nebeneinander und sondierten die Umgebung auf weitere potenzielle Gegner. Alles blieb ruhig, niemand wagte, die Männer erneut anzugreifen. Keiner der Einwohner wollte riskieren, das Schicksal der Deutschen zu teilen. Immer noch aufgebracht und auf alles gefasst, lösten sich die Männer aus ihrer Formation. Der Bucklige wurde auf einem der Anhänger aufgebahrt, die anderen beiden Toten ließ man blutüberströmt im schmutzigen Schnee liegen wie angeschossenes Wild. Vater und Sohn im Tod vereint.

Die Schreie von Wassilijs Frau Regina, die die Exekution ihrer zwei liebsten Männer hautnah hatte miterleben müssen, waren verstummt. Ihre vor Entsetzen geweiteten Augen huschten zwischen den beiden reglosen Körpern hin und her, sie schüttelte den Kopf, so als wolle sie das Geschehen nicht wahrhaben. Sie konnte die grausige Tatsache nicht akzeptieren, ihren Mann und ihren Sohn nie mehr in den Arm nehmen zu können – nicht einmal jetzt, um sich für immer von ihnen zu verabschieden.

„Bitte helft den beiden auf. Kann jemand meinen Sohn aufheben? Er wird sonst krank, er hat eine schwache Lunge. Er wird sich noch eine Lungenentzündung holen. Bitte, helft ihm doch", krächzte sie mit vom Schreien heiserer Stimme.

Keiner rührte sich.

„Die Hunde werden sich um deinen Sohn kümmern. Jetzt schweig, sonst holst du dir noch selbst eine Lungenentzündung, Weib", herrschte sie einer der Männer barsch an. Regina wandte sich nach dem Sprecher um. Ein junger Kerl von nicht einmal neunzehn Jahren, der die ganze Zeit neben dem Buckligen bei den Pferden geblieben war, nestelte an den Zügeln und trat drohend einen Schritt auf die aufgelöste Frau zu. Regina schaute ihn unverwandt an.

Ein anderer Mann ergriff jetzt das Wort. „Bitte, machen Sie keinen Ärger. Wir führen nur unsere Befehle aus. Denken Sie jetzt an Ihre anderen Kinder – *noch* leben sie ja alle, das kann sich jedoch sehr schnell ändern. Ihr Schicksal liegt in Ihren Händen", sagte er. Die Frau schien ihn nicht zu hören. „Bitte, reißen Sie sich zusammen, sonst sind wir gezwungen, uns eurer zu entledigen." Seine Worte klangen nicht wie eine Drohung, die Stimme war melodisch und freundlich, trotzdem begriff Regina die Warnung dahinter, sehr zu Johannas Erleichterung. Die Einschüchterung war gelungen. Den Blick gesenkt, begann Regina am ganzen Körper zu zucken. Sie weinte stumm. Ihre Kinder drückten sich verängstigt an sie.

„Wir machen jetzt genau das, was der Onkel da sagt, ja?", flüsterte Regina. Der vertraute Ton wirkte beruhigend auf die aufgewühlten Gemüter der Kleinen.

„Jeder, der ohne unsere Erlaubnis auch nur einen Schritt wagt, wird auf der Stelle erschossen", donnerte eine herrische Stimme über den Platz. Johanna schaute den Mann mit den vor der Brust verschränkten Armen abwartend an. Sein Blick war genauso eisig wie das Wetter und jagte jedem, den er traf, eine Gänsehaut über den Rücken. Die Worte waren scharf wie Glasscherben und hinterließen tiefe, gezackte Wunden, die niemals verheilen würden, denn sie veränderten alles, wirklich alles, dachte Johanna schmerzerfüllt. Sie spürte, wie ihr Herz blutete, unbewusst strich sie Michael über die kalte, tränennasse Wange. Unverwandt starrte sie den Mann an. Etwas an ihm schien drohendes Unheil anzukündigen. Der buschige Schnurrbart verdeckte seinen Mund, dabei entstand der Eindruck, als habe jemand anderer für ihn das Reden übernommen. Unzählige winzige Eiszapfen säumten seine knollige Nasenspitze, über die sich ein Netz von blauen Äderchen zog.

Mit jedem Satz wurde das Grölen lauter, die Worte schneidiger. „Ich meine es ernst! Niemand bewegt sich!" Das Gewehr geschultert und wild gestikulierend schien der verlebt wirkende Mann zunehmend in seiner Rolle als selbst ernannter Anführer aufzugehen. Jedem der Gefangenen war klar, dass er um sein Leben bangen musste. Johanna und einige andere Erwachsene mussten aussteigen und den Fußmarsch antreten, denn einer der Schlitten wurde jetzt für den toten Soldaten benötigt. Die wenigen persönlichen Gegenstände, die sie auf die Schnelle zusammengepackt hatten, blieben hinter ihnen im Schnee zurück.

Johanna sah zu dem jungen Mann auf, der notdürftig mit Stroh zugedeckt tot auf dem Schlitten lag. Seine Wimpern waren in der beißenden Kälte vom Raureif beschlagen, die Lippen blau, das strohblonde Haar klebte an seiner Stirn, er schien zu schlafen. Er konnte kaum älter gewesen sein als ihr Sohn Alexander, aber der Tod ließ ihn vorzeitig gealtert erscheinen. Seine Gesichtszüge hatten jegliche Menschlichkeit verloren und wirkten wie eine Maske, die Wangen eingefallen, die grauen Augen von einer dünnen Eisschicht überzogen.

Hoffentlich lebt Alexander noch, dachte sie. Ihr Herz machte einen Sprung und hämmerte bei jedem Schlag heftig gegen die Rippen. *Wir unterscheiden uns nur durch unsere Namen,* überlegte sie voller Trauer. *Auch dieser Junge könnte mein Sohn gewesen sein.* Schließlich wandte sie den Blick von dem Toten ab und schaute auf ihre Kinder, die dicht aneinandergeschmiegt dastanden und erwartungsvoll zu ihr aufsahen. Johanna nickte stumm und half ihnen auf den Schlitten. Michael wollte protestieren, aber als sie ihm seine jüngste Schwester in die Arme legte, verebbte sein Ärger. Er hielt Anja beschützend fest. Sein Blick folgte seiner Mutter die ganze Zeit.

*****

Johannas Gedanken kreisten wild wie ein Schwarm aufgescheuchter Vögel. Sie wollte nicht mehr darüber nachdenken, dass Alexander dasselbe Schicksal ereilt haben könnte wie diesen Jungen.

Keiner weinte, nicht einmal die Kinder. Jeder lief in seine Überlegungen vertieft an den schmalen Kufenspuren entlang, die die Schlitten in dem weichen Schnee hinterließen. Wie ein Zug aus Menschen folgten sie der Spur wie auf unsichtbaren Schienen. Bisher war alles ruhig und ohne ernsthafte Zwischenfälle verlaufen. Nur einmal stieß einer der Soldaten einen alten, gebrechlichen Mann hart mit dem Gewehrkolben in die Magengrube, weil der gefragt hatte, wohin sie denn jetzt gebracht würden. Der alte Mann hieß Alfred, Johanna kannte ihn schon fast ihr ganzes Leben. Er war schon alt gewesen, als Johanna ins Dorf kam. Jetzt war Alfred der einzige erwachsene Mann unter den Gefangenen, ansonsten bestand der Tross nur aus Kindern und Frauen.

„Das geht dich nichts an, alter Mann", hatte der Uniformierte gefaucht. Sein dünner schwarzer Oberlippenbart war von winzigen Eiszapfen übersät. Während er sprach, stiegen Dampfwolken aus seinem Mund und tauten die Eiskristalle auf. Sein Bart glänzte. Mikroskopisch kleine Wassertropfen bildeten sich darin, um wieder zu Kristallen zu werden, sobald der Mann schwieg. Er spuckte eben verächtlich in den makellos weißen Schnee, als sein Blick auf seinen toten Kameraden fiel. „Wir hassen diese Arbeit, alter Mann. Ich bin ein Bauer, kein Soldat. Wir hassen euch Deutsche nicht. Ihr habt uns nichts getan, nur haben wir auch Familien und wenn wir unsere Arbeit schlecht tun, sitzen wir an eurer Stelle auf diesen verdammten Schlitten und ein anderer führt die Zügel. Lasst uns das hier bitte einfach zu Ende bringen. Wie ist dein Name, alter Mann?"

„Alfred", krächzte der Greis.

„Lass mich dir helfen, Alfred", sagte der Soldat, legte sein Gewehr in den Schlitten und packte Alfred unter den Achseln.

Johanna stockte der Atem vor Verblüffung, als sie sah, wie derselbe Soldat, der Konstantin und Wassilij ohne Zögern erschossen hatte, den alten Alfred auf den Schlitten hob, in dem der tote Junge lag. Alfred wehrte sich panisch und bekam beinahe einen Herzanfall, weil er dachte, dass auch er gleich erschossen würde.

„Halt still, ich tu dir schon nichts, ich bin kein Unmensch. Ich kannte auch viele Deutsche. Ich komme aus der Nachbarschaft." Der Soldat zündete sich eine Zigarette an, die Wassertropfen verflüchtigten sich. Seine Worte waren sehr leise, sodass seine Kameraden am Kopf des Zuges ihn nicht hören konnten. Ein Mann um die fünfzig und einer, der nicht viel älter als zwanzig sein konnte. Der Schwarzbärtige bildete zusammen mit den erwachsenen Gefangenen die Nachhut. Zum Fliehen waren die Frauen ohnehin zu schwach, und ohne ihre Kinder würden sie es erst gar nicht versuchen. Auch als die Kinder herumlaufen durften, bestand zu keiner Zeit die Gefahr einer Flucht. Nachdem die Kleinen vom Laufen müde geworden waren, hatten die Männer sie alle in den vordersten Pferdeschlitten gesetzt.

Johannas Blick wanderte immer wieder zu dem vordersten Schlitten, dorthin, wo sich ihre Kinder und die der Nachbarn aneinandergekuschelt in den Armen hielten. Die meisten weinten im Stillen. Nur Michael nicht. Er hielt die kleine Anja in seinen dünnen Ärmchen und wachte über sie wie ein Erwachsener.

„Aus unserem Dorf wurden auch alle vertrieben, so wie ihr jetzt", ertönte plötzlich die angenehm melodisch klingende Stimme des bärtigen Soldaten, der sein Gewehr wieder geschultert hatte. Er sprang zu Alfred auf den Schlitten und setzte sich neben ihm zurecht. Die Zügel der klapperdürren Pferde waren der Reihe nach aneinandergebunden, sodass der jüngste Soldat nur das vorderste zu führen brauchte.

„Versteh mich nicht falsch – wie soll ich es sagen?" Er rieb sich nachdenklich die Stirn. „Weißt du, alter Mann, die Welt will wieder kämpfen." Er bot dem alten Alfred sogar seine Zigarette an, was nicht nur bei den Russen ein Zeichen der Freundschaft bedeutete. Alfred hob den selbstgedrehten Glimmstängel an seine rissigen, von unzähligen feinen Falten gesäumten Lippen und zog daran. Schweigend gab er dem Soldaten die Zigarette zurück, als er den weißen Rauch durch die fleischige Nase blies.

„Nicht die Welt, nur einige wenige", entgegnete er hustend. Sein faltiges Gesicht war voller Trauer. Unzählige Furchen gruben sich wie Spinnweben in seine freundlichen Züge. In seinen Augen stand große Sorge.

„Wie dem auch sei, wir sind nur kleine Rädchen in einem großen Mechanismus, alter Mann. Du und ich."

„Nein, ich nicht. Ich bin ein Mensch, kein Rädchen. Ich kam mit meinen Eltern nach Russland." Alfred sprach mit einem sehr starken Akzent. Immer wieder huschten auch deutsche Worte aus seinem blutleeren Mund. Viele der Deutschen beherrschten die russische Sprache überhaupt nicht, oder sprachen so wie der alte Alfred, der jeden Satz erst in Gedanken vom Deutschen ins Russische übersetzen musste, bevor er ihn aussprach. Johanna zählte zu den wenigen, bei denen man den Akzent nicht mehr heraushören konnte. Ihre Familie war mit den ersten Pilgern aus Deutschland nach Russland gekommen. „Wir kamen Hand in Hand mit der Zarin", scherzte ihr Vater oft.

„Warum wirst du denn dann wie ein Tier abtransportiert, du Mensch?", fragte der Soldat mit einem traurigen Lächeln auf seinem von Wind und Wetter gegerbten Gesicht. „Was glaubst du, was mit euch passieren wird?" Alfred schüttelte resigniert den Kopf. „Ihr kommt in Arbeitslager – wie die Juden in Deutschland."

„Dann will ich lieber vergast werden, als Frauen und Kinder in die Gaskammer zu stecken", krächzte Alfred. „Kein Mann erschießt Kinder, kein Mann plündert Häuser, aus denen die Männer vertrieben wurden. Wenn jeder nur das macht, was die Banditen im Kreml befehlen, wird die Welt demnächst ihren schlimmsten Albtraum erleben." Er prophezeite auch, aus diesem Krieg gingen keine Sieger hervor, sondern nur Verlierer, egal, wie er enden würde. Im Westen herrsche ein Tyrann, in Russland ein Verrückter, waren seine Worte. Hitler und Stalin wären dem Schoß derselben Hexe entsprungen, deren Name Tod und Leid sei.

Johanna lief ein kalter Schauer über den Rücken. Sie wusste nichts von Juden oder Deutschland, alles, worum sie sich gekümmert hatte, waren ihre Familie und der Haushalt gewesen.

Auch ihr Mann hatte nichts davon gewusst. Oder hatte er ihr das ganze Martyrium einfach verschwiegen? Sie verwarf diesen Gedanken sofort. Roman war stets ehrlich zu ihr gewesen. In den guten Zeiten ihrer Ehe wie auch in den schlechten.

Der schnauzbärtige Soldat schnippte seine Zigarettenkippe in den Schnee. Seine Stimme klang kratzig, als er weitersprach: „Aber glaub mir, mein Lieber, eure Lager müsst ihr selber bauen. In Sibirien wird keiner", die nächsten Worte spie er förmlich aus, „für euch *Menschen* freiwillig etwas tun."

„Wir sind noch überall zurechtgekommen", entgegnete Alfred trocken. Seine Hände und die Nase waren blau von der Eiseskälte. Die Handschuhe hatte er seiner Enkelin über die kleinen Füßchen gezogen, da sie ihre Schuhe irgendwo in dem Durcheinander verloren hatte.

„Mal sehen, was du und deine Frauen auf die Beine stellst, du Mensch", antwortete der Soldat. Er wirkte jetzt sehr gereizt. Abfällig schnaubte er durch die Nase, stieß den Alten grob zur Erde und sprang selbst vom Schlitten. Woher der plötzliche Stimmungswechsel kam, war Johanna nicht ganz klar. Vielleicht lag es auch daran, dass Alfred Stalin beleidigt hatte.

Alfred stolperte und fiel hart auf den vereisten Schnee. Dort bekam er einen weiteren, noch heftigeren Stoß in den Nacken. Niemand außer Johanna und seiner Tochter schien sich darum zu kümmern. Obwohl er dürr und knochig war, fiel es den beiden Frauen schwer, den alten Mann wieder auf die Beine zu hieven. Beschämt stemmte sich Alfred hoch, seine Wangen glühten vor Zorn und Erniedrigung.

Der Soldat richtete seine Doppelläufige auf Johanna. „Du lässt ihn sofort los – und du auch!" Die Mündung zeigte jetzt auf Marga, Alfreds einzige überlebende Tochter. Seine Frau und die anderen Kinder waren vor drei Jahren im Winter von einer schweren Grippe dahingerafft worden. Johanna kannte Alfreds Geschichte nur vom Hörensagen. Vor der Machtübernahme war er ein reicher Großgrundbesitzer gewesen, und viele Jahre ein Stachel im Fleisch des Politbüros. Das war der Grund, warum er von den Kommunisten zum Feind der Arbeiter und Bauern abgestempelt und enteignet worden war. Nun stand er da und musste von zwei Frauen gestützt werden. Marga krallte sich in den Ärmel ihres Vaters und starrte den Soldaten voller Verachtung an, die Augen zu Schlitzen verengt.

„Warst du derjenige ..." Sie stockte, suchte verzweifelt nach Worten, die ihr in der Aufregung nicht einfallen wollten. Ihr Gesicht glühte. Sie fluchte auf Deutsch, dann stammelte sie mit zusammengebissenen Zähnen: „Hast du ... vor einer Woche meinen Mann abgeführt wie ein verfluchter Feigling? Und irgendwo im Wald erschossen, als wäre er ein nichtsnutziger Köter? Nur weil du dir sein Pferd unter den Nagel reißen wolltest, du Hurensohn?" Mit hasserfülltem Blick spie sie ihm die Beleidigung entgegen. Zu ihrem Glück verfiel sie unbewusst wieder in die deutsche Sprache, sodass ihr Gegenüber verständnislos die Augenbrauen hochzog, bis sie unter seiner Pelzmütze verschwanden. Mit ausdrucksloser Miene spannte er den linken Hahn. Der Schlagbolzen klackte laut, als er einrastete.

„Sei still", herrschte Alfred seine Tochter verzweifelt an. Als sie erneut etwas sagen wollte, riss er sich von ihr los und torkelte auf den bärtigen Soldaten zu. Der zweite Hahn schnappte ein, viel langsamer jetzt, und noch lauter. Johanna schwante nichts Gutes. Sie meinte schon den beißenden Rauch und den Tod in der frischen Luft riechen. Ihre Nasenflügel bebten. Stumm verfolgte sie das Szenario, ohne sich einzumischen – ihre Kinder waren wichtiger.

„Leg die Waffe weg. So feige kannst nicht mal du sein, auf einen alten Sack wie mich und zwei Weiber zu schießen, du *Rädchen*", fuhr Alfred den verdutzten Soldaten in barschem Ton an. Der Mann hielt das Gewehr vor die Brust und lief rückwärts, ohne sich dabei umzusehen. *Er braucht nur zu straucheln,* dachte Johanna entsetzt. Der Greis wankte an dem Soldaten vorbei, der Lauf des Gewehrs folgte ihm, dann senkte der Mann endlich die Flinte und atmete unvermittelt erleichtert aus. Schweißperlen bedeckten seine Stirn. Auch Johanna fiel ein Stein vom Herzen.

*****

35

Ein Baby brüllte lauthals nach seiner Mutter. Anja hatte Hunger. *Kann ich meiner Tochter die Brust geben?,* wollte Johanna eben um Erlaubnis bitten, doch es war schon zu spät: Der Jüngste aus der Eskorte riss sie am Knoten des Schals aus den Armen ihres Bruders, hielt sie in die Luft und schrie: „Wem gehört dieses Balg, das nach der Pisse eines deutschen Schweins stinkt?" Das kleine Bündel baumelte gefährlich von seiner behandschuhten Faust.

Für eine Schrecksekunde bekam Johanna keine Luft. Wie elektrisiert streckte sie ihre Arme aus und bettelte den Halbwüchsigen mit zitternder Stimme an: „Bitte nicht, das ist mein Kind! Tu ihr nichts, sie hat nur Hunger."

Tatsächlich war Anja nass. Auch Michaels Kleidung war durchnässt, aber aus Furcht, man würde ihm seine Schwester wegnehmen, hatte er geschwiegen. Bittere Tränen nahmen Johanna die Sicht, sie nahm alles wie durch einen Nebelschleier wahr. Gregor gab seinem Bruder Romans Jacke.

Johanna wickelte ihr Kind, während sie dem Schlitten hinterherlief und sich die Tränen aus den Augen rieb. Sie legte das Kind auf ihren Mantel und benutzte ihr Kopftuch als Windel.

Die Männer, die den kleinen Trupp begleiteten, durften nicht zu spät kommen. Sie durften ihren Kommandanten nicht verärgern, sagte der Älteste von den dreien. „Es gibt wegen des Toten schon mehr als genug Probleme", fügte er gereizt hinzu. Sonst würden sie selbst zusammen mit den Deutschen nach Sibirien geschickt.

Schnell zog Johanna auch noch ihre Strickjacke aus und steckte die zappelnden Füßchen ihres Kindes hinein, die Ärmel band sie zu einem festen Knoten zusammen. Dann endlich durfte Michael seine Schwester unter der dicken Jacke verstecken, nachdem sie einige wenige Male an der Brust gesogen hatte. Johannas Brüste schmerzten, doch Anja weigerte sich zu trinken.

Den weiteren Weg legten sie schweigend zurück. Keiner sagte ein Wort. Das Baby schien jetzt zu schlafen. Jemand schluchzte leise, Johanna konnte jedoch nicht ausmachen, wer die kläglichen Laute von sich gab. Der Schnee knirschte laut unter ihren Füßen. Der Atem brannte in der Lunge. Die flachen Felder boten keinen Schutz vor dem eisigen Wind. Die Kälte zehrte an ihren müden Knochen, die Glieder wurden unerträglich schwer.

*****

Aus Angst, dass ihren Kleinen die Finger oder Zehen abfrieren könnten, fragte Johanna die Männer, ob die Kinder absteigen dürften. Ein Nicken reichte ihr. Sie half Michael vom Wagen, Gregor folgte seinem jüngeren Bruder mürrisch. Er war fast eingeschlafen, was bei minus dreißig Grad lebensgefährlich sein konnte. Auch andere Eltern zogen ihre Schützlinge von den Schlitten.

Wie Kinder eben sind, begannen sie nach kurzem Zögern, schreiend herumzulaufen und zu toben. Schnee stob über die glücklichen Gesichter der lachenden Kinder, deren Backen rot zu glänzen begannen. Nur Michael blieb bei seiner Mutter. Die Freude der Kinder hatte ein schnelles Ende, als eine plötzliche Schneewolke das vorderste Pferd aufscheuchte. Der junge Soldat schrie auf, richtete sein Gewehr auf die zu Tode erschrockenen Kinder und brüllte mit weit aufgerissenen Augen: „Ich knalle jeden Einzelnen von euch ab, wenn ihr nicht sofort mit dem Scheiß aufhört!"

Seine Stimme wurde von einer Faust erstickt, die mitten in seinem Gesicht landete. Der nachfolgende heftige Stoß mit dem Gewehrkolben gab dem Jüngling den Rest. Wieder war es der ältere Mann, der nicht sehr redselig zu sein schien. Er schlug seinen Kameraden mit dem Gewehr ins Kreuz, dass dieser aufkeuchte und vornüber in den Schnee fiel. „Du knallst hier niemanden ab, verstanden, du Hurensohn? Hast du mich verstanden?!"

Der Hitzkopf lag zusammengekrümmt im Schnee und versuchte winselnd, sich mit den Armen vor weiteren Fußtritten zu schützen.

„Steh auf, Milchgesicht!", fauchte ihn der Ältere zornig an. Sein dichter Vollbart war weiß vom Schnee. Nur an den Wangen konnte man noch Spuren von dunklem Braun erkennen. „Wir sind hier nicht im Krieg! Die armen Frauen wurden ihrer Männer, des Hofes und des Viehs beraubt. Jetzt willst du ihnen noch ihre Kinder nehmen? Wie tief kann ein Mensch nur sinken, sobald er nur etwas ..." Die Stimme des Bärtigen brach, bevor er den Satz beenden konnte. Er nahm das Gewehr des blutverschmierten Jünglings an sich, warf es achtlos auf den Schlitten und zog am Zaumzeug der alten grauen Leitstute. Im Hintergrund war der Soldat, der gerade noch die Flinte auf Alfred gerichtet hatte, in sich zusammengesunken. Auch er schien vor dem Bärtigen Respekt zu haben.

3

DER BAHNHOF

„Wie ist Ihr Name?", sprach ein grobschlächtiger Mann jeden Einzelnen an, der an seinen zusammengezimmerten Tisch trat. Mit der rauen Stimme eines Kettenrauchers wies er alle darauf hin, dass sie ab jetzt kein freier Mann oder keine freie Frau mehr seien. Der weitere Verlauf ihres Lebens unterliege nun strengen Gesetzen. Alle Deportierten müssten sich an die Richtlinien halten, egal, ob Greis oder Kind. Keiner dürfe sich einen Fehltritt erlauben, wenn er am Leben bleiben wolle.

Er sah jedem, der vor ihm stand, grimmig und voller Abscheu entgegen. Der Gesichtsausdruck des beleibten Mannes unterstrich den Hass, den er den Befragten gegenüber an den Tag legte. Eine selbst gedrehte Zigarette klebte in einem Winkel seines dünnlippigen Mundes. Bei jedem Wort wippte der glühende Punkt und leuchtete ab und zu hellrot auf, wenn der Mann an der Zigarette zog.

Alle waren bis auf die Knochen durchgefrorenen. Frauen und Kinder, mit ihren wenigen Habseligkeiten bepackt, sammelten sich und warteten auf weitere Anordnungen.

„Sogar jetzt sind sie noch pünktlich und organisiert – wie es sich halt für einen Deutschen gehört", hörte Johanna einen älteren Soldaten spöttisch reden. Er lachte leise und schüttelte ungläubig den Kopf.

„Wie ist dein Name?", wandte sich der Schreiber an den Mann, der vor Johanna an der Reihe war.

„Von Hornoff, mit zwei F." Sein deutscher Akzent war nicht zu überhören.

Michael hob verblüfft den Blick. Männer gab es hier nur wenige, abgesehen von den Soldaten. Der Mann vor ihm war ungefähr im Alter seines Vaters. Er humpelte stark auf dem linken Bein, versuchte jedoch, aufrecht zu stehen. Michael drehte sich um, ließ seinen Blick verstohlen über die fremden Gesichter schweifen, um nach weiteren Männern zu suchen. Vielleicht war sein Vater auch hier? Seine Hoffnung erfüllte sich nicht und Enttäuschung machte sich in ihm breit. Die empörte Stimme des Soldaten riss ihn aus seinen Gedanken.

„Wie? Bist du Halbrusse oder was? Was ist mit deinem Gesicht passiert? Bist du ein Überläufer?", leierte der dicke Kommandant gelangweilt herunter, musterte sein Gegenüber jedoch mit ernster Miene und durchdringendem Blick.

„Nein, Genosse Kommandant, ich ..."

„Ab heute heißt du *Gorn!* Verstanden?! Und deine Familie auch. Nur Gorn, ohne ‚von' und ohne F." Er verzog angewidert seine Lippen. Der Mann mit dem verletzten Bein nickte nur. „Gornow kling zu russisch, findest du nicht? Oder bist du Jude? Wie ist dein Vorname?"

Johanna wusste, dass kein Russe den Namen richtig aussprechen konnte – zu Hitler sagten sie *Gitler* –, in ihrer Sprache existierte das weiche H nicht.

Herr von Hornoff schwieg einen Augenblick. Schon dieses kurze Zögern dauerte dem schlecht gelaunten Russen zu lang und bot einen willkommenen Anlass, dem Gefangenen eine weitere Lektion zu erteilen. Sofort sprangen zwei von der Patrouille auf den erschrockenen Mann zu und drehten ihm die Arme auf den gekrümmten Rücken. Der Schreiber nickte abwartend, seine Augenbrauen zogen sich finster zusammen.

„Adolf, ich heiße Adolf", keuchte Herr von Hornoff. „Bitte lasst mich los. Meine Kinder ... oh Gott, bitte, meine Kinder. Ich bin ohne meine Frau hier. Eure Soldaten haben sie unterwegs vergewaltigt und umgebracht." Der letzte Teil kam auf Deutsch. Der mürrische Mann verstand kein Wort und kratzte mit einem schabenden Geräusch über die Stoppeln an seinem Kinn. Michael verstand jedoch alles, bis auf *„vergewaltigt"*. Dieses Wort setzte sich in seinem Gedächtnis fest, denn er erkannte instinktiv, dass es sich um etwas Schreckliches handeln musste. *VERGEWALTIGT,* hallte das Wort in seinen Gedanken nach.

Der schluchzende Mann schrie verzweifelt nach seinen Kindern. Zwei Jungen und ein Mädchen. „Sie sind zwischen fünfzehn und sechs", stotterte er hilflos und sah sich hektisch um. Immer wieder rief er ihre Namen. Das fünfzehnjährige

Mädchen mit den blonden Zöpfen und vom Weinen geröteten Augen hielt seine jüngeren Brüder fest an sich gedrückt, als es von einem Soldaten angeschrien wurde, der es nicht durchlassen wollte. „Papa! Hier sind wir!", schrie sie auf Deutsch, den Befehlen zum Trotz.

Die Rufe ihres Vaters verstummten unter den Tritten von zwei Paar schwarzen Stiefeln und einem Schlag mit dem Gewehrkolben auf den ungeschützten Kopf. Der Schnee verwandelte sich in roten, dampfenden Schlamm. Johanna drückte Michaels Gesicht an ihren Bauch, konnte aber nicht verhindern, dass er sah, wie der leblose Körper des Mannes weggeschleppt wurde.

„So, ihr drei, jetzt seid ihr Waisen. Ich hoffe, ihr habt heute etwas Wichtiges gelernt." Der Kommandant war immer noch erstaunlich gut gelaunt. „Wenn ihr euch an die Regeln haltet, wird euch nichts passieren. Was soll ich nun mit euch machen, hm? Immerhin sind wir jetzt *einen* Adolf losgeworden, nicht wahr?"

Er hatte kaum ausgesprochen, da riss ihn ein mächtiger Fußtritt vom Stuhl. Augenblicklich verstummte auch das höhnische Gelächter der umstehenden Soldaten. Ein schlaksiger Herr mit meliertem Haar und straffer Körperhaltung packte den dicken Kommandanten am Kragen und zerrte ihn wieder auf die Beine. Mit Schlamm und Schnee besudelt stand der Schreiber da, schniefte und begann mit eingezogenem Kopf, den Schmutz von seinen Sachen zu klopfen. Die Zigarette fiel aus seinem Mundwinkel auf die vereiste Erde, ein leises Zischen, dann erlosch der Glimmstängel.

„Du kommst vors Militärtribunal, wenn du die Leute schikanierst wie den armen Kerl von vorhin. Auf meinen Befehl hin wird man dich erschlagen wie einen verdammten Straßenköter! Habe ich mich klar und deutlich ausgedrückt?" Obwohl der ältere Herr nur flüsterte, zuckte sein Gegenüber zusammen, sein schwammiges Gesicht wurde aschfahl. „Wie soll ich mit Frauen und Kindern die Arbeitslager errichten, du Schwachkopf?", fuhr der aufgebrachte Mann seinen Kontrahenten an, der eingeschüchtert auf die schmutzige Erde starrte. Die Hände zu Fäusten geballt, trat er noch einen Schritt

41

auf den Kommandanten zu. Der Dicke rührte sich nicht, nur ein leichtes Zucken verriet die Furcht, die er vor seinem Vorgesetzten empfand.

Auf einmal wurde der schlaksige Mann sehr laut. „Wie sollen die Deutschen ihr Soll erfüllen? *Wie,* frage ich dich? Wie soll Russland davon profitieren, wenn ich nur hungrige Mäuler bekomme und keine starken Arme, die imstande wären, mehr zu leisten als ihr nichtsnutzigen Idioten? Ihr seid nichts als Abschaum, ein Pack verworfener Arschlöcher. Wenn der Deutsche auf uns losmarschiert, sind wir im Arsch. *Ihr haltet euch gefälligst an meine Anweisungen, habe ich mich klar ausgedrückt?*", schrie der ältere Herr.

„Jawohl, Genosse Litwinow!" Alle Schadenfreude war aus dem feisten Gesicht gewichen, als er dem älteren Befehlshaber ins Gesicht sah. Der Dicke stand stramm, salutierte und schlug die Fersen zusammen. Der runde Bauch zerrte gefährlich an seiner etwas zu klein geratenen Uniform. Erst als Litwinow ihm gestattete, mit seiner Arbeit fortzufahren, erlaubte sich der Dicke wieder zu atmen.

„Wie ist dein Name, Frau?" Er strahlte wieder unverhohlenen Hass aus, auch wenn er sich offensichtlich Mühe gab, sich zu beherrschen. In den rot unterlaufenen Augen lag nichts als Abscheu, während er Johanna und ihre Familie taxierte. Sie sah ihm ihrerseits eine Weile nur offen ins Gesicht. Er fragte erneut nach ihrem Namen, die dreckigen Witze blieben diesmal jedoch aus.

„Berg", antwortete Johanna schlicht.

„Habt ihr gehört? Ja, ihr – *Adolfskinder* –, ihr heißt ab jetzt auch Berg." Seine Augen bohrten sich in die des eingeschüchterten jungen Mädchens, bis es seinem Blick nicht mehr trotzen konnte und flatternd die Lider senkte. Sie nickte nur. Ihre Unterlippe bebte. Mit geschlossenen Augen stand sie nur da und wartete auf weitere Anweisungen. Tränen liefen über ihr mageres Gesicht.

Das schrille Pfeifen eines ankommenden Zuges kreischte mehrmals durch die eisige Luft. Die Kinder zuckten erschrocken zusammen, so laut und durchdringend war der Warnruf der riesigen Lokomotive. Auch Johanna fuhr entgeistert herum. Dampf stieg in einer weißen Säule zu dem grauen, von dicken Wolken verhangenen Himmel empor. Als der Zug langsam zum Stehen kam, keuchte der Koloss und stieß noch mehr Dampf in die klirrend kalte Luft. Das Schaben von Metall auf Metall erzeugte ein quietschendes Gekreische, das einem einen kalten Schauer durch die Glieder jagte.

„Begrüßt eure neue Mutter und betet zu Gott, dass sie sich nicht vergewaltigen und töten lässt wie eure erste." Ein wenig erschrocken über seine eigenen derben Worte blickte sich der Dicke ängstlich um, aber Generaloberst Litwinow stand außer Hörweite. Sichtlich erleichtert atmete der Schreiber auf. Mit einer energischen Handbewegung winkte er von Hornoffs Kinder heran. Sein Nebenmann kicherte wie ein Schakal.

Das Mädchen ging zu Johanna, umarmte sie und sagte auf Deutsch: „Danke schön. Ich verstehe nicht, was der Mann da sagt. Alles, was ich verstanden habe, war 'Mutter'. Als er mit dem Finger auf euch gezeigt hat, da dachte ich … ich dachte …" Die Scham nahm ihr die Luft, sie rieb sich mit den langen Fingern über die Augen, holte Luft und begann vom Neuem. Ihre Stimme zitterte. „Ich habe mir gedacht, er meint Sie damit. Meine Mama ist gestorben, und Papa ... Ist er auch tot?" Sie vergrub ihren Kopf an Johannas Brust. Ihre Schultern zuckten, sie weinte die bitteren Tränen eines Kindes, das nicht mehr weiterwusste. Johanna nickte, obwohl das Mädchen sie nicht sehen konnte, und küsste es sanft auf den Kopf. Mit der Rechten strich sie dem Mädchen über den schmalen Rücken, der nur von einem dünnen Mantel verhüllt war.

„Ich nehme euch mit, doch wo wir hingebracht werden, weiß nur Gott allein." Eine grobe Hand riss Johanna am Ärmel herum. Sie stürzte fast, so heftig war der Ruck.

„Sprecht Russisch, ihr faschistischen Schweine!", zischte der dicke Mann durch seine gelben Zähne. Der schäbige Tisch keuchte unter der Last seines vorgebeugten Oberkörpers.

„Sie ist der russischen Sprache nicht mächtig", entgegnete Johanna mit gespielter Gelassenheit. Er ließ ihren Arm abrupt los. Durch die Wucht schlug Johannas Hand gegen das spindeldürre Mädchen. Das arme Kind japste vor Schmerz, sagte aber nichts.

„Wie lautet dein Vorname? Den wirst du doch wohl nicht vergessen haben? Auch den deiner Bälger und dieser drei Hurenkinder muss ich zu Protokoll bringen." Die Namen wurden in unsicherer, fast schon kindlicher Schrift notiert.

Früher, in der Blütezeit ihrer Jugend, als sie ohne Sorgen in den Tag lebte, ihr Leben genoss, ohne sich den Kopf darüber zu zerbrechen, was der nächste Tag bringen mochte, da hatte Johanna die lüsternen Blicke der Männer auf sich gezogen. Als sie Roman kennengelernt hatte, schienen alle Träume in Erfüllung zu gehen. Mit der Geburt der Kinder wurde das Leben nicht leichter. Alles wurde anders, interessanter, dachte sie damals. Sie bereute keine ihrer Entscheidungen. Oft schwelgte sie in den Erinnerungen an ihre Vergangenheit, wenn sie im Bett lag und auf ihren Mann wartete. Sie wusste, dass Roman die Nächte damit verbrachte, Pläne für eine gute Sache zu schmieden. Nun stand sie da, ganz allein mit ihren Kindern und noch drei weiteren, die ab heute zu ihr gehörten. Wie sollte sie nur weiterleben? Wo war ihre Stütze, ihr Roman? Ergeben fügte sie sich ihrem Schicksal. Sie beantwortete alle Fragen, zuletzt unterschrieb sie mit klammen Fingern die Papiere, um sich der Menschenmenge anzuschließen, die nur ein Paar Fußlängen weiter vorne stand und auf weitere Anweisungen wartete. Als ihre Personalien aufgenommen waren, kam schon die nächste Familie an die Reihe. Auch hier suchte man vergebens nach einem erwachsenen Mann.

„Führt sie endlich ab!", hörte Johanna den Kommandanten mit sich überschlagender Stimme Befehle erteilen. Ein Ausdruck des Missfallens huschte über das magere Gesicht eines Soldaten, der eilig auf sie und ihre Familie zuschritt. Von ihm bekam Johanna einen Zettel mit ihren Namen. Das war ihr Reisepass nach Sibirien. So viel stand nun fest. Der junge Soldat blieb vor ihr stehen und bedeutete ihr mit seinem Gewehr, ihm zu folgen.

Johanna schüttelte resigniert den Kopf, dann fiel ihr Blick auf die sieben Kinder, deren Augen voller Hoffnung zu ihr aufschauten. Sie versuchte die Situation mit einem Lächeln zu entschärfen, scheiterte jedoch bei ihrem Sohn kläglich. Michael

44

schien die Ausweglosigkeit als Einziger richtig einzuschätzen, seine Augen waren ernst und voller Sorge. Er hielt immer noch seine kleine Schwester im Arm. Johannas Herz zog sich vor Schmerz zusammen. Welche Zukunft würde sie wohl erwarten?

„Na los, gehen Sie schon!", herrschte sie der junge Mann mit schriller Stimme an. Er schien kaum weniger verzweifelt als sie selbst.

4

EXPLOSION

Ganze Berge von Bündeln mit den Habseligkeiten der Gefangenen lagen neben den Gleisen. Johanna sah, wie ein Mann sich dorthin stahl, schnell zusammenraffte, so viel er tragen konnte, und es auf einen bereitstehenden Eselskarren warf. Er war nicht der Einzige.

Michael beobachtete die ganze Zeit das hübsche Mädchen. Maria lautete ihr Name. Sie musste seinen Blick bemerkt haben. Ihre stahlgrauen Augen sahen ihn traurig an. Ihre schmale Hand streifte flüchtig seine Wange, als sie das Tuch zurechtrückte, in das die kleine Anja eingewickelt war. Dabei vermied sie es, Michael in die Augen zu schauen. Ihre Finger waren eiskalt. Die feinen Gesichtszüge waren vollkommen und makellos, wie die einer Puppe, nur schöner und lebendiger. Er schluckte schwer, sein ganzes Augenmerk war auf ihre puterroten Finger gerichtet.

*****

„Mama, haben wir noch Handschuhe für Maria? Sie friert", wandte sich Michael an seine Mutter. Er sprach deutsch, seiner neuen Schwester zuliebe. Sie war etwa in seinem Alter, dreizehn vielleicht, oder auch vierzehn, wie Gregor, dachte Johanna und gab ihr den Schal, den sie sich um die Schultern gelegt hatte. Das junge Mädchen bedankte sich höflich. Ihre Wangen glühten. Scham und die bittere Kälte ließen ihre Wangen leicht rosa schimmern. Nach einem kurzen Zögern wickelte Maria das Wolltuch um die Hände ihres kleinen Bruders. Erst jetzt bemerkte Johanna, dass die armen Kinder völlig durchgefroren waren. Der kleine Andreas und sein Bruder Thomas, der nicht älter als acht war, hatten beide blaue Nasen und feuerrote Finger. Alle drei zitterten. Maria schaute ihre neue Mutter mit einem schuldbewussten Gesichtsausdruck an. So als wäre sie diejenige, die die Verantwortung dafür trug, dass ihre Geschwister so furchtbar frieren mussten. Eine dunkelbraune Haarsträhne löste sich aus einer der Haarklammern und hing lose in ihre hohe Stirn. Maria strich sie abwesend zurück und steckte das Haar erneut unter die Mütze.

„Ihr armen Kinder", murmelte Johanna. Sie musste handeln, und einmal mehr dachte sie voller Sehnsucht an das kleine Bündel, das bei ihrem Abtransport im Schnee zurückgeblieben war. Wie dringend hätten sie die wenigen Sachen jetzt gebrauchen können! „Viel habe ich nicht da, meine Süßen", sprach sie mehr mit sich selbst als zu den Kindern.

Der junge Soldat stand unentschlossen da und trat ungeduldig von einem Bein aufs andere. „Ihr bleibt alle schön hier. Ich muss jetzt weg. Jemand wird euch gleich holen kommen", sagte er nach einer Weile. Er gab sich Mühe, seine Stimme befehlsgewohnt klingen zu lassen. Johanna beachtete ihn nicht. „Der liebe Gott wird mir meine Sünden verzeihen müssen, wenn ich als Mutter irgendwo einen Fehler begangen habe", flüsterte sie weinend vor sich hin. Sie überlegte fieberhaft, was sie den Kindern zum Schutz vor der Kälte geben konnte, bis sie schließlich in einer Tasche ihres Mantels mehrere zusammengeknüllte Wollsocken fand. Erleichtert holte sie sie heraus und zog sie den Kindern wie Fäustel über die kleinen Hände. Thomas reichten die an den Fersen gestopften Socken bis an die Ellenbogen. Der kleine Junge begann zu weinen, als sich seine eisigen Hände unter brennenden Schmerzen langsam erwärmten.

Ein anderer junger Mann kam auf sie zu und Johannas Herz zog sich zusammen. Sie rechnete mit Schlägen oder zumindest mit barschen Worten. Sie blinzelte. *Wo ist der andere geblieben?,* blitzte es in ihrem Kopf auf. Der junge Soldat wurde schneller, immer wieder warf er einen Blick über die Schulter, das Gewehr trug er in seiner rechten Hand wie einen Ast. Johanna kniff die Augen zusammen, wappnete sich für die Attacke. Ihre Hoffnung auf Besserung verflüchtigte sich mit jedem Atemzug mehr. Gleich würde sie für ihren Ungehorsam bestraft werden. Ohne sich abzusprechen, bildeten die Kinder mit ihren Körpern einen Schutzwall um die Mutter. Auch sie rechneten mit dem Schlimmsten, aber anstatt die eingeschüchterte Frau und die schutzlosen Kinder zurechtzuweisen oder gar anzubrüllen, beugte sich der junge Soldat nach vorn und griff nach Marias offen stehendem Kragen. Zuerst dachte Johanna, er wolle sie begrapschen oder ihr sonst etwas Böses antun. *Ich werde ihn wegstoßen oder ihn schlagen oder um Hilfe schreien,* nahm sie sich vor. Doch sie blieb stumm. Die Angst lähmte sie. Johanna erkannte zu ihrem Entsetzen, dass sie nichts dergleichen unternehmen würde. Alles nur Wunschdenken. Ihren Kindern zuliebe würde sie schweigen, alles über sich ergehen lassen. Sie schämte sich so sehr, ihre Augen brannten von bitteren Tränen.

„Die darfst du erst im Zug anziehen", flüsterte ihr der junge Soldat ins Ohr. Erst jetzt begriff Johanna, dass er ihr sein eigenes Paar Handschuhe unter den Mantel geschoben hatte. Er war nicht viel älter als ihr Sohn Alexander. Wo mochte der jetzt wohl sein?

„Ihr geht jetzt alle zum Zug", rief ihr heimlicher Helfer unvermittelt mit lauter, fester Stimme. Er korrigierte kurz den Sitz seiner Uniform, dann ging der junge Soldat schnellen Schrittes weiter, ohne sich ein einziges Mal umzudrehen. Johanna schickte ein Stoßgebet zum Himmel und sah auf ihre Karte. „Gleis drei" stand auf dem zerknitterten Zettel.

Über einen Steg aus grob gehauenen Brettern wurden sie in die Waggons geführt. Wer sich nicht schnell genug bewegte, bekam einen Gewehrkolben in den Rücken. Familie Berg, seit Kurzem um drei Kinder reicher und um einen weiteren Vater ärmer geworden, bekam keine Schläge. Der Zug war voll. Der Waggon war voll. *Und nun?,* fragte sich Johanna im Stillen. Ihr Atem stieg in weißen Wolken auf und vermischte sich mit denen der anderen Menschen, die unschlüssig dastanden. Schreie, Stöhnen und verzweifelte Rufe hallten zu allen Seiten aus der Eisenbahnstation Nummer zwölf. Die Luft war von beißendem Qualm geschwängert. Mancherorts lagen Menschen mit erstarrten Gesichtern im zähen Schlamm auf der kalten Erde.

*****

Sie bewegten sich nicht, sie zitterten und schnarchten nicht. *Ist ihnen denn nicht kalt?,* wunderte sich Michael. Oder waren sie tot? Der grausige Gedanke traf ihn wie ein Hammerschlag. Seine Augen huschten hin und her. Menschen standen da wie Kühe, die zu einer Herde zusammengetrieben auf ihren Schlächter warteten.

Ein lautes Pfeifen durchbrach Michaels panischen Zustand. Er zitterte am ganzen Körper, befürchtete sogar, sich in die Hose gepinkelt zu haben. Verstohlen zog er seinen Handschuh aus und griff sich in den Schritt. Die Finger waren so kalt und klamm, dass er nicht sofort spürte, ob der dicke Stoff seiner Hose trocken oder durchnässt war.

*****

„Wer muss noch pinkeln?", fragte Johanna, die Michael beobachtet hatte. Auch sie selbst musste dringend auf die Toilette. Nur wo? Überall herrschten Chaos und wirres Durcheinander. Schließlich fragte sie einen der Uniformierten, wo sie sich erleichtern konnten. Er sah ganz anders aus als alle Menschen, die Michael je gesehen hatte. Sein Gesicht, vor allem die Augen, waren ungewöhnlich schmal. Konnte er überhaupt etwas sehen?

Zuerst blickte der Mann die Frau verständnislos an, erst danach registrierte er die vielen Kinder. Seine Augen waren nur zwei schmale Schlitze, das Haar rabenschwarz. *Wie ein Chinese,* dachte Michael. So hatte er sich die Chinesen immer vorgestellt. Als der Mann begriff, was Johanna von ihm wollte, prustete er los: „Hey, Andrej, hast du das gehört? Die Frau fragt nach einer Toilette!" Er lachte schallend und klopfte sich dabei auf die Oberschenkel. „Diese Deutschen sind doch nicht ganz dicht. Oder was meinst du, wo ich dir jetzt eine Porzellanschüssel herzaubern könnte?"

Der letzte Satz galt wieder Johanna. Ihre Wangen glühten vor Scham. Die Situation war ihr außerordentlich peinlich. Von einem fremden Mann wegen so etwas Banalem ausgelacht zu werden, noch dazu in aller Öffentlichkeit, nagte an ihrer Selbstachtung. Die Würde eines Menschen durfte nicht so in den Dreck gestampft werden, lag ihr auf der Zunge, stattdessen biss sie sich auf die Lippen.

„Wir wollen doch nur pinkeln", mischte sich Michael mit ernster Miene in das Gespräch ein. Gregor zupfte ihn nervös am Ärmel.

„Hör lieber auf deinen älteren Bruder, Junge", ermahnte ihn der Mann und schielte auf Gregor. Der ließ sofort von seinem Bruder ab und versteckte sich hinter seiner Mutter.

„Schau dich um, Mutter. Du kannst hinpissen, wo es dir beliebt. Sind diese Bälger alle von ein und demselben Mann? Oder gleicht dein Schoß dem einer Hündin?", lachte er spöttisch und griff Johanna an den Busen. Sie stöhnte vor Schmerz. Tränen stiegen ihr in die Augen. Ihre Brust war voller Milch und zum Zerreißen gespannt. Der Soldat deutete ihre Reaktion falsch und schlug ihr mit der flachen Hand ins Gesicht. „Kein Wunder, dass euch Genosse Stalin alle nach Sibirien schickt", zischte er verächtlich, spuckte Johanna vor die Füße und rief einem älteren Herrn etwas zu, das Johanna nicht verstehen konnte. Er sprach eine ihr unbekannte Sprache. Dann drehte er sich zu Michael um, der ihn drängend am Ärmel zog.

„Was ist los, warum starrst du mich so an? Noch nie einen Kasachen gesehen? Ich sehe euch Deutschen auch zum ersten Mal. Wo sind denn eure Hörner? Ein weiser Mann hat mir mal erzählt, dass ihr welche habt. Hat man sie euch etwa schon abgesägt?" Johanna begriff, dass der Mann nicht scherzte – er meinte das völlig ernst. Der Kasache riss grob an ihrem Haar, das unter dem dicken Wolltuch herauslugte. Sie verzog schmerzerfüllt das Gesicht, blieb jedoch stumm. Vor ihm wollte sie keine Schwäche zeigen, aber auch nicht vor den Kleinen. *Wann wird das Ganze ein Ende haben, wann kommen wir endlich hier weg?,* dachte sie mit nach außen stoischer Miene.

Plötzlich ging ein alter Mann dazwischen. Er packte den Jüngeren grob an der Schulter und redete in gebrochenem Russisch auf ihn ein. Der wiederum verteidigte sich in seiner Muttersprache.

„So darfst du nicht mit der Frau umgehen", schimpfte der Alte, ungeachtet dessen, was sein Landsmann von sich gab. Dann zog der Grauhaarige sogar eine Knute hervor und holte zum Schlag aus. Mit einem ohrenbetäubend lauten Knall entlud der lange Lederriemen seine geballte Energie in der emotionsgeladenen Luft. Die Spitze schrammte so dicht am Gesicht des Kasachen vorbei, dass er zusammenzuckte. Endlich wich er von Johanna zurück. Das Geräusch hallte noch lange nach, wie eine schwache Erinnerung. Dann knallte es erneut, wie ein Pistolenschuss. „Hör auf!", kreischte der Kasache und duckte sich unter den langen Schlaufen der Peitsche weg.

Der Alte steckte den dunklen Griff hinter seinen breiten Ledergürtel. Der Lederriemen lag auf dem schmutzigen Schnee wie eine tote Schlange. „Zeigen Sie mir Ihre Papiere, junge Frau. Sie haben alle Kinder bei sich?" Seine Stimme klang rauchig, die Augen waren noch schmaler als bei seinem jungen Kameraden, sodass Johanna zwischen seinen Lidern nichts erkennen konnte, bis der Jüngere erneut etwas erwidern wollte. Der alte Herr riss seine Augen so weit auf wie nur möglich. Zwei bernsteinfarbene Murmeln wurden sichtbar. Rasch, mit einer schnellen Armbewegung zog er erneut die Peitsche, diesmal schlug er mit dem Griff auf den schmalen Rücken des Jünglings ein. Die wattierte Jacke dämpfte die heftigen Hiebe etwas, der junge Kasache schrie mehr vor Schreck. Als der Greis merkte, dass seine Schläge wenig Wirkung hatten, ließ er seine Knute durch die Luft wirbeln, fing sie geschickt auf, holte weit aus und ließ den dünnen Riemen erneut über den Jüngeren tanzen. Der grobe Stoff der dicken Jacke platzte unter den dumpfen Hieben an mehreren Stellen auf. Gelbe Watte quoll hervor. Damit war die Machtdemonstration beendet.

„Ich bringe Sie zu Kommandant Petrow, er wird sich um Sie kümmern", sagte der Alte leicht außer Atem. *Petrow?* Obwohl der Name in Russland nicht gerade selten war, konnte Johanna ihre Überraschung nicht verbergen.

„Stimmt etwas nicht?", wollte der Mann mit der Peitsche wissen, als er sah, wie sie zusammenzuckte.

„Die Kinder müssen auf die Toilette, und ich auch", lenkte sie ab.

„Natürlich, natürlich." Er führte die ganze Familie hinter einen Wagen, der etwas weiter abseits stand als die vielen anderen, die mit den Habseligkeiten der Vertriebenen beladen waren. Mit einem flüchtigen Wink wies er in die Richtung, wo sie ihre Notdurft verrichten durften. Sie schaute ihn fragend an. Er nickte zustimmend. Seine Hand legte sich auf Johannas Rücken und schob sie leicht voran.

„Dieses Pferd ist alles für mich – Frau, Kinder, Familie. Mein Gaul ist alles, was ich habe", sagte er zärtlich, als sie bei dem Karren ankamen. Dabei strich der alte Kasache dem klapprigen Tier liebevoll über die weiße Blesse.

Johanna lief um den Wagen herum und ging in die Hocke. Dabei wurde sie den Eindruck nicht los, dass der Mann sie beobachtete, wie sie sich erleichterte. *Tiefer kann ich nicht mehr sinken,* dachte sie traurig und half dann ihren Kindern beim Anziehen. Als sie fast fertig waren, begann das Pferd zu wiehern. Der gewaltige Kopf fing an zu zucken, die Hufen stampften auf die gefrorene Erde. Kleine Klumpen stoben in alle Richtungen. Der Alte redete beruhigend auf sein Tier ein, strich dem aufgeschreckten Pferd beruhigend über den Hals. Trotz aller Bemühungen tobte der Gaul nur noch heftiger und zerrte an seinem Geschirr, als wollte er sich losreißen und davonpreschen. In seiner Hilflosigkeit zog der alte Kasache die Peitsche und schlug das Tier. Dicke rote Striemen verunstalteten die rechte Flanke, als der Riemen darauf niedersauste.

Auf einmal wurde es ganz still. Gleich darauf bebte die Erde, eine gewaltige Explosion ließ alles erzittern. Eine schwarze Wolke verdunkelte den Himmel, um von einer riesigen Flamme, die hoch in die Luft schoss, vertrieben zu werden.

„Krieg, Krieg!", schrien die Menschen, von Panik ergriffen, wie aus einer Kehle. Soldaten, Zivilisten und Gefangene liefen wie von Sinnen ohne erkennbares Ziel hin und her. Schüsse peitschten, Kugeln surrten, hier und da fielen Körper zu Boden. Johanna war so verwirrt, dass tausend zusammenhanglose Gedanken in ihrem Kopf durcheinanderschwirrten. Sie zählte ihre Kinder. Mehrmals. Kam immer wieder auf eine andere Zahl. Rief ihre Namen. Gregor weinte. Anja schrie aus vollem Hals. Maria hielt ihre Geschwister fest an sich gedrückt. Der alte

Kasache lag am Boden und brüllte, seine Bauchdecke war aufgerissen. Die Gedärme quollen zwischen seinen schmutzigen Händen heraus. Eine weitere gigantische Stichflamme schwärzte den Himmel. Eine erneute Explosion folgte, dann noch eine und noch eine.

„Schnell, Kinder, alle in den Anhänger!", schrie Johanna mit weit aufgerissenen Augen. Alle krabbelten hastig hinauf, Johanna nahm die Zügel und war eben im Begriff, davonzufahren, aber sie kamen nicht weit. Der junge Kasache versperrte ihnen den Weg, riss an den Zügeln, das alte Pferd scheute, stellte sich auf die Hinterbeine, dann stürzte der abgemagerte Klepper wiehernd auf die Seite. Irgendwie gelang es dem panischen Tier, sich mit letzter Kraft hochzustemmen. In der ganzen Aufregung flog etwas Schwarzes unbemerkt direkt auf die kleine Gruppe zu. Endlich stand das Pferd wieder auf allen vieren. Seine Muskeln zitterten von der Anstrengung. Das schwarze Etwas begann zu glühen und zog einen dunklen Schweif hinter sich her, während es sich mit zunehmender Geschwindigkeit näherte. Schließlich traf das inzwischen brennende Etwas das Tier in die Flanke, genau zwischen den Rippen. Johanna hörte die Knochen des alten Pferdes trocken knacken. Ein intensiver Geruch nach verbranntem Fleisch stieg ihr in die Nase. Die Deichsel des Karrens brach, als das arme Tier strauchelte, mit den Hufen scharrte und vergebens versuchte, wieder auf die Beine zu kommen. Der graue Schnee färbte sich rot. Ein Schuss aus nächster Nähe ließ Johanna und die Kinder aufschreien. Dampf vermischte sich mit dem schwarzen Rauch, der von überallher zu kommen schien, zu einem dichten Nebel. Hilflos suchten Johannas Augen nach dem Todesschützen. Der kupfrige Geruch von Blut war allgegenwärtig. Überall lagen tote oder verletzte Menschen.

„Schafft den Kadaver weg", ertönte eine herrische Stimme. Wie ein Bote aus der Unterwelt schälte sich eine drahtige Gestalt in sowjetischer Uniform aus dem Dunst. Mit knappen Bewegungen wies er mehrere Soldaten an, das um sich schlagende Pferd zu erschießen, damit es niemanden mit seinen Hufen verletzen konnte. Der alte Kasache rührte sich nicht mehr, sein jüngerer Begleiter stand mit erhobenen Händen da und schaute sich hektisch um. Er zitterte vor Angst.

„Sieh mal einer an", lachte der uniformierte Mann zynisch. Sein höhnisches Grinsen galt dem Kasachen. „Die Söldner ergeben sich. Einer tot, der andere hat die Hose voll. Was wohl mit dir passiert wäre, wenn das hier wirklich ein Luftangriff gewesen wäre? Nimm deine Arme runter und verschwinde – und die hier kommen mit." Er zeigte mit der Rechten lässig auf Johanna und die eingeschüchterten Kinder, die sich auf dem Karren zusammengekauert hatten.

„Keine Angst, bitte beruhigen Sie sich! Wir haben keinen Krieg, noch nicht. Alles halb so schlimm, das war nur ein Tank, der in die Luft gegangen ist, nichts weiter", beschwichtigte ein Mann die aufgebrachten Menschen, laut, aber in ruhigem Ton. Die meisten lagen immer noch auf der kalten Erde und trauten sich nicht aufzustehen.

„Ich habe gesagt, ihr sollt weitermachen! Und die hier …" – jetzt schrie der drahtige Mann, zog demonstrativ seine Pistole aus dem Holster und schoss zweimal in die Luft – „die kommen mit mir! Verstanden? Wer sich widersetzt, bekommt neun Gramm Blei verpasst." Wie zum Beweis, dass er das ernst meinte, richtete er seine Waffe langsam auf einen jungen Soldaten, der eifrig nickte und anfing, die Kinder von dem Karren herunterzuziehen. Dem verdutzten Gregor verpasste er sogar einen Tritt, weil er hinfiel und nicht sofort wieder auf die Beine kam. Mit tränenden Augen rappelte sich der verängstigte Junge hoch und humpelte zu Johanna. Wie Sträflinge folgten Johanna und ihre Kinderschar den beiden Soldaten, die sich beinahe überschlugen, um es ihrem Kommandeur recht zu machen. Der schien es im Moment ziemlich eilig zu haben. Er achtete nicht darauf, ob die Gruppe mit ihm Schritt halten konnte. Sein energischer Gang deutete auf einen hohen Posten hin, und auf seine Unabkömmlichkeit im Büro. Vielleicht wollte er aber auch nur den Anschein erwecken, dass es so war. Kurze Zeit später verschwand der unsympathische Mann in einem der großen Gebäude des riesigen Bahnhofs. Johanna kannte diese Art Mensch und hoffte, ihm nicht noch einmal zu begegnen.

Sie und die Kinder trotteten weiter ihrem Schicksal entgegen. Der Schnee lag knöchelhoch, an manchen Stellen war er noch tiefer, sodass das Vorankommen sehr beschwerlich war. Keiner sagte ein Wort. Selbst Anja schlief ruhig. Johanna legte ihrem kleinen Engel die Wange dicht an Mund und Nase und hielt die Luft an. Mit großer Erleichterung stellte sie fest, dass ihre kleine Tochter noch atmete. Als sie den warmen Hauch auf ihrer Haut spürte, fiel ihr ein Stein vom Herzen. Danach galt ihr Augenmerk den restlichen Kindern. Bis auf Gregors leichtes Humpeln konnte sie keine weiteren äußeren Verletzungen an ihren Schützlingen ausmachen. Alle schienen körperlich unversehrt, aber die seelischen Wunden würden niemals heilen, davon war sie überzeugt.

Michael schritt mit zusammengekniffenen Augen neben ihr her. Ihre Hand strich über seine Schulter und drückte seinen kleinen Körper leicht an sich. Er ließ sie gewähren, schaute kurz auf und zauberte das vertraute Lächeln auf sein Gesicht, das ihr wieder neue Hoffnung gab.

5

VERNEHMUNG

„Du da, ihr müsst alle hier warten", durchschnitt eine Männerstimme die stickige Luft wie eine scharfe Klinge. Johanna und ihre Kinder befanden sich in einem Gebäude, das vermutlich zu Verhörzwecken diente. Überall hingen Plakate mit Parolen, die zum Krieg gegen die Deutschen aufriefen. Hier und da saßen Schreiber und protokollierten die Aussagen von Männern und Frauen. Dutzende von Stimmen schilderten die Eskalation aus ihrer Sicht, ihre Klagen klangen gedämpft, aufgeregt und emotional. Das monotone Gemurmel schwoll zu einem tiefen Brummen an. Hier und da konnte Johanna einzelne Fetzen heraushören. Dann begriff sie, dass hier nicht nur der schreckliche Unfall geschildert und aufgenommen wurde.

„Nein, ich bin kein Spion."

„Ich werde nicht gegen Russen kämpfen."

„Der Weizen gehört mir."

„Ich bin nur ein Bauer."

„Das Gewehr hab' ich nur bei mir gehabt, weil ich Jäger bin."

Johanna schaute sich um. Überall sah sie verängstigte Menschen. Furcht und Hilflosigkeit standen wie eingemeißelt in ihren Gesichtern.

„Diesen hier stellt ihr an die Wand", dröhnte es durch den Raum. Johanna lief es eisig den Rücken hinunter. *An die Wand,* diese drei Worte bedeuteten das Todesurteil. Ein Mann um die sechzig wurde grob vom Stuhl gerissen und auf seine bleistiftdünnen Beine gestellt. Der Gewehrkolben in seinem Kreuz trieb ihn zur Eile an, er keuchte vor Schmerz. Das Gesicht des Fremden war kreidebleich, die Augen in Panik geweitet, aber jede Bitte um Erbarmen blieb aus.

Als er von zwei Soldaten hinausgeschleift wurde, schrie er endlich um Gnade, die Lippen blutig und verzerrt vor Entsetzen. Er riss sich los und fiel vor seinen Peinigern auf die Knie. Vergebens. Sein Urteil war gefällt und mit einem stumpfen

56

Bleistift abgehakt. Einer der Männer rammte ihm das Knie ins Gesicht. Als Johanna blinzeln musste, wurde ihr für einen Augenblick schwindlig. Sie strauchelte, fand irgendwie Halt, konnte den alten Herrn aber nirgendwo mehr ausmachen. Von draußen drang der dumpfe Knall eines Gewehrs herein. Der Befehl war ausgeführt.

Ein weiterer Mann, etwa so alt wie ihr Sohn Alexander, wurde an den Armen gepackt und wie ein Schwerverletzter von einem der Tische weggeschleift. Seine Schuhe schabten über die Holzdielen. Sein Blick heftete sich auf Johannas Augen. Sie erkannte ihren Nachbarn Achim. Er war mit Alexander in dieselbe Klasse gegangen und hatte in Moskau studieren wollen. Achim Scherenkind war ein sehr lieber Kerl gewesen, immer nett und hilfsbereit. *Gewesen?* Wurde er auch an die Wand gestellt ...? Johanna erschauderte. Ihr Blick folgte dem schmächtigen Mann, ohne zu blinzeln. Seine Mutter war immer so stolz auf ihr einziges Kind gewesen. Sie hatte immer davon geschwärmt, wie es wohl sein würde, wenn sie zu ihrem Sohn nach Moskau zöge. Eines der Tratschweiber fragte sie scheinheilig, ob sie denn ihr Pferd, die Kuh, die Schweine und ihren Mann mitnehmen würde. Damals lachten alle schallend über den Witz.

„Hey, du da! Vortreten", herrschte eine tiefe Stimme sie an und riss sie grob aus ihren Gedanken. „Das Bündel kannst du hierlassen", fuhr der Kerl sie an und versuchte ihr Anja zu entreißen. Den Blick Immer noch zu Achim gewandt, war sie einen Moment vor den Kopf gestoßen.

„Das Bündel sollst du dort ablegen!", wieerholte der Mann gereizt.

„Das ist mein Kind!", schrie sie ihn an und schützte das schlafende Baby mit ihrem Körper. Erst jetzt hatte sie begriffen, was der Mann von ihr wollte. Beunruhigt fasste sie ihrem Kind an die Stirn. Die samtige Haut fühlte sich heiß an. Anja war krank. Eine Welle der Übelkeit durchfuhr ihren Körper. „Sie ist krank", stammelte sie mit weinerlicher Stimme.

„Ist mir egal. Die Saat des Teufels muss ausgerottet werden, je früher, umso besser, samt der Wurzel, so lehrt es uns die Partei", entgegnete er gelassen und packte Johanna am Hals. Seine Finger drückten zu und hinderten sie am Atmen. Trotzdem ließ sie ihr Kind nicht los. Mit einem heftigen Ruck wurde ihr müder Körper gegen eine Wand geschleudert und rutschte daran entlang zu Boden. Niemand kam ihr zur Hilfe.

„Lassen Sie meine Mutter los!" Michael stellte sich schützend vor seine Mutter und bot dem Mann die Stirn.

„Michael, nicht", keuchte Johanna. Sie wollte nicht, dass ihr Sohn sich einmischte. Mit gnadenloser Gewissheit war ihr klar, dass er vor dem großen Mann nicht zurückweichen würde. Eher würde er sterben, als seine Mutter im Stich zu lassen. Die nächsten Worte ihres Jungen wurden vom Geschrei der aufgeschreckten Anja übertönt. Sie hörte nur derbe Flüche und die Geräusche eines Handgemenges, konnte durch den Tränenschleier nicht sehen, was der Uniformierte mit ihrem Sohn tat. Sie hörte Michael winseln und keuchen. Das Klatschen heftiger Ohrfeigen vermischte sich mit schweren Schritten auf den Holzdielen. Johanna tastete immer noch geblendet nach den schemenhaften Gestalten. Jedes Mal griff sie ins Leere. Vergebens versuchte sie, auf die Beine zu kommen.

„Stillgestanden, Soldat", mischte sich plötzlich jemand ein und beendete den ungleichen Kampf. Johanna rieb sich grob die Augen und sah sich um. Vor ihnen stand derselbe mürrische Mann, der sie hierher hatte abführen lassen. Sie sah ihn unverwandt an. Er hob irritiert eine seiner buschigen Augenbrauen und zeigte mit ausgestreckter Hand auf sie.

Anja plärrte aus vollem Halse. Der Verzweiflung nahe wollte Johanna ihr die Brust geben, als ihr bewusst wurde, wie peinlich und erniedrigend es sein würde, auf dem Boden kauernd ihre Brust zu entblößen und ihr Baby zu stillen. Stattdessen ließ sie Anja an ihrem kleinen Finger nuckeln. Das entkräftete Kind wehrte sich nicht lange. Johanna spürte die zahnlosen Kiefer an ihrer Fingerkuppe. Das Baby schreckte noch einmal hoch, bekam einen heftigen Schluckauf, beruhigte sich aber zum Glück schnell und döste langsam ein.

„Können Sie mir dieses Durcheinander erklären?", wollte der Kommandeur inzwischen von seinem Untergebenen wissen, der keuchend vor ihm strammstand, Michaels Mütze in der einen Hand, mit der anderen hielt er Gregor am Kragen fest. Michael kroch auf allen vieren zu seiner Mutter. Gregor riss sich los und taumelte ebenfalls auf Johanna zu. Er nahm seinen Bruder an der Hand und zog ihn auf die Füße. Danach halfen die Kinder ihrer Mutter auf die Beine. Eine Woge des Stolzes durchfuhr sie – in der Not hielten die Brüder zusammen.

„Erklären Sie mir das."

Der Soldat zog schnell seine Uniform zurecht und salutierte vor dem finster dreinblickenden Kommandanten. „Oberleutnant Petrow", hüstelte er kaum hörbar. „Ich kann das ..."

„Seit wann schlagen Soldaten der Roten Armee Frauen und Kinder!?", setzte der im gleichen Verhörton nach. Sein Blick bohrte sich in die Augen des grobschlächtigen Soldaten, der unsicher Michaels Mütze in seiner Hand knetete. Dann schnellte sein Kopf nach rechts.

„Und den dort ... *HAALT!*", schrie Petrow durch den langen Korridor. Die sonore Stimme hallte von den nackten Wänden wider und ließ alle Anwesenden innehalten. „Der bleibt hier!", kommandierte er. Johanna bemerkte erleichtert, dass es sich um Achim Scherenkind handelte, der schon fast am Ausgang stand. Die beiden Uniformierten, die ihn eskortierten, blieben wie angewurzelt stehen und ließen den jungen Mann so abrupt los, als hätten sie sich an seiner Kleidung verbrannt. Schuldbewusst hefteten sie den Blick auf den schmutzigen Boden. Keiner der beiden traute sich, dem Oberleutnant in die Augen zu schauen.

„Ihr drei kommt vors Tribunal!", donnerte Oberleutnant Petrow lauthals. Wie zur Beruhigung fuhr er sich mit der flachen Hand über die zornesrote Stirn. Das grau melierte Haar war kurz geschoren, das kantige Gesicht sauber rasiert. Sein gepflegtes Äußeres unterschied ihn von den meisten hier Versammelten.

„Bin ich hier nur von Idioten umgeben?", blaffte er sein Gegenüber an. „Gib ihm sofort seine Mütze zurück und hilf der Frau beim Aufstehen." Johanna hing immer noch halb mit dem Rücken an die Wand gelehnt. Der Soldat nickte und zerrte sie eilig auf die Beine.

„Und der dort mit der Brille kommt in mein Büro. Die Kinder auch", schloss Petrow kurz angebunden. Danach verschwand er hinter einer verglasten Tür, deren Scheiben mit vergilbten Zeitungen zugeklebt waren. Die Tür fiel scheppernd zu.

Achim weinte dicke Tränen der Erleichterung, dem Tod so knapp von der Schippe gesprungen zu sein. Er musste von den Soldaten beim Gehen gestützt werden. Der große Mann, der Johanna vorhin so grob angepackt hatte, warf Michael seine Mütze ins Gesicht. Michael fing sie eleganter Leichtigkeit auf. Die Unterkiefer des Mannes mahlten vor Wut. „Braucht ihr eine Extraeinladung oder was?", brummte er durch die Zähne.

Johanna suchte verzweifelt nach Halt, ihre Knie waren immer noch weich. Maria stützte sie. Michael trotzte dem Mann mit herausforderndem Blick.

„Stier mich nicht so an ...", blaffte der Riese und stockte, als die Tür erneut aufgerissen wurde.

„Meine Geduld ist erschöpft, wo bleiben die Gefangenen?", wollte der grauhaarige Petrow wissen. Johanna, die Kinder und der bebrillte Student wurden zur Eile gedrängt. Schleunigst führte der Soldat sie alle in das kleine Zimmer. Der Raum war nur notdürftig eingerichtet und kalt. Johanna bekam eine Gänsehaut, nicht nur weil draußen der frühe Winter sein Unwesen trieb. Die erdrückend eisige Atmosphäre schnürte ihr die Kehle zu. Hier roch die Luft nach Kummer, Verzweiflung und Pein.

Dicht aneinandergedrängt reihten sie sich Schulter an Schulter an der kahlen Wand auf, dem Oberleutnant gegenüber, der hinter einem schäbigen Tisch saß. Trotz seiner gedrungenen, fast schon schmächtigen Statur flößte er ihnen Angst ein. Gregor versteckte sich hinter seiner Mutter. Maria umklammerte ihre Geschwister und drückte sie fest an sich. Johanna starrte auf die weiß getünchte Wand. Ein Schimmelfleck dicht über dem Kopf von Petrow schien sie anzugrinsen, wie ein Geist aus dem Jenseits, der ihr nach dem Leben trachtete. Ihre Mutter hatte immer gesagt, Schimmel sei giftig und verwirre die Köpfe der Menschen. Wenn man die Luft einatmete, würde man verrückt. Hatte dieser Petrow zu viel von der verpesteten Luft eingeatmet?

Seine Augen suchten die ihren. Johanna stierte weiterhin an ihm vorbei, wartete einfach ab.

„Du gefällst mir", grinste der Mann zweideutig. Genau das hatte sie befürchtet. Genüsslich zündete er sich eine Zigarette an. „Wie ist dein Name?" Sein Blick war auf Michael gerichtet. Erschrocken räusperte sich Johanna. Petrows Worte hatten nicht ihr gegolten, sondern ihrem tapferen Sohn, denn er schien als Einziger keine Angst zu haben. Mit leicht gesenktem Kopf stand er vor Johanna. Trotzdem hielt er seine Augen auf den Mann gerichtet. Selbst der Student versuchte sich klein zu machen. Nur Michael nicht, er beschützte seine Familie – *so wie sein Vater es getan hätte,* dachte Johanna mit Tränen in den Augen.

„Michael Romanowitsch Berg", beantwortete er die Frage mit fester Stimme. Stolz schwang in seinen Worten mit.

„Bist du stolz darauf, ein Deutscher zu sein?", wollte der Mann wissen. Michael zuckte nur mit den Schultern. „Du bist schlau. Du hast einen sehr schlauen Sohn, Frau. Wie alt bist du denn?"

„Dreizehn", entgegnete Michael.

„Sind das alles deine Kinder, Genossin Berg?" Der blaue Qualm waberte um die nackte Glühbirne und warf geisterhafte Schatten auf die kahlen Wände und den Boden. Der Schimmelfleck schien zum Leben zu erwachen, als das Schattenspiel über die Mauer kroch. „Sind die Bälger deinem Schoß entsprungen? Kannst du mich verstehen?" Er schnippte laut mit den Fingern.

Laut den Papieren schon, wäre ihr fast herausgerutscht. Stattdessen nickte sie nur.

„Nun denn, setz dich doch bitte, wir haben etwas zu besprechen."

Sie rührte sich nicht, blieb bei ihren Kindern stehen und zog ihren tapferen Michael näher an sich heran.

„Das war keine Bitte!" Die Worte kamen trocken, in dem für ihn typischen Befehlston, der keinen Widerspruch duldete. Zögernd trat sie an den Tisch und nahm Platz. Anja begann leise zu quengeln. Sie hatte Hunger. Ihr kleines Gesicht glühte, zum Schreien fehlte ihr die Kraft.

„Willst du dein Kind denn nicht füttern?" Sein Blick war jetzt auf ihre pralle Brust gerichtet. „Na los, hörst du ihn denn nicht schreien?"

„Ihr Name ist Anja. Sie ist ein Mädchen", mischte sich Michael wieder ein, wie so oft, wenn er sich ungerecht behandelt fühlte.

„Im Windelalter sehen die Blagen doch alle gleich aus.", warf der Kommandant mit freundlicher Miene ein. Mit einem Auge blinzelte er Michael zu. Der Junge reagierte mit keiner Regung darauf.

„Na los, gib ihr die Brust. Übrigens habt ihr euer Glück meinem Bruder zu verdanken. Jetzt verstehe ich auch, warum er sich so für dich eingesetzt hat." Er grunzte zufrieden, schaute Johanna kurz in die Augen und dann wieder auf ihren Oberkörper.

Unsicher begann Johanna zuerst den Pullunder aufzuknöpfen, nach kurzem Zögern auch die oberen Knöpfe ihres Kleides. Langsam hob sie das schreiende Kind an die Brust, ohne sie zu entblößen. Erst als Anjas Mund sie beinahe berührte, schob sie den Stoff zur Seite. Das gierige Mäulchen schnappte nach ihrer Brustwarze wie ein Fisch.

Enttäuscht hob Oberleutnant Petrow den Blick und sah Johanna durchdringend an. Irgendetwas Unheilvolles ging in seinem Kopf vor, befürchtete sie. Um ihre Angst nicht zu zeigen, tat sie so, als konzentriere sie sich jetzt nur auf das Stillen.

Er räusperte sich, blies den Rauch durch die Nase aus, schwieg eine Weile, und sagte schließlich in beiläufigem Ton: „Er bat mich fast auf Knien, dich vor der Deportation zu retten. Ihm lag viel daran. Das Ganze wird kein leichtes Unterfangen. Ich bin nicht abgeneigt, meinem Bruder unter die Arme zu greifen, mehr noch, diese Entwicklung der Dinge spielt mir sogar in die Hände, so gesehen trifft es sich gut, dass ..." Er brach abrupt ab und wartete auf ihre Reaktion. Als die ausblieb, goss er sich aus dem verrußten Teekessel etwas heißen Tee ein. Fast schon anmutig hob er die leicht verbeulte Aluminiumtasse an die rissigen Lippen. Dabei schaute er sie über den Tassenrand hinweg abwartend an, verfolgte jede ihrer Bewegungen. Seine Augen huschten forschend über ihr Gesicht, suchten nach einem leichten Zögern oder Zusammenzucken. Nichts dergleichen geschah, Johanna blieb nach außen hin völlig gelassen. „Ist Ivan Petrow Ihr jüngerer Bruder?", erkundigte sie sich dann beiläufig.

Er nickte kaum merklich, verzog die Mundwinkel zu einem zufriedenen Grinsen an und wartete wieder. Erneut musste er enttäuscht feststellen, dass Johanna kein redseliger Mensch zu sein schien. Was auch seine Vorteile hatte, dachte er, denn es bedeutete, dass sie kein Tratschweib war. Das gefiel ihm gut.

„Das Problem liegt ganz woanders", fuhr er schließlich fort, als Johanna stumm blieb. „Sie zu retten liegt zwar außerhalb meiner Möglichkeiten und obliegt nicht meinem Aufgabenbereich, auch *meine* Befugnisse sind begrenzt ..." Bedeutungsschwanger ließ er den Satz ein wenig auf sie einwirken.

Meine Befugnisse. Für Johanna hatten die zwei Worte einen üblen Beigeschmack, bitter wie Galle. Ihr schwante nichts Gutes. Was mochte er wohl im Schilde führen?

Als wolle er ihr seine Harmlosigkeit beweisen, hob er die Hände, um sie gleich darauf um die Tasse zu schließen, dann fügte er hinzu: „Dennoch könnte ich euch das ganze Dilemma ersparen." Erneut führte er die Tasse an die Lippen und genoss die aufkeimende Hoffnung, die er in Johannas Augen zu sehen glaubte. Er täuschte sich. Nicht die Hoffnung ließ ihre Augen leuchten, sondern tiefste Verachtung. *Welche Gegenleistung erwartet dieser Petrow für seine Unterstützung von mir?* Johanna fröstelte, als sie an seinen begehrlichen Blick denken musste.

„Was muss ich dafür tun?", fragte sie ohne Umschweife. Den Rücken gestreckt, den Blick offen auf ihn gerichtet, wartete sie auf die alles entscheidende Antwort.

„So mag ich dich noch viel lieber. Das eigentliche Problem bei dem Ganzen sind all diese Anhängsel." Die dunklen Augen verengten sich zu Schlitzen, als er über ihre Schulter hinwegschaute.

„Die Kinder?" Sie klang empört und erschrocken zugleich.

„Ja." Er grinste breit. „Du könntest drei von ihnen behalten. Der Kleine da ist mir sogar ans Herz gewachsen." Dabei deutete er mit seinem kantigen Kinn auf Michael und warf ihm lässig einen Zuckerwürfel zu. Michael fing ihn gekonnt auf und gab die kostbare Süßigkeit sofort an seine Schwester Anita weiter.

„Was genau stört Sie an meinen Kindern?"

Er klatschte sich theatralisch mit der flachen Hand auf die Stirn. Sein maliziöses Grinsen war die schlechte Parodie eines Lächelns. „Ihre Anzahl, Dummerchen", sagte er immer noch lachend. „Sieben Mäuler zu stopfen ist ja nicht ganz ohne – wir haben *Krieg,* Frau." Seine Stimme wurde dunkler. „Mit deinen Landsleuten", schloss er und nippte wieder an seinem Tee.

„Ich verstehe Sie trotzdem nicht. Was wollen Sie denn von mir?"

Er fuhr nachdenklich mit der Zungenspitze über seine Oberlippe. „Dich." Dabei entblößte er eine Reihe gelber Zähne.

Johanna traute ihren Ohren nicht. Der Silberstreif am Horizont, die Hoffnung, dem Martyrium in letzter Sekunde doch noch entronnen zu sein, verblasste und wurde zu einer Gewitterwolke. Anja schien ihren Unmut zu spüren, ließ die Brustwarze los und begann zu schreien. Die Milch spritzte in hohem Bogen über ihr kleines Köpfchen hinweg. Einige Tropfen landeten auf dem Tisch und zogen für eine Sekunde den Blick des Mannes auf sich. Tröstend klopfte Johanna auf den winzigen Rücken ihres Babys.

„Willst du überleben oder nicht? Drei Kinder sind immer noch besser als gar keins", fuhr Petrow in brüskem Ton auf.

„Ich habe aber acht", begehrte Johanna auf. Mit der Hand verdeckte sie ihre entblößte Brust. Sie konnte nicht verhindern, dass ihr die Tränen kamen.

„Ich habe die Macht, darüber zu entscheiden, was mit dir und vielen anderen von eurer Sorte passiert. Verstehst du?! Ivan sprach in den höchsten Tönen von dir. Er meinte, du wärest klug. Du hättest fünf Kinder, allesamt gut erzogen. Du sagst nun aber, es sind acht. Wo ist das achte denn abgeblieben?!" Speichel spritzte von den verkniffenen Lippen. *Wie Gift,* dachte Johanna und wich vor ihm zurück, bis sich die Stuhllehne schmerzhaft in ihren müden Rücken presste.

Johanna hasste Männer seines Schlages – selbstgerecht und überheblich –, selbst wenn ihre Absichten aufrichtig sein mochten. Sie glaubte nicht, dass das auf Petrow zutraf.

„Er kämpft an vorderster Front, an der Grenze zu Litauen", entgegnete sie leise und schluckte ihren Zorn herunter.

„Was glotzt du so dämlich?", fuhr der Oberleutnant plötzlich auf. Sein großer Kopf wurde auf einmal rot und seine Stimme laut. Er sah über Johanna hinweg, stellte sie fest. Petrow schrie den jungen Mann an, der ihn durch die runden Gläser seiner Brille anstarrte.

„Ich wollte Sie nicht verärgern, Genosse Oberleutnant Petrow, aber ...", stotterte Achim Scherenkind und nestelte mit schmalen Fingern am Revers seines Mantels.

„Aber *was?!*"

„Frau Berg sagt die Wahrheit. Ich kenne ihren Sohn Alexander. Nur wurde sie noch nicht darüber in Kenntnis gesetzt, dass er kein Soldat mehr ist."

„Sondern?", brummte Petrow ungeduldig.

„Sie wurden alle zu Deserteuren erklärt. Alle Deutschen gelten als Fahnenflüchtige und werden auch dementsprechend behandelt", stammelte Scherenkind.

Johanna biss sich auf die Unterlippe. Sie drehte sich zu dem Studenten um und schaute ihn durchdringend an. Er erwiderte ihren Blick nicht. Seine Augen hingen an dem interessiert dreinschauenden Petrow. Anja begann zu zappeln und zu quengeln. Unwillkürlich entblößte Johanna ihre andere Brust und gab sie ihrer kleinen Tochter, die mit ihrem zahnlosen Mund gierig nach der Brustwarze schnappte. Johanna verzog das Gesicht vor Schmerz. Ihre Brüste brannten und waren wund. Trotzdem genoss sie die intime Nähe zu ihrer kleinen Tochter.

Als sie den Blick über ihre Kinder schweifen ließ, verweilte sie bei Michael etwas länger. Nachdenklich stand er da, mit leicht gesenktem Kopf. Seine Augen waren glasig, er schien über etwas nachzugrübeln. Er würde mit der Bezeichnung „Deserteur" nicht viel anfangen können, fiel ihr ein. Das schien den Jungen zu beschäftigen. Er wollte unbedingt wissen, warum sein ältester Bruder als Deserteur bezeichnet worden war.

Johanna konzentrierte sich auf das, was Achim Scherenkind zu erzählen wusste. Er hatte die Information von einem der Studenten aufgeschnappt, als sie bei einem kleinen Umtrunk ihre Noten begossen hatten, ganz nach russischem Brauch. Er wollte zuerst nicht mitgehen, doch seine Freunde hatten ihn überredet – er sei schließlich auch ein Sohn Russlands. Er schwor Stein und Bein, dass er ein Patriot war, ob Jude oder nicht. Achim Scherenkind glaube an die Ideale von Lenin und Stalin, er habe nie einen Gedanken an Flucht oder Landesverrat verloren. Achim redete, bis Petrow ihm mit erhobener Hand Einhalt gebot. Das Gesicht des jungen Mannes war weißer als die Wand, an der er lehnte.

Johanna verfluchte ihn im Stillen für seine Worte. Auch wenn er nichts dafür konnte, assoziierte sie ihn jetzt mit etwas Bösem. In ihren Augen hatte er einen Pakt mit dem Feind geschlossen.

„Also, was machen wir jetzt mit dem ganzen Pack hier?", erklang Petrows Stimme hinter ihr, jetzt nicht mehr so hart. „Was gedenkst du zu tun, Frau Berg?"

„Ihre Absichten sind mir immer noch unklar", entgegnete sie, ihm immer noch den Rücken zugewandt. Ihre Aufmerksamkeit galt weiterhin Achim, der schwieg jedoch.

„Ich habe keine Frau und keine Kinder. Mein Bruder ist der Meinung, dass wir gut zusammenpassen könnten. Die Partei sieht es nicht gern, wenn ein Mann meines Ranges …" Oberleutnant Petrow räusperte sich und streckte seinen Rücken, um mit Stolz und leichtem Unbehagen hinzuzufügen: „… immer noch unverheiratet ist und keine Nachkommen für die Partei großzieht."

Johanna verspürte einen eisigen Hauch des Entsetzens. „Deswegen wollen Sie eine Deutsche zur Frau nehmen?" .

Rasch verbarg sie ihren Busen wieder unter den vielen Schichten ihrer Kleidung und drehte sich um. Anja war gesättigt und schlief ein, aber Johanna musste auch an die restlichen Kinder denken. Ohne Petrow aus den Augen zu lassen, griff sie in ihre Tasche und brachte ein Stück Brot zum Vorschein. Jeder bekam einen Anteil davon, auch der junge Student, trotz seiner schlechten Nachrichten. Nur Oberleutnant Petrow nicht.

Der grübelte immer noch über Johannas Frage nach. Sein Blick war auf den Tisch gerichtet, seine Rechte hielt einen Bleistift und huschte über ein Blatt Papier. Als er endlich den Kopf hob, beäugte er sie so, als stünde er vor einer endgültigen Entscheidung.

„Zurück zu Ihrer Frage", sagte er matt. „Ich werde *niemals* eigene Kinder haben. Den Grund dafür möchte ich jetzt nicht näher erörtern. Meine Frau starb vor zwei Jahren an Tuberkulose. Sie, Frau Berg, haben Ihren Mann verloren, was ich von Herzen bedauere. Dieser tragische Verlauf unseres bisherigen Lebens gibt uns eine zweite Chance. In diesem Schreiben erkläre ich mich bereit, Sie und drei Ihrer Kinder unter meine Obhut zu nehmen. Des Weiteren gebe ich Ihnen hier und jetzt das Wort eines russischen Patrioten, für Sie und drei Ihrer Kinder zu sorgen wie für meine eigene Familie. Ich habe mich für das Baby und den frechen Kerl dort entschieden, das dritte Kind … nun ja, darüber zu entscheiden, liegt einzig und allein in Ihrer Hand." Ein unsicheres Lächeln verzerrte seinen Mund. Seine Hand schob das vergilbte Blatt über den Tisch. Das Papier raschelte und schabte über die Oberfläche, als weigere es sich, das Geschriebene zu akzeptieren. Auch Johanna schien seine Worte nicht so recht verstanden zu haben. Warum wollte er sie zur Frau haben?

Irritiert zog sie die Stirn kraus. „Sie haben mir die Frage nicht beantwortet, Oberleutnant Petrow. Warum in Gottes Namen ich?" Sie streckte den Arm aus, ergriff das Blatt und las die wenigen Sätze, die seine Aussage bestätigten. Seine Handschrift glich der eines Kindes in der ersten Klasse. Tränen traten in ihre Augen. Die wackeligen Buchstaben, die über den weiteren Verlauf ihres Lebens bestimmen sollten, verschwammen zu grauen Schlieren.

„Ich brauche eine Familie. Um die Karriereleiter zu erklimmen, *muss* ein Mann eine Frau und Kinder besitzen."

„*Besitzen?*" Ihre Stimme zitterte. Er tat ihren Einwurf mit einem nichtssagenden Achselzucken ab. „Ihnen geht es gar nicht um das Wohl der Kinder oder um mich. Sie denken ..."

„Doch, natürlich – nur nicht, wenn es deutsche Kinder sind, vor allem so viele auf einmal. Das Ganze wäre doch eine gute Sache für uns beide. Nach dem Krieg wären Sie frei und könnten über den Rest Ihres Lebens selbst entscheiden ..."

„Und wenn Russland fällt? Was passiert mit Ihnen, wenn die Deutschen gewinnen?" Johanna wischte sich mit einem Kopftuchzipfel die Tränen ab.

Die Augen des Mannes glänzten. „Was kann einem passieren, dessen Frau eine Deutsche ist?" Sein Grinsen wurde noch breiter.

„Sie wollen sich nach beiden Seiten absichern?"

Er zuckte nur mit den Schultern.

„Sie verdammter, verlogener ..."

Jemand klopfte an die Tür. Der Soldat von vorhin streckte seinen riesigen Kopf herein. Petrow würdigte ihn keines Blickes. Als der Mann im Türrahmen verharrte und keine Anstalten machte, sich zu entfernen, stemmte sich Petrow mit den Armen am Tisch ab und fuhr ihn in barschem Ton an: „Was ist jetzt schon wieder, Semjon?"

„Genosse Petrow, was sollen wir mit den Männern ..." Er unterbrach sich, als er sah, wie der grauhaarige Mann auf die Kinder deutete. „Verstehe. Nun ... wir warten auf Ihre Befehle, Genosse Oberleutnant", fuhr er mit belegter Stimme fort. Er konnte den Groll kaum verbergen, den er gegen seinen Befehlshaber hegte. Sein Blick war eisig. Nur Petrow schien seinen Missmut nicht zu bemerken.

„Entsorgen", war alles, was er von sich gab. Der Mann in der Tür nickte knapp und verschwand wieder. Schwerfällig ließ der Oberleutnant seinen Körper in den Stuhl zurücksinken, verschränkte die Arme hinter dem Kopf und schloss die Lider.

Für einen Augenblick herrschte Totenstille im Raum. Johanna wollte aufstehen und schreien, sich ihre Kinder greifen und davonrennen. Einfach nur raus aus diesem Albtraum. Wie konnte dieser abscheuliche Mann es wagen, sie vor so eine schreckliche Wahl zu stellen? Aber sie blieb sitzen. Alles andere wäre ihr sicheres Todesurteil gewesen.

Als er endlich erneut zu einer Frage ansetzen wollte, klopfte schon wieder jemand an die Tür, viel lauter diesmal. Zwei Männer in voller Montur, die Gewehre an den Schultern, marschierten in das kleine Zimmer, ohne eine Aufforderung abzuwarten.

Petrow erhob sich unverzüglich, seine Bewegung war so plötzlich, dass der Stuhl fast nach hinten umkippte. Seine Hände zogen an der Uniform, strichen sie glatt, kontrollierten die Gürtelschnalle und er salutierte, als ein weiterer Mann das Büro betrat, offenbar ein Vorgesetzter von hohem Rang.

„Ich diene der Sowjetunion", brüllte Petrow in strammer Haltung.

„Ist schon gut, Petrow. Ist es dieser hier?", deutete der schlaksige Neuankömmling auf den verdutzten Achim, dessen Augen vor Panik geweitet waren. Johanna erkannte ihn sofort, kein Geringerer als Generaloberst Litwinow musterte den Studenten mit müdem Blick von Kopf bis Fuß. Er war derjenige gewesen, der sich für die Gefangenen eingesetzt hatte, als sie von einem der Schreiber erniedrigt wurden. Dicke Tränensäcke unter seinen glasigen Augen ließen ihn viel älter erscheinen. Erschöpft und ausgelaugt bewegte er seinen Kopf in Petrows Richtung, seine Augen streiften das Porträt von Lenin neben dem Fenster. Gelangweilt schaute er sich die Kinder der Reihe nach an, schenkte seine Aufmerksamkeit kurz der Frau mit dem Baby, erst dann hefteten sich seine Augen auf den immer noch stocksteifen Petrow.

„Jawohl, Genosse General ..."

„Lassen Sie die Floskeln", unterbrach ihn Litwinow ungehalten. „Also gut, Scherenkind, von diesem Augenblick an bist du neu geboren. Du heißt ab dem heutigen Tag Andrej Koslow."

Achim strich sich die Brotkrumen von den Lippen und sah fragend zu Petrow. Auch Johanna beobachtete ihn gespannt. Der grauhaarige Oberleutnant stand die ganze Zeit stramm und verzog keine Miene.

„Sie werden der Sowjetunion und der Roten Armee dienen, dafür schenken das Politbüro und Genosse Stalin Ihnen das Leben. Abführen", war alles, was der Generaloberst noch hinzugefügte. Ohne eine Antwort abzuwarten, beendete er das Gespräch, drehte sich auf dem Absatz um und verschwand wortlos. Die beiden Soldaten packten Achim an den Armen und eskortierten ihn hinaus.

Plötzlich knallten draußen Schüsse, eine Salve aus mehreren Gewehren zerriss die entstandene Stille. Anita kreischte erschrocken auf und auch Maria konnte einen spitzen Schrei nicht unterdrücken. Johannas Blick wanderte unwillkürlich zu dem ebenfalls mit Zeitungen verklebten Fenster.

„Das kann Ihnen erspart bleiben, Genossin Berg, wenn Sie meinem Antrag zustimmen." Die Worte krochen in ihren Verstand wie ein kalter Hauch. Nur mit Mühe gelang es ihr, sich die Beleidigung zu verkneifen, die ihr schon die ganze Zeit auf der Zunge lag. Stattdessen zerknüllte sie den Zettel in ihrer Hand und ließ ihn auf den Boden fallen, als wäre es ein Stück Dreck.

„Sie denken, ich kann mich für eines meiner Kinder entscheiden und die anderen sterben lassen? Ohne daran zu zerbrechen? Denken Sie so über uns, Oberleutnant Petrow? Was sind Sie eigentlich für ein kaltblütiges Geschöpf?" Sie hörte Anita schluchzen, auch Gregor wurde unruhig. Maria wollte das eingeschüchterte Mädchen an sich ziehen, aber Anita riss sich los und lief zu ihrer Mutter.

„Semjon!", schrie Petrow wie von Sinnen. Seine schwarzen Augen glühten vor Zorn, als sie auf die von Johanna trafen. Sein Blick bohrte sich in sie, wie ein dunkler Blitz hinterließ er lodernde Brandspuren. Johanna zuckte zusammen. Nichts als abgrundtiefen Hass strahlten diese Augen aus. Als Johanna hineinschaute, erkannte sie etwas darin, das ihr das letzte bisschen Hoffnung auf Leben nahm. Sie sammelte sich innerlich für die unvermeidliche Auseinandersetzung.

70

Der grobschlächtige Semjon trat ein und starrte seinen Vorgesetzten fragend an.

„Nimm die Kinder und warte draußen auf meine Befehle. Auch das Bündel nimmst du bitte mit." Vor Entsetzen erstarrt, wehrte sich Johanna dieses Mal nicht, als ihr das schlummernde Kind aus den Händen gerissen wurde. Erst als die Tür zugeschlagen wurde und die Schreie ihrer Kinder nur noch gedämpft zu ihr durchdrangen, begriff sie, was Petrow mit ihr vorhatte. Nur kam die Erkenntnis zu spät. Sie hörte das metallische Klappern, als seine Gürtelschnalle zu Boden fiel. Dann schloss sie ihre Augen und begann leise zu weinen. Alles war unwiderruflich verloren. Johanna betete: „Vater unser im Himmel ..."

6

AN DER GRENZE ZU LITAUEN, OKTOBER 1941

Alexander und viele andere, die als Verräter der Sowjetunion abgestempelt waren, saßen in den Waggons eines langen Zuges, der sie alle nach Sibirien bringen sollte. Gerüchte machten die Runde, dass die letzte Station ein Gulag für Fahnenflüchtige sein würde, was so viel wie den sicheren Tod bedeutete.

Wie der Rest seiner Leidensgenossen fror Alexander entsetzlich. Es gab kein Stroh, mit dem sie sich zudecken konnten, nur den blanken Holzboden. Er konnte es immer noch nicht fassen, dass man ihn tatsächlich zum Verräter und Feind der Sowjetunion erklärt hatte.

Er und drei weitere Kameraden, allesamt Deutsche, waren einer kleinen Gruppe von deutschen Soldaten in die Hände gefallen, die zur Vorhut einer feindlichen Aufklärungseinheit gehörten. Alexander fungierte als Dolmetscher. Die Männer des Deutschen Reiches schlugen ihm eine Abmachung vor, die er nach kurzem Zögern strikt abgelehnt hatte. Auch wenn das Angebot verlockend klang, nämlich die Fronten zu wechseln und auf der Seite des Führers zu kämpfen. Für ihn war seine Familie viel wichtiger gewesen als die Aussicht auf bessere Verpflegung. Alexander weigerte sich also, zum Verräter zu werden, und erstaunlicherweise ließen die Männer ihn und seine Kameraden ziehen – unter der Bedingung, dass Alexander und seine Männer innerhalb einer Stunde von dort verschwanden, Richtung Litauen natürlich.

Als sie irgendwann am Nachmittag zu ihrer Einheit zurückkamen und Alexander dem Kommandeur über die dubiose Begegnung Bericht erstattete, wurde er sofort festgenommen. Obwohl er vorsichtshalber nicht alles so geschildert hatte, wie es sich tatsächlich zugetragen hatte, wollte sein Befehlshaber nichts mehr von ihm wissen. Alexander beharrte darauf, dass die Deutschen keine Feinde Russlands seien und Stalin selbst ein Abkommen mit Hitler unterzeichnet hatte – trotz all seiner Einwände wurde er abgeführt wie ein Verbrecher. Nun dauerte seine Reise auf den Schienen schon mehrere Monate, mit einem kurzen Zwischenaufenthalt, und schien kein Ende zu nehmen. Inzwischen hatten die Deutschen das riesige Land trotz des Abkommens überfallen.

Alexander kauerte, Schutz vor der Kälte suchend, Seite an Seite mit all den anderen Landesverrätern und betete zu Gott, dass er dieses Martyrium halbwegs unbeschadet überstehen würde. Die Inhaftierten waren hauptsächlich Juden und baltische Partisanen, die sich mit allen zur Verfügung stehenden Mitteln vehement gegen die sowjetische Übermacht zur Wehr gesetzt hatten. Vereinzelt teilten auch Russen Alexanders Schicksal, die gegen den Krieg gewesen waren.

Die dürftig zusammengezimmerten Waggons waren eigentlich für den Transport von Tieren vorgesehen und boten nur wenig Schutz gegen den sibirischen Winter. Die Männer rückten näher aneinander, um sich gegenseitig zu wärmen. Drei der ursprünglich vierzig Männer in Alexanders Waggon lagen tot in einer Ecke. Ihre Leichen konnten erst an der nächsten Station entfernt werden. Nur einmal am Tag unterbrach der Zug die todbringende Fahrt, um die Schwachen und Toten neben den Schienen zu entsorgen. Sie wurden einfach auf einen Wagen verladen und abtransportiert. Der Zug hielt nie lange. Nur einmal hatte Alexander in einem Arbeitslager helfen müssen, die Baracken aufzubauen. Das waren die besten drei Wochen seiner Inhaftierung gewesen. Dort war er nicht eingepfercht gewesen wie ein Stück Vieh. Er fühlte sich nützlich und gebraucht. Danach ging die Fahrt weiter in Richtung Osten.

Der Tag würde kommen, an dem Leutnant Lekuschenko bittere Tränen der Reue über sein Fehlurteil vergießen würde. Dieser Gedanke wärmte ihn ein wenig. Vor seinem inneren Auge sah er sich dem Mann gegenüberstehen, sah die Waffe in seiner Hand. Alexander träumte jeden Tag davon, Lekuschenko den Pistolenlauf an seine glatte Stirn zu halten und abzudrücken.

„He, du da, schlaf bloß nicht ein, sonst müssen wir dich zu den anderen dort in die Ecke legen", raunte ihm einer der Männer zu, als er sah, wie Alexander einzunicken begann. Die Bretter im Inneren des Waggons waren von einer dicken Eisschicht überzogen. Die Atemwolken verflüchtigten sich, ohne den Raum zu erwärmen. Alle saßen dicht an dicht, um nicht bis auf die

Knochen durchzufrieren. Das monotone, klappernde Geräusch der Räder auf den Gleisen war zum Verrücktwerden. Keiner sprach ein Wort. Jeder schonte seine Kräfte und konzentrierte sich darauf, nicht zu sterben. Sie schliefen nur in der Nacht, und selbst das bloß, wenn sie kurz davor etwas heißes Wasser und ein Stück Brot bekommen hatten.

„Ich glaube, der Zug hält an", meldete sich der Mann mit der gebrochenen Nase zu Wort.

„Wieso bist du eigentlich hier? Du bist doch kein Soldat.", fragte Alexander mit geschlossenen Augen.

„Ich bin georgischer Jude. Was anscheinend nicht weniger schlimm ist, als ein Vaterlandsverräter zu sein. Ich wurde wie so viele andere meiner Landsmänner an der Grenze gefangen genommen", sagte der andere matt und presste sich wieder an die Bretter. Mit einem Auge schaute er durch eine der Ritzen.

Alexander wusste nicht, wie der Mann hieß, noch an welcher Grenze er gefangen genommen worden war, es hatte ihn auch recht wenig interessiert. Warum er ihn jetzt danach gefragt hatte, konnte er sich selbst nicht erklären. Die meiste Zeit verhielt sich Alexander wie ein Schatten. Er sprach mit keinem, wenn es nicht lebensnotwendig war, mischte sich auch nirgends ein. Er schwamm einfach mit dem Strom, gab sich Mühe, mit möglichst geringem Aufwand an der Oberfläche zu bleiben und am Leben festzuhalten.

Nun reckte Alexander den Kopf und horchte. Plötzlich verspürte er ein Ruckeln, dann vernahm er ein leises metallisches Kratzen. Der Zug hielt tatsächlich an. Was erwartete sie dieses Mal? War das die Endstation? Würden sie hier in einen Gulag gesteckt, was noch schlimmer war als der Tod? Alexander wusste nicht, was hier auf ihn zukam, auch seine Leidensgenossen nicht. Jeder schien froh, dass endlich etwas geschah, selbst wenn das den Tod bedeuten konnte.

„Was jetzt?", flüsterte jemand.

„Weiß nicht", sagte ein anderer. „Die können mich erschießen, Hauptsache, raus aus diesem Waggon. Das Warten ist das Schlimmste."

Für Alexander nicht – er wollte leben.

7

Bahnhof Petrosawodsk, Oktober 1941

Michael stand in dem dunklen Korridor und bangte um seine Mutter. Der große Mann, der Semjon hieß, versperrte mit seinem massigen Körper die Tür, auch er lauschte den dumpfen Geräuschen. Michael hielt die kleine Anja in seinen Armen, ihre Windeln waren schon wieder nass und rochen streng. Aus einem unerklärlichen Grund schien ihr das nichts auszumachen. Sonst war sie dann immer quengelig, aber heute nicht. Michael verschwendete in seiner Erleichterung keinen weiteren Gedanken daran, er wiegte sie in den Armen und lauschte den gedämpften Lauten, die durch die Wand des kleinen Büros zu ihnen nach draußen drangen.

Er und seine Geschwister, die in der dunklen Ecke in einem Häuflein beisammenstanden, konnten hören, wie der Tisch an die Wand geschoben wurde, irgendetwas fiel zu Boden. *Könnte ein Stuhl gewesen sein,* redete Michael in Gedanken mit sich selbst. Er wusste nicht, was der Mann mit seiner Mutter tat, er hörte nur, wie sie ihren Peiniger mit schriller Stimme anschrie. Plötzlich ein lautes Klatschen und sie verstummte. Ein leises Klopfen gegen die Wand und ein gedämpftes Stöhnen waren alles, was Michael wahrzunehmen vermochte, egal, wie sehr er sich auch anstrengte. Das Rauschen in seinem Kopf störte seine Konzentration, sodass er sich dem tosenden Geräusch hingab, ohne die Welt da draußen weiter wahrzunehmen. Er ließ seine Gedanken davonfliegen. Es war unerträglich für ihn, dass er mit seinen Geschwistern einfach untätig dastand, während seine Mutter von diesem Oberleutnant geschlagen wurde. Der tat noch etwas anderes mit seiner Mutter, etwas, das viel schrecklicher war als alles, was Michael sich in seinen schlimmsten Träumen vorstellen konnte, das wusste er. Sein kindlicher Verstand verdrängte die grässlichen Bilder, die vor seinem inneren Auge auftauchten. Er sah, wie Petrow seiner Mutter ins Gesicht schlug, sie an den Stuhl fesselte, ihr seine Finger in die Augen bohrte, bis ihre Augenhöhlen bluteten.

Derlei Gruselgeschichten hatte er von seinem ältesten Bruder gehört. „So wurden früher die Hexen gefoltert", hatte ihm Alexander eines Nachts ins Ohr geflüstert. Er und Gregor konnten danach lange nicht mehr richtig schlafen. Seine Mutter *war* aber keine Hexe, sie ging in die Kirche und nahm sie auch mit. Zum sonntäglichen Gottesdienst waren sie immer alle schick angezogen gewesen. Tränen liefen über sein vor Sorge gerötetes Gesicht. Unbewusst begann er ganz leise ein Lied zu summen, so als wolle er seine kleine Schwester in den Schlaf wiegen.

Das laute Poltern von beschlagenen Stiefeln hallte durch den langen Korridor, von den kahlen Wänden verstärkt, wurden die Schritte immer lauter. Das Klacken von Metall auf Holz rüttelte Michael wieder wach. Auch Semjon nahm Haltung an, blieb jedoch im Türrahmen stehen. In der schummrigen Beleuchtung erkannte Michael den Generaloberst Litwinow in der Silhouette, die sich ihnen näherte. Semjons Faust drosch gegen die abgeschlossene Tür wie ein Hammer, laut und durchdringend. Das Klopfgeräusch in dem Zimmer hörte abrupt auf.

„Ich bin gleich so weit", drang unter lautem Keuchen aus dem Inneren des kleinen Büros. Das Klopfen begann wieder, wurde heftiger und lauter. Petrows Adjutant rüttelte jetzt wild an der Türklinke. „Er kommt, verdammt", zischte er zwischen Tür und Zarge hindurch. Er presste seine Lippen fester zusammen. „Beeilen Sie sich bitte, zum Teufel noch mal", fluchte er, doch seine Warnungen waren vergebens. Resigniert wandte er sich von der Tür ab und richtete seinen Blick geradeaus, als wäre nichts geschehen. Ohne zu blinzeln, starrte er auf die gegenüberliegende Wand.

„Aufmachen, Sergeant Pulski, sofort! Wie sehen Sie denn überhaupt aus? Was ist mit Ihrem Hemd passiert, verdammt noch mal? Nur Gesindel und Bauerntölpel hier, aber kein einziger echter Soldat weit und breit", schimpfte der Generaloberst den zu einer Salzsäule erstarrten Semjon aus wie einen Schuljungen. „Wie sollen wir den Deutschen die Stirn bieten, wenn in unseren Reihen ..." Er brachte den Satz nicht zu Ende.

Semjon schaute den Generaloberst verdutzt an, als habe er ihn erst jetzt bemerkt. Der bis zur Weißglut aufgebrachte Litwinow funkelte ihn an. Außerstande, in seiner Rage noch ein Wort zu sagen, deutete der grauhaarige Oberst auf den Bauch des Wachpostens. Der brauchte eine Weile, um zu begreifen, was von ihm erwartet wurde. Endlich erwachte er aus seiner Starre, sein Blick folgte dem ausgestreckten Zeigefinger von Generaloberst Litwinow. Tatsächlich sah er einen dunklen Fleck auf seiner khakibraunen Uniform. *Anja hat ihn vollgepinkelt,* erkannte Michael schadenfroh und presste seine Schwester fester an sich. *Gut gemacht,* lachte er innerlich und drückte seine Lippen auf ihre weiche Wange. Sie fühlte sich sehr heiß an. Ein leichter Schauder lief über seinen Rücken. Er hob eine Seite seiner Jacke an und verbarg das kleine Bündel dort. *Vielleicht ist ihr nur ein wenig kalt,* dachte er.

„Sind Sie taub, Sergeant? Aufmachen, sonst fahren Sie an die Front, oder besser noch, ich werde einen Platz im Gulag für Sie reservieren ..."

„Abgesperrt", stotterte der Sergeant. Wie zur Bestätigung rüttelte er noch heftiger an der Türklinke als schon die beiden Male zuvor.

Bevor der wutschnaubende Genosse Litwinow erneut auffahren konnte, wurde die Tür mit brutaler Heftigkeit von innen aufgerissen und krachte dabei gegen den verrutschten Tisch, sodass die Scheiben gefährlich zu klirren begannen. Eine der Facetten bekam einen feinen Riss, fiel zu Boden und zerbarst. Ein langer Fetzen von einer Zeitung flatterte in ihrem Gefolge auf die Dielen. *Wie ein toter Schmetterling,* dachte Michael bestürzt.

Ein zerzauster und nass geschwitzter Genosse Oberleutnant Petrow starrte den vermeintlichen Störenfried aufgebracht an, der ihn in seinem Tun unterbrochen hatte. Semjon Pulski trat wortlos einen Schritt zur Seite. Petrows Augen loderten vor Zorn, erloschen jedoch jäh, als er den Generaloberst vor sich stehen sah. Sein feistes Gesicht verzerrte sich zu einer fahlen Grimasse. „Generaloberst Litwinow, Sie sind schon wieder zurück? Haben Sie etwas vergessen?", keuchte er kaum verständlich und ganz außer Atem, die nackte Angst schnürte ihm die Kehle zu.

„RAUS HIER!", schrie ihn Generaloberst Litwinow aus vollem Halse an und klatschte ihm die flacher Hand ins Gesicht. Von der Wucht des heftigen Schlages taumelte Petrow und fiel fast über seine eigenen Füße, erst in letzter Sekunde konnte er sich an Pulskis Arm festkrallen.

„Wache! Abführen", wies Litwinow mit jetzt etwas gefassterer Stimme zwei der Soldaten an, die sich in der Nähe postiert hatten. Die beiden jungen Männer rannten in leicht geduckter Haltung auf ihn zu. *Als würden sie um ihr Leben fürchten,* überlegte Michael skeptisch. Was würde jetzt mit ihnen geschehen? Was hatte Petrow aus seiner Mutter herausbekommen, irgendein Geheimnis? Der Gedanke verursachte einen dicken Kloß in seinem Hals. Seine Mama war nirgends zu sehen. Was hatte dieser Petrow ihr angetan?

„Aber Genosse ...", stammelte Petrow und rückte seine Uniform zurecht. Mit der linken Hand fuhr er immer wieder nervös über sein kurzes Haar.

„Sergeant Pulski, Sie werden mir Bericht erstatten, und Sie, Petrow, Sie kommen vors Tribunal und werden Ihre Schilderung dem Kriegsgericht vorlegen müssen."

Oberst Petrow wehrte sich mit Händen und Füßen, drohte den Männern, sie an die Wand stellen und erschießen zu lassen, falls sie ihn anrührten. Hin und her gerissen eskortierten die beiden ihren früheren Kommandeur nach draußen in den Hof.

„Ihr wartet draußen auf mich", befahl Litwinow. Michael hörte ihn hüsteln, dann trat er etwas unsicher in das verwüstete Büro. Dabei erhaschte Michael einen Blick auf seine Mutter, die sich das zerrissene Kleid und den löchrigen Pullover an den Leib presste. Ihre linke Wange leuchtete feuerrot. Die Augen beschämt zu Boden gerichtet, stützte sie sich auf den kleinen Tisch und weinte. Ihr ganzer Körper zitterte, als fröre sie entsetzlich. Ihr Haar war zerzaust, Tränen tropften auf den Tisch und bildeten zwei kleine Pfützen. So verzweifelt hatte Michael seine Mama noch nie in seinem Leben gesehen, selbst damals nicht, als die Russen seinen Vater verhaftet hatten.

79

„Hat *er* Ihnen das alles angetan?"', wollte Litwinow mit bebender Stimme von Johanna wissen. Mit der Linken schob er die Tür ein wenig zu. Johanna nickte stumm. Der Generaloberst drehte sich auf dem Absatz seiner auf Hochglanz polierten Stiefel um und riss die Tür auf, dass eine weitere Scheibe scheppernd zu Boden fiel und in abertausende Kristalle zersprang. Johanna zuckte zusammen. Seine Stiefel knirschten auf den Scherben, ungeachtet dessen ging der erboste Oberst schnellen Schrittes nach draußen.

„An den Baum mit ihm!", vernahm Michael den knappen Befehl, der von Weitem wie ein Donnergrollen klang. Er hörte, wie Petrow um Gnade bettelte, gleich darauf ertönte ein lauter Knall. Sergeant Pulski zuckte zusammen. Auch die anderen wussten, was gerade eben geschehen war. Nur Anja nicht, sie schrak aus ihrem Traum auf und begann lauthals zu brüllen.

„Mischa, bitte bring sie zu mir, sie hat Hunger", rief seine Mutter mit belegter Stimme. Michael fühlte sich einen Augenblick lang außerstande, den Raum zu betreten. Etwas Böses schien sich des kleinen Zimmers bemächtigt zu haben. Nach kurzem Zögern kam seine Mutter wankend auf ihn zu. Ihre Hände bebten. Als sie das schreiende Bündel aus seinen Armen nahm, spürte er ihren Atem, der nach Zigarettenrauch roch. Michael verzog angeekelt das Gesicht, schämte sich jedoch im selben Moment für seine Reaktion. Zum Glück hatte seine Mama nichts bemerkt.

Sergeant Semjon Pulski stand unschlüssig da. Als er Litwinow wutentbrannt auf sich zu kommen sah, schnappte er hörbar nach Luft. Gnadenloser Zorn loderte in den dunklen Augen des Generalobersten.

Sergeant Pulski taumelte zurück und blieb erst stehen, als er mit dem Rücken zur Wand stand. Eine schwarze Pistole war direkt auf seine Stirn gerichtet. Auch wenn Litwinow viel kleiner war, schlotterte der Riese vor Angst, wie ein kleines Kind vor seinem Vater. Nur würde er keine Tracht Prügel bekommen, sondern eine Kugel in den Kopf. Michael wollte nicht, dass Litwinow ihn hier erschoss. Nicht so, nicht auf diese Weise. Längst hatte Michael begriffen, was „an die Wand stellen" bedeutete. Er wollte niemanden mehr sterben sehen. Müde schloss er die Augen und wartete auf den Schuss.

„Wieso haben Sie das nicht verhindert? Wir sind immer noch Menschen und keine Tiere. Was haben Sie sich eigentlich dabei gedacht? Häh? Ich kann Sie nicht hören", presste Generaloberst durch seine zusammengebissenen Zähne. Seine Stimme klang wie das Knurren eines Wolfes.

Michael konnte nicht anders, als die Augen zu öffnen. Was er beobachtete, verursachte ihm Gänsehaut. Er sah nämlich, wie die Hose von Semjon im Schritt dunkler wurde. *Der Riese hat sich in die Hose gemacht wie ein Kind,* stellte der Junge erstaunt und tief beschämt fest. Semjon nickte und schüttelte zugleich den Kopf, indes formierte sich vor ihnen eine Gruppe aus vier Männern. Michael spürte den schweren Geruch von kaltem Tabakrauch, Schweiß und Schießpulver in seine Nase kriechen. Die vier Soldaten standen stramm, sie warteten auf weitere Befehle.

Johanna stand mit dem Gesicht zur Wand. Den Umstehenden ihren schmalen Rücken zugewandt, sang sie ein deutsches Lied und fütterte ihr Kind.

„Ihr beide ..." Litwinow zeigte auf zwei Männer in der ersten Reihe. Sie nickten zustimmend. Mit fester Stimme, die keinen Widerspruch duldete, fuhr er fort: „Sergeant Pulski wird vorerst verhaftet, der Richter soll über sein Vergehen entscheiden. Die anderen zwei begleiten diese Familie zum nächsten Zug. Von nun an werden alle Gefangenen vorschriftsgemäß deportiert. Genosse Stalin hat ein Dekret erlassen, das besagt, dass alle Deutschen, Juden, Tschetschenen und anderen Minderheiten deportiert werden müssen. Sie sind Feinde unseres Landes und werden als solche angesehen. Wir müssen alles Erdenkliche tun, um unser Volk vor ihnen zu schützen. Doch niemand gibt uns das Recht, sie wie Vieh zu behandeln. Petrow war ein Feigling und wurde für seine Feigheit bestraft. Sich an einer schutzlosen Frau zu vergehen, sei sie Deutsche oder Jüdin, ist unter aller Würde für Jedermann. Auch wenn sie unsere Feinde sind, sind sie immer noch Menschen. Jetzt schafft mir die Familie aus dem Gebäude und führt sie zu den Zügen. Besorgt der armen Frau etwas zum Überziehen." Ohne ein weiteres Wort steckte er seine Pistole in das Holster zurück und ging.

Zu vergehen? Was heißt das? Michael schaute erneut zu seiner Mutter. Sie musste seinen Blick bemerkt haben. Ganz langsam drehte sie ihren Kopf zur Seite. Michael sah, dass sie weinte. Ihre Augen waren rot gerändert. Ihr gekrümmter Körper zuckte, wie bei Schüttelfrost. Michael ging zu Johanna hinüber und tastete nach ihrer Hand. Sie fühlte sich kalt und rau an. Michael schrak zurück, wofür er sich zutiefst schämte. Nur konnte er nichts dagegen tun – seine Mutter, die er so sehr liebte, war wie verwandelt. Etwas an ihr war auf einmal nicht mehr da. Etwas in ihr war für immer gestorben, stellte Michael mit bitterer Klarheit fest.

Besorgt der Frau was zum Überziehen, hallten Litwinows Worte in ihm nach. Zuerst dachte Michael, er halluziniere, denn als er seinen Blick in die Richtung schweifen ließ, aus der er die laute Stimme des Mannes zu hören glaubte, sah er den Generaloberst kurz dort stehen.

Tatsächlich aber stand Litwinow bereits am Ausgang, anscheinend wartete er auf jemanden. Gleich darauf hielt ein Wagen, der Generaloberst schaute noch einmal kurz über die Schulter zurück, dann verschwand er im Fond des dunklen Fahrzeugs. Michael senkte enttäuscht den Kopf. Bis zuletzt hatte er inbrünstig gehofft, Litwinow würde sie alle nach Hause gehen lassen. Darin hatte er sich jedoch gründlich getäuscht.

EINE EDLE DAME

Die beiden Soldaten, die dazu verdonnert waren, sich um Kleidung für Johanna zu kümmern, standen einen Augenblick lang unschlüssig da. Zuerst starrten sie einander verdattert an und zuckten mit den Achseln. Als eine weitere Familie an ihnen vorbeigeführt wurde, hielt der Ältere einen der Kameraden an der Schulter fest und wechselte flüsternd einige Worte mit ihm. Zu Michaels Enttäuschung konnte er sie nicht belauschen. Zwei Augenpaare starrten einen Lidschlag lang auf seine Mutter.

Der jüngere Soldat nickte und verlangte dann ein Kleid von der in die Jahre gekommenen Frau, die er eskortierte. Die korpulente Dame trug sehr schöne Kleider, die allem Anschein nach ein Vermögen gekostet hatten. So etwas Teures, wie die Dame an ihrem Körper trug, hatte Michael in seinem jungen Leben noch nie gesehen. Ihr fein besticktes Kleid war von einem Pelzmantel bedeckt. Auf ihrem Kopf trug die Frau eine Pelzmütze. Mehrere ineinander verschlungene Goldketten schmückten ihre molligen Arme. An den Finger glänzten etliche goldene und mit teuren Edelsteinen verzierte Ringe. Diese Tatsache trug jedoch nicht im Geringsten dazu bei, sie aus ihrer misslichen Lage zu befreien. Sie würde genauso behandelt wie alle anderen Deutsche, redete Michael sich ein. Auch sie würde die Deportation über sich ergehen lassen müssen. Auch ihr stand die beschwerliche Reise in einem Viehwaggon bevor. Nichts würde sie vor ihrem Schicksal bewahren, dachte er.

Bittere Galle stieg in seiner Kehle auf. Wie gerne hätte er ihr einen der Ringe von der Hand gezogen, um zu versuchen, sich damit die Freiheit zu erkaufen. Gleichzeitig wurde ihm bewusst, wie töricht seine Gedanken waren. Was kostete die Freiheit eigentlich? Michael wusste es nicht. Wer hatte die Macht, darüber zu entscheiden wer leben durfte und wer nicht? Wer bestimmte hier über all diese unmenschlichen Taten? Wo war der Gott, dem sie jeden Sonntag ihre Opfer gebracht hatten, den sie ehrfürchtig anbeteten, ihm in ihren Gebeten all ihre Sorgen verrieten? Wo war er jetzt, wo sie seine Hilfe am dringendsten benötigten? Michael wusste keine Antwort darauf. Er hatte auch keine Vorstellung von der Macht, die Geld tatsächlich hatte – dass alles und jeder gekauft werden konnte. Selbst ein Schicksal konnte damit erkauft werden. Und diese alte Frau hatte mehr als genug davon. Alles an ihr sah teuer und vornehm aus, auch ihr Mann war elegant gekleidet. Ihre fleischige Hand fuhr an den üppigen Busen, um kurz unter dem breiten, reich bestickten Kragen zu verschwinden. Einen Augenblick später drückte sie einem der Soldaten etwas in die schmutzige Hand. Der Mann schaute sie leicht verdutzt an, nickte jedoch, als sie ihm einige Worte ins Ohr flüsterte. Als er etwas erwidern wollte, streifte sie sich einen Ring vom kleinen Finger und gab ihn ihm. Michael sah, wie seine Augen gierig zu funkeln begannen. Die Hand zur Faust geballt, versteckte der Soldat den ergatterten Schmuck hastig in seiner Hosentasche. Als er den neidischen Blick seines jüngeren Kameraden bemerkte, zwinkerte er ihm verschwörerisch zu, woraufhin der Jüngling sogleich besänftigt schien und zufrieden grinste. Seine Gesichtszüge wurden weicher, er entblößte zwei Reihen gelber Zähne. Einer seiner Schneidezähne fehlte. Mit geübter Handbewegung füllte er die Lücke mit einer Zigarette. Der schwere Rauch waberte zur Decke.

Die ältere Dame wedelte den beißenden Rauch kokett mit ihrer fleischigen Hand von sich und trat einige Schritte auf die Kinder und ihre übel zugerichtete Mutter zu. Ihr Gesicht war von Sorge und echter Angst erfüllt, die sie mit einem Lächeln zu überspielen versuchte. Trotz ihrer üppigen Kurven wirkten ihre Bewegungen flink und elegant zugleich, sie roch nach Parfum. Der Kontrast zu den üblichen Gerüchen nach Schmutz und ungewaschenen Menschen war so eklatant, dass die Soldaten die Frau ungehindert passieren ließen. Sie hielten stets einen gebührenden Abstand zu ihr und traten zurück, wenn sie sich ihnen näherte. Dieser Duft war wie ein unsichtbarer Schutz, vor dem die nach Schweiß und Schießpulver stinkenden Männer respektvoll zurückwichen.

„Wer hat dir das angetan, Schätzchen?", sprach sie Johanna an. Ihre Stimme war fest, und das Mitleid darin echt. Sie spielte nicht. Vorsichtig berührte sie Johanna an der Schulter, als sie neben ihr stand. Johanna hob langsam den Blick, schaute verängstigt zu den beiden Soldaten auf, sagte jedoch nichts. Michael sah, wie seine Mutter zusammenzuckte, als die Hand der fremden Frau ihre blau schimmernde Wange betastete. Der Frau nur den Kopf zugewandt, begann sie erneut zu schluchzen. Ihr Kinn bebte, die Augen wurden feucht. Tränen liefen über ihr geschwollenes Antlitz. Die elegant gekleidete Dame strich mit ihren Fingern sanft über Johannas hager gewordenes Gesicht.

Johanna spürte die Wärme und die samtig weiche Haut. Die fremde Frau strahlte den Stolz und die Größe einer vornehmen Person aus. Johanna fühlte sich auf einmal geborgen, wie verzaubert von der unsichtbaren Kraft, die von der Dame ausging, drehte sie sich ganz zu ihr um, lehnte ihren Kopf an die weiche Schulter, schloss mit einem Seufzen die Augen und begann lautlos zu weinen. „Bitte helfen Sie uns", raunte sie kaum hörbar, das Gesicht in dem dicken Pelzmantel vergraben. Sie spürte, wie sich ihre kleine Tochter in ihren Armen regte, ohne einen einzigen Ton von sich zu geben.

„Das würde ich sehr gern, meine Liebe", versuchte die Frau sie zu beruhigen und strich ihr sanft über den Rücken. „Oh Gott, dein Kind ist ja völlig durchnässt!" Schnell trat sie einen Schritt zurück und musterte Johanna ernst, ihr Blick war forsch, doch nachdenklich und voller Sorge. Johanna fürchtete schon, die Frau könnte sich von ihr abwenden, sie einfach hier stehen lassen und gehen. Ihre Arme drückten die triefend nasse Anja noch enger an die Brust. Den Blick auf die Frau geheftet, stand sie einfach nur da und wartete. Die Soldaten trauten sich immer noch nicht, sie zu stören.

„Bruno, was stehst du da wie ein Holzklotz?", wandte sich die Frau im Pelzmantel in scharfem Ton an den schmächtigen Mann, der ihr Ehemann zu sein schien. Sie sprach deutsch mit einem für Johanna fremden Dialekt.

„Ja, Liebes?" Der Mann huschte zu den Frauen herüber. Sein weißer Schnurrbart war an den Enden gezwirbelt, das dünne Haupthaar in der Mitte gescheitelt. Er trug einen dunklen Anzug, der steife weiße Kragen schien gebügelt und gestärkt. An der Brusttasche seines Trenchcoats klemmte ein Monokel. Genauso stellte sich Michael einen Professor vor. Als wäre der ältere Herr aus einem seiner Bücher entflohen, um später genauso plötzlich zu verschwinden, dachte Michael, sein Blick blieb an dem Mann kleben. Dessen Aufmerksamkeit galt jedoch nur seiner Frau, den Rest der Welt schien er nicht wahrzunehmen.

„Wir müssen der armen Familie helfen." Sie funkelte ihren Mann so mahnend an, dass er ein Stückchen zu schrumpfen schien. Keiner der Soldaten wagte sich zu rühren, sie schauten nur zu.

„Aber Brunhilde, unser Zug ..."

„Der kann warten", sprach sie sehr bedächtig und mit ruhiger Stimme. Langsam begann sie in ihrer großen Tasche zu kramen. Selbst jetzt waren ihre Bewegungen anmutig. Ein buntes Kleid nach dem anderen wurde begutachtet und wieder hineingestopft. Ihre flinken Hände förderten Sachen zutage, die Michael und seine Mutter noch nie in ihrem Leben zu Gesicht bekommen hatten. Nichts schien zu passen. Jedes Mal schüttelte sie ablehnend den Kopf, um dann ein anderes Kleidungsstück in Augenschein zu nehmen. Das Kräuseln ihrer Lippen wurde immer deutlicher, die kleinen Fältchen um Mund und Augen tiefer, sie stachen Michael ins Auge wie mit einem Bleistift gezogene Linien. Es dauerte eine Weile, bis sich ihre Miene leicht aufhellte. Die Zornesfalten auf ihrer breiten Stirn glätteten sich wieder, als sie zu Johanna aufschaute.

„Das hier könnte vielleicht passen", sagte Brunhilde zufrieden, als sie ein unscheinbares Stück Stoff aus der großen Tasche zog. „Ein Erinnerungsstück an meine Jugend", murmelte sie mit einem kaum merklichen Kopfschütteln.

„Genossin von Ulm", unterbrach sie einer der Soldaten hüstelnd.

Wie eine wild gewordene Katze fuhr sie herum und keifte den Soldaten mit zusammengekniffenen Augen an: „Für Sie immer noch Frau von Ulm, Genosse Soldat!", sodass der Mann, ob dieses plötzlichen Gefühlsausbruchs erschrocken, einen Schritt zurücktrat. Ehrfürchtig, fast schon unterwürfig, senkte der voreilige Soldat den Kopf, sein strohblondes Haar verdeckte sein gerötetes Gesicht. Zuerst stand er nur sprachlos da. „Aber Ihr

Zug …", wandte er nach kurzem Zögern ein und wich vorsichtshalber einen weiteren Schritt zurück.

„Das ist *unser* Zug! Bruno hat das alles aufgebaut, nun fällt es in eure Hände. Wir hinterlassen ein funktionierendes Schienennetz und Minen, die euch mit Kohle versorgen werden, also können Sie doch wohl eine Minute lang Ihren Mund halten." Ihr Mann tätschelte besänftigend ihren breiten Rücken.

„Wir wandern nach Amerika aus, Liebes. Die Rote Armee hat uns alles genommen, alles, was Brunos Vater aufgebaut hat. Nach der Revolution blieb uns nicht mehr viel, trotzdem schaffte es mein lieber Bruno, die Arbeit seines Vaters fortzusetzen. Jetzt nimmt die Rote Armee uns alles weg – einige Parteimitglieder trachteten uns sogar nach dem Leben. Zum Glück haben wir die Einreiseerlaubnis bekommen. Ach, was rede ich hier für einen Unsinn", bemerkte die Frau ihren Fauxpas mit einer leisen Entschuldigung. „Kann ich noch etwas für dich tun? Wir müssen wirklich los. Sonst müssen wir doch noch in diesem Land bleiben." Sie sprach wieder ihren lustigen Dialekt.

„Kommen Sie aus dem Schwarzwald?", fragte Maria neugierig dazwischen. Als ihr die Dreistigkeit bewusst wurde, sich ungefragt in das Gespräch von Erwachsenen eingemischt zu haben, senkte sie beschämt den Blick.

„Ja, Süße, meine Mutter wurde dort geboren." Brunhilde lächelte versonnen.

„Können Sie mein Baby mitnehmen? Ich habe keine Milch mehr", unterbrach sie Johanna. Die Worte waren nur ein Flüstern, Michaels Ohren klangen sie jedoch wie ein Pistolenschuss. Laut und endgültig. Tränen der Verzweiflung schossen ihm in die Augen, sein Herz hörte für einen Moment auf zu schlagen. Michael wusste, dass seine Mama log, und er wusste auch, warum. Seine kleine Schwester würde diese Reise niemals überleben, nicht in ihrem Zustand. Die kleine Anja war krank, sie brauchte dringend einen Arzt und saubere Sachen.

Johanna stand einer Frau gegenüber, die die Anspruchshaltung einer Aristokratin an den Tag legte, die eine Art von Selbstbewusstsein ausstrahlte, die man mit der Muttermilch aufsog. Die Mundwinkel der betagten Frau sanken nach unten.

Ihre Brust schwoll an, als sie tief Luft holte, sodass ihr großer Busen noch mehr hervortrat. In ihrem Hals rasselte etwas. Sie war nicht dumm. Mit einem hastigen Blick sah sie auf Johannas Brust, die nur von einem weißen Unterhemd und Fetzen ihres Kleides bedeckt war. Dunkle, feuchte Flecken straften ihre Worte Lügen. Frau von Ulm schwieg, für einen Moment schloss sie die Augen, dann nickte sie stumm. Johanna drückte ihr Baby ein letztes Mal an sich.

„Vielleicht hat sie noch ein wenig Durst, bevor wir abreisen", wisperte Frau von Ulm. Johanna spürte das gierige Saugen. Anja schien wieder zu Kräften zu kommen. Versuchte sie sich einfach nur einzureden, ihrem Baby bliebe nichts anderes übrig, als mit der fremden Frau woanders ein neues Leben anzufangen? Konnte das zarte Geschöpf die beschwerliche Reise ans andere Ende der Welt unbeschadet überleben? Das wusste niemand. Das Einzige, was feststand, war die Tatsache, dass sie sich von ihr trennen musste. Ihr Baby war krank und brauchte die richtige Pflege. Draußen brach der Winter an, sie musste diesen Schritt wagen, nur so hatte die kleine Anja eine Chance.

„Mutter, nein! Nicht Anja, nicht sie", begann Michael zu schluchzen. Seine Mutter schien ihn nicht zu hören. Tatsächlich war sein Mund geschlossen, nur in seinen Gedanken schrie der verzweifelte Junge seine Mutter an. *Sie soll lieber den blöden Gregor oder Anita mitnehmen,* führte er den Gedanken zu Ende und schämte sich sofort dafür.

„Wenn das dein Wunsch ist", entgegnete Brunhilde, als Anja von Johannas Brust abließ. Sie nahm das Bündel an sich und ließ die Mutter ihr Kind ein letztes Mal küssen. Schweigend erlaubte sie den Soldaten, sie nach draußen zu begleiten. Sie fuhr nicht in einem Viehwaggon wie der Rest der Deutschen. Ihr Mann und sie durften das russische Land in einem der nobel eingerichteten Salonwagen verlassen. Es war *ihr* Imperium, das sie aufgebaut hatten und jetzt den Russen überlassen mussten, ohne dafür entschädigt zu werden. Das Einzige, was sie dafür bekommen hatten, war freies Geleit an die Ostgrenze.

„'Alle Macht dem Volke", so lautete die oberste Devise der kommunistischen Partei. „Wir sind alle gleich", „Proletarier aller Länder, vereinigt euch", „wir sind alle Brüder", auch das waren die Losungssprüche des Kommunismus, nur galten sie nicht für jeden, dachte Johanna bitter. Völlig erschöpft schaute sie ihrem Kind nach, das in den Armen einer fremden Person lag. Das schnelle Klackern der Schuhabsätze auf dem Parkettboden wurde von den kläglichen Schreien des Babys überschattet.

Einer der Soldaten fluchte wie ein Schuster, als er über ein liegengelassenes Bündel stolperte und fast der Länge nach hinfiel.

„Zügeln Sie Ihre Zunge, junger Mann! Sie sind in Gesellschaft einer Dame", tadelte Bruno den Mann. Der Soldat murmelte eine Entschuldigung und richtete sich wieder auf.

Die beiden Uniformierten mit den geschulterten Gewehren begleiteten das ältere Paar mehr, als dass sie sie in sicherem Geleit zu ihrem Zug abführten. Die stoische Dame besaß mehr Charakter als der Generaloberst Litwinow. Ihr nicht weniger stolz wirkender treuer Ehemann wich nicht von ihrer Seite und bot ihr mit seiner Anwesenheit Schutz und die Bestätigung, dass ihre Entscheidung richtig war. Mit erhobenem Haupt schaute sich Herr von Ulm kurz um und nickte Johanna zum Abschied zu.

„Komm, Bruno wir müssen uns beeilen, jetzt benötigen wir noch eine Amme. Ich habe zwar viel Busen, nur bringt er uns nicht viel, wenn keine Milch darin ist. Komm jetzt, sonst kommen wir wirklich noch zu spät", waren ihre letzten Worte, die Michael hörte, dann verschwand die Dame mit ihrem Mann und dem golden schimmernden Pelzmantel, unter dem sie die kleine Anja vor der eisigen Kälte versteckte, aus seinem Blickfeld. Er beobachtete noch eine Weile die große Tür, durch die seine Schwester für immer aus seinem noch so jungen Leben verschwunden war.

Plötzlich spürte Michael die kalte, zitternde Hand seiner Mutter auf seinem Gesicht. Sie strich sanft über seine heiße Wange. Diesmal zuckte er nicht zurück, stattdessen drückte er sie, lehnte seinen Kopf an die Brust seiner Mutter und begann leise, kaum hörbar, zu weinen.

„Genug der Tragödie", mischte sich einer der Soldaten ein, der für Familie Berg zuständig war. Sein Gesicht war von Wind und

Wetter gegerbt, die Haut faltig wie Leder, die Augen durchdringend wie kalter Stahl. Sein kantiger, kahler Schädel war von einer Mütze bedeckt, die leicht schief auf seiner Glatze saß. Seine Augen waren eisgrau und hafteten auf Johanna wie bei einem Wolf, wenn er seine Beute gewittert hatte. „Sie können sich dort umziehen." Er deutete mit einem Wink auf Petrows ehemaliges Büro.

„Nicht nötig, es reicht, wenn Sie sich umdrehen", entgegnete Johanna mit bebender Stimme.

Die beiden Männer wechselten einen verständnislosen Blick, gehorchten jedoch. Der mit der Glatze holte ungeniert seine Pfeife aus poliertem Holz hervor und stopfte sie mit Machorka voll. Mit geübtem Griff fischte er eine kleine Schachtel aus der Brusttasche und schüttelte sie mehrmals. Als er zwei Streichhölzer auf einmal angerissen hatte, saugte er am Mundstück der Pfeife, um den Tabak anzuzünden. Das schmatzende Geräusch seiner Lippen weckte in Michael vage Erinnerungen, er sah seinen Opa auf einem Baumstamm vor seinem Haus sitzen. Der Glatzkopf bekam einen Hustenanfall und verjagte damit die schönen Bilder aus der Vergangenheit wieder. In der Pfeife knisterte der Tabak, als er zu qualmen begann. Der Soldat wedelte die kleine Flamme mit wenigen Handbewegungen wieder aus, die abgebrannten Streichhölzer warf er zu Boden und erstickte sie mit dem rechten Stiefel, als zertrete er eine Kakerlake. Der Geruch des starken Tabaks kitzelte Michael in der Nase. Gelber Rauch hüllte das kantige Gesicht des Mannes ein und hinderte ihn daran, seiner Mama dabei zuzusehen, wie sie sich in das scheinbar viel zu große Kleid zwängte.

„Bist du endlich fertig?", brummte der Mann nach einer Weile. Ein Ausdruck des Missfallens kroch über sein hageres Gesicht, als er sich mit gemächlicher Langsamkeit herumgedreht hatte. Er wollte noch etwas sagen, als sein Kamerad ihn an der Schulter packte.

„Ivan, nicht!" Sein Genosse schüttelte den Kopf. „Litwinow macht Hackfleisch aus uns, wenn wir der Frau etwas antun. Er kannte ihren Mann, sie waren Schulkameraden, habe ich gehört", fügte der Grünschnabel hinzu.

9

DIE VERLADUNG

„Wir haben nicht den ganzen Tag Zeit, Frau. Wir sind nicht dazu verpflichtet, dir nachzurennen." Es war der mit der Glatze. Er hielt die Pfeife mit seinen gelben Zähnen fest, sodass man ihn nur schwer verstehen konnte. „Mach schon, bist schon hübsch genug", nuschelte er weiter. Eine kleine Rauchwolke entstieg seinem Mundwinkel.

„Ich bin fertig, wir können gehen", sagte Johanna leise. Sanft strich sie das schöne Kleid glatt. Es war ihr etwas zu groß, stand ihr aber sehr gut, stellte Michael fest. „Kommt, Kinder, wir wollen die Genossen Soldaten der Roten Armee nicht länger aufhalten. Sie müssen unser Land gegen die Deutschen verteidigen. Nur frage ich mich, warum wir für das Ganze verantwortlich gemacht werden. Fühlen Sie sich denn von Frauen und Kindern bedroht?", presste Johanna zwischen zusammengebissenen Zähnen hervor. Ihre Stimme klang belegt, der Hohn und der Zorn darin waren nicht zu überhören.

Einer der Männer bedachte sie mit einem vielsagenden Blick, ohne auf ihre Frage zu antworten. Der andere schwieg ebenfalls.

Michael machte sich nicht mehr die Mühe, sich an der heilen Welt festzuklammern, die er gekannt hatte. Wie eine Seifenblase war die freudige Erwartung vor seinem inneren Auge zerplatzt und brannte schmerzhaft auf der Netzhaut. Wie oft hatte er an die Zukunft gedacht, an das, was die Zeit noch bringen mochte. Vor dem Ausbruch des Krieges hatten seine Gedanken immer wieder daran angeknüpft, dabei schien er alles um sich herum zu vergessen. In seinen Tagträumen war er stets woanders und schwelgte in einer Zukunft, in der er eine wichtige gesellschaftliche Rolle spielen würde. Wie oft hatte er sich ausgemalt, wie er als erwachsener Mann zum Führer der Sowjetunion gewählt wurde und alle Deutschen wie auch seinen Vater in die Freiheit entließ. Lehrer hatte er auch noch werden wollen, oder zumindest ein angesehener Mann, dem es an nichts mangelte.

Der strahlende Traum, so faszinierend und schön wie eine zart irisierende Perle, hatte sich nun in eine schlammige Pfütze verwandelt, die nach Abwasser und Erbrochenem roch. Unbewusst verzog der Junge sein zartes Gesicht, angewidert von der Vorstellung, darin zu versinken. Er blinzelte und spürte, wie seine Augen feucht wurden. Ein Stoß in den Rücken und die mahnenden Worte seines Bruders drängten ihn zur Eile. Gregor schubste ihn noch ein paar Mal, aber Michael ignorierte ihn einfach und schlurfte weiter wie bisher. *Der Tod kann schließlich warten,* dachte er. Dicht unter dem Herzen toste ein heftiger Sturm in seiner Brust.

Der Wind zerrte am Kragen, kroch unter die Kleidung und peitschte gegen Arme und Beine. Die Wimpern waren eisverkrustet. Die Haut auf der Stirn brannte. Finger und Zehen fühlten sich an wie Zweige, fremd und tot. Über allem schien ein weißer Nebel zu liegen. Schneekristalle brannten schmerzhaft auf der ungeschützten Haut. Wie tausend kleine Nadeln drangen sie in die Wangen und Augen. Michael zog seine dicke Mütze tief ins Gesicht, schützte Mund und Nase mit seinem Schal. Ein scheuer Hauch von Zuhause hatte sich in der warmen Wolle versteckt. Michael sog den Geruch gierig durch die Nase ein.

Die beiden Männer warteten auf weitere Anweisungen, als die kleine Gruppe nach wenigen Minuten an einem der Wachposten angekommen war. Währenddessen wurden erneut Hunderte von Gefangenen in einen weiteren Zug getrieben, der dampfend und polternd auf seine Ladung aus verängstigten Menschen wartete. Zu den beiden Soldaten gesellten sich noch drei andere und scheuchten die eingeschüchterte Familie vor sich her wie eine kleine Schafherde. Sie machten sich einen Spaß daraus und riefen ihnen Beleidigungen zu. Michael hörte den Männern einfach nicht zu. Worte wie „deutsches Schwein", „Hitlers Kinder" oder schlicht „Faschisten" prallten an Michael ab. So lange es nur bei verbalen Erniedrigungen blieb, war ihm das alles egal. Nur durften keines seiner Geschwister oder seine Mutter geschlagen werden.

Johanna ignorierte die Männer ebenfalls, hielt sich einfach an die anderen Gefangenen, die von den fünf Soldaten umringt waren. Die Gruppe war auf gut fünfzehn Personen angewachsen.

Keiner sagte etwas. Immer noch konnte sich Johanna des Gefühls nicht erwehren, dass sie sich doch falsch entschieden hatte. Sie vermisste ihre kleine Anja jetzt schon. Der Gedanke, das unschuldige Kind nie wiederzusehen, raubte ihr den Atem. Ihr Herz schmerzte, als habe ihr jemand einen Pflock durch die Brust getrieben.

„Die Deportation der Deutschen, Juden und anderen Völker wird zu einem Schandfleck in Russlands Geschichte werden, die Welt wird davon erfahren!", ertönte eine verzweifelte Männerstimme. Der eisige Wind verebbte kurz zu einer schwachen Brise. Johannas Blick schweifte über die Köpfe der in einer riesigen Menschentraube versammelten Schaulustigen. Auf der Ladefläche eines ramponierten Lastwagens stand ein Herr mittleren Alters und schrie seine Parolen in die Menge. Ungeachtet dessen, dass seine Worte keine Zustimmung fanden, auch nicht durch Jubel unterstützt wurden, sprach er laut und deutlich. Keiner traute sich, den Störenfried von der Ladefläche zu zerren, um ihn zum Schweigen zu bringen. Der graue Wagen war von zehn bewaffneten Männern umringt, sie trugen keine Uniform, sahen wie ganz gewöhnliche Bauern aus. Trotzdem wurden sie geduldet.

Je weiter sie sich der Menschenmenge näherten, desto intensiver roch die kühle Luft nach frisch gebackenem Brot und Rauch. Michael bekam Magenkrämpfe vor Hunger. Um das quälende Verlangen nach Essen zu besänftigen, griff er in den Schnee, zog den dicken Schal bis ans Kinn herunter und stopfte sich hastig den kleinen Schneeball in den Mund. Gaumen und Zunge brannten vor Kälte. Sein Magen brodelte immer noch. Doch er konnte nicht anders, er musste immer wieder den Duft von Brot und jetzt auch Gerstenbrei in sich hineinströmen lassen. Die Luft war so kalt, dass die Nasenflügel beim Einatmen an der Scheidewand kleben blieben.

„Halt's Maul!", schrie jemand aus der Menge. Ohne Vorwarnung warf er einen Stein nach dem Mann, der sich für die Rechte der Minderheit einsetzte und dabei sein Leben riskierte. Ein weiterer Gegenstand flog durch die Luft, auch dieses Mal wurde der aufständischer Unruhestifter nur um Haaresbreite verfehlt.

„Menschen sind wie Rinder", fielen Johanna die Worte ihres Vaters ein. *„Wenn eines in den Sumpf gerät, trotten die anderen hinterher."* Sie spürte, wie etwas Hartes in ihren Rücken gepresst wurde. Der Doppellauf der Flinte verursachte höllische Schmerzen, denn an derselben Stelle hatte Oberleutnant Petrow sie mit seinem Stiefel verletzt, als sie sich gewehrt hatte.

„Du solltest lieber deine Beine bewegen", fauchte eine raue Stimme hinter ihr. „Sonst landest du auch auf dem Schlitten dort, du Frau eines Deutschen." Die Doppelläufige wurde jetzt fester gegen ihre Wirbelsäule gedrückt. Johanna konnte ein Stöhnen nicht unterdrücken und ging schneller, bis der Druck der Flinte nachließ. Hastig warf sie einen Blick nach rechts. Dort sah sie einen Pferdeschlitten und begriff die Drohung hinter den gehässigen Worten des Mannes. Auf dem Schlitten lagen, zu einem Stapel aufgeschichtet, mehrere Leichen, und ständig kamen weitere hinzu. Die fratzenhaft verzerrten Gesichter starrten aus leeren, eisverkrusteten Augen in den Himmel. Keiner machte sich die Mühe, ihre Lider zu schließen. Manche waren durch ihre Verletzungen derart entstellt, dass man direkt in ihre Köpfe schauen konnte. Der fallende Schnee bedeckte gnädig ihre Augen, ihre Wunden, ihre Körper.

In einer der Leichen erkannte sie Petrow, den Mann, der ihren Körper geschändet und ihre Seele beschmutzt hatte. Ein dunkles Loch in seiner Stirn war Beweis genug, dass der Mann wirklich tot war. Abgesehen davon, dass der halbe Hinterkopf fehlte, schien der Rest unversehrt geblieben zu sein. Nicht so Johanna. Ihr Unterleib zog sich schmerzlich zusammen beim Gedanken an das, was dieser Mann ihr angetan hatte, und ihr wurde speiübel. Sie beugte sich vor und erbrach Galle, die auf dem Weg nach oben ihre Speiseröhre zu verätzen schien. Zischend brannte sich die gelbe Flüssigkeit in die weiße Schneedecke. Nach einer weiteren Würgeattacke konnte sich Johanna wieder fangen. Ihre klammen Finger kratzten ein Häuflein pulvrigen Schnee zusammen und stopften den kalten Klumpen in ihren rissigen Mund. In Gedanken verfluchte sie den Mistkerl Petrow, der so einen schnellen und leichten Abgang nicht verdient hatte. Für diesen Mann konnte sie kein Mitleid aufbringen, stattdessen verspürte sie eine gewisse Genugtuung. Eine tiefe seelische

Ruhe breitete sich in ihr aus, als wäre etwas aus der Welt geschafft, was sie lange Zeit gequält hatte. Nur Gott allein und vielleicht noch dieser Sergeant Pulski wussten, ob sie die einzige Frau war, die er so erniedrigt hatte. Aber ein anderer Gedanke beunruhigte sie. *Hoffentlich bin ich von diesem Mistkerl nicht schwanger geworden.* Sie spürte eine heiße Woge über Gesicht und Rücken kriechen und legte unwillkürlich die Hand auf ihren Bauch. Ihr Atem ging schwer. Johanna rieb mit einer Handvoll Schnee über ihre Stirn und die Wangen, schloss für einen Augenblick die Lider und blieb kurz stehen. Alles um sie herum schien sich zu drehen. Sie ignorierte die mahnenden Rufe des glatzköpfigen Soldaten. *Ich muss mich sammeln,* redete sie sich selbst zu. Ein tiefer Atemzug, dann lief sie schnelleren Schrittes hinter ihren Kindern her zu den Gleisen.

*****

Über einen hölzernen Steg, der unter dem Gewicht der Menschen ächzte, stiegen Johanna und ihre verängstigten Kinder in den Waggon.

Gedämpfte Schreie, Flüche, Verwünschungen und monotones Wehklagen erfüllten die Luft und brachten sie zum Beben. Michael packte seine Mutter am Mantel und hielt sich dicht neben ihr. Er sah auch zu, dass seine Geschwister bei ihm blieben, vor allem durfte er Maria nicht aus den Augen verlieren. Als er sie anblickte, erwiderte sie seinen Blick. Ihre Wangen färbten sich rot. Sie senkte die Augen, als ob sie sich ertappt fühlte. Ein wohliges Gefühl kroch durch seinen Körper; der Gedanke, dass er ihr gefallen könnte, spendete ihm für einen Augenblick etwas Wärme.

Eine Textpassage fiel ihm ein. Hatte sein Vater diese Worte einst zu seiner Mutter gesagt? Er wusste es nicht mehr. Dann erinnerte er sich wieder: Er kannte die Zeilen aus einem der unzähligen Bücher, die sein Vater so oft in der Küche vorgelesen hatte. Seine Mutter lauschte seinen Worten, während Michael sich schlafend stellte und seinem Vater heimlich zuhörte.

„Die Liebe ist unsichtbar, flüchtig wie ein Lufthauch, leise wie ein Traum, der durch ein offenes Fenster hereinschleicht, um uns eine schlaflose Nacht zu bescheren, um gleich darauf zu entschwinden. Um uns mit Keimen der Sehnsucht zu verseuchen, die uns lange, unruhige Tage mit Herzschmerz und seelischer Unruhe bereiten. Liebe ist eine Krankheit, die nur schwer zu kurieren und nicht zu heilen ist und einen manchmal umbringt, wenn sie nicht erwidert wird. "

Hatte ihn Maria etwa mit dieser Krankheit angesteckt? War er in sie verliebt? Das durfte er nicht zulassen – sie war seine Schwester –, wenn auch nicht seine richtige Schwester wie Anita oder die kleine Anja. Der Gedanke an seine jüngste Schwester, die er heute verloren hatte, zerriss ihm erneut das Herz in der Brust und ersetzte es durch einen Eisklumpen. Er schimpfte sich einen Narren. Den absurden Gedanken an die Liebe, womit er ohnehin recht wenig anfangen konnte, schob er beiseite und trat ihn mit seinen schmutzigen Schuhen in den schlammigen Boden. Solange er nicht frei war, würde er keinen Menschen mehr in sein Herz schließen. Seine kleine Schwester, seinen Vater und seinen großen Bruder in so einer kurzen Zeitspanne zu verlieren, war mehr als nur eine Erfahrung. Das war eine Lehre fürs Leben und ein Beweis dafür, dass alles vergänglich war, und dass das Leben eines Einzelnen keine Bedeutung hatte.

Eine Frauenstimme erklang in seinem Kopf: *„Alles geschieht zum Wohle des Volkes, und Lenin weist uns den Weg."* Von wegen! Nadeschda Pawlowna erinnerte ihre Schüler stets an den Leitspruch der Kommunisten, der Befreier des Volkes. Immer wenn die Kinder sich in ihrem Unterricht nicht zu benehmen wussten, wie Nadeschda Pawlowna es gerne gesehen hätte, sagte sie: *„Merkt euch diese Worte: Wladimir Iljitsch Lenin starb für seine Vision und seine Ziele, um euch ein sorgenfreies Leben zu schenken!"* Stets ermahnte sie die Schüler mit erhobenem Finger, sich daran zu erinnern.

Jetzt stand Michael zitternd vor Kälte mit vielen anderen zu einem Haufen zusammengetrieben und wartete ab, was als Nächstes mit ihm geschah. Wo waren die Ideale von „Häuptling Lenin", wie er hinter vorgehaltener Hand genannt wurde, denn geblieben? Wo war die sorglose Freiheit, für die so viele

Menschen im Kampf gegen den Zaren und seine weiße Armee ihr Leben gelassen hatten? *Wir alle sind gleich, wir sind alle Brüder, wir wollen die Freiheit, wir sind das Volk – nichts als leere Versprechungen,* dachte Michael entrüstet. Lügen, an die er noch vor wenigen Wochen voller Stolz geglaubt hatte. „Deportation" und „Kommandantur" waren auch nur Worte für ihn gewesen, mit denen er nichts anzufangen wusste.

„Maria! *Maria!*" Laute Rufe schallten über die Köpfe der Wartenden hinweg. Michael stieß fast mit Maria zusammen, als sie plötzlich herumfuhr. Ihre Augen huschten suchend zwischen all den Menschen hin und her. Plötzlich verzog sich ihr Mund zu so etwas wie einem Lächeln. Michael folgte ihrem Blick in die Richtung, aus der er die laute Stimme zu hören glaubte. Dort stand eine Frau, die hektisch mit beiden Armen winkte. Gleich darauf begann sie, sich mit den Ellenbogen energisch aus der Menschenmenge um den benachbarten Waggon zu kämpfen.

„Tante Annette!", rief Maria mit sich überschlagender Stimme, ein hysterisches Weinen schwang darin mit. Sie schlug die Hände vor den Mund, schluchzte vor Freude. Die Frau bahnte sich ihren Weg durch die Menschen wie ein Pflug durch lockere Erde. „Sie ist meine Nichte", schimpfte sie einen der Uniformierten, als der ihr den Weg versperren wollte.

*****

„Das menschliche Verhalten wird durch kulturelle Konventionen geprägt", fielen Johanna die Worte ihres Mannes ein, als auch sie die Frau zu sehen bekam. Die bewies den Mut einer Kämpferin. Sie schien keinen Gedanken an die Konsequenzen ihres Verhaltens zu verlieren.

„Ich habe die Kommunisten unterstützt, immer! Nun wird mir für mein Engagement in so einer Weise gedankt? Was ist mit der Idee, der Ideologie unseres Führers passiert? ‚Proletarier aller Länder, vereinigt euch'? Alle Menschen sind gleich, doch manche sind gleicher, so gleich, dass sie der Partei gleichgültig sind!", schrie sie den Mann an, schubste ihn ohne Zögern grob aus dem Weg. Sie setzte alle Hebel in Bewegung, um näher an Maria heranzukommen. Alles andere schien in diesem Moment unwichtig. Sie hatte nur ihr Ziel vor Augen. „Lass mich vorbei, du Ausgeburt der kommunistischen Ideologie eines Diktators", setzte sie ihre Tirade fort.

„Nun lass sie schon durch", mischte sich ein anderer Soldat ein. Hastig winkte er die Frau vorbei. Er wollte einfach keinen Ärger. Wegen so einer Nichtigkeit einen Aufstand zu provozieren lag sicher nicht in seiner Absicht, ging Johanna durch den Kopf. Dann stand die ältere Frau endlich keuchend vor ihnen, ihr Gesicht glühte vor Zorn. Ein wenig unsicher nahm sie Maria in die Arme, drückte sie fest an sich und schob sie dann wieder ein Stückchen von sich, um sie von oben bis unten anschauen zu können. Mit feucht schimmernden Augen musterte sie das Mädchen und die beiden Jungs liebevoll. Als sie jedoch sonst niemanden aus der Familie von Hornoff ausmachen konnte, wich die kurze Freude einem sorgenvollem Blick. Ihre Augen huschten suchend hin und her, dann richtete sie ihr Augenmerk auf Johanna. Dankbar nickte sie ihr zu, als sie begriff, welche Rolle Johanna übernommen hatte. Das Gesicht der Frau war runzelig wie ein vertrockneter Apfel. Unzählige Falten rahmten ihre fast schwarzen Augen. Ihr zerzaustes silbergraues Haar wehte im Wind. Trotzdem strahlte sie die Lebenskraft und das Temperament einer starken Persönlichkeit aus.

„Tante Annette ..." Mehr konnte Maria nicht sagen, sie schluckte und schloss die Augen. Tränen kullerten über ihr schmales Gesicht.

„Ich weiß, Liebes ... Dein Vater, mein armer Bruder Adolf ..." Annette redete Deutsch mit ihrer Nichte, denn wie viele andere Gefangene beherrschte Maria nur ihre Muttersprache.

*****

Veränderte sich eigentlich der Klang der Stimme, wenn man eine andere Sprache benutzte? Oder war es die Schwermut und die schiere Verzweiflung, die an ihren Stimmbändern zehrten? Michael hatte sich zum ersten Mal bei dem Gedanken erwischt, dass sie allesamt Fremde in einem fremden Land waren, obwohl er in Russland zur Welt gekommen war und dieses Land immer geliebt hatte. Ebenso seine Eltern, auch sie liebten den Wald, das Dorf und das Leben selbst, und doch .... Wo genau lag eigentlich Deutschland? Würde man sie dort willkommen heißen? Fände er dort eine Heimat, wenn er fliehen könnte? Würden ihn die Menschen als ihresgleichen akzeptieren oder einen Verräter schimpfen? Wo war seine Heimat? Wo lagen seine Wurzeln? Wo würde er sich heimisch fühlen? Bisher war das kleine Dorf seine Welt gewesen, sein Zuhause, sein Leben. Jetzt hatte er nichts mehr außer seiner Familie.

*****

Annette fragte ihre Nichte nach ihrem Befinden und ob es ihren Brüdern gut ginge. Maria sagte, dass sie jetzt mit Familie Berg zusammen unterwegs seien und auch deren Namen trügen.

„Redet so, dass wir euch verstehen können", unterbrach sie einer der Aufseher und trat näher.

Annettes Gesichtszüge wurden wieder härter, als sie sich umdrehte. Der Zorn, der sich in ihrem Gesicht widerspiegelte, ließ ihre Züge wie versteinert erscheinen. Ihre Stimme, die vor einer Sekunde noch beruhigend und sanft geklungen hatte, wurde auf einmal kalt und dunkel. Als sie sich an den Mann wandte, glich sie einer wild gewordenen Wolfsmutter, die bereit war, für ihre Jungen jedem an den Hals zu springen. Maria zog ihre Tante am Ärmel. „Bitte nicht", flüsterte das Mädchen leise. So plötzlich wie ein Gewitter endete, war das überschäumende Gemüt der Frau besänftigt, die Falten in ihrem markanten Gesicht glätteten sich. Obwohl ihre Kieferknochen immer noch malmten, klang ihre Stimme freundlich. „Darf ich meine Nichte mitnehmen?"

„Nur, wenn es schnell geht", unterbrach sie der Soldat, weiße Wolken stiegen aus seinem Mund auf. Auch er war froh, dass die Frau sich gegen eine Auseinandersetzung entschieden hatte. Jede Eskalation konnte zu einer Massenpanik führen und in einem Gemetzel enden.

Annette räusperte sich, dann fuhr sie mit noch sanfteren Stimme fort: „Ihre Brüder möchte ich auch mitnehmen."

Die Augen des Mannes verfinsterten sich. Seine vom Wind und der Kälte aufgeplatzten Lippen wurden zu zwei weißen Strichen, wie schlecht verheilte Narben aus, die sein unschönes Gesicht noch hässlicher machten. „Was erlaubst du dir, Frau? Meinst du, wir wären hier bei einem Wunschkonzert? Wir werden bald in einem Krieg sein, der alles hier vernichten kann."

„Mein Volk *ist* schon im Krieg!", platzte sie heraus. Ihre Worte waren noch eisiger als der Wind. „Schau dir doch all diese Menschen an, Söhnchen." Der Aufseher war der viel kleineren Frau nicht gewachsen, das wussten sie beide. Die Frau setzte darauf, ihren Gegner zu zermürben. „Hattest *du* keine Freunde, die Deutsche waren? Kanntest du niemanden, dessen Name nicht Ivanov war, sondern Müller oder Schmidt? Schau dich nur um!" Ihre Stimme war stetig leiser geworden, eindringlicher.

Der Mann schaute sich nicht um, er trat von einem Bein aufs andere, sein Gesicht hatte einen betroffenen Ausdruck angenommen.

„Ich will sie nur mitnehmen, mehr nicht. Wir werden im selben Zug fahren. In unserem Wagen haben wir etwas mehr Platz als hier. Bitte. Höchstwahrscheinlich werden die meisten Menschen diese grausige Fahrt ins Nirgendwo nicht überstehen. Ich habe niemanden mehr. Mein Mann ist an Krebs gestorben. Mein ganzes Leben habe ich der Partei gewidmet, jetzt bin ich zu alt, um Kinder zu bekommen. Mein einziger Sohn starb an der Front, vor zwei Wochen ...", fügte sie leise hinzu, „... für die Ideale der Sowjetunion. Er hatte sogar seinen Namen ändern lassen." Tränen traten ihr in die Augen. Das pergamentartig trockene Gesicht glänzte. Sie rieb sich mit dem Handrücken über die Augen, wollte keine Schwäche zeigen. Nach kurzem Zögern hatte sie ihre Stimme wieder unter Kontrolle und bat: „Lass sie bitte mit mir gehen."

„Ich will euch hier nie wieder sehen, Frau. Schnapp dir dein Gesindel und geh auf deinen Platz. Der Zug fährt bald ab." Wie zur Bestätigung ertönte ein lang anhaltender Pfeifton.

Die Menge setzte sich erneut in Bewegung. Der betörende Geruch von Brot trieb Michael beinahe in den Wahnsinn. Er spürte starke Hände an seinem Rücken, die ihn den schmalen Steg entlang und in das dunkle Innere schoben. Kurz bevor er in der Dunkelheit verschwand, sah er die Feldküche und die unzähligen Hände, die nach den dampfenden Laiben griffen, sie in Fetzen rissen, um die noch warmen Stücke in die gierigen Münder zu stopfen.

Langsam verschwand das traurige Bild aus seiner Sicht. Etwas bewegte sich vor seine Augen und versperrte ihm den Blick nach draußen. Alles, was er jetzt noch erkennen konnte, war eine riesige Schiebetür, die von zwei Männern geschlossen wurde. Mit einem lauten Knall rastete der große Rahmen aus Stahl und Brettern ein. Sofort wurde es düster und noch beklemmender als zuvor. Das metallische Klopfen eines Hammers gegen die großen Räder des langen Zuges wurde lauter, dann verklang das Geräusch nach und nach und hörte irgendwann auf zu existieren. Draußen schnappte ein Riegel ein. Ein heftiger Ruck brachte die Insassen zum Straucheln, manche taumelten und fielen hin. Der Geruch von Ammoniak, Erbrochenem und kaltem Schweiß vermischte sich mit dem des Zorns, der Furcht und der Ausweglosigkeit zu einem toxischen Dunst, der die Menschen von innen heraus zu vergiften schien. Kinder begannen zu winseln, manche schrien, andere stellten Fragen. Keiner begriff, was mit ihnen geschah.

Michael wurde schwummerig, vor seinen Augen begann sich alles zu drehen. Die fremden Gesichter wirkten auf einmal verschwommen – wie auf einem Aquarell. Johanna stützte ihn und schaffte es irgendwie, sich mit ihren Kindern in eine Ecke zu setzen. Ihre Körper aneinandergeschmiegt, versuchte sich die nun wieder geschrumpfte Familie gegenseitig Trost und Wärme zu spenden. Mit einer Mischung aus Trauer und Erleichterung, dass sie nicht für noch mehr Kinder die Verantwortung tragen musste, schloss sie langsam ihre bleiernen Lider.

Hier und da sprach eine Mutter mit ihren Kindern, Väter schienen in dieser Welt nicht zu existieren. Nur die wenigsten durften ihre Familien begleiten, sie waren allesamt entweder krank oder verletzt. Ein gesunder Mann galt als potenzielle Gefahr und wurde liquidiert. Michael wusste, welche Bedeutung dieses Wort hatte. Die Männer wurden an die Wand gestellt – oder an einen Baum, wie der gemeine Mann, der seiner Mutter wehgetan hatte, dieser Petrow. Wo war bloß sein Vater? Hatte man ihn auch an die Wand gestellt? Mit diesem Gedanken versuchte er einzuschlafen. Nur so würde er seinen Hunger besiegen können, zumindest für eine Weile, in der er von dieser Welt nichts mitbekam. Hoffentlich war sein Bruder Alexander noch am Leben. Als er seine Lider schloss, sah er ihn in seiner schmucken Uniform vor sich. Er sagte, alles würde gut, und er käme bald nach Hause.

10

ZWISCHENSTATION (DESERTEURE)

Die Stimmung unter den Gefangenen drohte zu kippen, Alexander konnte die Spannung in der Luft fast schon hören. Alle schienen auf etwas zu warten, nur wusste er nicht, was der Grund für die Unruhe war. Scheinbar als einer von wenigen, vielleicht sogar als Einziger, weil er sich immer auf Distanz hielt. Hier und da unterhielten sich die Männer leise und wurden von Minute zu Minute unruhiger. Es war, als ziehe ein Sturm auf. Ein tosender, tödlicher Orkan, aus dem es kein Entrinnen gab. Jeder fürchtete sich davor, der Erste zu sein, der erschossen wurde.

Und plötzlich schienen sie ihn zum ersten Mal zu bemerken, konnte er nicht mehr in der Anonymität der Menge untertauchen. Alexander schloss die Augen und tat so, als schliefe er. Er spürte, wie eine Hand seinen Mantel packte, der Griff war fest. Scheinbar schlaftrunken hob Alexander die Lider ein bisschen.

„Wie heißt du?", wollte der Mann wissen und zog leicht an dem groben Stoff, um der Frage Nachdruck zu verleihen.

„Alexander."

„Und weiter?", drängte der andere. Er klang kultiviert, seine glänzenden Augen waren dunkel und forsch wie die eines Raben. Mit der spitzen Nase, die in seinem kleinen, runden Gesicht viel zu groß wirkte, ähnelte er diesem schlauen Vogel noch mehr.

Alexander riss sich los und zog den Mantel wieder enger um sich. Er stand auf und lehnte sich mit dem Rücken an die Bretterwand. Die fingerdicken Schlitze zwischen den grob gehauenen Brettern spendeten genug Licht, dass Alexander sein Gegenüber gut sehen konnte. Leider konnte auch der Wind ungehindert zwischen den Latten hindurchrauschen, womit er den Insassen kalte Glieder bescherte. Der Kerl mit den funkelnden Augen erhob sich ebenfalls, ohne den Blick von Alexander abzuwenden. „Genier dich nicht, wir sind hier alle keine Russen. Außer Elkin, aber der zählt nicht, seine Mutter war eine Zigeunerin." Der Fremde lachte verschmitzt.

Auch der daneben, allem Anschein nach wohl der besagte Elkin, kräuselte seine Lippen zu einem Lächeln. „Gar nicht wahr", protestierte der schmächtig wirkende Kerl, aber nur halbherzig. Er hatte gewelltes, glänzend schwarzes Haar, das ihm bis an die Schultern reichte. Auch seine Augen funkelten voller Leben. „Sie ist Moldawierin", fügte er hinzu.

„Ist doch scheißegal", warf jemand spöttisch ein.

„Ist es nicht", widersprach Elkin. Seine Stimme bebte leicht, und Alexander konnte nicht mit Sicherheit sagen, ob er sich jetzt nicht doch ärgerte. Der junge Mann war im Begriff, sich zu erheben, bekam aber von seinem Nebenmann prompt einen Hieb auf den Hinterkopf, sodass seine Mütze in hohem Bogen davonsegelte. Ein anderer schnappte sich die Pelzmütze und warf sie seinem Gegenüber zu. Die Mütze flog von einem zum anderen, immer knapp an Elkin vorbei. Hin und her, bis sie irgendwann schließlich doch wieder bei dem jungen Mann ankam. Sie landete direkt in seinem Schoß. Die angespannte Stimmung lockerte sich etwas auf. Die Männer, ob jung oder alt, kicherten und grinsten sich gegenseitig an. Das kleine Spiel ließ alle ihre Ausweglosigkeit vergessen, auch wenn es nur wenige Minuten gedauert hatte. Namen wurden genannt, die Alexander sich nicht merken konnte. Außer Elkin und Andrej Goldberg. Wie der Name schon vermuten ließ, war Goldberg Jude.

„Warum klingt dein Name so deutsch?", erkundigte sich Alexander bei ihm. Andrej zuckte nur die Achseln. „Ich heiße Alexander Berg", sagte er dann und wartete auf irgendeine Reaktion, die zu seiner Verwunderung ausblieb. Allem Anschein nach schien sich niemand für seine Nationalität zu interessieren. Seine Leidensgenossen nahmen es einfach hin.

„Wir sind gleich da", rief Elkin dazwischen und wandte sich von den Brettern ab. Er hatte nur kurz hindurchgespäht. Seine Augen waren feucht von dem kalten Wind, an den langen Wimpern schimmerte weißer Raureif. Ohne sich die Tränen abzuwischen, zwinkerte er mehrmals und sah verstohlen zu seinem Freund Goldberg. Es schien so, als hätten die beiden

104

ohne viele Worte einen Pakt geschlossen, was nicht unbedingt etwas Gutes verhieß. Alexander spürte, wie die sowieso schon angespannte Atmosphäre zu flirren begann. Die beiden waren wie elektrisiert. Man konnte es förmlich knistern hören, mit zunehmender Stärke, je näher sie dem Bahnhof kamen.

Seit der letzten Station hatte sich die Anzahl der Häftlinge halbiert. Auch wenn hier fast nur junge und kräftige Männer gefangen gehalten wurden, forderten die Strapazen ihren Tribut. Kälte und Hunger rafften die meisten Inhaftierten dahin. Nicht selten gerieten manche, verzweifelt und gereizt wie sie waren, wegen einer Lappalie in Streit und schlugen sich gegenseitig die Köpfe ein. Den Wärtern waren die Toten nur recht. Je weniger sie zu transportieren hatten, desto besser, dachten wohl viele von ihnen.

Die Zwischenstopps waren immer nur ein flüchtiger Halt. In der kurzen Zeit wurden die Waggons notdürftig gesäubert – was nicht bedeutete, dass jemand alles sauber machte –, nein, nur die Leichen wurden entfernt und festgefrorene Fäkalien behelfsmäßig entsorgt.

Um eine Revolte zu vermeiden, wurden die noch lebenden Inhaftierten ständig neu zusammengewürfelt. Wie Spielkarten. Viele, wenn nicht alle Insassen waren früher Soldaten der Roten Armee gewesen.

„Man gehe auf Nummer sicher", äffte Elkin mit typisch georgischem Akzent den Generalsekretär nach. Dabei sprach er mit verstellter Stimme, die der von Stalin ziemlich nahe kam. Das Haupt des Politbüros auf den Arm zu nehmen war gefährlich. Genosse Stalin war unantastbar, ihn öffentlich zu verspotten war glatter Selbstmord. Hier kümmerte sich niemand darum. Was konnte noch schlimmer sein, als in einem Zug zu sitzen und wie Vieh durchs Land transportiert zu werden? Ohne Hoffnung und in dem ständigen Bewusstsein, den Tag möglicherweise nicht zu überleben. Jeder rechnete mit dem Schlimmsten, denn für die Fahnenflüchtigen gab es nur eine Strafe: die sibirischen Arbeitslager. Wenn sie auf dem Weg dahin nicht erfroren.

An jeder Zwischenstation wurden ihre Namen aufgerufen, die Zahlen für den jeweiligen Waggon laut genannt. Die Ziffern waren mit einem dicken Pinsel in weißer Farbe von Hand aufgemalt. Alexander hatte sich daran gewöhnt und gehorchte einfach, denn jeder Widerstand war zwecklos und zog härteste Konsequenzen nach sich. Darauf konnte er gern verzichten.

Alexander wurde den Eindruck nicht los, dass die Temperaturen um einige Grad gestiegen waren, kaum merklich zwar, dennoch war die Veränderung spürbar. Die Bretter waren jetzt nicht mehr vollständig von einer weißen Eisschicht ummantelt und weniger Gefangene starben. Die Reise ins Nirgendwo dauerte nun schon mehrere Monate. Sie fuhren durch Kasachstan, das wusste Alexander. Hier gab es nichts als Steppe und Einöde. Keine Städte und keine Zivilisation unterbrachen die flache Landschaft, die sich bis zum Horizont zu erstrecken schien. Ab und zu lugte er durch die Ritzen und fragte sich des Öfteren, ob hier überhaupt Menschen lebten.

Irgendwann kam der Zug endlich zum Stehen. Alexander freute sich auf eine Tasse heißes Wasser und das kleine Stück schwarzes Brot. Doch heute war irgendetwas anders. Elkin und Goldberg tauschten einen verstohlenen Blick miteinander, als heckten sie etwas aus, das allen hier mächtig viel Ärger bereiten konnte. Für so etwas hatte Alexander ein Gespür, einen siebten Sinn, wie er sich auszudrücken pflegte.

„Andrej, ihr bringt uns damit in Gefahr. Egal, was ihr euch da in den Kopf gesetzt habt, euer Plan wird nicht funktionieren", raunte er seinem Kameraden ins Ohr, sodass ihn sonst keiner hören konnte. Als Andrej auf seine Mahnung nicht reagierte und sich an ihm vorbeizwängen wollte, um sich neben Elkin zu setzen, hielt Alexander ihn am Revers seines abgewetzten Mantels fest. Seinen Pelzmantel hatte man Goldberg schon bei der Festnahme abgenommen. Einer der Soldaten bot ihm einen fairen Deal an – „Leben oder Mantel", ließ er Andrej mit einem höhnischen Grinsen die Wahl. Andrej Goldberg wusste, wann er verloren hatte, und gab ihm schweigend seinen teuren Pelzmantel. Insgeheim schwor er jedoch blutige Rache.

„Die Juden haben immer gute Sachen dabei, und einen ausgezeichneten Geschmack. Meiner Frau wird er bestimmt gut stehen", freute sich der Soldat und verpasste Andrej als Dankeschön noch einen Fausthieb mitten auf seine Nase. Das war vor zwei Monaten geschehen. Eine Nacht lang hatte Goldberg gefroren und gezittert wie ein Epileptiker, bis einer der Kameraden in der Nacht gestorben war. Elkin half seinem Freund, den Toten auszuziehen und Andrej einen halbwegs gut erhaltenen Mantel zu beschaffen.

„Andrej, tu das nicht. *Bitte!* Die sind alle bewaffnet, sie werden nicht zögern, uns zu erschießen. Sie brauchen keinen besonderen Grund, um uns alle wie ...“

„Ich hole mir nur meinen Nerzmantel zurück, das ist alles. Mir frieren bald die Eier ab. In dem Ding da werde ich keine weitere Nacht überleben, ohne mir eine Lungenentzündung zu holen", gab Andrej genauso leise, aber mit mehr Nachdruck zurück. Alexander spürte, wie fünf starke Finger ihn am Handgelenk packten und seinen Griff lösten.

„Aber ...“

„Ich bin zwar Jude und nur ein Pianist, aber lange noch kein Feigling. Was sagst du, Elkin? Habe ich jemals gekniffen?“

„Ja, bei Sarah, als du sie fragen ...“

„Halt's Maul!", fauchte Andrej den grinsenden Elkin an und warf ihm seine Mütze ins Gesicht. Elkins Grinsen wurde noch breiter, doch er sagte nichts mehr, streckte einfach seine riesige Hand aus. Andrej lachte und schlug ein. Der Plan würde eingehalten, sollte diese Geste wohl bedeuten.

„Was habt ihr denn überhaupt vor?“ Alexanders Neugier war geweckt. Auch wenn er vor Aufregung und Angst kaum atmen konnte, wollte er sich den beiden anschließen. Wenn er schon sterben musste, dann wenigstens für eine gute Sache.

Andrej zog Alexander am Ärmel näher an sich heran. Gleichzeitig legte ihm Elkin mit verschwörerischer Miene den Arm um den Nacken. Alexander spürte, wie sich die starken Muskeln anspannten. „Wenn du kneifst, stirbst du als Erster", flüsterte Elkin ihm ins Ohr. Etwas Spitzes und ungewöhnlich Warmes drückte gegen seinen Adamsapfel.

„Hör auf mit dem Scheiß, Zigeuner", fluchte Andrej und zog seinen Kumpanen weg. Andrej schluckte erleichtert und schnappte kurz nach Luft, als er sah, was Elkin ihm an die Gurgel gehalten hatte. Einen langen, glänzenden Nagel. Das Metall war ein wenig verbogen, dennoch war die stabile Spitze eine gefährliche Waffe, wenn der Gegner nicht gerade ein Jagdgewehr hatte.

„*Das* ist euer Plan?", entrüstete sich Alexander und verzog das Gesicht. Nichts weiter als ein krummer Nagel und eine dumme Idee. Er schüttelte enttäuscht den Kopf. Die beiden zuckten nur mit den Schultern. „Ihr wollt doch nicht mit so einem Ding hier dem Dutzend bewaffneter Soldaten die Stirn bieten?"

„Es wird ja auch nicht unsere Stirn sein, die wir ihnen bieten", entgegnete Elkin ruhig. Andrej räusperte sich und rutschte ein Stück nach hinten. „Wir nehmen den dort", fuhr Elkin fort. Er deutete auf einen der Toten.

Wie elektrisiert starrte Alexander auf den ausgemergelten Körper eines alten Mannes, den der himmlische Vater erst vor wenigen Stunden zu sich gerufen hatte. Elkin klopfte ihm sacht auf die Schulter und sagte: „Er ist noch biegsam", dann prustete er kurz auf. Auch sein Kumpel Goldberg war ungewöhnlich gelassen und außerordentlich gut gelaunt. Die Euphorie angesichts der Aussicht auf eine Flucht in die Freiheit raubte den beiden den klaren Verstand.

Von Weitem konnte Alexander die gebrüllten Kommandos der Soldaten vernehmen. Das Abladen nahm seinen Lauf.

„Der Mann ist gar nicht tot. Er lebt", behauptete Andrej und zwinkerte den beiden zu. Als warte er auf ein Zeichen, zog Elkin den toten Körper näher zu sich heran. „Hörst du, wie er redet?", fragte er und drückte Alexander nach unten. Ohne sich zu wehren, legte der sein Ohr an die blauen Lippen der Leiche. Er hörte überhaupt nichts, nicht mal ein leises Atmen. Wie denn auch? Der Mann war tot. Die beiden nahmen ihn einfach auf den Arm. Doch dann, als er den Kopf schon wieder heben wollte, sprach der Leichnam doch: „Höre auf deine Freunde, mein Sohn."

Alexander fuhr hoch, bekam vor Schreck keine Luft, seine Lunge schmerzte, kleine Schweißperlen traten auf seine Stirn. Mit weit aufgerissenen Augen starrte er die beiden Mitgefangenen an. Die restlichen Insassen würdigten die drei Verrückten keines Blickes. Sie stellten sich alle brav an die große Schiebetür und warteten wie gut abgerichtete Tiere.

„Warum schaust du Elkin an? Ich bin es, der mit dir redet – *ICH, der Heilige Geist!*", herrschte ihn eine raue Stimme an.

Elkin und Goldberg schauten ihm mit gespielter Ernsthaftigkeit entgegen. Keiner von ihnen hatte die Lippen bewegt. Auch sonst war niemand in ihrer Nähe.

„Was geht hier vor?", stotterte Alexander wie ein schockiertes Kind.

„Du bist von den Toten auserwählt worden", erklang die verzerrte Stimme erneut.

„Hört auf mit dem Scheiß", flüsterte Alexander. Ein eisiger Schauer kroch über seinen Rücken.

„Machst du jetzt mit oder nicht?" Das kratzige Krächzen wurde lauter und verwandelte sich in Elkins vertraute sonore Stimme. Alexander war verärgert, weil er darauf hereingefallen war, doch die Neugier gewann die Oberhand: „Wie hast du das gemacht?"

„Unser Elkin ist ein verdammt guter Bauchredner. Noch nie davon gehört? Warst du etwa noch nie in einem Theater oder im Zirkus?" Andrej wirkte irritiert. Ungläubig zog er eine seiner buschigen Augenbrauen hoch.

Als die gedämpften Laute von draußen lauter wurden und die Riegel zu klappern begannen, wurden die beiden Männer wieder ernst. Sie erläuterten in aller Kürze ihren Plan. Alles, was er für den Überraschungsauftritt zu wissen brauchte, war in wenigen Sätzen erklärt. Die Zeit drängte, denn auch an ihrer Tür klapperte es laut. Ohne seine Zustimmung abzuwarten, griffen sie nach der Leiche, Andrej links, Alexander rechts. Der Tote schien überhaupt nichts zu wiegen. Seine spindeldürren Arme um ihren Nacken gelegt, stützten Alexander und Andrej den Verstorbenen von beiden Seiten, Elkin stand dicht dahinter.

Endlich schnappte auch an ihrem Waggon der eiserne Riegel auf. Mit lautem Schaben und Knarren wurde die Tür zur Seite geschoben. Ungewöhnlich warme Luft strömte in das Innere ihres Gefängnisses. Alexander nahm einen leichten Brandgeruch wahr. Er erinnerte ihn an die Lagerfeuer, als er noch ein Pionier war. Der angenehme Luftzug schien einen leisen Duft von Freiheit mit sich zu tragen. Ein wohliges Gefühl machte Alexanders Knie weich, sodass er ins Straucheln kam. Andrej ermahnte ihn mit einem leisen Knurren, sich zu beherrschen und seinen Körper unter Kontrolle zu halten. Alexander verscheuchte die Erinnerung mit einem Kopfschütteln.

Dann warf er einen kurzen Blick nach draußen, erhaschte dabei das grelle Aufflackern eines riesigen Feuers. Dünne, knorrige Baumstämme waren sorgfältig zu einem Scheiterhaufen gestapelt worden und brannten jetzt lichterloh. Die hell lodernden Flammen konnten nur einem einzigen Zweck dienen – der Entsorgung der Leichen. Sein Magen drehte sich um, als er die ersten steifen Körper achtlos auf den Holzhaufen fliegen sah. Ihre Haut zischte, wurde dunkler und warf Blasen, die nach einigen Sekunden zusammenschrumpften oder mit leisem Zischen zerplatzten. Immer mehr von den Toten wurden von den gierigen Flammen verschlungen. Für einen kurzen Augenblick schien es, als ob das Feuer zu ersticken drohte. Die Männer hielten inne, warteten, bis die Flammen wieder höher schlugen. Erst dann setzten sie ihre grausige Arbeit fort.

Alexander taumelte.

„Hey, ihr da! Braucht ihr eine Sondereinladung? Macht schon, bewegt eure Ärsche", schrie ein Soldat, dabei visierte er die Verschwörer mit seinem Gewehr an.

„Der hier kann nicht mehr laufen", begann Andrej ihren Plan in die Tat umzusetzen. Alexander erschien ihr Vorhaben auf einmal undurchführbar. Das Risiko war viel zu hoch.

„Dann lasst ihn einfach los. Wir haben noch genügend Platz für ihn." Seine Geste war müde und abgehackt, als er mit dem Kopf auf das rauchende Feuer deutete. Elkin rückte ein Stück näher und stand jetzt dicht hinter dem Toten.

„Er sagt, er möchte mit jemandem von den Soldaten sprechen. Er behauptet, er trüge ein Geheimnis bei sich", rief Andrej mit fester Stimme.

Als der Soldat ungeduldig auffahren wollte, vernahm Alexander wieder die krächzende Stimme, die aus dem Nichts zu kommen schien. Elkin stand zu seiner Linken und stützte sich scheinbar müde am Rahmen der Schiebetür ab. „Die Pest wird euch holen", ertönte die makabere Stimme.

Die Augen des Soldaten weiteten sich. Sein Blick huschte hin und her. Der Kopf des Toten hing tief auf der Brust, sodass sein Gesicht nicht gut zu erkennen war. Der Soldat schwenkte sein Gewehr und stotterte laut: „Was ist denn in den gefahren? Ist er tot?"

„Dann würde er doch nicht mit dir reden, Genosse Soldat", entgegnete Andrej unbeeindruckt. Alexander schielte zu Elkin hinüber. Die Lippen seines neuen Freundes waren leicht geöffnet, blieben jedoch zu Alexanders Erstaunen völlig reglos.

„Was sagt er? Hebt seinen Kopf an, damit ich sein Gesicht sehen kann", schimpfte der Soldat. Andrej packte den Toten an den Haaren und zog seinen Kopf nach hinten.

„He, Swetoslaw, komm mal bitte her. Schau dir dieses Spektakel an", rief der Soldat mit gespielter Gelassenheit. Seine Stimme klang jedoch unsicher. Ein alter Haudegen gesellte sich zu ihm, sichtlich gelangweilt. Er rauchte genüsslich, sein Blick war trüb, er schaute erst gar nicht auf.

„Ihr werdet alle in der Hölle schmoren", prophezeite der Tote. Plötzlich klang seine Stimme schrill wie die einer Hexe. Der alte Swetoslaw taumelte rückwärts, stolperte über einen Stein und landete dumpf auf dem Hosenboden. Mit schockierter Miene schlug er drei Kreuze und flüsterte kaum hörbar: „Was zum Teufel ..." Hektisch fuhrwerkte er mit seinem Gewehr herum und versuchte sich daran hochzuziehen, um wieder auf die Beine zu kommen.

„Jetzt!", schrie Elkin mit seiner eigenen Stimme so laut, dass Alexander zusammenzuckte. Schon flog der tote Körper auf den Soldaten unter ihnen und begrub ihn unter sich. Andrej sprang

111

sofort hinterher, sein heftiger Faustschlag riss den anderen Soldaten zu Boden. Diesmal blieb Alte liegen und regte sich nicht mehr. Elkin folgte seinem Freund, flink wie ein Wiesel rammte er den krummen Nagel in den nackten Hals des überrumpelten Mannes. Dessen faltiges Gesicht wurde aschfahl. Hellrotes Blut spritzte aus der durchstochenen Arterie. Die Zigarette löste sich von seinen blutleeren Lippen, fiel zischend in den Schnee und verlosch dann, wie das Leben des alten Soldaten.

Wie elektrisiert verharrte Alexander für einen Wimpernschlag auf der Kante des Waggons, dann eilte er seinen neuen Freunden und zu Hilfe. Der Schotter knirschte laut unter seinen Stiefeln. Er strauchelte und fiel fast hin, als seinen Sohlen auf den scharfen Steinen abrutschten. Dadurch entging er nur knapp einem tödlichen Schuss. Er spürte den kalten Luftzug nah an seiner rechten Wange. Wie Peitschen knallten jetzt überall Gewehre, laut und durchdringend. Alexander behielt die geduckte Haltung bei, dann nützte er das Überraschungsmoment und sprang seinen Gegner an wie ein Raubtier. An den Händen spürte er das warme Holz des Gewehrkolbens, mit einem kräftigen Ruck riss er die schwere Waffe an sich. Sie war immer noch geladen. Er machte sich nicht die Mühe, zu zielen, sondern richtete den Lauf einfach auf den Bauch des Mannes und drückte ab. Der Soldat krümmte sich am Boden, seine Hände fuhren instinktiv zu der Wunde, die schmutzigen Finger versuchten das riesige Loch zuzudrücken. Seine schockgeweiteten Augen wurden starr.

Überall zerrissen gellende Schreie die eisige Luft. Der Kampf artete in ein Massaker aus, auf beiden Seiten ging es nur noch ums nackte Überleben. Die Inhaftierten fielen über die schlecht ausgebildeten Soldaten her wie zerlumpte Geschöpfe aus der Unterwelt und rissen die Männer mit bloßen Händen zu Boden. Alexander kümmerte sich nicht mehr darum, er und seine Freunde liefen einfach davon. Sie krochen zwischen den schweren Rädern des Zuges auf die andere Seite der Gleise, dann rannten sie, was ihre Beine hergaben. Alexander drehte sich in vollem Lauf um und wollte das Gewehr durchladen, musste jedoch feststellen, dass die alte Waffe eine Ladehemmung hatte. Fluchend warf er sie weg.

Der primitive Plan hatte funktioniert, das musste Alexander zugeben. Für ihn grenzte es an ein Wunder, dass sie alle drei dieses Massaker überlebt hatten. Elkin lachte und schrie vor Glück, obwohl er auf einem Bein stark humpelte. Goldberg wieherte vor Freude wie ein Pferd. Alexander konnte immer noch nicht fassen, dass die Flucht geglückt war. Er lief wortlos weiter, seinen Freunden mehrere Schritte voraus. Noch immer sah er aus dem Augenwinkel, wie die anderen Gefangenen davonrannten oder zu Boden fielen. Manche rappelten sich wieder auf, die meisten blieben jedoch für immer im kalten Schnee liegen.

Der Überraschungseffekt war auf ihrer Seite gewesen, jetzt zählte jede Sekunde. Die Soldaten formierten sich neu, diesen kurzen Moment nutzten die Gefangenen, um in Richtung Wald zu fliehen. Alle, die noch kräftig genug waren, nahmen die Beine in die Hand und gaben Fersengeld. Dem einen oder anderen Gefangenen war es gelungen, ein Gewehr an sich zu reißen, und nicht wenige verschanzten sich hinter weißen Hügeln und schossen zurück, um die Soldaten in Schach zu halten.

Noch immer knallten die Gewehre, jetzt nicht mehr so oft und aus größerer Entfernung, aber gelegentlich fanden die Projektile doch noch ihr Ziel. Männer fielen mit überraschtem Gesicht zu Boden, keuchten, schrien, gruben ihre Finger in die harte Erde, um entsetzt festzustellen, dass ihr Kampf verloren war. Manche krümmten sich und heulten im Todeskampf. Der weiße Schnee unter den sterbenden Körpern färbte sich rot. Nichts als nackte Verzweiflung und wilden Zorn spiegelten die verzerrten, für immer erstarrten Gesichter wider.

Als sie eine kleine Anhöhe erreicht hatten, hinter der sich Alexander einfach auf den weichen Boden sinken ließ, brannte seine Lunge so, als habe er Säure geschluckt. Neben ihm hockte Elkin, auch sein Atem ging stockend. Andrej folgte dicht hinter seinen Freunden und ließ sich ebenfalls wie ein nasser Sack auf die Erde fallen. Alexander verfluchte diese Gegend für ihre flache Landschaft. Es gab keine Deckung, nichts, um sich zu verstecken. Aus ihren Mündern stiegen Dampfwolken auf, sie hatten Durst. Die ausgezehrten Körper zitterten vor Anstrengung, Angst und Kälte. Gierig gruben sich ihre Finger in den Schnee, um sich das kalte Pulver in den Mund zu stopfen. Während sie durchatmeten, tasteten sie ihre Gliedmaßen ab. Keiner schien verletzt zu sein. Ohne ein einziges Wort zu wechseln, rappelten sie sich nach ein paar Minuten wieder auf und liefen weiter. Nur weg von dem Gleis und der dunklen Wolke aus schwarzem Rauch. „Wir müssen in den Scheißwald", keuchte Andrej und deutete nach links.

11

ERSTE STATION: KOLCHOSE „GOLDENER WEIZEN"

„Mama, wann kommen wir endlich hier raus?", quengelte Anita. Ihr Kopf ruhte an der Schulter ihrer Mutter. Ihre Stirn fühlte sich warm an. Auch Johanna fühlte die Hitze. Ihre Brust tat höllisch weh. Die Kinder hatten sich zuerst geweigert, daran zu saugen, aber irgendwann war der Hunger stärker als jede falsche Scham. Zaghaft sogen sie die warme Milch in sich auf, und damit unbewusst auch ein wenig vom Leben ihrer Mutter. Johanna wurde oft schwindelig, aber das Leben ihrer Kinder war wichtiger als ihre eigene Gesundheit.

Zuerst wurde Familie Berg deswegen von den anderen Insassen schief angesehen. Dann fragte eine der Mütter, ob Johanna auch ihrem Sohn etwas von ihrer Milch geben könnte. Der Junge war nicht älter als ein Jahr. Trotz aller Bemühungen starb der Kleine nach drei Tagen. Seine Mutter schrie und weinte, wiegte das reglose Kind ununterbrochen in ihren Armen. Als die Waggons das nächste Mal gesäubert wurden, griff sie einen der Soldaten an. Ein Schuss zerriss die Stille und beendete das Leben der Frau, das sie nicht mehr ertragen konnte.

Johanna hatte Glück, ihre Kinder waren noch bei ihr, auch wenn sie müde und erschöpft wirkten. Nur Anita bereitete ihr Sorgen, sie wurde mit jedem Tag schwächer. Die karge Ernährung, die täglich aus nur einer Scheibe Brot pro Kopf bestand, führte nach einer Woche schließlich dazu, dass Johanna keine Milch mehr hatte. Obendrein ließen sie ständige Unterleibsschmerzen nicht zur Ruhe kommen.

„Mama, wann sind wir da?", drängelte Anita.

„Bald, mein Schatz, bald", versuchte Johanna sie zu beruhigen. Zärtlich strich sie ihrer Tochter eine nasse Strähne aus der Stirn.

Der monotone Rhythmus der Räder wurde schleppend, was bedeutete, der Zug wurde langsamer. Das Zischen war ein weiteres Zeichen dafür, dass sie bald da sein würden. Johanna war alles recht, sie wollte nur nicht mehr eingesperrt sein.

115

Quietschend und ruckelnd kam der Zug zum Stehen. Stimmen und Geräusche drangen von draußen herein und wurden immer lauter. Ein lauter Pfeifton durchschnitt die Luft.

„Ich glaube, jetzt sind wir da", flüsterte sie ihrer Tochter ins Ohr. Anita lächelte zaghaft. Ihre Augen waren blutunterlaufen und glasig. Sie schien aus dem Delirium nicht erwachen zu wollen, brabbelte unverständliche Worte, die meist keinen Sinn ergaben. Oft fragte sie mit belegter Stimme nach Anja und wo sie denn geblieben sei. Sie wollte auch wissen, wann Papa endlich nach Hause kam. Als die Tür zur Seite geschoben wurde, starrte Anita nach draußen.

„Sind wir endlich wieder zu Hause?", wandte sie sich erneut an ihre Mutter. Trotz der Eiseskälte war sie glühend heiß.

„Ja, mein Kind", flüsterte Johanna.

„Alle aussteigen! Ihr bekommt ein Bett und was zu essen, wenn ihr euch beeilt. Kranke und Verletzte zuerst", erklang die Stimme eines Mannes, den Johanna von hier oben nicht sehen konnte.

„Meine Schwester ist sehr krank ... meine Mutter kann nicht gut laufen ... sie brauchen Hilfe ... ich kann sie nicht auf die Beine ziehen, und tragen kann ich sie auch nicht ..." Das war Michaels Stimme. Wie immer sorgte er sich erst um die anderen. Sie spürte, wie zwei kleine Hände an ihr zerrten, dann wurde sie von den starken Armen eines Mannes gestützt. Ihr war nicht bewusst gewesen, dass auch sie selbst sehr krank war. Die lange Reise hatte ihr die Lebensenergie geraubt, auch den Mut für die Zukunft. Trotz aller Hürden, die es zu überwinden galt, musste sie ihrer Kinder wegen weiterkämpfen. Sie war nicht mehr imstande, das Leben so weiterzuführen, wie sie es all die Jahre mit ihrem Mann zusammen gemeistert hatte. Alles um sie herum drehte sich. Die triste Landschaft, die von Bäumen umzäunt zu sein schien, deutete darauf hin, dass sie weiter nach Osten überführt wurden. Sie verspürte keinen Funken Hoffnung mehr auf ein anständiges Leben. Die Grundlagen für den Aufbau einer Zukunft waren nicht mehr vorhanden. Sie waren Gefangene, Sklaven der Gesellschaft, Sündenböcke, Verlierer. Deutsche ...

Noch nie hatte sich Johanna Roman so sehr an ihre Seite gewünscht wie jetzt, allein und dem Schicksal völlig schutzlos ausgeliefert. *Wo bist du, mein Liebster? Haben dich die Soldaten tatsächlich irgendwo an einem verdammten Baum aufgehängt oder erschossen?* Wie eine flüchtige Erscheinung tauchte er vor ihrem inneren Auge auf. Sie schloss für einen Moment die Lieder, um ihn besser sehen zu können – vergebens. Alles, was ihr blieb, waren seine letzten Worte. „Wir werden uns irgendwann wiedersehen ...", hatte er gesagt. Sie klammerte sich an dieses Versprechen, das keines war, und schwor sich, nicht aufzugeben.

„Kannst du jetzt laufen?", meldete sich die Stimme erneut und riss sie aus ihren Gedanken. Johanna drehte ihren Kopf nach rechts und sah den Mann mit müdem Blick an. Die Gesichtszüge verschwammen, sodass sie nicht sagen konnte, ob er jung oder alt war. Sie taumelte, ihre bleischweren Lider zuckten. Ihr rechter Arm lag um den massigen Nacken des Mannes, die Finger kribbelten unangenehm. Der Mann war so groß, dass Johanna auf den Zehenspitzen stehen musste.

„Bitte, helfen Sie meiner Tochter ... Sie ist sehr krank", flüsterte sie. Ihre Beine knickten ein.

„Zuerst werde ich Sie ins Haus bringen. Warum tut man euch das eigentlich an? Nur weil eure Namen nicht Ivanov und Petrow lauten?" Er erwartete keine Antwort, sprach mehr mit sich selbst.

„Sie werden mir doch nichts antun, oder? Ich ... ich ... ach Gott, bitte lassen Sie mich einfach gehen, ich schaffe das schon", flüsterte Johanna. Sie bekam es auf einmal mit der Angst zu tun, als sie an Petrow denken musste – er hatte ihr zuerst auch seine Hilfe angeboten, und dann ...

„Wo denkst du hin, Weib? Ich habe Frau und Kinder. Und ich werde dich nicht hier liegen lassen, sonst stirbst du, so schwach wie du bist. Ich bringe dich zu Igor. Er hat Platz in seiner Hütte. Deine Tochter kommt gleich nach. Deine Söhne kümmern sich um sie und ich schaue zu, dass sie mir folgen", versprach der Mann. Seine Stimme bebte leicht. Er umschlang ihre Taille, als ob er sie in die Arme nehmen wollte. Johanna keuchte verblüfft, schlang ihre Arme um seinen Nacken und ließ es einfach geschehen, ohne recht zu verstehen, was der Fremde mit ihr vorhatte. Seine Uniform roch nach Rauch. Die starken Hände griffen fester zu, pressten ihren schlaffen Körper enger an die breite Brust. Sie spürte seinen Atem auf ihrem Gesicht. Der Boden verschwand unter ihren Füßen, so als habe sich die Erde unter ihr aufgetan. Ein Gefühl von Schwerelosigkeit erfasste sie und sie begriff nicht sofort, dass der Fremde sie auf den Armen trug.

Michael folgte dem Mann mit besorgtem Blick. Seine Mutter lag in den Armen des Fremden wie eine Todkranke. Der knöcheltiefe Schnee begann in der lauen Frühlingsluft zu tauen. Trotzdem schien der Eisklumpen in seiner Brust noch größer zu werden. Anita klammerte sich an ihm fest. Er spürte, wie sie am ganzen Körper zitterte, obwohl die Sonne sie mit ihren buttergelben Strahlen wärmte. Das Licht liebkoste sein Gesicht und die von der Kälte taub gewordenen Hände. Anita hustete und wimmerte wie ein verletztes Tier.

„Wir müssen los. Komm, Anita." Gregor klopfte Michael auf die Schulter und legte zögernd den Arm um seine Schwester. Michael stützte sie auf der anderen Seite, und so trugen sie Anita hinter ihrer Mutter her. Ihre Füße schleiften über den schneebedeckten Boden und hinterließen zwei schmale Furchen.

Der große Mann war schnell, sodass die Geschwister Mühe hatten, mit ihm Schritt zu halten. Sie näherten sich einer Siedlung, die nur aus wenigen Häusern zu bestehen schien. Michael hatte keine Zeit, sich umzuschauen, der schlaffe Körper seiner Schwester wurde mit jedem Schritt schwerer. Auch Gregor torkelte und schnaufte von der Anstrengung wie ein alter Hund.

„Michael, ich kann nicht mehr", keuchte er.

„Halt durch, Bruder. Schau, da vorne ist ein Haus, wir sind gleich da."

Der Mann klopfte vor dem Eingang einer schiefen Blockhütte den Schnee von seinen Filzstiefeln und trat ein. Die Tür quietschte. Michael zählte jeden Schritt, zum Schluss waren es dann zwanzig. Als auch sie vor dem Eingang ihre Schuhe abtraten, schmerzten seine Glieder so sehr, dass er Mühe hatte, seine Schwester festzuhalten. Im Inneren der Hütte war es dunkel. Der Korridor war so schmal, dass Michael seine Schwester loslassen musste, weil Gregor nicht vorangehen wollte. So übernahm Michael ängstlich die Führung. Vor einem Vorhang blieb er kurz stehen. Der Stoff war schwer, er diente als provisorische Abtrennung und hielt die Kälte draußen. Michael lauschte, hörte aber nur die brummende Stimme des Soldaten. Der Junge konnte kein einziges Wort verstehen. Hinter ihm schnaubte sein Bruder ungeduldig und verpasste ihm mit der Faust einen heftigen Stoß gegen die Schulter. Langsam schob Michael den bunten Stoff zur Seite. Zwei weitere Familien, die er vom Sehen her kannte, saßen stumm da. Ihre Blicke zu Boden gerichtet, ruhten sie sich auf den Bänken aus, die an den Wänden entlang und um den weiß getünchten Ofen mit der verrußten Tür standen. Die aus Holzstämmen gezimmerte Hütte war gut isoliert, die Hände und Füße begannen zu prickeln, als die Wärme die Haut erreichte. Holz knisterte leise in dem Ofen, die gusseiserne Tür glühte beinahe. In einer Ecke stand ein Tisch, der mit Pelzen und Häute überhäuft war. An den Wänden hingen Kräuter, zu einem Zopf geflochtene Zwiebeln und getrocknete Pilze. Die Luft roch nach Kräutertee und Angst. Anita wurde auf eine freie Bank gebettet. Ihre Mutter lag neben einer anderen Frau, die sehr alt aussah, in einem Bett. Die Versammelten waren erschöpft, ihre letzten Kraftreserven aufgezehrt. Die Strapazen und die Ungewissheit hatten tiefe Spuren in die Gesichter gemeißelt.

Alle saßen nur da, starrten wie hypnotisiert zu Boden. Der Blick stumpf, glasig und trüb, wie vereiste Fenster. Michael stand unentschlossen da. Er wusste nicht, was er als Nächstes tun sollte. Seine Mutter keuchte und röchelte, in ihrer Kehle rasselte es laut. Seine Schwester Anita atmete mit letzter Kraft. Ihr Gesicht war rot und von dunklen Flecken bedeckt. Eine einzelne Träne lief über ihre glühend heiße Wange. Michael zuckte zusammen, als er mit den Fingerspitzen über das mager gewordene Gesicht strich. Als habe er sich verbrüht, zog er seine Hand zurück und führte sie an seine rissig gewordenen Lippen. Sein Atem war warm und roch abgestanden und faulig. Auch die anderen Menschen hier verströmten unangenehme Ausdünstungen. Schnell wurde die warme Luft dick und stickig.

Die beiden Männer in ihren dicken Mänteln aus Wolfspelz gingen und kamen noch zwei weitere Male zurück in die Stube. In der Zeit stand Michael neben seiner Mutter und hielt ihre Hand, die sich, im Gegensatz zu ihrer glühend heißen Stirn, eiskalt anfühlte.

„Jetzt sind wir vollzählig", sagte der grobschlächtige Mann, der seine Mutter hereingetragen hatte. Ein wenig unbeholfen nahm er seine Mütze ab und kratzte sich am Hinterkopf. „Ich müsste lügen, wenn ich euch herzlich willkommen heißen würde", fuhr er fort. Seine Stimme war rau, und Michael spürte, dass er sich äußerst unwohl fühlte. „Mir wurde von unserem Parteivorsitzenden eine wichtige Aufgabe übertragen, die ich nach bestem Wissen und Gewissen auszuführen gedenke. Jetzt liegt es in eurer Hand. Ob wir Freunde oder Feinde werden, hängt nur davon ab, wie gut ihr euch eurem Schicksal fügt. Ich bin kein großer Redner, eher ein Mann der Tat", dabei massierte er seine Gelenke, als leide er an Arthritis. „Wenn ihr kooperiert und euch meinen Anweisungen nicht widersetzt, dann ..." Er verstummte abrupt. Die schwieligen Hände kneteten jetzt die Mütze. Er schien nach einem passenden Wort zu suchen.

„Dann werdet ihr uns nicht wie Verräter erschießen? Wie gütig", meldete sich eine Frau zu Wort. Der Sarkasmus in ihrer Stimme war nicht zu überhören. Die Augen des Mannes blitzten zornig auf. „Wir sind kein Erschießungskommando", fauchte er. „Schließlich sind nicht wir es, die alles niedertrampeln und verwüsten, was wir aufgebaut haben, sondern die Deutschen. Nicht die Kommunisten, sondern die Faschisten fallen über Kinder und Frauen her und töten alles, was sich ihnen in den Weg stellt", fügte er hastig hinzu. Der Satz klang auswendig gelernt, wie eine der unzähligen Parolen, die die Kommunisten am Bahnhof skandierten, wenn ein Zug mit deutschen Gefangenen einen Zwischenstopp einlegte. *„Alle Macht dem Volke ... Der Deutsche muss sterben, denn er ist eine Ausgeburt der Hölle, ein Untier",* schrien die Menschen.

Michael sah wieder ihre Gesichter vor sich. Wie im Wahn, die Augen geweitet, die Züge rot und fratzenhaft verzerrt. Vor allem

Anita hatte deswegen oft nächtelang geweint, sie verstand die Wut dieser Menschen nicht. „Wir waren doch immer brav, gell, Mama? Ich habe doch niemandem wehgetan? Warum sind die Leute so ...", stotterte sie dann. Dabei zuckte ihr Kinn, und die Wangen waren vom Weinen gerötet. Michael tat seine Schwester leid, die Worte der Mutter konnten sie nicht wirklich trösten. Jetzt lagen beide in dieser kleinen Hütte, dem Tod näher als dem Leben. Michael kauerte daneben und hörte zu.

Der Mann stand eine Weile stumm da, drehte die abgewetzte Mütze in den Händen und stülpte sie sich schließlich wieder über den Kopf. Als er erneut etwas sagen wollte, unterbrach ihn die Frau aufs Neue, als habe sie nur darauf gewartet. „Meinen Hof haben die Kommunisten niedergebrannt, nicht die Deutschen! *Die* waren es auch nicht, die in der Nacht kamen, um meinen Mann und meinen Vater wie Verbrecher zu erschießen, um sie dann wie Abfall in irgendeinem Graben zu verscharren! Nicht *sie* waren diejenigen, die mir meine kleine Tochter aus den Armen gerissen und einfach im Schnee liegen gelassen haben." Sie schrie nicht. Ihre Worte klangen mehr wie das Wehklagen einer Mutter um ihre tote Familie.

Während sie sprach, war der Mann immer mehr in sich zusammengesunken. Er, der eben noch in militärischer Haltung mit herablassendem Blick die erschöpften Gestalten taxiert hatte, wirkte auf einmal ganz klein. Unwillkürlich wich er einen Schritt zurück, so als wären ihre Worte eine unheilbare Krankheit, mit der er sich infizieren könnte.

Als sie den Kopf hob, herrschte Totenstille. Nur das leise Röcheln der Kranken war zu vernehmen.

„Was habe ich dir getan? Was hat der Junge dort verbrochen, dass sein Vater wie ein Landesverräter abgeführt wurde und seine Mutter im Sterben liegt? Welche Zukunft hat er denn? Sieh ihm in die Augen und sag ihm, dass alles, was hier geschieht, dem Wohle der Menschheit dient."

Michael lief es eiskalt den Rücken herunter. Damit hatte sie ihn gemeint. Woher wusste sie davon? War sie vielleicht doch eine Hexe? Als die Flammenzungen im Ofen zu tänzeln begannen, schimmerte ihr Haar wie Silber.

„Sei still, Frau! Ich befolge nur meine Anweisungen. Unsere Kolchose hat sich bereit erklärt, euch hier aufzunehmen ...“

Eine raue Stimme krächzte kaum hörbar: „Wie viele von uns sind denn übrig geblieben?“ Der Unbekannte, dessen Stimme wie Sandpapier klang, stand in einer dunklen Ecke. Der Schatten verbarg die Gestalt vollkommen. Michael kniff die Augen zu schmalen Schlitzen zusammen, aber trotz aller Anstrengung konnte er ihn nicht sehen. Nur seine Silhouette war zu erkennen, nicht mehr.

Der Soldat hüstelte und setzte leise zu einer Antwort an, die mehr nach einer Ausrede klang. „Diese Information habe ich nicht. Aber ich vermute – nein, ich *weiß* –, dass wir hier mehr als einhundertundzwanzig Personen unterzubringen haben.“

„Von über dreihundert. Wie viele werden noch sterben?“, unterbrach ihn der Mann erneut.

„Ich muss erst die Liste durchgehen, dann werden wir uns beratschlagen.“

„Und die Kranken?“ Der furchteinflößende Mann ließ nicht locker. Seine Stimme war rau und eisig. Wie eine Eisenfeile.

„Wie ist Ihr Name?“

„Das geht dich gar nichts an, Bursche.“

Der Soldat fingerte aufgeregt am Gurt seines Gewehrs und schulterte es mit leicht zittrigen Fingern ab.

„Nur die Ruhe, Soldat. Ich habe für Russland schon gegen die Finnen gekämpft. Scheißironie des Schicksals, nicht wahr?“ Die kratzige Stimme ging in ein zischendes Flüstern über: „Ich hätte mich damals lieber ergeben sollen.“ Er stand immer noch im Dunkeln und rührte sich nicht. Der aufgebrachte Soldat zielte einfach in die Ecke, aus der er das unheimliche Flüstern hören, den Mann jedoch nicht sehen konnte.

„Dein Name? *Sag mir deinen Namen!*“, brüllte der Soldat. Sein Gesicht war gerötet, der Gewehrkolben gegen seine Schulter gepresst.

„Müller, Fritz Müller.“ Schon der Tonfall machte deutlich, dass der andere nicht auf Streit aus war. Seine Stimme klang immer noch ruhig. Er schien sich in keinster Weise davor zu fürchten, von einer Kugel getroffen zu werden, wunderte sich Michael. Nach einer gefühlten Ewigkeit trat der Unbekannte endlich aus dem Dunkel. Alle Blicke waren auf ihn gerichtet. Als das schwache Licht der Kerze ihn traf, stockte Michael der Atem. Noch nie hatte er ein derart entstelltes Gesicht gesehen. Nicht von Falten, wie der Junge zuerst vermutet hatte, sondern von zahllosen Narben, die dem Gesicht einen grimmigen Ausdruck verliehen. Wer hatte ihm nur so etwas Grausames antun können?, überlegte Michael entsetzt, nachdem er den ersten Schock überwunden hatte.

Ein dumpfes Geräusch ertönte. Alle wandten ihre Köpfe.

„Tut mir leid", winselte Gregor, der im Hintergrund über irgendetwas gestolpert war, und begann zu weinen.

„Was passiert jetzt mit uns?", fuhr der Vernarbte fort, ohne Gregor weiter zu beachten. Seine Augen waren schwarz, ein unbändiges Feuer loderte darin. Sie standen im krassen Kontrast zu seiner von unzähligen Narben übersäten Haut, die gegerbtem Leder ähnelte. Die winzigen Striemen in seinem mageren Gesicht schimmerten wie weiße Spinnweben. Das dunkle Haar war grau meliert und hing in dicken Strähnen bis auf seine knochigen Schultern herunter.

„Warum bist du hier? Die Männer wurden doch alle ..."

„Liquidiert, ich weiß. Ich aber nicht", unterbrach Fritz Müller den stotternden Soldaten mit einem maliziösen Grinsen. „Ich habe euch gute Dienste erwiesen", fuhr er fort, „ich habe viele Männer an euch ausgeliefert. Das ist jetzt der Dank für meine Loyalität."

Als er noch zwei Schritte in die Richtung des Soldaten machte, riss der erschrocken seine Flinte hoch. Er richtete die Mündung auf die eingefallene Brust von Fritz Müller. „Keinen Schritt näher, oder ich schwöre, ich verpasse dir ein Loch in deinem verdammten Kopf", fluchte er.

„Nur die Ruhe, Soldat, ich werde dir nichts tun."

„Bleib, wo du bist!" Das kam etwas gefasster, da Fritz Müller die Hände hob, als wolle er sich ergeben. Auch seine

123

Handflächen schienen durchstochen worden und danach schlecht verheilt zu sein. Tiefe Krater klafften darin.

„Schau dich um, Soldat." Müller machte eine ausladende Geste. „Alles, was du hier siehst, sind Frauen und Kinder. Du brauchst jemanden, der dir zur Seite steht."

„Bleib, wo du bist", zischte der Soldat mit zusammengebissenen Zähnen.

Der Vernarbte erwies sich als renitent, er ließ sich davon in keinster Weise einschüchtern. Schritt für Schritt näherte er sich, bis er nur noch eine Handbreit von der Mündung entfernt war.

Michael schloss die Augen und wappnete sich gegen auf den Knall. Er kämpfte gegen das Bedürfnis an, sich die Ohren zuzuhalten. Die Hände zu Fäusten geballt, wartete er auf den Schuss. Aber der kam nicht. Als er neugierig ein Augenlid hob, sah er, wie der entstellte Mann seine Hand auf den Lauf des Gewehrs legte und schief zu grinsen begann. Das Licht der einzigen Kerze, die in einer Ecke die Ikone der heiligen Maria beleuchtete, flackerte für den Bruchteil eines Augenblicks heller auf.

„So ist es gut", sprach Fritz Müller begütigend auf den Soldaten ein. Er wirkte völlig entspannt. Seine Finger schlossen sich um den Doppellauf und drückten die Flinte mit nervenzerreißender Langsamkeit nach unten. Die Dielen unter seinen Füßen ächzten leise. Michael riss bei diesem Anblick nervös die Augen auf. Hinter sich hörte er seinen Bruder laut nach Luft schnappen. Der Knall blieb aus. Die Stille war ohrenbetäubend. Der ungleiche Kampf war anscheinend beendet. War dieser Fritz Müller ein Hexer? Bei diesem Gedanken schlug das Herz des Jungen bis zum Hals. Er spürte, wie kleine Schweißperlen auf seine Stirn traten, und starrte wie gebannt auf den Mann, der keine Angst zeigte, nicht einmal im Angesicht seines Todes.

„Wer bist du, verdammt?" Der Soldat war fassungslos.

„Fritz Müller, dein Gefangener."

„Ihr seid keine Gefangenen, ihr seid Deportierte ..."

„Das ist dasselbe", unterbrach ihn Fritz müde, dabei schaute er prüfend in die Runde. Sein Blick wirkte auf einmal stumpf und in sich gekehrt. Er stand jetzt links von dem Soldaten, als warte er auf irgendetwas. Als keiner wagte, das Wort zu ergreifen, übernahm er erneut das Reden. „Ich bin dein Ohr, dein Mund und deine Hände, Soldat, sprich zu mir. Die wenigsten sind deiner Sprache mächtig. Wir sind Deutsche, wir haben stets unsere Bräuche gepflegt und unsere Sprache behalten, wir sind immer unter uns geblieben. Ihr seid Fremde für uns. Daher ist für viele von uns auch deine Sprache fremd." Wie um Bestätigung heischend ließ er seinen Blick über die zusammengekauerten Geschöpfe schweifen. Nur Einzelne nickten zustimmend, der Rest verstand seine Worte nicht.

„Sag ihnen, dass sie jetzt auf die Häuser verteilt werden. Jeder bekommt warmes Wasser und zwanzig Gramm Brot", kommandierte der Soldat. Michael konnte sich nicht vorstellen, wie viel zwanzig Gramm waren. Eine kleine Scheibe vielleicht? Oder noch weniger? Er wusste es nicht, also hörte er einfach schweigend zu.

Fritz schniefte laut und wischte sich mit dem Handrücken über seine fleischige Nase. Nach kurzem Zögern übersetzte er die Worte. Als einige der Frauen etwas zu erwidern wagten, hob er mahnend seine rechte Hand. „Jeder, der sich den Anweisungen widersetzt, wird auf der Stelle erschossen", sagte er.

„Das hat der Russe aber nicht gesagt", entgegnete die Frau, die sich schon zuvor beklagt hatte.

„Ich weiß, aber so wird es kommen, glaub mir."

„Verräter! In der Hölle sollst du schmoren", fauchte sie ihn giftig an. Fritz verzog nur einen Mundwinkel. Die Beleidigung prallte an ihm ab, mehr noch, er genoss seine neue Position. Die Macht, die er jetzt in seinen knorrigen Händen zu halten glaubte, bereitete ihm Freude.

Keiner sagte mehr etwas. Michael stand immer noch neben dem Bett seiner Mutter. Seine Schwester lag ruhig neben ihr. Plötzlich zuckte sie im Schlaf zusammen, als habe sie etwas Schlimmes geträumt, und begann zu weinen. Johanna öffnete die Augen und hob den Kopf. Als sie ihre Tochter entdeckt hatte, flüsterte sie kaum hörbar: „Michael, kannst du deine Schwester zu mir bringen? Und etwas Honig aus dem Honigtopf, damit sie nicht so hustet."

Er nickte, obwohl er wusste, dass seine Mutter wirres Zeug redete. Gregor folgte seinem Beispiel. Zusammen halfen sie ihrer Schwester beim Aufstehen. Keiner der Anwesenden rührte sich, auch der Soldat und der Vernarbte verfolgten die Kinder nur mit stummen Blicken.

„Legt sie bitte neben mich", wies Johanna hustend ihre Söhne an. Weinend schmiegte sich das kranke Mädchen an die Brust seiner Mutter und schloss die Lider. Sein ganzer Körper zitterte.

„Wir haben keinen Honig mehr, Mama", flüsterte Michael. Hoffentlich lässt das Fieber bald nach, sinnierte er schweigend. Es ängstigte ihn, dass seine Mutter fantasierte.

„Alle bis auf die hier folgen mir. Ihr werdet heute woanders nächtigen müssen." Der Soldat sprach mit lauter, klarer Stimme. Wie ein Echo hallte Fritz Müllers weniger angenehmes Organ nach. Er übersetzte die Worte des Mannes, der von heute an die Verantwortung für das Leben der hier Anwesenden übernahm.

Mit *die hier* hatte er Michaels Familie gemeint. Die übrigen Frauen und Kinder gingen schwerfällig nach draußen, keiner sagte etwas. Sie waren zu erschöpft, um sich den Anweisungen zu widersetzen. Die alte Frau wurde aus dem Bett gehoben. „Sie wird nicht lange durchhalten", hörte Michael jemanden flüstern. Fritz Müller humpelte als Letzter aus der Hütte. Michael schaute sich ungläubig um, er konnte noch gar nicht fassen, dass sie die warme Unterkunft ganz für sich hatten.

Plötzlich vernahm er Schritte. Zuerst nur vage und dumpf, aber nach kurzer Zeit wurde das Stampfen von schweren Stiefeln deutlicher. Michael wartete, sein Herz raste vor Angst. Gregor raunte mit belegter Stimme: „Was passiert jetzt mit uns?"

Michael zuckte nur die Achseln.

12
DER SCHUSS

Zur gleichen Zeit in Kasachstan, an der nördlichen Grenze zu Russland.

Alexanders Lunge brannte, jeder Atemzug wurde zur Qual. Auch seine Freunde waren außer Atem, denn der Schnee lag knietief. Die Sonnenstrahlen verwandelten die Schneemassen in ein beinahe unüberwindbares Hindernis. Die Eiskruste brach unter ihren Füßen ein und die scharfen Kanten schnitten tief ins Fleisch. Elkin heulte unvermittelt auf, sein linker Fuß hinterließ plötzlich eine blutige Spur. Alexander und Andrej schenkten ihm keine besondere Aufmerksamkeit, schließlich kämpften auch sie mit letzter Kraft gegen die Erschöpfung an. Der Wald war nicht mehr weit, dort würden sie sich verstecken. Das Gefühl, der ersehnten Freiheit so nahe zu sein, gab ihnen einen regelrechten Adrenalinschub.

Dann brüllte Elkin erneut. Dieses Mal klang sein Schrei anders, markerschütternd und von Todesangst erfüllt. Alexander war wie betäubt, er sah nur den Wald. Das Blut rauschte durch seinen Kopf und machte ihn taub. Er lief einfach weiter auf die Bäume zu, *dort kannst du dich verstecken,* das war sein einziger Gedanke. Er stellte sich vor, wie er und seine beiden Kumpel ein Lager aufbauen würden – und endlich schlafen. Sie würden abwechselnd Wache schieben, und er würde die erste Schicht übernehmen, damit er bis zum Sonnenaufgang schlafen konnte. Danach würden sie einen Hasen braten, er wusste ja, wie man eine Falle baute. Schon meinte er den Duft von gegrilltem Fleisch zu riechen, schmeckte die saftigen Bissen auf seiner Zunge. Alexander wiegte sich bereits in Sicherheit, malte sich in Gedanken schon die Freiheit aus. Nur noch wenige hundert Meter lagen zwischen ihnen und dem rettenden Wald.

Obwohl der Gedanke an den Tod und die Festnahme stets in ihren Köpfen umherschwirrte, kämpften sich die Flüchtigen weiter und bahnten sich eine Schneise durch den Schnee. Elkin gab ein Wimmern von sich, wie ein Kind oder ein verletztes Tier. Alexander blieb so unvermittelt stehen, dass Andrej strauchelte und beinahe hinfiel. Er schnappte nach Luft und wandte sich gleichzeitig mit Alexander zu Elkin um. Mit schreckgeweiteten Augen und aufgerissenem Mund erstarrte er. Etwas Schnee klebte an seinen aufgeplatzten Lippen.

Bei Elkins Anblick überkam Alexander ein heftiger Schwindel. Ihr Freund torkelte, ein dicker, dunkler Strahl schoss aus seiner Brust. Die Augen huschten panisch hin und her. Er hustete röchelnd, aus seinem Mund rann Blut. Erneut fiel ein Schuss, diesmal hörten sie ihn alle. Wie schwarze Tinte ergoss sich das Blut über Elkins in Fetzen gerissene Kleidung. Ein weiterer Treffer riss ein Stück von seiner Schulter ab und hinterließ eine klaffende Wunde. Knochensplitter und Fleischfetzen besudelten den eben noch jungfräulich weißen Schnee um Elkin. Apathisch starrte er auf den nahen Wald, dann warf er Alexander einen flehentlichen Blick zu, als bitte er um Erlösung. Doch Alexander konnte ihm nicht helfen – sein einziger Gedanke war: *Scharfschützen!*

Ohne lange zu überlegen, hechtete er mit einem Seitensprung hinter eine riesige Schneewehe. Ein brennender Schmerz jagte durch seinen Oberschenkel. Hinter sich hörte er Andrej aufschreien. „Verdammt, verdammt, verdammt!", fluchte Alexander laut vor sich hin. Er versank in der weichen Masse, die sich unter der gefrorenen Kruste verlockend um seinen übermüdeten Körper legte und ihn zu verschlingen drohte. Die ersehnte Deckung entpuppte sich als tödliche Falle. Mit letzter Kraft schaufelte er sich wieder frei. Wieder peitschte ein Schuss durch die Stille und hinterließ ein Klingelgeräusch in seinen Ohren. Endlich rappelte sich Alexander auf und rannte, was seine Beine hergaben, auf den Wald zu, ohne auch nur einen Blick über die Schulter zu werfen.

Er achtete nur auf die Bäume. In seinen Ohren hämmerte das Blut wie ein tosender Fluss. Ein sengender Stich wie von einer glühenden Nadel ließ ihn straucheln. Er stolperte, fing den Sturz aber mit vorgestreckten Armen ab. Die Eiskristalle schnitten in seine Hände wie tausende scharfer Scherben. Er spürte es nicht. Sein Fleisch war vor Kälte und Panik taub geworden, alle Sinne

128

lahmgelegt. Genau wie sein Verstand. Nur die Instinkte waren noch intakt. Er rannte einfach weiter, quälte sich schwer atmend auf die Bäume zu, die vor ihm zurückzuweichen schienen. Sein Atem nahm ihm als weiße Wolke die Sicht. Als er sich mit gesenktem Blick umschaute, glaubte er sich von dichtem Nebel eingehüllt. Sein rechtes Bein begann stärker zu pochen und gab plötzlich unter ihm nach, er sank zu Boden und rang keuchend nach Luft. Mit zittriger Hand schob er sich etwas Schnee in den Mund. In der Ferne konnte er Kampfgeräusche vernehmen, aber es fielen keine Schüsse mehr.

Als das Brennen in seiner Lunge nachließ und der Schleier von seinen Augen wich, stemmte er sich auf die Beine. Zaghaft setzte er den linken Fuß vor, um zu prüfen, ob der rechte ihn wieder tragen würde. Mit einer gewissen Erleichterung stellte er fest, dass seine Schuhe nicht mehr in der Schneedecke versanken. Ein weiterer zögerlicher Schritt. Kurzes Warten. Auch diesmal blieb sein schwarzer Armeestiefel zu sehen. Die Eiskruste knirschte bedrohlich, der nächste Schritt würde Gewissheit bringen. Er konnte weitergehen. Vorsichtig, als bewege er sich über einen zugefrorenen See, setzte er seinen Weg fort. Das rechte Bein pochte nun unaufhörlich. In der Eiseskälte gefror das austretende Blut und verursachte brennende Schmerzen bis ins Mark. Mit jedem Herzschlag schwand seine Hoffnung auf ein Überleben.

Es dämmerte bereits. Seine Verfolger hatten offenbar aufgegeben. Es war ihnen wohl zu mühselig geworden, sich durch die dicke Schneeschicht zu quälen. Alexander humpelte immer weiter. Er konnte den Wald bereits riechen. Der unverwechselbar harzige Duft der Nadelbäume erinnerte ihn an seine Heimat. Endlich spürte er die raue Borke einer mächtigen Fichte unter seinen Händen. Der Baum war warm. Seine Finger krallten sich in die Rinde. Mit all seiner verbliebenen Kraft zerrte er daran, und tatsächlich gelang es Alexander, ein großes Stück vom Stamm zu lösen. Seine Zähne gruben sich in die trockene, poröse Kruste, bissen einen Fetzen davon ab. Er kaute so lange darauf herum, bis die harte Masse breiig und leicht mehlig wurde.

129

„*Das stillt deinen Hunger, mein Sohn*", hörte er die Worte seines Vaters aus der Vergangenheit. Eine angenehme Woge der Geborgenheit erwärmte für einen Augenblick sein Herz. Auf der Rinde kauend kämpfte er sich durch Unterholz und trockenes Gestrüpp weiter in die dunklen Tiefen des Waldes. Das morsche Holz knackte laut unter seinem Gewicht. Wie die Gerippe toter Tiere ragten nackte Äste aus der Schneeschicht.

Alexander hatte keine Zeit, um ein Nachtlager zu errichten, obendrein hatte die Flucht sämtliche Kraftreserven aufgezehrt. Jetzt war er zwar frei, doch was nützte ihm das, wenn er diese Nacht nicht überlebte? Um sich von diesen Gedanken zu distanzieren, biss er immer wieder in die Rinde, zermalmte sie und kaute daran, schluckte mit verzerrtem Gesicht und brennender Kehle den bitteren Fichtensaft hinunter. Den Rest der Masse spuckte er wieder aus. Er wollte sich später nicht mit Magenkrämpfen herumschlagen müssen, falls es denn ein Später geben sollte. Völlig ausgelaugt und leicht desorientiert setzte er seinen Weg fort. Fast an jedem der Bäume, die sich wie Säulen gen Himmel streckten, blieb er stehen, schaute sich um, lauschte, keuchte, spuckte die Rinde aus und marschierte weiter. Dann, urplötzlich, vernahm er das Knacken von zerbrechendem Holz.

Früher war Alexander oft im Wald gewesen, denn Holz machen und Jagen gehörte zu seinen Pflichten. Sein Vater und er waren damals nicht selten mehrere Tage unterwegs gewesen, doch nur ein einziges Mal waren sie dabei einem Bären begegnet. Gab es hier Bären? Bei diesem Gedanken lief es ihm eiskalt den Rücken hinunter. Ein ausgehungerter Bär war reizbarer und gefährlicher denn je, wenn er in seinem Winterschlaf gestört wurde. Alexander schloss die Augen, schmiegte sich an den Baum und wartete einfach ab. Die Geräusche berstender Äste kamen näher. Natürlich – er war verletzt, und Bären hatten einen sehr ausgeprägten Geruchssinn. Verdammt, *so* wollte er nicht sterben! Eigentlich wollte er *überhaupt nicht* sterben.

Vor seinem inneren Auge sah er die schmerzverzerrten Gesichter seiner Freunde vorbeihuschen, die Augen weit aufgerissen. „Lauf, Alexander, *lauf!*", hörte er Andrej schreien. Dann explodierte seine Brust, an mehreren Stellen spritzte das warme Blut aus seinem Brustkorb. „Lauf", krächzte er noch einmal und fiel um wie ein gefällter Baum. Elkin humpelte weiter, neben Andrej blieb er kurz stehen und richtete den Blick mit einem stummen Schrei zum Himmel. Alexander wollte kehrtmachen und Elkin stützen, aber der keuchte „Nein, Alexander, lauf weiter!". Im nächsten Augenblick ertönte ein trockener Knall. Elkin erstarrte mitten in der Bewegung, seine dunklen Augen wurden groß, sein Körper erschlaffte. Alexander streckte die Arme nach ihm aus, fiel auf die Knie und schrie Elkins Namen. Eine weitere Kugel zischte knapp an ihm vorbei. Er hörte die gebrüllten Kommandos der Soldaten und die Schreie der Sterbenden. Irgendwie zwang er seinen ausgezehrten Körper auf die Beine und rannte. „Lauf Alexander, lauf", feuerte er sich selbst an.

Mit jedem Schritt war er seinem Ziel näher gekommen, bis er es endlich erreicht hatte. Nun galt seine größte Sorge einem Raubtier. Mit einem Bären konnte er leichter fertig werden als mit den Soldaten, dachte er sarkastisch, also war er noch nicht ganz verloren. Alexander verfluchte die Ausweglosigkeit seiner Lage. An sich waren Bären sehr scheu – nur nicht im Winter.

Alexander lehnte immer noch an dem Baum. Sein verletztes Bein war voll Blut. Er schnallte seinen Gürtel ab und zurrte ihn fest um den Oberschenkel. Weiße Dampfwolken stiegen aus seinem Mund auf. *Bitte, lieber Gott, lass nicht zu, dass ich von dem Bären aufgefressen werde,* betete er stumm. Doch statt eines Brummens meinte er Stimmen zu vernehmen. Sein Atem stockte, während er angestrengt lauschte, regungslos an den Baum gepresst. Waren das etwa Jäger? Ja, es waren tatsächlich Stimmen. Dann ein leises Wiehern. Alexander schluckte hart. Hatten sie ihn gesehen? Seine Finger krallten sich noch fester in die Baumrinde. Als der erste Schreck nachließ, merkte er, dass die Wunde an seinem Bein immer noch stark blutete. Um ihn herum schien es immer dunkler zu werden, bis sich die Erde unter seinen Füßen auftat und ihn verschlang. Alexander spürte nicht mehr, wie sein Kopf an einen der dicken Äste schlug. Ihm war auch nicht bewusst, dass er entdeckt worden war und Menschen sich ihm näherten. Er lag im Schnee wie ein Toter.

131

13

DIE BEGEGNUNG

Kolchose „Goldener Weizen"

Michael stand da wie gebannt, als die verrosteten Angeln der Eingangstür ein durchdringendes Quietschen von sich gaben. Jemand war im Haus. Die Tür fiel schwer ins Schloss und wurde verriegelt. In dem kleinen Flur erklang ein lautes Poltern, wie Metall auf Holz. Der Vorhang dämpfte die Geräusche nur unwesentlich. Eine Männerstimme murmelte irgendetwas Unverständliches, das nicht sonderlich freundlich klang. Etwas polterte zu Boden.

„Wer zum Teufel hat denn hier gewütet?", fluchte der Mann. Ob das dieser Igor war, von dem der Soldat gesprochen hatte, der seine Mama in dieses Haus getragen hatte? „Er ist auf der Jagd und wird am Abend zurück sein", hatte der Soldat zu ihm und Gregor gesagt. „Er ist ein guter Mensch." Michaels Herz zog sich schmerzlich zusammen. Er musste an den verletzten Spatz denken, den er im letzten Sommer vor einer Katze gerettet hatte. Der kleine Vogel war blutverschmiert auf ihn zugehumpelt, als suche er Schutz. Die junge Katze suchte nach einem Treffer von einem dicken Stock das Weite und Michael griff nach dem kleinen Spatz. Das winzige Herz raste und hämmerte gegen die Brust. Genauso fühlte sich Michael jetzt, wie ein verletzter Vogel in den Pranken eines Riesen. Auch sein Herz polterte laut gegen die Rippen. Nur gab es niemanden, der ihn hätte retten können.

Erneutes Fluchen rüttelte ihn auf, und als eine riesige Hand den bunten, an einigen Stellen löchrigen Stoff zur Seite schob, fing er an zu beten. Michael ballte die Hände zu Fäusten, dass die Knöchel weiß durch die dünne Haut schimmerten. Eine Gestalt betrat in geduckter Haltung den Raum. Der Mann war so riesengroß, dass er den Kopf einziehen musste.

Nackte Angst schnürte Michael die Kehle zu. Er schluckte hart, als er zu dem Mann hinaufstarrte. Gregor ging es nicht anders. Sie konnten nur die dunklen Augen sehen, die wie glänzende Kohlen hervorstachen. Der Rest des Gesichts war von seinem Bart und den Haaren überwuchert. *Wie das Fell eines Bären,* dachte Michael.

Der Riese klopfte den Schnee von seinen Kleidern, zog ächzend die Filzstiefel aus und ließ sich auf einen der Stühle plumpsen, die um den Tisch herum standen. Er keuchte vor Anstrengung. Sein dicker Mantel war von kleinen Holzsplittern übersät. Unter seiner dicken Nase und überall in seinem Bart hatten sich kleine Eiszapfen gebildet, die in der Wärme zu schmelzen anfingen.

„Seid ihr meine neuen Mitbewohner?", brummte der Mann unvermittelt. Seine Stimme war tief, klang jedoch alles andere als böse. Er prustete kurz, stemmte sich schwerfällig auf die Beine und trat näher an die Kinder heran, die sich immer noch nicht zu rühren wagten. „Seid ihr Brüder?", fragte er beiläufig, als würde es ihn eigentlich nicht besonders interessieren. Als keine Antwort kam, ging er zum Ofen, ließ sich auf ein Knie nieder und brummte, ohne die beiden anzuschauen: „Versteht ihr mich überhaupt, ihr Bälger?" Er drehte sich um und musterte sie einen Augenblick lang durchdringend. Die Brüder schwiegen immer noch, nickten jedoch mit den Köpfen.

Zufrieden wandte sich der Riese wieder dem Ofen zu, nahm eines der Holzscheite, die ordentlich davor gestapelt lagen und schob damit den Riegel zur Seite. Der Riegel quietschte protestierend. Das Holz wirkte in seiner mächtigen Pranke regelrecht mickrig. Auch die Jungen fühlten sich in seiner Gegenwart zwergenhaft klein.

„Du, komm mal her." Dabei winkte er Gregor mit dem Scheit zu sich. Der schüttelte erschrocken den Kopf und stieß einen winselnden Laut aus. „Dann du", fuhr der Mann etwas leiser fort. Als er Michaels Blick begegnete, ließ er ein wenig verlegen das Holzscheit fallen. Vorsichtig streckte er seine Hand aus. Sie war fleischig und von dicken Schwielen bedeckt.

Michael trat nur einen einzigen Schritt auf den Mann zu. Dessen Bart schien sich irgendwie zu teilen. *Er lacht,* dachte Michael, als er eine Reihe weißer Zähne durch die Lücke schimmern sah. Der Junge atmete erleichtert auf und ging zu seinem eigenen Erstaunen noch drei Schritte weiter.

Der Mann winkte ungeduldig. „Jetzt komm schon her", drängelte er. „Habt ihr Hunger?"

Jetzt nickte auch Gregor, noch heftiger als sein Bruder. Der große Mann lachte so laut, dass die Wände wackelten. „Na, da bin aber froh, dass ihr mich doch versteht." Er hob das Scheit wieder auf, schob den Riegel vollends zur Seite und begann, mit der Holzkante an der verrußten Tür zu kratzen. Als er sie endlich öffnete, sah Michael, dass das Feuer dahinter fast erloschen war. Vereinzelt flackerten helle Flammen auf, als der große Mann tief Luft holte und wie ein Blasebalg in die Glut blies. Rauch stieg aus der runden Luke. Mit tränenden Augen wandte sich der Mann von dem Ofen ab, rieb mit den Handballen darüber und sagte blinzelnd: „Der Rauch ist manchmal schlimmer als ein Hund."

Michael verstand nicht, was er damit meinte.

„Einen Hund kannst du mit einem Fußtritt vertreiben, wenn er nach dir schnappt, den Rauch nicht." Grinsend streckte er Michael seine riesige Hand entgegen. „Ich heiße Igor, du kannst Onkel Igor zu mir sagen. Und wie heißt du?"

„Michael", flüsterte der Junge kaum hörbar.

Der Bärtige brummte wieder etwas, das die eingeschüchterten Kinder nicht verstehen konnten. „Ich werde Mischa zu dir sagen", entschied er dann. „So hieß mein jüngerer Bruder." Michael nickte.

„Und du?" Igor drehte seinen großen Kopf jetzt zu Gregor.

„Gregor." Wieder war es Michael, der antwortete. Mit verdutzter Miene schaute Igor ihn an. Seine buschigen Augenbrauen glitten nach oben, er schüttelte irritiert den Kopf. Dann strich er nachdenklich über seinen Bart. Die Eiszapfen waren geschmolzen, sodass die Haare feucht glänzten.

„Du fühlst dich wohl verpflichtet, die Rolle deines Vaters zu übernehmen, obwohl du der jüngere von euch beiden bist?", wandte sich Igor jetzt erneut direkt an Michael, dabei schaute er den Jungen durchdringend an. Der trat verlegen von einem Bein aufs andere. Er fühlte sich nicht sonderlich wohl, wenn er im Mittelpunkt des Interesses stand.

„Anita ist jünger als ich", sagte er schließlich.

Die Augen des Mannes wurden groß. „Wer in Gottes Namen ist Anita?"

„Meine Schwester, sie liegt mit Mama im Bett ..."

„Sie sind beide krank", beteiligte sich endlich auch Gregor an dem Gespräch.

Die Verwunderung stand Igor ins Gesicht geschrieben. Michael nickte mit dem Kinn Richtung Bett. Sofort stand der große Mann auf und stampfte zu den beiden Kranken hinüber. „Diese Arschlöcher! Diese Banditen! Lassen ein Kind und eine Frau zum Sterben hier bei mir. Was soll ich denn jetzt mit euch beiden machen?", brummte er vor sich hin. Es klang nicht, als ob er mit einer Antwort rechnete. Er redete nur laut mit sich selbst.

Forschen Schrittes ging er zu einem der selbst gezimmerten Schränke und riss energisch die Türen auf. Michael hörte ein metallisches Klappern. Etwas fiel scheppernd zu Boden. Seine Mutter begann sich unruhig hin und her zu wälzen. Igor fluchte leise. Es klang wie eine Entschuldigung. Dann stapfte er mit einem Blechtopf nach draußen, ohne ein Wort zu sagen. Die Tür knallte, dass die Vorhänge auseinanderflogen. Michael und Gregor tauschten einen besorgten Blick. Schweigend traten sie ans Bett ihrer Mutter.

Ihre Augen glänzten wässrig, als sie aus ihrem Traum erwachte. „Wo sind wir? Wo ist Anja?", krächzte sie, ihre Stimme klang kratzig wie ein Reibeisen. Bei jedem Wort verzog sie das Gesicht. *Sie hat starke Halsschmerzen,* dachte Michael und betastete seine Kehle, als wolle er prüfen, ob nicht auch er krank geworden war. Erneut musste er an den Honigtopf denken, aus dem seine Mutter bei jedem Halskratzen einen Löffel Honig in heiße Milch gab und wie sie sie das warme, süße Gemisch langsam trinken ließ. Was hätte Michael jetzt für einen Schluck Honigmilch gegeben.

Hinter dem Vorhang vernahm er ein Rascheln und ein Poltern, dann erschien Igor wieder. Seine Augen huschten auf der Suche nach etwas Bestimmten durch den Raum. „Du", dabei deutete er auf Gregor, „mach mir Platz."

Gregor verstand nicht, was der Mann von ihm erwartete, und bewegte sich deswegen keinen Schritt. Igor verdrehte genervt die Augen. „Räumt den Tisch frei", fauchte er ungeduldig. Michael nickte und begann die kreuz und quer herumliegenden Felle ordentlich zu stapeln.

„Jetzt ist es genug", murmelte Igor und stellte den Topf, den er die ganze Zeit in den Händen gehalten hatte, auf dem knorrigen Tisch ab. Der leicht verbeulte Kessel war bis an den Rand mit Schnee gefüllt. Michael sah Igor fragend an. Eine nagende Unruhe ließ ihn frösteln. *Was hat er denn jetzt vor? Er* verstand gar nichts.

„Ich werde für eure Mutter einen Kräutersud kochen", brummte Igor und stampfte wieder aus dem Zimmer.

„Die hast du einer Frau geschenkt", hörte Michael seinen Bruder flüstern. *Wer hat wem was geschenkt?* Als Michael sich umdrehte, sah er, dass seine Mutter weinte. Ihre Schultern zuckten. Dann machte sie Anstalten, aufzustehen, versuchte sich mit ihren bleistiftdünnen Armen hochzustemmen, doch ihre Kräfte waren aufgezehrt. Frustriert vergrub sie ihr Gesicht im Bett und schluchzte leise.

Igor erschien mit verschiedenen Zweigen und Kräutern. Er zupfte geschickt die Blätter ab, zerrieb sie zwischen den Fingern, gab sie zu dem Schnee und stellte den Topf auf den Ofen. „Mischa, du schürst das Feuer. Und du, Gregor, passt auf deine Mutter auf."

Beide nickten. Igor gab ein unartikuliertes Geräusch von sich, schniefte laut, schnappte sich seinen Pelzmantel, zog im Hinausgehen seine Mütze vom Haken und verschwand erneut. Angst erfasste die beiden Jungen, als Onkel Igor sie allein zurückließ.

„Michael, wo geht er denn jetzt hin?", winselte Gregor und verpasste dem Schemel, der neben ihm stand, einen heftigen Tritt. Mit lautem Poltern flog er unter den Tisch.

„Weiß ich doch nicht", entgegnete Michael barsch. Um irgendetwas Sinnvolles zu tun, ging er zum Ofen, legte etwas Holz nach und schürte mit dem schweren Feuerhaken die Glut. Die Flammenzungen begannen erneut zu tänzeln und leckten gierig über das Holz, das knackend dunkel anlief. Dicker gelber Rauch stieg aus dem Topf auf, der auf der glühend heißen Platte stand. Der Schnee begann zischend zu schmelzen. Gedankenverloren griff Michael erneut nach dem Schürhaken und brachte das Feuer dazu, noch heller zu werden. Das Eisen lag schwer in der Hand, *eine gute Waffe.* Er verwarf den Gedanken jedoch sofort wieder. *Igor würde ihn mir wie einen Kupferdraht um den Hals wickeln,* dachte er mit einem unangenehmen Schaudern.

Er sah unschlüssig auf seinen Bruder. Gregor stand mit gesenktem Kopf vor dem Bett ihrer Mutter. Als er Michaels Blick spürte, hob er den Kopf. Seine Augen waren gerötet und schimmerten feucht. Die Brüder starrten einander eine halbe Ewigkeit an. Keiner sagte etwas. Beide wussten, was sie dachten, was sie fühlten und wonach sie sich sehnten. Die Blicke sagten viel mehr, als Worte je hätten ausdrücken können. Ihnen war klar, dass ihr Leben in Igors Händen lag. Sie mussten ihm vertrauen, denn in dieser misslichen Lage gab es keinen anderen Ausweg.

14

Kasachstan

Alexander hörte Stimmen. Seine Augenlider flatterten. Etwas Schweres lastete auf ihm und erschwerte das Atmen. Seine Brust hob und senkte sich nur langsam. Sein Mund war wie ausgedörrt, beim Schlucken blieb die Zunge am Gaumen kleben. Als er über seine Lippen leckte, waren sie erstaunlicherweise nicht mehr so rau, sondern weicher – und sie schmeckten nach ranzigem Tierfett. Er lag flach auf dem Rücken, aufgebahrt wie ein Toter, und nahm ein leichtes Ruckeln wahr. Ein scharfer Geruch stieg ihm in die Nase und er begriff, dass er unter einem regelrechten Berg von Tierfellen begraben war. Ein leises Wiehern ließ ihn annehmen, dass er auf einem Pferdeschlitten transportiert wurde. Die Stimmen sprachen laut, trotzdem verstand Alexander kein einziges Wort.

Als er seinen Kopf anheben wollte, kam das Gefährt abrupt zum Stehen. Zwei Augenpaare waren auf ihn gerichtet.

„Der Russki wach, nicht mehr tot ...“ Zumindest einer der beiden sprach also Russisch, gebrochen, aber verständlich. Er überlegte kurz, dann sagte er: „Wir Kasachen nix gut verstehen Russki. Ich heiße Keirat, das ist Jerbol.“ Das Mondgesicht sah besorgt drein. Trotzdem huschte so etwas wie ein unsicheres Lächeln über seine Lippen. „Bist du ein – *Partisan?*“ Sie hielten ihn also für einen Untergrundkämpfer. Wer waren diese Männer?

Alexander sah jetzt auch das zweite Mondgesicht vor sich auftauchen. Beide wirkten irgendwie glücklich, ihre Augen waren von Lachfältchen umgeben, die Gesichter von Wind und Kälte gerötet.

„Wir sind Brüder“, sagte Jerbol in passablem Russisch. „Wir haben dich im Wald gefunden. Du bist verletzt. Wir bringen dich in unser Dorf. Bist du ein Deserteur oder ein Partisan?“, wiederholte er neugierig. Auch wenn er nicht aufdringlich klang, bereitete Alexander diese Neugier Sorgen. Er wollte auf diese

Frage keine Antwort geben. Der dunkle, mit Sternen gespickte Himmel hing tief über ihnen. Alexander versuchte sie zu zählen, doch es waren zu viele. Er leckte zaghaft über seine Lippen und verzog angewidert das Gesicht. Das Tierfett schmeckte nach altem Hammel. In diesem Augenblick begegnete er Jerbols Blick. „Wie haben Schüsse gehört. Wir würden dich gern zu deinen Kameraden bringen, aber wir sind Jäger und mögen euch Russen eigentlich nicht." Er verstummte abrupt, als ihm bewusst wurde, dass er womöglich zu viel gesagt hatte.

Jetzt war es an Alexander, das Gespräch fortzuführen, um von seiner Situation abzulenken. „Was jagt ihr denn so?", krächzte er.

„Kleinwild", entgegnete Jerbol mit tonloser Stimme. Er war nicht bereit, Alexander zu viel zu verraten. Die beiden hatte genauso viel Angst wie ihr Passagier. Die Rote Armee war mächtig, die Regierung ging gnadenlos gegen Verräter und Verbrecher vor. *Wilderer zählen wohl auch dazu,* dachte Alexander ironisch.

„Hasen und Ratten ... und Füchse", warf Keirat ein. Damit war sein Wortschatz wohl erschöpft, denn die weitere Reise verlief wortlos. Das Schweigen wurde nur vom leisen Pfeifen des Windes und dem gelegentlichen Knarzen der Kufen auf dem Schnee gestört, der an der Oberfläche zu einer harten Kruste gefroren war. Der Schlitten glitt so sanft darüber, dass Alexander in einen traumlosen Schlaf fiel.

*****

Russland, Kolchose „Goldener Weizen"

Als die Flammen den Schnee zum Schmelzen gebracht hatten und es im Inneren des Topfes laut blubberte, lehnte Michael sich mit dem Rücken an die verrußte Wand. Unter den Bodendielen neben dem Ofen vernahm er das Scharren von Mäusen. Auch das leise Fiepen war nicht zu überhören. Er ließ die Tür einen Spaltbreit offen und beobachtete die rot-gelben Flammen. Das

Zucken des Feuers wirkte beruhigend auf ihn, seine Augen wurden schwer. Plötzlich knallte es und irgendetwas traf sein Gesicht so heftig, dass er ein unterdrücktes „Oh Gott" von sich gab. Michaels Finger krallten sich um die Eisenstange, er riss die Augen auf und schaute sich erschrocken um. Seine linke Wange brannte immer noch.

Vor seinen angezogenen Füßen lag ein glühender Holzsplitter. Michael räusperte sich und rieb seine Wange. Dabei verschmierte er Ruß über sein gerötetes Gesicht. Er rappelte sich auf und schloss die Ofentür. Ein angenehmer Kräuterduft stieg aus dem Topf in seine Nase. Zufrieden ließ er seinen Blick durchs Zimmer schweifen. Es war dunkel geworden. Er hörte nur leises Schnarchen. Gregors schmaler Körper lag quer über das Fußende des Bettes, in dem seine Mutter und Anita schliefen.

Ein lautes Quietschen ließ Michael zusammenfahren. Der Schürhaken glitt aus seiner Hand und fiel klappernd zu Boden. Michael schaute zur Tür und erstarrte. Igor war wieder da.

„Was schaust du mich so an, Junge? Ich fresse keine Kinder, vor allem nicht solche, die nur noch Haut und Knochen sind", brummte der große Mann. Seine Laune hatte sich anscheinend gebessert, seine Stimme klang ein wenig heiterer. Seine Stirn glänzte und schimmerte leicht rötlich. „Wo ist dein Bruder?", flüsterte Igor und klopfte den Schnee von seinen massigen Schultern.

Michael trat einen Schritt zurück und deutete mit einer Hand auf das Bett. Igor schüttelte den Kopf, fuhr mit der Rechten über seinen Bart und sagte dann: „Du gehst jetzt mit mir mit. Weck aber vorher deinen Bruder auf. Hier stinkt es wie bei meinen Schweinen." Angewidert verzog er das Gesicht und rümpfte seine knubbelige Nase. „Los, rüttle ihn wach. Auch deine Mutter und die Kleine. Ich will hier keine Läuse haben."

Michael stand immer noch unentschlossen da, trat von einem Bein aufs andere. Wollte Igor sie bei den Schweinen schlafen lassen? „Aber … wenn wir uns waschen könnten ... und ... meine Mama ist krank, und ...", stammelte er und brach in Tränen aus. In seiner Brust begann es höllisch zu brennen. Er schluckte, rang

140

nach Luft und um Worte, die nicht heraus wollten. Dann tat Igor etwas, womit Michael nie im Leben gerechnet hätte. Er ging auf die Knie, zog den Jungen sanft an sich und drückte ihn fest an seine Brust. Seine riesige Hand klopfte ihm zaghaft auf den schmalen Rücken, als habe der Mann Angst, ihm wehzutun. Michael gefiel die fast schon väterlich anmutende Geste. Igors warme Hand ruhte jetzt schwer auf seiner Schulter.

„Sch-sch-sch, nun komm, ich tu' euch nichts", versuchte er den verzweifelten Jungen zu beruhigen. Mit sanfter Bestimmtheit schob er den weinenden Michael von sich, fasste ihn am Kinn und zwang ihn, den Kopf zu heben. Als Michael ihm in die Augen blickte, wurden seine Gesichtszüge weicher, er weinte nicht mehr. Schniefend stand er da und wartete.

„Wisch dir den Rotz ab und folge mir, ich will dir was zeigen", flüsterte Igor. Ohne jeden weiteren Einwand ging er mit nach draußen. Nur die Sterne und der schummerige Kerzenschein aus den Fenstern der schneebedeckten Häuser erleuchteten die Nacht. Die Luft roch frisch.

Igor stapfte voraus, blieb immer wieder kurz stehen und trieb Michael zur Eile an. Schweigend begleitete Michael den großen Mann zu einem kleinen, ebenfalls aus Baumstämmen gezimmerten Häuschen. Aus dem Schornstein stieg eine dünne Rauchsäule auf.

Bevor sie eintraten, zündete Igor eine Petroleumlampe an, die hinter der Tür an einem Haken hing. Die schwache Flamme flackerte unruhig, spendete jedoch genügend Licht, dass sie sich nicht in völliger Dunkelheit zurechtfinden mussten. Nach kurzer Zeit gewöhnten sich ihre Augen an die Lichtverhältnisse. Alles erschien auf einmal viel heller. Michael erkannte eine Bank und einen Stapel von dicken Holzscheiten. Auch hier roch die ungewöhnlich heiße Luft sehr angenehm nach Kräutern. Tatsächlich war es so warm, dass er sofort zu schwitzen begann.

„Nichts hilft einem besser, wieder gesund zu werden, als eine russische Banja", verkündete Igor grinsend und zog an einer weiteren Tür. Ein gewaltiger Schwall von heißem Dampf schlug Michael ins Gesicht. *Wir hatten auch eine Banja,* dachte er im Stillen. Nur hatten sie es Waschstube genannt. Eine angenehme

Hitzewelle kroch über seine Haut. Unwillkürlich streckte er den Kopf durch den Spalt und sog den angenehmen Duft tief ein. Drinnen sah er eine weitere Bank, einen Eimer mit dampfend heißem Wasser und einen ebenfalls mit Wasser gefüllten Zuber auf dem Boden, allerdings schien es nicht so warm zu sein.

„So, jetzt holen wir den Rest deiner Familie, und morgen sieht die Welt ganz anders aus. Was sagst du dazu?", lächelte Igor. Der Junge nickte nur und lief zum Haus zurück. Als er ins Zimmer trat, saß seine Mutter aufrecht im Bett. Ihr Gesicht wirkte zutiefst besorgt, die Augen gerötet und voller Trauer. Zum ersten Mal fiel Michael auf, dass sich ihr Bauch, den sie mit den Armen umklammerte, deutlich vorwölbte.

„Michael, Schatz, wo warst du?", flüsterte Johanna heiser und hustete in ihre Faust. Anita lag weinerlich neben ihr und brummelte etwas vor sich hin. Nur Gregor schlief tief und fest. „Ich habe mir Sorgen gemacht", fuhr sie mit belegter Stimme fort.

„In der Waschstube", entgegnete Michael mit einem breiten Grinsen. Er war sehr froh, dass seine Mama wieder wach war. Er hatte befürchtet, dass sie todkrank sei und sterben könnte. Das war seine größte Sorge: allein zu sein, ohne seine Mutter.

„Ich bin sehr müde, mein tapferer Junge, aber das geht wieder vorbei", raunte sie tröstend, als habe sie seine Gedanken erraten. Dann zuckte sie zusammen und verstummte, als sie Igor erblickte. Ihr Gesicht wurde wieder ernst.

„Mama, das ist Igor. Er ist nett", ergriff Michael das Wort und versuchte heiter zu klingen.

„Was für ein Glück! Sie sind wach, und ich muss Sie nicht tragen. Ihr alle geht jetzt in die Banja und kommt erst zurück, wenn ihr sauber seid", sagte Igor anstatt einer Begrüßung, dabei zwinkerte er Michael verschwörerisch zu.

Johanna bekam einen Hustenanfall. Sie keuchte. Tränen liefen über ihre Wangen. Keiner rührte sich. Als sie wieder zu Atem kam, blickte sie zuerst zu ihrem Sohn auf, dann zu dem großen Fremden. „Was?" Mehr brachte sie nicht heraus. Eine weitere Hustenattacke erstickte jeden Versuch zu sprechen im Keim.

„Wärmt eure Knochen und kommt danach wieder zurück. Ich heiße Igor und bin jetzt für euch zuständig, mehr brauchen Sie für heute nicht zu wissen. Ihr macht, was ich euch sage, und wir werden keine Probleme haben. Wenn ihr euch weigert, müsst ihr heute Nacht bei den Schweinen schlafen, verstanden?" Seine Stimme klang schroff und gebieterisch, dennoch hatte Michael längst erkannt, dass Igor kein böser Mensch war. „Ihr bleibt nur so lange hier wie nötig, und keinen Tag länger. Mit dem nächsten Zug reist ihr ab. Wenn sich die Lage beruhigt hat und die Deutschen sich endlich zurückziehen, dürft ihr wieder nach Hause, bis dahin seid ihr unsere Geiseln." Er sagte es so, als hätte er es irgendwo aufgeschnappt und auswendig gelernt.

Johanna war froh, noch drei ihrer Kinder bei sich zu haben. Trotzdem fühlte sie sich hundeelend. Ihre Glieder schmerzten, der Kopf fühlte sich an wie mit tausend Nadeln gespickt, sie fror immer noch und zitterte am ganzen Körper. „Was sollen wir denn anziehen?", flüsterte sie kaum hörbar. Ihr Hals brannte, bei jedem Atemzug litt sie Höllenqualen.

„Für dich habe ich noch alte Sachen von meiner Frau, und die Bengel sollen sich etwas von mir nehmen. Ist ja nur für die Nacht. Morgen wirst du deine Sachen waschen müssen, kannst ja heute schon einweichen, nachdem ihr euch sauber geschrubbt habt. Tut mir leid, aber ich habe noch viel zu tun. Mir fehlt einfach die Zeit, um mich nur um euch zu kümmern", warf er ihr in ungeduldigem Ton entgegen. Schweigend verließ er den Raum. Als Johanna sich aus dem Bett quälte, kam er zurück, jetzt mit einem Bündel Kleider im Arm. Er warf die Sachen aufs Bett, murmelte etwas Unverständliches und stapfte mit gesenktem Kopf nach draußen. Die Haustür quietschte und fiel dumpf ins Schloss. Sie waren allein.

Johanna schaute Michael eindringlich an, zog ihn am Ärmel und flüsterte: „Wer ist dieser Mann?" Michael zuckte mit den Schultern. „Weißt du, wo wir jetzt hingehen müssen?", fragte sie, während sie hastig die Kleidung sortierte, die zwar getragen und an einigen Stellen geflickt war, jedoch sauber und gepflegt schien.

„Ja, Mama. Die Banja ist hier vor dem Haus. Dort können wir uns waschen und aufwärmen, genau wie bei uns in den

143

Waschstuben. Die Luft riecht nach Kräutern", flüsterte Michael. „Igor meint, die wird uns guttun und macht dich und Anita gesund." Johanna bekam eine Gänsehaut, sie erschauderte und schluckte schwer.

Als sie die anderen Kinder wach gerüttelt hatten, torkelte die kleine Familie in die Nacht hinaus. Anita war immer noch schlaftrunken und nickte immer wieder ein. Auch Johanna fühlte sich schlapp. Das Schwindelgefühl verstärkte sich bei jedem Schritt. Sie beobachtete Michael, wie er vorausschritt und sich immer wieder umdrehte, um sich zu vergewissern, dass sie ihm auch alle folgten. In Tränen aufgelöst stapfte sie durch den gefrorenen Schnee. Sie durfte nicht aufgeben, sprach sie sich selbst Mut zu. Mit einer flüchtigen Geste wischte sie sich über die Augen. Ihre Wangen brannten, als die kalte Luft ihre Tränen gefrieren ließ.

„Michael, woher kennst du diesen Igor? Wer hat uns zu ihm gebracht? Wie lange müssen wir hierbleiben?", wandte sie sich flüsternd an ihren Sohn, als sie sich ein Stück vom Haus entfernt hatten. Ihre Stimme klang brüchig. Gregor blickte sich im fahlen Licht der Nacht um, die alles in Schwärze tauchte und nur Schatten und Silhouetten hinterließ.

Michael schürzte die Lippen und schüttelte sacht den Kopf. „Keine Ahnung", sagte er matt. „Aber er ist nett." Sein kindliches Gesicht flackerte im tanzenden Licht der Petroleumlampe, die er trug.

„Woher willst du das wissen?", brummte Gregor. Michael ignorierte ihn. „Kannst du hellsehen oder was?", setzte Gregor nach.

„Riech mal, Mama!" Michael zog statt einer Antwort die Tür auf. Johanna schloss ihre müden Augen und holte tief Luft. Der Duft der Kräuter vermischte sich mit der kalten Luft zu einem die Sinne berauschenden Hauch, der sie an ihre Heimat erinnerte. Für einen Wimpernschlag fühlte sie sich völlig gelöst. „Lasst uns baden, Kinder", stammelte sie, um ihre Fassung ringend.

„Mama? Igor ist wirklich nett", wisperte Michael erneut. Er wandte ihr sein Gesicht zu und sah ihr tief in die Augen.

144

„Ja, das ist er. Igor ist nett", wiederholte sie die Worte ihres tapferen Sohnes und küsste ihn sanft auf die Stirn. Ein vages Lächeln huschte über Michaels Lippen. Er zwinkerte ihr mit einem Auge zu. Das tat er oft, wenn er sich gut fühlte. Johanna liebte diese Geste an ihm, müde zwinkerte sie zurück. Auch sie lächelte jetzt, doch ihr Lächeln war aufgesetzt und nicht echt. Sie wollte nur einfach ihren Sohn nicht enttäuschen. *Ich muss jetzt stärker sein denn je,* dachte sie im Stillen. Stumm folgte sie ihrem Sohn in die Waschstube.

15

Kasachstan

Alexander lauschte den Geräuschen der Nacht. Ab und zu flog ein verirrter Vogel vorbei, er hörte das unverkennbare Rufen einer Eule, auch das weit entfernte Heulen eines Wolfrudels konnte er vernehmen. Er hatte seine Lethargie abgeschüttelt und war wieder klar im Kopf. Nun feilte er an seiner Biografie. Immer wieder ging er seine erdachte Lebensgeschichte in Gedanken durch, korrigierte und fügte kleine Begebenheiten hinzu, die alles glaubwürdiger erscheinen lassen sollten. Zumindest klang seine Geschichte einigermaßen plausibel. Wie bei den Legenden, die er aus Büchern kannte, konstruierte er den Verlauf der letzten Tage neu – und so einfach wie nur möglich. Manches verwarf er und füllte die Lücken mit erfundenen Details. Seine Darstellung der Ereignisse, wie er als russischer Soldat in einen Hinterhalt geraten sei, stand auf recht wackeligen Beinen. Er hoffte nur, dass seine Retter ihn nicht vor ein Kriegsgericht stellen würden. Der dicke Kloß in seinem Hals schnürte ihm schmerzhaft die Luft ab. Er zitterte am ganzen Körper und ihm war so übel, dass er dachte, er müsse sich jeden Moment übergeben. Nur mit Mühe konnte er sich zusammenreißen. *Hoffentlich haben die Soldaten die Verfolgung wirklich aufgegeben,* dachte er. Sonst würden sie ihm zweifellos eine Kugel verpassen, sobald ihn einer der Verfolger zu Gesicht bekam, davor würde ihn auch die Uniform nicht schützen. Er war ein Fahnenflüchtiger, ein Verräter, ein Deserteur – schlussendlich ein toter Mann.

Unbewusst begann er lautlos zu weinen. Seine Sinne waren betäubt, die Welt um ihn herum ausgeblendet. Nur das pochende Hämmern in seinem Kopf konnte er deutlich spüren, alles andere war wie ausgeknipst. Urplötzlich lachte er bitter auf und fing wie ein Wahnsinniger an zu schreien. Er tobte, brüllte seine Hilflosigkeit in die kalte Nacht hinaus wie ein tödlich verletztes Tier. Starke Hände packten ihn an den Armen, drückten sie grob gegen seine Brust. Die Tierhäute lasteten schwer auf seinem gemarterten Körper. Eine sengende Hitze schoss durch sein lädiertes Bein, die nahtlos in einen brennenden Schmerz überging, der bis ins Mark reichte. Die Wunde musste sich entweder geöffnet oder entzündet haben.

Langsam, schleichend wich das Leben aus seinem Körper, er begann zu halluzinieren. Die Realität verschwamm zu einem irrsinnigen Traum, er sah von oben auf sich selbst herunter, sein Geist verband sich mit der klirrenden Luft. Weit entfernt hörte Alexander die Stimmen seiner Eltern, sah sich und seine Geschwister fröhlich im Fluss herumtoben. Seine tote Oma rief ihn zu sich. Sie winkte ihm mit ihrer knorrigen Hand zu. Als sie ihre Lippen zu einem Lächeln verzog, schwirrten schwarze Insekten aus dem zahnlosen Mund. Sie flogen direkt auf ihn zu. Ihre glänzenden Flügel surrten wie die von Wespen. Die kleinen Biester zerschellten auf seinem Gesicht, aber nicht ohne ihre Stachel zu hinterlassen. Ihre Stiche taten höllisch weh. Alexander versuchte sich mit den Händen zu schützen, doch jemand hatte ihm mit einem groben Seil die Handgelenke festgebunden.

Heftige Schläge in sein Gesicht brachten ihn in die Wirklichkeit zurück. Seine Wangen glühten. Alexander riss die Augen auf. Die beiden Männer starrten ihn durchdringend an. Immer noch verwirrt stammelte Alexander: „Ich bin in Ordnung. Es war nur ein Anfall – die Waldwesen haben mich verhext." Dann lachte er noch lauter. Tränen liefen ihm über die Wangen und brannten auf seiner rissigen Haut.

„Er muss zu einem Schamanen", raunte einer der beiden entsetzt. „Die Walddämonen müssen ausgetrieben werden."

Sein Kamerad nickte stumm und begann zu flüstern. Seine Worte klangen wie ein Gebet, ein wiederkehrender Reim, den Alexander nicht verstand. Die Männer redeten aufgeregt in ihrer Muttersprache durcheinander. Ihre Stimmen wurden lauter, aggressiver. Sie stritten, dann brüllte Jerbol. Er riss an den Zügeln, holte mit der Peitsche aus und ließ den Lederriemen in einer fließenden Bewegung nach vorne schnellen. Ein lauter Knall zerriss die Stille der Nacht und hallte in Alexanders Ohren noch lange nach. Das müde Tier bewegte sich etwas schneller. Aus dem monotonen Ruckeln wurde ein heftiges Schütteln.

147

Jerbol schrie das Pferd an, schlug ihm immer wieder mit dem Knauf seiner Knute gegen die Flanken. Alexander spürte das Gewicht ihrer Körper auf seine Beine drücken, als sie Geschwindigkeit aufnahmen. Erneut musste er gegen einen Schwindel ankämpfen. Hatten ihm die Männer seinen dramatischen Auftritt abgekauft? War das seine Rettung, konnte er dem Schicksal so ein Schnippchen schlagen? Dann musste er das Theater jetzt nur noch durchziehen. Als er bemerkte, dass einer der Männer zu ihm herüberschielte, verdrehte er die Augen, bis nur noch das Weiße zu sehen war. Er brabbelte auf Deutsch irgendeinen Unsinn und hörte zufrieden, dass die Gebete der verängstigten Männer lauter wurden. Die Peitschenhiebe folgten jetzt schnell aufeinander. Das Pferd wieherte, legte sich mit aller Kraft ins Zeug. Alexander tat das arme Tier irgendwie leid, aber sein Leben war ihm um ein Vielfaches wichtiger.

„Wir sollten ihn hierlassen", schimpfte einer der beiden mit einem misstrauischen Seitenblick auf Alexander, der immer noch nicht ansprechbar zu sein schien.

„Nein! Der Teufel muss aus ihm heraus, sonst kommt er uns holen", entgegnete der andere. „Wir dürfen ihn nicht erzürnen. Bitte sprich mit ihm, Keirat, versuch ihn zu besänftigen. Der Dämon muss noch in ihm bleiben, bis wir beim Schamanen angekommen sind. Keirats kratzige Stimme brach, er schien nicht zu wissen, was er sagen sollte. Alexander spürte, wie die beiden Männer zitterten. „Wir wollen dir nichts tun", übernahm Jerbol das Reden, als sein Bruder kein Wort herausbrachte. Auch seine Stimme bebte vor Angst.

Der Schnee wurde von den schweren Hufen aufgewirbelt, stob durch die Luft und legte sich auf Alexanders Gesicht. Das eisige Prickeln kühlte seine Haut, die vor Aufregung zu glühen schien. Er spielte sein Spiel weiter und begann stockend, die ihm seit seiner Kindheit wohlbekannten Worte aufzusagen: „Vater unser im Himmel ..." Die vertrauten Zeilen stimmten ihn ruhig und besänftigten seinen Gemütszustand.

Die beiden Männer, die ihn im Wald aufgelesen hatten, schlotterten regelrecht vor Kälte und Panik. Das klapprige Pferd bekam aufs Neue die Peitsche zu spüren. Die Hiebe schnalzten in der Luft wie die Schüsse einer Schrotflinte. Mit angehaltenem Atem spürte Alexander den zarten Lufthauch dicht vor seinem Gesicht, wenn Jerbol zu einem Schlag ausholte und der Lederriemen knapp an ihm vorbeisauste. Sein Mund war staubtrocken, jedes Wort wurde zur Qual, trotzdem wiederholte er das Vaterunser immer und immer wieder. Er fiel in einen tranceartigen Zustand. Hexen und Männer mit Totenschädeln statt Gesichtern tanzten vor seinen Augen. Er hörte Stimmen, Schreie, auch die lauten Hiebe einer Peitsche, die sein Fleisch in Stücke rissen. Die Halluzination raubte ihm den Verstand, trug seinen Geist in eine andere Welt, wo es keine Zeit gab, wo nichts mehr wichtig zu sein schien. Wo sich die Seele von der fleischlichen Hülle trennte. Seine Augenlider zuckten fiebrig, seine Worte verklangen zu einem Wispern. Als Jerbol zu einem weiteren Schlag ausholte und der dünne Lederriemen seine linke Wange streifte, nahm Alexander es nicht mehr wahr. Er spürte keinen Schmerz wahr, als die Peitsche einen tiefen, blutigen Kratzer auf seinem Gesicht hinterließ.

*****

Russland

„Schrubbt euch bitte gut ab", wies Johanna ihre Kinder an. Ihr Kopf schien zu explodieren. Die Hitze tat ihr gar nicht gut, aber sie wollte Igor auf keinen Fall verärgern. Er war momentan ihre einzige Hoffnung, und sie hätte auch gar nicht die Kraft gehabt, ihm zu widersprechen oder auf andere Art Widerstand zu leisten.

Ihre Söhne rieben sich Rücken und Beine ab, bis ihre Haut rot schimmerte. Im zarten Schein der Lampe schienen ihre nackten Körper zu glänzen. Für einen Moment vergaß sie ihre Sorgen und schaute sie einfach nur an. Ihre Lippen verzogen sich zu einem wehmütigen Lächeln. *Wie groß sie doch geworden sind,* dachte sie nicht ohne Stolz. Dann fing Gregor an zu schreien, so plötzlich, dass Johanna entgeistert zusammenfuhr, und schlug seinen Bruder mit dem schäumenden Waschlappen ins Gesicht.

Michael schlug zurück, schnell und hart. Blut schoss aus Gregors Nase. Der Frieden war restlos verflogen.

„Hört sofort auf, Jungs", keuchte Johanna. Grob wollte sie die Kampfhähne an ihren dünnen Armen voneinander trennen, doch die eingeseiften Körper entglitten ihrem Griff. Johanna bekam ihre Söhne nicht richtig zu fassen und musste schmunzeln. Gregor bemerkte den Stimmungsumschwung als Erster, wischte mit dem eingeschäumten Lappen über seine blutige Nase und lachte mit. Michael grinste breit. Die Auseinandersetzung war vergessen. Auch Anita quiekte vergnügt, sie blies die Schaumflocken von ihren Armen, um mit ihrem Lappen gleich wieder neue zu produzieren.

Johanna lachte Tränen. Als sie nach einer guten halben Stunde mit dem Waschen fertig waren, rieb sie ihre Kinder trocken und kitzelte dabei ihre abgemagerten Leiber. Sie genoss die lang vermisste Lebensfreude so sehr, dass sie gar nicht merkte, wie sehr sie sich verausgabte. Ihr Kopf brummte, ein flaues Gefühl ließ ihre Sicht verschwimmen. Sie kämpfte gegen das Schwindelgefühl an, indem sie sich auf die kleine Bank setzte und sich auf das Abreiben konzentrierte. Michael protestierte lautstark. „Du reibst mir noch Löcher in die Haut", schimpfte er. Energisch nahm er ihr das klamm gewordene Tuch aus den entkräfteten Händen. „Du musst dich wieder hinlegen, Mama. Du siehst krank aus", fügte er etwas leiser hinzu.

Johanna nickte stumm. Ihre Kinder wühlten in dem Kleiderbündel, zogen Sachen heraus, die allesamt viel zu groß für sie waren. Keiner beschwerte sich, sie erfreuten sich an dem Gefühl der trockenen, sauberen Kleidung auf ihrer Haut. Nur Anita saß stumm da. Sie hatte sich ein Unterhemd übergestreift und starrte mit glasigen Augen apathisch an die Decke.

„Was ist denn los, mein Kind?", fragte Johanna erschrocken. Zwei Tränen kullerten über das makellose junge Gesicht.

„Die Sachen sind schrecklich", stammelte Anita weinerlich. Johanna war sofort klar, dass nicht die Kleider der Grund für ihre Traurigkeit waren. „Ich weiß, mein Schatz, bald ist alles vorbei, bald fahren wir wieder nach Hau..."

150

Schüsse und lautes Poltern unterbrachen sie. Dumpfe Schreie drangen zu ihnen herein. Das heimelige Knistern des Holzes wirkte in dieser Situation unwirklich und völlig fehl am Platz.

Johannas Finger zuckten. Sie nahm ein weiteres Kleid, streifte es ihrer Tochter hastig über. Anita sträubte sich nicht mehr. Auch die beiden Jungs krochen in die erstbesten Hemden und Hosen, die sie zu fassen bekamen. Als alle halbwegs angezogen waren, drückte Johanna vorsichtig die Tür auf, nur einen Spaltbreit – und stieß einen erschrockenen Schrei aus, als ihr die Tür aus der Hand gerissen wurde und ganz aufflog. Igor stand davor, nur in Hemd und Hose, barfuß. Mit weit aufgerissenen Augen flüsterte er keuchend: „Seid ihr alle noch ganz?"

Sie nickten. Igor hob den Windschutz der Lampe und blies das schwache Licht aus. „Folgt mir, aber seid leise."

Johanna beobachtete, wie er mit seinen nackten Füßen vorauslief. Sie folgten ihm leise, nur das Knirschen des Schnees unter ihren Füßen war zu hören. Die kleine Gruppe schlich sich davon, während in der Ferne dunkle Gestalten herumhuschten. Im Schein der Fackeln warfen sie lange Schatten auf den zerstampften Boden. Hier und da sah Johanna das grelle Aufblitzen von Flammen, die gleich wieder verloschen. Schüsse fielen, Stimmen erhoben sich zu einem Durcheinander von Schreien, Flüchen, Verwünschungen und den letzten Worten der Sterbenden.

Die Eiseskälte kroch den Flüchtenden durch die Kleidung bis unter die Haut. Johanna schaute sich ständig um, um sich zu vergewissern, dass alle ihre Kinder zusammenblieben. Nach wenigen Augenblicken erreichten sie ihr Ziel. Das leise Muhen und Grunzen von Tieren drang deutlich aus dem Schuppen, zu dem Igor seine ungebetenen Gäste geführt hatte.

„Los, kriecht in das Heu und bleibt bloß ruhig. Wenn die Partisanen euch finden, sind wir geliefert. Sie müssen irgendwie erfahren haben, dass unser Dorf gezwungen wurde, Deutsche aufzunehmen. Dir muss ich nicht erklären, was es für Frauen bedeuten kann, wenn Männer … du weißt schon … Sie wissen, dass es hier was zu holen gibt und später können sie euch alles in die Schuhe schieben. Deswegen müsst ihr ganz leise sein.

Michael, du und Gregor passt auf die Frauen auf. Wir Männer müssen sie jetzt beschützen, eure Mama und eure Schwester haben ja nur uns. Die Soldaten werden mir nichts tun, aber euch ... Darum schaut zu, dass ihr euch gut versteckt." Ohne ein weiteres Wort verschwand er in der Dunkelheit.

Johannas Atem ging in kurzen, abgehackten Stößen, bei jedem Atemzug gluckerte es in ihrer Lunge. An ihren nassen Haaren hingen Eiszapfen. „Los, Kinder, versteckt euch", hustete sie. Mit letzter Kraft hielt sie sich schwankend am Türrahmen fest.

„Verflucht sollt ihr sein ...", hörte sie Igor schimpfen, als sie die Tür hinter sich schloss, die beinahe gleichzeitig von außen wieder aufgerissen wurde. Das laute Poltern ließ sie zusammenzucken. Als Igor breitbeinig vor ihr auftauchte, starrte sie ihn mit erhobenen Händen an. Wie paralysiert stand sie da, außerstande, sich zu bewegen. Igor grunzte unwirsch. Seine riesenhafte Gestalt füllte Türrahmen vollständig aus. Mit einer Hand packte er Gregor am Hosenbund, mit der anderen griff er nach Anita. Die japste erschrocken, blieb jedoch stumm. Als sie begriff, dass der große Mann ihnen nur helfen wollte, hörte sie auf, sich zu wehren. Ihre Arme und Beine baumelten herab.

„Ihr bringt mich noch an den Galgen", brummte er. Ohne jegliche Anstrengung warf er Anita auf den Heuhaufen. Gregor stellte er auf die Füße, packte Johanna um die Hüfte und schwang auch sie auf das weiche, nach Kräutern duftende Heu. Staub wirbelte durch die Luft und kratzte in den Atemwegen. Mit den Jungs ging er nicht sonderlich zimperlich um. Einer nach dem anderen flogen die beiden in hohem Bogen auf den Berg aus getrocknetem Gras.

Als alle sicher versteckt waren, klopfte Igor den Staub und ein paar verirrte Halme von seinen Sachen, murmelte etwas Unverständliches und stapfte wieder nach draußen. Das leise Quieken und Schnaufen der Tiere stimmte Johanna melancholisch. Sie versank in der weichen Umarmung, spürte ihre Kinder, die sich verängstigt an sie schmiegten. Langsam schloss sie ihre schweren Lider. Der schwere Riegel rastete dumpf ein. „Verschwindet von meinem Grundstück!", brüllte Igor draußen in die Nacht. Danach kehrte Stille ein.

Michael hörte das leise Pochen von Johannas Herz. Seine Mutter war sehr krank. Ihre Stirn glühte. Auch seine Schwester keuchte und rang nach Atem. Er rückte sie nahe an seine Mutter und fing an, die beiden mit den Halmen zuzudecken.

„Gregor, hilf mir", wandte er sich an seinen Bruder. Er sprach so leise, dass seine Worte kaum wahrzunehmen waren, trotzdem begriff Gregor sofort, was Michael von ihm erwartete. Gemeinsam häuften sie eine dicke Schicht Heu auf ihre Mutter und ihre Schwester. Erst als nur noch ihre Köpfe aus dem trockenen Gras hervorschauten, igelten auch sie sich ein und versuchten ein wenig zu schlafen.

Keiner der Schlafenden hörte, wie Igor ins Haus zurückging, seine Filzstiefel anzog und sein Jagdgewehr nahm, um unter unzähligen Flüchen die Eindringlinge von seinem Hof zu vertreiben.

16

Kasachstan

Alexander spürte, wie sich etwas über seinen Körper bewegte. Warm und weich waren die Berührungen, die er nicht richtig einordnen konnte. Wie die sanften Finger einer Frau ... Er hob die bleischweren Lider. Federn? Tatsächlich. Er öffnete die Augen noch ein wenig weiter, konnte aber nicht viel mehr erkennen als zuvor. Nur Silhouetten und das tanzende Feuer. Und Federn. Dann begannen die Augenlider vor Übermüdung zu flattern und senkten sich ohne sein Zutun.

Dicht neben seinem Ohr vernahm er eine Art Sprechgesang. Ein unangenehmer Geruch strömte in seine Nasenlöcher und nistete sich tief in seinem Kopf ein. Der intensive, fast schon zähflüssige Gestank von Kuhdung bemächtigte sich seiner Sinne und zehrte an seinen letzten Kraftreserven. Alexander zwang sich, die Augen wieder zu öffnen.

Um ihn herum wirkte alles verschwommen, wie ein Aquarell. Die Welt schien zu schwanken. Sein Kopf war bleischwer, ebenso Arme und Beine – und sein Herz, das dumpf gegen die Rippen pochte. Ein unangenehmes Kribbeln, das zuerst die Fingerspitzen erfasste, schlängelte sich wie Spinnweben über seine Unterarme, dann ergriffen die dünnen Fäden auch den Rest seines Körpers und umschlangen sein Herz mit zunehmendem Druck. Seine Haut prickelte, als stecke er in einem Ameisenhaufen. Die zaghafte Berührung der zarten Federn verschaffte ihm kurzzeitig Linderung und vertrieb die lästigen Insekten, leider war der Effekt nur von kurzer Dauer. Das Kribbeln kam mit unerträglicher Heftigkeit zurück, sein ganzer Körper brannte und juckte. Alexander stöhnte. Schließlich stieß er in seiner Verzweiflung einen entsetzlichen Schrei aus. Das Geräusch hallte durch die Luft, wurde jedoch von den Tierhäuten an den Wänden absorbiert. Alexanders Augen waren weit aufgerissen. Er schrie, bis seine Stimme brach und in einer Hustenattacke erstickte.

Wo war er überhaupt? Die ungeheuerliche Vorstellung, von diesen Männern bei einem finsteren Ritual geopfert zu werden, raubte ihm beinahe den Verstand. Er spürte nichts. Die aufsteigende Panik machte jedes rationale Denken unmöglich. Das laute Rauschen seines Blutes in den Ohren war alles, was er wahrnehmen konnte. Die Männer bewegten scheinbar stumm ihre Lippen. Alexander versuchte krampfhaft, sich umzuschauen. Einer der Männer tanzte im Kreis. In der linken Hand hielt er eine Trommel, in der anderen einen Knochen, mit dem er auf das gegerbte Leder einschlug, das über das primitive Instrument gespannt war. Der monotone Rhythmus erschien Alexander kaum hörbar. Das Pochen in seinem Kopf war viel lauter und durchdringender.

Alexander konzentrierte sich stärker, um seine Sinne zu veranlassen, ihren Dienst wieder aufzunehmen. Saß er in einem Gefäß aus Lehm? *Oh Gott, wollen mich diese Verrückten verbrennen?* Solche Gefäße wurden zum Backen von Fladenbrot verwendet, das wusste er. Sein Vater hatte ein Buch besessen, „Die Völker und ihre Bräuche, wir sind alle eine Welt", so oder so ähnlich lautete der Titel. Die Sowjetunion war riesig und vielfältig, doch dass Menschen geopfert wurden, hatte Alexander noch nie gehört. Nur sein Kopf ragte aus der verrußten Öffnung, der Rest seines Körpers steckte in diesem … *Ofen?* Zwischen seinen Füßen glomm etwas. Seine Hände lagen gekreuzt auf der Brust, ein dünner Lederriemen hielt sie dort. Bei jedem Atemzug spürte er die Spannung. Das Leder drückte gegen seine Haut, ohne sie zu verletzen. Alexanders Hinterkopf lag auf etwas Weichem, das nach Tierfell roch. Als er seinen Kopf zur Seite bewegen wollte, hielt eine kleine Hand seine Stirn fest. Der Lehmofen reichte ihm bis über die Schultern und die Hitze wurde zunehmend unerträglich.

Er zwang sich, gleichmäßig zu atmen, und sein Blick klärte sich. Die Männer wollten ihm nichts Böses, versuchte er sich zu beruhigen. Er konnte den Sinn dieser Zeremonie nicht erfassen, doch eins war ihm klar: Hätten sie ihn töten wollen, wäre es schon längst geschehen.

155

„Er ist wach", ertönte eine melodische Stimme außerhalb Alexanders Sichtfeld. Sie klang, als gehöre sie einem jungen Mädchen. Alexander konnte es jedoch nicht mit Sicherheit sagen, denn sehen konnte er nur die drei Männer und eine zarte Hand, die mit einer grauen Feder über seine Brust strich. Das Mädchen musste dicht hinter ihm stehen.

Der in Tierhäute gehüllte Mann beendete seinen Tanz. Langsam drehte er sich zu seinem Gast um. Erst jetzt bemerkte Alexander, dass er splitterfasernackt war. An Rücken und Pobacken spürte er die raue Oberfläche der Ofenwand und die wohltuende Wärme, die davon ausging. Trotzdem fühlte er sich sehr unbehaglich. Er befand sich *nackt* in Gesellschaft mindestens einer Frau. Die Schamesröte schoss ihm in Gesicht und ließ ihn erschaudern. Ein irrationaler Jähzorn über seine Machtlosigkeit trieb ihm die Tränen in die Augen. Oder war es nur der beißende Rauch? Alexander hustete, seine Lunge brannte. Der Rauch wurde dichter, undurchdringlicher.

„Holt ihn heraus, sein Geist ist zurückgekehrt", sprach der Schamane kaum verständlich. Schwielige Hände ergriffen Alexander an den Schultern, vorsichtig zogen sie ihn aus dem Ofen. Die Spannung um seine Brust löste sich abrupt, als die zierliche Hand mit einem scharfen Messer den Lederriemen durchtrennte. Alexander tat einen tiefen, von einem pfeifenden Geräusch begleiteten Atemzug und entspannte sich, um im nächsten Augenblick erneut zusammenzuzucken. Mit beiden Händen bedeckte er seine Scham und wandte betreten den Blick von dem runden Gesicht eines Mädchens ab. Die zierliche junge Frau fing leise an zu kichern, als sie seine Verlegenheit bemerkte. Der Schamane blaffte sie ärgerlich an, woraufhin sie sich mit gesenktem Kopf zum Ausgang begab. Kurz bevor sie nach draußen trat, warf sie Alexander noch einen verstohlenen Blick zu und verschwand dann aus dem großen, rauchvernebelten Zelt. Alexander hustete, seine Lunge brannte. Die Wunde an seinem Bein pochte, als stecke ein bis zur Weißglut erhitztes Stück Metall darin. Seine Zähne knirschten, als er sich einen Schrei verbiss, um sich keine Blöße zu geben. Vielleicht stand das Mädchen ja noch draußen und lauschte? Zusammengerollt lag er auf den Tierhäuten und weinte stumm.

Der Schmerz trieb ihm den Schweiß auf die Stirn und schließlich aus sämtlichen Poren seiner Haut. Die angenehme Kühle ließ ihn frösteln.

„Du wirst leben, Soldat. Die bösen Geister sind weg, nur der Rote Wurm ist noch in dir."

Alexander verschluckte sich vor Schreck. *Was für ein Wurm?,* fragte er sich im Stillen. *Wo bin ich und wer seid ihr?* Die Worte surrten in seinem Kopf wie ein Bienenschwarm, wollten aber nicht aus seinem Mund kommen.

„Bei uns bist du sicher. Wir werden dich nicht verraten. Wir mögen die Russen auch nicht", sagte Jerbol. Seine Stirn war von feinen Schweißperlen bedeckt, als er sich von dem Schamanen abwandte, um dessen Worte für Alexander zu übersetzen. „Der Schamane sagt, du hast ein reines Herz. Darum darfst du hier leben." Er breitete kurz die Arme aus, als wolle er Alexander umarmen. Sein Kopf war so rund und glatt wie eine Stahlkugel. Seine schwieligen Hände sanken abrupt wieder herab und kneteten die Pelzmütze, als fühle er sich unwohl oder wäre sehr aufgeregt. Genauso fühlte sich auch Alexander.

Die Schaffelle und anderen Tierhäute verliehen seinem nackten Körper eine wohlige Wärme und spendeten auf eine unbeschreibliche Weise Trost und Geborgenheit. Er begann flach zu atmen, als versinke er in einem Bad aus Federn und Luft. Seine Finger gruben sich tief in die warme Wolle. Als eine schwere Decke über seinen Körper gebreitet wurde, war er schon weit, weit weg.

17

RUSSLAND, MÄRZ 1942

Der Winter war endlich vorbei. Der Frühling entfaltete seine grünen Flügel und spendete der tristen Gegend Wärme und Farbe. Das von Bäumen umgebene Dorf samt seiner Bewohner und Tiere erwachte langsam aus dem Winterschlaf. Hühner scharrten in der Erde, hier und da lief ein Schwein herum, die Kühe schrien lautstark nach Futter. Die Menschen bevölkerten wieder die Wege, das Leben fand wieder mehr draußen statt.

Johanna erholte sich nur langsam von ihrer Erkrankung, ihre Tochter hingegen hüpfte schon wieder fröhlich durch die Gegend. Gregor und Michael hatten an dem Riesen Igor einen Narren gefressen – die drei waren seit Wochen unzertrennlich. Die Jungen wichen nicht von seiner Seite, halfen ihm im Stall, sorgten für frisches Stroh und hackten jeden Tag Holz. Johanna half Igor im Haushalt und versorgte alle Bewohner des Hauses zumindest mit dem Nötigsten. Die Sachen wurden geflickt, in der Stube war alles sauber und ordentlich, und auch sonst fehlte es den Bewohnern an nichts außer Freiheit und Essen. „Der Deutsche wird uns angreifen", murmelten die Dorfbewohner und waren dementsprechend nicht sonderlich gut auf die Fremden zu sprechen. Aus diesem Grund blieb Johanna im Haus. Sie hatte den Spott und die Beleidigungen nie richtig verarbeiten können, besonders, weil sie und ihre Kinder an dem ganzen Dilemma keine Schuld trugen. Aber es gab noch einen anderen Grund, warum sie das Haus nicht mehr verließ. Sie war schwanger.

Jedes Mal, wenn sie die Wölbung berührte, lief ihr eine Gänsehaut über den Körper. Sie wollte lieber sterben, als diese Schmach ertragen zu müssen; oft dachte sie an Selbstmord. Einzig ihre Kinder hielten sie von diesem Schritt ab. Sie ging zum Fenster, schob den verwaschenen, groben Vorhang aus blauer Baumwolle zur Seite und spähte hinaus. Ihr Mund verzog sich zu einem Lächeln, als sie die lauten, fröhlichen Stimmen ihrer Kinder hörte. Ihre Augen wurden feucht.

Um den bedrückenden Gedanken zu verjagen, dass sie den Bastard ihres Vergewaltigers austragen musste, tat sie einen tiefen Atemzug und begann zu kochen. Meist gab es Eintopf oder eine dünne Suppe, die sie aus den Resten des Eintopfs zubereitete. Heute würde sie etwas anderes kochen. Eiersuppe. Die Hühner legten wieder Eier, auch die Tiere freuten sich über das warme Wetter, dachte sie und machte sich daran, alles Nötige für das Festmahl vorzubereiten. Als sie eines der Eier am Rand der Schüssel aufschlug, verkrampfte sich auf einmal ihr Unterleib und sie musste sich mit den Händen an der Tischkante abstützen. Ein siedend heißer Stich durchfuhr ihren Körper. Ihr Bauch wurde steinhart. Johanna keuchte und rang nach Atem. Sie fühlte etwas Warmes, Flüssiges an ihren Schenkeln hinunterlaufen, ihr Rock färbte sich rot. Dann wurde ihr schwarz vor Augen. Als sie in Ohnmacht fiel, krallten sich ihre Finger an der Tischdecke fest und zogen sie mit sich zu Boden. Teller schepperten, Töpfe polterten, und die Eier zerschellten schmatzend auf den groben Fußbodendielen. Die dumpfen Schritte von Igors schweren Stiefeln nahm sie nicht mehr wahr.

„Oh Gott, Johanna", raunte der große Mann fassungslos. Eine Sekunde lang stand er unentschlossen da und starrte auf den schlaffen Körper, der halb von der Tischdecke verdeckt auf dem Boden lag. Er hatte nur nachschauen wollen, wie weit Johanna mit dem Kochen war, und nun lag die hübsche Frau blutbesudelt auf der Erde. Ihm war, als hätte jemand an der Zeit gedreht und ihn in die Vergangenheit zurückversetzt. Die alten Wunden wurden erneut aufgerissen. Schon einmal hatte er hier gestanden und auf ein blutiges Häufchen hinuntergeschaut. Wenige Tage später war seine Anastasia gestorben. Die Erinnerung verschwamm mit der Realität und er durchlebte den verdrängten, vergessen geglaubten Schicksalsschlag aufs Neue. Er roch den Duft der Kräuter, die er für seine Frau zubereitet hatte, damit sie wieder zu Kräften käme, aber die Blutung wollte nicht aufhören.

„Bitte nicht", flüsterte er kaum hörbar. „Nicht schon wieder." Er wollte Johanna nicht verlieren, sie war ihm ans Herz gewachsen. Nicht dass er sich in sie verliebt hätte oder sie gar zur Frau nehmen wollte, das nicht, trotzdem wollte er, dass sie am Leben blieb. Sie war ein guter Mensch – mehr noch, sie war Mutter von drei Kindern, die ohne sie verloren wären.

Mit zitternden Fingern tastete er nach ihrem Puls. Ihr dünner Hals fühlte sich weich und zerbrechlich an. Der kaum spürbare Puls gab ihm Hoffnung, dass alles wieder gut werden würde. Ein wenig peinlich berührt legte er seine Hand dicht unter ihre linke Brust, auch hier konnte er das leise Pochen wahrnehmen. Ihr Brustkorb hob und senkte sich regelmäßig. Der sich stetig ausbreitende rote Fleck auf ihrem Rock bereitete ihm größere Sorgen.

Als er den schlaffen Körper aufhob, flatterten ihre Lider. Sie öffnete die Augen, aber sie schienen ins Leere zu starren. Igor war trotzdem erleichtert, es erschien ihm als Hoffnungsschimmer am Horizont und gab ihm einen Grund mehr, nicht zu verzweifeln.

„Igor? Was ist passiert?", flüsterte sie kehlig.

„Nichts, worüber du dir jetzt den Kopf zerbrechen musst", gab er zurück. Seine Zunge klebte am Gaumen, der Mund war staubtrocken und das Herz hämmerte gegen die Rippen wie ein Schmiedehammer.

„Ich blute." Es klang wie eine Entschuldigung. Als schäme sich Johanna.

„Du hast bestimmt nur deine Tage", stammelte er und zog die Tischdecke über den roten Fleck, als könne er ihn so aus der Welt schaffen.

„Nein, Igor. Ich bin schwanger – ich *war* schwanger", korrigierte sie sich und wandte ihren Blick von ihm ab.

„Es tut mir leid ..."

„Nein, Igor, nein", krächzte sie kaum hörbar. „Ich habe dieses Kind nie gewollt. Es war die Brut eines schändlichen ..." Ihre Stimme brach.

„Du musst nicht darüber sprechen, und überhaupt musst du dich jetzt ausruhen ..."

Das Geräusch von Schritten drang gedämpft aus dem Flur herein. Jemand war im Haus. *Bitte nicht die Kinder, nur nicht meine Kinder, nicht sie,* betete Johanna im Stillen. Igor drehte

160

sich um und wollte aufstehen, doch der Störenfried stand schon in der Tür.

Fritz Müller hatte sich breitbeinig auf der Schwelle aufgebaut und starrte entgeistert auf das Bild, das sich ihm bot. Die Narben schimmerten rötlich. Seine Augen weiteten sich ungläubig. „Was machst du da, Igor? Hast du sie angegriffen? Wolltest du sie etwa ..."

Weiter kam er nicht. Igor mochte zwar massig und schwerfällig wirken, doch seine körperliche Verfassung war die eines Kämpfers. Wie ein Blitz sprang er auf und packte den gebrechlichen Fritz an dessen dünnem Hals. „Du bist hier nicht willkommen", fauchte er den zu Tode erschrockenen Mann an.

„Ich bitte Sie, meine Herren. Sie, Genosse ...?" Ein uniformierter Mann, der offenbar mit Müller gekommen war, trat aus dem düsteren Flur und schaute Igor fragend an.

„Titov", antwortete Igor und lockerte seinen Griff ein wenig, ließ seinen Kontrahenten jedoch nicht los. Fritz keuchte, sein Gesicht lief puterrot an. Pfeifend rang er nach Luft.

„Lassen Sie den Mann sofort los, sonst lasse ich Sie verhaften", kommandierte der Fremde mit der ruhigen Stimme eines Befehlshabers. Johanna hob den Blick und sah sich den Mann genauer an. Es war Semjon Pulski. Der Mann, der zugelassen hatte, dass Petrow sich an ihr verging.

Igor versetzte dem klapperdürren Fritz einen verächtlichen Schubs. Wie eine Strohpuppe flog der schmächtige Körper gegen die Wand.

„Sie haben sich jetzt zu benehmen, Genosse Titov, sonst ..."

„*Sonst was!?*" Igor trat zwei Schritte auf den groß gewachsenen Mann zu und wartete auf seine Reaktion. Pulski wich seinerseits zwei Schritte zurück und nestelte an seiner Pistole, die im Holster stecken geblieben schien.

„Der tambowsche Wolf ist mein Genosse!" Igor spie dem jungen Mann die Worte voller Verachtung entgegen und trat noch näher an ihn heran. „Wer bist du?", sprach er mit leiser Stimme, die dadurch noch bedrohlicher klang.

161

„Kommandant Pulski, ich werde die Deutschen nach Sibirien begleiten. Die Deutschen wollen ...“

„*Die Deutschen* hier, *die Deutschen* da“, unterbrach ihn Igor ärgerlich. „Meinst du jetzt die Deutsch sprechenden Menschen hier oder die faschistischen Terroristen dort in Europa?“

„Die Flüchtlinge ...“

„Sie wurden verschleppt und enteignet, verdammt! Wie damals schon meine Eltern ...“

„Daher weht also der Wind, ja? Waren Ihre Eltern Kulaken?“ Semjons Lippen bebten mehr aus Furcht als vor Zorn.

„Nein, sie waren Bauern, die für ihr Brot aufs Feld gingen, ihre Rücken krumm machten, für sich und die anderen. Sogar für solche wie dich!“ Das Knurren ließ den Soldaten zusammenzucken.

„So, so, aus Ihnen spricht der Groll eines verletzten Kindes, Genosse. Halten Sie sich mit solchen Parolen besser zurück, sonst können Sie diese Familie gerne begleiten – wer weiß, wo ihre Reise hinführen wird? Vielleicht bis in den Gulag.“ Ein selbstzufriedenes Grinsen huschte über Pulskis Gesicht.

Die geballten körperlichen und seelischen Schmerzen wurden zu viel für Johanna. In ihrer Brust explodierte ein Feuer, das sie von innen heraus zu versengen drohte. Die Hitze in ihrem Bauch wurde unerträglich. Der Anblick des jungen Pulski brachte die Erinnerung an die Vergewaltigung zurück. Ihre Finger gruben sich tief in das blutverschmierte Kleid. Sie stöhnte, biss die Zähne zusammen und kämpfte um ihren Verstand. Die Erde unter ihr begann zu schwanken. Ihre Hände waren nass und klebrig, sie spürte warme Feuchtigkeit zwischen den Fingern. Inzwischen war auch die Tischdecke von dem dunklen Rot getränkt.

„Was machen wir nun, Igor Titov? Ich bin zum Kommandanten ernannt worden. Der Ortsvorsitzende hat meine Position bestätigt und beglaubigt. Dieser Anblick lässt keine anderen Schlüsse zu, als ...“

„Sie braucht einen Arzt, sonst stirbt sie“, fauchte Igor und trat einen weiteren Schritt auf den dreisten Pulski zu. Ein leises

Klicken ertönte. Semjon Pulski hatte endlich seine Waffe befreit und den Hahn gespannt. Lässig hielt er den Revolver in Hüfthöhe, sein maliziöses Grinsen wurde noch breiter. Er genoss seine Machtposition. Er war Gott – er entschied über Leben und Tod.

Blitzschnell riss ihm Igor mit einem heftigen Ruck die Pistole aus der Hand und drückte den Lauf an die Stirn des frischgebackenen Kommandanten. Igor war ein guter Jäger und wusste mit einer Waffe umzugehen, auch mit der von Pulski.

„Das darfst du nicht!" Semjon kreischte wie ein Mädchen. „Ich bin Soldat der Roten Armee, ich ..." Der Lauf der Waffe in seinem Mund sorgte abrupt dafür, dass der Satz unvollendet blieb. Seine Zähne klapperten auf dem kalten Metall. Der eben noch so überhebliche Pulski winselte nur noch.

Johanna lag immer noch auf den kalten Dielen. Alles um sie herum verschwamm und drehte sich, sie verfolgte das Geschehen wie durch einen Schleier. Für sie wirkte das alles wie ein schlechter Traum. Es spielte keine Rolle, das einzig Wichtige waren ihre Kinder.

Fritz hatte sich von seinem Sturz erholt und schlich sich mit einem Holzscheit in der Hand von hinten an Igor heran. Johanna wollte ihn warnen, aber alles, was sie zustande brachte, war ein lautloses Wispern. Aus dem Augenwinkel nahm sie einen vorbeihuschenden Schatten wahr. Der Schatten trat ins Licht und gewann an Gestalt, die schemenhaften Konturen nahmen die klaren Züge eines Kindes an. *Michael!*, jagte der Name ihres Sohnes wie ein Blitz durch ihren Verstand. *Bitte geh, verlass das Haus!*, schrie sie ihn in Gedanken an. Er schien sie nicht einmal zu bemerken. Seine Aufmerksamkeit galt nur Igor und Semjon.

*****

Eigentlich hatte Michael nur kurz nach dem Rechten sehen wollen. Igor hatte versprochen, gleich wiederzukommen, er wollte nur schauen, wie weit ihre Mutter mit dem Mittagessen war. Nun war er schon viel länger im Haus, als es seine Absicht

163

gewesen war. Und dann der Besuch des hässlichen Fritz und des Fremden. Michael wollte wissen, was der Grund für die Visite war. Mussten sie jetzt weiterziehen? Als er das Haus betrat, war es zuerst totenstill, dann hörte er Igor mit leiser Stimme sprechen. Während er sich mit dem Rücken an der Wand vorsichtig durch den Flur bewegte, wurde die Stimme lauter.

Auf der anderen Seite des Vorhangs bewegte sich etwas. In dem schummerigen Licht konnte Michael nur die schmale Silhouette eines Mannes ausmachen. Er schlich weiter und erkannte den unsympathischen Fritz, der mit erhobenem Arm dastand. Er schien etwas in der Hand zu halten, dicht über dem Kopf. Warum bewegte der sich so komisch? Erst nach einer Sekunde, die Michael wie eine Ewigkeit vorkam, wurde ihm klar, was dort vorging. Fritz Müller wollte Igor angreifen! Der Gegenstand in seiner Hand war ein Holzscheit, mit dem er eben zum Schlag ausholte.

„Igor, hinter dir!", brüllte Michael aus vollem Hals. Seine Stimme war so laut, so durchdringend, und die Warnung kam so überraschend, dass alle zusammenfuhren. Auch der hinterhältige Fritz schnellte herum.

Dann geschah etwas, womit keiner gerechnet hätte, am allerwenigsten Fritz. Sein siegessicheres Grinsen erstarrte zu einer Maske, als der Lauf der Pistole blitzschnell auf ihn gerichtet wurde. Beinahe gleichzeitig erhellte das Mündungsfeuer blitzartig den Raum, dann krachte es. Das Projektil durchschnitt die Luft und traf sein Ziel mitten in die Stirn, direkt zwischen die tückischen, weit aufgerissenen Augen. Den Mund zu einem stummen Schrei verzerrt, fiel Fritz rücklings zu Boden. Das schwere Holz entglitt seiner schlaffen Hand und polterte dumpf über die Dielen. Aus der Mündung der Pistole stieg ein feiner Rauchfaden auf.

Jetzt erkannte der völlig aufgelöste Michael auch den anderen Mann wieder. Das war der Typ von der Bahnhofsstation – Pulski hieß er –, Semjon Pulski. Sein angstverzerrtes Gesicht wirkte durch den Schock versteinert. Michael beobachtete verächtlich, wie sich im Schritt von Pulskis Uniformhose ein dunkler Fleck bildete, der sich an seinen Beinen entlang ausbreitete, bis hinunter zu den auf Hochglanz polierten Stiefeln. Der Anblick rief eine weitere Erinnerung in dem Jungen wach.

„Warum hast du ihn erschossen?", erkundigte sich Igor mit ruhiger Stimme bei Semjon. Gelassen streckte er den Arm aus und schob den Revolver in den Hosenbund des verdutzten Soldaten.

„Ich war das nicht! Du ... *du* hast ihn erschossen!", stotterte der entgeistert. Er schien gefährlich nahe daran, den Verstand zu verlieren.

„Nein, das warst du. Ich habe noch nicht einmal eine Waffe, der Revolver gehört dir. Oder willst du deinem Befehlshaber etwa weismachen, dass dir ein dämlicher Bauer wie ich deine Dienstwaffe entwendet hat? Dir? Einem Kommandanten der Roten Armee und treuen Kommunisten? Du bist doch Kommunist?", wiederholte er mit Nachdruck. Semjon schüttelte langsam den Kopf. Dann nickte er. Igors Stimme klang wie die eines Erwachsenen, der mit einem kleinen Jungen redete: „Du kommst vors Tribunal. Danach fährst du mit mir zusammen in den Gulag. Willst du das? Genosse Kommandant Pulski?"

Erneutes Kopfschütteln, heftiger dieses Mal. Michael konnte seine Halswirbel knacken hören. Semjons Lippen zitterten.

Michael wandte sich angewidert ab und erstarrte mitten in der Bewegung, als sein Blick auf Fritz Müllers Leiche fiel. Noch nie war vor seinen Augen ein Mensch erschossen worden. Ein kleines Loch war alles, was dazu nötig war, jemandem das Leben zu nehmen. Als er sich endlich von dem grausigen Anblick losreißen konnte, nahm er zum ersten Mal, seit er das Haus betreten hatte, seine Mutter wahr. Auch sie blutete. Hatte Pulski etwa auf seine Mama geschossen? Alles Blut wich aus seinem Gesicht. Eisige Kälte durchfuhr seinen Körper. Seine Knie wurden butterweich und drohten unter ihm nachzugeben. Außer sich vor Wut rannte er auf den Uniformierten zu und riss die Pistole an sich. Seine sehnigen Arme zitterten von der Aufregung und dem Gewicht der schweren Waffe. Nichtsdestotrotz richtete er den Lauf direkt auf Pulskis fahles Gesicht.

„*Nein!*", schrie der. Dann fiel er auf die Knie.

165

Tränen schossen in Michaels Augen. Er wusste, dass er den Abzug nicht betätigen würde. Er wollte es tun, doch irgendetwas hielt ihn davon ab. Sein Zeigefinger wurde taub. Die Pistole schien eine Tonne zu wiegen.

„Michael, nicht. Nicht heute. Er hat mir nichts getan. Bitte, gib Igor die Waffe", stöhnte seine Mutter kaum hörbar. Jedes Wort schien ihr Schmerzen zu bereiten.

Langsam ließ der Junge die Arme sinken. Die Pistole rutschte ihm aus der Hand und landete mit einem metallischen Poltern auf dem Boden. Erschrocken kniff er die Augen zu und wartete auf den Schuss. Er kam nicht. Stattdessen spürte Michael, wie sich eine schwere, warme Hand auf seine Schulter legte und sie sanft drückte.

„Geh bitte kurz raus, Mischa." Igors vertraute tiefe Stimme gab ihm Hoffnung. Ihm war siedend heiß und bitterkalt zugleich. Trotzdem nickte er stumm und ging nach draußen. Er war noch nicht weit gekommen, da traf er auf Gregor, der mit weit aufgerissenen Augen auf das Haus zugerannt kam. Michael packte seinen Bruder am Ärmel und fragte: „Wo ist Anita?"

„In der Scheune, bei den Pferden", keuchte Gregor, dessen ängstlicher Blick immer noch auf das Haus gerichtet war. „Wer hat da geschossen?", begehrte er zu wissen und befreite sich mit einem Ruck aus Michaels Griff.

„Niemand. Kümmere dich nicht darum, Gregor, gehen wir lieber zu unserer Schwester."

„Ich will wissen, ob Mama nichts passiert ist. Warst du im Haus?"

„Ihr geht es gut", entgegnete Michael barsch, ignorierte den wütenden Blick, den Gregor ihm zuwarf und lief einfach auf die Scheune zu.

*****

Igor wartete, bis Michael außer Hörweite war, erst dann schnappte er sich den schlaksigen Semjon. Grob stopfte er ihm die Pistole über dem Schritt in den Hosenbund und packte den Soldaten mit seinen riesigen Pranken am Kragen. Mit müheloser Leichtigkeit hob er ihn so weit in die Luft, dass seine Füße den Boden nicht mehr erreichen konnten. „Diese Frau wird höchstwahrscheinlich sterben, und dir fällt nichts Besseres ein, als dir in die Hose zu pissen?" Noch bevor das letzte Wort verklungen war, hatte er ihn schon gegen die Wand geschmettert. „Nimm deinen toten Freund mit und verschwinde aus meinem Haus."

„Ich werde dafür sorgen, dass du vor Gericht kommst, du hast einen unschuldigen Bürger der Sowjetunion umgebracht, einfach so ...", krakeelte Semjon wichtigtuerisch.

„Dieser Mann hat mehr Menschen auf dem Gewissen als der Teufel persönlich."

Semjon rappelte sich hoch. Mit dem Rücken an die Wand gelehnt nestelte er an seinem Revolver herum, der schmerzhaft tief in die Hose gerutscht war. „Er ... war mein Adjutant ... meine deutsche Stimme ...", stammelte er hilflos.

„Er war verlogen und heimtückisch. Er hat dich manipuliert und dann alles so übersetzt, wie es ihm passte."

Semjons Augen weiteten sich, er schien Igor nicht folgen zu können.

„Er hat deine Anweisung absichtlich falsch übersetzt. Ist jetzt auch nicht mehr wichtig. Verschwinde einfach aus meiner Hütte, und nun nimm seine Beine." Igor klang jetzt mehr müde als erzürnt. An Armen und Beinen schleppten sie den Toten nach draußen und warfen ihn auf den Schlitten, der vor der Tür auf Pulski wartete. Das Pferd wieherte unruhig und scharrte mit den Hufen.

„Kannst du das Pferd führen?" Semjon nickte nur kurz. „Sag dem Ortsvorsitzenden, dass dieser Fritz ein Saboteur gewesen ist und du ihn erschossen hast. Aus Notwehr oder aus Liebe zum Vaterland – oder lass dir meinetwegen selbst was einfallen, mir ist es einerlei. Lass dich einfach in Zukunft nicht mehr hier blicken."

Semjon sank bei diesen Worten sichtlich in sich zusammen, so als wäre in seinem Inneren etwas zerbrochen. Die Knute sirrte durch die Luft, das Pferd setzte sich langsam in Bewegung und zog den Schlitten müde hinter sich her.

Igor ging ins Haus zurück. Er vermied es, der immer noch am Boden liegenden Johanna in die Augen zu schauen, als er sich ihr näherte. Sie tat ihm sehr leid, er litt mit ihr. Jedes Mal, wenn sie sich vor Schmerzen krümmte, zuckte auch er zusammen.

*****

Johannas Augen sahen nur Schatten. Mit jedem Atemzug hauchte sie einen Teil ihres Lebens aus. Bilder aus der Vergangenheit tauchten vor ihrem inneren Auge auf. Sie roch das Heu und hörte den Atem ihrer Kinder, die entfernten Stimmen und die Schüsse. Igor hatte sie beschützt wie seine eigene Familie. Die ganze Nacht hatte er über sie gewacht. Auch später hatte er alles für sie getan, mehr als jeder andere in diesem Dorf. Selbst nachdem eigens für die Deportierten eine große Baracke als Gemeinschaftshaus eingerichtet worden war, weigerte sich Igor, sie gehen zu lassen. Er hatte sich bereit erklärt, sie in seiner Hütte wohnen zu lassen, und übernahm die ganze Versorgung und die Verpflegung. Auch jetzt spürte Johanna seine Nähe, seinen warmen Atem, der nach Kräutern duftete – und seine Angst. Seine großen Hände hoben sie auf, als wöge sie nichts. In seinen Armen schien sie zu schweben. Die Welt rückte in unerreichbare Ferne. Das Letzte, was sie sah, waren Igors dunklen Augen, die im Sonnenschein zu leuchten schienen. Dann sank sie in einen tiefen Schlaf.

KASACHSTAN, MÄRZ 1942

Alexander lag auf der Erde und schaute in den blauen Himmel. Das frische Gras roch nach Leben. Das leise Summen der Bienen und das kaum wahrnehmbare Blöken der Schafe wiegten ihn in einen Tagtraum. Seine Augen fielen zu, der Atem wurde flacher und gleichmäßiger.

Seit mehreren Tagen durfte er sich in der Siedlung frei bewegen und sie sogar verlassen. Viele Kasachen waren immer noch Nomaden. Trotz der Eingliederung in die Kolchosen und der Verstaatlichung aller Güter weigerten sich die Stämme, ihre Freiheit aufzugeben. Alexander konnte immer noch nicht recht fassen, wie knapp er dem Tod entronnen war. Fast ein halbes Jahr lebte er jetzt hier. Er hütete eine große Schafherde, und manchmal war er mehrere Tage mit anderen Männern unterwegs. Die flache, karge Landschaft gefiel ihm und stimmte ihn ruhig. Morgen würde er sich für mehrere Wochen mit den Tieren auf Wanderschaft begeben. Nur er und die Natur. Darauf freute er sich ganz besonders.

Doch immer noch musste er jeden Tag an seine Freunde denken, die er bei der Flucht verloren hatte, und mit der Erinnerung stiegen Bilder in ihm auf, die seine gute Laune trübten.

„Lauf, Alexander! *Lauf!*", hörte er eine Stimme, die aus weiter Ferne zu ihm zu dringen schien. Müde schlug er seine Augen auf. Noch immer sah er das verzerrte Gesicht seines Freundes Andrej vor sich. Als er sich in die Senkrechte hochstemmte, hörte er erneut eine aufgeregte Stimme: „Alexander, lauf! Lauf, die Soldaten sind da!" Es war das Mädchen, das ihn mit den Federn aus der Welt der Toten wach gekitzelt hatte. Obwohl er schon seit Monaten hier lebte und jedem willkommen zu sein schien, kannte er ihren Namen nicht. Sie vermied jeden direkten Kontakt mit ihm, warf ihm nur verstohlene Blicke zu, wenn sie sich begegneten. Jetzt lief sie auf ihn zu und schrie sich die Seele aus dem Leib. Alexander stand da wie paralysiert. Das schwarze

169

Haar des hübschen Mädchens wogte in der sanften Frühlingsbrise.

Ich muss sie auffangen, dachte Alexander und breitete seine Arme aus. Sie warf sich an seine Brust und ließ sich von ihm in die Arme nehmen. Ihr Atem ging stoßweise, sie schluckte und suchte nach Worten. Ihr Herz hämmerte so laut, dass Alexander das rasende Pochen sogar zu spüren glaubte. Ihre Augen trafen sich. Alexander wurde von einem unwiderstehlichen Verlangen übermannt, sie zu küssen, jetzt und hier, aber sie wehrte ihn mit einer beiläufigen Handbewegung ab. Das rotwangige Mädchen legte zwei Finger trockenen Lippen und flüsterte: „Alexander, sie suchen nach Desa- ... *Desa-*", das schwierige Wort wollte ihr nicht über die Lippen, „nach Verrätern", keuchte sie schließlich und zog ihn an der Hand den sanften Hügel hinunter. Hand in Hand liefen sie davon.

Seit einer Woche lag Johanna im Bett. Die Schmerzen in ihrem Unterleib wurden von Tag zu Tag unerträglicher. Das ungewollte Kind in ihr wuchs zu einer Bestie heran, die von innen das Leben aus ihr heraussaugte. Die Blutung ließ sich einfach nicht stillen. Sie würde verbluten. Die Kräuter, die Igor für sie zubereitete, halfen ihr nicht wirklich. Johanna hatte hohes Fieber und bekam nicht viel von dem mit, was um sie herum geschah. Sie sah nicht, wie ihre Kinder vor ihrem Bett knieten und für ihre Heilung beteten. Ebenso wenig bekam sie mit, wie Igor ihre Umschläge wechselte und in Abwesenheit der Kinder ihren Körper mit einem feuchten Lappen wusch, der stark nach Kräutern roch. Auch seine Tränen sah sie nicht, die über das müde Gesicht kullerten, um in seinem Bart zu versickern.

Die Momente, in denen sie bei klarem Verstand war, wurden immer seltener. Sie hörte Stimmen, manchmal die ihrer toten Mutter, aber auch andere, vor denen sie sich fürchtete. Ihre fiebrigen Augen waren von dunklen Rändern umgeben, ihre Lider flatterten. Alles um sie herum schien zu brennen, das Licht verursachte ihr Schmerzen. Erneut hörte sie jemanden sprechen.

„Der Deutsche wird uns angreifen! Wir müssen weiter nach Osten – sie können nicht hierbleiben."

„Aber Johanna liegt im Sterben", antwortete Igor in seinem unverwechselbaren Bariton. Johanna gab sich größte Mühe, sich zu konzentrieren. Igor schien aufgebracht, seine Stimme klang tief besorgt. Wer der andere war, konnte sie nur vermuten: Semjon. Er kam nur selten vorbei und hielt respektvollen Abstand zu Igor und seinen Schützlingen. Bisher jedenfalls.

„Die wir nicht mitnehmen können, müssen logischerweise liquidiert werden", entgegnete die Stimme ohne jegliche Regung, geradeso, als ginge es um das Wetter.

„Und die Kinder?"

„Die sind doch transportfähig, oder etwa nicht?"

171

„Doch", entgegnete Igor schroff, „aber sie sind doch keine Viecher!" Seine Stimme wurde zunehmend lauter. Johanna hörte das Holz knarren. Die Dielen ächzten. Igor lief auf und ab, das tat er oft, wenn er versuchte, seine Gedanken zu ordnen.

„Dann kommen die natürlich mit. Genosse Stalin hat klare Anweisungen erteilt. Die Schadenfreude in der unangenehm knarrenden Stimme war nicht zu überhören.

*****

Michael zuckte zusammen. Er stand draußen vor dem offenen Fenster. Was sollte er nur tun? Er durfte doch seine Mama nicht allein lassen. Allein der Gedanke versetzte seinem Herz einen schmerzhaften Stich, so heftig, dass es ihn zum Weinen brachte. Tränen liefen an seiner Nase entlang und zerstoben auf den gefährlich wackeligen Brettern unter seinen Füßen. Als er sich näher an das Fenster wagte, knarrte eins davon verräterisch. Michael erstarrte und hielt den Atem an. Die Sonne brannte auf seiner nackten Haut. Sein Rücken schmerzte und leuchtete so rot wie die Morgenröte im Sommer. Er trug nichts als eine verschlissene Hose, denn Gregor und er waren heute eigentlich mit Holzhacken beschäftigt. Die Schweißtropfen auf seiner Haut glitzerten wie tausend kleine Perlen und sein blondes Haar war tropfnass. Er lauschte angestrengt, hielt sich mit beiden Händen am Fensterrahmen fest, die Finger krallten sich in das rissige Holz.

Für eine Sekunde erhaschte er einen Blick auf die Silhouette des Mannes, dann sah er auch sein Gesicht. Semjon. Er grinste gemein und starrte auf das Bett von Michaels Mutter. Dieser Mensch suhlte sich regelrecht in der Wirkung seiner Worten, auch wenn sie nicht auf seinem Mist gewachsen waren. „*Alle* kommen wieder in die Viehwaggons, denn die Deutschen sind nichts anderes als Tiere –Schweine, die abgeschlachtet gehören."

„Hüte deine Zunge, Semjon", verwies ihn Igor nachdrücklich in seine Schranken.

172

„Hast du gedacht, ich hätte den Tag damals vergessen? Ha! An jenem Tag, an dem du mich gedemütigt, wie einen dummen Schuljungen abgekanzelt und bis auf die Knochen blamiert hast – genau da habe ich mir geschworen, dich fertigzumachen. Ich wusste, meine Stunde würde kommen." Er stand dicht vor Igor und ahnte nicht, dass ihn jemand belauschte.

„Und nun willst du auf Kosten dieser armen Menschen Rache an mir nehmen? Du armseliger ..."

„Wer weiß."

Michael hasste diesen Mann, jetzt noch mehr als zuvor. *Irgendwann,* schwor er sich grimmig, *irgendwann werde ich mich an* ihm *rächen.*

„*Du* bist viel schlimmer als die Deutschen ...", hörte Michael Igors bebende Stimme.

„Genug der Floskeln. In drei Tagen fährt der Zug ab. Wenn du versuchst, sie zu verstecken, werde ich dich erschießen müssen. Einfach so", war das Letzte, was Semjon zu sagen hatte. Das dumpfe Poltern seiner Stiefel war nicht zu überhören. Michael duckte sich und rannte zu dem Holzhaufen hinüber, wo sein Bruder mit lautem Wutgeschrei die Axt schwang. „He, wo warst du die ganze Zeit? Du drückst dich schon wieder ..." Gregors dunklen Augenbrauen kletterten nach oben, die glänzende Stirn bekam Furchen. „... warum heulst du? Michael, du meinst doch nicht ... oder ...?" Die Axt senkte sich auf die staubige Erde.

„Halt einfach das Maul", zischte Michael, über Gregors Begriffsstutzigkeit erzürnt. Schnell legte er sich einige Holzscheite auf die Arme und stapelte sie neben die Scheune zu einem ordentlichen Stoß. Gregor packte die Axt fester und drosch voller Zorn auf das nächste Scheit ein. Splitter flogen herum, das Holz krachte und zersprang unter der Wucht der scharfen Klinge. Er holte zu einem weiteren Schlag aus.

„Fleißig seid ihr, das ist schön. Bald werdet ihr noch fleißiger arbeiten müssen", lachte Semjon im Vorbeigehen hämisch und steckte sich eine selbstgedrehte Zigarette zwischen die dünnen Lippen. Gregor starrte den Soldaten mit ungläubiger Miene an. Die Axt erstarrte in der Luft über seinem dunkel glänzenden

Kopf, dann sauste sie knackend auf den Holzklotz nieder und blieb stecken.

„Wo ist eigentlich eure kleine Schwester?", fragte Semjon Pulski jovial und wedelte das Streichholz mit zwei kurzen Handbewegungen aus.

„Sie ist ...", entfuhr es Gregor. Angestrengt zerrte er an der Axt, die er nur mit Mühe wieder freibekam. „Sie war gerade noch ...", doch sein Bruder fiel ihm ins Wort. „Sie ist nicht hier", entgegnete er knapp und winkte seinen Bruder zum Gehen. Gregor rammte die Axt in den dicken Holzstamm und lief hinter Michael her. Schweigend schlenderten sie mit gesenkten Köpfen Richtung Stall. Ihre nackten Füße wirbelten die trockene Erde auf. Mit gespielter Gelassenheit machten sie, dass sie wegkamen. Ihre Schritte wurden immer schneller, je weiter sie sich von dem Soldaten entfernten.

„Michael, was ist denn passiert? Warum sind wir weggelaufen?", wandte sich Gregor an seinen Bruder, sobald sie das große Tor hinter sich zugeschoben hatten und sich halbwegs in Sicherheit wiegen konnten. Seine Stimme zitterte leicht.

„Wir werden bald wieder abreisen müssen, und zwar ..."

„Zurück nach Hause?" Gregor strahlte vor Freude. Ein Funken Hoffnung flackerte in seinen Augen auf und brachte sie zum Leuchten.

Michael fühlte sich noch mieser als ohnehin schon, weil er seinem Bruder die Freude nicht nehmen wollte. Statt einer Antwort legte er Gregor die Hand auf die schweißnasse Schulter. Die Haut fühlte sich unter seinen Fingern heiß und glatt an. Gregor zuckte zusammen, dann senkte er den Kopf und schloss mit einem gequälten Ausdruck die Augen. Sein von der harten Arbeit gestählter Körper zitterte. Auch Michael schluckte schwer. Eine Weile standen sie nur stumm da.

„Mama kommt nicht mit. Und wir gehen nicht nach Hause", flüsterte Gregor. Michael schüttelte den Kopf.

„Wann müssen wir weg?"

Michael zuckte unbestimmt die Achseln.

„*Wann?*" Gregors Stimme zitterte vor Ungeduld.

„Semjon sagte, es wird bald geschehen."

„Und Mutter? Kommt sie dann später nach?"

„Gregor, ich glaube, dass Mama ster..."

Ein schneller Fausthieb in die Magengrube brachte Michael zum Schweigen. Statt sich zu wehren, stützte er sich nur keuchend am Tor ab. „Find dich endlich damit ab. *Sie wird sterben!* Verdammte Scheiße, Mama stirbt!", flüsterte er.

Ein weiterer Schlag folgte, diesmal in die Leber. Als Gregor erneut ausholte, rammte ihm Michael den Ellenbogen in die Magengrube. Gregor fiel hart auf die Knie. Als er versuchte, wieder auf die Beine zu kommen, hörten sie eine Mädchenstimme, die ihre Namen rief. Anita suchte sie.

„Anita ruft nach uns", keuchte Gregor. Er klopfte sich müde den Staub von der Hose und streckte seinen Rücken durch. „Wir müssen zu ihr", murmelte er, immer noch außer Atem. Michael verzog sein Gesicht zu einem schmalen Lächeln: „Brüder?" Dabei streckte er seinem älteren Bruder die rechte Hand hin. Gregor schlug ein und lächelte zurück. Es war kein Ausdruck der Freude, sondern ein Zeichen des Zusammenhalts zweier Kinder in tiefster Verzweiflung.

„Brüder", bestätigte Gregor mit ruhiger Stimme und zog an dem schweren Riegel, schnell drückte er das Tor auf. Anita stand vor ihnen. Die Augen rot und glänzend, das Gesicht vom Weinen verquollen. Ihr Kinn zitterte, sie zog einen Flunsch und sah ihre Brüder unschlüssig an.

„Mama ruft nach euch. Sie sagt … sie sagt ..." Sie brach in Tränen aus, warf sich herum und lief zurück ins Haus. Michael und Gregor folgten ihr.

KASACHSTAN, 20. MÄRZ 1942

Alexander hatte die Uniform abgelegt und trug stattdessen die traditionelle Kleidung der Steppenbewohner, einen Kaftan und eine Hose aus grober Baumwolle. Darüber eine ärmellose Jacke aus dunklem Schaffell. Trotz dieser Tarnung beunruhigte ihn der Gedanke an die Flucht und den Aufstand. Das schüchterne Mädchen stand vor ihm und weinte. Seine Mandelaugen glänzten, Tränen liefen über das runde Gesicht. Alexander hatte sich in sie verliebt. Das begriff er erst jetzt, in diesem Augenblick. Wie oft hatte er nachts von ihr geträumt. Manchmal haftete sein Blick zu lange an ihr. Sie musste gemerkt haben, dass er sie begehrte – empfand sie das Gleiche für ihn? Wieso musste er weglaufen? Was war passiert?

Sie trat näher an ihn heran. Ihre Stirn berührte seine Lippen. Er konnte sie riechen. Für einen Augenblick schloss er die Lider und sog ihren Duft ein. Dann blickte er sich zum letzten Mal um. Die kleine Anhöhe war zu ihrem heimlichen Treffpunkt geworden. Sie standen einfach nur eng umschlungen da und genossen die Nähe des anderen. Das war nur wenige Male möglich gewesen, trotzdem war dies die schönste Zeit seines Lebens. An diesem Augenblick jedoch war überhaupt nichts schön, die Unruhe und die Hast zerstörten die Harmonie.

Von dem plötzlichen Umschwung der Gegebenheiten überrascht, klammerte er sich noch fester an das zierliche Mädchen und flüsterte: „Wie heißt du?" Plötzlich war es das Wichtigste auf der Welt für ihn, ihren Namen zu kennen.

„Blume", antwortete sie genauso leise.

„*Blume?*"

„Ja, in deiner Sprache ..."

Zart legte er zwei Finger auf ihre Lippen. Sie verstummte. Ihr Mund war weich und warm. Alexander spürte, wie das Herz in seiner Brust laut und schnell zu hämmern begann. „Blume ist schön, genauso wie du ..."

„Alexander, du musst weg von hier, sonst passiert ein Unglück. Wenn du nicht gehst, werden wir alle sterben. Im Dorf sind Soldaten, die einen Deutschen suchen. Sie werden uns nichts tun, wenn wir dich ausliefern. Mein Vater hat sie in eine falsche Richtung geschickt. Du hast ein bisschen Zeit."

Die Worte hinterließen eine tiefe Wunde. Dankbarkeit erfüllte ihn, für diese Menschen, die ihn – einen Fremden – in ihre Gemeinschaft aufgenommen hatten und nun ihr Leben riskierten, damit er fliehen konnte. Blume drückte ihm einen flüchtigen Kuss auf die Lippen und schob ihn sacht von sich. Ohne sich noch einmal umzuschauen, lief sie zu ihrer Familie zurück.

Erst jetzt bemerkte Alexander das Bündel vor seinen Füßen. Das zarte Geschöpf hatte die schwere Last bis hierher geschleppt, um ihm zu helfen. Einen Augenblick stand er noch unschlüssig da, dann ergab er sich seufzend in sein Schicksal. Er zerrte den Sack hoch, der wirklich schwer war, warf sich den Riemen über die Schulter und lief in die Richtung, die ihm Blume gewiesen hatte. Nach zwei Tagen würde er ein anderes Dorf erreichen und sich dort nach einem Versteck umschauen müssen. Nach einigen Schritten entschied sich Alexander anders und bog rechts ab. Er wollte sich nicht mehr zu Menschen gesellen, die er mit seiner Anwesenheit nur in Gefahr brachte. Er würde seine Familie finden und sich dort verstecken.

Alexander wandte sich nach Norden – Richtung Heimat.

21

RUSSLAND, 21. MÄRZ 1942

Michael stand mit seinen Geschwistern vor dem Bett ihrer Mutter. Ihr Atem ging flach und unregelmäßig. „Ich werde mich bald von euch verabschieden müssen, meine Honigkinder", keuchte sie. Die Worte klangen wie eine Entschuldigung.

Sie hob ihre rechte Hand, ihre Finger tasteten nach Michaels Ärmel. Mit letzter Kraft zupfte sie daran. Michael schluckte schwer und trat dicht an sie heran. Sie zupfte erneut. Er verstand, was sie von ihm erwartete, und beugte sich über sie. Als sein Gesicht das ihre berührte, zuckte er zusammen. Ihre Haut war glühend heiß.

„Michael, du musst jetzt auf Anita und Gregor aufpassen. Ich werde euch wohl heute verlassen. Nein – warte ..." Sie hustete. Ihre zitternden Finger umfassten seine Hand fester, als Michael sich ihrem Griff entziehen wollte. Gleich darauf schämte er sich dafür und schimpfte sich einen Feigling. Die Tatsache, dass seine Mutter bald sterben würde, zehrte an ihm und trieb ihm Tränen in die Augen.

„Igor ist ein guter Mensch. Tut, was er euch sagt, ohne Wenn und Aber. Versprichst du mir das, Michael?"

Er nickte stumm.

„Michael, versprichst du mir das?", wiederholte sie ihre Bitte eindringlich. Erst jetzt bemerkte Michael, dass ihre Augen geschlossen waren. Sie hatte keine Kraft mehr, sie zu öffnen. „Ja, Mama, ich verspreche es."

„Gut", flüsterte sie. Ihr Griff ließ nach, ihre Finger lösten sich langsam von seiner Hand und sanken schließlich schlaff auf die Bettdecke. Eine einzelne Träne kullerte über ihre Wange. Als Michael seine Mutter durch einen Schleier aus Wut und Machtlosigkeit ansah, erkannte er sie kaum wieder. Sie schien um Jahre gealtert, ihre Wangen waren eingefallen, das Gesicht wirkte grau und irgendwie unecht.

Ohne es eigentlich zu wollen, berührte er ihr Gesicht erneut. Sie war immer noch warm und weich, trotzdem fühlte sie sich anders an. Da floss kein Blut mehr unter ihrer Haut. Er beugte sich tief über seine tote Mutter und küsste ihre Wange. Zum letzten Mal, das wusste er nun.

Hinter ihm fing Anita leise an zu wimmern. Gregors geflüsterte Worte klangen verzweifelt: „Ist Mama tot?"

Als Michael sich umdrehte, sah er seine Geschwister schuldbewusst an. Zwei verquollene Augenpaare schauten ihm entgegen. Anitas Kinn bebte. Sie warf sich in seine Arme, auch Gregor lehnte sich an ihn und weinte leise. Gemeinsam trauerten die Geschwister um ihre Mutter. Nun hatten sie nur noch sich und sonst niemanden mehr.

Für einen Moment fiel ein Schatten auf sie. Dann hatte Igor sie erreicht und nahm alle in seine Arme. Seine Hände strichen über die Köpfe und schmalen Rücken der Kinder. „Jetzt muss sie nicht mehr leiden", brummte er leise.

„Ist sie jetzt bei den Engeln?", wollte Anita mit bebender Stimme wissen. Igor runzelte die Stirn. Michael übersetzte schnell, weil das aufgelöste Mädchen das russische Wort für „Engel" nicht kannte.

„Deine Mutter ist beim lieben Gott im Himmel, meine Kleine", tröstete sie der große Mann und strich mit seinem Daumen über ihre tränennasse Wange.

„Was wird denn jetzt aus uns?" Michaels Stimme klang trocken und matt.

„Wie meinst du das?" Igor schien überrascht.

„Was passiert jetzt mit uns? Wir sind doch jetzt Waisen ..."

„Ich weiß, aber diese Entscheidung liegt nicht in meinen Händen", gab er ehrlich zu.

Der durchdringende Heulton einer Sirene unterbrach sie abrupt. Die Kinder rissen erschrocken die Augen auf, und auch Igor wirkte irritiert. Er ging zum Fenster, schob den Vorhang beiseite und spähte nach draußen.

179

„Was ist das?", rief Gregor verstört.

„Ein Alarm", sagte Igor und wandte sich schnell zu den Kindern um. „Ich glaube, das gilt den Soldaten. Irgendetwas muss passiert sein."

Michael hörte gar nicht richtig zu, was konnte noch schlimmer sein als der Tod der eigenen Mutter? Zwei Tage hatte er an ihrem Bett gewacht. Nach der Auseinandersetzung mit Gregor in der Scheune hatte er sehr lange mit seiner Mutter gesprochen. Er redete wie ein Wasserfall oder las ihr aus der Bibel vor, die stets in Griffweite lag. Sie hatte das kleine schwarze Buch beinahe genauso beschützt wie ihre eigenen Kinder. Michael konnte noch nicht akzeptieren, dass der Mensch, der ihm alles bedeutet hatte, von ihm gegangen war. Sacht, als habe er Angst, seine Mama zu wecken, nahm er das ledergebundene Buch an sich. Der Umschlag war hart und rissig geworden. An manchen Stellen war das Leder abgewetzt und braunes Papier schimmerte durch. Michael drückte die Bibel an seine Brust und weinte.

„Wir werden deine Mutter noch heute begraben müssen, Mischa", erklang Igors tiefe Stimme in seinem Rücken. Er spürte die schwere Hand auf seiner Schulter, folgte der Bewegung und ließ sich umdrehen. Zu seinem Erstaunen sah er, dass auch Igor weinte. Tränen liefen über seine Wangenknochen und kullerten in seinen dunklen Bart.

„Aber ... sie braucht ein schönes Kleid ... und einen Sarg ..." Beim letzten Wort versagte Michaels Stimme. Seine Kehle kratzte, als habe er sich eine Lungenentzündung geholt.

„Ich weiß", flüsterte Igor.

„Du hast gewusst, dass Mama ..."

„Ich habe es befürchtet, ja", unterbrach ihn Igor und fügte schnell hinzu: „Ich habe auch einst einen Menschen verloren, der mir so lieb war wie deine Mutter dir. Und ein kleines, sehr kleines Baby ..."

Michael stand da wie elektrisiert. „Deine Frau? Deswegen hast du so viele Kleider und Babysachen?"

Jetzt war Igor derjenige, der schweigend nickte. Ein unsichtbares Band war zwischen den beiden geknüpft, das sie zu

Verbündeten machte. Michael war versucht, aufzubrausen, als Igor die Decke über das Gesicht seiner Mutter zog, besann sich aber anders. Er wandte den Blick ab, weil er merkte, dass er seine aufkommende Wut nur schlecht verbergen konnte. Auch wenn sie nicht Igor galt, wollte er trotzdem nicht mit ihm darüber reden, jedenfalls nicht jetzt. In diesem Augenblick wollte er allein sein. Mit tief gesenktem Kopf lief er nach draußen. Als er sich außer Hörweite glaubte, stieß er einen gellenden Schrei aus, der tief aus seinem Inneren kam und sich zu einem verzweifelten Wutgeheul steigerte.

Nichts würde jemals mehr normal sein, warum mussten die Deutschen diesen Krieg führen? Sein Leben zerrann Sand zwischen seinen Fingern und zerfiel zu Staub und Asche. Er sank auf die Knie und schrie, bis sein Hals kratzte und sein Wehklagen zu einem stumpfen Krächzen verkam.

„Komm bitte zurück ins Haus, Mischa."

Michael schenkte den leisen Worten keine Aufmerksamkeit, in diesem Moment gab es nichts mehr, was ihn noch interessiert hätte.

„Mischa, du sollst ..."

Der Junge sprang auf, fuhr herum und wollte auf den Störenfried losgehen, ihm die Augen auskratzen, ihm die Nase blutig schlagen. Doch als er sich umgedreht hatte, erstarrte er mitten in der Bewegung. Wie er erwartet hatte, sah er Igor vor sich stehen. Doch nicht seine Gegenwart war es, die Michael innehalten ließ. Semjon ragte neben Igor auf, mit einem dümmlichen Grinsen auf seinem knochigen Gesicht. Wie ein ständiger Juckreiz an dieser bestimmten Stelle auf dem Rücken, die man auch unter den abenteuerlichsten Verrenkungen nicht erreichen konnte, um sich zu kratzen, vergällte dieser Mann das Leben des Jungen. Schon sein Anblick war Michael unerträglich. Wo immer er auftauchte, stiftete er Unfrieden und weidete sich am Unglück anderer.

„Wir führen unter euch Deutschen eine Volkszählung durch. Das bedeutet, du und deinesgleichen müsst euch im Gemeindehaus versammeln." Sein Grinsen wurde breiter und entblößte zwei Reihen gelber Zähne. Geräuschvoll zog er die

Nase hoch und spuckte Michael vor die Füße. Die verquollenen Augen des Jungen verengten sich, er rang sichtlich um Beherrschung. Seine Kiefer mahlten, das Knirschen seiner Zähne erzeugte in der Stille der Nacht ein erschreckend lautes Geräusch.

„Was sagst du?"

„Ich … ich werde dich …"

„Überleg dir gut, was du sagst, Bürschchen. Sonst …" Pulski strich demonstrativ über den Riemen seines Gewehrs. Die Pistole war ihm nach dem letzten Zwischenfall zu unsicher geworden.

„Lass ihn bitte in Ruhe, Genosse Pulski …"

„Du hast mir nichts zu befehlen, Genosse …"

„Ich bitte dich. Befehle zu erteilen steht mir nicht zu. Der Junge hat eben seine Mutter verloren", brummte Igor beschwichtigend. Schon aus Sorge um Michael wollte er die Situation auf keinen Fall eskalieren lassen.

„Wann ist sie … *gestorben?*" Das letzte Wort ließ sich Pulski auf der Zunge zergehen.

„Vor etwa einer Stunde."

„Aha. Na, dann kann ich *sie* ja von der Liste streichen." Seine Fröhlichkeit jagte Michael eine Gänsehaut über den Rücken. „Das Zentralkomitee sieht vor, alle Gefangenen nach Sibirien zu verfrachten, denn jeder von ihnen kann eine unmittelbare Gefahr für das Wohl unseres Landes darstellen. *Ich* sage, sie sind die personifizierte Bestie des Faschismus in der Sowjetunion. Ein Geschwür, das unser Land von innen heraus aufzehrt, darum müssen wir uns ihrer entledigen. Wie ein giftiges Unkraut muss der Deutsche samt Samen und Wurzel vernichtet werden." Wie zur Verdeutlichung rieb er seine Hände. „Wir werden sie bald alle auf einem riesigen Scheiterhaufen verbrennen."

„Zügle deine Zunge, Soldat", knurrte Igor, aber es klang müde und erschöpft. Er war nicht auf Streit aus, dafür fehlte ihm die Kraft.

Instinktiv spürte Semjon seine Schwäche und setzte nach: „In wenigen Tagen ..." Er zog ein Blatt Papier aus seiner abgewetzten Mappe und setzte ein ernstes Gesicht auf. Als er etwas darauf zu entziffern versuchte, verfinsterte sich seine Miene. Er zog die Augenbrauen zusammen und verkündete theatralisch: „Aha, da steht's doch ..." Das Lesen bereitete ihm Schwierigkeiten, ohne es zu merken, bewegte er lautlos die Lippen. „Kurz gesagt", jetzt schaute er wieder auf, „du und der Rest von euch, ihr alle werdet nach Osten weitertransportiert und helft uns dabei eure Verwandten aus dem Westen zu vernichten. Und ...", er hob den Zeigefinger, „wenn wir mit denen fertig sind und euch nicht mehr brauchen, dann ..." Unvermittelt trat er zwei große Schritte auf den Jungen zu und schaute überheblich auf ihn herab.

„Es reicht, Semjon. Du machst dem Jungen Angst!", nahm Igor Michael in Schutz und trat seinerseits einen riesigen Schritt auf den Soldaten zu. Seine Stimme bebte vor unterdrücktem Zorn.

Pulski hob in einer dramatischen Geste die Arme und grinste. „Ist ja gut, du Faschistenfreund. Die Zeit wird kommen, in der du den Tod herbeisehnst." Semjon entfernte sich rückwärts von den beiden, sorgsam darauf bedacht, den großen Mann im Blick zu behalten. Als wolle er sich vergewissern, dass sein Gewehr noch da war, schob sich seine Hand zu dem breiten Riemen. Der Daumen zwängte sich unter den abgeschabten Stoff, das Gewehr bewegte sich leicht.

„Wenn du das machst, schlage ich dir den Schädel ein", sagte Igor ruhig und hob einen großen Brocken von dem staubigen Boden auf. Demonstrativ wog er den Stein in seiner rechten Hand. Keiner der Anwesenden zweifelte auch nur eine Sekunde daran, dass er es ernst meinte.

„Ich gehe ja schon. Aber denk daran, Towarischtsch Titov, deine Bälger haben im Gemeindehaus zu erscheinen. Sollte einer von ihnen *fehlen*", das letzte Wort buchstabierte er beinahe, so sehr dehnte er es, „dann gnade dir Gott!"

„Blasphemie ist eine Todsünde ..."

Semjon wollte auffahren und etwas darauf erwidern, aber Igor achtete gar nicht darauf, sondern sprach einfach weiter. „Ist es nicht gefährlich für einen Anhänger der Partei, von Gott zu sprechen?" Seine Stimme entlud sich wie ein Donnerschlag. „Ich werde nicht schweigen – ich werde allen erzählen, dass du in meinem Haus einen Mann erschossen hast. Ich werde ihnen erzählen, wie du danach zu Gott gesprochen und ihn um Verzeihung gebeten hast. Alle werden erfahren ..."

„*Genug jetzt!*", kreischte der Soldat und starrte gebannt auf Igors Hand. Der Stein tanzte in der Luft und landete immer wieder sicher in der riesigen Pranke. „Ich werde euch rufen lassen. Ihr dürft die Siedlung auf keinen Fall verlassen – auch du nicht, Titov."

Igor nickte nur, warf den Brocken über seine Schulter und klatschte in die Hände, um sie vom Staub zu befreien. „Komm, Mischa, wir wollen deiner Mutter Lebewohl sagen und sie angemessen zu Grabe tragen. Hör nicht auf den bösen Mann." Als wäre Semjon Luft, tätschelte Igor Michaels Schulter und ging in die Hocke. Dem aufgebrachten Soldaten den Rücken zugewandt, sprach er mit sanfter Stimme auf den Jungen ein. Michael nickte und fiel dem großen Mann um den Hals. In Igors Brust zog sich etwas zusammen. Wie gern hätte er den Jungen bei sich behalten. *Ich wäre ihm ein guter Vater gewesen.* Igor schluckte den Zorn und die Wehmut hinunter, nahm den Jungen auf den Arm und trug ihn zurück ins Haus. Den verdutzten Semjon würdigte er dabei keines Blickes.

22

KASACHSTAN, 22. MÄRZ 1942

Alexander spürte seine Beine kaum noch. Alle seine Glieder schmerzten. Er war die ganze Nacht hindurch gelaufen. Die Schwielen an seinen Füßen taten bei jedem Schritt höllisch weh und ließen ihn nicht selten aufheulen, wenn er auf einen Stein oder ein Stück Holz trat. Die Schuhe hingen zusammengebunden um seinen Nacken. Jede Minute dachte er daran, aufzugeben, wenigstens eine Pause einzulegen, doch die Bilder in seinem Kopf trieben ihn weiter voran. Er wollte nicht wie seine Freunde sterben. Jedes Mal, wenn er stehen blieb, hörte er Hufgetrappel, Schüsse und Männerstimmen, die seinen Namen skandierten.

Die Strahlen der Morgenröte strichen über sein Gesicht und gaben ihm neue Hoffnung. Am Horizont sah er die Wipfel von Nadelbäumen. Wald! *Endlich vertrautes Terrain, wo ich mich verstecken kann!* Der Gedanke vermittelte ihm ein wenig Zuversicht, dass seine Flucht gelingen konnte.

Ein zaghaftes Grinsen erschien auf seinem Gesicht. Seine ausgetrockneten Lippen platzten auf und begannen zu bluten. Die Feldflasche war halb leer, er konnte sich nur erlauben, die Lippen und den Gaumen zu benetzen. Er gierte nach mehr, mörderischer Durst quälte, doch der Überlebenswille war stärker – noch. Leicht nach vorne gebeugt torkelte er direkt auf die Bäume zu.

Er hörte das Wiehern von Pferden. Mit einer unwilligen Geste versuchte er die unsichtbaren Tiere zu verscheuchen. Als sich Rufe von Männerstimmen daruntermischten, ignorierte er auch die und setzte weiter einen Fuß vor den anderen. Offensichtlich begann er zu halluzinieren. Alexander hatte damit gerechnet – ohne Schlaf und Wasser würde jeder so enden. Die Stimmen wurden lauter und das Getrappel von schweren Hufen deutlicher. Der Boden erzitterte unter seinen Füßen. Erst als ein Peitschenhieb seinen Rücken streifte, begriff Alexander, dass er sich das nicht eingebildet hatte: Die Verfolger hatten ihn gefunden. Als Nächstes würden sie seinen malträtierten Leichnam den Krähen überlassen. So kurz vor seinem Ziel.

Der Lederriemen der Knute zerriss seinen Mantel und schälte einen Fetzen seiner Haut ab. Ein sengender Schmerz durchfuhr seinen Körper bis ins Mark und zwang ihn beinahe in die Knie. Nur mit Mühe konnte er sich noch auf den Beinen halten. Mit zusammengebissenen Zähnen wandte er sich um und sah seinem Peiniger in die Augen.

Alexander taumelte, als der Mann auf dem Pferd erneut die Peitsche schwang. Er fiel hart auf den Rücken. Wie eine Schlange zischte das Ende des Riemens dicht vor seiner Wange, verfehlte glücklicherweise sein Ziel und der Mann, der die Knute führte, sprang vom Pferd, um Alexander einen Tritt in die Magengrube zu verpassen.

Ein zweiter Mann kam hinzu, der ebenfalls sie auf den geschwächten Alexander einschlug. Alexander, der nicht imstande war, sich zu wehren, wartete auf den Tod. Instinktiv rollte er sich zusammen, machte sich so klein, wie er konnte, und betete ein „Vaterunser". Seine Worte klangen rau, kaum mehr als ein Flüstern, trotzdem wurden sie offenbar erhört. Der schwere Rucksack schützte ihn wie ein Schild vor schwereren Verletzungen. Endlich ließen die Männer von ihrem Opfer ab und zerrten es auf die Beine. Grobe Hände zerrten an dem Sack auf seinen Schultern. Sie mussten die Gurte mit einem Messer durchtrennt haben, denn die Last fiel ruckartig von Alexander ab, sodass er keuchend vornüberkippte und im Staub liegen blieb.

„He, lasst ihn am Leben!", grölte unvermittelt eine laute Stimme und die schweren Stiefel scharrten über die trockene Erde. Die Angreifer murmelten unverständliche Flüche und traten zur Seite.

„Weit bist du nicht gekommen, was? Der März ist ungewöhnlich heiß, aber für dich scheint die Sonne nicht, was?"

Alexander vermochte den Sinn der Worte nicht richtig zu erfassen. Er lag immer noch im Staub, das Gesicht dicht an die warme Erde gepresst. Er schmeckte Blut, die feinen Staubpartikel verstopften seine Nase, daher rollte er sich herum und hob den Kopf.

„Du bist noch am Leben, warum antwortest du mir dann nicht, Soldat?! Soll ich die beiden Halsabschneider wieder auf dich loslassen? Steh auf, wenn dir dein Wohlergehen lieb ist."

Alexander zögerte nur kurz. Eine weitere Attacke würde er wahrscheinlich nicht überleben. Eine seiner Rippen war gebrochen oder angeknackst, der Schmerz raubte ihm den Atem. Als er versuchte, sich hochzustemmen, nahm er aus dem Augenwinkel eine Bewegung wahr. Ein harter Fußtritt gegen sein linkes Knie brachte ihn wieder zu Fall.

„Hätten wir den Kasachen geglaubt, wärst du uns wahrscheinlich durch die Lappen gegangen." Der Kommandant des kleinen Trupps, der nur aus fünf Männern zu bestehen schien, spuckte die Worte aus, als wären sie Dreck. Auf einen Wink von ihm packten zwei seiner Leute Alexander an den Schultern und zogen ihn auf die Beine.

Der grauhaarige Mann trat so dicht an Alexander heran, dass der seinen Atem riechen konnte. „Wie ist dein Name, Deserteur?"

Alexanders Halswirbel knackten, als einer der Handlanger ruckartig an seinen Haaren zerrte. Der Schmerz schoss am Ohr vorbei bis in die Schläfe. Gequält verzog er das Gesicht.

„Wie ist dein Name? Oder sollen wir dich gleich hier begraben? Lebendig? Oder dir vorher die Arme und Beine brechen?", säuselte der alte Haudegen. Er genoss seine Macht sichtlich.

Der Fünfte im Bunde war bei den Pferden geblieben. Alexander sah, wie der junge Soldat nervös von einem Bein aufs andere trat. Eines der Pferde scheute und stieg wiehernd auf. Dabei traf das Tier den jungen Mann mit dem Vorderlauf am Rücken. Mit weit aufgerissenen Augen fiel der Soldat zu Boden, das Pferd riss sich los, trabte davon und hinterließ nur eine Staubwolke. Alexander verfolgte das Ganze mit einer gewissen Schadenfreude, allerdings wäre es ihm lieber gewesen, wenn das Pferd den Kommandeur getreten hätte anstatt den Jungen.

„Smirnov! Was glotzt du so blöde, hol das Vieh zurück, sonst kannst du nach Hause laufen!", brüllte der Anführer einen

Soldaten an, der immer noch auf einem der Pferde saß. Ohne zu zögern gab er dem Braunen die Sporen und jagte dem ausgebrochenen Tier hinterher.

Alexander begann in Gedanken alle möglichen Szenarien für seine Befreiung und Flucht durchzuspielen, aber als hätte er seine Gedanken gelesen, raunte der Grauhaarige: „So einfach wirst *du* uns nicht mehr davonlaufen, Bürschchen."

Einer der Männer verpasste Alexander einen Tritt in die Kniekehle, sodass er auf die Knie fiel wie ein Gläubiger vor dem Altar. Nur dass sein Altar ein nach Schweiß und Zigarettenrauch stinkender Soldat war, den er ebenso verabscheute wie fürchtete.

„Welcher Abteilung hast du angehört, du Verräter?" Einer der Schneidezähne des Kommandanten fehlte, dadurch wirkte sein fieses Grinsen noch boshafter. Alexander schwieg stoisch und wandte das Gesicht ab. Nur für eine Sekunde, denn sofort wurde sein Kopf herumgerissen und wieder starrten ihn zwei stahlgraue Augen an. „Warst du bei der Revolte am Bahnhof dabei? Hast du den Aufstand angezettelt?"

Alexander blieb stumm und verriet sich durch kein Wort und keine Bewegung.

„Sollen wir dich ..." Der betagte Kommandant hustete und klopfte sich mit der Faust auf die Brust. Wie ein alter Köter begann er zu keuchen. Dann würgte er und spuckte einen schleimigen Klumpen direkt vor die Füße seiner Geisel. „Hebt den Drecksack auf. Und unseren Pferdejungen auch. Ich hoffe, dass er nicht draufgegangen ist. Obwohl – eigentlich wäre das kein großer Verlust, er war eh zu nichts zu gebrauchen." Als er an dem jungen Mann vorbeiging, stupste er den schlaffen Körper mit der Spitze seines rechten Stiefels an. Der junge Soldat rührte sich nicht. Der Kommandeur gab ihm einen weiteren Tritt gegen die Lende, diesmal etwas heftiger – erneut keine Reaktion. Er schniefte und packte den scheinbar Toten am Hemdkragen. Als er ihn auf den Rücken gedreht hatte, wurde mehr als deutlich, dass er nicht mehr am Leben war. Sein einst so makelloses Gesicht war entstellt und an einer Stelle tief eingedrückt. Der felsige Boden war mit dunklem Blut besudelt.

„Verdammt, er ist auf den verfluchten Stein ..." Ein erneuter Hustenanfall unterbrach den Kommandeur. Er schniefte, zog geräuschvoll hoch und spie aus. „Wir machen es so, Verräter: Du nimmst den Toten auf den Rücken und wir reiten zurück ins Dorf. Nein ...", verbesserte er sich und verzog dabei seinen Mund zu einem Grinsen. „Du läufst bis zum Stützpunkt hinter uns her. Mit dem Toten auf dem Rücken." Seine Kameraden lachten.

Der Kommandeur schaute Alexander prüfend an. Er hielt dem kalten Blick des Mannes stand, ohne auch nur mit einer Wimper zu zucken. Seine Kieferknochen traten hervor, als er die Zähne zusammenbiss. Scheinbar gelangweilt warf er einen Blick über die Schulter. Smirnov hatte das Pferd eingefangen und hielt jetzt in schnellem Tempo auf die kleine Gruppe zu. Mit jungenhafter Leichtigkeit sprang er von seinem Hengst ab und gesellte sich zu seinem Befehlshaber. Die Zügel der Tiere übergab er im Vorbeigehen einem seiner Kameraden.

Mit einer beiläufigen Bewegung griff der grauhaarige Kommandant in seine Brusttasche und holte eine selbstgedrehte Zigarette heraus, die er zwischen Daumen und Zeigefinger rollte, um den Tabak zu lockern. Seine Augen huschten zu Smirnov. Dieser nickte kaum merklich. Der Gruppenführer steckte sich umständlich die aus Zeitung und billigem Tabak fabrizierte Zigarette an. Der Tabak war zu trocken, beißender Qualm vernebelte sein Gesicht. Wie hypnotisiert starrte Alexander auf die gelbe Wolke. Ein heftiger Faustschlag in die Brust ließ ihn nach Luft schnappen, dabei atmete er zu viel von dem kratzigen Rauch ein und hustete sich beinahe die Seele aus dem Leib.

„Smirnov, verpass ihm eine Kugel", kommandierte der Befehlshabende mit fester Stimme.

„Jetzt?"

„Ja, verdammt, sonst kommst du noch vor ihm dran."

„Alexander ... Alexander Berg. Ich bin kein Fahnenflüchtiger, ich habe nur die Chance genutzt, um ..."

189

„Um was?", schrie der Mann. Eine Sekunde später starrte Alexander resigniert in den dunklen Lauf einer Pistole. Das schwarze Auge bewegte sich langsam nach oben und drückte dann schmerzhaft gegen seine Stirn.

„Um zu überleben. Ich wollte niemanden töten." Mutlos schaute Alexander den Kommandeur an.

„Das wäre aber vielleicht gar nicht mal so verkehrt gewesen. Dann wüsstest du nämlich, wie schmerzhaft und vor allem langsam der Tod sein kann." Ein metallisches Klicken ertönte, als der Hahn gespannt wurde. Dann klackte es erneut. Die Mündung zuckte, und Alexander lief ein kalter Schauer über die Haut. Der Grauhaarige hatte tatsächlich abgedrückt.

Erstaunlicherweise hatte sich aber kein Schuss gelöst, sein Kopf war ganz geblieben. Sein Herz dagegen schien in tausend Fetzen explodiert zu sein. Alexander stand da wie paralysiert, alle Muskeln zum Zerreißen angespannt.

„Hm, war wohl keine Kugel drin", grinste der Kommandeur selbstzufrieden. „Und du hast dir nicht mal in die Hose gemacht." Ein Hauch von Respekt schwang in seiner Stimme mit. Eine Sekunde lang sprach niemand. Die ohrenbetäubende Stille wurde nur vom rauen Krächzen eines aufgeschreckten Vogels unterbrochen.

Und dann fiel doch noch ein Schuss. Der schwarz gefiederte Körper trudelte schlaff zu Boden. Blut rann aus dem kleinen Kadaver und sprenkelte die staubige Erde mit dunklen Flecken. „Die Krähe hatte nicht so viel Glück wie du", sagte der Mann. „Die Pistole ist geladen, wie du siehst. Scheint auch noch einwandfrei zu funktionieren, verdammt noch mal."

Alexander schaute nur kurz auf das tote Tier, das nicht weit von ihnen auf liegen geblieben war. Vereinzelte schwarze Federn tanzten immer noch durch die warme Luft. Als hätten sie vom Tod des Vogels gar nichts mitbekommen, dachte Alexander melancholisch.

„Fesselt seine Hände und bindet ihn an dem Pferd fest. Er ist zwar ein Deutscher, aber er ist kein Feigling. Wenn alle

Deutschen so sind wie dieser hier, wird der Krieg viele Leben kosten."

Zwei Paar Hände banden Alexanders Handgelenke zusammen. Das grobe Seil schnitt so tief in sein Fleisch, dass er sich auf die Unterlippe beißen musste, um nicht aufzuschreien. Dann wurde er auf eines der Pferde gesetzt. Der Sattel war schlecht angelegt und passte dem Klepper nicht richtig. Als Pferd konnte man das ausgemergelte Tier nun wahrlich nicht bezeichnen, dachte Alexander. Er würde sich auf dem Ritt in Acht nehmen müssen. Auch der tote Junge wurde wie ein Sack auf dem Rücken des Tieres festgebunden. Der kleine Tross aus fünf Männern, fünf Pferden und einem Toten folgte dem schmalen Weg, der sich durch die karge Landschaft schlängelte.

Alexander wusste, dass er Blume nie wiedersehen würde, immerhin war sie in Sicherheit. Er gab sich den Gedanken an die vergangenen Tage hin, sein Blick wurde trüb, seine Lider schwer. Sein Gaul war an dem Tier davor festgebunden, er musste sich nicht darauf konzentrieren, den Anschluss nicht zu verlieren. Hinter ihm ritten zwei Soldaten, sodass Alexander im Moment keinen Gedanken an einen möglichen Fluchtversuch verschwendete. Er hoffte nur, dass sie ihn schnell töten würden, wenn es so weit war ...

23

Michael sah noch einmal nach seiner Mutter. Sie lag immer noch im Bett. Als wolle er sich vergewissern, dass sie wirklich nicht mehr atmete, hob er das Bettlaken an und hielt sein Ohr dicht an ihre Lippen. Er zuckte zusammen, als er zu nah an ihren Mund kam und die erkaltete Haut berührte. Noch vor wenigen Tagen hatten diese Lippen seine Stirn, die Wangen, die Schläfen geküsst und geflüstert, dass Mama bald nicht mehr da sein würde. Erst jetzt begriff Michael, dass seine Mutter gewusst hatte, dass sie bald zu den Engeln gehen musste. Seine Finger ergriffen ihre kalte Hand und drückten sie sacht. Er ihre Stirn, so wie sie es immer getan hatte, wenn sie ihren Kindern eine gute Nacht wünschte. „Schlaf gut, Mama", flüsterte er und deckte ihr Gesicht wieder zu.

Als er sich umdrehte, sah er Anita weinend in Gregors Armen liegen. Seine Augen waren gerötet und das von Trauer gezeichnete Gesicht glänzte feucht. Michael ging hinüber und schlang die Arme um seine Geschwister. „Wir müssen zusammenhalten", krächzte er durch die Tränen.

„Vielleicht schläft Mama nur", wisperte Anita. Ihre Hand nestelte an dem weißen Laken, sie wagte nicht, die tote Mutter zu berühren. „Mama, bitte wach auf ...", murmelte sie.

„Nein, Anita, Mama schläft jetzt für immer. Ihr tut nichts mehr weh, sie ist bei den Engeln – nein –, sie *ist* ein Engel", tröstete Michael seine Schwester mit flatternder Stimme.

Igor hatte schweigend danebengestanden. Nun fasste er sich ein Herz und wandte sich ohne Umschweife an die Kinder: „Das Schicksal bedient sich jedes Lebens und verändert die Zukunft eines Jeden, ob Kind oder Greis, ob Freund oder Feind, ob Mutter oder ... So ist der Kreislauf unseres Daseins, und so wird es bleiben, für immer und ewig." Er schaute Michael an, als hoffe er, dass wenigstens einer verstand, was er ausdrücken wollte.

Das in Tränen aufgelöste Mädchen klammerte sich bei diesen Worten noch fester an seine Brüder und vergrub das Gesicht an Gregors Brust. „Was hat er gesagt, Michael? Was hat er gesagt?" Michael spürte ihren heißen Atem auf seiner Haut und das Zittern ihrer Hände. Sie schien zu frieren. Gregor drückte Anita in einer beschützend anmutenden Geste fest an sich und strich mit der rechten Hand über das lange Haar. Michael übersetzte Igors Worte so, dass auch seine kleine Schwester sie verstand. Der große Mann wartete geduldig und nickte nur.

Plötzlich erklang ein Donnern, der Himmel öffnete sämtliche Schleusen und der Regen ergoss sich über die durstige Erde. Igor trat näher an die Kinder heran. Michael hob den Kopf und ging dem Mann einen Schritt entgegen – beinahe so, als wolle er sich ihm in den Weg stellen. Übelkeit erfasste den Jungen. Er wusste, dass es an der Zeit war, sich von Mama zu verabschieden. Für immer und ewig.

„Ich kann mich nicht mehr lange um euch kümmern", sagte Igor bedrückt. Auch er kämpfte mit den Tränen. Sein Mund war trocken, das Schlucken fiel ihm schwer. Das, was die Menschen Schicksal nannten, hatte stets dunkle Schatten auf sein Leben geworfen, dachte er bitter. Erneut war ihm ein lieb gewonnener Mensch genommen worden, und jetzt auch noch die Kinder.

Erklärungen und gutes Zureden waren jetzt vergebens, er musste den Kindern die Wahrheit so schonend wie möglich beibringen. Doch wie? Igor kratzte sich unentschlossen den dichten Bart. Dann ging er langsam in die Hocke, auf Augenhöhe mit dem tapferen Michael. Seine Knie knackten laut. Einen Moment lang schauten sie sich nur in die Augen. Igor hatte das Bedürfnis, den Jungen in die Arme zu nehmen. Behutsam zog er ihn an sich und presste ihn an die Brust. Er spürte, wie Michael zitterte, und drückte ihn noch enger an sich. Er hätte alles dafür geben, dass diese Kinder bei ihm bleiben konnten, aber er wusste, dass es unmöglich war. Igor spürte heiße Wut in sich aufsteigen, die den Schmerz in den Hintergrund drängte und die unsichtbaren Fesseln um seine Brust sprengte. Endlich konnte er wieder atmen. Nur erschien ihm die Luft vergiftet, seine Lunge brannte bei jedem Atemzug heftiger. Die Flammen in seiner Brust wuchsen zu einem Inferno an.

Michael befreite sich mit sanfter Bestimmtheit aus seiner Umarmung und sah dem großen Mann ins Gesicht. Dessen Bart war nun nicht mehr so ungepflegt, sondern kurz geschnitten und an den Kanten sauber rasiert. Auch das Haar war ordentlich gekämmt. Igor hatte sogar ein weißes Hemd an.

„Ich weiß, was mit uns passiert …", setzte Michael an.

„Du kannst nicht wissen, was auf euch zukommt. Woher denn auch? Das weiß wahrscheinlich nicht einmal Gott. Doch die Zukunft, die uns erwartet, wird viele Menschenleben kosten. Die Deutschen haben uns den Krieg erklärt, und ihr werdet die ersten Opfer dieses Krieges sein. Dieser Pulski wird euch morgen mitnehmen, euch und die anderen Deutschen."

Als Michael protestieren wollte, legte ihm Igor den Zeigefinger auf die Lippen. „Als Erstes werden wir eure Mutter zu Grabe tragen. Ich verspreche euch, so wahr ich hier vor euch stehe, dass ich mich um ihre Beerdigung kümmern werde." Die sonst so feste Stimme schwankte.

„Ich will aber nicht gehen", flüsterte Michael.

Erneut erschütterte der Donner die Welt, diesmal so laut, dass die Fensterscheiben klirrten.

„Ich weiß", versetzte der große Mann traurig. „Ich weiß." Dann stand er auf. Seine Hand lag schwer auf Michaels Schulter, als er ihn Richtung Tür schob. „Du und deine Geschwister müsst euch jetzt waschen gehen und saubere Sachen anziehen …"

„Aber wir haben keine", unterbrach ihn Michael und schaute zu Igor auf. Der trotzige Ausdruck war aus seinen Augen verschwunden. Doch Igors abwesender Blick schien durch ihn hindurchzugehen. Als er in die Realität zurückkehrte, winkte er Gregor und Anita zu sich. Die beiden gehorchten, und er drückte jedem der Kinder eine Münze in die flache Hand.

„Wisst ihr, was ein Talisman ist?", fragte er mit verschwörerisch gesenkter Stimme.

„Ein Glücksbringer", wisperte Anita und schniefte.

194

„So etwas in der Art. Diese Münzen habe ich von meinem Opa. Die bedeuten mir sehr viel, müsst ihr wissen. Als ich noch ein Kind war – so etwa in deinem Alter, Gregor –, da hat mir mein Opa diese Münzen geschenkt. Geht sorgsam damit um und zeigt sie niemandem. Verstanden?" Dabei setzte er ein übertrieben grimmiges Gesicht auf, sodass Anita zu kichern begann. Igor kniff ihr in die Wange und fuhr schließlich fort: „Wenn ihr morgen abgeholt werdet, möchte ich, dass ihr tapfer seid und immer, immer zusammenhaltet. Versprecht mir das."

Alle drei nickten. Igor öffnete die obersten Knöpfe seines Hemdes und zog eine lederne Schnur heraus, an der etwas Glänzendes befestigt war. In seiner Rechten lag eine ebensolche Münze, wie die Kinder sie in der Hand hielten. Nur war der Adler auf seiner Münze nur noch als verschwommener Umriss erkennbar. „Ich trage sie seit diesem Tag immer bei mir ..."

„Hatte deine Frau auch so eine Münze?", fragte Michael neugierig. Als er begriff, was er da gesagt hatte, hätte er sich am liebsten die Zunge abgebissen. Innerlich schalt er sich selbst einen Dummkopf. Igors Blick verfinsterte sich, seine Augenbrauen zogen sich zusammen. Das gestärkte Hemd spannte sich über seiner Brust, als er tief durchatmete. „Sie sagte, es sei Unfug, Hokuspokus. Sie glaubte nicht an solche Dinge.."

„Ist sie deswegen krank geworden?", wollte Anita mit bebender Stimme wissen.

„Vielleicht, ich weiß es nicht."

„Wir sollten uns waschen gehen", meinte Michael, um Igor aus der unangenehmen Situation zu befreien, in die er ihn mit seiner vorlauten Frage gebracht hatte. Igor nickte dankbar und gab jedem ein Bündel mit sauberen Kleidern und einer dünnen Lederschnur für die Münzen mit. Michael stand schon in der Tür, als er sich jäh umwandte und schnell noch einmal zu Igor zurücklief.

„Hast du was vergessen, Kleiner?"

„Ich möchte, dass Mama auch gewaschen wird ..."

„Selbstverständlich", entgegnete Igor. „Darum habe ich mich schon gekümmert, die Frauen werden bald da sein."

Michael nickte, umarmte Igor kurz und verschwand nach draußen.

*****

Als sie sich gewaschen und die Sachen angezogen hatten, trauten sich die Kinder nicht ins Haus zurück. Dort hatten sich viele Menschen versammelt. Einige weinten, andere murmelten leise Gebete. Viele kannten Johanna noch von der Zugfahrt, andere hatten sie hier kennengelernt. Jetzt saßen sie da und beweinten ihren Tod. Die Luft war stickig, alles roch nach Schweiß, kaltem Rauch und Trauer. Seine Mutter lag in einem Sarg aus hellem Holz. Ihr Gesicht war blass, die Haut schien fast durchsichtig.

Als die Trauergäste die Kinder bemerkten, machten sie ihnen Platz, damit die drei zu ihrer Mutter treten konnten.

„Sie war eine gute Frau und Mutter", brummte einer der alten Männer. Michael kannte ihn nicht. Die anderen pflichteten ihm bei und wiederholten seine Worte wie ein Echo aus vielen Stimmen. Worte wie „gütig" und „fürsorglich", aber auch „arme Frau" plätscherten durch den Raum und verschmolzen zu einem monotonen Stimmengewirr.

„Eure Mutter ist jetzt im Himmel, aber sie lebt in unseren Herzen weiter, denn sie war ein guter Mensch. Sie hätte noch viele Jahre verdient gehabt, doch dort oben wird sie anscheinend mehr gebraucht als auf der Erde, darum hat sie der liebe Gott zu sich geholt", sprach der kahlköpfige Greis weiter und strich mit zittriger Hand über Michaels Haar. Michael würdigte ihn keines Blickes. Er hasste falsches Mitleid.

Dann kann er selbst kein guter Mensch sein, sonst wäre er nicht so alt geworden, dachte Michael sarkastisch und bahnte sich den Weg durch die Menge. Als er dicht vor dem Sarg stand, spürte Michael, wie ihm übel wurde, und wandte den Blick ab. Eine zarte Schamröte huschte über sein Gesicht, dabei wollte er doch nur seine Mama so in Erinnerung behalten, wie sie zu Lebzeiten gewesen war, und nicht als einen toten, regungslosen Körper. „Nichts bleibt mehr als eine fleischliche Hülle, wenn der Mensch seine Reise in den Himmel antritt", hatte Pfarrer Gustav aus ihrem Dorf bei den Gottesdiensten immer gesagt. Was das genau bedeutete, wusste Michael nicht.

Ohne lange darüber nachzudenken, griff Michael in die Hosentasche und tastete nach Igors Münze. Als er das warme Metall zwischen seinen Fingern spürte, ballte er seine Hand zur Faust und hielt für einen Augenblick inne.

Ich schenke diese Münze dir, liebe Mama, du hast den Glücksbringer bestimmt nötiger als ich. Du bist allein, und wir sind zu dritt, ich hoffe, du wirst ... Der Gedanke riss ab, Michael wusste nicht, wie man richtig betete. Schnell sprach er noch ein „Vaterunser" und steckte seine Hand unter das weiße Laken, mit dem seine Mutter zugedeckt war. Als habe er Angst, etwas zu zerbrechen, schob er die Münze vorsichtig unter ihre gefalteten Hände. Zaghaft, ohne jede Hast, zog er seinen Arm wieder zurück und starrte auf die versammelten Menschen, die morgen allesamt abtransportiert werden würden.

In Michael stieg das Verlangen auf, das Geschehene rückgängig zu machen, die traurigen Gedanken so schnell wie möglich loszuwerden. Als er die teils mitleidigen, teils neugierigen Blicke nicht mehr ertrug, stapfte er nach draußen. Heiße Tränen der Wut und der Hilflosigkeit kullerten über sein Gesicht. Warum war die Welt so ungerecht? Er legte den Kopf in den Nacken, sah in den wolkenverhangenen Himmel und genoss die feinen Regentröpfchen auf seiner erhitzten Haut. Die sanfte Kühle tat ihm gut und beruhigte sein aufgebrachtes Gemüt.

„Du holst dir noch den Tod", vernahm er eine vertraute Stimme hinter sich, die ihn aus der Melancholie riss und in die Gegenwart zurückholte.

„Wir haben Frühling. Wenn es regnet, wächst alles schneller, hat meine Mama immer gesagt", entgegnete Michael leise. Dabei verzog er seine Lippen zu einem flüchtigen Lächeln.

Igor strich ihm mit gespreizten Fingern durch das feuchte Haar. „Ich habe gesehen, was du getan hast", fügte der große Mann mit trauriger Stimme hinzu. „Du hast deine Mutter sehr geliebt. So wie sie auch euch geliebt hat, doch dich mochte sie am meisten. Sie liebte es, dich in ihrer Nähe zu wissen, dich ständig um sich zu haben. Du warst ihr stets eine Stütze, hat sie mir erzählt." Er warf dem Jungen einen sorgenvollen Blick zu und ging in die Hocke. Igor wollte Michael in die Augen schauen, so wie es sein eigener Vater früher immer getan hatte, wenn er etwas Ernstes mit ihm zu klären hatte. „Weißt du, Mischa, ich finde auch, dass du eine starke Persönlichkeit bist. Du bist ein guter Freund, wenn man in eine schwierige Situation geraten ist oder einen Rat braucht."

Michael runzelte die Stirn. Er war sich nicht sicher, ob er richtig verstand, was Igor damit meinte. Der räusperte sich und fuhr dann fort: „Du hast Charakter – du musst nur deine Gefühle etwas besser im Zaum halten."

Die Augen des Jungen verengten sich. Jetzt war er noch verwirrter.

„Du darfst nicht so stur sein, und vor allem nicht so hitzköpfig. Diese Charaktereigenschaften sind im Krieg nicht gerade von Vorteil. Die Mutigsten sterben immer als Erste, musst du wissen. Das hat mir mein Vater beigebracht. *Er* kam wieder nach Hause. Seine ‚heldenhaften' Kameraden jedoch bekamen Tapferkeitsmedaillen – sie hingen lange an den Kreuzen auf ihren Gräbern. Verstehst du, was ich dir zu erklären versuche?"

„Ich bin kein Feigling ..."

„Das weiß ich, aber Besonnenheit hat nichts mit Feigheit zu tun. Sei den anderen einen Schritt voraus, handle nie aus einer Laune heraus, hörst du? Obwohl Gregor der ältere von euch beiden ist, hast du mehr Grips ... Er wird es niemals zugeben, aber er schaut zu dir auf und tut, was du sagst."

„Macht er nicht", widersprach Michael und kniff die Lippen zu einem unsichtbaren Strich zusammen.

„Doch – nur nicht sofort. Schließlich will er sich nicht von seinem jüngeren Bruder herumkommandieren lassen." Igors Hände verschwanden hinter seinem Kopf. Vorsichtig zog er die silberne Münze aus dem Hemdkragen. Sie glänzte im diesigen Tageslicht, als er Michael hinhielt.

„Warum gibst du mir deinen Glücksbringer?" Michaels Finger schlossen sich um das Medaillon.

Igor hob verlegen die Schultern und murmelte nachdenklich: „Dieser Pulski ist ein Scheißkerl ..." Michaels Augen wurden groß. Igor fluchte eigentlich nie. Für einen Moment vergaß er seine Trauer und grinste. Auch Igor rang sich ein Lächeln ab, aber es erreichte seine Augen nicht. Nur Leere und tiefe Trauer lagen darin. „Er hat mich denunziert, weißt du. Ich möchte deiner Mutter folgen."

„Das darfst du nicht!", fuhr Michael ihn zornig an.

„Aber ich werde es tun ... müssen", das letzte Wort war nur ein Hauch. „Pulski hat mich bei seinem Kommandanten des Hochverrats beschuldigt."

„Aber das stimmt doch gar nicht! Du hast niemanden verraten."

„Mein Wort – das Wort eines einfachen Bauern – steht gegen das Wort eines Soldaten, noch dazu eines Kommunisten."

„Was wird mit dir geschehen?"

„Die wollen mich in einen Gulag stecken ..."

„Dort sind mein Vater und mein Bruder auch. Falls sie überhaupt noch leben", sagte Michael traurig und drückte die Münze in seiner Hand. Der Regen hatte aufgehört, die Luft roch warm und frisch. Trotzdem fröstelte der Junge und spürte einen kalten Schauer über seinen Körper kriechen. Er schniefte und meinte: „Ich kann das nicht."

„Was?"

„Das ist *dein* Glücksbringer. Vielleicht kommst du dort nach einem Jahr wieder raus und kannst ein neues Leben beginnen. Oder das Gericht spricht dich frei, vielleicht lässt der Richter Gnade walten."

Igor lachte, bis ihm die Tränen kamen. Belustigt strich er über Michaels Wange. „Du hast ziemlich viele Bücher gelesen, nicht wahr?"

„Woher weißt du das?"

„Dein Wortschatz – meine Güte! Du sprichst wie ein Erwachsener, auf jeden Fall viel besser als dieser Pulski." Jetzt lachten beide. Igor erhob sich. Seine Knie knackten wie trockene Äste. „Ich bin alt geworden, die Gelenke müssten mal wieder geschmiert werden", raunte der große Mann und winkte Michael zum Hineingehen. Aus dem Inneren des Hauses erklangen melodische Frauenstimmen, die ein altes Trauerlied intonierten.

„Komm, wir hören mal zu, und du sagst mir, worüber sie singen", meinte Igor.

„Sie singen über das Leben und den Tod", entgegnete Michael. Diese Zeilen kannte er gut, fast auswendig. Dieses Lied hatte er oft gehört, als er klein war. Die Frauen in seinem Dorf sangen solche Lieder bei den Begräbnissen, vor allem dieses. Auch seine Mama. *Jetzt singt sie nicht mehr mit ...*

„Was sagst du?", wollte Igor wissen. Er schien ein wenig irritiert.

Ohne es zu merken, hatte Michael den Gedanken laut ausgesprochen. Er winkte beiläufig ab und starrte auf den Sarg, der eben zugedeckt wurde. Ein eisiger Schauer überlief seinen Körper. Er kaute auf seiner Unterlippe herum, bis sie anfing zu bluten. Gregor und Anita standen mit feuchten Augen dicht neben ihm. Als Michael die Hand seiner Schwester mit den Fingerspitzen berührte, zuckte sie zusammen und entzog sich ihm. „Du bist kalt! Und nass", zischte sie entrüstet. Ihr Zorn galt eigentlich nicht ihm, trotzdem fühlte er sich unbehaglich und ein wenig ausgeschlossen. Sie lehnte ihren Kopf an Gregors Schulter und begann wieder zu weinen. Gregor stand stoisch, fast regungslos da, den Blick zur Decke gerichtet. Als die Melodie verklungen war, kam Bewegung in die Menge. Ein kratzendes Schaben, dann das Dröhnen von Hammerschlägen. Zwei alte Männer, drei Frauen und Igor traten an den Sarg, hoben ihn vom Tisch und trugen ihn nach draußen.

Anitas plötzliches Wehgeschrei ging durch Mark und Bein. Erst jetzt hatte sie begriffen, was passiert war, dass ihre Mutter für immer weggegangen war und nie wieder zurückkehren würde. Gregor und Michael mussten sie festhalten. Sie biss und kratzte, fauchte wie eine Wildkatze und beschimpfte ihre Brüder. Gregor holte schon zu einer Ohrfeige aus, aber Michael warf sich in letzter Sekunde dazwischen. Anita riss sich los und lief hinter den Sargträgern her.

„Lasst mich bitte zu meiner Mama! Sie schläft nur, sie ist krank, sie braucht nur etwas Ruhe. Igor, lass sie los!", kreischte sie und schlug mit ihren kleinen Fäusten auf Igors Unterarm ein. Er ging in die Hocke und zog Anita behutsam an sich. Als sie sich an seine Brust warf, schloss Igor sie fest in die Arme. Er weinte mit ihr. Anita barg ihr Gesicht in seinem weichen Bart. Ihre Worte klangen dumpf. Igor verstand sie nicht, aber er wusste trotzdem, was sie so quälte. „Deine Mama hat dich auch lieb. Sie hat mir verraten, dass sie euch jetzt vom Himmel aus beschützen wird und immer in deinem Herzen bleibt."

„Wirklich?" Anita schaute ihn voller Hoffnung an. Er nickte, nahm sie auf den Arm und stand auf.

Die Sonne schien jetzt wieder mit voller Kraft. Die Menschenmenge stapfte durch die schlammigen Pfützen, die der Regen hinterlassen hatte. Der Friedhof war nicht weit entfernt, aber mit ihrer schweren Last war der Weg für die ausgezehrten Männer und Frauen nicht zu bewältigen. Der Sarg wurde auf einen Karren geschoben, vor den ein mächtiger Bulle gespannt war. Die Holzräder quietschten, die Frauen stimmten ein weiteres Lied an, die restlichen Trauergäste folgten der Prozession schweigend.

*****

Ihrer aller Zukunft war den Launen eines einzigen Mannes unterworfen. Pulski. Er hatte jetzt die alleinige Macht über ihr Schicksal. Das wusste auch Michael, als er auf dem Friedhof seinen Blick über die gesenkten Köpfe schweifen ließ.

Schließlich trafen seine Augen auf ein anderes Paar, in dem nichts als Hohn und gehässiger Triumph zu lesen war. Pulski stand auf einem kleinen Erdhügel. Sein hässliches Grinsen verzog sich zu einer boshaften Fratze. Er schien seine Macht in vollen Zügen zu genießen. Mit einem verächtlichen Kopfnicken deutete er auf sein nächstes Opfer – Igor. Für ihn schien das alles nur ein Spiel zu sein, in dem er selbst die Regeln bestimmte. Für Michael und die anderen war der Einsatz in Semjons Spiel höher, viel höher. Es ging dabei um ihr Leben.

Die etwa drei Dutzend deutschen Deportierten wurden von vier bewaffneten Soldaten der Roten Armee eskortiert. *Diese Männer werden uns morgen wie Vieh in die Waggons pferchen,* dachte Michael niedergeschlagen. Seine Kehle war wie zugeschnürt. Bekümmert senkte er den Kopf.

Als der Sarg hinuntergelassen war und die Grube zugeschüttet wurde, stimmte Pulski ein patriotisches Lied an, in dem es um die Vernichtung der deutschen Aggressoren und all derer ging, die sich gegen den Kommunismus und die Sowjetunion erheben wollten. Seine Kameraden fielen in den Gesang ein und grölten die zynischen Verse enthusiastisch mit. Als die letzte Strophe wiederholt wurde, forderte Pulski die Menschen mit einer ermunternden Handbewegung zum Mitsingen auf. Tatsächlich stimmten einige zaghaft mit ein, andere bewegten lautlos die Lippen. Johannas Kinder und Igor schwiegen. Pulski schulterte das Gewehr ab und richtete den Lauf auf Anita, seine Augen blieben jedoch auf Michael geheftet.

Der hätte sich eher erschießen lassen, als auf der Beerdigung seiner Mama ein Lied zu singen, in dem er und seinesgleichen als Untiere dargestellt wurden. *Nicht mit mir – und schon gar nicht heute,* dachte der Junge mit tränenfeuchten Augen. Tief in Gedanken versunken betete er das Vaterunser, so wie Mama es ihm beigebracht hatte.

„Lass ihn in Ruhe", mischte sich Igor ein. „Er kennt nicht mal den Text, stimmt's, Mischa?" Michael nickte abwesend.

„Unser Towarischtsch Titov spielt sich wieder als Beschützer auf. Soll ich dir eine Lektion erteilen? Willst du dich vielleicht dazulegen, solange die Erde noch locker ist?" Semjons Stimme war nur ein leises Zischen, trotzdem dröhnte die Drohung in Michaels Ohren wie Donner. Igor dagegen schien völlig unbeeindruckt. „Dass du in Zeiten des Friedens genauso tapfer bist, wage ich zu bezweifeln ...", erwiderte er trocken und machte sich auf den Heimweg.

Michael riskierte einen verstohlenen Blick in Pulskis Gesicht. Was sich darin spiegelte, überraschte den Jungen – es war eher Furcht als Überlegenheit und Zorn. Pulski zielte auf Igors Rücken, schloss die Augen und ... die Sekunden wurden zu einer Ewigkeit. Alle hielten den Atem an, doch keiner wagte einen Ton von sich zu geben. Bis auf ein junges Mädchen. „Bitte nicht, ein Toter am Tag ist genug", sagte es mit flehender Stimme.

„Was sagst du da, Mädchen? Ich verstehe deine Sprache nicht!" Pulskis hektisch zuckende Kaumuskeln traten in dicken Strängen hervor.

„Maria, nicht", mischte sich eine Frau auf Russisch ein. Sie wirkte erschrocken.

Michael traute seinen Augen nicht – tatsächlich, es war Maria. Seine Kehle wurde auf einmal eng, als er sie wiedererkannte.

„Und wer bist du, Frau?", schnaubte Pulski barsch.

„Annette Gruber", antwortete sie mit klarer Stimme. Sie schien keine Angst zu haben. „Meine Nichte kann kein Russisch, darum bitte ich um Nachsicht. Sie ist ja noch ein Kind."

„Dann ist es an der Zeit, ihr Manieren beizubringen."

„Gewiss, Towarischtsch ..." Die kleine Frau zögerte, ihr von feinen Falten überzogenes Gesicht lief rot an. Langsam hob sie den Blick, überlegte und stotterte dann: „Pulski, Towarischtsch Pulski." Ihre Stimme bebte.

„Wie kommt's, dass sie kein Russisch spricht, obwohl sie deine Nichte ist? Du scheinst unsere Sprache doch gut zu beherrschen. Ist sie dumm?"

„Nein, das hat andere Gründe. Ich werde Ihnen das gerne später erklären, aber jetzt lasst uns bitte gehen."

Semjon Pulski hängte sich das Gewehr wieder um und stapfte davon. „Bringt das Pack zur Siedlung zurück, ich habe noch etwas zu erledigen", schrie er über die Schulter und entfernte sich. Alle atmeten erleichtert auf. Nur Michael nicht, der unverwandt Maria anstarrte. Sie lebte und sie war hier! Zu seinem Erstaunen drehte sie sich um und kam auf ihn zu. Sie wirkte verlegen.

„Das mit deiner Mutter tut mir leid. Ich weiß nicht, was man da sagen muss, aber ihr Dahinscheiden muss schrecklich für dich sein. Auch für deine Geschwister", fügte sie hastig hinzu. „Ich kann mir vorstellen, was du im Moment fühlst."

Michaels Mund war so trocken, dass er kein Wort sagen konnte. Statt einer Antwort nickte er nur.

„Wir werden morgen ..."

„Wir auch", unterbrach er sie und hätte sich am liebsten Michael dafür geohrfeigt. Was war er nur für ein Tollpatsch.

„Dann fahren wir zusammen?", mischte sich Anita unvermittelt ein, was die peinliche Situation ein wenig auflockerte. Maria und Michael atmeten erleichtert auf, als sich auch Gregor zu ihnen gesellte und Maria mit Fragen bestürmte. Selten war Michael seinem Bruder so dankbar gewesen wie in diesem Moment.

„Kommt, wir gehen lieber weiter, bevor uns die dort Ärger machen." Mit einem Kopfnicken deutete er auf die Soldaten, die sich murrend unterhielten und eine selbstgedrehte Zigarette nach der anderen rauchten. Als der letzte Stummel im hohen Bogen davon flog, setzte sich die Menge in Bewegung. Sie folgte Igor, der den Stier führte.

24

Kasachstan, 23. Juli 1942

„Wir sind zur Abfahrt bereit", grölte draußen eine Stimme, die dumpf und heiser klang.

Alexanders Schädel brummte wie ein Bienenstock. Er lag rücklings auf den staubigen und mit Tierkot beschmierten Brettern in einem der Waggons des langen Zuges. Natürlich war er dort nicht allein. Er rappelte sich auf und lehnte sich mit dem Rücken an die schlampig zusammengezimmerte Bretterwand. Sein malträtierter Körper schmerzte bei jeder Bewegung. Seine Peiniger hatten nicht das geringste Erbarmen gezeigt. Der Anblick, der sich ihm nun bot, gab wenig Anlass zur Hoffnung. Seine Leidensgenossen sahen nicht viel besser aus. Manchen fehlte ein Arm oder ein Bein oder beides. Sie wirkten jedoch nicht wie Kriegsveteranen. Allesamt Kriegsverbrecher, so wie er. Nicht selten wünschte sich Alexander, er wäre unter der tagelangen Folter der Verhöre gestorben, als so dahinzuvegetieren.

Der Zug ruckte und setzte sich langsam in Bewegung, ein leises Pfeifen ertönte zum Zeichen der Abfahrt. Keinen der Passagiere schien es zu interessieren, ebenso wenig wie Alexander. Alles, was er wollte, war frei zu sein und keine Schmerzen mehr zu haben. Anders als bei seiner letzten Zugfahrt fror er jetzt nicht mehr, was aber nicht hieß, dass er sich besser fühlte. Hier stank alles nach verwestem Fleisch, Fäkalien und sonstigen Ausdünstungen – und diese verdammten Fliegen waren überall und kreisten um die erschöpften Menschen. Ganze Schwärme fraßen von ihrem verwesten Fleisch und trieben sie mit ihrem ohrenbetäubenden, nervtötenden Surren an den Rand des Wahnsinns.

Die Amputationswunde eines Mannes war über und über mit tausenden wuselnder Insekten bedeckt. Sein Blick war glasig und leer. Er saß genauso wie Alexander an die Planken gelehnt und flüsterte irgendetwas Unverständliches. Ab und an stöhnte der Mann und fiel in einen unruhigen Fieberschlaf, nur um schreiend wieder aufzuwachen. Jedes Mal starrte er ungläubig auf den Stumpf und fragte, wo er denn sei. Keiner der Männer sagte ein Wort. Sie hatten es satt, ihn ständig zu beruhigen. Jeder hatte seine eigenen Probleme.

„Wie ist dein Name?"

Alexander überhörte die Frage geflissentlich und schloss müde seine Augen. Eine Fliege krabbelte über seine aufgeplatzten Lippen. Es hatte keinen Sinn, die Biester zu verscheuchen, also ließ er das nervige Insekt in Ruhe.

„Ich habe gehört, du konntest fliehen?" Der neugierige Fremde ließ nicht locker. Alexander blieb stumm.

Als er neben sich eine Bewegung spürte, öffnete Alexander seine Lider einen kleinen Spalt. Sein tot geglaubter Nebenmann entfernte sich von ihm. Als Alexander erstaunt seinen Blick hob, erkannte er, dass ein schmächtiger Kerl den Toten am Hosenbein von ihm wegzog.

„Haben die dir auch die Zunge abgeschnitten wie dem dort?", unternahm der andere schnaufend einen neuen Versuch und deutete in eine Ecke des Waggons. Alexander folgte seiner Geste nicht. Er lehnte den Kopf wieder an das warme Holz und lauschte auf das metallische Rattern der Räder auf den Schienen.

„Warum hast du dich wieder fangen lassen?"

Der blitzschnelle, schraubstockartige Griff einer starken Hand an seine Wangen zwang ihn, den Mund öffnen. Die Finger des Mannes fuhren ihm tief in den Rachen und tasteten sich immer weiter voran, bis Alexander das Gefühl hatte, seine Kiefer würden aus den Gelenken gerissen. Die rechte Seite knackte laut, dort hatten ihn vorgestern mehrere Tritte getroffen.

„Na also, deine Zunge ist immer noch da, wo sie sein soll", zischte der Kerl erleichtert und lockerte seinen Klammergriff.

Alexander wollte aufspringen und dem Kerl eine Lektion erteilen, wie er es inzwischen schon oft getan hatte. Stattdessen rieb er sein Gesicht und schaute zu dem Störenfried hinüber. Dessen markant wirkendes Gesicht war von unzähligen Schrammen übersät, doch das Feuer in seinen Augen loderte, als wären sie auf einer Vergnügungsreise. Alexander fühlte sich an seinen toten Freund Elkin denken, an sein Gesicht, bevor ihn mehrere Kugeln zur Strecke gebracht hatten. Dieser Mann war auch jung, Alexander schätzte ihn auf achtzehn, vielleicht sogar noch jünger. *Ein gefährliches Alter,* dachte er, ohne den Blick von seinem Nachbarn abzuwenden. „Wenn du mir noch einmal ins Gesicht fasst, beiße ich dir im Schlaf die Gurgel durch, verstanden?", bemerkte er schließlich trocken.

Der junge Mann rieb sich unwillkürlich den Hals und schluckte. „So war das nicht gemeint, ich wollte nur … ich wollte ...", stotterte er und schluckte erneut. Auf einmal wirkte er nicht mehr so ruhig.

„Haben sie dich wegen deiner langen Finger eingesperrt?", fragte Alexander beiläufig und packte die rechte Hand des anderen.

Zu spät wollte der aufdringliche Bursche seinen Arm zurückziehen. Alexander umklammerte seinen Daumen und bog ihn nach hinten. Der junge Mann rang stöhnend nach Luft und nickte resigniert.

„Wie heißt du denn? Bist du auch ein Deutscher?"

„Ja. Ich heiße Arthur."

„Und weiter?"

„Beck – jetzt lass bitte meine Hand los, sie ist gebrochen."

Die Verblüffung über die Dreistigkeit dieses Kerls entlockte Alexander ein widerwilliges Lächeln.

„Jetzt bist du dran", forderte Arthur ihn auf und rieb sich die angeblich verletzte Rechte.

„Alexander." Mehr sagte er nicht.

„Und weiter?", äffte Arthur ihn nach. Alexander blieb ihm die Antwort schuldig. Nach einem kurzen Schweigen drehte er sich um und spähte durch die Lücken zwischen den Brettern nach draußen. Was er sah, war karg und öde. Er blickte nach links und nach rechts. Nichts als endlose Ebene. Enttäuscht setzte er sich wieder hin. Seit Tagen gab es keine topografischen Veränderungen, was wiederum hieß, dass sie entweder nach Osten oder nach Norden fuhren. Beides konnte nur Arbeitslager

bedeuten. *Worauf hoffe ich eigentlich noch?,* fragte er sich im Stillen und schloss die Augen.

„Warum wurdest du geschnappt?", meldete sich die wissbegierige leise Stimme von links erneut. *Entweder ist dieser Arthur Beck unglaublich stur oder schwachsinnig,* dachte Alexander ärgerlich. Einige Sekunden lang lauschte er dem monotonen Rattern des Zuges, dann schnalzte er ungeduldig mit der Zunge, als sein Nebenmann schon wieder zu einer Frage ansetzte.

„Ich war verletzt", erklärte er mit kehliger Stimme, die ihm auf einmal selbst fremd erschien. „Sie waren in der Überzahl und ich war dumm genug zu glauben, dass eine Flucht gelingen könnte. Es waren Jungs wie du, die mich dazu ermutigt haben ..."

„Und die haben es geschafft?"

„Ja, natürlich."

„Echt?", kam es ehrfürchtig zurück.

„Natürlich nicht! Sag mal, wie blöd bist du eigentlich? Sie wurden vor meinen Augen erschossen. Genau da traf einen von den beiden eine Kugel", fauchte Alexander und bohrte seinen Zeigefinger in Arthurs knochige Brust. Er fühlte, wie dessen Herz zu rasen begann, und drückte noch stärker. Das rhythmische Pochen schien das laute Knattern der Räder zu übertönen.

Mit verächtlichem Blick nahm Alexander seine Hand von Arthurs Brust und drückte stattdessen mit Daumen und Zeigefinger die Wangen des Jungen zusammen, bis der Mund weit offen stand – genauso, wie es Arthur bei ihm getan hatte. Und dann wiederholte er hämisch seine Worte: „Die Zunge haben sie dir aber nicht abgeschnitten? Warum sagst du denn jetzt nichts? Bist wohl nicht mehr so tapfer, was? Schau dich um. *Schau dich genau um, Mann!* Willst du so enden wie die?" Er drehte das schmale Gesicht grob nach rechts und links. Seine Finger rutschten ab, als Arthur zu weinen begann.

Angewidert ließ Alexander von ihm ab und starrte wieder nach draußen. Der Zug nahm eine lang gezogene Kurve.

Richtungsänderung, dachte er und erspähte zwei schmale Schienenstränge, die die flache Landschaft teilten. Ein flaues Gefühl breitete sich in seiner Magengrube aus. Ihm wurde schwindelig. *Hoffentlich kann ich diesen verdammten Zug bald verlassen,* fluchte er lautlos.

„Gründlicher hätte ich mich in dir nicht täuschen können, du Held", murmelte Arthur. Seine Stimme klang abwesend, als spräche er über einen schönen Traum. Unvermittelt lachte er prustend auf und spähte wie Alexander durch einen der Schlitze. „Ich dachte, du bist ein *richtiger* Held – ein Aufständischer, der dicke Eier hat", brabbelte er weiter.

„In glänzender Rüstung auf einem weißen Pferd, ja, ja", murmelte Alexander.

„Noch vor Kurzem wollte ich so sein wie du, du warst mein Vorbild. Aber jetzt bin ich nur enttäuscht. Eigentlich bist du ein Niemand ..."

Völlig gelassen ignorierte Alexander die leeren Worte und ließ den Jungen Dampf ablassen. Nach einer Weile gingen Arthur tatsächlich die Beleidigungen aus, er verstummte und starrte ins Leere.

Alexanders Gedanken schweiften ab und flogen zu seinen Geschwistern. Wo sie jetzt wohl waren? Die Angst um seine Familie kroch unter seine Kleidung und verursachte eine Gänsehaut. Lebten sie denn alle noch? Hatten sie das Zuhause verlassen müssen? Würde er sie jemals wiedersehen? Er rutschte mit dem Rücken an den Brettern hinunter, bis die Schmerzen erträglich waren, und versuchte zu schlafen.

209

25

KASACHSTAN, JULI 1942

Die ereignislose Zugfahrt dauerte jetzt schon mehrere Wochen. Michael saß mit seinen Geschwistern in einem überfüllten Waggon und ertappte er sich immer wieder dabei, dass er nach seiner Mutter suchte. Jedes Mal stellte er mit einem Stechen in der Brust fest, dass er ihren Tod noch nicht verwunden hatte. Auch seine Geschwister fragten nicht selten, was denn jetzt mit ihnen geschehen würde, wo ihre Mutter nicht mehr da war. Als ob er darauf eine Antwort gewusst hätte! Er war völlig ausgebrannt. Die beständige Sorge um sich und seine Lieben hatte seine Kräfte aufgezehrt.

Wieder war er von Maria getrennt worden. Ein weiterer Hoffnungsschimmer war erloschen. Sie hätte ihm die Stärke gegeben, weiterzukämpfen. Ihretwegen wäre er bereit gewesen, dem Schicksal die Stirn zu bieten und sich den Gefahren zu stellen, die das Leben für ihn bereithielt.

„Michael, ich habe Hunger", wisperte seine Schwester. „Und ich muss mal", fügte sie noch leiser hinzu, weil es ihr immer noch peinlich war, ihrem Bruder zu sagen, wenn sie auf die Toilette musste. Noch beschämender war, dass sie ihr Geschäft vor ihm und so vielen fremden Leuten verrichten musste.

„Gregor, rutsch mal näher", flüsterte er seinem Bruder zu. Sie gingen Schulter an Schulter in die Hocke und begannen ein Lied zu singen. Anita wollte nicht, dass jemand das leise Plätschern hörte. Natürlich wussten trotzdem alle Bescheid, stimmten jedes Mal in das Lied ein und sangen es zu Ende, auch wenn Anita schon längst fertig war.

„Ich muss auch pinkeln", raunte Gregor Michael ins Ohr, stellte sich in die Ecke und erleichterte sich dort, ohne mit dem Singen aufzuhören. Michael grinste, als er sah, dass sein Bruder im Rhythmus mit dem Hintern wackelte. Die trübe Stimmung lockerte sich ein wenig auf, und Michael entspannte sich für einen Moment.

Als das Lied zu Ende war, kehrte wieder Stille ein, nur das dumpfe Klappern der Räder war zu hören. Dann vernahm er wie aus weiter Ferne eine leise Stimme, die der eines Engels gleichkam. Jedenfalls stellte Michael sich vor, dass einen die Engel so im Himmel willkommen hießen.

Seine Nackenhaare sträubten sich und er bekam eine Gänsehaut. Alle Köpfe in dem Waggon wandten sich in die Richtung, aus der die Stimme ertönte. Die glasklaren, glockenhellen Töne schwebten durch die stickige, von Staub und Ausdünstungen geschwängerte Luft und berührten die Zuhörer tief in ihrem Innersten. Michaels Brust zog sich schmerzlich zusammen, einige Frauen weinten, die alten Männer senkten ihre Köpfe. Michaels Blick suchte immer noch nach dem Engel. In seiner Fantasie sah er ein hübsches Mädchen mit blonden, leicht gelockten Haaren und Flügeln. Doch zu seinem Erstaunen entdeckte er schließlich einen Jungen, der überhaupt nichts von einem Engel hatte. Sein Haar war struppig und ungepflegt, genau wie seine zerlumpten, dreckstarrenden Kleider. Nur die Stimme – ja, seine Stimme! Sie war so rein, so klar, dass man es mit Worten nicht beschreiben konnte.

Michael war nicht der Einzige, der den Jungen mit offenem Mund anstarrte. Der kauerte inzwischen ganz allein in einer Ecke. Die Menschen um ihn herum waren unwillkürlich ehrfürchtig vor ihm zurückgewichen. Als sein Lied verklungen war, blieb es im Waggon sehr lange Zeit still.

„Wie heißt du, Junge?", brach schließlich eine Frau das gebannte Schweigen. Er lächelte nur schüchtern. Eine spindeldürre Frau war neben ihn getreten. Nun streckte sie die Hand aus und zog ihn auf die Beine. In seinen Augen standen Tränen.

„Wie heißt du?", wiederholte die erste Frau.

„Er heißt Konstantin und ist mein jüngster Sohn.", erklärte die schmächtige Frau. „Die Soldaten haben ihn gezwungen, die Hinrichtung seines geliebten Vaters mit anzusehen. Seitdem spricht er nicht mehr – aber er weiß, dass sein Vater ihn singen hören kann."

211

Mit einem durchdringenden Kreischen kam der Zug zum Stehen. Der Junge und seine Mutter strauchelten und fielen zu Boden, auch alle anderen, die nicht saßen oder lagen, landeten auf den Brettern oder auf ihren Leidensgenossen. Viele fluchten laut, mehr vor Schreck als vor Zorn.

Das zweimalige Pfeifen ertönte. Endstation.

Sie waren endlich am Ziel ihrer Reise angelangt. Bald würde sich die Schiebetür öffnen und wer nicht schnell genug aus dem Waggon sprang, würde schmerzhaft mit einem Gewehrkolben Bekanntschaft schließen.

Michaels Rücken meldete sich mit einem dumpfen Stechen, als wolle er ihn an den letzten Halt erinnern, bei dem ihm einer der Soldaten eins übergebraten hatte. Zum Glück nur mit dem Stiefel und nicht mit dem harten Holz. Das laute Bellen der Hunde erfüllte die Luft und schürte die aufsteigende Panik. Michael atmete tief durch, nur half das nicht viel. Mit jedem Pulsschlag wuchs die Furcht. Anita drückte sich ängstlich an ihn. „Sie haben wieder Hunde dabei", wimmerte sie unter Tränen.

„Das sind nur Wachhunde, die tun uns nichts. Sie bewachen uns nur", sagte Michael kaum hörbar. Auch seine Stimme zitterte.

Wie schon einige Male zuvor mussten sich die Deportierten in einer Reihe vor den Gleisen aufstellen. Aus dem Inneren der Waggons stank es nach Unrat und Fäkalien, doch nur die Soldaten rümpften ihre Nasen, für die Deutschen war der Geruch Normalität geworden.

Michael und seine Geschwister standen ganz vorn. So lautete die Regel: Die Kleinen und Kranken mussten immer nach vorne. Michael hatte diese Regel hassen gelernt. Die Hunde schnupperten oft an ihm, und er hatte jedes Mal Angst, von einem der Deutschen Schäferhunde gebissen zu werden.

„Endlich seid ihr angekommen! Und wie ich sehe, haben tatsächlich einige von euch die Reise gut überstanden", ertönte eine Stimme, so plötzlich, dass Michael nicht begriff, woher sie kam. Auch die anderen reckten die Köpfe und schauten sich suchend um.

„Diese Siedlung trägt einen hoffnungsvollen Namen – *Nowaja Prawda,* was in eurer barbarischen Sprache so viel bedeutet wie ‚Die neue Wahrheit‘.“

Endlich konnte Michael den Mann ausmachen, dessen Stimme sich vor Selbstsicherheit und Stolz beinahe überschlug. Er war noch jung, allem Anschein nach ein „Patriot“ – so wurden alle Soldaten genannt, die ihre Uniform mit Stolz trugen –, denn auf seiner Jacke konnte er einen kleinen Lenin-Anstecker erkennen. Der Soldat lächelte, seine Wangen leuchteten rosig im Schein der Abendsonne. Er stand auf der Ladefläche eines alten Lastwagens und streckte seinen rechten Arm aus, so wie Michael es aus den Büchern und von den Lenin-Monumenten kannte.

„Unser hochgeschätzter Genosse Stalin war so gnädig, euch eine zweite Chance zu geben, um eure Sünden und Verbrechen durch eure Arbeit und euren Schweiß zu tilgen. Wer sich bereit erklärt, unserem Land treu zu dienen, dem hellen Wege des Kommunismus zu folgen, den patriotischen Aufforderungen Folge zu leisten, um die hehren Ziele unseres Häuptlings Lenin zu erreichen, dem sei versprochen, dass er am Leben bleibt. Wer sich weigert ...“ Er verstummte und legte eine bedeutungsschwangere Pause ein. Dann fuhr er mit noch lauterer Stimme fort: „Wir, das sowjetische Volk, entscheiden über die Zukunft unseres Landes, und wir sind bereit, unser Leben für die Ideologie unserer Denker zu opfern. Genosse Stalin weist uns den richtigen Weg, dem wir nur zu folgen brauchen. Jeder, der sich uns in die Quere stellt, wird niedergetrampelt und vernichtet. Wir sind das Volk, wir werden die Deutschen aus unserem Land vertreiben! Wir fürchten uns nicht davor, für unsere Vorsätze unser Leben zu geben. Alle Macht dem Volke!“ Die herumstehenden Soldaten skandierten die patriotischen Parolen wie aus einer Kehle, so lange, bis der Anführer erneut seine Hand erhob.

„Ihr, Verräter unseres Landes, seid wie ein Tumor, den es aus dem Volkskörper herauszuschneiden gilt, euch wird die Sühne für die Verbrechen eurer Landsmänner auferlegt. Es liegt allein an euch, ob ihr daran scheitert oder den Krieg dank eurer Arbeit überlebt ...“

Ab da hörte Michael dem Mann nicht mehr zu, egal, wie laut er auch wurde. *Wie blöd sind die Menschen eigentlich?,* fragte er sich und dachte an die Worte seines Vaters. „Die Welt verändert sich", hatte er eines Abends zu seiner Frau gesagt. Michael hatte wie so oft wach gelegen und seine Eltern belauscht. Wenn sein Vater so spät nach Hause kam, waren seine Erzählungen am interessantesten. Er sprach von Machtwechsel, nächtlichen Übergriffen auf Oppositionelle und Gegner des Roten Regimes, aber auch über ideologische Manipulation und Geldwäsche, was Michael bis heute nicht wirklich verstanden hatte.

Endlich verstummte der Redner und die Inhaftierten wurden in einer Reihe aufgestellt. Die Namen auf den Listen wurden abgehakt. Michael und seine Geschwister trotteten wie immer einfach hinter den anderen her. Keiner schien sich darum zu kümmern, dass sie alleine waren. Immer wieder ließ er den Blick über die Gesichter schweifen, in der Hoffnung, einen Blick auf Maria zu erhaschen. Entmutigt senkte er jedes Mal den Kopf, wenn seine Erwartung enttäuscht wurde.

„Dein Name?", erklang eine Stimme von rechts. Michael zuckte zusammen. Ein Mann mit einer Mappe stand neben ihm und klopfte ungeduldig mit einem Bleistiftstummel auf den Rand seiner Unterlage.

„Berg."

„Eltern?", blaffte ihn der Uniformierte und zog seine buschigen Augenbrauen zusammen. Michael verneinte mit einem zaghaften Kopfschütteln.

„Verdammt, was mache ich jetzt nur mit euch?", schimpfte der schlaksige Mann und rümpfte angewidert die Nase. „Warum stinkt ihr alle so fürchterlich?", sagte er zu niemand Bestimmtem und wandte sich um. Er rief einen Namen, den Michael nicht richtig verstand, und wies die Kinder an, zur Seite zu treten, damit die Anmeldung ungehindert weitergehen konnte.

Michael und seine Geschwister standen eine gefühlte Ewigkeit da, bis ein untersetzter älterer Herr im Anzug auf sie zukam. Schon durch die äußere Erscheinung hob er sich von den restlichen Männern ab. Einige hatten Gewehre und trieben unter gebrüllten Befehlen kleine Gruppen von Deutschen vor sich her.

„Das Mädchen kann ich nicht gebrauchen", beschwerte sich der Mann im Anzug leise bei dem Schreiber, trotzdem hörten ihn die Kinder sehr gut. Anscheinend war er schwerhörig, konstatierte Michael mit einem unbehaglichen Gefühl. „Sie sind zwar klein, haben aber Hunger wie die Großen", setzte er hinzu, als ihm der Soldat keine Beachtung schenkte.

„Wir werden nicht viel essen, nicht mehr als die Rationen für zwei Kinder, so können Sie eine Mahlzeit sparen", setzte sich Michael für seine Schwester ein. Als er noch etwas sagen wollte, brach seine Stimme. Der Mann winkte ihn von sich wie ein lästiges Insekt und trat noch etwas näher an den Soldaten heran. Dessen finsterer Blick ließ ihn wieder zurückweichen. „Was schlägst du vor?"

„Ich könnte ..."

„Der Nächste!", schrie der Soldat und spornte die anderen zur Eile an. Ungeduldig riss er seine Mütze vom Kopf und fuhr mit gequälter Miene durch sein dichtes Haar. *Läuse,* dachte Michael. Diese Viecher waren eine richtige Plage. An einigen Stellen hatten die kleinen Blutsauger richtige Löcher in seiner Kopfhaut hinterlassen.

„Wie ist dein Name?", brüllte der Schreiber einen Jungen an. Michael erschrak, als er Konstantin erkannte – den Jungen mit der engelsgleichen Stimme. *Wo ist seine Mutter?,* dachte er voller Sorge.

„Er heißt Konstantin. Er kann nicht sprechen, aber wunderbar singen", mischte er sich ungefragt ein.

„Woher weißt *du* das denn? Du redest wohl immer so, wie dir der Schnabel gewachsen ist, nicht wahr? Und wer ist dieser Konstantin?" Der schlaksige Mann trat einen Schritt auf ihn zu, doch anstatt zurückzuweichen, deutete Michael mit ausgestreckter Hand auf den Jungen und sagte: „Er kann einfach nicht sprechen ..."

„Lauter Invaliden – ein Volk von unnützen Fressern seid ihr", schimpfte der dürre Mann mit der Liste und zeigte mit dem Stift auf Konstantin. „Den nimmst du auch mit, das Mädchen bleibt da", sagte er zudem dicken Mann im Anzug. „Vielleicht kann

215

ich es irgendwo unterbringen." Dann winkte er die Nächsten heran. „Schneller, schneller!", brüllte er auf Deutsch.

Anscheinend das einzige Wort, das er kennt, dachte Michael und überlegte fieberhaft, wie er seiner Schwester helfen sollte, die sich an ihm festklammerte. Tränen liefen über ihre blassen Wangen. Als zwei Männer Anitas zarten Körper von ihm lösen wollten, beobachtete Michael, wie der schmale Riemen an ihrem Hals riss und die silbern glänzende Münze zu Boden fiel. Schwere Stiefel trampelten darauf herum, bis sie unter Staub und losen Erdklumpen verschwand.

Anitas Finger, die sich fest in Michaels Arm krallten, wurden mit brachialer Gewalt aufgebogen. Wie versteinert stand er da und suchte verzweifelt nach einer Lösung, die ihm um nichts in der Welt einfallen wollte. Zaghaft tastete Michael nach seinem eigenen Glücksbringer, schloss die Augen und richtete in Gedanken einen Hilferuf an Gott. Als habe ihn der Allmächtige erhört, sprudelten plötzlich die rettenden Worte aus seinem Mund: „Sie kann gut mit Kindern umgehen ... und Ihrer Frau im Haushalt zur Hand gehen ..." Woher wusste er, dass der Mann Familie hatte? Unvermittelt überkam ihn die Angst vor der eigenen Courage, aber er wollte seine Furcht auf keinen Fall zeigen. So senkte er scheinbar demütig den Kopf. Dabei fiel sein Blick auf die Stelle, wo er Anitas verlorene Münze vermutete, und tatsächlich glaubte er einen winzigen Lichtreflex zu erkennen.

In einer fließenden Bewegung beugte sich Michael nach vorne und hob das silberne Stück Metall auf. Der Mann im Anzug deutete das fälschlicherweise als eine Art Verbeugung, so wie sich Untertanen früher respektvoll vor ihren Herren verbeugt hatten. Offenbar brachte ihn das in Verlegenheit, denn er begann zu stottern. „Ich weiß nicht, ob sie so ... doch wenn ich es mir recht überlege ... jetzt, wo du es erwähnt hast. Aber für sie bekommst du keine Kopeke", wandte er sich abrupt an den Soldaten. Der Uniformierte, der immer noch mit der Zählung beschäftigt war und dem entstandenen Tumult keine Aufmerksamkeit mehr geschenkt hatte, starrte den kleinen Mann verständnislos an. „Für die Göre zahle ich nichts. Ist eine Art Entschädigung, dass du mir einen Behinderten unterschiebst.

Sieh es als Kompensation für die beschädigte Ware. Was bringt mir einer, der nicht reden kann?" Er kräuselte theatralisch die fleischigen Lippen.

„Bis auf wenige Ausnahmen sprechen sie alle unsere Sprache nicht. Aber sei's drum. Doch sie sind nicht dein Eigentum, bald werden sie weitertransportiert, vergiss das nicht. Ich habe sie alle vier auf meiner Liste stehen. Verstanden?", sagte der Schreiber. Ein kleines, in Zeitungspapier gewickeltes Paket wechselte den Besitzer. Der Soldat stopfte das Bündel in die Innentasche seiner abgenutzten Lederjacke. Ohne sich zu verabschieden, bedeutete der dicke Mann den Kindern, ihm zu folgen. „Wenn einer von euch aus der Reihe tanzt oder sich meinen Anweisungen widersetzt, dann gnade ihm Gott." Dabei hob er einen Zipfel seines Hemdes und zeigte den eingeschüchterten Kindern eine Pistole, die in seinem Hosenbund steckte.

„Von nun an bin ich für euch verantwortlich. Ihr nennt mich Onkel Fjodor, verstanden?" Er fuhr auf dem Absatz herum und sah den Kindern nacheinander in die Augen. Sein Blick war stechend, die Augen erinnerten an die einer Krähe, schwarz und gnadenlos. Michael wurde auf einmal kalt ums Herz. Anita presste sich erneut an seine Seite.

„Ja, Onkel Fjodor", flüsterten sie im Chor.

„Wir tun alles, was Sie wollen", sagte Michael, als der Mann sie weiter durchdringend anstarrte. Der nickte anerkennend. „Du gefällst mir, Junge! Du hast zwar ein vorlautes Mundwerk, aber du hast Pfiff, wie ich früher, als ich noch so jung war wie ihr."

Als Michael sich zu seiner Schwester umwandte, schnappte er erschrocken nach Luft. Aus dem Augenwinkel sah er jemanden, der ihm sehr bekannt vorkam. Er meinte Achim Scherenkind entdeckt zu haben. Alexanders früheren Schulkameraden, der mit ihnen zusammen bei Oberleutnant Petrow gewesen war. Er war auch. Was Michael stutzig machte, war die Art, wie er sich bewegt hatte. Er ging wie ein freier Mann, nicht wie ein Gefangener oder Deportierter. Michael wollte nach ihm rufen, doch Achim war so schnell aus seinem Blickfeld verschwunden, dass er zu zweifeln begann, ob er ihn überhaupt gesehen haben konnte. Vielleicht war es nur jemand gewesen, der Achim sehr ähnlich sah, überlegte Michael. Die Vorstellung, dass er vielleicht langsam verrückt wurde, bestürzte ihn zutiefst. *Nein, das muss eine Einbildung gewesen sein,* beruhigte er sich.

„Wollt ihr hier etwa Wurzeln schlagen?", fauchte der Mann die Kinder an, als auch Gregor und Konstantin stehen blieben und unentschlossen zu Michael hinüberschielten.

„Entschuldigung, Onkel Fjodor, ich hatte nur etwas gesehen, das ich hier ..."

„Richte deinen Blick zu Boden. Schau lieber auf deine Füße", schimpfte der Dicke. Ungeduldig drängte er sie vorwärts. Gregor fing sich einen Klaps auf den Hinterkopf ein, weil er gerade in Reichweite stand, was seinem kleinen Bruder wiederum einen giftigen Blick eintrug. Mit gesenktem Kopf lief Michael seinem Schicksal entgegen, dabei hielt er seine Schwester fest an der Hand und hörte sie leise wimmern. Sanft drückte er ihre schmale Hand. Sie verstand seine Geste und verstummte.

Alexander lag auf der Seite und versuchte zu schlafen. Die ewig lange Reise zermürbte ihn und zehrte an seinen Kräften. Jeden Tag rechnete er mit dem Tod. Immer mehr Insassen kamen und gingen. Manchmal dauerte es Tage, bis ein verwester Leichnam aus dem Waggon geschafft wurde. Noch immer starben die Männer an ihren Verletzungen oder ansteckenden Krankheiten. Sein Leidensgenosse Arthur war jedoch immer noch am Leben. Alexander wusste nicht, ob er sich darüber freuen oder ärgern sollte. Dieser Arthur ging ihm gehörig auf die Nerven mit seinen Gesprächen, die sie beide das Leben kosten konnten. Er bohrte ständig nach und wollte Sachen von ihm wissen, über die Alexander nicht einmal im Traum nachdenken wollte. Zum Glück schlief Arthur nachts wie ein Stein, und Alexander hatte Ruhe und Zeit für sich.

Dann konnte er endlich versuchen, sich zu entspannen. An ruhigen Schlaf war nicht zu denken. Das Rattern der Räder, das rasselnde Schnarchen, das Stöhnen und Weinen der Männer hinderten ihn daran, in einen tiefen Schlaf zu sinken. Nur wenn Alexander total erschöpft war und von dem Grauen nichts mehr mitbekam, schlief er für wenige Stunden ein.

Als seine Lider wie schwere Vorhänge zufielen, sah er Blume. Ihr tintenschwarzes, hüftlanges Haar, das in der Sonne schimmerte. Ihre schmalen Augen, den vollen Mund.

„Blume", flüsterten seine Lippen ihren ungewöhnlichen Namen. Er dachte an die Zeit seiner Genesung in dem kleinen Dorf in Kasachstan. An ihre Lieder, und wie ihr Vater sie seinetwegen gerügt hatte. Er erinnerte sich daran, wie er sie einmal heimlich beim Baden beobachtet hatte. Wie sie sich aus ihrem Kleid schälte, um in den kalten Fluss zu steigen, die verräterische Wärme in seinen Lenden. Er versuchte den Gedanken zu verscheuchen. Das Mädchen verschwamm wie eine Rauchwolke.

Würde er jemals den Seelenfrieden finden, nach dem er sich so sehnte? Warum mussten die Deutschen diesen Krieg gegen Russland führen? Wäre er doch in Gefangenschaft geblieben. Hätte er doch nur das Angebot der Deutschen angenommen. Vielleicht wäre er dann seinem Seelenfrieden jetzt näher. Wäre sein Leben in Deutschland anders verlaufen? Was wäre dann aus seiner Familie geworden? Wo waren sie jetzt? Hoffentlich waren alle noch am Leben. Dunkle Vorahnungen beschlichen ihn, als er sein Gesicht an das warme Holz presste und durch einen Spalt zwischen den Brettern lugte. Die Weite des Landes war erschreckend, sie fuhren jetzt seit mehreren Tagen, ohne auf eine Siedlung zu treffen. Ab und zu bekamen sie ein Stück Brot und etwas Wasser. Auch die toten Körper wurden einfach neben die Schienen geworfen, dann ging die Reise weiter.

Als Alexander die Augen zusammenkniff, erkannte er kleine Spitzen am Horizont, die ihn an zu Hause erinnerten. Baumwipfel von unzähligen Tannenbäumen. Sie erstreckten sich wie Zacken über den Grat eines Berges, der dadurch wie der Rücken eines Drachen aussah. Fuhren sie nach Russland?

„Denk nicht mal daran." Das kam so plötzlich, dass Alexander laut nach Luft schnappte. Er fuhr herum und sah 'in Arthurs dunklen Augen.

„Bist du verrückt, mich so zu erschrecken?", maulte er den jungen Mann an.

„Man haut nicht einfach so ab und lässt seine Freunde im", erwiderte der bissig.

„Du glaubst doch nicht, dass ich tatsächlich vorhatte ..."

„Keine Ahnung. Vielleicht stimmt es ja, was man über dich sagt ..." Der junge Mann ließ den Satz unvollendet. Er schaute jetzt seinerseits nach draußen. „Ist das die Taiga?", fragte er, ohne den Blick abzuwenden.

„Nein."

„Sibirien?","Warum ist das denn so wichtig für dich? Ist doch egal, wo wir erschossen werden", entgegnete Alexander resigniert.

„Nein, ist es nicht. Wir *werden* nicht erschossen. Wir kommen in einen Gulag und werden dort vor Erschöpfung sterben. Oder jemand rammt uns für einen Kanten Brot ein rostiges Messer in den Rücken. Was wäre dir lieber?", fauchte Arthur bissig und begab sich scheinbar gelangweilt auf seinen Schlafplatz.

Alexander gönnte seinem selbst ernannten Freund nicht die Genugtuung, ihn nun mit Fragen zu bestürmen. Anstatt sich also neben Arthur zu legen, lehnte er sich mit dem Rücken an die Bretter und schloss die Augen.

„Idiot", hörte er die gedämpfte Stimme von Arthur, bevor er in einen traumlosen Schlaf fiel.

ONKELS FJODORS HAUS

Michael, seine Geschwister und Konstantin wurden früh geweckt. Keines von den Kindern hatte richtig schlafen können. Viel zu sehr wurden sie von Sorgen und Ängsten geplagt. Die erste Nacht hatten sie auf einem Heuhaufen in einem Stall verbracht, der nach Kuhmist und Fäulnis stank. Während der langen Zugfahrt hatten sie sich an den beißenden Geruch von Fäkalien gewöhnt. Doch an die Angst und den Tod konnte sich niemand gewöhnen.

Anstatt von Onkel Fjodor wurden sie von einem anderen Mann geweckt. „Aufwachen, Kinder, der Tag hat angefangen", forderte er sie mit sanfter, aber bestimmter Stimme auf. Michael sah ihn mit seinen müden Augen prüfend an. Breitbeinig und mit in die Seiten gestemmten Armen stand der drahtige Mann vor ihnen und wartete. Sein schulterlanges hellbraunes Haar wurde von einem geflochtenen Lederriemen zusammengehalten. So hatte Michael sich die Drachentöter immer vorgestellt. Nur trug dieser anstatt einer golden glänzenden Rüstung ein mehrfach geflicktes leinenes Hemd.

„Na los, aufstehen, wenn ihr keinen Ärger wollt", schimpfte der Mann und klatschte laut in die Hände. *Als wären wir Hühner,* dachte Michael.

„Fjodor hat nicht gerade das Gemüt eines Heiligen. Wenn er euch nicht bald auf seinem Hof arbeiten sieht ... Aufstehen, das Essen muss hart erarbeitet werden", drängte er sie zur Eile. Als sie an ihm vorbeihuschten, überlegte er es sich aber noch einmal anders. „Ihr stinkt ja wie tote Ratten! Zuerst geht ihr euch waschen", murmelte der Drachentöter und hielt sich die Nase zu. Seine Stimme klang wie die eines Frosches, grinste Michael insgeheim. Die Miene des Mannes verfinsterte sich sofort. „Und du lachst auch noch", quakte er und holte zu einer Ohrfeige aus. Michael duckte sich instinktiv und barg seinen Kopf in seinen Händen.

„*Halt!*", donnerte eine tiefe Stimme. „Wenn du einen von ihnen schlägst, wirst du die restlichen Tage deines Lebens im Sitzen pissen!"

„Aber sie wollten ... vor allem der hier ...", stotternd versuchte sich der Kerl aus dem Schlamassel herauszureden. Mit der gebeugten Haltung eines Untergebenen entfernte er sich rückwärts von Michael. Seine Augen sprühten zornige Blitze und verhießen spätere Rache.

„Ihr da", grollte die Stimme. Der Mann stand irgendwo im Dunkel, sodass Michael ihn sehr gut hören, jedoch nicht sehen konnte. Er wusste nicht, vor wem er mehr Angst hatte. Vor dem Drachentöter oder vor dem Mann, dessen Stimme wie Donnergrollen klang.

Als Michael und seine Geschwister sich vorsichtig der Tür näherten, trat der unsichtbare Mann aus dem Schatten. Mit seinem Erscheinen brachte er die Kinder ins Stocken. Als Michael stehen blieb, spürte er, wie jemand ihm in den Rücken rannte. Es war niemand anderer als Konstantin, der ihm einen schuldbewussten Blick zuwarf, die Achseln zuckte und einfach hinter ihm stehen blieb.

Feiger Kerl! Nur Gregor traute sich an seine Seite. Die beiden Brüder standen Schulter an Schulter und schauten zu dem groß gewachsenen Mann auf. Gemächlich trat er mit vor der Brust gekreuzten Armen zwei Schritte vor. Sein kahler Kopf glänzte wie ein Ei, die Augen schimmerten so hell und kalt wie Eiszapfen, dass sie beinahe durchsichtig wirkten. Sein ungewöhnlich schmallippiger Mund saß ein bisschen schief. Als er sprach, bewegte sich nur die linke Gesichtshälfte, die andere hing schlaff herab.

„Wie heißt ihr denn?", erkundigte er sich beiläufig. Er klang nicht direkt gelangweilt, aber spürte Michael ein gewisses Desinteresse. Als sie ihm alle ihre Namen gesagt hatten – Anita stellte Konstantin gleich mit vor –, brummte der Berg von einem Mann: „Ich bin Stepan, mein Gehilfe da heißt Nikolai." Der Drachentöter nickte. „Ihr Kinder seid ab heute für den Stall und die Tiere verantwortlich", erklärte der Glatzköpfige kurz angebunden. „Aber auch für das Holz, damit der Ofen der Feldküche nie erkaltet und auch die Wäscherei immer heißes Wasser zum Waschen hat."

Michael und Gregor waren die Stieren zugewiesen, zwei große, sehr schöne Tiere. Ihre Hörner flößten Michael nicht nur Respekt ein, sondern auch eine gewisse Skepsis, ob er sich überhaupt an sie herantrauen durfte. Anders als die Pferde mussten sie zum Glück nicht gesattelt werden, scherzte Stepan und lachte schallend über seinen Witz. Nikolai giggelte so gezwungen mit, dass einen die Ohren schmerzten. Sie würden sich vor diesem Mann in Acht nehmen müssen. *Er ist kein Drachentöter, sondern eine falsche Schlange,* dachte Michael, während er den Mann aufmerksam beobachtete.

„Pass mal auf, Jungchen, wenn du mich ständig so anstarren tust, wirst du bald ein Auge weniger haben, verstanden?"

Recht helle ist er also auch nicht, vervollständigte Michael seinen Gedankenfluss, nickte und senkte den Kopf. *„Du darfst nicht so hitzköpfig sein",* hallten Igors Worte in seinem Kopf nach und brachten ihn umgehend zur Räson.

Anita wurden die kleineren Tiere zugeteilt, Hühner, Enten und das andere Geflügel. Auch das Melken sollte sie übernehmen, scherzte Stepan. Milchkühe gab es hier nämlich im Moment keine. „Außer die Stiere, die haben für gewöhnlich ja nur eine Zitze, was das Melken leichter macht", brummte er und grinste breit. Michael fand den Spruch gar nicht witzig, Anita verstand ihn überhaupt nicht und schaute den Mann dümmlich an.

Konstantin würde das Ausmisten übernehmen müssen.

„*Mist* ist das Signalwort, verstanden?", brummte Stepan. Konstantin nickte.

Jetzt, da alle Aufgaben verteilt und die Kinder eingewiesen waren, mussten sie sich erst einmal waschen und andere Sachen anziehen. Ihre eigene, wochenlang getragene Kleidung würde wohl verbrannt werden, sagte Stepan und drängte die kleine Gruppe, sich zu beeilen. „Los jetzt! Wer fleißig ist, bekommt Frühstück, die anderen werden an ihrem Daumen lutschen müssen", scherzte er erneut.

Michael nahm das Angebot dankend an, die Aussicht auf ein Bad und frische, saubere Kleidung stimmte ihn mehr als fröhlich, zumal der wolkenlose Sommermorgen einen schönen Tag verhieß.

Energisch schüttelte Konstantin den Kopf, als sie vor einem schmalen Bach standen. Offenbar konnte er nicht schwimmen.

„Ersaufen wirst du schon nicht. Das Mädchen kommt mit uns." Stepans Anweisungen kamen kurz und bündig. Ein merkwürdiger Unterton in seiner Stimme ließ Michael aufhorchen. Auch Gregor spitzte die Ohren und hielt in der Bewegung inne. Er hatte eben sein Hemd ausgezogen und war schon auf dem Weg ins Wasser. So etwas wie Scham kannten die Brüder nicht. Sie würden ihre Hosen auch vor Anita ausziehen, nötigenfalls aber auch vor anderen Mädchen – auch eine Lektion, die ihnen von der Zugfahrt im Gedächtnis geblieben war.

„Sie geht nur zu dem Ried dort – wollt ihr dabei zuschauen?", schnaubte Stepan verächtlich.

„Konstantin soll dorthin gehen, ich bleibe bei meinen Brüdern", flüsterte Anita.

„Und wer passt dann auf euch auf?", mischte sich Nikolai ein.

„Ach, die werden schon nicht weglaufen, wohin auch?", wiegelte Stepan ab und stampfte davon. „In zehn Minuten seid ihr bei der Scheune, verstanden? Die Sachen lasse ich hier, und du ...", er deutete auf Konstantin, „... du nimmst das Hemd und gehst dort hinüber, alles klar?" Konstantin nickte ergeben, schnappte sich das Hemd und machte, dass er wegkam. Der fiese Nikolai warf den Geschwistern einen indignierten Blick zu und drohte ihnen hinter Stepans Rücken mit der Faust.

Als die Männer endlich weg waren, konnte Michael nicht mehr länger an sich halten und begann lautlos zu weinen. Er wollte seine Geschwister nicht verunsichern. Mit einer Handvoll sandiger Erde rieb er über seine nackten Arme und Beine. Auch über die Stellen, die wund und eitrig waren. Gregor und Anita taten es ihm nach, als wollten sie all die Erniedrigung und das

225

Leid abscheuern. Sie schrubbten ihre Haut, bis sie dunkelrot schimmerte.

Plötzlich erklang ein verzweifelter Schrei. Die melodische Stimme vibrierte vor Furcht. Gleich darauf rannte Konstantin splitterfasernackt auf sie zu und wedelte mit den Armen. Er schrie so laut, dass es in den Ohren wehtat. Ohne zu überlegen, sprang er zu den aufgeschreckten Geschwistern ins Wasser.

„Du sollst singen", redete Anita auf den zu Tode erschrockenen Jungen ein. Zuerst begriff keiner, was sie da von sich gab, doch dann fielen auch Michael die Worte der Frau ein, die sich als Konstantins Mutter vorgestellt hatte.

„Ja, Konstantin, hör auf zu schreien, sing uns das, was dir dort widerfahren ist. Wer hat dich so erschreckt, was hast du dort gesehen? Sing! *Sing endlich!*", schrie Michael, packte Konstantin an den Armen und schüttelte ihn.

Der riss ungläubig die Augen auf und begann– zuerst unsicher, dann etwas lauter – tatsächlich zu singen. „Dort ist eine Schlange, sie lag auf meinen Sachen."

Im ersten Moment lachten die Kinder, doch als sie begriff, worum es ging, riss Anita ihrerseits die Augen auf und schluckte schwer. Beunruhigt schauten sich die Kinder um, ihre Augen wanderten zum Ufer, dann auf das klare Wasser.

„Eine Schlange, eine Schlange", sang Konstantin mit zittriger Stimme und deutete die ganze Zeit den kleinen Fluss abwärts.

„Ich höre wohl nicht recht", grollte es vom Ufer. „Seid ihr alle nicht ganz dicht? Ihr sollt euch waschen und nicht singen!" Stepan stand breitbeinig vor ihnen und verdeckte mit seinem riesigen Körper die Sonne. Michael leckte sich hastig über die Lippen und wählte seine Worte mit Bedacht. Eine leise Unruhe hatte sich seiner bemächtigt. Sie durften Stepan nicht verärgern, er war vielleicht ihr einziger Freund, auch wenn sie noch nicht wussten, ob sie ihm vertrauen konnten.

Das klatschende Geräusch einer Ohrfeige, die sich Nikolai eingefangen, weil er auf Anitas nackten Körper starrte, ließ die Kinder zusammenzucken. Als sie sich ihrer Blöße bewusst wurde, tauchte sie bis zum Kinn in dem kristallklaren Wasser unter. Die Schamröte stieg ihr ins Gesicht und in den Augen sammelten sich Tränen.

Der dürre Drachentöter japste wie ein Hund und hielt sich mit der Rechten die glühend rote Wange. „Sie ist noch ein Kind, verdammt! Mach bloß, dass du wegkommst, du perverses Schwein! Geh in den Stall und hol dir von mir aus eine Ziege", brüllte Stepan, dessen Halsschlagadern gefährlich anschwollen und zu pulsieren begannen. „Warum in drei Teufels Namen singt dieser Verrückte!? Fjodor wird zuerst euch und dann mir das Fell über die Ohren ziehen, ihr dummen, nichtsnutzigen Bälger! Macht, dass ihr fertig werdet!", schrie er. Michael erkannte an seinem Ton, dass er tatsächlich Angst hatte. Obwohl er viel größer und stärker war als Fjodor, fürchtete er sich vor seinem Herrn.

„Da war eine Schlange, und Konstantin kann nur dann etwas sagen, wenn er singt", warf Michael zu ihrer Verteidigung ein. Die glänzende Haut auf dem kahlen Kopf legte sich in tiefe Furchen. Die eisgrauen Augen sprühten regelrechte Funken, die Michael frösteln ließen.

„Das stimmt wirklich", mischte sich Gregor ein, was sehr ungewöhnlich war. Als er begriff, dass er die Worte tatsächlich laut ausgesprochen hatte, senkte Gregor reumütig den Kopf.

„Ihr seid in fünf Minuten am Tor", krächzte Stepan heiser, drehte sich um und schlenderte davon. Ohne nachzudenken, schlug Gregor Konstantin mit der Faust mitten ins Gesicht. Genau auf die schmale Nase. Ein Schwall Blut ergoss sich über die Lippen und tropfte am Kinn hinunter, um sich im klaren Wasser des kleinen Flüsschens aufzulösen. Der Hieb war so heftig, dass Konstantin ausrutschte und rückwärts ins Wasser fiel.

Michael und Gregor packten beinahe gleichzeitig die wild rudernden Arme des krampfhaft nach Luft schnappenden Jungen und zerrten ihn in die Senkrechte. Wankend, mit eingeknickten Beinen, kämpfte Konstantin mit seinem Gleichgewicht. Immer wieder rutschte er auf den aus.

„Warum hast du ihn geschlagen?", krächzte Michael. Auch ihm fiel jetzt das Atmen schwer.

„Er hat uns das alles eingebrockt", entgegnete Gregor mit eisiger Stimme.

„Hat er nicht! Er ist ein genauso armes Schwein wie wir, schlimmer noch, er hat niemanden mehr außer uns", raunte Michael traurig.

„Auf *mich* braucht er nicht zu zählen." Der aufgebrachte Gregor versetzte dem eingeschüchterten Konstantin einen Stoß in den Rücken, der ihn Richtung Ufer taumeln ließ. „Sieh zu, dass du dein Hemd findest", fauchte er. Konstantin ging mit gesenktem Kopf davon. Michael hatte keine Lust, Konstantin in Schutz zu nehmen. Er wusste nur zu gut, dass als Nächstes seine Nase bluten würde, wenn er sich einmischte. Er und Gregor mussten jetzt zusammenhalten. Vielleicht hatte sein großer Bruder ja recht, und sie wären ohne Konstantin besser dran.

Gregor wusch sich neben Michael, seine Unterlippe bebte immer noch vor Zorn. „Wir müssen uns dem Schicksal stellen. Ich bin kein Sklave, ich bin Gregor, und ja, ich bin ein Deutscher, verdammt noch mal. Wir sind ein stolzes Volk, und wir werden die Russen besiegen", flüsterte er monoton.

„Halt die Klappe, Gregor! Wo hast du denn das wieder aufgeschnappt? Wenn Stepan das hört, bist du ein Deutscher ohne Kopf", ermahnte ihn Michael. So plötzlich, dass sein Bruder sich nicht wehren konnte, zog er ihn am Arm, stemmte sich gegen seine Schultern und drückte ihn bis auf den steinigen Grund in das kühle Nass. Laut prustend kam Gregor wieder an die Oberfläche.

Anita kicherte leise und rief: „Ich kann deinen Pimmel sehen, und der ist blau ... und ganz winzig!" Ihre Wangen waren rot, doch auf ihren Lippen lag ebenfalls ein bläulicher Schimmer.

„Wir müssen uns aufwärmen, schnell raus aus dem Wasser." Michael zog sie mit und lief zum Ufer, schnappte sich das graue Hemd und schlüpfte hinein. Auch Anita zog sich das graue Etwas über den Kopf, schließlich auch ihr großer Bruder Gregor. Unterwäsche gab es keine, auch keine Hosen. Nur diese sackartigen Hemden aus grobem Stoff. Sie warteten kurz auf Konstantin, aber er kam nicht. Schließlich entschieden sie sich, nach ihm zu suchen. Sie liefen auf die Stelle zu, wo das Wasser von grünen Halmen umgeben war. Das Schilf raschelte sanft und vermittelte einen trügerischen Eindruck von Ruhe und Frieden. Zuerst sah Michael ein Paar nackte, schlammverschmierte Füße. Irgendetwas stimmte daran nicht. Die Schlammschicht war schon getrocknet. Eine der Zehen war unnatürlich rot und stark gekrümmt. Michael lief es eiskalt den Rücken herunter. Die Geschwister blieben abrupt stehen. Als wären sie gegen eine unsichtbare Wand gelaufen, wichen alle drei einen Schritt zurück. Einen Wimpernschlag lang warteten sie schweigend. Dann trat Gregor einen winzigen Schritt näher an den scheinbar schlafenden Körper heran.

Michael schluckte hart. Irgendwie glaubte er zu wissen, was passiert war, wollte den furchtbaren Gedanken aber nicht akzeptieren. *Nicht schon wieder,* dachte er und rieb geistesabwesend über seine Arme, auf denen die feinen Härchen zu Berge standen. Nach einem weiteren Atemzug wusste er, dass sie etwas tun mussten. Michael wollte sich Konstantin genauer ansehen und wagte sich zwei Schritte nach vorn. Unvermittelt fand er sich Auge in Auge mit einem toten Jungen wieder. Der Mund zu einem stummen Schrei aufgerissen, die Augen in Panik geweitet. Eine plötzliche Bewegung schreckte Michael auf. Es war eine Schlange, die sich im Dickicht der grünen Halme versteckt hatte. Das Ried wogte in der sanften Brise des sommerlichen Windes. *Der angenehme Lufthauch hat Konstantins Seele schon davongetragen,* dachte Michael und ballte seine Hände zu Fäusten.

„Zufrieden? Bist du immer noch ein stolzer Deutscher? Sag es! Hat er es deiner Meinung nach verdient, zu sterben, nur weil er sich vor Schlangen fürchtete? So wie ich auch? Jetzt ist er tot, verdammt ..."

„Ich habe gedacht, er ... ich dachte nur ..."

„Wir müssen es Stepan melden", mischte sich Anita aufgeregt ein. Michael unterdrückte den Drang, sich auf seinen Bruder zu stürzen, der mit hängenden Schultern dastand und reumütig auf den toten Körper starrte.

„Das wirst *du* ihm sagen, verstanden?", blaffte Michael ihn an.

„Ich werde ihn tragen."

„Was?"

„Ich werde Konstantin zurücktragen. Wir dürfen ihn hier nicht allein lassen."

„Nein! Dort könnte sich noch eine Schlange versteckt haben", rief Anita und zog ihn ängstlich an der Hand weg. Gregor riss sich aus ihrem Griff los und ging zu der Leiche hinüber. Als Michael ihm helfen wollte, Konstantins Körper aufzuheben, stieß ihn Gregor hart gegen die Brust.

„Hau bloß ab, sonst werfe ich *dich* zu den Schlangen", zischte er durch die Zähne und hievte Konstantin hoch. Die Arme und Beine hingen schlaff herunter. Gregors Gesicht wurde rot, kleine Schweißperlen traten auf seine Stirn, aber er trug Konstantin auf seinen Armen zur Scheune – allein. Michael blieb die ganze Zeit einen halben Schritt hinter ihm. Als Gregor strauchelte, packte er ihn am Arm und hielt ihn so lange fest, bis er das Gleichgewicht wiedererlangt hatte und weitergehen konnte.

So schritten sie einmal mehr stumm ihrem Schicksal entgegen. Die Gebäude des Gehöfts ragten zwischen den Baumwipfeln auf und schienen sie zur Eile anzutreiben. Michaels Brust hob und senkte sich unregelmäßig, bei jedem Atemzug wurde das laute Hämmern seines Herzens schneller.

„Ich habe ihn getötet, ich werde auch dafür gradestehen, nur ich, verstanden?", keuchte Gregor. Michael verstand zuerst gar nicht, was er da hörte. Als er endlich begriffen hatte, dass sein Bruder sich die Schuld am Tod des Jungen gab, packte er Gregor an der Schulter. Ihre Blicke trafen sich. Die dunklen Augen seines Bruders sahen ihn flehentlich an. Michael schluckte den dicken Kloß, der ihn am Atmen hinderte, hinunter, nahm den toten Jungen wortlos aus Gregors Händen und legte ihn auf die Erde. „Nein, Gregor, das warst nicht du. Eine Schlange hat ihn gebissen. Wir lassen ihn hier liegen und sagen, dass es hier passiert ist ..."

„Aber das stimmt doch gar nicht", entgegnete Gregor weinerlich.

„Doch, ich habe sie auch gesehen, genau hier, sie kam aus diesem Gebüsch da", behauptete Anita todernst und zeigte auf ein Gestrüpp aus vertrockneten Grashalmen, die früher grün und voller Leben gewesen sein mussten. Jetzt waren sie tot, genau wie Konstantin.

„Ihr meint, er wird uns glauben?"„Wenn wir alle das Gleiche erzählen", sagte Michael trocken.

Gregor nickte stumm. „So machen wir es." Seine Stimme klang heiser.

„Dann lasst uns gehen, sonst wird Stepan bald hier sein", flüsterte Anita. Mit spitzen Fingern zupfte sie eine kleine Blume ab und legte sie neben Konstantins Kopf. „Tut uns leid, Konstantin, ich hoffe, dass du jetzt bei den Engeln bist."

Ein Leichenhemd hat er ja schon an, dachte Michael und folgte seiner Schwester, die sich auf den Weg zur Scheune machte, ohne ein weiteres Wort zu verlieren. Er hörte auch die leisen Schritte seines Bruders. Das dichte Gras unter seinen Füßen fühlte sich weich an, und voller Leben. Was würde sie jetzt erwarten? Er wusste es nicht. Michael fröstelte, obwohl die warmen Sonnenstrahlen den morgendlichen Tau vertrieben hatten und wärmend über ihre Haut streichelten.

Die Arme weit ausgebreitet, strich er über die Grashalme, die im sanften Hauch des jungen Tages hin und her schwankten. Wie gerne hätte er sich auch wie Konstantin auf die Erde legen, die Augen schließen und an nichts mehr denken wollen. Einfach nur sterben. Nur die Liebe zu seinen Geschwistern hielt ihn davon ab, sich zu ertränken. *Und die Angst vor dem Tod,* fügte er in Gedanken hinzu.

Alexander lief zwischen den liegenden Körpern herum wie ein Tier im Käfig. Manche schliefen, obwohl er die hellen Strahlen der Sonne zwischen den Brettern durchschimmern sah. Sie flackerten wie schwache Lichtblitze. Eine beklemmende Vorahnung schnürte seine Brust schmerzhaft zusammen.

Als sein lästiger Nebenmann eben etwas sagen wollte, hörten sie das Quietschen der Räder. Alexander beeilte sich, zu der Schiebetür zu kommen, presste sein Gesicht an den Spalt und versuchte einen kurzen Blick zu erhaschen, um zu erfahren, wo sie dieses Mal anhalten würden. Zu seinem Erstaunen wirkte die Umgebung überhaupt nicht vertraut. Er sah ein Gebäude und Rauchwolken. *Im Sommer?,* stutzte er. Das konnte nur eins bedeuten: Fabriken und Gulag. Seine Kehle wurde eng. Ein energisches Zupfen an Alexanders Ärmel bewegte ihn dazu, sich umzusehen.

„Wo sind wir?" Wie nicht anders zu erwarten, stand Arthur dicht hinter ihm und versuchte sich an ihm vorbeizuquetschen, um auch einen Blick nach draußen zu werfen.

„Da, wo wir hingehören – in einem Gulag", konstatierte Alexander trocken. Eigentlich hätte Wut in ihm aufwallen müssen, doch alles, was er spürte, war eine endlose Leere. Mit gesenktem Kopf zwängte er sich durch den Pulk und bahnte sich seinen Weg. Er wollte nur auf seinen Platz, in seine Ecke, wo es nach Pisse und Erbrochenem stank.

„Allein wirst du die Strapazen nicht überleben, Alexander. Wir müssen jetzt zusammenhalten. Du und ich." Alexander schaute seinen Nebenmann resigniert an. „Wenn du keinen Freund hast, gibt es niemanden, der traurig ist, wenn du stirbst. Meinst du nicht, es ist besser, wir kümmern uns umeinander?" Arthur lachte albern. „Rein platonisch meine ich natürlich, aber trotzdem ..."

Ohne jegliche emotionale Regung packte Alexander ihn am Kragen und zog ihn dicht an sich heran. Die Nähte seines

Hemdes platzten, in Alexanders starken Fingern bekam der dünne Stoff Risse. „Wenn du philosophieren möchtest, dann bin ich der falsche Gesprächspartner. War das deutlich genug? Hat der feine Herr meine Botschaft begriffen, oder soll ich noch genauer darauf eingehen?", zischte Alexander und stieß den anderen grob beiseite. Arthur griff sich an den Hals und hustete, das Hemd musste ihm die Atemwege abgeschnürt haben, denn an Hals und Nacken zierten rote Striemen seine weiße Haut.

„Du bist ein … ein Misanthrop – wenn du mit der Bezeichnung überhaupt etwas anfangen kannst, du Bauerntrampel ..."

„*Ich* weiß, was ein Psychopath ist, und wenn du jetzt nicht die Schnauze hältst, wirst du am eigenen Leib spüren, wozu ich fähig bin", flüsterte Alexander drohend.

Endlich kam der Zug zum Stehen. Die Tür wurde zur Seite geschoben. Sofort strömte warme, nach Rauch stinkende Luft ins Innere des Waggons, die jedoch viel angenehmer war als der Geruch von Fäkalien und menschlichen Ausdünstungen.

„Alle Mann ins Freie treten, einer nach dem anderen. Wer sich den Befehlen widersetzt, wird auf der Stelle erschossen", erklang eine sonore Stimme, gelangweilt und vollkommen emotionslos.

Knapp die Hälfte der Männer, darunter Alexander und Arthur, sprang aus dem Zug. Viele humpelten oder hielten ihre verletzten Arme dicht an die Brust gepresst. Der grobe Splitt knirschte unter ihren Schuhsohlen. Die restlichen Insassen, die sich noch bewegen konnten, kletterten langsam aus den Waggons. Viele waren so erschöpft, dass sie sich von ihren Kameraden stützen lassen mussten, um nicht hinzufallen. Wie jedes Mal nach mehreren Tagen Fahrt schien sich die Erde unter den Füßen zu bewegen. Unsicher gesellte sich Alexander zu den Männern, die sich einige Schritte vor dem Gleis in einer Reihe aufgestellt hatten. Arthur stand nicht mehr an seiner Seite, er hielt einen Abstand von drei Männern zu ihm, sein Blick war in die Ferne gerichtet. *Hoffentlich hat er dieses Mal begriffen,* dachte Alexander zornig und sah stur geradeaus, so wie es die Soldaten stets von den Gefangenen verlangten.

233

Vier uniformierte Männer sprangen leichtfüßig in den Waggon, um nach den Zurückgebliebenen zu schauen. Einer der jungen Soldaten kletterte nach kaum einer Sekunde wieder an die frische Luft und übergab sich laut würgend direkt an einem der großen Räder. Der Gestank und der Anblick der verwesten Leichen waren so intensiv, dass auch die anderen die Nasen rümpften oder sich die Hände vors Gesicht hielten.

„Die Gefangenen treten im Gleichschritt zwei Schritte vor", brüllte ein Mann mit grauem Schnurrbart. Unbewusst wurde hier eine perfekte Selektion durchgeführt – nur die zähesten und stärksten Männer überlebten diese unmenschlichen Bedingungen, die zu einer Art Prüfung geworden waren. Die Strapazen zehrten an den Kräften und laugten die Männer aus. Alexander dachte nicht ans Aufgeben. Er hatte ein Ziel, er musste seine Familie wiedersehen, geschehe was wolle, dachte er trotzig und stapfte unsicheren Schrittes mit seinen Leidensgenossen hinter dem winkenden Kommandeur her.

„Umdrehen, stillgestanden, Blick nach vorn", befahl der Mann als Nächstes.

Alexander hörte die gedämpften Stimmen seiner Kameraden, die nicht mehr aus eigener Kraft aufstehen konnten und von den russischen Soldaten herausgezerrt werden mussten. Das dumpfe Aufschlagen ihrer Körper auf der staubigen Erde ließ ihn schaudern. Er hielt seine Lider geschlossen, was gegen den Befehl verstieß und mit dem Leben bezahlt werden musste. Ein mechanisches Klicken und eine kalte Berührung im Nacken ließen Alexander schon das Schlimmste befürchten.

„Der hier wird euch helfen. Händigt ihm ein Gewehr aus. Wenn er ein Soldat ist, wird er damit umzugehen wissen. Bei jeder falschen Bewegung dürft ihr ihn erschießen!" Die letzten Worte waren mehr an ihn gerichtet. Alexander spürte den warmen, nach Zigaretten riechenden Atem an seinem rechten Ohr. „Du musst mindestens zwei von deinen Kameraden abknallen, sonst wirst du sie bei ihrem Abgang begleiten, verstanden?" Der Druck verstärkte sich. Der Lauf der Pistole wurde hart gegen seine Halswirbel gepresst. Er nickte. Endlich löste sich der Druck.

Diese Prüfung würde eine der bisher härtesten in Alexanders Leben sein. Das schwere Gewehr in seinen Händen zitterte, ebenso der Rest seines Körpers. Alexander war schon im Begriff, die Waffe fallen zu lassen, doch ein Zungenschnalzen hinderte ihn daran.

„Entweder, oder ... Die Natur ist gnadenlos, nur die Stärksten und die Besten werden weiterleben. Der einzige Unterschied zwischen Mensch und Tier ist ...", der Soldat ließ seine Worte eine Zeitlang bedeutungsschwanger in der wabernden Luft hängen. Dann sagte er: „Wir töten nicht nur mit unseren Zähnen." Ein lauter Knall hämmerte gegen Alexanders Trommelfell. Einer der Todeskandidaten zuckte und fiel mit verzerrtem Gesicht zu Boden.

„Jetzt du." Der Graubärtige zeigte mit seiner Pistole, aus deren Lauf immer noch der blaue Rauch quoll, auf einen jungen Mann, der noch jünger war als Alexander selbst. Eins seiner Beine war mit schmutzigen Lumpen umwickelt, das andere fehlte ganz.

Bittere Galle stieg in seiner Kehle auf und verätzte Alexanders Speiseröhre. Er schluckte einige Male, legte an, zielte und flatterte mit den Lidern, um die Tränen wegzublinzeln. Durchdringend starrte er den jungen Mann an, der am Boden lag. Sein Haar war schmutzig und klebte nass an seinem Kopf. Das Gesicht verschmiert, nur die Augen schimmerten bläulich und sahen zum Himmel. *Er wird seinen Verletzungen erliegen,* beruhigte sich Alexander in Gedanken.

„Wird's bald!", schrie der Kommandant ihn von der Seite an.

„Mach es bitte schnell", erklang ein leises Flüstern. Er sah, wie der junge Mann seine Lippen bewegte, das Licht in den Augen verlor an Glanz und wurde schwächer. Alexander drückte den Abzug durch. Er tat es schnell, bevor ihm die Tränen wieder die Sicht rauben konnten. Er sah den jungen Kerl von seiner Hand niedergestreckt vor sich liegen. Eine rote Blutlache breitete sich unter dem erschlafften Körper aus. Alexander senkte das Gewehr und taumelte. Seine Gedanken kreisten in seinem Kopf. Er hob das Gewehr erneut, unterdrückte jedoch den Wunsch, den schreienden Kommandeur mit demselben Gewehr zu erschießen. Alles, was ihm fehlte, war eine weitere

Kugel. So stützte er sich einfach auf die Flinte, als wäre sie eine Krücke. Seine Beine zitterten, der Körper zuckte. Alexander weinte stumm. Warum hatte er nur abgedrückt? Weil er sich selbst in dem jungen Mann gesehen hatte? Oder verkörperte der Tote das Leiden, das er beenden wollte? Alexander wusste es nicht.

Die todbringenden Schüsse setzten dem Leiden derjenigen ein Ende, die den Kampf um das Weiterleben verloren oder aufgegeben hatten. Hier und da schrien die Verletzten, viele flehten um Gnade, andere verfluchten ihre Henker und beschimpften sie als Hurensöhne, die nicht einmal einen wehrlosen Mann richtig erschießen konnten. Die Gewehre wurden erneut geladen, Schüsse knallten, die Stimmen verstummten jedoch nicht. Zu viele waren noch am Leben. Erst nach einem Dutzend in kurzen Abständen aufeinanderfolgenden Salven konnten die leblosen Körper verladen und abtransportiert werden. Die Klepper zerrten an den Deichseln, die überladenen Karren fuhren mit quietschenden Rädern davon.

Alexanders Gelenke brannten vor Anstrengung. Er war bei dem Massaker nicht nur Zuschauer gewesen, nein, er hatte in dieser Tragödie die Rolle eines Henkers gespielt. Als die Exekution vollendet war, riss ihm einer der Soldaten das Gewehr aus den Händen und schubste ihn zurück zu seinen Kameraden. „Mörder", „Verräter", „Kameradenschwein", hörte er die dumpfen Stimmen von überall. Alexander zuckte bei jedem Wort zusammen, als wären es Hiebe.

Sein Nebenmann war mit Blut besudelt. Er atmete schwer. Wie auch viele andere hatte er die Toten auf die Karren laden müssen. „Es waren mindestens dreißig Mann, und einer von ihnen gehörte dir. Er hieß Artjom, er war mein Bruder. Du weißt, was das für dich bedeutet?", flüsterte er Alexander zu, und der wusste, das war keine leere Drohung. Alexander traute sich nicht, dem Mann in die Augen zu sehen. *Artjom,* er wiederholte den Namen wieder und wieder, um ihn sich einzuprägen. *Ich werde dich irgendwann rächen, Artjom, bei der ersten Gelegenheit,* schwor er sich und schmeckte Blut auf seiner Zunge.

„Wisst ihr, was wir mit Verrätern machen?", meldete sich der Kommandeur erneut zu Wort. Sein maliziöses Grinsen verhieß nichts Gutes. Auch sein Blick war stur auf Alexander gerichtet, in seinen Augen standen Hass und Verachtung. „Ich habe schon immer gewusst, dass ihr Abschaum seid. Zuerst seid ihr aus eurem eigenen Land geflohen in der Hoffnung, hier ein neues, besseres Leben anzufangen. Zum Glück blieb das für die meisten von euch nur ein Wunschtraum. Und jetzt ..." Er hob seine rechte Hand und gestikulierte mit der Waffe, als wäre der Pistolenlauf sein verlängerter Zeigefinger. Urplötzlich senkte sich sein gestreckter Arm. Er kniff ein Auge zu und zielte auf Alexander. Der hatte sich dem Tod noch nie so nahe gefühlt wie in diesem Moment. Er starrte in die Mündung, die auf sein Gesicht gerichtet war. Das metallische Geräusch beim Spannen des Hahns war nicht zu überhören. Alexander schwitzte aus allen Poren.

„Auf die Knie", kläffte der Kommandeur. Alexander blieb stehen, mehr noch, er hob den Kopf und sah in die glänzenden Augen seines Vollstreckers. *Ich werde nicht um Gnade flehen,* beschloss er. Das bisschen Würde, das ihm noch geblieben war, wollte er auch im Tod behalten.

Sein Gegenüber leckte nervös über seine fleischige Unterlippe. Seine Hand begann leicht zu zittern. *„Auf die Knie",* wiederholte er voller Zorn. Die Zähne gefletscht wie ein tollwütiger Hund, spie er einige Beschimpfungen aus und trat näher an sein Opfer heran.

„Auf. Die. Knie." Seine Stimme vibrierte.

„Auf die Knie!" Jetzt hatte er Alexander erreicht und hielt ihm die Waffe an die Stirn. Seine Kaumuskeln traten wie dicke Stränge unter seiner Haut hervor und zuckten. Und anstatt um Gnade und Vergebung zu betteln, brach Alexander in Gelächter aus. Zuerst verhalten, dann immer lauter.

Der Kommandeur trat einen Schritt zurück. Es war nicht auszuschließen, dass Alexander verrückt geworden war. Auch er selbst staunte über seinen Lachanfall und rechnete jede Sekunde mit dem tödlichen Schuss, konnte sich jedoch nicht zusammenreißen. Lachtränen liefen ihm übers Gesicht und tropften von seinen Wangen. *Warum lache ich, verdammt? Die anderen Männer, die hingerichtet wurden, fluchten, keuchten und flehten um Gnade – und was mache ich? Ich lache ...* Der Gedanke erschreckte ihn, konnte ihn jedoch nicht daran hindern, sich die Angst aus der Seele zu lachen.

„Schieß doch endlich, du Schwein!", schrie Alexander den Kommandeur an, der ihn wie vom Donner gerührt anstarrte. Er wich erschrocken noch einen weiteren Schritt zurück. „Haltet ihn fest", befahl er mit nicht mehr so beherrschter Stimme. Als sich mehrere Männer in Bewegung setzten, wurde es auf einmal dunkel. Finstere Wolken verdeckten die Sonne und hüllten alles in ein mattes Grau.

Riesige Regentropfen fielen geräuschlos auf die staubige Erde und hinterließen kleine, dunkle Krater. Es wurden immer mehr. Unzählige Tropfen tränkten die Erde, die müden Körper der Gefangenen und auch ihre Aufseher. Alexander hob sein Gesicht zum Himmel. Die Tropfen wurden zu Bindfäden und hüllten die Welt in Schwärze. Ein Blitz zuckte und wurde von einem Donnergrollen begleitet. Für Alexander schien die Zeit jetzt in einem anderen Tempo abzulaufen. Alles flog an ihm vorbei. Der Himmel hing tief, die schweren Wolken wurden immer größer. Das von grellen Blitzen erhellte Firmament schien in Stücke gerissen zu werden. Der Donner ließ den Boden erzittern.

„Wir brauchen den Mann, er kann Motoren reparieren.", hörte er eine schwache Stimme von irgendwoher.

„ Was?!", schrie der Kommandeur.

„Er versteht was von Technik." Wieder dieselbe Stimme, die Alexander bekannt war, dennoch wusste er sie nicht einzuordnen. Zuerst hatte Alexander die anderen Stimmen gar nicht wahrgenommen. Der Regen und das Rauschen des Blutes in seinen Ohren machten ihn taub - oder war er schon tot? Doch die Stimmen wurden lauter. „Bitte lassen Sie ihn am Leben!"

Jemand schrie.

Alexander bedeckte seine Ohren mit den Händen und lauschte nur dem Pochen seines Herzens. Die Ruhe war berauschend.

Der Regen hörte so plötzlich auf, wie er hereingebrochen war. Helle Sonnenstrahlen zerfetzten die Schwärze. Wie eine scharfe Klinge schnitt das helle Licht durch die Dunkelheit. Keiner sagte ein Wort. Alexander nahm die Hände von den Ohren und lauschte. Er quittierte das lang anhaltende Schweigen, das ihn umgab, mit einem vorsichtigen Augenzwinkern. Seine Augenlider flatterten wie die Flügel eines Schmetterlings.

Die verschwommenen Silhouetten der Männer, die ihn unschlüssig anstarrten, gewannen langsam an Schärfe, sodass Alexander ihre Gesichtszüge erkennen konnte. Rechter Hand stand der verdutzte Kommandeur, um seine Augen bildeten sich Krähenfüße, was nicht unbedingt auf gute Laune schließen ließ. Sein Blick war schneidend. Seine Augen huschten hin und her, zwischen Alexander und dem Mann, der verhindert hatte, dass man kurzen Prozess machte. Immer noch schwiegen beide. Langsam, wie in Trance, bewegte Alexander seinen schweren Kopf nach links.

„Lassen Sie den Mann frei", meldete sich die Stimme aufs Neue. Die Angst, die darin mitschwang, war nicht zu überhören. Alexander schwante nichts Gutes. Der Geschmack von Schießpulver und Tod lag auf seiner Zunge. Erst jetzt traute er sich, den Kopf zu drehen. Nun wollte er endlich wissen, wem die Stimme gehörte. Vor Anspannung ballte er seine Hände zu Fäusten, dass es in den Schultern brannte. Sein alter Schulfreund Achim Scherenkind ging an ihm vorbei und stellte sich mit gesenktem Blick zwischen ihn und den namenlosen Kommandeur. Alexander traute seinen Augen nicht. Achim war nie mutig gewesen, lief immer davon, wenn es nach Ärger roch. Und jetzt riskierte er sein Leben, um Alexander zu beschützen.

Der Kommandeur schubste den schlaksigen Achim einfach zur Seite, riss ihn am Kragen zu Boden und richtete die Waffe erneut auf Alexander.

„Schieß doch einfach, du Feigling", flüsterte Alexander und sah seinem Henker in die Augen. Das verräterische Klicken des Schlagbolzens erschien ihm so laut wie der Klang eines Schmiedehammers. Alexander schloss die Augen und ließ sich fallen. Den Schuss hörte er nicht.

Er fiel auf den Rücken. Der warme, feuchte Boden dämpfte den Aufprall. Seine Finger gruben sich tief in die schlammige Erde, wie die Klauen eines Raubvogels. *Es ist vorbei.* Eine warme Woge der Erkenntnis wie schlug über ihm zusammen.

Zum letzten Mal schaute Alexander zu seinem namenlosen Mörder auf. Dann sah er Achim, der über ihm stand und weinte. Danach kam die erlösende Schwärze.

Die Kinder hingen alle ihren eigenen Gedanken nach. Sie würden ihrem Schicksal die Stirn bieten müssen. Ihre Mutter war früher sehr oft zur Kirche gegangen, obwohl die Gottesdienste verboten waren. Doch bei den Deutschen drückte man meist ein Auge zu. Das Gotteshaus war ja auch keine richtige Kirche, nur ein kleines Haus. Ihre Mutter nannte diese schiefe Hütte eine „Kapelle". Mehr als nur einmal mussten die Kinder sie dabei begleiten. Wenn er von seiner Mutter zur Beichte mitgenommen wurde, fühlte sich Michael jedes Mal mies.

Auch jetzt spürte er Zorn und Unmut in sich aufsteigen. Warum sollte er vor Gott beichten? Was war Gott? Dieses Überwesen, das so mächtig und stark war und über allem stand, war nicht imstande gewesen, seine Mutter vor dem Tod zu bewahren. Wo war er, als dieser Mann sie geschlagen und ihr Kleid zerrissen hatte? Warum hatte er ihn nicht erhört, als Michael Tag und Nacht für seine Mutter gebetet hatte? Jetzt würden Michael und seine Geschwister einem anderen, viel mächtigeren Gott gegenübertreten: Stepan. Ein grobschlächtiger, kahlköpfiger Riese. *Ein Gott des Zorns,* dachte Michael ängstlich, ein kalter Schauder kroch über seinen Rücken, als er an den Blick dieses Mannes dachte. Er würde keine Gnade walten lassen, er würde sie in Stücke reißen und an die Hunde verfüttern. Vor ihm hatte Michael viel mehr Angst als vor diesem Gott, den keiner jemals gesehen hatte. Michael sprach trotzdem das „Vaterunser", ununterbrochen sagte er die Zeilen immer wieder aufs Neue auf.

Der Regen, der für diese Jahreszeit typisch war, trieb gemächlich weiter. Die tief hängenden Wolkenbänke schwebten wie graue Monster an ihnen vorüber. Getrieben von den Launen der Natur. Wie gerne wäre auch Michael weitergezogen. *So schwerelos und frei wie diese Wolken*, dachte er. Die aufgeweichte Erde war glitschig und schmatzte leise unter ihren nackten Füßen, ansonsten herrschte Totenstille, wie bei einer

Beerdigung. Sofort blitzte das tote Gesicht von Konstantin vor seinem inneren Auge auf. Sein aufgerissener Mund und die leeren Augen, die stumpf zum Himmel emporstarrten.

„Bitte, Jesus, beschütze mich und meine Brüder", hörte er die weinerliche Stimme seiner Schwester, die ihn in die Realität zurückholte.

„Vater unser im Himmel ...", betete Michael jetzt laut und deutlich. Zuerst zaghaft, dann immer sicherer fielen die Stimmen seiner Geschwister ein. Hand in Hand schritten sie ihrem Schicksal entgegen ...

Mischa
Buch 2
Vergessen

1

Konstantin

„WARTET, WA... WA... WA...ARTET AUF ... AUF MIMIMICH!!!"

Michael riss den Kopf herum. Anitas Hand zuckte zusammen und zerquetschte beinahe seine Finger.

„O Gooott!", flüsterte Gregor nach Luft schnappend. Bei der Erscheinung torkelte er rückwärts und fiel hin, als er auf dem glitschigen Boden ausrutschte. Die Augen weit aufgerissenen, so als habe er den Leibhaftigen persönlich auf sich zu rennen sehen, flüsterte er schnell ein ‚Vater unser'.

Michael erstarrte. Seine weit aufgerissenen Augen tränten. Auch er fürchtete sich vor dem, was er sah - Konstantin. Der Junge, den sie im Gras liegengelassen hatten, er lief auf sie zu.

Irgendwo krachte es erneut. Das Donnergrollen zerriss die grauen Wolken. Der blaue Himmel schimmerte für einen kurzen Augenblick durch den entstandenen Riss hindurch, um gleich darauf wieder zu verschwinden. Die riesigen Tropfen versiegten, ein greller Lichtstrahl zerschnitt die Wolken endgültig, trotzdem zitterte Michael.

Konstantin? Wie war das möglich? Ist er wie Jesus von den Toten auferstanden? Der Gedanke jagte wie ein eisiger Schauer durch seine Glieder.

Gregor stotterte unverständliche Zeilen eines Gebets, das Michael nicht kannte, Anita stieß ein ersticktes Schnauben aus.

„Wa ... wa ... wartet!" Konstantins Stimme klang nicht mehr so laut. Doch sein Lächeln wurde immer breiter.

„Sing, Konstantin, sing! Konstantin, du sollst singen! Sing!" Michael wurde mit jedem Wort lauter, bis er aus vollem Halse schrie: „Sing, sing, SING!" Er begann wie ein Wahnsinniger zu lachen. Konstantin lachte jetzt auch, breitete seine Arme aus und rannte auf sie zu. Er humpelte auf einem Bein, stolperte, flog vornüber, rappelte sich auf und sang das Lied über die Engel.

Anita kreischte vor Freude, Gregor saß einfach nur da, er gab sich Mühe, das Gesehene zu verarbeiten.

Nach einer gefühlten Ewigkeit, als ihre Stimmen heiser und die Hälse trocken waren, packte Michael seinen Freund bei den Schultern und sah ihn durchdringend an. Sein Atem ging schwer, auch Konstantin schnaufte. Tränen benetzten seine Augen.

„Wie war das möglich, Konstantin?"

Konstantins Augenbrauen fuhren leicht in die Höhe, er verstand scheinbar die Frage nicht, unentschlossen schaute er jetzt zu Anita, die dümmlich grinste, dann zu Gregor, der immer noch im hohen Gras saß und die ganze Situation abwartete.

Der Himmel klärte sich wieder, sodass sie von der Sonne gewärmt wurden.

„W ... w ... w ... wwaas m ... meinst d ... du?", stotterte er mit krächzender Stimme und schluckte mit schmerzverzerrtem Gesicht.

„Die Schlange, du wurdest doch von der Schlange gebissen." Michael war sich nicht mehr sicher, ob er das Ganze nicht nur träumte, doch die Schmerzen in der Brust und an seiner Hand schienen mehr als real zu sein. Erst jetzt fiel ihm auf, dass ein riesiges Insekt auf seinem Handrücken saß. Gierig trank es sein Blut, der Hinterleib färbte sich dunkel. Michael klatschte mit der Linken auf den Blutsauger, von dem nichts als ein roter Fleck blieb, der einem Tintenklecks sehr ähnelte.

Michael hob den Kopf und wartete auf eine plausible Erklärung.

Allmählich hellte sich Konstantins Gesicht auf. Zwei makellos weiße Zahnreihen blickten durch seine aufgeplatzten Lippen, die zu einem Lächeln wurden. „Das war keine Schlange", sang der Junge mit heller Stimme. Michael bekam erneut eine Gänsehaut. „Ich hatte nur einen Aaa ... Anfall." Auf einmal klang er sehr müde, seine Mundwinkel rutschten erneut nach unten. Er schien beschämt zu sein.

„Was für ein Anfall?", meldete sich Anita, sie klang besorgt, so wie es ein kleines Mädchen nur sein kann, ehrlich und voller Fürsorge.

„Mmmanchmal, w … w … wenn ich mich s … seeehr arg erschrecke, dann b … b … b … be … bekomme ich keine Luft und s … sehe dann wie t … t … tot aus, aber da … da … dann wache ich auf und aaaalles ist w … w … wieder gut."

„Du hast uns einen ganz schönen Schrecken eingejagt, du Arsch!" Gregors Augen waren dunkel vor Zorn. Er stand auf und warf einen Erdbrocken nach ihm, der Konstantin mitten an die Brust traf. Der zerfiel jedoch. Der Klumpen rieselte als Staub zu Boden.

„Tu … tu … tut mir leid", flüsterte Konstantin, während er den schmutzigen Fleck auf seinem Hemd verschmierte.

„Aber mich kümmert es einen Sch … Scheiß, w … w … was … d … du da s … sagst. Verpiss dich einfach!", schrie Gregor und äffte Konstantin dabei mit affektiert piepsiger Stimme nach.

Konstantins fast schon mädchenhaft weiche Züge, der sehr schlanke Körperbau, die weiße Haut, die fast schon durchsichtig war, wie auch das ständige Stottern boten für Gregor genug Angriffsfläche, um den schüchternen Jungen zu necken, das wusste Michael. Aber jetzt waren all diese Gedanken unwichtig.

„Hat dich also diese Schlange erschreckt? Und dann bist du gestorben? Ich meine umgefallen", stellte Anita fest.

„Nein, ein Wassergeist", fuhr Gregor dazwischen.

„Wirklich?" Ihr Blick wurde ernst. Sie schaute ihren Bruder und Konstantin abwechselnd an.

„Aber ich habe niemanden dort gesehen? War er so schrecklich? Wie hat er ausgesehen?" Ihre kindliche Naivität ließ sie noch an Wunder und übernatürliche Wesen glauben. „Ich habe mal eine Hexe gesehen, die kam in der Nacht, wirklich. Sie hat mich gewürgt. Stimmt's, Michael, du hast sie auch gesehen?"

„Das war Gregor", unterbrach Michael sie schnippisch.

„Lasst uns lieber weitergehen, nicht, dass Stepan auf uns wartet. Er ist schlimmer als jeder Flussgeist."

„Genau", stimmte Gregor zu und klopfte Konstantin auf den Rücken. „Warum ist aber dein großer Zeh blau?"

Konstantin rieb immer noch an seinem Hemd. „Habe mich an einem Stein angesch … sch … schlag … g ... gen."

Jetzt lachten alle losgelöst. Für einen kurzen Augenblick waren die bevorstehenden Strapazen vergessen. Sie schrien beinahe vor Erleichterung. Der Himmel klärte sich, sodass das hellblaue, fast wolkenlose Firmament über ihnen schwebte, die warmen Sonnenstrahlen schienen auf ihre Gesichter und wärmten ihre Seelen.

Als ihre Stimmen heiser, die Augen nass und die Münder trocken geworden waren, erhallte eine Stimme. Zuerst ganz von Weitem, jemand schrie einen Namen, dann kamen die Rufe immer näher. Die Stimme verlangte nach einem von ihnen.

2

Das Erwachen

Zuerst drangen nur vereinzelte Laute an sein Ohr, wie Fetzen schnappte er die Worte auf, die für ihn keinen Sinn ergaben. Sie fluteten seinen zerschundenen Geist. Alexander hörte Stimmen, viele Stimme. Menschen schrien, keuchten, fluchten, schimpften und flehten den Allmächtigen an, dem Ganzen ein Ende zu setzen.

„Du vermaledeite Schlampe, lass mir mein Bein", brüllte jemand aus vollem Hals. Seine Stimme glich einem sehr verzweifelten Mann.

Alexander versuchte die Lider zu heben, doch alles, was er zustande brachte, war ein flüchtiges Zucken mit dem rechten Zeigefinger. Ein Gefühl der Angst kroch wie ein Wurm unter seine Haut, immer tiefer, bis zu seinem Herzen, das wie wild gegen die Rippen schlug.

‚Bin ich in der Hölle angekommen?', fragte er sich selbst, flüsternd, so, dass niemand der Anwesenden hier sein Erwachen bemerken konnte, zumindest nicht sofort. Er fröstelte, seine rechte Schläfe brannte, als habe ihm jemand einen glühenden Draht durch die Schädeldecke gejagt. Die sengende Hitze ließ ihn erschaudern, er schwitzte und fror gleichermaßen. Alexander versuchte sich an das Letzte zu erinnern, ehe die Welt von der Schwärze verschluckt wurde, an den Augenblick, bevor er in das tiefe Loch der Hölle gestürzt war. Was war mit ihm passiert, welches Ereignis hatte ihm die Erinnerung genommen? Die Alpträume hafteten an ihm wie heißer Teer, der sich nur samt der Haut abreißen ließ. Einmal hatte er erlebt, wie ein Mann mit heißem Wasser übergossen wurde. Es war ein Unfall, der Mann starb qualvoll, die Haut löste sich wie heißes Wachs ab, das Fleisch darunter war blutig und knallrot. Genauso brannte jetzt auch sein Kopf. Das Pochen wurde unerträglich, die Schädeldecke drohte zu explodieren. Er wollte schreien, doch alles, was er heraus bekam, war ein zischendes Keuchen, so, als würde er ersticken. Nicht einmal die Lippen wollten sich bewegen. Am Meisten fürchtete er, bei klarem Verstand begraben zu werden, um unter der Erde qualvoll zu ersticken. Das würde passieren, wenn er nicht bald aufwachte. Die Gedanken wurden zu heißen Nadeln und brannten sich schmerzlich in sein Gehirn.

„Ich glaube, der kommt langsam zu sich. Jemand sollte Scherenkind hierher beordern, er hatte diesbezüglich eine strikte Anweisung erteilt", brummte jemand. Alexander konnte die tiefe Stimme des Mannes sehr gut und deutlich hören, er überschattete alle Geräusche, die nicht nur menschlicher Natur waren.

Ein metallisches Klimpern schallte wie eine helle Glocke. „Du da!", schrie die Stimme jemanden an, vermutlich den Tollpatsch, der die Schüssel fallen ließ. „Heb das hier sofort auf und lauf schnell in die Werkstatt zur großen Mühle, dort verlangst du nach Andrej Koslow, hast du mich verstanden?" Er klang so, als spräche er mit einem, der schwer von Begriff war.

„Mache ich", entgegnete eine zweite männliche Stimme, die jedoch viel höher und um einige Jahre jünger klang, sie gehörte einem jungen Mann, vielleicht einem Kind, dachte Alexander. Also bin ich doch nicht in der Hölle gelandet. Könnte ich mich nur an den einen verdammten Augenblick erinnern, der mein Gedächtnis wie ein Lichtschalter ausgeknipst hat.

Heiße Tränen zwängten sich unter seinen Wimpern hervor, unbeirrt kullerten sie über seine wie Pergament weiße Haut, dabei hinterließen sie durchsichtig glänzende Linien. Er öffnete leicht seine aufgeplatzten Lippen.

„Trinken", hauchte er nur das eine Wort, um erneut in den tiefen Schlaf der Sterbenden zu versinken.

3

Wiedersehen und Trennung

„I ... iich ... g ... glaub, das ... das ist meine M ... Mama", stotterte Konstantin. Mit kreidebleicher Miene schaute er seine Freunde ungläubig an, so als suche er nach einer Bestätigung. Er war von ihr aus ihm unbekannten Gründen getrennt worden. Jetzt schien sein Leben erneut eine neue Wendung zu nehmen. Als die Kinder schwiegen, sie standen nämlich nur herum, denn keiner wusste, was sie ihm sagen sollten, drehte sich Konstantin in die Richtung, aus der er die Rufe vermutete. Eine Silhouette schimmerte in der Ferne, die von zwei weiteren begleitet wurde. Erst jetzt wurde den Kindern klar, dass sie vom Weg abgekommen waren und sich die ganze Zeit von der Scheune entfernt hatten, anstatt sich ihr zu nähern.

„M ... Mama, Mama!", schrie Konstantin - die Stimme vor Freude zittrig und fremd. „Mama, ich bin hier!" Ohne sich umzuschauen, lief er auf seine Mutter zu, stolperte, fing sich jedoch, strauchelnd, ohne hinzufallen, bahnte er sich den Weg durch das hohe Gras. Auch seine Mutter sah ihren Sohn jetzt auf sich zu laufen. Sie zögerte kurz, dann lief auch sie mit erhobenen Armen auf ihr Kind zu. Sie trafen wie zwei Wellen aufeinander und verschmolzen zu einer einzigen. Die Frau drückte ihr Kind fest an sich, ging in die Knie, mit vor Freude zittrigen Händen drückte sie ihr Gesicht an die schmale Brust des Jungen. Beide weinten.

Michael verspürte bei dem Anblick einen stechenden Schmerz in der Brust. Auch seine Geschwister starrten mit tränenden Augen auf Konstantin. Wie gern würden auch Gregor und Anita sich von ihrer Mutter in den Arm nehmen lassen, nur war ihre Mama nicht mehr bei ihnen. Michael schluckte den Zorn und die Bitterkeit mit stoischer Haltung herunter. Seine Hand suchte die von Anita. „Kommt, wir müssen auch gehen, sonst gibt es Ärger", flüsterte er kaum hörbar. Anitas dünne Finger waren eiskalt, als sie sich um seine Hand schlossen.

Gregor zog an einem Grashalm und steckte sich das zarte Ende in den Mund. Der Stiel wippte in seinem rechten Mundwinkel, als er darauf zu kauen begann, dann spie er ihn mit angewidertem Gesicht wieder aus. „Schmeckt nach Kuhpisse", schimpfte er. Anita schmunzelte. „Kuhpisse", wiederholte das Mädchen das böse Wort, dabei verzog sie ihren Mund zu einem kecken Lächeln, auch Michael musste grinsen. Als er Anita anblickte, war die Traurigkeit in ihren Augen nicht mehr zu sehen, ihre Augen glänzten. Sie zog mit ihrer freien Hand an einem Grasbüschel, zupfte einen Halm heraus, kaute kurz darauf und sagte dann: „Das schmeckt wirklich nach Kuhpisse." Gregor trat nach einem Stein und schritt den beiden voraus. „Michael, du musst es auch probieren, das schmeckt wirklich nach Kuhpisse", kicherte Anita. Sie hielt ihm einen weiteren Halm vor die Lippen. „Ich glaube es dir", nuschelte er nur, ohne den Versuch zu starten, ihrer Bitte nachzugeben. Seine Schwester öffnete die Lippen, kräuselte den Mund zu einem verzerrten Strich und schüttelte dann den Kopf. Michael zog Anita hinter sich her. „Michael, warum schmeckt das Gras eigentlich nach Kuhpisse?", wollte sie dann erneut wissen.

„Weil die Kuhpisse nach Gras schmeckt", entgegnete er ein wenig zu barsch. Ihm ging die Fragerei auf die Nerven, trotzdem war er froh darüber, dass sie nicht mehr an ihre Mutter dachte und nicht mehr traurig war. Er dachte aber immer noch an seine Mutter. Der Gedanke, wo sie jetzt sein könnte, beschäftigte ihn auch sehr.

Sie hatten Konstantin eingeholt. Gemeinsam liefen sie auf die anderen Begleiter zu. Konstantins Mutter flüsterte ihm die ganze Zeit etwas zu.

„Wann werdet ihr Vernunft annehmen und den Anweisungen folgen?", schimpfte der große Mann mit der Glatze, als die Kinder samt der Frau sich den beiden Männern angeschlossen hatten.

Sie alle, außer der Frau, starrten mit gesenkten Köpfen zu Boden, ohne sich ihrer Schuld bewusst zu sein, aber einem

Erwachsenen zu widersprechen waren sie nicht gewohnt, außerdem hatten sie Angst vor weiteren Rügen und Bestrafungen, die folgen konnten, falls sie sich nicht fügten.

Michael umfasste die Münze von Igor, die an seinem Hals hing. Zaghaft knetete er sie mit seinen Fingern, dabei bewegte er stumm die Lippen.

„Warum seid ihr so schmutzig?", wollte Stepan von ihnen wissen. Seine Miene war von Zornesfalten übersät. Nun schien er noch grimmiger und furchteinflößender dreinzublicken als noch kurz zuvor.

„Wir haben gedacht, Konstantin ist gestorben, danach hat Gregor gesagt, er wird ihn tragen, aber Konstantin war zu schwer, wir wollte ihn aber nicht begraben, dann ist er wieder aufgewacht und war nicht mehr tot", plapperte Anita.

Stepans Stirn war zerfurcht, als er seine buschigen Augenbrauen hob. Seine Augen wurden zu zwei schmalen Schlitzen geworden, er konnte Anita nicht folgen. Er schüttelte heftig den Kopf und fuhr sich mit der rechten Hand ungläubig über die Glatze. „Was?! Ich verstehe kein einziges Wort. Ihr sollt so sprechen, dass ich euch auch verstehen kann - ihr deutschen Kinder", entfuhr es ihm. Seine Stimme klang wie ein Donnergrollen. Anita zuckte zusammen und suchte hinter Michaels Rücken nach Schutz.

„Er wurde von einer Schlange gebissen", hörte Michael seine Schwester flüstern, nun auf Russisch.

Konstantins Mutter schnappte mit einem Keuchen nach Luft, mit sorgenvollem Blick sah sie ihren Sohn fragend an.

„Ich ha … ha … hatte wieder einen An … Anfall", ertönte Konstantins Stimme.

„Mir reicht es jetzt langsam! Ich hab die Faxen dicke, ihr geht alle mit, ab heute werdet ihr unserem Schmied zur Hand gehen, und damit meine ich euch drei ..."

„Und Onkel Fjodor?", unterbrach ihn Michael. Als ihm bewusst wurde, dass er sich erneut ungefragt eingemischt hatte, biß er sich sofort auf die Zunge.

Zornesröte stieg dem Mann ins Gesicht. „Fjodor Iwanowitsch gehört die Holzfabrik, für die ihr bald jeden Tag in den Wald gehen werdet. Wie gesagt, damit meine ich euch alle drei. Und nun schweigt, keiner sagt mehr ein Wort. Ihr da", er deutete mit seinem großen Zeigefinger auf die beiden Brüder, „ihr macht mir keinen Ärger mehr, habt ihr Bengel mich verstanden?" Er sprach langsam, jedes Wort glich einer Drohung, seine Finger öffneten und schlossen sich mehrmals zu einer Faust.

Die Kinder stimmten dem Mann mit ängstlichen Mienen stumm zu, wie auch die Frau, die heftig mit dem Kopf nickte, dann presste sie ihren Sohn fest an sich.

Der große Mann, dessen Gesicht jetzt eine dunkelrote Farbe angenommen hatte, strich sich energisch über den kahlen Schädel, der von tiefen Furchen zerklüftet war. Er schien mit der ganzen Situation überfordert zu sein. Er ist ein wenig schwer von Begriff, dachte Michael. „Ihr beiden", fuhr der Mann mit gepresster Stimme fort, mit dem Finger deutete er auf die beiden Brüder, „und du, Stottermaul …", er machte einen Schritt auf Konstantin zu, packte ihn am Kragen und riss ihn aus der Umklammerung der verängstigten Frau, „… ihr geht mit Nikolai zum Pferdestall. Das Mädchen kommt mit mir, die Frau auch, ihr könnt hoffentlich nähen und backen."

Ohne ein weiteres Wort zu verlieren, schubste er den leichenblassen Konstantin in Michaels Richtung, im Vorbeilaufen packte er Anita am Handgelenk und zerrte sie mit sich. Noch bevor sich jemand widersetzen konnte, stellte sich Nikolai vor die drei Jungs und tätschelte mit seiner linken Hand das auf Hochglanz polierte Holz seiner Schrotflinte, die er über seiner rechten Schulter trug. Dabei entblößte er eine Reihe krummer Zähne.

„Kommt, wir haben noch viele Bäume zu fällen", sagte er mit breitem Grinsen. Michael folgte seiner Schwester mit traurigem Blick, auch sie schaute sich nach hinten um, dabei stolperte sie ständig über ihre eigenen Füße, weil sie der Mann an ihrem Arm zog.

„Los jetzt, genug der Sentimentalitäten, ihr müsst euer Essen verdienen." Der dürre Mann schubste Gregor und zwang auch Michael zum Gehen. „Eure Schwester wird ja nicht zum Schafott geführt, wenn sie einigermaßen mit einer Harke oder einer Hacke umgehen kann, so wird sie den anderen Frauen auf dem Feld zur Hand gehen, los jetzt, sonst knallt es - aber gewaltig. Onkel Fjodor duldet keine Schmarotzer. Und Emil ist ein sehr guter Mann, ihr müsst Gott danken, dass ihr so viel Glück hattet, vielleicht könnt ihr von ihm das eine oder andere lernen. Auch wenn ihr es nicht verdient habt." Er zog den Rotz die Nase hoch und spie den schleimigen Klumpen auf den nassen Boden. „Los, los." Nikolai schubste die Jungen einen nach dem anderen in eine bestimmte Richtung. Sie widersetzten sich nicht mehr.

Mit gesenkten Köpfen folgten die Jungen einem Weg, der zwei tiefe Furchen aufwies, die von großen Wagenrädern stammen mussten, und sich in weiten Bögen durch die Landschaft schlängelten.

„Dieser Weg führt direkt zum Hof, er kommt aus dem Wald, ihr werden ihn nicht nur einmal am Tag bis hin zu den Baumfällarbeiten beschreiten müssen. Aber nicht einfach so, natürlich. Ihr werdet die Baumstämme zur Holzfabrik schleppen müssen." Michael schaute den Drachenjäger, der keiner war, fragend an.

„Wisst ihr, wie man mit den Bullen umgeht?"

Die beiden Brüder runzelten die Stirn, nur Konstantin nicht, er weinte stumm und winkte seiner Mutter ununterbrochen hinterher, auch wenn sie schon längst kaum mehr zu sehen war. Michael warf einen letzten Blick über die Schulter. Die Gruppe wurde zu einem kleinen Fleck in der Landschaft. Nichts als verschwommene Silhouetten waren von ihnen geblieben.

„Wohin bringt er meine Schwester?", wollte Michael wissen, seine Stimme klang fest, obwohl er am ganzen Körper zitterte.

„Zu den Frauen, wohin denn sonst?", entgegnete Nikolai genervt. „Kommt, ihr bekommt einen Happen zu essen, danach geht es in den Wald, wir brauchen Holz. Das mit den Bullen bekommt ihr auch noch gezeigt. So dumm kann keiner sein, der

255

nicht mit einem Bullen einen Baumstamm ziehen kann. Kommt jetzt", fuhr er die Jungen an und verpasste Gregor einen Klaps auf den Hinterkopf. Gregor duckte sich, als der sehnige Mann erneut zu einem Schlag ausholte. Diesmal fuhr die Hand des Mannes ins Leere, er fluchte gedämpft und verpasste Konstatin einen Arschtritt, weil der am nächsten war.

4

Am Pferdestall

„Wer von euch ist der Älteste?"

Michael, Gregor und Konstantin zuckten mit den Schultern. Ihre Blicke waren auf den Boden gerichtet. Die Luft roch nach Heu, Pferdemist und Schweiß. Die Jungen standen in einer Reihe vor einem großen Tor. Die Stimme gehörte einem Mann, dessen Bart grau war und der ihm bis an den dicken Bauch reichte. Er trug nur eine schmutzige Leinenhose, die von einem Bändel statt eines Gürtels gehalten wurde. Sein nackter Oberkörper war behaart, wie bei einem Bergmenschen, so stellte Michael sich dieses Sagenwesen immer vor. „Wie heißt du?", fragte der Mann Gregor und zog genüsslich an seiner Pfeife. Eine gelbe Rauchwolke quoll aus seinen beiden Nasenlöchern.

„Du sollst antworten, wenn du gefragt wirst, Bengel", ertönte die unangenehme Stimme von Nikolai. Er gab Gregor einen saftigen Arschtritt, sodass er nach vorne stolperte und auf die Knie in eine Pfütze fiel.

Ein alter Mann mit riesigem Bauch, krausem Haar, das schulterlang war, grummelte unverständliche Worte in seinen Bart hinein. Er schüttelte den Kopf, ging auf Gregor zu und half ihm auf die Füße.

„Wenn du einen von den Jungen noch einmal anfasst, werde ich dir dein Gewehr sonst wohin stecken", sagte der alte Mann mit ruhiger Stimme an Nikolai gewandt. Seine trüben Augen wurden dunkel. Nikolai machte einen Schritt nach hinten.

„Komm, steh auf, Junge. Ich heiße Onkel Emil, und wie heißt du?"

„Gregor", flüsterte der Junge mit gesenktem Kopf.

„Und du?" Onkel Emil zeigte mit dem Mundstück seiner Pfeife auf Michael.

„Michael Berg, wir sind Brüder."

„Alle drei?" Die buschigen Augenbrauen fuhren nach oben. Er klopfte Gregor sachte auf die Schulter. Seine Füße, die in Gummistiefeln steckten, schmatzen laut, als er zwei Schritte auf den eingeschüchterten Konstantin zu machte. „Ich glaube, der da ist nicht euer Bruder, er hat ganz andere Gesichtszüge." Onkel Emil lächelte dabei. Auch Konstantin versuchte es mit einem Lächeln, ließ es aber bei dem Versuch bleiben. Michael schluckte schwer, war dieser alte Herr wirklich ein gutmütiger Mensch wie Igor, oder hatte er andere Absichten und spielte ihnen nur etwas vor?

„Ich ... ich ... ich, bi ... b ... bin ..." Dann brach Konstantin ab.

Onkel Emil kräuselte die Stirn und verharrte mitten in der Bewegung. Das Mundstück seiner Pfeife schwebte dicht vor seinen Lippen in der Luft. Er stand jetzt ganz nah bei den Jungen und schaute sie abwechselnd an. Sein Blick sprang von Konstantin zu Michael und wieder zurück.

„Frierst du etwa oder bist du ein Stotterer?"

„Ich ... ich ...." Mehr bekam Konstantin nicht aus sich heraus. Er war sehr aufgeregt, darum war sein Stottern jetzt so schlimm, stellte Michael fest. „Wenn er singt, dann stottert er nicht", flüsterte Michael und verfluchte sich selbst für sein vorlautes Mundwerk.

Statt einer Rüge erschallte ein lautes Lachen. Onkel Emils Bauch hüpfte dabei. „Was? Ich habe so etwas noch nie gesehen, davon gehört habe ich auch nicht. Was hast du mir hier für Wesen angeschleppt, Nikolai?" Er machte einen tiefen Zug und nickte Konstantin aufmunternd zu, während er den Rauch ausblies. „Sing mir mal was vor", ermutigte er Konstantin und strich sich mit dem Handrücken über die feuchten Augen. „Du, Nikolai, du kannst wieder gehen, ich komme mit den Bälgern schon irgendwie klar. Jetzt geh schon."

Nikolai murmelte etwas Unverständliches, drehte sich um und ging. Seine Stiefel machten schmatzende Geräusche, die mit jedem Schritt leiser wurden.

Konstantin schaute auf seine nackten Füße, die in der schlammigen Pfütze bleich wie zwei tote Fische schimmerten.

„Jetzt geniere dich nicht, ich beiße schon nicht", ermutigte ihn Onkel Emil aufs Neue. „Nur keine Hemmungen. Ich komme mir jetzt sowieso vor, als befände ich mich in Gegenwart eines außergewöhnlichen Kindes. Kannst du mich denn auch verstehen? Oder stotterst du etwa auch beim Denken?" Er klang ernst. Die Pfeife wippte in seinem Mund.

Ganz langsam hob Konstantin den Kopf. Seine Brust wurde breiter, als er einen tiefen Atemzug machte, und dann, dann sang er wieder das Lied über die Engel. Zuerst ganz leise, doch mit jeder Strophe wurde seine Stimme heller, die Worte ergreifender.

Onkel Emil verstand jedoch kein einziges Wort, trotzdem hörte er angespannt zu. Sein Blick war in die Ferne gerichtet, vom dicken Rauchnebel umhüllt war sein Gesicht ernst und nachdenklich.

5

Alexander gab unklare Laute von sich. Seine Stimme klang schwammig. Seine Augenlider flatterten wie die Flügel einer Motte. Er sah in dem immer wiederkehrenden Traum erneut seine Freunde. Andrej, wie er sterbend auf die Knie fiel, Zigeuner - dessen Kopf von einer Kugel getroffen wurde. Sie reckten ihre Hände, die nichts als Krallen waren, an denen Haut in Fetzen herabhing. Sie schrien, lippenlose Münder mit faulen Zähnen riefen seinen Namen. Alexander, Alexander …

„Lasst mich los, lasst mich los", murmelte er. Er blinzelte und schaute sich ängstlich um, als er für einen Augenblick aus seinem Delirium aufwachte, um erneut in einen tiefen Schlaf zu versinken. Er sah ein hübsches Gesicht dicht vor seinen Augen. Er wollte etwas sagen, nur seine Zunge war viel zu dick, seine Kräfte schwanden erneut, er stürzte wieder in die Dunkelheit, die Krallen der Toten zerrten an ihm, packten seine Füße und zogen ihn unter die Erde.

Er spürte nicht den nassen Lappen auf seiner Stirn, auch hörte er nicht die beruhigenden Worte einer jungen Frau, die sich um ihn kümmerte, auch nahm er nicht die Anwesenheit von Achim Scherenkind wahr. Alexander wanderte an einem Abgrund entlang. Eine verlorene Seele - zwischen zwei Welten gefangen. Der Kopfschuss war tödlich gewesen, doch Alexander weigerte sich zu sterben. Er kämpfte weiter, wollte leben, er musste zurück zu seiner Familie. Es war jetzt seine Pflicht, sich um seine Mutter und seine Geschwister zu kümmern, nachdem der Vater von ihnen gegangen war. Es war seine Aufgabe, sein Kreuz, das er zu tragen hatte. Unsägliche Wut strömte durch seine Glieder, selbst in dem Zustand, in dem er sich befand, wollte er sich an den Männern rächen, die ihm sein früheres Leben genommen hatten. Er trachtete nach Vergeltung, Auge um Auge, so stand es in der Bibel, dem heiligen Buch der Christen. Sein Atem ging stoßweise. Seine Finger verkrampften sich, zerrten an dem weißen Laken. Blut lief aus seiner

Kopfwunde, doch er lebte, und allein das zählte. Er sah einen hellen Schein in der Ferne, die Hoffnung war noch nicht gestorben. Das helle Flackern wuchs zu einer Flamme an, die Hoffnung wurde von Wut genährt, die in seiner Brust kochte.

6

Onkel Emil betrachtete den Jungen einen Augenblick lang nachdenklich. „Worum geht es in diesem Lied?" Er wartete.

Konstantin schwieg.

Der ältere Mann nahm die Pfeife aus dem Mund und strich sich mit dem Handrücken über die Lippen.

Gregor machte überhaupt keine Anstalten, sich zu Wort zu melden, er stand neben Michael und gab ihm einen leichten Schubs mit dem Ellenbogen.

Michael gab den Sinn des Textes in kurzen, abgehackten Sätzen wieder. Onkel Emil hörte interessiert zu - dabei klopfte er den verbrannten Tabak aus der Pfeife heraus, indem er den Kopf der Pfeife gegen seine Handfläche haute. Der Pfeifenkopf war an den Rändern angebrannt. Das Mundstück schien aus einem Knochen gefertigt zu sein. Michael schwieg, als er mit der Übersetzung der Worte fertig war. Mit einem nach innen gekehrten Blick sah er zu, wie die Asche von der schwieligen Hand auf die schlammige Erde rieselte. Onkel Emil räusperte sich, klopfte seine Hände von der Asche sauber, steckte die Pfeife in seine Hosentasche und schlussfolgerte: „Also werden die Menschen später zu Engeln." Er zwinkerte den Jungs aufmunternd zu.

„Was passiert mit unserer Schwester?" Michaels Blick klärte sich. Die Frage kam so unverhofft, dass der alte Mann zuerst nicht begriff, was der blonde Junge von ihm wollte und von welcher Schwester jetzt überhaupt die Rede war.

„U ... und m ... meine ... ner Mutt ... ter?", fügte Konstantin hinzu. Auch er sah den Mann fragend, ja fast schon flehentlich an.

„Die kommen zu den Frauen, sie haben es gut bei Fjodor Iwanowitsch. Er hat eine kleine Weberei, dort sind ein Paar gesunde Hände jederzeit gut zu gebrauchen. Na kommt. Folgt mir. Bevor ihr hier Wurzeln schlagt, gebe ich euch etwas zu essen, nicht, dass eure Bäuche euch am Rückgrat festwachsen." Er drehte sich um und lief zu einem Haus, das unweit der Scheune am Waldrand stand. Michael begriff nicht sofort, was Onkel Emil mit Am-Rückgrat-festwachsen gemeint hatte. Aber er vermutete, dass es sich auf ihre eingefallenen Bäuche bezog. Sofort begann sein Magen zu knurren, auch in Gregors Bauch konnte er ein blubberndes Rumoren wahrnehmen.

„Setzt euch hier auf die Treppe." Onkel Emil deutete auf die drei hölzernen Stufen, die zum Haus führten, er selbst verschwand hinter einer schiefen Tür, deren Angeln wie tausend Mäuse quietschten.

„Meinst du, er meint es wirklich ernst?", ertönte Gregors Stimme.

„Ich h ... ho ... hoffe es", stotterte Konstantin.

Michael saß in der Mitte, sodass er sich ducken musste, als Gregor dem Jungen eine Kopfnuss verpasste. „Mit dir redet doch keiner. Wegen dir müssen wir jetzt unser Essen teilen, wärst du lieber wirklich von der Schlange gebissen worden", fuhr Gregor den Jungen an, verstummte jedoch jäh, als dumpfe Schritte hinter der Tür lauter wurden, dann ging sie schon auf.

„Macht mal Platz, ihr Bälger", sagte Onkel Emil und stellte einen tönernen Krug, der mit einem weißen Tuch bedeckt war, auf die nackte Erde. Er hüstelte und gab jedem der Kinder einen blechernen Becher in die Hand. Dann griff er zum Krug. Er ging zuerst zu Konstantin. „Halte den Becher gerade, Stotterjunge", wies er den Jungen ungeduldig an. Konstantin hielt den Becher mit beiden Händen fest umklammert. „So ist es richtig", lobte ihn Onkel Emil. Vorsichtig goss er allen nacheinander etwas von der frischen Milch ein. „Trinkt langsam, und lasst auch etwas für mich übrig", ermahnte er sie, umfasste mit beiden Händen den halbleeren Krug, stellte das irdene Gefäß auf die oberste Stufe und verschwand erneut im Haus.

Als Michael einen ersten Schluck von der warmen Milch nahm, fielen ihm ängstliche, ja gar furchteinflößende Assoziationen ein - die Milch erinnerte ihn an sein Zuhause, sie schmeckte nach lang vergessenen Tagen aus der scheinbar unwirklichen Welt seiner Vergangenheit. Als er erneut einen Schluck tat, nein, er nippte nur daran, schmeckte die Milch bitter. Michael bildete sich ein, die Stimme seiner Mutter zu hören, und wie sie lachte. Dann strich sie ihm über das Haar. Michael zuckte zusammen, denn die Hand war nicht die seiner Mutter …

„Na, schmeckt euch die Milch?"

Michael blinzelte die sich anbahnenden Tränen weg, als er die nicht ganz unangenehme Stimme von Onkel Emil hinter sich vernommen hatte. Der nicht sehr große Mann, der aber trotzdem von stattlicher Statur war, zwängte sich an den drei Jungs vorbei, er ging zum Holzstapel, der sich links vor dem Eingang befand, nahm mit der rechten Hand ein größeres Holzscheit und stellte es hochkant vor den verdattert dreinschauenden Kindern auf. In der Linken hielt er ein Bündel, das er jetzt vorsichtig auseinanderwickelte. Michael trank schnell den Rest von seiner Milch leer und hielt den Alubecher mit beiden Händen fest umschlossen vor seiner Brust.

Als das weiße Leinentuch auseinandergefaltet wurde, erblickten sie einen dunklen Brotlaib, dessen Kruste schwarz und aufgesprungen war. Es duftete betörend. Der Gedanke ans Essen ließ ihnen das Wasser im Mund zusammenlaufen. Michael schluckte. Mit leuchtenden Augen starrte er auf das Brot. Onkel Emil griff an seinen rechten Stiefel und holte ein großes Messer heraus, das in ein schmuddeliges Tuch eingewickelt war. Die Klinge glänzte, als er das Messer auswickelte und von beiden Seiten an seinem Hosenbein abgestreift hatte.

Die Kruste knackste. Krümel breiteten sich auf dem weißen Tuch aus, der Duft nach frischem Brot war allgegenwärtig. In schmerzlichem Starren verharrten die Kinder, ihr ganzes Augenmerk galt dem Messer, das sich durch den Laib fraß. Als die erste Scheibe abgeschnitten war, wagte sich keiner der drei zu rühren - sie waren wie hypnotisiert.

„Wie heißt du nochmal?", wollte Onkel Emil wissen.

„Konstantin, er heißt Konstantin", sagte Gregor schnell und schluckte mehrmals.

„Hier, nimm und iss, aber pass auf, dass kein Krümel auf dem Boden landet." Konstantin blickte sich um. Michael packte den Jungen am Arm, grob schubste er ihn nach vorne. Konstantin strauchelte, fing sich jedoch, weil Michael ihn am Hemd festhielt. „Streck deine Arme aus, du Idiot", flüsterte Michael gehetzt. Konstantin zögerte. Schließlich faltete er die Hände zu einem kleinen Boot und hielt sie dicht vor der Brust hin. Einem Bettler gleich stand er da. Onkel Emil legte ihm die Scheibe in die Hände. Anstatt zurückzugehen, beugte sich Konstantin weiter nach vorne, er kauerte wie ein Bündel Elend auf den Knien und biss in das weiche Brot. Seine Bisse wurden schneller, er stopfte sich den Mund voll und verschluckte sich dabei.

„Nicht so hastig", ermahnte ihn Onkel Emil. Knurrend beugte er sich nach vorne, mit der flachen Hand schlug er Konstantin dreimal auf seinen schmächtigen Rücken. Gregor brummte einige Schimpfwörter. „Ich habe Hunger, verdammt", nuschelte er auf Deutsch, sodass Onkel Emil ihm einen fragenden Blick zuwarf.

„In meiner Gegenwart wird russisch gesprochen", sagte er ruhig, kratzte sich mit der Messerspitze am Bart und schnitt eine zweite Scheibe ab. „Jetzt du", deutete er mit dem Kinn auf Michael.

Michael hörte seinen Bruder erneut fluchen. „Verdammte Scheiße", brummte Gregor mit schmollendem Gesichtsausdruck und vor der Brust gekreuzten Armen.

„Noch so ein Wort, und du bekommst heute nichts, Gregor." Bei diesen Worten wurde Gregor kleiner.

Michael stand mit krummem Rücken vor dem Mann und streckte seine beiden Hände nach vorne. Das Brot fühlte sich weich und ein wenig feucht auf seinen Handflächen an. Michael ging wieder zurück zur Treppe. Er biss nicht hinein, er wartete, bis auch sein Bruder ein Stück Brot in seinen Händen hielt - erst dann machte er einen kleinen Bissen. Nichts in seinem Leben hatte je besser geschmeckt als dieses graue, weiche, nach Hefe und frischem Korn duftende Brot. Er ließ den Klumpen auf seiner Zunge zergehen. Onkel Emil strich die Krumen in seine

Hand und ließ sie in seinem Mund verschwinden. Den Rest des Brotes wickelte er erneut ein. Das Messer verschwand wieder in seinem rechten Stiefel. Krächzend stand er auf, machte drei Schritte auf den Krug zu, nahm ihn und trank die Milch leer.

„Nachdem ihr gegessen habt, holt ihr Wasser aus dem Bach", sagte er. „Die Eimer stehen im Stall. Die Tiere müssen getränkt werden." Mit der rechten Hand wischte er sich über den Bart. Das Bündel mit dem Brot hielt er unter dem linken Arm. „Das Fass am Tor muss später auch voll Wasser sein, danach kommt ihr wieder zu mir, ich zeige euch dann, was ihr noch zu tun habt. Der Tag ist lang, aber nicht lang genug. Bis zum Herbst seid ihr meine Leibeigenen, habt ihr mich verstanden?"

Die Kinder nickten stumm. Gregor und Konstantin hatten das Brot verschlungen, Michael nicht, er hielt ein kleines Stückchen in der linken Hand, die er zur Faust geballt hatte.

Onkel Emil hatte es bemerkt. Nur an den Augen konnte Michael erkennen, dass Onkel Emil ihn anlächelte. „Du hast es doch nicht etwa für deine Schwester aufgehoben?"

Michael nickte kaum merklich.

„Sie wird schon nicht verhungern, noch nicht. Wir wissen zwar nicht, wie lange der Krieg andauern wird, dennoch, du musst zu Kräften kommen, du bist ein Mann und brauchst mehr Brot als eine Frau. Der Winter kann hart werden, darum müssen wir jetzt dafür Sorge tragen, dass es uns in der kalten Jahreszeit an nichts fehlt. Iss dein Brot auf, das ist ein Befehl." Die letzten Worte klangen überhaupt nicht wie ein Befehl, eher wie eine Bitte. Onkel Emil schüttelte den Kopf und stampfte in die Hütte hinein.

„Wenn du es nicht essen willst ...", begann Gregor, doch Michael stopfte sich den Klumpen in den Mund und starrte seinen Bruder auffordernd an. Beide grinsten breit. Gregor schlug Michael leicht gegen die Schulter. „Arschloch", schimpfte er immer noch grinsend und schaute sich schnell um, weil ihm bewusst wurde, dass er erneut deutsch gesprochen hatte. Doch von Onkel Emil war keine Spur zu sehen.

266

„Ich habe Durst, kommt, wir holen Wasser." Gregor ließ seinen Blick über den Hof gleiten. Michael machte das Gleiche. Er sah einen Zaun, der gerichtet werden sollte, einen großen Stall mit angebauter Scheune, die riesig wirkte, einen Geräteschuppen, eine Hütte, die etwas abseits stand, davor befanden sich ein Tisch und zwei Bänke. Und überall ragten spitze Baumkronen von Nadelbäumen heraus. Dann sah Michael seinem Bruder ins Gesicht. Die honigbraunen Augen leuchteten, wie immer waren sie hellwach, auch wenn sein Gesicht bleich und verhärmt war. Die Wangen waren tief eingefallen, aber Gregor schien vor Tatendrang nur so zu strotzen. Vielleicht erhoffte er sich dadurch, eine weitere Scheibe Brot zu erarbeiten. Der Gedanke gefiel Michael, auch wenn es nur ein Wunschtraum war. Er hatte ein kleines Stück Brot in seiner linken Backe versteckt. Michael würde daran saugen, bis auch der letzte Krumen sich in seinem Mund aufgelöst hatte, aber so konnte er sich noch viele Stunden an diesem köstlichen Geschmack erfreuen. Das Gefühl, das eher innere Unruhe als Angst war, löste sich allmählich auf, alles, was blieb, war ein leichtes Zittern in den Gliedern. Michael versuchte es mit positiven Gedanken zu verdrängen. Er saugte an dem Klumpen Brot und folgte Gregor, der schnell zum Stall gerannt war. Michael sah nur seine schmutzigen Fersen und wie sich das lange Hemd im Wind aufbauschte.

7

Im Stall flimmerte die Luft vor Hitze und es stank beißend nach Kuhpisse. Michael musste den Atem anhalten. Über den zwei Kühen, die vor dem großen Tor auf dem matschigen Boden standen und mit den Schwänzen wedelten, schien die stickige Luft zu leben. Mücken und grüne Fliegen schwirrten wie schwarzen Wolken um die beiden Tiere herum. Ihre großen Augen waren von grünen Panzern mit Flügeln umsäumt. Sie schlugen mit den Schwänzen und stampften mit den Füßen, doch es half alles nichts. Die Fliegen formierten sich neu, nach kurzem Pausieren setzten sie ihren lästigen Angriff fort.

Michaels Blick schwebte über die Bretter und Heuballen – er war auf der Suche nach den Eimern. Als er nicht fündig wurde, ging er den breiten Gang entlang, tiefer in den Stall hinein. In einer dunklen Ecke standen drei Bullen und ein altes Pferd. Seine Flanken waren eingefallen, sodass Michael durch das dunkelbraune, fast schon schwarze Fell die Rippen des alten Tieres sehen konnte. Sein Papa hatte solche Pferde als Klepper bezeichnet, scherzhaft hatte er mal Gregor und Michael erklärt, sie hießen Klepper, weil ihre Knochen beim Laufen klappern. Michael hatte damals nicht wirklich daran geglaubt, dass Knochen klappern können, doch bei diesem Anblick, der sich ihm bot, schien ihm die Vorstellung nicht mehr so unrealistisch zu sein.

Endlich sah er die hölzernen Eimer. Sie standen in einer Reihe an eine Wand gelehnt, hinter sich hörte Michael, wie Konstantin giggelnd auflachte. Gregor schimpfte ihn einen dummen Depp, lachte jedoch mit.

„Ich habe sie", rief Michael über seine Schulter und lief um das alte, klapperige Tier herum, das ihn mit seinen großen schwarzen Augen anschaute und prustend zu schnaufen begann. Eine Wolke aus Fliegen stob in alle Richtungen davon. Erst jetzt sah Michael, dass das Pferd an den Augen und um die Ohren offene Wunden hatte.

Plötzlich begann Konstantin laut zu stottern. „Er ... er ... er ... er ... Gre ... Gre ... Gregor!", rief er. Doch dann wurde sein stotterndes Rufen abrupt unterbrochen. Michael hörte ein saftiges Klatschen, kurz darauf folgte ein Stöhnen. Eine Männerstimme brüllte. Unverständliche Rufe hallten von den Wänden wider. Das Pferd scheute und begann zu wiehern.

Ein zweites Klatschen entlockte auch Gregor einen lauten Aufschrei, der von einem erschrockenen Ruf „Bitte nicht!" erstickt wurde.

Michael ließ von den Eimern ab und drehte sich schnell um. Er sah, wie der graubärtige Mann mit dem prallen Wanst auf seinen Bruder einschlug. Zwei, drei, vier Mal, zählte Michael nur in Gedanken. Onkel Emil hielt einen ledernen Gürtel in der Hand. Der Riemen sauste auf Gregor nieder, surrte durch die Luft und landete mit einem lauten Klatschen auf dem schmalen Rücken. „Ich habe euch nicht bei mir aufgenommen, um von euch bestohlen zu werden", brüllte Onkel Emil. Als Konstantin nach dem muskulösen Arm griff, baumelte er wie ein Anhängsel daran, und flog bei der nächsten Bewegung zu Boden. Der nächste Schlag traf jetzt nicht mehr Gregor, sondern Konstantin. Mit weit aufgerissenen Augen japste er nach Luft. Der Gürtel traf ihn an der linken Wange. Blut quoll aus seiner Nase hervor.

Michael eilte zur Hilfe, griff jedoch den aufgebrachten und bis zur Weißglut erzürnten Mann nicht an. Er stellte sich mit zur Decke erhobenen Händen dazwischen. Onkel Emils Blick ging durch ihn hindurch. Sein vom Wetter gegerbtes Gesicht nahm weichere Züge an, die Augen sprühten nicht mehr vor Zorn, als er Michael vor sich stehen sah.

Onkel Emil atmete schwer, nicht, weil er sich vorausgabt hatte, nein, er war von den Kindern enttäuscht, stellte Michael fest, doch worin - das wusste er nicht. Dies galt es noch herauszubekommen.

Endlich senkte Onkel Emil den rechten Arm, der Gürtel baumelte wie eine tote Schlange in seiner großen Faust.

„Das nächste Mal, wenn ich euch dabei erwischen sollte, werde ich diesen Vorfall dem Herrn Genossen Pulski melden", sprach Onkel Emil mit ruhiger Stimme, die allen drei eine Gänsehaut bescherte. Michael blieb für eine Sekunde lang das Herz stehen. Die beiden Brüder wussten nur allzu gut, wer dieser

Pulski war und welche Konsequenzen es nach sich ziehen würde, falls sie in seine Hände geraten sollten. Was Michael aber noch mehr ärgerte als die eisige Angst, war die unbändige Wut auf seinen Bruder und die Unwissenheit, wessen sich sein Bruder schon wieder schuldig gemacht hatte. Sie hatten etwas angestellt, von dem Michael nichts mitbekommen hatte, aber es musste etwas Gravierendes sein, was den Mann so sehr in Rage gebracht hatte, dass er drauf und dran war, sie halb totzuschlagen.

Onkel Emil deutete mit dem Gürtel auf einen der Eimer, den Michael mitten im Gang liegen ließ, als er die Schreie gehört hatte. „Sorgt dafür, dass die Tiere nicht mehr durstig sind." Dann ging er wieder nach draußen

Gregor suchte die Schuld stets zuerst bei den anderen, auch jetzt begriff er immer noch nicht, wie knapp sie einem Todesurteil entkommen waren. „Konstantin, hättest du nicht so deppert gelacht ..." Er ballte die rechte Hand zur Faust.

„Was hast du angestellt, Gregor?", fragte Michael mit rauer Stimme, sein Hals war sandtrocken und kratzte. Er stand immer noch mit dem Rücken zu seinem Bruder gewandt und sah auf das Tor. Ohne sich umzudrehen wartete er auf die Antwort, weil die Arme schwer geworden waren, ließ er sie langsam herunter.

„Ich wollte doch nur etwas von der Milch haben, aber dieser fette Mann musste ja gleich auf mich einschlagen wie ein Irrer", ertönte die Stimme seines Bruders, die bebte und verzerrt klang.

Michael schluckte eine Beleidigung hinunter. „Benutz die Sprache, die auch Onkel Emil versteht", ermahnte er seinen Bruder.

Tatsächlich erschien der alte Mann wieder im Tor und schlenderte gemächlichen Schrittes auf sie zu. Er zog an seiner Pfeife, sein linkes Auge tränte, weil es von einer dichten Rauchwolke umnebelt war.

Gregor spuckte einen dicken Batzen Schleim auf den Boden. „Es tut mir leid, Onkel Emil, ich dachte, ein bisschen Milch würde uns allen guttun, wir haben immer noch Hunger", sprach Gregor mit gesenktem Kopf. Sein Hemd war dunkel vom

Kuhmist. Michael sah seinen Bruder mit abschätzendem Blick an. Gregor hielt einen Alubecher in der Hand, einen der drei Becher, die sie kurz zuvor von Onkel Emil bekommen hatten. Die schmutzigen Finger der linken Hand strichen über die zerbeulte Fläche, die Finger der rechten Hand hielten den Henkel fest umschlossen. Gregor wagte es nicht, den Kopf zu heben, sein dunkles Haar war schweißnass.

„Die beiden Kühe sind Jungkühe, sie haben noch nicht gekalbt, was bedeutet, sie können noch keine Milch geben. Gib mir den Becher und geh dich waschen, bevor du die Tiere tränkst. Das gilt auf für dich, Kostja."

Michael wusste, dass Kostja eine Koseform von Konstantin war. Konstantin wusste es scheinbar nicht, dumm war er aber deswegen nicht, denn auch er nickte und schickte sich an, den Stall so schnell wie möglich zu verlassen.

Also wollte Gregor tatsächlich die Kühe melken? Michael staunte über die Dreistigkeit seines Bruders, konnte sich jedoch nur mit Mühe ein flüchtiges Grinsen verkneifen. Der war schon immer ein Dummkopf, dachte Michael und sah sich die beiden an, wie sie sich hinausschlichen. Ihre Hemden waren am Rücken voller Kuhscheiße, auch ihre Beine waren mit der grüngelben Schliere überzogen.

„Wartet vor dem Tor auf mich", brummte Onkel Emil. Gregor und Konstantin zuckten zusammen, als sie jedoch begriffen hatten, dass sie nicht mehr geschlagen und gerügt wurden, nickten sie erneut. Erleichtert liefen sie dann schnellen Schrittes zum Tor.

„Und du? Warum warst du nicht mit den beiden an den Kühen? Hast du etwa keinen Hunger?", wollte Onkel Emil von Michael wissen.

Michaels Magen krampfte sich schmerzhaft zusammen. In seinem Bauch begann es laut zu brummen. Der Klumpen Brot in seinem Mund hatte sich schon aufgelöst, er fuhr sich mit der Zunge über die Stelle, wo er noch einige Krumen zu spüren vermutete.

„Antworte", herrschte Onkel Emil ihn an und blies eine Rauchwolke durch seinen Bart. Michael hustete.

„Ich habe nach den Eimern gesucht", lautete seine schlichte und gleichzeitig auch ehrliche Antwort.

Onkel Emil schnalzte mit der Zunge, fuhr sich mit der rechten Hand über den dichten Bart und dachte nach.

„Du und deine Brüder ..."

„Kostja ist nicht mein Bruder", unterbrach ihn Michael und würde sich am liebsten für sein vorlautes Mundwerk die Zunge abbeißen.

„Wie auch immer, ihr zieht euch jetzt um. Die beiden werden bis heute Abend Wasser holen müssen, auch für die Banja. Weißt du, was Banja bedeutet?" Onkels Emils Stirn wurde von unzähligen Furchen durchzogen, die buschigen Augenbrauen fuhren leicht nach oben, senkten sich jedoch sogleich. Nur rote, gezackte Linien blieben auf der vom Wetter trockenen Haut deutlich zu sehen.

„Ja, dort kann man sich waschen."

„Also seid ihr Deutschen auch ein reinliches Volk." Dies war keine Frage, es klang eher wie ein laut ausgesprochener Gedanke. „Kennst du dich mit Pferden aus?", wechselte Onkel Emil das Thema, sodass Michael einen Augenblick brauchte, um ihm zu folgen. Dann nickte Michael und zuckte gleichzeitig die Achseln. „Eigentlich nicht wirklich." Michael entschied sich dann doch für die Wahrheit. „Aber ich kann es lernen", fügte er rasch hinzu.

Mit der Pfeife im Mund und den Händen in den Hosentaschen wippte der bärtige Mann auf den Fußballen und musterte Michael eine gefühlte Ewigkeit lang, ohne ein Wort zu sagen.

„Zuerst werden wir aber nach den Bienen schauen. Komm mit." Onkel Emil legte Michael seine schwere Hand, die erstaunlich warm war, auf die Schulter. Er klopfte ihm sachte auf den Hinterkopf und ging auf das große Tor zu. Eine Rauchwolke stieg in die Luft. Wie bei einer Dampflokomotive, dachte Michael und schritt dem Mann hinterher.

272

Der Dreck auf dem Boden drang zwischen seine Zehen und quoll wie warmer Schleim bei jedem Schritt hindurch. Das feuchte Schmatzen seiner Füße wurde vom lauten Muhen der beiden Stiere übertönt.

„Ist gut, morgen dürft ihr wieder in den Wald", brummte Onkel Emil, ohne sich umzublicken.

8

Sie warteten schweigend auf Onkel Emil vor dem Zaun. Er wollte schnell ins Haus. Als sie ihn wieder auf sich zukommen sahen, kam Bewegung auf. Er hatte etwas dabei, das er unter den Armen hielt, das wie Kleidung aussah.

„Hier. Bevor ihr die Hosen anzieht, wascht ihr euch gründlich, aber stromabwärts. Wo der Fluss ist, wisst ihr ja jetzt, einfach diesen schmalen Pfad entlang und an der ersten Gabelung nach links. Nachdem ihr euch gewaschen habt, lauft ihr zwanzig Schritte stromaufwärts den kleinen Fluss entlang und schöpft erst dann die Eimer voll. Habt ihr mich verstanden?", lauteten die Anweisungen von Onkel Emil, der keine Widerrede duldete.

Gregor und Konstantin nickten und nahmen jeder eine Hose. Der grobe Stoff war an einigen Stellen geflickt worden, trotzdem gab es an vielen Stellen kleine Löcher.

„Die Schuhe kriegt ihr später, wenn es kalt genug ist. Hier, das ist deine. Zieh dich um und komm mit, du kannst dich dann später waschen, stinkst ja nicht nach Kuhmist wie diese beiden hier", fuhr Onkel Emil fort und reichte auch Michael eine Hose aus grober Baumwolle. „Die Eimer holt ihr aus dem Stall, Michael zeigt euch, wo sie stehen. Wenn die Tiere im Stall getränkt sind, müsst ihr zusehen, dass auch das Fass voll wird, danach werdet ihr auch das zweite Fass, das vor der Banja steht, bis an den Rand auffüllen." Die beiden Jungen verharrten mitten in der Bewegung und runzelten die Stirn.

„Was Banja bedeutet, das weiß ich, aber wo steht sie?", meldete sich Gregor. Ohne aufzublicken wischte er sich mit frischen Grasbüscheln weiter über seine Beine.

Onkel Emil wies ihnen die Richtung. Gregor und Konstantin folgten seinem ausgestreckten Arm. Es war die schiefe Hütte mit dem Tisch und den zwei wackeligen Bänken.

„Später werden hier viele Männer auftauchen, die sich ihre Pelle waschen und sich sauber schrubben wollen. Jetzt müsst ihr aber schleunigst zusehen, dass ihr hier wegkommt. Du, Michael, kommst mit mir", brummte Onkel Emil. Ohne abzuwarten schritt er Richtung Wald. Michael sah seinem Bruder in die Augen. Gregors Blick war scharf und eisig.

„Hast du das von langer Hand vorbereitet, Bruder? Mich zu hintergehen?", zischte Gregor.

„Du bist ein Idiot, Gregor, wegen dir wären wir fast in die Hände von Pulski geraten, deine Dummheit bringt uns immer in die Bredouille ..."

„In was?", fuhr Gregor auf und machte einen Schritt auf Michael zu. Michael sah seinem Bruder an, dass er nicht einmal zu versuchen bereit war, seinen Ärger zu verbergen, auch war er nicht gewillt, die Schuld auf sich zu nehmen. Trotzdem wich er nicht vor ihm zurück. Bredouille, dieses Wort hatte er einmal in einem Buch gelesen, sein Vater hatte ihm die Bedeutung des Wortes erklärt. Michael hatte sich an das Wort einfach so erinnert, weil er in solchen Situationen oft an seinen Vater dachte.

„Mach nicht noch mehr kaputt", gab Michael mit kaum vorhandener Stimme von sich. Gregors linkes Augenlid zuckte.

„Michael, komm jetzt. Und redet endlich russisch, verdammt noch mal." Die Stimme von Onkel Emil kam von weitem und ließ trotzdem alle drei zusammenzucken. Vor allem flößte sie Gregor mehr als nur Respekt ein, aus Furcht vor weiteren Konsequenzen brachte er kein weiteres Wort mehr heraus, ballte nur seine rechte Hand zu einer Faust zusammen und drohte seinem jüngeren Bruder an, ihn zu schlagen. Michael tat es mit einem Schulterzucken ab, drehte sich um und lief dem großen Mann hinterher, dann fiel ihm ein, dass er die Hose noch unter der linken Achsel eingeklemmt hielt. Das viel zu große Hemd flatterte wie ein Segel an seinem Körper.

„Wo sind die Eimer?", schrie Gregor seinem Bruder hinterher, seine Stimme zitterte vor Zorn.

„Stehen bei dem alten Pferd im Stall", rief Michael über die Schulter und faltete die Hose auf. Auf einem Bein hüpfend versuchte er zuerst mit dem rechten, danach auch mit dem linken Bein in die etwas zu groß geratene Hose hineinzuschlüpfen. Das viel zu lange Hemd reichte ihm bis kurz über die Knie. Michael band das Hemd mit einem Strick aus Hanf fest um die Hüften. Die Hose rutschte auch nicht mehr, erst danach legte er einen Zahn zu.

Onkel Emil stand am Eingang seines Hauses unter einem Vordach. Daneben befand sich ein Waschtisch, der von zwei Pfosten flankiert war. Michael erreichte den Mann, als dieser den breiten Ledergürtel, mit dem er auf Gregor und Konstantin eingeprügelt hatte, an einem der Pfosten aufhängte. „Deine Schmutzwäsche kannst du neben den Waschtisch schmeißen, meine Schwester wird sich später darum kümmern." Michael warf das Bündel auf den Boden.

Der schiefe Dachvorsprung diente zum Schutz vor Regen und Schnee. Neben dem Waschtisch standen ein Schemel und ein kleiner Tisch. Ein matter Spiegel, dessen Ränder aufgeplatzt waren und dessen Glas einen Riss hatte, hing über der Spüle. Onkel Emil betrachtete sein Antlitz. Mit zu schmalen Schlitzen zusammengekniffenen Augen hob er den Kopf und inspizierte seinen Hals.

„Komm her, Michael", brummte er, ohne den Blick von seinem Spiegelbild zu nehmen.

Michael machte einen kleinen Schritt auf den Mann zu. Diese Aggressivität, mit der der Mann so sorglos umging, machte ihn unberechenbar, darum war Michael stets auf der Hut.

„Wasch dir gründlich die Hände, wir werden jetzt zu meinen Bienen gehen. Hast du Angst vor Bienen?"

Michael zuckte die Achseln.

„Du darfst deine Angst nicht zeigen, sie können sie nämlich riechen. Diese kleinen Biester sind schlimmer als Bluthunde."

Michael hielt seine Hände unter den Wasserhahn und rieb sie aneinander, ließ dann noch mehr Wasser über die Finger, später auch über die beiden Handrücken laufen. Die rissige Haut schien einigermaßen sauber. Seife gab es hier keine. Da er sich vor dem Mann wie vor dem Tod fürchtete, wollte er ihn nicht erneut erzürnen. Auf weitere Wutanfälle konnte er liebend gern verzichten. Also ging er auf Nummer sicher und kratzte mit einer groben Bürste über die Fingerkuppen, sodass sich kein Dreck mehr unter den Fingernägeln befand.

„Das reicht jetzt", ertönte die tiefe Stimme von Onkel Emil, als er etwas Tabak in die Pfeife stopfte. Zufrieden mit dem Ergebnis, steckte er sie zwischen seine Zähne und riss ein Streichholz an. Mit kurzen und schnellen Atemzügen brachte er die Pfeife zum Qualmen. Er schmatzte mit dem Mund, zog genüsslich daran und ließ eine dichte Rauchwolke zum Himmel steigen. „Der Rauch wird uns vor den kleinen Tierchen schützen, komm, lass uns nachschauen, ob wir ihnen etwas abzwacken können." Onkel Emil klang auf einmal sehr sanft, so als spräche er mit seinem Sohn, denn so hatte Michael seinen Vater in Erinnerung, freundlich und fürsorglich, manchmal aber auch streng und fordernd.

Stumm liefen sie ums Haus und passierten den Zaun, der das große Anwesen umsäumte, und der mehr zur Markierung als zum Schutz aufgestellt wurde, mutmaßte Michael. Sie folgten einem Trampelpfad, der von beiden Seiten mit Unkraut überwuchert war. Immer mehr von den Bienen schwirrten an Michael vorbei, je weiter sie sich vom Hof entfernten. Ein angenehmer Geruch nach wilden Blumen stieg in seine Nase. Er ließ seine Hände zu beiden Seiten hängen, spreizte die Finger auseinander und ließ sie über die grünen Halme gleiten, die ihn sanft an den Fingerspitzen kitzelten. Das tröstliche Summen der Bienen, ihr emsiges Treiben gefiel ihm und ließ ihn für einen Moment vergessen. Die Welt, den Krieg und den Hunger. Er schloss für einen Augenblick die Augen. Alles um ihn herum verschwand für einen kurzen Moment in der Dunkelheit. Weil er aber nicht hinfallen wollte, öffnete er sie dann doch lieber. Schon sah er die kleinen Häuschen, die in einer Reihe an einer Waldlichtung aufgestellt waren.

9

Alexander hörte wieder Stimmen. „Der wird nicht mehr aufwachen. Bring ihn raus, ich habe kein Bett mehr für ihn übrig, für einen Deutschen sowieso nicht." Der Unbekannte gab sich keine Mühe, seinen Hass zu verbergen, den er scheinbar den Deutschen gegenüber zu empfinden schien. „Sie haben mir meinen Sohn genommen, und jetzt soll ich ihresgleichen retten?" Alexander konnte dem Mann dies nicht verübeln, konnte sogar seine Abscheu nachvollziehen. Wäre da nicht sein Leben, das von dieser Entscheidung abhing, auf den Haufen zu den anderen Toten geworfen zu werden, würde er dem Mann sogar zustimmen. Aber Alexander konnte sich nicht wehren. Mit aller ihm verbliebenen Kraft und allem Lebensmut konzentrierte er sich auf seine Augenlider. Nichts. Verdammt, fluchte er, ohne sich irgendwie dazu äußern zu können, sodass die Menschen, die um ihn herumstanden, keine Chance hatten, zu bemerken, dass er noch lebte. Die Wunde an seinem Kopf brannte wie Feuer.

„Der Leutnant hat ihm das ganze Hirn weggeschossen, da ist nichts mehr drin. Auch wenn er sich in die Hose scheißt und die Brühe schluckt, die du ihm einflößt, bedeutet es noch lange nicht, dass er nicht abkratzt. Und wenn, was soll aus ihm werden, ein sabberndes Etwas, das den ganzen Tag nichts tut, als die Wand anzustarren? Dunja, dieser Mann ist eine lebende Leiche, akzeptiere das." Die Stimme des Mannes klang scharf.

„Sagen Sie den Männern, sie sollen ihn zu mir nach Hause bringen, wenn er stirbt, dann stirbt er eben, und wenn es Gottes Wille ist, dass er diese Prüfung, die ihm vom Allmächtigen auferlegt wurde, überlebt, so habe ich keine Sünde auf mich genommen, das ist dann die Entscheidung des allmächtigen Vaters gewesen und nicht meine."

„Du bist doch eine naive Närrin. Es tut mir wirklich leid, dass dein Mann im Krieg verschollen ist, aber der hier wird dir deinen Nikita nicht ersetzen."

„Es liegt nicht an Ihnen, darüber zu entscheiden. Können Sie dafür sorgen ...“

„Ist schon gut, verschone mich nur mit deinen frömmelnden Sprüchen. Du begehst damit eine Sünde, du trachtest nach diesem Mann wie eine läufige Hündin nach einem Rüden“, fuhr der Unbekannte auf. „Helft mir mal, diese Leiche hier auf die Tragbahre zu hieven“, befahl er brüsk. Alexander spürte, wie grobe Hände ihn an Beinen und Armen packten. Der Schmerz fuhr wie ein heißer Blitz durch seinen ganzen Körper.

„Halte die Tür auf“, befahl eine Stimme. Alexander hörte das leise Quietschen der Türangeln. Bei jedem Schritt, den die Männer taten, drohte sein Kopf zu explodieren. Er spürte, wie eine kleine Hand, die weich und feucht war, über seine Schulter strich. Die Berührung gab ihm Kraft, aus der er neue Energie schöpfte.

Plötzlich drohte Alexander von der Bahre wegzurutschen. Die Männer hielten ihn schräg, sodass er gefährlich nach links absackte. Zwei kleine Hände packten ihn am rechten Arm. Die Finger waren dünn, trotzdem war der Griff fest, sodass es sogar ein wenig weh tat. „Er fällt gleich von der Trage“, schrie die Frauenstimme, die vor Aufregung bebte.

„Halt ihn fest, sonst passt er nicht durch die verdammte Tür“, blaffte eine andere Stimme, die rau klang. Der Mann mit der rauen Stimme fluchte und keuchte vor Anstrengung.

Ein eisiges Frösteln durchzuckte Alexanders Körper und legte sich wie ein kalter Dunstschleier über ihn. Das Gefühl der Schwerelosigkeit und unbändiger Angst raubte ihm die Luft.

Alexanders Atem ging keuchend und schwer. Zum Glück fror er jetzt nicht mehr, denn eine warme Briese des Spätsommers und die Sonnenstrahlen flößten ihm etwas Hoffnung ein. Die Männer hielten ihn wieder in der Waagerechten, sodass er nicht mehr herunterzufallen drohte. Der Griff der kleinen Frauenhände lockerte sich. Alexander konzentrierte sich erneut auf seine Augenlider. Endlich flatterten sie. Ein gleißender Lichtstrahl kroch durch den schmalen Schlitz und brannte auf der Netzhaut. Alexander kämpfte und drückte das rechte Lid nach oben, so lange, bis das Auge zu tränen begann.

„Dunja", flüsterte er, oder bildete er sich das nur ein? Alexander wusste es nicht. Für einen Augenblick verlor er aufs Neue das Bewusstsein. Er war zu schwach. Die Anstrengung kostete ihn viel Kraft, die er nicht mehr hatte.

„Legt ihn bitte auf das Bett", flüsterte Dunja. Wie aus dem Jenseits drang die Stimme aus der Dunkelheit, in der Alexander schwebte. Er war zu schwach, um zu leben, jedoch zu stur, um zu sterben. Du bist ein zäher Stiefel, hatte einmal jemand zu ihm gesagt. Ja, das bin ich, zu stolz, um zu sterben, zu schwach, um zu leben, verbesserte er den Satz in Gedanken, zu schwach, aber nicht zu müde, fügte er hinzu.

Erneut wurde sein Körper durchgeschüttelt. Sein Rücken versank in weichen Federn. Er fiel in einen traumlosen Schlaf, wie schon viele Male zuvor, mit den Gedanken, nie wieder aus dem Traum zu erwachen. Er vernahm dumpfe Schritte von schweren Stiefeln auf Holz, die mit jedem Atemzug leiser und unechter wirkten. „Närrisches Weib", gab einer der Männer von sich. Das dumpfe Knallen der Tür schnitt die Geräusche von draußen ab, alles, was blieb, waren die Stille und das leise Flüstern. „Ich werde dich gesund pflegen, Sascha", vernahm Alexander die zärtliche Stimme von Dunja. Sie nahm seine Hand in die ihre. Ihre Fingerspitzen strichen sanft über seinen Handrücken. Hoffentlich bilde ich mir das nicht bloß ein, hämmerte der Gedanke durch sein Hirn, das eine einzige offene Wunde war, und in dem ein Feuerwerk aus Schmerzen unaufhörlich explodierte.

„Du lebst, Sascha, du musst leben, ich brauche dich, ich habe sonst niemanden." Mit diesen Worten verlor Alexander das Bewusstsein. Er fiel in einen Abgrund, sein Geist verschwand in einer schwarzen Wolke. Wie ein Echo hallte die Stimme von Dunja immer noch nach. „Ich brauche dich, Sascha. Ich glaube an dich, ich werde für dich beten."

Zum ersten Mal in seinem Leben kam die schwerelose Dunkelheit Alexander tröstlich vor.

10

„Wenn man die Tiere mit Respekt behandelt, dann ..." Onkel Emil klatschte sich mit der Hand auf den Nacken und verzog schmerzhaft sein Gesicht. „Bienengift ist gut für das Immunsystem", sagte er trocken. Mit gelangweilter Miene betrachtete er das tote Insekt, nur einen Augenblick lang, gönnte sich dann einen tiefen Zug an seiner Pfeife und warf die tote Biene zu Boden. Erneut zog er an der Pfeife und blies erst dann den Rauch auf den Rahmen, den er in seiner linken Hand hielt, der von Bienenwachs fast komplett zugewachsen war. Kleine sechseckige Waben schimmerten golden, als Onkel Emil den Rahmen in die Sonne hob. „Diesen Honig lasse ich den Bienen, ich habe dieses Jahr schon zwanzig Liter geschleudert", sprach er mit hörbarem Stolz in der Stimme. Behutsam schob er den Rahmen zurück in den Bienenstock.

„Warum haben Sie nur ein krankes Pferd? Onkel Stepan sagte, hier wäre ein Pferdestall, wo sind die anderen Tiere geblieben?" Michael wedelte mit den Armen, als eine der Bienen sich auf seine Unterlippe setzten wollte. Als sie ihn an der Wange berührte, spürte er das schwache Aufwirbeln der Luft auf seiner Haut, da bekam er eine Gänsehaut. Ihm war es egal, wie gesund das Gift dieser kleinen Tiere war, auf den Schmerz, den eine einzige Biene mit ihrem Stachel verursachte, auf den konnte er heute und an anderen Tagen sehr gut verzichten. Seine Nackenhaare sträubten sich, die Kopfhaut begann zu jucken. Michael kratzte sich, als hätte er Läuse.

„Ich werde euch heute die Haare abrasieren", sagte Onkel Emil salopp. Er kaute an seiner Pfeife. Nachdenklich fuhr er sich erneut über seinen dichten Bart, so als zöge er ihn in die Länge.

„Alle meine Pferde, es waren zehn an der Zahl, hat die Rote Armee gebraucht. Ich bin hier der Schmied, musst du wissen, zumindest war ich vor dem Krieg einer, und Pferdezüchter. Ich liebe diese Geschöpfe." So etwas wie Wehmut drang bei seinen letzten Worten hindurch. Der sonst so gefühlskarge Mann schniefte. Er brauchte eine Weile, um weitersprechen zu können. Sie schritten schweigsam zurück zum Hof. „Der Deutsche hat mir alles genommen. Meine Tiere und meine beiden Söhne. Meine Frau starb an Melancholie. Der Herzschmerz hatte sie dahingerafft, ihre Seele war verblutet. Nach dem letzten Brief von der Front, hat sie sich im Wald an einem Baum ..." Die Worte gingen in ein trockenes Husten über.

„Und die Kühe?", versuchte Michael das Thema zu wechseln. Doch Onkel Emil schien ihm nicht zuzuhören.

„Aber ihr Kinder, ihr könnt ja nicht für die Taten eurer Eltern zu Sündenböcken gemacht werden. Auch wenn ich mich gerne an dem Deutschen rächen würde, doch was hätte ich davon, wenn ich jeden einzelnen mit bloßen Händen erwürgen dürfte? Ich würde es tun, wirklich, aber nur dann, wenn es meine Söhne und meine Frau zurückbringen würde, zurück zu mir. Aber ich bin zu feige, nicht, dass ich mich vor dem Krieg fürchte, nein, ich bin zu feige, mir diesen Strick um den Hals zu legen, nicht, dass ich es nicht versucht hätte, zweimal schon stand ich auf einem wackligen Schemel. Ich bin sogar einmal ...", er schluckte und füllte seine Lunge mit dem heißen Rauch, „... aber ich hatte mich mit der Länge verschätzt." Auf einmal fing der Mann laut zu lachen an, sodass sein dicker Bauch zu hüpfen anfing. Er drehte sich um und schaute Michael mit einem Glanz der Freude, die seine Augen zum Leuchten brachten, freundlich an. „So stand ich auf dem Boden, und der verdammte Strick hing noch einen guten Meter schlaff von der Decke herunter. Ich habe sogar das alte Pferd über mich lachen hören." Bei diesen Worten musste sogar Michael schmunzeln. Dann, wie aus heiterem Himmel, lachten die beiden so laut, dass ihre Kehlen trocken und die Stimmen heiser wurden.

Sie schritten den schmalen Pfad entlang, jeder in seine Gedanken vertieft.

Wie aus dem Nichts ertönte ein langanhaltendes Rufen, das zu einem panischen Schreien anschwoll.

Vollends verwirrt drehte Michael seinen Kopf nach links. Die Schreie kamen aus der Scheune. Zuerst war Michael wie paralysiert, dann, als die Starre sich in Nichts auflöste, rannte er so schnell wie noch nie in seinem Leben. Seine Lunge brannte, das Herz hämmerte ihm gegen die Rippen. Keuchend erreichte er das offenstehende Tor.

„G ... Gg ... Gregggor", stotterte Konstantin und wies in die Dunkelheit. Er stand bleich wie Kreide vor dem Eingang und schlotterte am ganzen Körper, so, als ob er fröre.

Michael schluckte die aufkeimende Angst herunter.

„Was ist passiert?", keuchte Michael. Ohne die Antwort abzuwarten, lief er mit kleinen Schritten durch das Tor. Gregor schrie, nein, er kreischte wie ein Mädchen. Zuerst konnte Michael seinen Bruder nirgends ausmachen. Als das Geschrei durch ein trockenes Husten unterbrochen wurde, glaubte Michael das gurgelnde Knurren eines Hundes vernommen zu haben. Michael tastete sich weiter hinein, jetzt konnte er nicht nur die Konturen, sondern auch die Tiere ausmachen. Ihm war von dem kurzen Lauf und der Hitze schwummrig geworden, alles um ihn herum versank in verschwommener Dunkelheit. Er strich sich mit der linken Hand den Schweiß von den Augen. An einem der Balken hatte er eine Mistgabel entdeckt, nach der er griff und jetzt mit den spitzen Zinken voraus vor sich hielt.

„Michael, mach das Viech kalt", kreischte Gregor. Er drückte sich mit dem Rücken gegen die unbehauenen Balken.

Erst jetzt konnte Michael den Übeltäter des ganzen Schreckens ausmachen. Ein deutscher Schäferhund stand mit gefletschten Zähnen dicht vor Gregor. Die Lefzen trieften vor Geifer. Die Reißzähne leuchteten im fahlen Licht kurz auf. Der Blick klärte sich, sodass Michael jetzt die Umgebung klar und deutlich sehen konnte. Trotzdem rührte er sich nicht mehr, wagte nicht, sich zu bewegen. Der Hund warf seinen Kopf nach hinten und warnte Michael mit einem kurzen Bellen davor, sich vom Fleck zu rühren.

„Mach den scheiß Köter kalt, du feiges Arschloch", flennte Gregor mit weinerlichen Stimme. Auch ihm hing der Sabber in langen, durchsichtigen Fäden vom Kinn herunter.

Der Hund schnappte mit den Zähnen nach dem aufgeschreckten Jungen und erwischte Gregor am Saum seines Hemdes. Michael hörte das trockene Reißen und das gedämpfte Knurren.

„Aus, Adolf, aus!" Michael zuckte zusammen. Die laute, tiefe Stimme erfüllte den großen Raum und hallte von der hohen Decke wider.

Das Knurren wurde zu einem Winseln. Die Rute verschwand zwischen den Hinterbeinen des Kläffers. Er ließ von Gregor ab und senkte die Schnauze zu Boden.

„Adolf, komm her!", herrschte Onkel Emil den Hund an. Mit gesenktem Hinterteil und mit der Schnauze, die immer noch gen Boden gerichtet war, lief der Hund zu seinem Herrchen. Vollkommene Unterwerfung strahlte das noch vor kurzem so stolze und furchteinflößende Tier mit seinem Auftreten aus.

Gregor stand mit dem Rücken an den Balken gepresst und sank langsam zu Boden. Er bedeckte sein von Tränen nasses Gesicht mit den schmutzigen Händen und weinte bittere Tränen.

„Reiß dich zusammen, Kerl. Adolf hat nur sein Revier verteidigt." Onkel Emil tätschelte sachte die Flanke seines Hundes. Der Hund reckte den Kopf und leckte über die kräftige Hand von Onkel Emil. Sein reumütiger Blick heischte nach Bestätigung, dass er nichts falsch gemacht hatte. „Das hast du fein gemacht", lobte ihn der Mann. Adolfs Schwanz wedelte über den Boden und wirbelte den Staub auf.

Michael ließ die Mistgabel fallen und trottete auf seinen Bruder zu.

„Wo warst du, wo warst du die ganze Woche, du alter Schlingel?", sprach Onkel Emil mit gespieltem Tadel zu Adolf, der jetzt hechelnd seinen Herrn anschaute. „Hast wohl alle Weibchen abgesucht, habe ich recht?" Onkel Emil lachte auf und zog genüsslich an seiner Pfeife.

In dieser Ecke des Stalls war der Boden staubig, nicht wie bei den Kühen und den Bullen, dort war die Brühe aus Stroh und Mist knöchelhoch.

Hier roch die Luft nach Heu und trockenem Gras, aber auch nach saurem Schweiß, den sein Bruder ausströmte.

„I ... ii ... st der Wolf tot?" Michael drehte sich um und sah den hellen Schopf von Konstantin, der nur seinen Kopf durch das Tor streckte und mit zusammengekniffenen Augen in die Dunkelheit spähte.

Ein lautes, kurzes Bellen donnerte so laut, dass Michael über seine eigenen Füße stolperte und dicht neben seinem Bruder auf den Boden krachte.

„Was seid ihr für feiges Pack", grölte Onkel Emil. Er war es, der jetzt gebellt hatte, da war sich Michael sicher. Er kicherte, auch Gregor weinte jetzt nicht mehr. Von Konstantin war nichts zu sehen. Adolf saß auf dem Hintern, die Vorderbeine langgestreckt, und wachte über sein Herrchen.

„Komm, Adolf, wir müssen jetzt den Ofen anschmeißen, bald kommen die Herren von den Feldern, und sie werden sich waschen wollen. Und ihr zwei", er sah die beiden Brüder mit ernster Miene an und deutete mit dem Mundstück seiner Pfeife zuerst auf die Mistgabel, dann Richtung Kühe, „ihr macht hier den Mist weg, der Karren steht draußen und die Schaufel auch. Alles muss hier sauber sein. Dann kommt ihr dran. Ich werde euch heute die Schädel rasieren. Ihr werdet euch danach eure Haut sauber schrubben. Später gibt's was zu essen, aber nur, wenn ihr fleißig wart. Eurem singenden Freund sagt ihr, dass er euch helfen soll, habt ihr alles verstanden?" Die Brüder nickten nur. „So ist es richtig, immer schön brav sein. Was meinst du, Adolf?" Der Hund gab ein kurzes, aber sehr lautes Bellen von sich, als wäre er mit allem einverstanden. Mit geöffnetem Maul hechelte Adolf und wedelte aufs Neue mit dem Schwanz.

285

11

„Und jetzt?", wollte Gregor wissen, als die drei Jungs vor dem Bach standen und ins schmutzige Wasser starrten. Der Bach, der an dieser Stelle fast so breit wie ein Fluss war, führte unerklärlicherweise sehr viel trübes Wasser und Schlamm mit sich. Michael vernahm das Wiehern von mehreren Pferden, das von weiter flussaufwärts zu kommen schien.

„Ich g ... glauube, da w ... werden Pferde ge ... ge ... badet", stotterte Konstantin und schaute in die Richtung, aus der die Laute sich den Jungen näherten. Durch das Schilf, das sanft im lauen Wind wogte, blieb ihnen die Sicht aufs Wasser verwehrt.

„Was machen wir jetzt, du Schlaukopf, du bist doch der Liebling des dicken Zwerges, befehlige uns", fuhr Gregor seinen jüngeren Bruder an und stellte seine zwei leeren Eimer ab.

Michael sah Gregor tief in die Augen, er vermutete, erneut darin den aufflammenden Zorn zu erkennen, der gegen ihn gerichtet war, auch wenn er wie so oft für das Geschehene keine Verantwortung trug.

„Wir müssen stromaufwärts laufen, dort wird das Wasser bestimmt wieder sauber sein", entgegnete Michael schlicht, ohne der Bemerkung seines Bruders Beachtung zu schenken. Statt weiter darüber zu diskutieren oder sich auf einen Streit einzulassen, lief Michael einfach den Fluss entlang. Die Eimer schaukelten leicht bei jedem Schritt. Sie wogen schwer in seinen Händen und ließen die Schultern brennen, aber Michael verzog keine Miene, der Schmerz lenkte ihn von bösen Gedanken ab. Hinter ihm knackten trockene Halme, Konstantin folgte ihm dicht auf den Fersen, wusste Michael, ohne sich umzublicken. Konstantin summte eine Melodie, die in Michael eine Erinnerung wachrief, von der ihm ein kaltes Schaudern über den Rücken lief, nicht, weil sie ihn an etwas Schreckliches erinnert hatte, nein, die einfache Melodie rief in ihm die vergessen geglaubten Erinnerungen wach, die ihn an die Tage erinnerte, an der seine Mama seiner kleinen Schwester Anja dieses Wiegenlied vorgesungen hatte. Jede Nacht sang seine Mama dieses Lied.

„Haja papaja schlag' Göckele tot. Er legt mir keine Eier und frisst mir mein Brot", sang Michael die Worte nach. Immer und immer wieder wiederholte er die Strophen, auch dann, als Konstantin nicht mehr summte. Michael flüsterte das kurze Lied so lange vor sich hin, bis sein Hals rau und trocken wurde. Schweiß lief ihm über den Rücken, das Hemd klebte wie ein nasser Lappen auf seinem Rücken, die Fußsohlen brannten wie Feuer.

„Hey, hier ist das Wasser nicht mehr trüb", rief Gregor euphorisch, dennoch mit gedämpfter Stimme. Michael blieb abrupt stehen und sah, wie sein Bruder zwischen dem Schilfrohr verschwand.

Konstantin folgte ihm. Auch Michael beeilte sich. Sie achteten darauf, sich nicht an den scharfen Blättern zu schneiden. Die Halme reichten weit über ihre Köpfe und raschelten trocken. Sie schritten immer weiter, bis sie kniehoch im Wasser standen. Leicht außer Atem hielten sie ihre Hände zu kleinen Booten gefaltet und tauchten sie ins kristallklare Wasser ein. Mit krummen Rücken und müden Gliedern hielten sie sich die Hände dicht vor die rissigen Lippen und sogen gierig daran. Das Wasser roch brackig und hatte einen komischen Beigeschmack, trotzdem tranken die Kinder, bis sie nicht mehr konnten und ihre Bäuche voll waren.

Ein Laut schallte durch die Luft, der die Kinder hochschrecken ließ. Michael verharrte mitten in der Bewegung. Er war gerade dabei, den ersten Eimer mit Wasser zu füllen. Die Strömung versuchte ihm den Eimer aus den Händen zu reißen. Ein vor Entsetzen und Hysterie belegter Schrei, er klang überhaupt nicht wie von einem Menschen, und der dennoch von einem Menschen kommen musste, schallte über das Wasser. Die kleinen Härchen auf seinen Unterarmen stellten sich auf und drückten gegen die nassen Ärmel seines Hemdes. Oder bildete er sich das alles nur ein? Er versuchte sich zu beruhigen. Seine Hände wurden feucht. Er spähte in die Ferne, konnte jedoch

287

niemanden ausmachen, der Bach bog nach rechts ab, sodass er nur das Schilfrohr sah.

Michael, Gregor und Konstantin starrten einander an, eine gefühlte Ewigkeit lang schwiegen sie einfach. Nur das leise Plätschern des Wassers war noch zu vernehmen, ansonsten herrschte absolute Stille.

„Was war das?", fragte Konstantin schließlich, ohne zu stottern, auch sein Eimer war unter der Wasseroberfläche verschwunden.

„Eine Eule", brummte Gregor scheinbar unbeeindruckt, doch Michael kannte seinen Bruder zu gut, als sich von seinem Gehabe täuschen zu lassen.

Dann waren sie wieder da, die Schreie, jetzt jedoch nicht so gellend. Wind kam auf und trug sie weg. Mit jedem Herzschlag wurden die Stimmen leiser, bis sie allmählich zu einem kaum hörbaren Rufen verklangen. „Wir sollten zusehen, dass wir hier schleunigst wegkommen." Gregor fragte nicht, er hatte wie so oft für alle entschieden, ohne die anderen nach ihrer Meinung gefragt zu haben. Doch keiner der beiden hatte dieses Mal etwas dagegen.

„W ... wa ... was meint ihr, w ... wa ... war das, ein Mensch o ... o ... oder ein Tier?" Konstantins Augen leuchteten.

„Ich glaube, es war eine Frau", flüsterte Michael und hob den Eimer aus dem Wasser. Die Müdigkeit strömte in gleichmäßigen Wellen durch seinen Körper. Nur mit viel Anstrengung gelang es ihm, den Eimer wieder herauszuziehen. Selbst die Angst verhalf ihm nicht zu mehr Kraft, er war zu erschöpft.

„Lasst uns jetzt zurücklaufen, wir haben noch viel Arbeit vor uns, der Stall muss auch noch saubergemacht werden", murmelte Michael. Sie liefen durch das Schilf, stumm und jeder in seine Gedanken versunken stampften sie zum Ufer.

„Beim nächsten Mal nehmen wir eine andere Stelle zum Wasserholen", schlug Gregor vor, auch jetzt widersprach ihm niemand. Sie hatten zu viele schreckliche Dinge erlebt, auf weitere Gräueltaten hatten sie keine Lust. In stummem gegenseitigen Einvernehmen schritten sie mit gesenkten Köpfen zurück zur Scheune. „Wollen wir Onkel Emil davon erzählen?"

Michael und Konstantin blieben ihm eine Antwort schuldig.

12

Alexander fröstelte. Er spürte, wie ein nasses Tuch über seinen nackten Körper gelegt wurde, das intensiv nach Kräutern roch. Dann hob ihm Dunja einen Becher an die Lippen. Er nippte daran. Immer wieder gelang es ihm, aus seinem tiefen Traum aufzuwachen. Er nahm von der Umgebung nicht viel wahr. Er glaubte in einer Welt der Träume gefangen zu sein, so als schwebe er zwischen Leben und Tod, ohne Hoffnung auf einen Ausweg zum richtigen Leben.

Jedes Mal, wenn er aus dem Delirium aufzuwachen glaubte, war Dunja bei ihm. Sie sprach versöhnliche Worte und flößte ihm etwas von der stets bitter schmeckenden Flüssigkeit ein. Manchmal war der Sud warm. Heute war die Konsistenz dickflüssig und hatte einen leicht fettigen Geschmack - wie frischer Lebertran.

„Das machst du gut, Sascha, ich werde dich wieder aus der Hölle herausholen", flüsterte die ihm so vertraut gewordene Stimme zu, mit jener Überzeugung und Liebe, die Mütter ihren Kindern entgegenbringen. Alexander versuchte all seine Kräfte zu bündeln, um Dunja etwas mitteilen zu können. Seine Stimmbänder brannten vor Anspannung, der Kehlkopf ließ sich nicht bewegen, weil er durstig war. Ihm lag so viel auf dem Herzen, was er ihr sagen wollte. Er wollte ihr so viel über sich erzählen, von seiner Flucht und von dem Leben davor, auch davon, was er dem jungen Mann angetan hatte. Anstatt all das zu erzählen, versank er aufs Neue in einen tiefen, traumlosen Schlaf, er hörte Dunjas beruhigende Worte nicht, auch nicht ihren leisen Gesang, nicht das Klappern von Töpfen, als sie einen neuen Sud für ihn aufstellte und unzählige Kräuter hineinwarf. Einige zerrieb sie zwischen ihren Fingern, die anderen zerstampfte sie in einem Mörser zu Staub, die restlichen Pflanzen kamen als Ganzes in den großen Topf, der in den Ofen hineingeschoben wurde und später unter der zügelnden Flamme vor sich hin zu blubbern begann. Die von diesem Duft geschwängerte Luft gelangte auch in seine Lunge, doch davon nahm Alexander nichts mehr wahr.

Dunja legte sich zu ihm ins Bett, strich ihm sanft mit den Fingern über die Brust, bettete ihren Kopf in die Mulde an seiner Schulter, schloss ihre Augen und schlief vor Erschöpfung ein. Ihr Herz gab den Ton und den Rhythmus an, doch auch das nahm Alexander nicht bewusst wahr - er schwebte immer noch zwischen zwei Welten, aber er war sich sicher, dass er noch nicht gehen wollte. Auf ihn wartete eine Frau, die ihn liebte.

13
Bei der Scheune

„Warum stinkt das Wasser nach Schlick?" Onkel Emils Gesicht bekam rote Flecken. Sein graues Haar war feucht, die Augen waren glasig, und er schwankte etwas, so als wäre ihm schwindlig. Er hielt wieder seinen breiten Lederriemen in der Hand. Als er zu einem Schlag ausholte und der Gürtel die Luft mit einem leisen Zischen durchschnitt, drohte der dicke Mann nach rechts umzufallen. Mit der linken Hand ergriff er, ohne dies wirklich beabsichtig zu haben, den Rand von dem großen Fass, das von den Kindern zur Hälfte aufgefüllt worden war, dieser Zufall verhinderte in letzter Sekunde, dass der betrunkene Mann zu Boden ging.

„Warum riecht das Wasser nach Schlick?", wiederholte er den Satz erneut.

„Da war eine tote Frau", ergriff Konstantin als erster das Wort, er sprach so schnell, dass er keine Zeit zum Stottern fand, stellte Michael zum wiederholten Male fest. Konstantins ganzes Augenmerk galt dem Schäferhund, der jetzt nicht von der Seite seines Herrn wich. Der Hund taxierte die Kinder mit einem forschen Blick.

„Was sagst du, Bengel, wie oft habe ich gesagt, ihr sollt so reden, dass ich euch verstehe", fluchte Onkel Emil. Spucke flog aus seinem Bart. Michael wischte sich die Tropfen mit dem Handrücken von der Stirn. Er holte tief Luft, endlich rutschte der Klumpen in seinem Hals tiefer, sodass er jetzt halbwegs durchatmen konnte. Doch noch bevor er die Worte von seinem Kameraden übersetzen konnte, sagte Konstantin: „Frau", diesmal benutzte er ein russisches Wort, dann umschloss er seinen dünnen Hals mit den Händen und schob seine Zunge aus dem Mund heraus, dabei krächzte er, als müsse er ersticken.

„Was ist in ihn gefahren?" Der betrunkene Mann machte große Augen. „Er will mich doch verschaukeln. Wovon redest du? Jetzt du, sag mir, was hier los ist." Er deutete mit dem rechten Zeigefinger auf Gregor. „Du sagst mir jetzt, was Sache ist, langsam und deutlich und von Anfang an, ansonsten gibt es was auf den Hintern. Falls ich undeutlich rede, kann ich diesen Gürtel für mich sprechen lassen, und das mache ich wirklich gern, das könnt ihr mir ruhig glauben, ihr drei."

Angesicht seines finsteren Blickes brauchte Michael niemanden, der ihn vom Gegenteil überzeugen musste.

Sich seiner Geste unbewusst, fasste Gregor sich an die Wange, schon einmal traf ihn dort der Gürtel. Mit gesenktem Kopf sagte er: „Wir waren am Fluss, wo das Schilfrohr dicht am Ufer wächst, dort haben wir zuerst ein Pferd gehört und Stimmen, das Wasser war trüb, also gingen wir etwas weiter, stromaufwärts, als wir eine passende Stelle gefunden hatten, hörten wir, wie eine Frau geschrien hat."

„Eine Frau?", unterbrach ihn der Mann. Er wankte nicht mehr, als er von dem Fass abließ. Seine Augen wie auch sein Verstand wurden klarer. Er schniefte und sah zu seinem Hund herunter. „Was meinst du, Adolf, können wir den deutschen Bengeln glauben, oder erzählen sie mir irgendwelchen Humbug?" Er lallte nicht mehr. Der Hund schaute zu dem Mann auf und hörte ihm zu, so als verstünde er jedes seiner Worte. Dann, als sein Herrchen zu sprechen aufgehört hatte, leckte Adolf sich über die feuchte Nase, senkte die Schnauze und begann zu winseln. „Nein, ich habe zwar etwas von dem Selbstgebrannten probiert, aber betrunken bin ich bei weitem nicht, mein lieber Adolf." Onkel Emil tätschelte dem Hund den Rücken. „Heute falle ich schon nicht ins Wasser." Die Stimme von Onkel Emil klang versöhnlich, so als spräche er mit einem Kind und nicht einem Hund. Adolf hob seinen Kopf und leckte dem Mann die Finger, als dieser ihm über die Schnauze strich. „Aber wehe, dort ist keine Leiche, da werdet ihr dieses hier ..." Um seine Drohung zu verdeutlichen, wickelte er sich den Gürtel um die rechte Faust und streckte sie den Kindern entgegen. Totenstille, dann ein leises Winseln von Adolf, auch er wusste, wovon der Mann sprach, so schien es zumindest für Michael, weil der Hund seinen Schwanz tief zwischen die Hinterbeine einzog, sein knochiger Hintern berührte dabei fast den Boden.

293

Allen war klar, wer hier das Sagen hatte. „Kommt jetzt, ihr nichtsnutzigen Bälger. Wenn eure Vettern auf der anderen Seite des Uralgebirges genauso dumm und zu nichts zu gebrauchen sind wie ihr es seid, dann wird der Krieg nicht lange dauern. Kommt jetzt." Er drehte sich kurz um, weil keiner sich traute, ihm zu folgen, nur der Hund wich jetzt nicht von seiner Seite, wobei er einen respektvollen Abstand von der rechten Hand hielt, in der der Lederriemen war. Onkel Emil winkte mit der linken Hand, Adolf duckte sich, in nackter Angst, dass der Schlag ihm galt, sprang das Tier jaulend zur Seite. „Was ist heute in euch gefahren, selbst du, Adolf, bist heute ein Waschlappen, kein Wunder, denn auch du bist ein deutscher Sprössling." Onkel Emil lachte laut über seinen Witz, wankte, zog seine Hose zurecht und marschierte, ohne sich erneut umzuschauen, Richtung Bach.

„Ich will eure Ärsche vor meinen Augen sehen! Wird's bald."

Michael schluckte schwer. Er warf einen Blick zur Seite. Gregor verpasste Konstantin einen saftigen Arschtritt. „Du kannst dein Maul wohl nie halten! Und dabei hast du nicht einmal gestottert, du Arschgesicht mit Ohren!" Ein weiterer Arschtritt, heftiger als der erste, ließ Konstantin aufheulen.

„Ihr sollt in meiner Anwesenheit russisch reden."

„Konstantin wird Ihnen die Stelle zeigen", entfuhr es Gregor, er schubste Konstantin mit beiden Armen nach vorne, sodass dieser stolpernd, beide Arme vor sich gestreckt, den betrunken Mann um gute zwei Schritte überholte und der Länge nach auf der Erde landete.

„Nicht so hastig, nicht, dass du hinfliegst", zog der Mann den aufgebrachten Jungen auf. Konstantin wischte sich mit dem Handrücken über die Augen, stand auf und lief schweigend voraus.

Strammen Schrittes bewegte sich der betagte Mann vorwärts, auch wenn er dabei eine Schlangenlinie lief, denn immer wieder wich er von dem Pfad ab, so hatte Michael dennoch Mühe, Onkel Emil zu folgen. Die Strapazen der Deportation und das karge Essen zehrten an Michaels Körper. Auch Gregor atmete schwer.

Sie hatten noch mehrere Meter bis zum Fluss zu laufen, doch Konstantin blieb wie angewurzelt stehen.

„Dort", sagte er und deutete in eine bestimmte Richtung. Sein ausgestreckter Arm zitterte. Genauso wie seine Knie.

Onkel Emil kratzte sich am Bart. Brummte unverständliche Worte, ohne jegliche Vorwarnung holte er Luft und pfiff. Ein ohrenbetäubendes Pfeifen füllte die gesamte Umgebung aus, sodass Michael sich die Ohren zuhielt und das Gesicht zu einer Grimasse verzog.

14
Ein Verbrechen

Michael wartete ab, bis das Summen in seinem Kopf verebbte. Ein dunkler Schwarm schwarzer Vögel stob in alle Himmelsrichtungen aus dem Ried.

Als Michael die Hände von den Ohren wegnahm, hörte er das unverkennbare Krähen, das aus Hunderten Kehlen der schwarzgefiederten Vögeln drang und die Luft zum Vibrieren brachte, so kam es ihm zumindest vor. Das Schlagen von Hunderten Flügelpaaren war ohrenbetäubend. Der graue Himmel färbte sich schwarz.

„Ihr könntet recht haben", entfuhr es Onkel Emil, als das Rufen der Krähen nur noch aus weiter Ferne zu vernehmen war. „Komm, Adolf, lass uns nachschauen. Diese Vögel aus dem Jenseits kommen nur dann in Scharen, wenn sie sich ein Festmahl erhoffen." Onkel Emil fuhr sich über den Bart und stampfte zu der Stelle, von der aus die Vögel emporgestiegen waren. Michael und seine Freunde zögerten.

„Kommt mit, sonst werde ich mein Versprechen heute doch noch einlösen", brummte Onkel Emil ohne jeglichen Zorn in der Stimme. „Kommt, sonst lasse ich Adolf auf euch los", sagte er eher müde als aufgebracht, der alte Mann klang zunehmend verunsichert, je näher er sich dem Schilf näherte.

Ihre nackten Füße versanken immer tiefer im Schlamm, je näher sie sich dem flachen Ufer näherten. Eine Schneise teilte die Pflanzen, diese glich einem schmalen Trampelpfad, der durch Dickicht in einen Wald führte.

Gregor schritt den beiden anderen Kindern voraus, Michael folgte ihm, hinter sich hörte er Konstantin schwer atmen.

Ein Bellen, dann ein leises Jaulen drang durch den dichten Uferbewuchs. Gregor stockte, auch Michael blieb stehen. „Was war d ... d ... das?" Konstantins Stimme zitterte und klang unecht.

„Verflucht und zugenäht." Die Empörung war von Furcht geprägt. Der raue Ton von Onkel Emil toste wie eine Lawine und übertönte das laute Rauschen von Blut, das durch Michaels Kopf raste. „Schau sich das mal einer an. Was in drei Teufels Namen ..." Onkel Emils Stimme brach jäh ab. Ein Gurgeln, danach ein Plätschern und ein Hustenanfall folgten in kurzem Abstand und ließen Michaels Magen rebellieren. Nur mit Mühe konnte er den Mageninhalt bei sich behalten. Gregor nicht, auch er übergab sich - direkt vor seine Füße. Michael zwang sich an ihm vorbei, eine unsichtbare Kraft zog ihn mit, er schritt immer weiter, so lange, bis er knietief im Wasser stand, raus aus dem Ried, nur um zu sehen, was den alten Mann so erschreckt haben mochte.

Die subtile Veränderung in ihm ließ ihn viel kleiner erscheinen. Eine Naivität, die nur Kinder in sich tragen, weil sie stets an das Gute glauben, ergriff von Michael Besitz und verschwand dann sofort, als er einen toten Körper im Wasser schweben sah. Trauer und Entsetzen flackerten in seinen Augen auf. Er war nicht imstande, den Blick von dem toten, bis zur Unkenntlichkeit entstellten Körper abzuwenden. Es war eine Frau, die da mit dem Gesicht nach oben im Wasser lag. Doch wo war ihr Gesicht denn?, fragte sich Michael. Alles, was er sah, war ein roter Fleck, der mit weißen Stäbchen bestückt war. Diese Stäbchen waren Knochen, stellte er fest und schluckte erneut. Die Galle, die in ihm hochstieg, brannte wie Säure in seinem Mund und Rachen. Schmerzverzerrt sah er sich um. Er schluckte die Säure herunter und holte tief Luft. Konstantin blieb im Dickicht versteckt, Gregor kotzte sich die Seele aus dem Leib, er stand weit nach vorne gebeugt da, stützte seinen Oberkörper mit den Händen an den Knien ab und kotzte.

Michael riskierte einen verstohlenen Blick nach rechts. Onkel Emil sah ihn finster an. Seine Augen waren rot, ein dünner Faden hing an seinem Bart, den er mit einer schnellen Bewegung seiner Linken wegwischte. Instinktiv tauchte er die Hand ins Wasser und wollte sich damit übers Gesicht fahren, doch als ihm bewusst wurde, dass das Wasser mit dem Blut der Toten besudelt war, wischte er sich die Hand an seiner Hose ab.

„Was ist hier genau passiert?" Ein Flüstern, das einer Drohung gleichkam, bescherte Michael eine Gänsehaut.

Michael zuckte langsam die Achseln.

„Habt ihr noch jemanden hier gesehen oder gehört?" Jetzt zitterte nicht nur die Stimme, Onkel Emils Bauch bebte auch, seine Arme zuckten.

„Ein P ... Pferd", stotterte Konstantin.

„Was?"

„Pf ... ferd", wiederholte Konstantin erneut. Als er den eisigen Blick Onkel Emils sah, hüstelte er. „Ei ... ein Pferd." Jetzt sprach er russisch.

„Habt ihr gesehen, wer im Sattel saß?" Die Kinder blieben stumm.

„Der Typ hat der Frau das Gesicht zertreten." Onkel Emil inspizierte den Leichnam nur flüchtig, um sich in seiner beängstigenden Vermutung zu bestätigen.

Michael wurde es eisig kalt bei den Worten. Sein Blick streifte die nackten Füße der Frau, die auf dem schlammigen Grund lagen und bei jeder Wellenbewegung den Schlick aufwirbelten. Kleine Fische schwammen um die Leiche herum und schnappten nach winzigen Hautfetzen.

„Lasst uns hier verschwinden, wir waren niemals da und haben nichts gesehen." Jetzt klang die Stimme des Mannes gepresst. Er warf einen Blick in die Runde, er suchte nach Bestätigung, dass die Jungen keinen Ärger machen und ihm stumm folgen würden.

„Was geht hier vor?", herrschte eine laute Stimme die Anwesenden an. Ein Mann auf einem Pferd näherte sich von der anderen Seite des Baches. Michael musste blinzeln, die untergehende Sonne wurde von dem klaren Wasser reflektiert und blendete ihn. Die Silhouette war schwarz. Das stolze Tier schäumte das Wasser mit seinen Beinen auf. Michael schirmte mit der Hand die Augen vor den grellen Sonnenstrahlen ab.

Trotzdem konnte er nicht erkennen, wer da auf sie zugetrabt kam. Erst als der Mann dicht vor ihnen stand, erkannte er die Person. Ein kalter Schauer überkam den Jungen bei dem Anblick. Konnte es tatsächlich dieser Mann sein?

15
Ein weiteres Wort

Alexander fröstelte. Er hatte nicht lange geschlafen, das wusste er. Erneut träumte er von vergangenen Tagen, er sah seine Mutter in diesem Traum. Als er sie in den Arm nehmen wollte, wich sie vor ihm zurück. Er lief auf sie zu, doch seine Mutter ließ ihn nicht gewähren, ehe er ihr sein Vorhaben nicht erklärt hatte. „Ich will dich nur ein einziges Mal in den Armen halten", flüsterte er. Die Berührung war flüchtig. Alexander zuckte zusammen, als seine Lippen die Wange seiner Mutter berührten, ihre Haut war kalt, sie duftete nicht wie seine Mutter - nach Hefeteig und Kräutern. Ihr Atem roch streng nach Fäulnis, ihre Zähne waren schwarz, als sie ihre Lippen zu einem traurigen Lächeln verzog.

„Was ist passiert, Mutter?"

„Noch ist deine Zeit nicht gekommen", entgegnete sie, ihm eine Antwort auf seine Frage schuldig bleibend.

Plötzlich wurde er gewahr, dass sie nicht alleine waren, aus dem Augenwinkel heraus nahm er eine Bewegung wahr, ein latentes Gefühl der Angst durchströmte seinen Körper. Als er langsam seinen Kopf in die Richtung drehte, in der er eine Gestalt vermutete, stockte ihm bei dem Anblick der Atem. Gleißende Sonne blendete ihn. Die Gestalt stand direkt im Sonnenlicht. Die Abenddämmerung glättete die Konturen. Alexanders Augen verengten sich zu schmalen Schlitzen. „Vater?"

Die Silhouette trat näher.

Der Schweiß legte sich wie ein Nebel auf seine Haut. Alexander kämpfte gegen das Schwindelgefühl an, der Traum war zu real, er konnte seinen Vater nicht nur sehen, er konnte ihn spüren, mit allen Sinnen. „Du musst dein Leben wieder in den Griff bekommen, deine Mutter hat recht, noch ist es zu früh, die Zeit ist noch nicht reif." Sein Vater stand jetzt direkt vor ihm. Die Mutter war nicht mehr da. Starke Arme drückten

Alexander fest an sich. Statt geschockt zu sein, verspürte Alexander ein Gefühl von Zufriedenheit, die ihn vollkommen in sich einschloss, wie ein Kokon. Genauso kam er sich vor, eingehüllt in ein Laken, wie ein Kind. Als sein Vater von ihm ließ und sich in Luft auflöste, hinterließ er eine Leere, die für immer unausgefüllt bleiben würde. Trotzdem breitete sich stetig eine absolute, seelische Ruhe in seinem geschwächten Körper aus. Dieser Traum, da war sich Alexander sicher, hatte etwas Existenzielles und gleichermaßen Surreales aus der Welt geschafft, das ihn daran gehindert hatte, zurück ins Leben zu finden. Die Furcht, die ihn all die Tage gequält hatte, war verflogen. Seine Brust zog sich nicht mehr schmerzhaft zusammen. „Wasser", flüsterten seine Lippen. „Wasser, Wasser, ich will leben", sagte er und fuhr sich mit der Zunge zaghaft über die aufgeplatzten Lippen. Die Bilder vor seinem inneren Auge entschwanden, wurden zu einer weißen Dunstwolke. Sein Vater klopfte ihm ein letztes Mal auf die Schulter, drehte sich um und ging schweigend für immer von ihm fort. Dann verschwand er im dichten Nebel seines Traumes.

Alexander verspürte einen unsäglichen Drang, noch ein einziges Mal zurückkehren zu können, zurück zu dem entscheidenden Ereignis, an dem sein Leben eine andere Richtung genommen hatte, er wollte zurückkehren, um in diesem Moment eine andere Entscheidung treffen zu können, eine, die sein Schicksal nicht auf diese Weise herausforderte, eine, die all das, was danach geschehen war, nicht zugelassen hätte. Aber an welchem Tag nahm sein Schicksal diese Wendung, die sein Leben in den Abgrund vieler katastrophaler Ereignisse gestoßen hatte? Die Frage, ob danach sein Leben andere Formen angenommen hätte und ein besseres geworden wäre, drängte sich in den Vordergrund.

Als er darüber nachdachte, spürte er die Nähe von Dunja.

„Trink das hier", flüsterte sie ihm leise zu.

Alexander öffnete die Lippen und tat einen Schluck, dann noch einen, das Leben schien zurückzukehren, wie ein Dieb schlich es in seinen Körper zurück und suchte in ihm nach einem passenden Versteck.

16
Begegnung

Pulski. Diese Tatsache traf Michael wie ein Fausthieb. Aus dem Augenwinkel heraus warf er seinem Bruder einen hastigen Blick zu. Gregor nickte unmerklich. Langsam wischte er sich mit der Handkante über die Lippen, zum Zeichen, dass Gregor Ruhe bewahren sollte - und das Wichtigste – kein Wort sagen. Erneutes Nicken.

Die beiden Brüder sagten weder einen Ton noch hatten sie vor, die Situation durch eine auffallende Bewegung zu verschlimmern. Ungefragt würde keiner von ihnen irgendeine Erklärung abgeben, sie blieben einfach mit gesenkten Köpfen da stehen und schwiegen.

Das dunkelbraune Pferd wieherte und stellte sich auf die Hinterhand. Wasser spritzte, als das Tier sich wieder beruhigt hatte und mit den Vorderbeinen auf dem Boden ankam. Adolf gab einen kurzen Laut von sich, der halb ein Bellen, halb ein Winseln war.

„Dein Köter scheucht mein Pferd auf", sagte der Mann auf dem Pferd. Er war immer noch genauso groß, wie Michael ihn in seiner Erinnerung hatte, aber sein Gesicht war älter geworden. Seine Uniform war ihm jetzt zu groß und hing an den Schultern herab. Auch die Haut an den Wangen und unter den bösen Augen warf Falten, als wäre er darunter geschrumpft.

„Adolf, Platz", brummte Onkel Emil. Adolf schnaufte und lehnte sich mit der linken Flanke an das Bein seines Herrchens.

„Kennst du diese Frau?", wollte Pulski wissen.

Onkel Emil schüttelte nur den Kopf. „Ich weiß nicht, ihr fehlt ..." Zu mehr kam er nicht, seine Stimme brach wie ein trockener Ast.

„Du meinst, ihr fehlt der halbe Kopf?" Pulski schien seine Position zu genießen. Ihm tat die Tote überhaupt nicht leid.

„Das, was der Frau angetan wurde", ergriff Onkel Emil erneut das Wort, dieses Mal klang seine Stimme fester, „diese Tat ist schändlich und gleicht einer Sünde. Nur ein Feigling ist zu so etwas bereit. Ich werde mich ..."

„Du wirst gar nichts tun", unterbrach ihn Pulski. Sein Mund wurde zu einem verzerrten Grinsen. Selbstzufriedenheit und Stolz strahlten seine Augen aus und warfen dem älteren Herrn einen verschlagenen Blick zu. „Du bezichtigst mich eines Mordes, bezeichnest mich als Feigling, als Meuchelmörder? Ich bin nicht hinterhältig oder gar feige. Es war ein Unfall, ich habe diese Frau beim Stehlen erwischt", gab er brüsk von sich.

Onkel Emil wurde bei diesen Worten kleiner.

Pulskis Kopf drehte sich über die linke Schulter. Er hielt nach jemandem Ausschau. Dann sah er sein Gegenüber hämisch grinsend an. „Sie und ihr Bruder haben hier Netze ausgestellt und somit gefischt, ohne sich die Erlaubnis eingeholt zu haben. Als ich die beiden bei frischer Tat ertappte, schlug die dumme Frau mit einem Stock nach meinem Pferd. Da traf das Schicksal sie mitten ins Gesicht, nur war ihr Schicksal ein scheues Tier mit Hufeisen." Er lachte in sich hinein. „Da kommen sie endlich. Legt einen Zahn zu, ihr nichtsnutzigen Bastarde", schrie er, drehte erneut den Kopf zur Seite und hob die linke Hand zum Mund, die er zu einer Art Trichter vor die Lippen hielt.

Als er sich jetzt die Kinder vornahm und sich ihnen zuwandte, veränderte sich sein Gesichtsausdruck zusehends. Die Züge wurden weicher, so als habe er jemanden entdeckt, den er lange vermisst und nach ihm gesucht hatte. „Ich kenne euch doch, nicht wahr? Das nenne ich eine glückliche Fügung. Heute ist mein Glückstag." Sein abgehacktes Lachen trieb Michael einen imaginären Keil durch die Brust. Der Junge verzog schmerzverzerrt das Gesicht. Er hatte Todesangst, von diesem Mann ging eine eisige Kälte aus, die einen jedes Mal frösteln ließ, wenn er einem zu nahe trat. Michael machte einen Schritt nach hinten, Pulskis Grinsen wurde breiter, er hatte die Unsicherheit, die Michael ausstrahlte, bemerkt, und gab seinem

Pferd die Sporen. Er schnalzte mit der Zunge und ließ das Tier mehrere Schritte nach vorne laufen, bis sich der Abstand um einiges verkürzt hatte. Michael blieb stehen. Angst lähmte seinen Körper. Ihm wurde fast schwindlig dabei. Mit einer unbeschreiblichen Wucht brachen die Erinnerungen über ihn herein wie eine Lawine. Er rang nach Luft, sein Magen wurde zu einem harten Klumpen, ihm wurde speiübel, als Bilder wie Rückblenden vor seinem inneren Auge auftauchten. Grell wie Blitze. Scharf wie Rasiermesser schnitten sie sich durch die Erinnerung hindurch und rissen die halbwegs verheilten Wunden erneut auf. Dann tauchte eine Szene auf, in der sich der so stolze Mann in die Hose gemacht hatte. Michael verspürte einen flüchtigen Augenblick der Genugtuung, gab sich jedoch Mühe, dies in keinster Weise zu zeigen.

„Du erinnerst dich auch an mich, nicht wahr?" Pulski beugte sich weit nach unten. In seinen Augen spiegelte sich etwas, das Michael nicht richtig zu deuten wusste. Dann verschwand der Glanz samt dem Stolz, die Augen wurden stumpf. Pulski spielte mit den Kaumuskeln, so als habe er gerade auf etwas Hartes und Saures gebissen. Das maliziöse Grinsen auf seinem Gesicht wurde zu einem undefinierbaren Zähneblecken. Er fuhr sich mit der Zunge unter die Oberlippe und spie mit angewidertem Gesicht einen weißen Klumpen Rotz ins Wasser. „Komm her", befahl er Michael und richtete sich wieder im Sattel auf, er gab sich Mühe, eine stattliche Haltung anzunehmen, scheiterte bei seinem Vorhaben jedoch, als sein Pferd erneut scheute. Der braune Hengst riss an den Zügeln und wieherte. Die Nüstern blähten sich wie Segel auf, der große Kopf zerrte an den Lederriemen. Pulski schlug seine Fersen gegen die Flanken, doch das Tier torkelte trotzdem rückwärts und brachte das Wasser zum Brodeln.

Eine Wasserschlange schlängelte sich dicht vor den Vorderbeinen des Tieres hindurch und verschwand geräuschlos wie ein Schatten im Dickicht. Als das Wasser von den trampelnden Hufen aufgeschäumt wurde, wurde der faule Geruch intensiver. Die Leiche bewegte sich auf einmal und schwebte auf Michael zu, er torkelte rückwärts und fiel auf den Hintern. Der Hengst bäumte sich auf und stellte sich erneut auf die Hinterhand. Onkel Emil eilte herbei, griff nach dem Zaumzeug, seine Hand erwischte den Kehlriemen, mit ganzer Kraft zog er den Kopf des Tieres nach unten und flüsterte dem Pferd etwas zu. Das aufgebrachte Tier prustete und schnaubte, beruhigte sich jedoch.

Auch die Leiche blieb wie von Zauberhand an derselben Stelle im Wasser schweben. Michael taxierte sie mit weit aufgerissenen Augen. Sein Atem ging stoßweise.

„Lass ihn los, ich werde ihn zum Metzger bringen", schrie Pulski rasend vor Wut. Er griff nach hinten und holte eine Peitsche heraus.

„Er ist jung und unerfahren. Das Tier braucht einen erfahrenen ...", Onkel Emil verstummte, als ihm bewusst wurde, dass er den großen Mann beinahe erneut beleidigt hätte, „... einen erfahrenen Lehrer, ich kann ihn für Sie abrichten", korrigierte er sich schnell und tätschelte das Tier sachte an seinem muskulösen Hals.

Pulski sprang aus dem Sattel. Das Wasser spritzte, als er mit beiden Stiefeln, die von schwarzer Wichse glänzten, auf einem kleinen Hügel aus Kieselsteinen landete. Er stand bis zu den Knöcheln im Wasser. Die Steine knirschten unter seinem Gewicht, der Hügel wurde jetzt zu einer Mulde. Pulski drückte Onkel Emil die Zügel in die linke Hand, die Peitsche hielt er immer noch in seiner Rechten. Demonstrativ holte er zu einem Schlag aus und ließ den schmalen Riemen in der Luft zweimal in langen Schlaufen kreisen. Mit einer einzigen, ruckartigen Bewegung ließ er die Peitsche knallen. Das Geräusch glich einem Pistolenschuss, der die Stille zerriss. Michael zuckte zusammen.

„Wer versteckt sich im Gebüsch? Komm heraus, Fremder, sonst lasse ich dich auspeitschen, und ihr da, kommt näher heran." Die letzte Bemerkung galt zwei uniformierten Männern und dem Drachentöter Nikolai, so hieß der Mann, dessen Gesicht jetzt eher einem zum Tode verurteilten Mann glich. Die rechte Seite seines Antlitzes war angeschwollen, blutverkrustet und von tiefen Schnitten überzogen. Statt des Auges war dort eine Beule, die in der Mitte einen Schlitz aufwies, so als habe jemand mit einem Messer über die angeschwollenen Lider geschnitten. Nikolai weinte stumm. Sein Gesicht leuchtete in allen Farben der Gewalt, die ihm vor Kurzem angetan wurde.

Die beiden Männer in Armee-Uniformen stießen den Gefangenen vor sich her. Pulski ließ die Peitsche erneut durch die Luft schweifen, dieses Mal schnitt die Spitze einige Riedhalme durch. Michael duckte sich, unbeabsichtigt streifte sein Blick erneut die Leiche. Das Kleid lag wie eine zweite Haut auf ihren Beinen und ließ die tote Frau nackt erscheinen. Michael wandte beschämt den Blick ab und rappelte sich hoch auf die Beine. Endlich traute sich auch Konstantin heraus. Er zitterte am ganzen Körper. Seine Hände hielten einen toten Vogel. Es war eine Krähe. Ihre Flüge hingen schlapp herunter, der Kopf lag schräg zur Seite, der weit aufgerissene Schnabel verharrte mitten in einem stummen Schrei.

„Bitte b ... b ... bitte t ... t ... töö ... öten Sie mich n ... n ... nicht", sprach Konstantin mit weit aufgerissenen Augen zu dem aufgebrachten Mann, der den Knauf seiner Peitsche gegen die offene Hand schlug. Konstantins Stimme war kaum hörbar, selbst das Prusten des Pferdes war deutlicher zu vernehmen.

Pulski tat mehrere schnelle Schritte auf Konstantin zu und schlug in mit dem hölzernen Knauf gegen den dünnen Oberarm. Angewidert verzog er sein kantiges Gesicht, als seine Augen den toten Vogel streiften. Konstantin schnappte nach Luft. Das schmerzverzerrte Gesicht suchte bei Michael Schutz. Michael sah ihm in die traurigen Augen.

„Du solltest deine faschistische Sprache lieber schnell vergessen, sonst werde ich dir deine Dummheit mit diesem Knüppel hier aus dir herausprügeln, nur wegen euch bin ich hier mitten im Nirgendwo gelandet, statt weiter studieren zu dürfen, muss ich Bälgern wie euch hinterherrennen", spie Pulski die Worte wie Gift aus. Speichel flog aus seinem Mund.

„Er hat Angst", mischte sich Michael ein, als Pulski zu einem weiteren Schlag ausholte. Wie von einer unsichtbaren Kraft gehalten, verharrte der ausgestreckte Arm in der Luft, der Riemen hing herunter, die dünne Spitze schlängelte sich im Wasser und wurde von der Strömung weggetragen, bis sich der

Riemen gespannt hatte. Pulski schniefte laut und spie erneut einen Klumpen Rotz ins Wasser. „Was hat er gesagt?", wollte Pulski von Konstantin wissen, deutete mit einem Kopfnicken zu Michael und wickelte die Peitsche ein, indem er die lange Schnur um den Knauf zu engen Schlaufen wickelte.

„Er will nicht getötet werden", entgegnete Michael trotzig und mit erstaunlich ruhiger Stimme. Er warf erneut einen Blick zu Konstantin und erstarrte. Konstantin hielt den toten Vogel immer noch mit beiden Händen umklammert, jetzt waren seine Finger nicht nur nass, sie leuchteten rot. Helle Blutstropfen hingen von seinen Fingerknöcheln herunter und verschwanden geräuschlos im trüben Wasser.

„Er hat ein L ... loch in in in der B ... bru … bru …", wandte sich Konstantin an Michael und beobachtete den bis zur Weißglut aufgebrachten Pulski.

„Brust", beendete Michael den Satz flüsternd. Er bewegte dabei nur die Lippen.

Als Michael seinen Blick von der toten Krähe abwandte und im Begriff war, den kurzen Satz zu übersetzen, verschluckte er sich, denn der Mann stand direkt vor ihm. Mit Daumen und Zeigefinger packte er ihn im Gesicht und drückte seine scharfen Fingernägel tief in die Wangen hinein. Michael heulte beinahe von dem unsäglichen Schmerz auf, Tränen benebelten seine Sicht.

„Was habe ich euch denn gerade eben gesagt? Hä?" Der eiserne Griff wurde noch fester. Michael schmeckte Blut auf seiner Zunge. Sein Unterkiefer rutschte immer weiter nach unten. Sein Mund war zu einem länglichen O verzogen. Dann ließ der Mann endlich von ihm ab und verpasste ihm eine saftige Ohrfeige, der Schlag kam unerwartet, Michaels Kopf schnellte zur Seite, das linke Ohr begann zu pfeifen.

„Der Vogel hat ein Loch in der Brust", stammelte Michael mit gesenktem Kopf und hielt sich die linke Wange mit der Hand fest, die Haut brannte wie Feuer.

„Sieh mich gefälligst an, wenn du mit mir redest!", herrschte Pulski ihn an und hob mit dem Ende des Knaufs Michaels Kinn leicht nach oben. Michael leistete keinen Widerstand. Er sah dem Mann in die Augen. Ein Ausdruck des Hasses zeichnete sich darin ab, seine Mundwinkel zuckten. Pulski sprach, ohne seinen Blick von dem Jungen zu nehmen, der Griff der Peitsche drückte immer noch gegen Michaels Kinn. „Nehmt die Leiche aus dem Wasser und bindet sie auf das Pferd, der Gefangene wird sich heute noch bei der Armee melden - und zwar freiwillig. Noch morgen geht er an die Front, um sein Vaterland vor den Aggressoren des faschistischen Regimes zu beschützen. Alle Anwesenden sind Zeugen dessen, was heute passiert ist, die Frau und ihr Bruder wurden beim Stehlen sozialistischen Guts erwischt, der schreckliche und tragische Tod der Frau war ein Unfall." Endlich nahm er die Peitsche weg und warf sie einem der Soldaten zu. Michael traute sich wieder aufzuatmen, aber erst, als Pulski sich von ihm abwandte. Er schubste Gregor aus dem Weg und machte zwei Schritte auf Konstantin zu. Konstantin torkelte rückwärts und fiel fast hin.

„Wirf den Vogel weg, sonst bekommst du auch ein Loch in die Brust", zischte Pulski den verängstigten Jungen an.

Michael verfolgte das Geschehene mit dumpfem Hass. Sein Herz raste und drückte schmerzhaft gegen die Rippen. Warum mischte sich niemand ein, selbst Stepan, der große Mann mit der Glatze, sagte nichts, er stand am anderen Ufer und beobachtete alles, ohne einzuschreiten. Das Gewässer war an dieser Stelle flach, sodass Stepan sie ohne Mühe erreichen konnte, aber er stand einfach nur da und sah zu. Auch Onkel Emil hielt immer noch das Pferd am Geschirr fest und war damit beschäftigt, das Tier ruhig zu halten, bis die tote Frau von den beiden Soldaten hinter dem Sattel festgebunden wurde. Ihre Arme und Beine hingen schlaff herunter, rotes Wasser troff aus ihrem Kleid.

„Wird's bald, wirf ihn weg." Die rechte Hand von Pulski fuhr hinter seinen Rücken, dort, wo eine Pistole in einem Holster aus braunem Leder steckte.

Konstantins Augen wurden weiß. Schaum quoll aus seinem Mund, er zuckte am ganzen Körper, seine Finger verkrampften sich und zerquetschten den Kadaver. Wie eine faule Frucht drückte er den Vogel zusammen, Blut und etwas anderes schossen aus dem Loch, hingen über Konstantins Finger und tropften auf seine Kleidung. Seine Beine gaben nach. Dann fiel er, immer noch am ganzen Körper zuckend, auf den Rücken.

„Was ist in ihn gefahren, ist er vom Teufel besessen?", fluchte Pulski, er klang nicht mehr wie ein Tyrann.

Etwas lehnte sich in Michael auf. Auch als ihm bewusst wurde, dass das, was er vorhatte, ihn das Leben kosten könnte, lief er zu seinem Freund und packte ihn unter den Achseln. Konstantin war steif wie ein Brett, alle seine Muskeln waren angespannt. Eine innere Stimme rief Michael zu, er solle damit aufhören, sich ständig für andere einzusetzen, Michael ignorierte sie, mit zusammengebissenen Zähnen stemmte er sich auf die Beine und schleifte Konstantin, der nicht mehr zuckte, aber immer noch hart wie Stein war, zurück zum Ufer. Noch mehr Schaum spritzte zwischen den blau angelaufenen Lippen heraus, die Augen waren nur zwei weiße Kugeln, die unter den flatternden Lidern Michael anstarrten. Finger wie Klauen zerdrückten den kleinen Körper der Krähe, der von schwarzen Federn bedeckt war. Einige lösten sich und wurden von der Strömung weggetragen, andere blieben an Konstantins Kleidung haften. „Lass endlich den Vogel los", presste Michael durch die Zähne. Denn er hörte, wie die Knochen unter dem enormen Druck brachen, noch mehr Federn lösten sich und schwammen wie Blätter über die glänzende Oberfläche. Auf einmal wurde die schwere Last leichter. Als Michael den Kopf hob, sah er seinen Bruder vor sich. Gregor packte Konstantin an den Füßen und hob sie aus dem Wasser. Gregor sah ihn betroffen, gleichzeitig aber auch fordernd an. Gemeinsam gelang es den beiden, ihren Freund, der sie so oft in prekäre Situationen brachte, zum rettenden Ufer zu schleppen. Konstantin zuckte nicht mehr, auch lief ihm kein Schaum aus dem Mund. Er lag wie ein Toter da, sein Körper war nicht mehr steif, auch die Bläue wich einem unnatürlichen Weiß.

„Wurde er etwa von einer Schlange gebissen? Gregor, was meinst du, hast du etwas gesehen?" Michael sah über die Schulter, er saß auf der Erde neben Gregor. Sein Bruder schüttelte nur den Kopf.

„Was ist passiert?" Onkel Emil kam auf sie zu, er klang besorgt, sogar ängstlich, die angetrunkene Gleichgültigkeit war vollends gewichen.

„Er ist halt so", entgegnete Gregor mit müder Stimme.

„Manchmal, wenn er sich ganz arg erschreckt, fällt er in Ohnmacht oder wie man das nennt. Er ist dann wie tot", versuchte Michael zu erklären, auch seine Stimme klang müde. Beide Brüder waren von den ganzen Strapazen erschöpft und hatten keine Kraft mehr. Eine Weile saßen sie einfach nur da und waren in ihre Gedanken versunken, sie starrten zu dem kleinen Fluss, der von grünen Pflanzen umsäumt war. Plötzlich hörten sie, wie trockene Zweige und Halme brachen. Jemand bahnte sich den Weg durch das Ried und Gestrüpp aus dünnen Zweigen des Sanddorns. Der Unbekannte nahm nicht den ausgestampften Pfad, er lief durch das Dickicht.

„Ich glaube es nicht", entfuhr es Onkel Emil. Michael wusste die Worte Onkel Emils nicht richtig zu deuten, entweder war der alte Mann verbittert oder überrascht, als er den kahlen Kopf von Stepan erblickte.

„Sind sie weg?", fragte er. Seine Aufmerksamkeit galt Konstantin, der im Gras lag und sich nicht bewegte. Der tote Vogel lag auf der schmalen Brust, von zwei kleinen Händen fest umklammert wie ein Schatz.

„Sie haben zuerst auf die Vögel geschossen. Dieser Kommandant, er hat mit seiner Pistole auf die Krähen gezielt", stammelte Stepan und setzte sich schwer atmend neben Onkel Emil. Ihre Blicke waren auf das kleine Flüsschen gerichtet. „Nikolai und seine Schwester wollten die Netze kontrollieren. Ich denke, dieses Arschloch hat die beiden nur erschrecken wollen, oder er dachte, sie verstecken sich im Ried, du weißt schon, er wusste ja nicht, dass die beiden Geschwister sind. Ich stand nur einige Meter von ihnen entfernt und sah nach den Fallen, die ich aufgestellt hatte - für Nutria und Krebse. Auf jeden Fall habe ich zuerst die Schüsse gehört, dann die Schreie. Als ich nach dem Rechten sehen wollte, sah ich, wie dieser Pulski dem armen Mädchen an die Kleider ging, sie hat sich gewehrt, dann, ich weiß nicht, wie es dazu kam, aber ich glaube,

Nikolai hat den Mann am Arm gepackt, plötzlich fiel der Schuss. Ich sah, wie ...", seine Stimme brach, er atmete mehrmals tief ein und aus, dann fuhr er fort, „er hat ihr das halbe Gesicht weggeschossen. Die zwei Männer, die Pulski begleitet haben, hielten Nikolai an den Armen fest. Pulski suchte im Wasser nach einem Stein, als er einen gefunden hatte, der groß genug war, ließ er ihn mehrmals auf das nicht vorhandene Gesicht des Mädchens niederfahren, so lange, bis von ihrem Antlitz nichts mehr blieb als ..." Er sprach den Satz nicht zu Ende, er beugte sich nach vorne und übergab sich.

„Was ist passiert?" Die leise Stimme von Konstantin ließ alle zusammenfahren.

„Du hast uns das Leben gerettet, du bescheuertes Arschloch, das ist passiert", fluchte Gregor, er klang alles andere als erbost. Auch Michael lächelte mit einem Mundwinkel. Nur die beiden Männer schienen sich immer noch nicht von dem Schreck erholt zu haben. Auch wenn die Brüder noch Kinder waren, hatten sie in ihrem jungen Leben viel mehr Schreckliches erlebt als die beiden Männer. Der grässliche Tod der Frau beschäftigte sie nicht so sehr wie die beiden Männer, alles, was für sie zählte, war, dass sie noch am Leben waren.

Mit gerümpfter Nase starrte Konstantin auf den gefiederten Kadaver, den er von sich stieß und von ihm wegrückte, indem er auf seinem Hosenboden über die Erde rutschte.

„Diesmal war der Anfall sehr schlimm, ich kann mich fast an gar nichts erinnern", sprach Konstantin mit krächzender Stimme.

„Genug geschwafelt", unterbrach Onkel Emil die Kinder. Mit einiger Anstrengung rappelte er sich auf die Beine und stampfte davon. „Ich hoffe, der Ofen ist noch heiß, wir brauchen alle eine gescheite Abreibung." Er lachte über seinen eigenen Witz. Michael begriff nicht sofort, dass Onkel Emil damit das Waschen meinte. Dann, als er das Wortspiel endlich erkannt hatte, lachte auch er stumm und lief dem alten Mann hinterher. Stepan bildete die Nachhut. Michael sah nicht, wie der große, scheinbar angstlose Mann sich immer wieder umdrehte, um nachzuschauen, ob sie nicht verfolgt wurden, und Pulski sich tatsächlich heute nicht mehr blicken ließ.

Der Tag neigte sich dem Abend zu. Die Sonne schien durch die weißen Wolken, die tief am Himmel hingen.

Michael schaute auf seine nackten Füße, die bei jedem Schritt etwas von der trockenen Erde aufwirbelten und kleine Staubwolken hinterließen. Dicht neben ihm lief sein Bruder, auch er schwieg. Ihre Schultern berührten sich beinahe. Konstantin folgte ihnen und summte ein Lied.

„Haja papaja schlags Göckele tot ..."

17

Augenblick

Als Alexander erneut aus der Bewusstlosigkeit erwachte, begriff er nicht sofort, wo er sich befand, und ihm war immer noch schwindlig. Er hob seine Lider, die bleischwer waren, nur einen schmalen Schlitz breit an. Es blieb zuerst nur bei einem Versuch. Erst nach einer ungeheuren Anstrengung gelang es ihm, sie anzuheben, ohne dass sie wieder zufielen. Alles um ihn herum war schemenhaft. Die Konturen schienen vor seinen Augen zu schwimmen. Die gelbe Sonne, die durch das staubige Fenster schien, brannte wie Feuer auf seiner Netzhaut. Tränen trübten ihm die Sicht, sie wegzublinzeln war unmöglich. Er schaute durch die Scheibe, die von Spinnweben überzogen war. Er sah, wie ein Bettlaken im Wind flackerte, auch sah er Frauenunterwäsche auf der Wäscheleine hängen. Dunja lebte also allein, konstatierte er, auch wenn sein Versand noch etwas mürbe war, schien er doch noch zu funktionieren. Die Rädchen in seinem Kopf hakten zwar, bewegten sich jedoch, langsam und stetig kehrte die Erinnerung zurück. Also hatte man ihm nicht das ganze Hirn weggeschossen, dachte er, und versuchte den harten Klumpen hinunterzuwürgen, der ihm die Luftröhre abdrückte. Sein Hals kratzte, so als habe er eine Handvoll Staub eingeatmet.

Ihm war mehr als bewusst, dass seine Zukunft in den Händen von anderen lag, sie würden über sein Leben entscheiden, nur war ihm immer noch nicht klar, warum er eigentlich noch lebte. War es Glück oder eine weitere Prüfung, die er zu bestehen hatte, bevor er sterben durfte, um in den Himmel zu kommen? Tränen benetzten seine Augen. Dann fiel ihm der junge Mann ein, den er erschossen hatte. Die Tränen kullerten jetzt über seine Wangen. Seine Brust zog sich schmerzhaft zusammen, er begann laut zu atmen. Nur mit den Augen tastete er den Raum ab. Er war allein, dachte er, doch dann wurde er gewahr, wie er beobachtet wurde. Eine Gestalt saß in einer dunklen Ecke. Sie war klein.

„Sascha, du bist wieder wach", perlte die Stimme durch den Raum und ließ alles heller erscheinen.

„Dunja", krächzte Alexander.

Der schmale Schatten trat aus der Ecke. Alexander sah, wie Dunja auf ihn zukam. Als sie zum Tisch ging, warf die Sonne einen Lichtschatten auf sie. Dunja trug ein weißes Kopftuch mit roten Blumen, ein langer, blonder Zopf hing über ihre linke Schulter. Sie war nicht jung, vielleicht sechsundzwanzig, aber das störte ihn nicht. Warum war sie aber immer noch nicht verheiratet? Was war mit ihr nicht in Ordnung, dass sie immer noch ledig war und keine Kinder hatte? Dann fiel ihm das Gespräch ein, in dem der Name ihres Mannes fiel, Nikita, er war im Krieg. Das erklärte aber nicht, warum hier im Haus keine Kinder herumtobten. Obwohl diese Gedanken ihm absurd erschienen, schienen sie doch von Wichtigkeit zu sein, welche er sich nicht zu erklären vermochte.

Sie kam auf ihn zu. Dunja hielt eine hölzerne Schöpfkelle in ihren Händen, die im gelben Licht der Sonne nass glänzten. Ihre Schritte waren schleifend. So, als trüge sie viel zu große Schlappen. Dieser Gedanke erheiterte ihn so sehr, dass er sogar einen seiner Mundwinkel zum Zucken brachte. Sofort wurde er dafür bestraft, indem ein heißer Blitz des Schmerzes durch seinen Kopf fuhr. Alexander biss die Zähne zusammen.

„Trink das hier", flüsterte sie und hielt ihm das kühle Nass vor die Lippen. Der Sud schmeckte bitter, tat jedoch seiner ausgedörrten Kehle gut.

„Du wirst jetzt wieder einschlafen, Sascha. Ich habe etwas Mohnsaft beigemischt, das wird deine Schmerzen ein bisschen lindern. Schlaf, Sascha, der Schlaf ist heilig, er lindert und heilt unsere Wunden. Alles, was du brauchst ist Ruhe und Liebe, ich habe beides ..." Dunja redete noch weiter, nur hörte Alexander ihre Worte nicht mehr. Seine Seele schwebte davon, die Schmerzen waren wie verflogen, weißer Nebel umhüllte ihn und trug seinen Geist in die Welt der Träume.

314

18
Besäufnis

Als sie sich dem Pferdestall genähert hatten, sah Michael eine Ansammlung von Männern, die an der kleinen, schiefen Hütte standen, die Onkel Emil als Banja bezeichnet hatte. Aus dem Schornstein kräuselte eine Rauchsäule, die sich in dem grauen Himmel der Abenddämmerung in Nichts auflöste.

„Hey, Emil, wo bist du denn gewesen?", ertönte die heitere Stimme eines Mannes, der noch älter aussah als Onkel Emil. Sein Rücken war krumm, er stützte sich mit beiden Händen an einem knorrigen Stock ab und verzog seinen zahnlosen Mund zu einem Grinsen.

„Das geht dich nichts an, Gleb, geht euch waschen und dann verschwindet hier", murrte Onkel Emil.

Er ging an dem Greis vorbei, dessen lichtes Haar in langen, weißen Strähnen nach unten hing. Auch die anderen Männer setzten fragende Mienen auf. „Welche Laus ist dir über die Leber gelaufen, wir sind nicht wegen der Banja hier, und das weißt du auch", krächzte der Mann und humpelte dem aufgebrachten Onkel Emil hinterher. Michael konnte noch drei weitere Männer ausmachen, zwei waren nicht viel jünger als dieser Gleb. Der dritte, er war vielleicht so alt wie Michaels ältester Bruder Alexander, stand an der Hütte, mit dem Rücken an den Türrahmen gelehnt. Er war viel kleiner als Alexander, auch hing die linke Seite seines Gesichts wie weiches Wachs herunter. So, als habe ihm jemand die Haut zusammengeknüllt. Der linke Arm baumelte an seiner Schulter wie das Pendel einer Standuhr, die Michael bei Oma und Opa gesehen hatte.

Onkel Emil verschwand in seinem Haus. Die Männer schauten einander verdutzt an. Der Kerl mit dem Wachsgesicht nuschelte unverständliche Worte. Seine Aussprache war feucht und pfeifend. Michael wandte den Blick von ihm ab, er wollte nicht unhöflich erscheinen.

„Nein, wir bleiben hier", entgegnete Gleb, anscheinend verstand er den jungen Mann sehr gut, auch die anderen zwei Männer stimmten dem Greis zu. Wie zur Bestätigung seiner Aussage stampfte Gleb mit seinem Stock auf die staubige Erde. Tatsächlich ließ Onkel Emil nicht lange auf sich warten, er kam mit einer großen Flasche heraus, die er in der rechten Armbeuge umklammert hielt, in der Linken trug er einen Alubecher mit zerbeultem Boden.

Freudiges Gemurmel drang aus mehreren Kehlen gleichzeitig. Eine milchig-weiße Flüssigkeit schwappte in der Flasche.

„Ihr geht zum Stall und macht ihn sauber, auch müsst ihr Stroh auslegen, damit die Tiere heute Nacht nicht in ihrer eigenen Scheiße schlafen müssen, danach kommt ihr wieder her und wascht euch. Schlafen tut ihr auch im Stall, das Heu ist weich genug. Habt ihr mich verstanden - ihr Bälger?"

Michael nickte stumm. „Haben wir", entgegnete Gregor mit erstaunlich ruhiger Stimme. Nur Konstantin regte sich nicht. Er war zu erschöpft, mutmaßte Michael.

„Worauf wartet ihr dann noch? Verschwindet - macht schon." Noch bevor er das letzte Wort ausgesprochen hatte, kam der alte Gleb humpelnd auf Onkel Emil zu, nahm den zerbeulten Becher aus seiner Umklammerung und hielt ihn ihm hin. Seine Hand zitterte. Onkel Emil entplombte die Flasche mit zusammengepressten Lippen. Ein leises Floppen ertönte. Die trübe Flüssigkeit gurgelte aus der Flasche und füllte den Becher. „Dein Schnaps ist der beste", freute sich der Greis, hob den Becher, „auf deine Gesundheit", lächelte er und kippte den Inhalt in sich hinein, als wäre er am Verdursten. Der alte Gleb zog die Luft laut durch seine krumme Nase ein und verzog das so schon schrumpelige Gesicht zu einer Fratze.

Der Becher wurde weitergereicht.

„Ich komme mit euch, nicht, dass ihr euch auf die faule Haut legt", brummte Stepan und schubste Michael gegen den Rücken. Auch zog er Konstantin an der Schulter, als dieser sich nicht regte. Die Kinder liefen Richtung Scheune zu den Tieren. Die

Stimmen hinter ihnen wurden lauter. Jemand lachte, ein anderer klatschte in die Hände.

„Kommt dem Emil heute nicht dumm. Er hat heute Geburtstag und wird nicht ganz nüchtern sein, immer, wenn er getrunken hat, solltet ihr lieber seine Gegenwart meiden." Stepan lief hinter den drei Jungen her und sprach mit ruhiger Stimme zu ihnen.

„Warum wurde die Frau umgebracht?", wollte Gregor wissen. Er drehte sich um und lief rückwärts.

„Das geht dich nichts an, dummes Kind, sprich solche Fragen niemals laut aus, sonst passiert dir dasselbe wie ihr", entgegnete Stepan mit brüskemTon. „Schau lieber, wo du hinläufst", ermahnte er Gregor barsch. „Morgen kommt ihr drei mit mir mit, wir werden in den Wald gehen, doch bevor wir aufbrechen, werdet ihr euch bei Kommandant Pulski melden müssen. Immer in der Frühe müsst ihr eure Anwesenheit im Kontor von einem Buchhalter abhaken lassen, dort bekommt ihr auch Lebensmittelkarten. Wer dort nicht erscheint, wird erschossen", sagte er jetzt ruhig.

Die Kinder blieben auf einmal stehen.

„Ich meine das ernst", fuhr Stepan fort.

„Das Essen wird immer knapper, und wir können auf gierige Mäuler, die gestopft werden müssen, gerne verzichten. Der Winter naht, jeden Tag rückt die Zeit des Hungers näher. Es wird viele geben, die den Winter nicht überleben werden. Jetzt bewegt eure Ärsche und macht den Stall sauber, ich gehe solange zum Fluss und schaue nach den Netzen. Bisher habe ich keinen Fisch gefangen, der Bach ist überfischt, aber wer weiß, vielleicht habe ich heute doch noch Glück."

Michael hatte den Verdacht, dass der Mann nicht ganz die Wahrheit sagte, aber er wollte keinen Streit vom Zaun brechen, also schwieg er lieber.

„Wenn ich wieder da bin, muss der Stall wie geleckt sein. Die Tiere müssen was zum Fressen bekommen, vor allem die beiden Bullen. Für die wird morgen ein harter Tag sein, aber auch für euch. Also seht zu, dass alles zu meiner und Emils

317

Zufriedenheit gemacht wird, sonst gibt es Prügel. Auch sollen die Tiere genügend trinken. Wasser habt ihr ja jetzt genug." Stepan wandte sich ab und verschwand in der Dämmerung. Die Kinder schauten ihm lange nach, so lange, bis seine Silhouette sich mit dem trüben Hintergrund zu einem Ganzen vermischte.

19

Ein Geheimnis

„Ich bin gleich da", flüsterte Gregor und fuhr sich schniefend mit der Handfläche über die Nase.

„Gregor, nicht." Michael packte seinen Bruder am Ärmel. Dieser riss sich mit einem heftigen Ruck aus der Umklammerung heraus und schritt dem großen Mann hinterher.

Als Michael sah, dass Gregor es sich doch anders überlegt hatte und zurückkam, atmete er erleichtert auf. Doch die Freude war nur von kurzer Dauer. Gregor schnappte nämlich nach einem Eimer, der noch halb voll war, schüttete das Wasser auf den Boden und schniefte mit der Nase. „Ich hole noch etwas Wasser", murmelte er und lief in dieselbe Richtung wie Stepan.

Seinen Bruder doch noch zum Überlegen zu überreden, schien ein aussichtsloses Unterfangen zu sein, also ließ er Gregor ziehen.

„Komm, Konstantin, wir müssen den Stall saubermachen, solange es noch nicht stockdunkel ist", sagte er mit kaum verhohlenem Ärger, teils, weil er zornig über das dumme Verhalten seines Bruders war, teils, weil er sich um ihn sorgte, auch musste er jetzt noch an seine Schwester denken. Ob es Anita gut ging? Hoffentlich ging es ihr nicht viel schlechter als ihm und Gregor. Der Krieg war schrecklich, er hatte schon so vielen Menschen das Leben genommen. Auch denen, die Michael alles bedeutet hatten. Er hasste den Krieg.

Ein klagender Schrei hallte durch die Abenddämmerung, eine Eule, schätzte er, vielleicht auch ein ganz anderes Tier, er dachte nicht mehr länger darüber nach, was kümmerte ihn ein Tier, wenn sein Kopf von anderen Sorgen überfüllt war. Stumm lief er durch das Tor, der beißende Geruch schoss ihm durch die Nase und trieb ihm Tränen in die Augen, seine Augen glänzten, aber nicht der Gestank war schuld daran, sondern die Verzweiflung, die in ihm wuchs.

„Michael, sch … schau mal!" Konstantin klang verblüfft.

Michaels Blick folgte seinem ausgestreckten Arm zu den Boxen, darin standen zwei weitere Kühe, deren Bäuche wie gebläht aussahen, die Zitzen hingen jedoch schlapp herunter, auch deren Euter waren nicht prall. Jemand hatte die Tiere schon gemolken, stellte Michael traurig fest. Dann griff er nach einer Schaufel, lief zu den Tieren, die kauend dastanden und sein Kommen mit einem gelangweilten Blick quittierten. Michael klopfte einer der Kühe auf das knochige Hinterteil, damit sie ihm Platz machte, sie stampfte mit dem Bein auf, senkte den Kopf und ließ sich ein frisches Grasbüschel schmecken. Michael knurrte, holte aus und schlug leicht mit dem flachen Schaufelblatt erneut gegen den knochigen Hintern. Endlich trat die weißgescheckte Kuh zu Seite. „Jetzt kann ich deinen Mist wegschippen, vielen Dank auch", murmelte Michael.

Ein dickes Seil war um die Hörner der schmächtigen Kuh gewickelt und spannte jetzt, weil das Tier daran zog. Michael legte das Schaufelblatt flach auf den Boden und schob den Mist vor sich her, der zu einem Haufen anwuchs und mit jedem weiteren Schritt größer wurde. Das Leben ändert sich mit den Jahren und kann einem viel abverlangen. Wenn du in der Schule nicht aufpasst, werden deine Ansprüche schrumpfen, falls du dir aber Mühe gibst, kannst du später selbst über dein Leben bestimmen, wenn nicht, bestimmt das Leben über dich. Das waren die Worte seines Vaters. Noch immer verstand Michael den Sinn nicht ganz, aber er hatte eine Ahnung. Wenn man Scheiße für andere aufräumt, dann kann das Leben nicht viel schlimmer werden, lachte er über sich selbst, also kann es nur aufwärts gehen. Er lachte traurig.

„Konstantin, nimm die verdammte Mistgabel und trage den Haufen nach draußen. Sonst ziehe ich dir mit dieser Schaufel hier eins über den Schädel", fluchte Michael. Der Schweiß rann ihm in kleinen Bächen den Rücken hinunter. Konstantin zwinkerte. Sein Blick huschte durch die Dunkelheit auf der Suche nach der Mistgabel. Michael warf die Schaufel zu Boden, das Schaufelblatt erzeugte ein helles *Klong*.

„Mach hier weiter, du stotternde Blindschleiche." Michael stampfte zum Heuhaufen, dort, wo die Gabel in dem Berg aus Stroh steckte.

Konstantin warf Michael einen zweifelnden Blick zu, tat aber ohne Widerwort, wie ihm geheißen. Ohne sich der brüsken Anweisung zu widersetzen, langte er nach dem hölzernen Griff, der vom Kuhmist nass und glitschig war.

Michael tat sein Ausbruch ein wenig leid, aber für eine Entschuldigung hatten sie keine Zeit mehr. Die Zinken fuhren tief in den dampfenden Haufen aus Mist und Stroh.

Das Gewicht der feuchten Scheiße wog schwer in Michaels Händen. Seine Muskeln brannten. Die Schultern schmerzten, die Beine knickten manchmal ein, sodass Michael keuchend stehen blieb und sich immer wieder an der Gabel abstützen musste, um nicht zusammenzubrechen.

20
Geräucherter Fisch

Als Michael draußen vor einem dampfenden Misthaufen stand, schwer atmend und nach Luft schnappend, den beißenden Geruch nahm er nicht mehr wahr, wartete er, bis sein Herz sich wieder beruhigt hatte. Von der Arbeit erschöpft, ließ er seinen Blick über den rot schimmernden Horizont schweifen. Er drehte sich auf der Stelle um, bis er eine halbe Drehung vollführt hatte. Seine Augen verharrten auf der riesigen, weißen Scheibe. Er genoss den Augenblick der vollkommenen Ruhe. Der große Mond schien ihn auszulachen. Michael suchte nach dem Polarstern. Er ist der hellste, sagte sein Vater, wenn du ihm folgst, kommst du irgendwann zum Nordpol. Michael schaute weiter nach oben, den Kopf tief in den Nacken gelegt, so blieb er stehen, den Mund vor Staunen leicht geöffnet, sah er über die Vielzahl der funkelnden Sterne, er glaubte sogar die Milchstraße zu erkennen, so klar war der Himmel. Sein Hals wurde steif, nur widerwillig senkte er den Blick. Er horchte auf, denn etwas hatte seine Aufmerksamkeit erregt - das leise Huschen eines Tieres oder das Brechen von Zweigen, er wusste es nicht mit Sicherheit zu sagen. Darum schloss er die Lider und lauschte angestrengt. Denn ihm war so, als habe er wieder etwas gehört. Jetzt erneut, ein leises Quietschen, das immer näher kam. Er öffnete die Augen und fuhr sich mit der Zunge über die rissigen Lippen.

„Michael, wo bist du?", schrie Konstantin aus dem Stall. Er klang aufgebracht, Konstantin fürchtete sich, stellte Michael fest, weil sein Freund nicht stotterte.

„Sei leise, du Idiot", schrie Michael seinen Freund im Flüsterton an.

„M ... M ... Michael, wo bist d ... du?", stotterte Konstantin jetzt mit kaum hörbarer Stimme, trotzdem immer noch zu laut.

Michael beugte sich nach vorne, hob seinen linken Fuß an und griff nach einem Stein, der gegen seinen großen Zeh gedrückt hatte, hob ihn auf und schleuderte ihn auf die Silhouette, die sich stetig von ihm entfernte. Michael befand sich immer noch hinter dem hohen Haufen dampfenden Mists, der von gelben Halmen Stroh durchsetzt war.

„Aua", schrie Konstantin auf. Damit bestätigte er, dass der Wurf sein Ziel gefunden hat. *Manchmal muss das, was man liebt, getötet werden, damit ein anderer es nicht besitzen kann,* erklangen die Worte seiner Mutter, als sie diesen Satz einmal laut ausgesprochen hatte. Oder man bewirft ihn mit Steinen, fügte Michael in Gedanken hinzu. Nicht, dass er Konstantin liebte, Michael verzog seinen Mund zu einem Lächeln und tastete nach einem zweiten Stein, der noch etwas größer war als der erste. Er hatte diesen Trottel einfach gern, das stimmte.

„Michael, h ... hö ... hör bbbi ... tte auf, mich zu ... zu ... zu bewerfen", flüsterte Konstantin und bückte sich, die Hände auf den Hinterkopf gepresst.

„Da ist jemand, er kommt auf uns zu, komm schnell her, sonst werfe ich die Mistgabel nach dir." Am liebsten würde Michael seinem Kumpel eine überbraten. Endlich fand Konstantin ihn und lief mit schnellen, kurzen Schritten auf ihn zu. „Sei leise, hörst du das?" Michael hob seinen rechten Finger. Sie lauschten. Ein abweisendes Kopfschütteln und ein „Nö" waren alles, was Konstantin von sich gab.

„Du bist nicht nur blind, sondern auch noch taub", quetschte Michael durch die Zähne und griff den Jungen am Arm. Sie liefen einige Schritte auf Zehenspitzen.

„Da, hörst du es jetzt?"

„Ja, jetzt höööre ich es es a ... auch." Michael wusste nicht, ob Konstantin nicht schummelte. „Jetzt, du ... du meinst d ... das l ... leise Quietschen?"

Michael, nickte, ihm schwante nichts Gutes dabei. Die Angst jagte ihm wie ein kalter Windstoß den Rücken hinab.

„Es k ... kommt auf u ... ns z ... zu", bestätigte Konstantin Michaels Befürchtung.

„Gregor, bist du das?", krächzte Michael in die Dunkelheit, mehr aus Verzweiflung als aus Überzeugung. Er spürte, wie

Konstantins Finger sich fest um sein Handgelenk schlossen, einerseits war er froh darüber, dass Konstantin in seiner Nähe war, der feste Griff gab ihm Kraft und verlieh ihm ein wenig mehr Mut, andererseits jagte seine Anwesenheit ihm noch mehr Angst ein. Das Quietschen verstummte jäh.

„Michael, wo seid ihr?"

Ein lautes Ausatmen. Michaels Lunge drohte zu kollabieren, gierig sog er die Luft durch die Nase ein. Seine Brust blähte sich wie ein Blasebalg auf. O Gott, tat das gut, freute er sich, und schloss für eine Sekunde die Augen. Auch hörte er, wie Konstantin erleichtert nach Luft schnappte. Der Druck auf der Brust löste sich allmählich.

„Wi ... wi ... wir sind hier", rief Konstantin mit zittriger Stimme. Die Unsicherheit in seinen Worten, die teils von Freude, teils von Erleichterung herrührte, schwappte auch auf Michael über. „Am Misthaufen", rief er seinem Bruder zu, der sich umschaute.

„Ein ... ein ... einfach der Nnnnase n ... nach!", fügte Konstantin hinzu. Dieser dumme Witz löste Michael aus seiner Starre heraus. Er lief auf seinen Bruder zu, der vom Mondschein beleuchtet wurde und dessen graue Kleidung im kalten Licht leicht schimmerte. Michael war dagegen unsichtbar. Sein Hemd und die Hose waren dunkel besprenkelt. Vom Mist der Tiere und dem Dreck, der an seiner Kleidung haftete, klebte der Stoff an seiner Haut. Seine Hose hatte jedoch am meisten abbekommen, denn als er und Konstantin den Stall ausgemistet hatten, war Michael ausgerutscht und bis zum Bauchnabel in eine Grube gefallen, die voll mit Kuhpisse war. Die hatten sie dann mit zwei Eimern, die dafür vorgesehen waren, leergeschöpft. Weil aber Konstantin ihn dabei ausgelacht hatte, wie er bis zum Bauchnabel in der Jauche schwamm, landete der erste Eimer mit den stinkenden tierischen Ausscheidungen auf dem Rücken des Jungen. „Das nächste Mal werde ich den Eimer über deinem Kopf ausleeren", sagte Michael trocken. Konstantin war kein dummer Junge, ihm war bewusst, dass dies keine leere Drohung war.

Jetzt lief Michael auf seinen Bruder zu, dass er nach Gülle stank, hatte er völlig vergessen.

„Was stinkt hier so erbärmlich?", empörte sich Gregor. mit gepresster Stimme und rümpfte die Nase. Jetzt wusste Michael, woher das Quietschen kam, es war der Eimer. „Ich", sagte er mit fröhlicher Stimme, und beschnupperte die Luft. „Und iiich", fügte Konstantin nicht weniger fröhlich hinzu.

Michael und Gregor standen sich jetzt direkt gegenüber. Gregors Gesicht war nass vor Anstrengung, auch spiegelten sich Angst und noch etwas anderes darin. Der flache Mond brachte seine Augen zum Leuchten. Freude, genau, Gregors Augen strahlten Freude aus. Sein Bruder hatte schon wieder etwas getan, wofür sie mächtig viel Ärger bekommen würden, wenn sie auffliegen sollten. In den dunklen Pupillen spiegelten sich zwei helle Kreise. „Aber nur, wenn sie uns erwischen." Gregor konnte scheinbar Gedanken lesen, Michaels Mundwinkel zuckten.

„Lasst uns irgendwo verstecken, wo wir eine Weile unentdeckt bleiben können", flüsterte Gregor. Seine rechte Schulter hing tiefer als die linke. Der Eimer zerrte an seinem Arm. Als Michael einen Blick hineinwarf, sah er darin kein Wasser, sondern - Steine? Stirnrunzelnd sagte er mit gedämpfter Stimme, sich an seinen Bruder gewandt: „Wozu brauchen wir Steine, Gregor?"

„Später", murrte Gregor, „pack lieber mit an und lasst uns hier verschwinden." Michael griff mit der linken Hand nach dem geflochtenen Griff und hob den Eimer etwas an.

Gemeinsam liefen sie zu den Tieren, schweigend. Konstantin folgte den beiden, auch er sagte nichts. Als sie endlich bei den Tieren waren und das Muhen der Rinder und das Prusten des alten Kleppers alles war, was sie hörten, stellten die beiden Brüder den Eimer auf dem harten Boden ab. Gregor schnaufte wie eine alte Lokomotive und streckte sich. Sein Rücken knackste dabei wie Reisig.

Erneut erschnupperte Michael einen angenehmen Duft. Es war eine leichte Andeutung, wie eine flüchtige Brise. Eine Erscheinung, so als habe er sich das nur eingebildet. Aber er war sich sicher, dass er es tatsächlich gerochen hatte. Auch Konstantin sog die Luft in kurzen Stößen mehrmals durch die Nase ein.

„Sagst du uns jetzt, warum du den Eimer mit Steinen gefüllt hast? Solange wir hier die Scheiße vor uns hergeschoben haben ...“

„Und Michael d ... da ... daaarin ge ... gebadet hat“, fiel ihm Konstantin kichernd ins Wort. Michael warf Konstantin einen mahnenden Blick zu und gab ihm einen Stoß gegen die Schulter, den Konstantin kommentarlos hinnahm. Selbst beim Lachen schien er zu stottern, bemerkte Michael, und verzog seinen Mund zu einem Grinsen.

„Halt die Klappe, Konstantin“, rügte er seinen Kumpel, doch seine Stimme klang alles andere als ernst, geschweige denn böse oder gar feindlich.

„Wenn ihr nicht so stinken würdet, hättet ihr es schon längst erraten.“ Gregor gab ein gedämpftes Schnauben von sich, ging in die Knie und begann die Steine behutsam aus dem Eimer zu heben, so als wären es Eier, um sie dann unsanft auf den Boden fallen zu lassen. Jedes Mal ertönte ein dumpfes Poltern, einige der Steine waren schwer.

„Ich sehe nichts“, beschwerte sich Gregor im Dunkeln. Der Schein des Mondes drang zwar durch das offene Tor, wurde jedoch sofort von der Dunkelheit verschluckt.

„Wartet“, flüsterte Konstantin geheimnisvoll. Er stand auf und entfernte sich, kam jedoch gleich zurück und kniete sich nieder. In einer Hand hielt er ein Büschel Stroh und legte es auf den Boden. Ein leises Zischen, gefolgt von einem hellen Aufblitzen machte Michael und Gregor blind, sie schlossen die Augen und blinzelten heftig.

„Was zum Kuckuck ...“, fuhr Gregor auf und schützte sein Augenlicht mit dem Arm. Dann wurde es wieder dunkel.

„So ein M ... mist, es ist zu zu f ... feucht!“ Konstantin beugte sich nach unten und blies der Glut Luft zu. Das Glimmen leuchtete auf.

„Wo hast du die Streichhölzer her?" Im trüben Licht, das zu flackern begann, glich Gregors Miene einer Maske.

„Ich tu sie w … wieder z … z zu … rück", lautete Konstantins knappe Antwort, er war mit Pusten beschäftigt. Der gelbe, dichte Rauch kräuselte sich und umnebelte Konstantins Kopf, die kleine Flamme leuchtete unstet, flackerte bei jedem weiteren Pusten auf und drohte dann auszugehen. Konstantins Backen blähten sich immer wieder auf, endlich wurde der Rauch von der kleinen Flamme vertrieben, die jetzt immer heller glomm, sich gierig durch die Halme zwang und hell leuchtend zu züngeln begann. Konstantin hustete, weil er zu viel von dem Rauch eingeatmet hatte.

„Gut gemacht, Konstantin", lobte Gregor ohne jeglichen Sarkasmus, er meinte es ehrlich. Konstantin nickte verlegen.

„Was hast du uns mitgebracht?" Michael konnte einfach nicht länger warten. Er hegte keinen Groll mehr gegen seinen Bruder, denn die Neugier war jetzt stärker als der Unmut, außerdem hoffte er tatsächlich, dass sein Bruder etwas Essbares dabei hatte.

Gregor schwieg und konzentrierte sich auf die Steine. Selbst im schwachen Leuchten des kleinen Lagerfeuers konnte Michael sehen, wie Gregors Finger zitterten, als er nach weiteren Steinen in dem Eimer griff.

Michael beschnupperte die Luft, tatsächlich, aus dem Eimer roch es betörend nach Räucherfisch. Michael lief jetzt das Wasser im Mund zusammen, sodass er Mühe hatte, den Speichel hinunterzuschlucken. Trotzdem verscheuchte er den dämlichen Gedanken daran, dass sein Bruder etwas Essbares dabei hatte. Aber dann umwehte erneut derselbe Duft seine Nase. Wie zu seiner Bestätigung, dass er sich nichts einbildete, brummte nun auch Konstantins Bauch laut. „Du du du ha … hast etwas …" Dann brach er ab und schluckte. Michael hörte, wie auch Konstantin den Sabber runterschluckte und sich mit dem Ärmel über die Lippen wischte.

Gregor griff zum letzten Mal in den Eimer und holte ein Bündel Zweige heraus. Er hockte sich auf seinen Hintern und breitete die dünnen Stöcke in seinem Schoß aus. „Werfe etwas

Heu nach", nuschelte er ohne aufzuschauen. Konstantin warf ein Bündel Stroh nach, ohne dabei den Blick von Gregors Händen abzuwenden.

Der Geruch nach Essbarem ließ Michael laut aufstoßen. Erst jetzt wurde ihm klar, wie hungrig er doch tatsächlich war. Seine letzte Mahlzeit hatte er heute früh gehabt. Ein Stück Brot und etwas Wasser von Onkel Emil waren alles, was es gab.

„Wo hast du das her?", flüsterte Michael. Immer wieder musste er dabei schlucken.

„Dieser Stepan wollte überhaupt nicht ...", begann Gregor und verstummte jäh. Alle zuckten zusammen und blickten sich um. Einer der Bullen gab einen langgezogenen Laut von sich. Michael atmete erschrocken aus.

„Blödes Arschloch", fluchte Konstantin, dieser Satz flutschte wie ein einziges Wort aus ihm heraus, dabei bewegten sich seine Lippen kaum, die Augen wurden zu schmalen Schlitzen. Er sah auf Gregors Hände, darin lag ein Fisch. Das Feuer drohte schon wieder zu ersticken. Jetzt war es Michael, der etwas Stroh vom Boden hob und es ins Feuer warf. Erneut huschten helle Schatten über ihre Gesichter, die Augen glänzten vor Ungeduld.

„Der Glatzkopf hat ein Räucherhaus, ich bin ihm gefolgt, ich habe mich nicht getraut, mehr mitzunehmen, ich weiß nicht, ob er die Fische nachzählt", fuhr Gregor mit der Erzählung fort und begann die feine Haut des Fisches abzuziehen. Die Geduld schwand zusehends. Mach schneller, Gregor. Die schuppige Haut löste sich langsam von dem zarten Fleisch.

Gregors Finger packten die Rippen des Fisches und zogen das Fleisch ab. Langsam steckte er sich die Finger in den Mund und ließ sich den kleinen Happen auf der Zunge zergehen. Michael konnte nicht anders, er rutschte auf dem Boden nach vorne und tat das Gleiche. Er stopfte sich den kleinen Fetzen Fleisch zwischen die vor Aufregung trocken gewordenen Lippen. Genüsslich sog er an den Fingerspitzen und drückte das weiche Fleisch mit der Zunge gegen den Gaumen. Er stöhnte vor Wonne und dem berauschenden Genuss.

Konstantins rechte Hand schnellte nach vorne, ihm gelang es, ein Stück neben der Schwanzflosse abzurupfen, bevor ihn Gregor wegstoßen konnte. Genauso flink stopfte er sich das Erbeutete in den Mund und kaute schnell darauf herum. Michael konnte sogar das Aufeinanderklappern seiner Zähne hören, auch schmatzte Konstantin wie ein Schwein.

Ohne jegliche Vorwarnung bäumte sich Konstantin auf, er hustete und würgte gleichzeitig. Anstatt auf den Boden zu spucken, spie er das klein gekaute Fleisch in seine Hand. Gregor wollte auffahren, in derselben Bewegung stopfte Konstantin den Klumpen wieder in seinen Mund. Seine Augen tränten und waren tellergroß. Er verstand nicht, warum er es nicht herunterschlucken konnte. Während seine Freunde genüsslich darauf gekaut hatten, musste er feststellen, dass der Brocken ihn in den Gaumen und die Zunge pikste, als habe er sich ein Knäul scharfer Nadeln in den Mund gestopft.

Die beiden Brüder starrten ihn wütend an, vor allem Gregor. Sein Unterkiefer hing leicht nach unten.

„Du Idiot hast wohl noch nie einen Fisch gegessen?", fluchte er und schluckte laut. „Wie dämlich bist du eigentlich?", knurrte er, seine Lippen glänzten, die Augen sprühten vor Ärger.

Konstantin schaute die beiden nacheinander an. Sein Blick war verwirrt, die Kiefer mahlten unbeirrt weiter, wie mechanisch.

„Da sind Gräten drin, du Depp", fuhr Gregor fort, packte Konstantin am Ärmel, zog ihn mit einem Ruck fest zu sich und klopfte dem Jungen zwischen die Schulterblätter. Als dieser keine Luft bekam und den Mund zu einem breiten O aufgerissen hatte, schlug Gregor ihm mit der flachen Hand auf den Hinterkopf.

„Spuck es raus, verfluchte Scheiße", fluchte Gregor und verpasste Konstantin einen festen Fausthieb gegen die Brust.

Konstantins Lunge pfiff, als er endlich wieder Luft bekam.

„Es st ... st ... sticht überall, mei ... mei ... mein Mund ist voller Stacheln", jammerte Konstantin mit tränenerstickter Stimme.

„Die kannst du einfach rausziehen. Hast du auch Schmerzen im Hals. Hier?" Gregor deutete mit einem Finger auf seinen Hals, dicht am Unterkiefer, und fuhr ein Stück nach unten, als Konstantin mit dem Kopf wackelte. „Dann ist alles in Ordnung. Hier, kau solange auf diesem Zweig und spuck die Rinde wieder aus, wir werden dir etwas übriglassen", beruhigte ihn Gregor in erstaunlich versöhnlichem Ton.

Michael traute seinen Ohren nicht. Normalerweise teilte Gregor nie, zumindest hatte er bisher noch nie sein Essen mit jemand anderem geteilt.

Der Fisch wurde schnell verspeist, auch Konstantin bekam einen gerechten Anteil ab. Als Konstantin sich bei Gregor dafür mit einer herzlichen Umarmung bedanken wollte, war es für Gregor doch zu viel der Gefühlsseligkeiten, er schob den verdutzten Jungen mit einem mürrischen Ausdruck von sich weg. Als Konstantin sich um einen erneuten Versuch bemüht hatte, wurde er entschieden abgelehnt. Auch da staunte Michael über die Nettigkeiten seines Bruders, denn ein Fausthieb gegen die Schulter oder in den Bauch wären das Mindeste an Reaktion, das Konstantin für sein Umarmen-wollen von Gregor bekommen hätte müssen. „Wir sollten langsam zurück ins Haus", grummelte Gregor und packte die Gräten wie auch die schuppige Haut des Fisches in ein Strohbündel ein und stopfte das Ganze zurück in den Eimer. „Ich bringe das hier am besten auf den Misthaufen, keiner darf davon etwas erfahren, wir müssen uns etwas überlegen, um den Mundgeruch loszuwerden. Und löscht die Glut. Außerdem solltest du die Streichhölzer zurückbringen. Und lege sie genauso hin, wie sie gelegen haben", fügte er bestimmend hinzu.

„Ich kann K ... K ... Kühe m ... melken", meldete sich Konstantin zu Wort und unterdrückte einen Rülpser, der zu einem zischenden Aufstoßen wurde, das er durch die Lippen ausblies und zufrieden grinste. Mit schnellen Fußtritten stampfte er auf die gelbe Flamme. Sie erlosch sofort. Nur zwei Funken stiegen in die Luft und tanzten wie kleine Glühwürmchen in der Dunkelheit. „Bist du des Wahnsinns, du musst sie fangen", zischte Gregor, „nicht, dass das Heu noch Feuer fängt."

Konstantin klatschte in die Hände, die Glühwürmchen starben eins nach dem anderen.

„Jetzt lasst uns gehen", flüsterte Gregor erneut.

Da der Mond heute besonders hell schien, konnten sie sich sehr gut zurechtfinden. Auch das große Tor, das weit offen stand, ermöglichte, dass der Mond das Innere der Scheune in fahles Licht tauchen konnte.

„Die Kühe dürfen nicht gemolken werden, sonst gibt es wieder Maulschellen." Gregor kauerte auf dem Boden und tastete nach den Resten.

„Ich h h … habe vor dem Tor Pf … Pfeffermmminze gesehen, wir k … können dddarauf kauen!" Er grinste breit, als Gregor zustimmend nickte und seine Hose abklopfte.

„Und ich streue solange noch das Stroh bei den Tieren aus", sagte Michael nicht minder zufrieden.

21
Ein Schluck Milch

Gregor kam schnell zurück und half Michael dabei, das Stroh auszustreuen. Er packte mit beiden Händen zu und breitete die staubigen Halme bei den zwei Bullen aus. Michael ging zum Pferd und tat das Gleiche, ganz zum Schluss legten die beiden Brüder auch bei den Kühen den Boden mit trockenem Stroh aus.

Konstantin hustete und nieste, mit beiden Händen zog er nacheinander an den Zitzen und ließ die dünnen, weißen Spritzer im Eimer verschwinden, den er mit beiden Knien festhielt. „Ich habe die Minze n ... nicht ge ... gefunden." Er klang freudig aufgeregt. Er saß in der Hocke und konzentrierte sich auf das Melken.

„Das reicht", unterbrach ihn Michael und wischte sich über die von Schweißperlen und Staub bedeckte Stirn.

Konstantin bot Gregor den Eimer an, er durfte von der warmen Milch als erster trinken.

„Ich habe von bbbeiden K ... K ... ühen etwas ..."

„Gib schon her", unterbrach ihn Gregor, hob den Eimer an die Lippen und trank gierig, ohne dass dabei ein einziger Tropfen auf dem Boden landete. Sein Gesicht schien fast weiß, denn sie standen jetzt vor dem Tor, weil es in der Scheune zu dunkel und zu staubig geworden war. „Jetzt du." Gregor reichte den Eimer an seinen Bruder, sein Blick war fordernd, seine dunklen Augen glänzten.

Michael widersprach nicht, packte den Eimer, hob ihn an seine Lippen und schluckte die weiße Milch, die leicht schaumig war und unnatürlich hell. Auch wenn sie ein bisschen nach Kuhmist roch, schmeckte sie himmlisch.

Michael musste sich beherrschen, um nicht alles leer zu trinken. Konstantin stand daneben und wartete geduldig, bis auch er endlich an der Reihe war. Konstantin war nicht so geschickt wie die beiden Brüder. Ihm rann ein dünner weißer

Strich an dem linken Mundwinkel herab und tropfte vom Kinn auf den Boden herunter.

Michael vernahm eine leise Stimme. Er drehte seinen Kopf in die Richtung, aus der er ein leises Singen zu hören glaubte. Tatsächlich sah er einen kleinen roten Punkt, der in der Schwärze der Nacht zu tanzen schien. Die kleine Flammenzunge wurde mit jeder Sekunde größer und auch heller. „Da kommt jemand", sagte er schnell. Seine Stimme klang warnend und zitterte vor Besorgnis. Konstantin verschluckte sich an der Milch und begann zu husten, Milchschaum schoss aus seiner Nase, er spuckte weißen Rotz und keuchte. Gregor bedachte ihn mit einem gehässigen Blick und trat einen Schritt zur Seite, so als habe er mit dem Ganzen hier nichts zu tun.

„Schnell, stell den Eimer weg", presste Michael die Worte leise durch die zusammengebissenen Zähne. Als Konstantin sich nicht rührte, riss Gregor ihm den Eimer aus den Händen und ging mit schnellen Schritten zum Tor, wo er sich in der Dunkelheit verstecken konnte. Noch während er davonlief, hob er den Eimer an seinen Mund und trank den Rest von der Milch leer, dann tauchte er den Eimer in das Fass, welches vor dem Eingang zur Scheune stand, und ließ ihn voll Wasser laufen.

„Sagt mal, was habe ich zu euch Lausbuben gesagt?", ertönte die tiefe Stimme von Onkel Emil, die vom vielen Selbstgebrannten verzerrt klang. Er lallte und lief Schlangenlinien. Michael konnte den Tabakrauch seiner Pfeife deutlich riechen. „Ab in die Banja", herrschte der Mann die drei Kinder an, als die Lampe die drei Gesichter hell erleuchtete. Seine Augen waren glasig, in seinem rechten Mundwinkel wippte die Pfeife und stieß kleine, weißen Wölkchen in die Luft.

„Ihr stinkt ja wie die Stinktiere", brummte er weiter und blies die Luft durch seine geschürzten Lippen. Die Pfeife hielt er jetzt in der linken Hand. Die Petroleumlampe schwang hin und her, der dicke Mann wankte wie auf einem Schiff auf hoher See.

„Was habt ihr hier so lange gemacht? Und woher kommt dieser Gestank?" Er prustete wie ein Pferd. Mit angewidertem Gesicht starrte er Michael und Konstantin an. Als auch Gregor in den Schein der Lampe trat, starrte Onkel Emil auch ihn mit roten

Augen und wässrigem Blick an. „Bevor ihr euch wascht, werdet ihr eure Klamotten in den Zuber schmeißen, daneben ist ein Haufen Asche." Er rülpste und hickste gleichzeitig. Dann schwieg er einen Moment lang, weil er damit beschäftigt war, das Gleichgewicht wiederzufinden. Mit aufgeblähten Backen blies er geräuschvoll die Luft aus. Die Pfeife hielt er mit Daumen und Zeigefinger verkehrt herum fest, mit dem schmalen Mundstück deutete er auf Michael, holte tief Luft und sprach: „Du, Greeegor", er zog das Wort in die Länge, „du musst die beiden da überwachen, weil du der älteste von euch Brüdern bist. Die Klamotten müsst ihr mit Asche waschen. Seifen habe ich nicht, nur für den Kopf, hast du mich verstanden, nur für den Kopf. Ihr seift euch ein, danach kommt ihr raus, ich werde euch eure Dummköpfe kahl rasieren, ich will keine Lausbuben bei mir wissen." Er wackelte entschieden mit seinem riesigen Kopf. Das zerzauste Haar klebte nass an seinem Schädel. Als die Pfeife wieder zwischen seinen Zähnen steckte, strich er sich mehrmals über den Bart, zog an der Pfeife, doch sie war leer. Der Tabak war rausgefallen, also steckte er sie sich in die Hosentasche, winkte mit dem Arm und wiederholte aufs Neue: „Kommt jetzt, ab in die Banja." Danach drehte er sich um und wankte davon.

22
Banja

In der Waschstube war es dunkel. Nur die Tür des Ofens, die vor Hitze rot glühte, erhellte dürftig den kleinen Raum. Das Wasser auf dem Ofen dampfte. Der große Kessel war randvoll gefüllt. Michael schöpfte sich etwas von dem heißen Wasser ab und füllte einen Eimer halbvoll, ging hinaus, Gregor folgte ihm, auch Konstantin ließ nicht lange auf sich warten, sie gossen das heiße Wasser über ihre Klamotten, die draußen in einem hölzernen Zuber lagen und grau vor Asche waren. Der beißende Geruch nach Kuhmist stieg ihnen in die Nase.

„Jetzt geht schon rein und seift eure Köpfe ein", brummelte Onkel Emil sich in den Bart. Er saß auf einem Schemel und hielt die leere Flasche in der Linken. Auf dem Tisch lag eine halbe Zwiebel, drei Gläser lagen umgeworfen auf der Tischplatte, eine Bank, die heute noch am Tag gestanden hatte, wurde herausgerissen und lag jetzt auf dem Boden. „Hättet ihr nicht so lange rumgetrödelt, hätte ich euch etwas vom Räucherspeck übriglassen können, aber wer faul ist, geht mit leerem Magen ins Bett." Mahnend hob er seinen rechten Zeigefinger in die Luft. „Ihr schlaft übrigens im Heu, und passt mir gut auf die Tiere auf." Um seinen Worten mehr Nachdruck zu verleihen, klatschte er in die Hände. Zum Glück hing die Petroleumlampe über der Tür. Das gelbe Licht tänzelte über die müden Gesichter der Kinder. Onkel Emil schnappte sich die leere Flasche und schaute durch den Flaschenhals, schmatzte laut, dann hob er sie sich an die Lippen, in der Hoffnung, noch einen kleinen Schluck von seinem Schnaps auf seiner Zunge zu spüren. Als nichts kam, ließ er sie enttäuscht zu Boden fallen. Die Flasche rollte davon und blieb an einem Bein des Tisches liegen. Onkel Emil stützte seinen Kopf mit der rechten Hand ab, den Ellenbogen drückte er gegen die knorrige Tischkante. „Los jetzt, schleicht euch, na macht schon, husch husch, geht euch waschen", flüsterte er mit schläfriger Stimme und gähnte.

Die drei Jungen verschwanden in der Waschstube, sie rieben sich die Haut und ihre Haare sauber. Michael rieb seinen Körper mit einem Waschlappen aus grober Wolle, bis seine Haut brannte. Auch wenn sie keine Seife fanden, wuschen sie sich gründlich. Wer sauber ist, der wird weniger krank, pflegte ihre Mama immer zu sagen. Als sie endlich fertig waren und nach draußen gingen, fiel Michael ein Stein vom Herzen, auch hörte er, wie sein Bruder laut ausatmete. Onkel Emil schlief nämlich. Das Rasiermesser lag neben der aufgeschnittenen Zwiebel, auch fanden sie ein Stück Schweinehaut. Die dunkelbraune Schwarte lag neben einem großen Messer, welches mit der Spitze im Holz steckte. Gregor schnappte nach dem Messer und zerrte es aus dem Tisch heraus. Mit einer Schnelligkeit, die Michael des Öfteren in Erstaunen versetzte, schnitt Gregor die Schwarte in drei dünne Streifen und hackte die Zwiebel auch in drei fast gleich große Spalten. Er steckte sich seinen Anteil sofort in den Mund, Michael und Konstantin taten das Gleiche.

Sie ließen ihre schmutzigen Sachen im Waschzuber. Auf einem anderen Schemel lagen drei Hosen, die Onkel Emil für sie vorbereitet hatte, sie schlüpften schnell hinein, banden sich die Hosen an ihren dünnen Bäuchen fest, und schauten zu, dass sie hier verschwanden. Michael blieb stehen, lief schnell zurück zu der Lampe, hob das Glas an und blies die kleine Flamme aus. Die leuchtenden Konturen verschwanden und wurden von der Nacht verschluckt. Nachts sind alle Katzen grau, fiel ihm die Redewendung seiner Mutter ein, die er immer noch nicht ganz verstand, aber sie hatte recht, denn alles um ihn herum war grau, selbst der Mond schien auf einmal dunkler geworden zu sein. Jetzt sah Michael auch den Polarstern, er leuchtete weiß und mit ihm abertausende von anderen Sternen.

„Bin ich froh, dass er eingeschlafen ist", flüsterte Gregor und lief als erster den schmalen Pfad entlang, der zur Scheune führte.

„I ... iich auch", pflichtete Konstantin ihm kauend bei. Auch Michael kaute immer noch an der Schwarte, sagte jedoch nichts, er folgte einfach den beiden stumm und ließ sich die Schweinehaut schmecken.

„Wer weiß, was er uns alles abrasiert hätte, dieser alte Säufer", regte sich Gregor weiter im Flüsterton auf.

„Genau", stimmte ihm Konstantin genauso leise zu.

Immer noch kauend und schmatzend kletterten sie eine krumme Leiter empor, die an den Heuhaufen angelehnt stand. Das Heu roch nach Kräutern und pikste angenehm auf der Haut. Michael kaute immer noch. Er schloss seine Augen, steckte sich das letzte Stück von der Zwiebel in den Mund, biss genüsslich darauf herum, schluckte alles herunter und fiel in einen tiefen Schlaf.

23
Im Wald

„Aufwachen, ihr Faulpelze!"

Michael riss erschrocken die Augen auf. Der fahle Geschmack auf seiner Zunge, der nach Räucherspeck, Zwiebeln und noch etwas anderem schmeckte, ließ ihn erschaudern. Auch die laute Stimme von Onkel Emil ließ ihn zusammenzucken. „Aufstehen!", schrie der Mann und klatschte laut in die Hände. Gregor rappelte sich auf die Füße, nur Konstantin schlief weiter, bis Gregor ihm einen heftigen Tritt in den Hintern verpasst hatte.

„Was ist los?", wollte Konstantin wissen, seine Stimme bebte, er stotterte jedoch nicht.

„Wird's bald", hallte die Stimme von unten.

Michael war der Erste, der die Leiter packte und schnell nach unten kletterte, Gregor folgte ihm dicht dahinter. Nur Konstantin haderte mit sich selbst, weil er nicht wusste, wie er seinen Fuß am besten auf die oberste Sprosse stellen sollte.

„Ich zähle bis drei, dann bist du entweder unten, oder ich werde nach oben klettern und dich von dort runterschmeißen", brummte Onkel Emil. Michael staunte, welch gesunden Eindruck der alte Mann an den Tag legte. Vom gestrigen Besäufnis war ihm nichts anzumerken.

Konstantin drehte sich um und suchte mit dem Fuß nach der oberen Sprosse. Er rutschte mehr über die Leiter als dass er abstieg, seine nackten Füße fanden nicht immer die Sprossen, sodass er sich mit den Händen festhalten musste, um nicht abzustürzen.

„Warum sind eure Köpfe nicht kahl?", wollte Onkel Emil von den Kindern wissen.

Schuldbewusst, als wäre es ihr Versäumnis gewesen und gleichzeitig ein schwerwiegendes Vergehen, das schlimme Folgen nach sich ziehen konnte, starrten alle drei mit stummen Blicken zu Boden.

„A ... a ... ber, Sie haben ...“

„Was? Ich verstehe kein Wort“, unterbrach Onkel Emil den blonden Jungen, der sich mit der rechten Hand über den Kopf fuhr.

„Sie ha ... haben geschlafen“, rechtfertigte sich Konstantin jetzt auf Russisch. Der starke Akzent klang lustig, fand Michael, lachte aber nicht. Im Augenwinkel sah er nämlich, wie Onkel Emil den Lederriemen in seiner rechten Hand hielt.

„Da kannst du recht haben. Nun gut, ihr werdet heute mit Stepan in den Wald gehen. Vorher müsst ihr euch bei Kommandant Pulski in seinem Kontor melden. Die Anwesenheitspflicht gilt für alle deportierte Deutschen und wird bei Nichteinhaltung bestraft. So, folgt mir jetzt, ich werde euch zeigen, wo sich der Schuppen befindet, ab morgen werdet ihr den Weg von allein finden müssen, falls nicht, werde ich euch auspeitschen.“ Um seine Drohung deutlicher zu machen, schwang er mit dem Gürtel und klatschte ihn auf seine linke Handfläche, mehrmals hintereinander. Die Kinder starrten ihn mit weitaufgerissenen Augen an und nickten, ohne zu wissen, warum, aber sie waren es gewohnt, allem zuzustimmen, was von ihnen verlangt wurde.

„Aber vorher müsst ihr was drüberziehen, lauft zum Haus, an der Wäscheleine hängen ein paar Hemden, nehmt jeder eins und kommt wieder her, ich schaue solange nach den Tieren, hoffentlich habt ihr euch gestern Mühe gegeben“, sagte Onkel Emil. Er klang nicht mehr so streng wie noch kurz zuvor, anscheinend war ihm doch aufgefallen, dass sie nicht faul waren und ihren Pflichten gewissenhaft nachgingen, dachte Michael, denn er hatte bemerkt, welch einen erstaunten Blick Onkel Emil hatte, als er sich umschaute.

Erst jetzt fiel Michael auf, dass Onkel Emil ein Hemd trug.

„Wollt ihr hier Wurzeln schlagen?“, brummte er.

Die Jungen ließen es sich nicht zweimal sagen und liefen hinaus.

„Und wascht eure Gesichter“, schrie er ihnen hinterher.

339

23
Nasse Hemden

Die Hemden hingen wie graue Fahnen, die vom Wind zerfleddert waren, schlaff an der Wäscheleine herunter und blähten sich nur ab und zu mal auf, wenn eine flaue Böe die frischgewaschenen Sachen streifte. Michael griff nach dem ersten Hemd und zerrte es von der Leine. Sein Bruder folgte ihm, er war als Zweiter am Ziel angekommen. Sie hatten eine kleine Wette abgeschlossen, wer als Letzter ankommen würde, müsste heute Abend die Pissgrube der Kühe ausleeren.

Michael hatte sich bei dem oft schlecht gelaunt wirkenden Mann, der sie in seine Obhut genommen hatte, getäuscht. Er war nicht so grantig, wie er es den Jungs gegenüber zeigte. Denn als er das Hemd, das noch nicht ganz trocken war, überzog, konnte er den unangenehmen Geruch nach Kuhmist nicht mehr so intensiv wahrnehmen, auch nistete sich der Duft nach kalter Asche in seiner Nase ein und übertünchte alles andere an schlechten Ausdünstungen. Konnte es wirklich sein, dass der alte Mann all diese Sachen gewaschen hatte? Auch ihre Hemden und Hosen, die sie gestern so fleißig eingesaut hatten?

Michael musste sofort an Igor denken. Den Mann, der so groß und furchteinflößend wie ein Bär war, wenn man ihn nicht kannte oder wenn er einen nicht mochte, aber zu ihm und seiner Familie wie ein Vater war und sie beschützt hatte.

„Arschlöcher", erklang eine erstickte Stimme neben ihm. Es war Konstantin, die beiden Brüder wussten, wer heute die Grube ausschöpfen würde, darum fühlte sich Michael ganz wohl in seinem frischen Hemd, bekam trotzdem Gewissensbisse, weil er und Gregor genau wussten, wer die Wette verlieren würde. Aber Konstantin hatte ihn gestern ausgelacht, als er in die Gülle gefallen war. Das wird ihm eine Lehre sein, dachte er, und zog an dem klammen Hemd, das überall an seiner Haut zu kleben schien.

„Seid ihr denn wahnsinnig?", erschall eine hohe Stimme wie aus dem Nichts. Michael wandte seinen Kopf herum und sah, wie eine Frau aus dem Haus Onkel Emils auf sie zugestürmt kam. Ihr Gesicht glühte vor Zorn. Sie rieb sich die Hände an einer ausgewaschenen Schürze ab, die früher bunt gewesen sein musste, jetzt aber nur ein graues Muster aufwies. Gleich darauf band sie sich ihr braunes Kopftuch fester zu, stopfte eine lose Haarsträhne, die fast weiß war, unter das Tuch und lief auf die Jungen zu. Als sie die zwei kleinen Stufen heruntergestolpert war, packte sie nach einem Stock und schwang ihn wie eine Keule über ihrem Kopf. „Gesindel, Streuner, Dreckspack", schrie sie die erschrockenen Jungen an und wurde immer schneller. Einer ihrer Galoschen rutschte von ihrem Fuß und flog im hohen Bogen davon, um einen Augenblick später dicht vor Michaels Füßen zu landen. Immer noch wie vor den Kopf geschlagen, griff er perplex nach dem schwarzen Gummischuh und starrte die Frau wie gebannt an. Der erste Schlag galt Konstantin, der sich in seinem Hemd verheddert hatte und mit dem Kopf drinsteckte, ohne das Geschehene sehen zu können. Mit den zum Himmel empor gestreckten Armen versuchte er sich durch das feuchte Hemd hindurchzuzwängen, dann schrie er erneut auf, als der Besenstiel ihn mitten auf den knochigen Hintern traf. Michael zog instinktiv die Pobacken zusammen und kniff die Augen zu. Auch auf seinem Hinterteil hinterließ der Besenstiel einen brennenden Schmerz.

Der dritte Schlag war auf Gregor gerichtet, die Frau holte aus, schwang den Stiel wie eine Sense und ... sie traf den Jungen nicht, er duckte sich tief nach unten und sprang flink wie ein Wiesel zurück, als die Frau von der Wucht ihres Schlages zur Seite taumelte. Sie keuchte und schnappte nach Luft, so erzürnt war sie, oder fürchtete sie sich nur, dass auch sie sie angreifen konnten, dachte Michael. Er sah zu, wie er am schnellsten aus ihrer Reichweite wegkam.

„Wo fliegst du heute hin, du Hexe?", donnerte eine tiefe Stimme und brachte alle dazu, innezuhalten, nur Konstantin zappelte immer noch herum.

341

Die Frau senkte den Besen und warf dem Störenfried einen giftigen Blick zu. Stepan lachte über seinen eigenen Witz.

„Wenn du die da zu Krüppeln schlägst, wird dein Bruder ganz zornig werden, Ludmilla. Das sind seine Sklaven", sprach Stepan immer noch lachend.

Zornesfalten bildeten sich auf ihrem vom Wetter gegerbten Gesicht. Erzürnt darüber, dass der große Mann sich über sie lustig machte, warf sie den Besen zu Boden und stampfte, ohne ein weiteres Wort zu verlieren, zurück ins Haus, um gleich darauf mit einem Bündel gewaschener Wäsche herauszukommen. Sie legte die Last auf den Tisch, der neben der Waschstube stand, und fing an, die Sachen aufzuhängen. Der alte Mann von gestern war nicht mehr da, aber die Bank lag immer noch umgeworfen auf der Erde, auch die leere Flasche befand sich immer noch an derselben Stelle.

Michael rieb sich über die linke Pobacke, die nicht mehr wie verrückt brannte, dennoch unangenehm pochte. Konstantin hatte es endlich geschafft, das Hemd anzuziehen. Sein Haar stand wirr in alle Richtungen ab, seine Augen waren nass, er schniefte und sah Michael fragend an. Er suchte nach einer Erklärung für den heftigen Überfall der zornigen Frau, er wollte den Grund des Ganzen wissen. Michael zuckte nur die Achseln.

„Zuerst saufen sie bis spät in die Nacht, ich komme, um ihm zu helfen, muss seine Saufkumpanen wegscheuchen und sie vom Hof schaffen, dann machen sie die guten Sachen kaputt", ihr Blick streifte die kaputte Bank, „stecken saubere Kleider in die stinkende Drecksbrühe und streuen Asche drüber, ich wasche sie wie verrückt, schrubbe mir dabei die Haut von den Knochen weg, sie kommen einfach her und nehmen sich ohne zu fragen das, was sie wollen, kein Dankeschön, kein Garnichts, diese verdammten Deutschen, nehmen mir zuerst den Mann und die Kinder weg, und jetzt muss ich mich noch um ihre Sprösslinge kümmern." Die Frau sprach den langen Satz wie ein Gebet und bedachte sie mit einem zornigen Blick. Ihre flinken Hände zerrten aus dem grauen Bündel Sachen raus, die sie in der Luft mehrere Male ausschlug, um sie dann auf der Leine aufzuhängen. Sie beachtete die Kinder und den großen Mann jetzt gar nicht, sie brabbelte einfach weiter und benutzte wüste Beschimpfungen, die Michael nicht alle zu verstehen vermochte. Viele Worte ergaben für ihn überhaupt keinen Sinn. Auch Gregor stand mit angestrengter Miene da und wusste nicht, was er eigentlich verbrochen hatte. Nur Konstantin hörte der Frau nicht zu, er taxierte immer noch Michael mit einem durchdringenden Blick. Als Michael ihm nicht die nötige Aufmerksamkeit zu schenken gedachte, zupfte er ihn am Ärmel.

„W ... warum hhhat sie uuuns ge ... ge ... geschlagen?", flüsterte er. Die ganze Zeit schaute er über Michaels Schulter und behielt die Frau im Auge.

Stepan sprach auf die Frau ein und lachte sein dröhnendes Lachen. Erst jetzt bemerkte Michael, dass die Frau nicht alt war, sie wirkte eher müde und aufgebraucht. Auch seine Mama war nicht alt gewesen. Erst in der letzten Zeit, kurz vor ihrem Tod, war sie um Jahre gealtert - auf einen Schlag. *Ich fühle mich aufgebraucht, mein Junge, ich bin sehr müde,* fielen ihm die Worte seiner Mama ein.

„Michael, wwwarum h ... hat sie ..."

„Weil sie einsam ist", entgegnete Michael brüsk. Auch er schaute nun zu der Frau rüber. Tatsächlich verzog auch sie ihren von unzähligen dünnen Linien umsäumten Mund zu einem Lächeln. Als Stepans herzhaftes Lachen noch lauter wurde, schlug sie ihn mit einem Handtuch gegen die massige Schulter.

„Was steht ihr so dumm da?", wandte sich Stepan jetzt an die Jungen und strich sich mit der rechten Hand über die Augen. „Seht zu, dass ihr hier weg kommt", fügte er hinzu und winkte ihnen, dass sie gehen sollten. Michael klopfte Konstantin auf den Rücken. „Komm, wir müssen los", sagte er schnell und folgte seinem Bruder, der keine Zeit verloren hatte und als Erster losgerannt war. Michael sah, wie Gregors schmutzige Fersen den Staub aufwirbelten, auch sah er im Augenwinkel, wie Stepan die Frau am Hintern packte und sie ein gedämpftes, erschrecktes Aufschreien von sich gab. Ohne dass ihr Lächeln aus ihrem mageren Gesicht verschwand - mehr noch, ihre Lippen fuhren auseinander und entblößten zwei Reihen weißer

343

Zähne, fing sie an, vor dem Mann wegzulaufen. Stepan packte die Frau mit beiden Händen, hob sie in Luft und trug Ludmilla in die Banja. Michael stolperte und fiel fast der Länge nach hin, weil er nicht vor seine Füße schaute. Die beiden verschwanden in der Waschstube, die Tür fiel krachend ins Schloss, der Berg frischgewaschener Wäsche blieb auf dem knorrigen Tisch liegen.

„Ich g ... glaube ni ... nicht, dass sie sich w ... waschen w ... w ... wollen", stellte Konstantin mit einem sarkastischen Unterton fest. Er lief jetzt dicht neben Michael her und grinste verschmitzt. Michael schüttelte amüsiert den Kopf und legte einen Zahn zu.

24
Ein Graben

„Wo wart ihr so lange?", grummelte Onkel Emil.

„Da war eine ...", versuchte Gregor ihr Wegbleiben zu erklären.

„Für eure faulen Ausreden haben ich keine Zeit, los jetzt", unterbrach ihn Onkel Emil. Er saß auf einem Holzstapel, der an der Scheune aufgereiht war, und ließ sich von den frühen Sonnenstrahlen aufwärmen. Ächzend stand er auf. Leicht auf einem Bein humpelnd lief er los. Sein Hund kam hechelnd angerannt und blieb an der Seite seines Herrchens. Mit dem buschigen Schwanz wedelnd blickte sich das schöne Tier um und sah Michael in die Augen. Die Lefzen zurückgezogen, schien der Hund zu lachen, doch sein Lächeln war böse. Michael schauderte und verlangsamte seinen Schritt. Adolf streckte seine lange Zunge raus und gab ein durchdringendes Bellen von sich. Konstantin zuckte zusammen.

„Na, Adolf, ist schon gut, lass die Bengel in Ruhe, nicht, dass sie uns wieder weglaufen, dann bekommen wir beide Ärger. Dieser Pulski ist ein gefährlicher Mensch, wir wollen doch nicht so enden wie die arme Frau, nicht wahr?" Diese Mahnung galt nicht nur dem Hund, begriff Michael sofort. Adolf reckte seinen Kopf und sah zu Onkel Emil auf. Michael verfolgte die beiden mit stummem Blick. Der stämmige Mann tätschelte freundlich die feuchte Schnauze und strich dem Tier sanft über den Kopf. „Ich glaube nicht, dass das arme Mädchen etwas verbrochen hatte, jetzt ist sie tot, und ihr Bruder wird ihr bald folgen. Er ist ein Schwachkopf. Ein Mann zwar, aber sein Verstand ist wie der eines Kindes, selbst dieses Stottermaul hat mehr Grips als Nikolai." Onkel Emil sprach mit dem Hund wie mit einem Erwachsenen, stellte Michael erstaunt fest. Adolf sah immer wieder zu Onkel Emil auf und ließ sich über die Schnauze streicheln. Immer wieder gab er ein tiefes, gedämpftes Bellen von sich. So, als würde er das Gesagte dieses alten Mannes verstehen und den Worten zustimmen, trottete er neben ihm her und sah immer wieder auf. Vielleicht konnte es Adolf tatsächlich.

Endlich kamen sie der Siedlung nahe. Michael sah Häuser, viele waren neu, denn sämtliche Holzstämme, aus denen die Hütten gezimmert waren, hatten eine helle Farbe, die noch nicht den typisch dunkelbraunen Ton angenommen hatten.

Sein Magen zog sich zusammen, als er in der Luft einen vagen Duft nach frischem Brot vernommen hatte, der leider sofort von einem unangenehmen Geruch übertüncht wurde. Je weiter sie liefen, desto intensiver wurde der Gestank. Auch Gregor rümpfte die Nase. Die staubige Erde unter ihren Füßen fühlte sich weich und angenehm warm an, trotzdem zitterte Michael, weil er nicht wusste, was sie jetzt erwartete. Immer mehr Menschen liefen in kleinen Gruppen in dieselbe Richtung wie Onkel Emil mit seinen jungen Begleitern.

„Merkt euch den Weg gut, ab morgen werdet ihr von alleine den Ort finden müssen und dort erscheinen. Wer nicht rechtzeitig zum Appell auftaucht, wird erschossen", warnte Onkel Emil sie mit ernster Miene. Adolf winselte und zog seinen Schwanz ein. „Nein, du nicht", sagte der alte Mann freundlich. Den breiten Gürtel, den er die ganze Zeit in seiner Hand hielt, spannte er sich um den dicken Bauch und zupfte sein Hemd zurecht.

Adolf winselte nicht mehr, seine Rute hielt er aber trotzdem zwischen den Hinterbeinen geklemmt, so, als würde er sich vor diesem Ort fürchten. Genauso fühlte sich Michael, am liebsten würde er wegrennen, aber die Hoffnung auf ein Wiedersehen mit seiner Schwester spornte ihn an, weiterzulaufen, und flößte ihm etwas Mut ein.

Von irgendwoher vernahm Michael ein dumpfes Hämmern von Äxten, die sich mit ihren scharfen Klingen tief ins Holz gruben. Als sie an einer weiteren Reihe von Häusern vorbeigelaufen waren, sah er im linken Augenwinkel, woher diese singenden, metallischen Geräusche kamen. Mehrere Männer mit von Schweiß glänzenden Oberkörpern bearbeiteten

346

die Holzstämme mit ihren Äxten. Auch konnte Michael sehen, dass diese Männer von Soldaten bewacht wurden. Adolf begann zu jaulen und zu kläffen. „Pscht, Adolf, sei ruhig", herrschte Onkel Emil den Hund an und zog ihn heftig am Halsband. „Die tun dir nichts", blaffte er den Hund an. Michael begriff sofort, von wem der alte Mann sprach, er meinte damit andere Hunde, die von den Soldaten an den Ketten gehalten wurden, die die Männer mit den scharfen Äxten bewachten, und hier für allgemeine Ordnung sorgten.

Adolf winselte jetzt kaum hörbar und schlich seinem Herrchen hinterher, dabei schaute er immer wieder nach links, von wo aus er einen Angriff befürchtete. Bei den Hunden war es also fast so wie bei den Menschen, sinnierte Michael. Obwohl sie von der gleichen Rasse waren, fürchtete sich Adolf vor seinesgleichen.

Deutsche und Russen, auch wenn sie sich vom Äußeren her in nichts unterschieden, stellte der Junge mit schweißnasser Stirn fest, so bekriegten sie sich dennoch, nur, weil ihre Führer sie aufeinander losschickten. Genauso wie bei den Hunden. Einmal hatte er miterleben müssen, wie zwei Jungs ihre Hunde aufeinander gehetzten hatten, nur um zu schauen, welcher Hund stärker war. Beide Tiere griffen sich mit gefletschten Zähnen an und kämpfen so lange, bis einer der beiden im tödlichen Griff des anderen jämmerlich verreckt war. Einer der beiden Hunde war jünger und stärker. Er hatte sich in die Kehle seines Gegners verbissen, ohne eine Sekunde lang loszulassen, egal wie die Jungen an seinem Halsband gezogen hatten und wie stark und heftig sie aus Verzweiflung auf ihn einschlugen, er ließ einfach nicht locker. Die scharfen Zähne hatten sich tief in das Fell gegraben, Michael sah erneut das Blut aus dem Maul des stärkeren Hundes zu Boden triefen. Er knurrte und schüttelte den Kopf hin und her. Selbst die heftigen Fußtritte eines Erwachsenen brachten den grauen Hund nicht davon ab, fester zuzubeißen und so lange zu warten, bis der andere Hund erstickt war. Er ließ erst dann los, als der alte Hund sich nicht mehr wehrte und nicht mehr winselte. Die große Pfütze aus warmem Blut hatte sich um die Tiere herum zu einem roten Meer gewandelt. Michael konnte immer noch nackte Füße vor seinem inneren Auge sehen, auch die erschrockenen Gesichter der beiden Kinder sah er deutlich vor sich, mit so einem Ausgang hatte keiner der beiden gerechnet. Die beiden Hetzer bekamen danach ganz schön viel Ärger von ihren Vätern, vor allem der, dessen Hund auf der Straße reglos liegengelassen wurde. Schwarze Fliegen bedeckten den Kadaver, bis sein Besitzer mit einer Schaufel kam, dieses tote Tier wie einen Kuhfladen auf die Schaufel schob, um ihn dann später neben den Misthaufen hinter dem Kuhstall zu vergraben.

Jetzt wusste Michael, woran er bei dem Gestank erinnert wurde. Faules Fleisch. Er sah den Hund immer noch von sich, die Erinnerung ließ sich auch nicht sofort wegblinzeln. So stellte sich Michael den Krieg vor, die Schwächeren werden verlieren und auf den Misthaufen geworfen, nur waren sie keine Hunde, sie waren Menschen, trotzdem benahmen sich manche wie ...

„Pass auf, wohin du trittst, du hirnloser Bengel", riss ihn eine zornige Stimme aus seinem Tagtraum.

Onkel Emil schaute Michael durch zwei schmale Schlitze an, die von den buschigen Augenbrauen beherrscht waren. Wut staute sich in ihm auf, das konnte Michael an seinem roten Gesicht gut erkennen, oder an dem, was von dem dichten Bart nicht verdeckt war. Michael sah betroffen zu Boden. Fast wäre er in einem Graben gelandet, hätte ihn der alte Mann nicht rechtzeitig am Kragen gepackt.

„Kannst du etwa auch mit offenen Augen schlafen? Du bist beinahe vom Weg abgekommen und da drin gelandet!" Michael warf hastig einen Blick hinein, sie war leer, stellte er erleichtert fest, keine Leichen oder ähnliches. Er schluckte.

„Mach doch deine Augen auf", knurrte Onkel Emil.

Michael verspürte eine nagende Unruhe in sich aufsteigen. „Wozu ist sie gedacht, die Grube, meine ich?" Seine Stimme zitterte, er war immer noch irritiert.

„Hier werden Übungen durchgeführt, siehst du die Männer dort?" Onkel Emils Stimme klang nicht mehr schroff, stellte Michael mit Erleichterung fest und sah in die Richtung, in die der Mann deutete. Michael konnte zuerst schemenhaft, dann immer deutlicher eine kleine Gruppe von Männern ausmachen.

Michael nickte. „Wer sind diese Männer?", wollte er mit vor Unbehagen gedämpfter Stimme wissen.

„Soldaten", entgegnete Onkel Emil kurz angebunden, holte seine Pfeife aus der Hosentasche, stopfte sie mit Tabak, und steckte sie sich mit geübter Bewegung in den Mund. Danach kramte er in seiner Hose, bis er endlich das fand, wonach er suchte. Streichhölzer. Er schüttelte kurz die kleine Schachtel. Etwas unbeholfen holte er ein Streichholz heraus und riss den braunen Kopf an der abgewetzten Schachtel an. Mehrmals zog er dann an seiner Pfeife, bis der gelbe Qualm aus seinem Mund quoll. Er machte einen tiefen Atemzug, gleichzeitig sagte er: „Das sind tapfere Männer, die auch für dich in den Krieg gehen, um dein beschissenes Leben vor den Faschisten zu verteidigen." Mit schnellen Handbewegungen wedelte er das brennende Streichholz aus und warf es auf die zerstampfte Erde. Ein leises Zischen ertönte, das verkohlte Streichholz war in einer Pfütze gelandet. Michael sah sein Spiegelbild darin, bis der schwere Stiefel hineintrat. Die Erscheinung war im Trüben verschwunden. Michael räusperte sich und konzentrierte sich erneut auf die geduckten Gestalten, die in der Ferne umherliefen.

In einem der Männer erkannte Michael Nikolai. Zuerst war er sich nicht sicher, doch als der Mann sein Haar mit beiden Händen nach hinten schob und das Lederriemchen um seine Stirn legte, war sich Michael mehr als sicher. „Da ist Nikolai", flüsterte er leise und deutete mit dem Kinn in die Richtung.

Onkel Emil nickte nur. „Ich weiß", sagte er mit belegter Stimme. „Er ist nicht der Hellste, aber er war immer ein netter Junge gewesen, manchmal komisch, ja, und er stellte den Mädchen nach, ohne böse Absichten. Er sagte, er findet alle Frauen hübsch, hat aber Angst vor ihnen. Nur seine Schwester hat sich um ihn gekümmert, bis sie … Ich hoffe, diesen Pulski wird ein schlimmeres Schicksal ereilen als nur im Krieg von einer feindlichen Kugel getroffen zu werden, was Nikolai mehr als sicher passieren wird, da verwette ich meinen …"

„Ihr sollt weiterlaufen, sonst werfe ich euch beide in diesen Schützengraben", schrie die beiden eine herrische Stimme an. Sie kam von oben. Michael deckte seine Augen mit der Hand ab und starrte in die Höhe. Ein Mann saß auf einem Pferd. Es war Pulski. Sein maliziöses Grinsen war furchteinflößend. Hoffentlich hat er nichts mitbekommen, jagte der erschreckende Gedanke durch Michaels Kopf. Vorsichtig sah er zu Onkel Emil, ihm ging es nicht anders, stellte Michael fest, denn auch seine Stirn wirkte kreideweiß. Onkel Emil fand keine Worte, zum ersten Mal sah Michael so etwas wie Furcht in den milchig-trüben Augen.

„Na, wird's bald." Mit den Fersen schlug Pulski das Pferd in die Flanken. Das scheue Tier schnaubte und nickte heftig mit dem großen Kopf, weißer Geifer zog sich zu langen Fäden aus dem dunklen Maul des Tieres. Michael wandte den Blick ab und sah zu einer Eiche, die auf der anderen Seite der Straße stand. Alt und knorrig, die dicken Arme in alle Richtungen gestreckt, schien der Baum über den Platz zu wachen. Der leichte Wind ließ beständig die Blätter in der prächtigen Baumkrone rascheln.

„Sieh mich an, wenn ich mit dir rede, Junge!" Ein lauter Peitschenknall wie aus einer Pistole zerriss die Luft dicht vor Michaels Nase. Pulski trieb das Pferd gekonnt bis auf wenige Zentimeter an Michael heran. Sein Bruder sah ihn beschämt an, tat aber nichts, auch Konstantin und selbst Onkel Emil wagten es nicht, sich einzumischen. Dieses tödliche Spiel gehörte allein Michael. Das mit weißem Schaum im Maul schreckhafte Tier tat einen weiteren Schritt nach vorne. Michael spürte, wie seine linke Ferse an der Kante über dem Graben im Leeren hing, als er nach hinten taumelte, er hörte die trockene Erde in das längliche, rechteckige Loch rieseln. Er roch den säuerlichen Geruch aus dem Maul. Das Pferd prustete erneut. Der glibberige Schleim benetzte Michaels Gesicht. Er wagte sich jedoch nicht zu rühren. Er schluckte nur laut und sah sich schon hinunterstürzen.

„Wir gehen schon, Genosse Pulski. Ich habe dem Jungen nur erklärt, wozu der Schützengraben ...", begann der alte Mann, dabei rieb er sich langsam über den Bart. Pulskis erhobene Hand ließ den alten Mann verstummen.

„Um dort diejenigen zu verbuddeln, die zu viel Fragen stellen, aber erst dann, wenn es vollgeschissen ist", entgegnete der Kommandant sarkastisch, steckte die Peitsche zurück, riss an den Zügeln, schnalzte mit der Zunge und galoppierte davon. Die Hufe des Pferdes warfen Erdklumpen auf und hinterließen hinter sich eine graue Staubwolke.

„Was ist ein Schützengraben?", wollte Gregor von seinem jüngeren Bruder wissen, als sie weitergingen.

Michael zuckte nur mit den Schultern.

„Viel ... leicht w ... werden dort ttt ... ote Soldaten hi ... hin ... neingeworfen?", versuchte Konstantin sein Glück. Sein Blick schweifte durch die Runde.

„Kann sein", flüsterte Gregor und kratzte sich am Hinterkopf.

„Ihr sollt nicht deutsch reden, wenn ich bei euch bin, und überhaupt, wenn ihr euch weiterhin in eurer bellenden Sprache unterhaltet, kann es sehr viel Ärger nach sich ziehen", brummte Onkel Emil. Sein Gesicht war immer noch blass und wirkte müde.

Michael deutete auf den Graben und sagte dann: „Dienen die Schützengräben nicht als Schutz für die Soldaten?"

„Schon, bloß dieses Loch hier ist kein Schützengraben", entgegnete Onkel Emil mit ruhiger Stimme und nickte in eine bestimmte Richtung.

Michael sah, wie vier Männer ein Plumpsklo-Häuschen trugen. Sie mussten den Männern ausweichen, damit sie es über das Loch stellen konnten. Deswegen hatte dieser Pulski so blöd gegrinst, jetzt begriff auch Michael die ironische Aussage des böswilligen Kommandanten. Ironie ist eine Zweideutigkeit, die einen oft dumm dastehen lässt, wenn er die Spitzzüngigkeit seines Gegenübers nicht zu verstehen vermag, das hatte ihm sein Vater zu erklären versucht. Mama sagte nur, es ist genau das Gegenteil von dem, was die Menschen sagen. Michael begriff aber immer noch nicht, was Ironie des Schicksals bedeutete.

„Du scheinst schon wieder abzudriften." Onkel Emil klopfte mit einem Fingerknöchel auf Michaels Kopf. Er hörte ein

351

dreifaches *Klong* in seinem Kopf und rieb sich die Stelle. „Kommt jetzt", grummelte Onkel Emil und zündete seine Pfeife erneut an.

26
Zählung

Endlich erreichten sie den Platz, wo sich schon viele Menschen versammelt und in einer Reihe aufgestellt hatten.

„Mama!", schrie Konstantin auf und deckte erschrocken über sich selbst seinen Mund mit beiden Händen zu. Seine Mutter hatte ihn bemerkt und winkte ihm mit strahlendem Lächeln zu, wagte jedoch nicht, aus der Reihe zu treten.

Konstantins Blick heischte nach einer Bestätigung und sah mit großen Augen Onkel Emil bittend an, stumm flehte er den alten Mann an, endlich zu seiner Mutter gehen zu dürfen.

Der bärtige Mann nickte knapp. „Aber du darfst nicht rennen", brummte er und zog an seiner Pfeife, dabei schloss er sein linkes Auge, als eine gelbe Wolke aus seinem Mundwinkel stieg und sich in der klaren Luft auflöste.

Michael schaute sich derweil nach seiner Schwester um, konnte sie jedoch nirgends ausmachen.

„Ihr beide geht mit ihm, und auch morgen werdet ihr euch neben der Frau dort aufstellen. Sonst landet ihr tatsächlich in dem Schützengraben", drohte Onkel Emil den Jungen an, blies den Rauch aus, beugte sich leicht nach vorne, tätschelte Adolf die Flanke und sagte leise: „Komm, alter Freund, wir gehen nach Hause. Ach …", unterbrach er sich selbst und strich sich mit der Linken über den Bart, „… heute bekommt ihr Essensmarken … Merkt euch eins, das, was ihr bekommt, müsst ihr gleich aufessen. Verstanden?"

Michael und Gregor nickten, nur Konstantin schien die Bemerkung nicht ganz verstanden zu haben. Gregor packte den Jungen am Hinterkopf und drückte Konstantins Kopf mehrmals nach unten.

„So ist es recht, jetzt komm, Adolf, wir müssen nach den Bienen schauen. Und ihr da", Onkel Emil sah die Jungen durchdringend an, „nach der Zählung kommt ihr sofort zu mir. Ansonsten werde ich euch mit diesem Gürtel da einiges erklären müssen, sodass es in eurer Erinnerung kleben bleibt, bis ihr so alt werdet wie ich." Jetzt nickten alle drei gleichzeitig.

„Ka ... kann ich ...", stotterte Konstantin und wurde rot im Gesicht, weil er sich über seine sprachliche Barriere ärgerte. Seine Augen tränten und wurden rot.

Onkel Emil verdrehte die Augen, um kundzutun, wie ihn die Dummheit dieses Jungen ärgerte. „Sprich russisch mit mir. Deutsch kannst du mit meinem Hund reden. Euer Gekläffe kann ich nicht verstehen. Verstehst du sie, Adolf?" Der Hund gab ein kurzes Bellen von sich. Hechelnd und mit einem hündischen Grinsen sah er zu seinem Herrchen auf. Seine schwarzen Lefzen glänzten nass. Die Zunge hing seitlich aus seinem Maul und zuckte leicht. Dann schleckte er sich schmatzend über die Nase und bellte erneut. Onkel Emil gab einen kurzen Lacher von sich. „Genau so viel habe ich auch verstanden. Hitler kaputt", fügte er immer noch lachend hinzu. Michael verstand die letzten beiden Worte nicht sofort. Onkel Emil hatte dafür deutsche Worte benutzt. Er sagte ,Hitler kaputt', dämmerte es Michael.

„Hitler kaputt", wiederholte Michael kaum hörbar und lief den anderen hinterher.

„Hallo, mein Schatz", flüsterte Konstantins Mutter und küsste ihren Sohn auf die Stirn, die Wangen und seine von Tränen nassen Augen. Konstantin umarmte seine Mutter fest und vergrub sein Gesicht in ihrem Busen. Er schluchzte. Auch Michael musste schlucken, um nicht loszuheulen.

„Koka, Koka!", brabbelte eine kindliche Stimme und kreischte vergnügt. Michael wischte sich über die von Tränen benetzten Augen und schniefte. Erst jetzt bemerkte er einen weiteren Jungen, der Konstantins jüngerer Bruder sein musste. Auch er hatte blonde Locken und ein schmales Gesicht, war zwar etwas kleiner, aber kräftiger als Konstantin. In seinen Armen saß ein Kleinkind und streckte seine dünnen Ärmchen aus. Die kleinen Fingerchen des Buben schlossen und öffneten sich zu kleinen Fäustchen. Auch die kleinen Füßchen zuckten. Der kleine Junge riss seinen Mund weit auf und quietschte vergnügt. Die wenigen Zähne in seinem Mund sahen lustig aus, dachte Michael mit Herzschmerz, und musste erneut an seine kleine Schwester Anja denken.

„Rudi hat dich auch sehr vermisst, er sucht die ganze Zeit nach dir und sagt ständig Koka. Joseph, lass ihn mal runter", sagte die Frau zu ihrem zweitältesten Sohn.

Konstantin, Joseph und Rudolf, ordnete Michael die Namen der drei Brüder in seinem Kopf der Reihe nach ein. Rudi tapste zu Konstantin und schlabberte ihn ab, als er seinen kleinen Bruder auf den Arm nahm und ihn zu knuddeln begann.

„Achtung, stillgestanden. Alle stellen sich hinter die Linie."

Michael sah irritiert zu Boden und suchte nach einer Linie, die er jedoch nicht fand. Doch dann erkannte er eine schmale Furche im Boden und trat dahinter. Die Stimme wiederholte den Befehl erneut. Das entstandene Murren der Menschen wurde durch das Schaben von Füßen auf trockener Erde übertönt.

„Wissen Sie vielleicht, wo meine Schwester ist?", fragte Michael Konstantins Mutter schnell, bevor sich die Menge in einer Reihe aufstellen konnte. Die Versammelten beeilten sich, jeder wollte den Tumult, der durch die Zählung entstanden war, zügig hinter sich bringen, um schnellstmöglich in eine geregelte Tagesordnung überzugehen.

„Sie ist bei dem Herrn Fjodor Iwanowitsch Goldberg. Sie arbeitet bei ihm im Haus. Deiner Schwester geht es gut, ich soll dich, nein, euch beide von ihr grüßen. Du kannst zu mir Tante Elsa sagen." Mit der linken Hand strich sie Michael über den Kopf. Wie Mama, dachte Michael und hüstelte, weil ein harter Klumpen der Enttäuschung und Sehnsucht nach vergangenen Tagen seiner sorgenloseren Kindheit in seinem Hals anschwoll und ihm die Luft abschnitt. Er blinzelte sich die Tränen aus den Augen. Den Blick starr nach vorne gerichtet stand er da und blickte in die Ferne, ohne dabei etwas zu sehen.

„Michael, wo ist Anita?", erklang die Stimme von Gregor neben ihm. Ihre Schultern berührten sich dabei. Michael spürte, wie sein älterer Bruder zitterte.

„Ihr geht es gut. Sie ist bei ..."

„Ruhe!", dröhnte eine Stimme in einem Befehlston, der keinen Widerspruch duldete. Ein junger Mann schritt die Reihe entlang, die nur aus Frauen, alten Männern und Kindern bestand. Seine Stiefel stampften dichte Staubwolken aus der Erde heraus. Seine Uniform saß stramm, an dem schwarzen Ledergürtel hing ein Holster, darin steckte eine Pistole. Mit spitzen Fingern korrigierte er seine Mütze, indem er den schwarz-glänzenden Schirm zwischen die Finger nahm und die militärische Kopfbedeckung ein wenig auf die Seite rückte. Eine blonde Locke lugte hervor. Der junge Mann machte einen netten Eindruck, er lächelte sogar und schien guter Laune zu sein.

„Ruhe", brüllte er erneut und winkte einen anderen Mann herbei, der keine Uniform trug, auch war seine Körperhaltung nicht so stolz wie die des Soldaten. Er wirkte eher schüchtern und strahlte überhaupt keine Selbstsicherheit aus. Ein Speichellecker, dachte Michael. Sein dunkles Haar bedeckte den etwas zu großen Kopf nicht ganz, an der linken Schläfe konnte Michael eine kahle Stelle erkennen, so als habe ihm jemand dort die Haare ausgerupft.

„Wir werden gleich eure Namen laut aufrufen, derjenige, der seinen Namen hört, macht einen Schritt nach vorne und geht gleich darauf wieder zurück hinter die Linie." Das stoische Auftreten des blonden Soldaten importierte Michael und machte ihm gleichzeitig Angst. Unbewusst ballte er die Hände zu Fäusten. Der Soldat nickte knapp. Der Mann neben ihm, der mit der kahlen Schläfe, übersetzte die Worte in die deutsche Sprache. Die Menge begann erneut zu tuscheln und zu murren. Der Soldat mit der blonden Locke an der Stirn griff nach seiner Pistole und hob sie in die Luft. Das Gemurmel verebbte im Nu. Nur das leise Hämmern von Äxten war noch zu hören.

„Ruhe, der nächste, der etwas sagt, wird erschossen." Er grinste breit. Erneut wurden seine Worte übersetzt. Die Stimme des Deutschen klang nicht minder laut, jedoch nicht so selbstbewusst und hell wie die des jungen Soldaten. Auch fügte der Mann einige wenige Drohungen hinzu, die der blonde Aufseher nicht gesagt hatte, der Ordnung wegen, dachte Michael, denn tatsächlich zeigten die einschüchternden Worte ihre Wirkung, nur nicht bei den Kindern.

Mehrere Kinder begangen zu greinen. Auch der kleine Rudi, der in Konstantins Armen Schutz suchte, plärrte jetzt.

Entnervt steckte der Mann seine Waffe zurück ins Holster und machte mit der rechten Hand eine Bewegung, die Michael nicht richtig deuten konnte, der eingeschüchterte Mann mit dem dunklen Haar jedoch schon.

„Familie Arnold!", ertönte die kratzige Stimme des Deutschen.

Ein leises Gemurmel durchzuckte die Menge, alle wandten ihre Köpfe nach rechts, dann nach links, dann geradeaus zu den beiden Männern. Jetzt rührte sich niemand. Auch Michael bemerkte die angespannte Atmosphäre und das unangenehme Rauschen in seinen Ohren.

Der blonde Soldat entriss dem Deutschen die Mappe, kniff die Augen zusammen und las jetzt selbst den Familiennamen laut vor. Wieder begann die Menge sich zu rühren. Vereinzelte Stimmen wurden laut. „Sie ist hier", schrie eine Männerstimme, die sehr nach einem alten Mann klang. Eine Frau wurde nach vorne geschubst. Ein gebrechlicher Mann mit schütterem Haar packte einen Jungen am Arm und zerrte auch ihn aus der Reihe. Das zu Tode erschrockene Kind stolperte, seine Mutter fing es auf, ihr Sohn klammerte sich an ihr fest und begann zu weinen. Auch die Frau zuckte am ganzen Körper, dann fiel sie auf die Knie und begann in schwer verständlichem Dialekt um ihr Leben zu betteln. Sie flehte um Gnade und sprach von ihrem Mann und ihrer Tochter, die nicht mehr bei ihr waren, weil sie beide tot seien. Soviel konnte Michael heraushören. Sie sprach schwäbisch, wie sein Vater. Papas Oma kam aus Ulm, und der Opa aus Schwäbisch Hall, glaubte Michael sich zu erinnern, er versuchte sich in Gedanken abzulenken. Er mochte sich nicht vorstellen, was sie jetzt erwartete. Aber Onkel Emil hatte doch gesagt, dass sie heute etwas zu essen bekommen würden und sie gleich nach der Zählung zurücklaufen mussten. Auch sagte er, es warte viel Arbeit auf sie.

Der Soldat zog die Falten aus seiner Uniform glatt und rückte mit heftigen Bewegungen den breiten Gürtel zurecht. Die auf

Hochglanz polierte Schnalle saß jetzt mittig und schimmerte golden.

Der Deutsche übersetzte schnell, der Soldat hörte angestrengt zu und nickte dann knapp. Als der Deutsche nichts mehr sagte, sprach der Uniformierte mit ernster Miene weiter. Der gekrümmte Mann wartete nicht lange und übersetzte die Anweisungen gleich. Die deutschen Worte klangen wie ein verzerrtes Echo.

Die Frau starrte die beiden Männer angestrengt an. Langsam ging der Soldat auf die Frau zu und half ihr auf die Beine. Sie ließ sich ohne Widerstand hochziehen, ihr Blick haftete immer noch auf dem jungen, kantigen Gesicht des Soldaten.

Michael schwitzte, sein feuchtes Hemd klebte jetzt unangenehm an seinem Rücken.

„Hier wird niemand erschossen", sprach er langsam und eindringlich zu den aufgebrachten Menschen. „Das ist nur eine Anwesenheitsliste." Er klopfte mit dem Zeigefinger auf ein Klemmbrett, das er in seiner rechten Hand festhielt.

„Arnold? Elsa und Ernst?", las er aus der Liste, seine Stimme klang nicht mehr so schroff und herrisch. Die Frau nickte heftig und rieb sich mit der Schürze über die Augen. Sie stand unweit von Michael. Ihr Schluchzen war daher nicht zu überhören, auch wie sie leise und stotternd zu ihrem Sohn sprach: „Du sollst nicken, mein Schatz, schnell." Der kleine Junge, der noch jünger war als Anita, schaute hoch zu seiner Mama, dann zögernd zu dem Soldaten. Seine himmelblauen Augen glänzten. Er nickte zaghaft. Sah immer noch zu dem Mann auf. Er hoffte, alles zu seiner Zufriedenheit gemacht zu haben. Der Soldat drehte sich auf dem Absatz nach links um, tat zwei Schritte, er stolzierte fast wie ein Kranich, dachte Michael, erst dann warf der Mann erneut einen angestrengten Blick auf die Liste.

„Baumgard: Brunhilde, Stefan, August, Sieglinde." Vier Personen machten einen Schritt nach vorne, verharrten so lange, bis der Soldat kurz nickte, und traten zurück in die Reihe. Der gedrungene Mann blieb stumm.

„Berg!" Bei diesem Wort zog sich Michaels Kehle zusammen, wurde eng, er konnte einen Augenblick lang keine Luft holen. Er und sein Bruder traten aus der Reihe. „Gregor und Michael?" Beide Brüder nickten. Der Mann zog eine Linie über das Papier. Er hat unsere Schwester aus der Liste gestrichen, mutmaßte Michael. Ein kalter Schauder kroch über seinen Rücken. Hatte Tante Elsa gelogen, war Anita ... Nein, darüber wollte Michael erst gar nicht nachdenken. Er schluckte den Schmerz und den aufkeimenden Zorn hinunter, sah dem Mann in seine grauen Augen, wartete. Ihre Blicke trafen sich nur für den Bruchteil eines Augenblicks, trotzdem sah Michael, wie dieser scheinbar stoische Mann unsicher wurde. Er wandte den Blick ab und winkte die beiden wieder zurück in die Reihe, sah Michael jedoch nicht mehr an.

„Bernstein: Elsa, Konstantin, Joseph und Rudolf."

Konstantin stand neben seiner Mutter und hielt ihre Hand. Michael sah, wie die Knöchel seines Freundes weiß und die Fingerkuppen fast lila wurden, auch Tante Elsas Finger liefen jetzt dunkel an.

Der blonde Soldat hakte auch sie mit einem kurzen Bleistift ab.

So ging es noch eine Weile, bis auch der letzte aufgerufen wurde. Niemand fehlte. Der Soldat gab die Liste an seinen Helfer ab, wandte sich mit hinter dem Rücken gekreuzten Armen erneut den Menschen zu, die in einer Linie standen und auf weitere Anweisungen warteten. Nur war die Lage nicht mehr so angespannt wie noch kurz zuvor.

„Niemand wird heute noch morgen oder übermorgen erschossen, verhaftet oder abtransportiert. Jeder, der hier Anwesenden bekommt ab dem heutigen Tag Essensmarken, die Ausgabe erfolgt in dem Kontor dort drüben." Er wies auf ein großes Haus, das einem Lager glich. „Auch bekommt jeder von euch ein Dokument, das ihr stets bei euch haben müsst. Ohne dieses Dokument bekommt ihr kein Essen, auch wird derjenige verhaftet, der versucht, sein Essen umzutauschen oder sich anderweitig daran zu bereichern. Die Zählung findet jeden Tag und um die gleiche Zeit statt wie heute. Hier, an diesem Platz, werdet ihr euch täglich versammeln müssen, bei einem Verstoß wird das Komitee darüber entscheiden, wie mit demjenigen verfahren wird. Um weitere Pflichtverletzungen zu unterbinden, werden wir hart durchgreifen, damit Nachahmungstäter erst überhaupt nicht auf die gleiche Idee kommen. Die Kranken und Verletzten müssen sich durch ihre nahen Verwandten eine Erlaubnis für das Fehlen einholen, am besten bei ihrem Vorgesetzten. Ihr alle werdet heute in bestimmte Arbeitsgruppen unterteilt. Es kann möglich sein", er hüstelte in die Faust, mit geklärter Stimme fuhr er fort, „die Kinder können von ihren Eltern getrennt werden, vielleicht auch müssen, was aber nicht weiter schlimm ist, denn jede Familie bekommt eine Unterkunft, in der sie sich am Abend wiedertreffen werden. Die Ausnahme bestätigt die Regel. Da wir aber noch nicht genügend Häuser haben, werdet ihr zusammenrücken müssen."

Die meisten Anwesenden warteten, bis die Anweisungen ins Deutsche übersetzt wurden. Das Gemurmel verebbte nur langsam. Die Aufregung hielt sich in Grenzen. Michael stand einfach nur da und wartete ab, wann sie endlich auch etwas zu Essen holen durften. Er hatte außer Gregor niemanden mehr, und auf eine Unterkunft brauchte er erst überhaupt nicht zu hoffen. Der Mann sprach von einer *Familie*, aber Michael hatte nur einen Bruder auf seiner Seite, zählte das auch – als Familie?, dachte er bei sich.

27

Brotkrumen

„Einst lasst euch noch gesagt sein, ihr seid in einem Arbeitslager! Hier herrschen harte, aber klare Regeln! Nun genug der Worte. Ihr alle geht jetzt der Reihe nach zur Essensmarken-Ausgabe. In geordnetem Gang und in alphabetischer Reihenfolge", schallte die angenehme Stimme des Mannes durch die Luft. Michaels Magen fühlte sich elend an. Michael glaubte eine gewisse Unruhe in der Stimme des Soldaten vernommen zu haben. Er lief noch einmal an der Reihe entlang und schaute sich jeden einzelnen prüfend an. Wollte er wissen, ob alle gesund und es wert waren, etwas zu essen zu bekommen?, sorgte sich Michael. Eine unheimliche Ernsthaftigkeit verdunkelte die Augen des Mannes und machte sein Gesicht zu einer bösen Maske. Der Soldat blieb bei den beiden Brüdern stehen. Er sah sich die zwei etwas länger als die anderen an, ohne ihnen direkt in die Augen zu blicken. Michael hüstelte, auch Gregor begann an seinem Hemd zu zupfen. In Michaels Erinnerung blitzte ein Bild aus der Vergangenheit auf, erlosch dann sogleich, und wurde zu einem bitteren Geschmack auf der Zunge, den er herunterschluckte. Der Soldat stand immer noch da - wippte auf den Fußballen leicht vor und zurück, die Hände hielt er immer noch hinter dem Rücken verschränkt.

Ein kühler Wind frischte auf und riss den Mann aus seinen Gedanken heraus. „Tja, irgendwie kommst du mir sehr bekannt vor, junger Mann." Sein ganzes Augenmerk galt Michael. „Aber ich komme nicht drauf, woher ich dich zu kennen glaube", sinnierte der Soldat. Er sprach mit verträumter Stimme, trat einen Schritt näher, legte seinen Kopf schief – nun trafen sich ihre Blicke erneut.

Michaels Gaumen wurden trocken.

„Wir haben noch einen älteren Bruder, Alexander, aber wir wissen nicht, wo er ist."

Der Soldat verdrehte die Augen, um kundzutun, dass er sich von Gregors Einmischung genervt fühlte und ihm der Junge auf den Geist zu gehen schien, doch plötzlich hellte sich sein Gesicht auf. Mit Daumen und Zeigefinger schnippte er einmal laut in der Luft. „Tatsächlich, Alexander Berg, ja, wir waren zusammen ..." Seine Stimme erstickte jäh. Der Glanz in seinen Augen verschwand wieder. Als habe er sich bei etwas ertappen lassen, senkte er kurz den Blick und setzte seinen Kontrollgang fort.

„Lebt er noch?", rief Michael ihm nach.

„Das weiß ich nicht", entgegnete der Soldat, ohne sich umzudrehen.

Mit diesen Worten zerstob Michaels Hoffnung wieder, nein, sie zerbarst in tausend Scherben und schnitt ihm tief ins Fleisch.

Als der Soldat am Ende der Reihe angelangt war, befahl er den Anwesenden, sich nach links zu drehen und ihm zu folgen.

Der Fußmarsch dauerte nur wenige Minuten, auch die Ausgabe der Essensmarken verlief zügig und reibungslos. Michael bekam sieben Zettel mit einem blauen Stempel. „Bewahrt die Essensmarken sehr gut auf und bringt sie jeden Tag mit, sonst gibt es kein Essen für euch. Das hier sind eure Papiere", sagte eine Frau, die hinter der Theke stand. Sie schrieb ihre Namen auf, die Michael und Gregor ihr vordiktierten, und die die Frau mit dem großen Busen mit der Anwesenheitsliste verglichen hatte. Dann klatschte sie alles auf die hölzerne Klappe. Mit zittrigen Fingern nahmen Michael und Gregor ihren Stapel auf. „Ihr geht jetzt weiter. Dort bekommt ihr eure Ration für heute. Und nicht drängeln." Michael nickte. Gemeinsam schritten sie im Schneckentempo weiter den Gang entlang in einen zweiten Raum. Der Geruch nach Brot war betörend. Michael musste die ganze Zeit schlucken. Er schritt wie hypnotisiert durch die Tür. Der zweite Raum war noch kleiner, die Menschen standen dicht an dicht, zum Glück drängelte niemand. Endlich kam auch Michael an die Reihe. Eine junge Frau stand da und schnitt die Laibe in vierundzwanzig gleich große Stücke. Jedes Stückchen wog genau zwanzig Gramm. Das wusste Michael. Als er den Blick hob und das Mädchen auf der anderen Seite des Tisches anschaute, blieb ihm für einen Moment die Luft weg. Maria Hornoff stand da, mit gesenktem

Blick schnitt sie das schwarze Brot auf. Das Mädchen seiner Träume beachtete die Menschen nicht, sie konzentrierte sich nur auf ihre Arbeit, sie musste sich konzentrieren, stellte Michael fest. Schließlich hatte jedes Stück gleich groß zu sein, jeder musste gleich viel bekommen, sonst konnte es Ärger geben. Michael lachte stumm auf, als er sah, wie schnell das Brot in den gierigen Mündern verschwand. Seine Hoffnung, satt zu werden, schwand dahin, als er die Portionen sah, auch war er sich nicht mehr sicher, ob er überhaupt heute etwas bekommen würde. Doch dann kam ein Mann herein und brachte einen neuen Korb voller schwarzer Brote.

Michael spürte, wie ihn jemand von hinten schob. „Hast du etwa keinen Hunger, Söhnchen?", ertönte eine Frauenstimme. Michael fuhr zusammen, denn er war in seine Träume vertieft. Maria hielt inne und hob den Blick, um nachzusehen, wer hier keinen Hunger hatte. Ihre Blicke trafen sich. Michael streckte seine Hände aus. Die Frau, die für das Aufteilen zuständig war, der Michael aber keine Beachtung schenkte, drückte ihm ein Stück Brot in seine Hände. Das Brot fühlte sich weich und warm auf seiner Haut an. So stellte er sich die Berührung von Marias Händen vor. Deren Wangen bekamen einen rötlichen Schimmer. Er hatte schon immer davon geträumt, mit ihr so viel Zeit wie nur möglich zu verbringen, obgleich er wusste, dass sie sich einander die ganze Zeit nur anschweigen würden, weil er noch nie mit einem Mädchen zusammen gewesen war. Auch wusste er nicht, worüber man sich mit einem hübschen Mädchen unterhalten sollte. So wie auch jetzt. Sie schauten sich nur an und schwiegen.

Ein Gefühl schlecht verborgener Begierde floss wie heißes Öl durch seine Adern, die Hitze brachte ihn zum Schwitzen und ließ sein Gesicht erröten. Seine Hände wurden feucht, er rieb sie sich nacheinander am Hemd trocken, ohne den Blick von Maria abzuwenden.

„Lauf weiter, Junge", drängte die Frau. Michael verspürte einen heftigen Stoß gegen die Rippen und zuckte zusammen. Gregor schob ihn vorwärts.

„Wo, wo bist du zu finden, Maria?", stotterte Michael fast so wie sein Kumpel Konstantin.

„In einer anderen Siedlung. Rote Fahne", sprach Maria leise. Auch ihre Stimme zitterte vor Aufregung. Schließlich senkte sie den Kopf, als sie von der mürrischen Frau für ihr Verhalten gerügt wurde. Ohne zu widersprechen machte Maria mit ihrer Arbeit weiter. Die Messerschneide fuhr tief in das dunkle Brot hinein und klackte jedes Mal auf der Holzunterlage hell auf, als die dünnen Scheiben zur Seite fielen und von den schwieligen Händen der Nebenfrau geschnappt wurden, um sie an die hungrigen Menschen auszuteilen.

Gregor zerrte Michael am Handgelenk aus der Menge heraus. „Wenn du dein Brot nicht willst, ich habe nichts dagegen, es für dich aufzuessen. Ich habe im Gegensatz zu dir einen mächtigen Kohldampf", murmelte Gregor und stopfte sich alles auf einmal in den Mund. Michael hatte kein Glück. Er sah sich auf die Hände. Sein Brot war ein dünner Streifen mit einem Luftloch. „Die Löcher schmecken am besten", erklang Mutters Stimme in seinem Kopf. Auch sah er sie wieder vor seinem Auge, wie sie stets dabei gelächelt hatte und so tat, als wären die Löcher tatsächlich das Beste an dem Brot. Anita kicherte und schüttelte immer ungläubig den Kopf. Doch ihre Mama zupfte um das Loch herum, legte sich die Krümel auf die Zunge, schloss die Augen und sagte: „Hmm, so ein leckeres Brot habe ich schon lange nicht gegessen." Das tat jetzt Michael auch. Er zupfte die Brotkrumen ab und ließ sie sich auf der Zunge zergehen. Das Brot schmeckte eher nach Sägemehl als nach Getreide. Es war kein Geheimnis, dass das Mehl mit Sägemehl gestreckt wurde. Er kaute nachdenklich auf einem Stück der schwarzen Kruste und dachte über Maria nach. Dann fielen ihm die Worte Onkel Emils ein. „Ihr sollt euer Brot gleich aufessen!", ertönte die mahnende Stimme in seinem Kopf, so, als stünde der mürrische Mann direkt hinter ihm. Also tat Michael, wie ihm geheißen. Mit einer einzigen Bewegung ließ er den dunkelbraunen Streifen in seinem Mund verschwinden. So schmeckte das Brot um einiges besser, dachte er bei sich und sah seinen Bruder mit einem schiefen Grinsen an. Eigentlich war es kein Grinsen, denn seine Backen, genauso wie die seines Bruders, waren gespannt, die Münder waren zu gezackten Strichen verzogen. Sie kauten gierig darauf, bis sie nichts mehr hatten. Gregor schmatzte laut und fuhr sich mit der Zunge über die Innenseite seiner beiden Wangen. „Verdammt wenig, diese zwanzig Gramm - für einen, der einen Riesenhunger hat", brummte er mit enttäuschter Miene. Michael nickte ihm zustimmend zu. „Du hattest wenigsten noch ein Loch in deinem Brot", zog Gregor seinen Bruder auf. Michael musste tatsächlich lachen. Im Augenwinkel sah er noch, wie Maria ihren Kopf hob und ihm einen schüchternen Blick mit einem zaghaften Lächeln zuwarf, als er vollends nach draußen geschoben wurde. Ihr dunkelbraunes Haar war zu einem langen Zopf geflochten, der über ihre linke Schulter hing. Mit einer schnellen Bewegung warf sie ihn zurück und fuhr mit ihrer Arbeit fort. Michael wollte ihr zum Abschied winken, zu spät, er stand jetzt im Freien.

„Wi ... wir k ... können g ... ge ... ehn", ertönte eine den beiden Brüdern sehr bekannte Stimme. Konstantin schritt watschelnd auf die beiden Jungen zu. Auch sein Mund war leer. Konstantin Zunge suchte hinter der rechten Wange nach Krümeln.

„Koka", brabbelte eine kindliche Stimme. Konstantin fuhr herum und sah seinen kleinen Bruder auf sich zulaufen. Die kleinen Arme weit ausgebreitet, lief der kleine Rudi auf ihn zu und gab ihm einen dicken Kuss. Dann griff der kleine Junge mit seiner linken Hand in seinen Mund und zauberte einen dunklen Klumpen hervor. „Magst du Brot?", fragte er Konstantin mit ernster Miene. Die dunklen Augenbrauen zu zwei Bögen geformt, runzelte Rudi seine Stirn.

„Nein, d ... das ist d ... dein Brot, Rudi. Du ... du darfst es mmmit nieemandem teilen, auch nicht mit mir", sprach Konstantin auf den kleinen Rudi ein. Vorsichtig setzte er den verwundert dreinblickenden Rudi in Mamas linke Armbeuge. Rudi hob die Augenbrauen noch ein wenig höher an und stopfte sich schließlich den von Sabber glänzenden Klumpen zurück in seinen kleinen Mund. „Ich habe dich lieb, Koka", näselte er mit vollem Mund und nieste laut.

„Iiich d ... dich auch, Rudi."

„Wir sehen uns morgen", winkte Konstantins Mutter den drei Jungen zum Abschied zu und sah sich nach ihrem Zweitältesten um, nahm ihn an der Hand und eilte zu den anderen Frauen, die scheinbar ungeduldig auf sie zu warten schienen. Joseph rannte seiner Mama hinterher und begann zu weinen, als er stolperte und der Länge nach hinflog. Konstantin wollte seinem Bruder aufhelfen, doch er wurde von einer großen Hand daran gehindert, indem sie ihn an der Schulter gepackt hielt und zur Seite riss.

„Es ist höchste Zeit, dass ihr bei Onkel Emil antanzt. Ich kann nicht ewig auf euch warten." Die Stimme von Stepan klang wie ein Donnergrollen. „Habt ihr euer Brot schon bekommen?", wollte er wissen. Alle drei nickten. „Dann nichts wie los", brummte er und verpasste Konstantin einen Klaps auf den Hinterkopf. „Das ist gut für das Denkvermögen", fügte er kaum hörbar hinzu und schubste den Jungen grob in die Richtung, aus der sie gekommen waren. Konstantin fiel rücklings auf die staubige Erde, als er sich aus dem Griff losreißen konnte. „Bewegt euch." Die tiefe Stimme duldete keinen Widerspruch. Jede Art von Provokation konnte in einer handgreiflichen Auseinandersetzung ausarten, das wussten die drei. „Habt ihr was an den Ohren?", fuhr Stepan in brüskem Ton fort.

Konstantin kniff die Augen zu einem bösen Blick zusammen, blieb jedoch stumm. „Blödes Arschloch", nuschelte Konstantin kleinlaut, ohne ein einziges Mal an einer der wenigen Silben hängen zu bleiben, stand auf und klopfte sich den Staub von seiner Hose ab.

„Was hat er da gesagt?", wollte Stepan von Michael wissen.

„Er sagt, es tut ihm leid", log Michael und sagte das erste, was ihm in den Sinn kam.

Doch Stepan ignorierte ihn und schenkte ihm noch weniger Beachtung als einem Straßenköter. „Das soll es ihm auch, und euch beiden auch", brummte Stepan, strich sich über die Glatze und sah sich nach allen Seiten um. Als er nichts fand, wonach er Ausschau hielt, wandte er sich erneut an die Jungen. Auf der Unterlippe kauend, hob Stepan seine Hand erneut zu einem Schlag. Michael duckte sich. Stepan gelang es, ihn trotzdem am Kragen zu packen. Michael spürte, wie das Hemd ihm für einen Augenblick die Luft abschnitt. „So, und nun seht zu, dass ihr in die Gänge kommt", sprach der großer Mann mit gepresster Stimme in Michaels linkes Ohr. Erst jetzt hatte Michael begriffen, warum Stepan so aufgebracht war. Er hatte Angst. Pulski war der Grund für sein barsches Auftreten. Er hatte Angst, dieser große Mann fürchtete sich davor, genauso zu enden wie sein Kumpel Nikolai, schoss der Gedanke durch Michaels Kopf. „Ihr lauft schnurstracks zu Emil", zischte Stepan und schubste Michael von sich weg. Michael nickte und lief schneller als seine Kumpel. Gregor und Konstantin holten ihn sofort ein. Dann, ohne ein Wort zu sagen, rannten sie los.

Staubwolken hinterlassend rannten die drei Jungen um die Wette, ohne sich vorher abgesprochen zu haben. Die warnenden Rufe und möglichen Konsequenzen, die ihr Wettrennen nach sich ziehen könnte, ignorierten sie einfach. Zum ersten Mal seit langem verspürte Michael so etwas wie Glück in sich aufglimmen. Die Essensmarken drückte er fest in seiner Hand zusammen und rannte vor den anderen beiden Jungen, die sich alle Mühe gaben, ihn einzuholen. Maria, Maria, Maria schrie er den Namen des Mädchens in Gedanken laut. Jetzt schon freute er sich auf den morgigen Tag.

28
Bienenwachs

„Wo wart ihr so lange?", fuhr Onkel Emil die drei Jungen an, die keuchend vor ihm standen. Breitbeinig und mit in die Seiten gestemmten Fäusten sah er sie tadelnd an. „Warum musste ich Stepan nach euch schicken?", sprach er weiter und zog ungeduldig an seiner Pfeife.

Die schmächtigen Oberkörper nach vorne gebeugt und sich an den Knien mit den Armen abstützend, schnappten die drei jungen Kerle nach Luft.

„Wir mussten lange anstehen", presste Michael hervor, ohne dabei den Kopf zu heben. Er starrte auf seine nackten Füße, die grau vom Staub waren. Er holte mehrmals Luft, ohne dabei auszuatmen, sein Brustkorb drohte zu zerspringen. Er hatte sich beim Rennen überschätzt, seine Lunge brannte wie Feuer, auch wenn er als Erster losgerannt war, war Gregor trotzdem eine Handbreit schneller als er gewesen.

„Weißt du eigentlich, wie man ein Pferd einspannt?", wollte Onkel Emil wissen, ohne dabei einen Namen zu nennen, aus dem Bauch heraus wusste Michael, dass der alte Mann mit niemand anderem als mit ihm sprach. Erst jetzt hob Michael den Kopf. Sein Gesicht brannte und bekam rote Flecken. Er nickte.

„Die Bienenstöcke müssen an einen anderen Platz, dort, wo die Kornblumen wachsen. Und ihr beide, ihr geht mit Stepan in den Wald. Die zwei Bullen sind schon eingespannt. Der braune Bulle heißt Leonid, er kennt den Weg, ihr müsst nur nebendran laufen. Habt ihr zwei mich verstanden?" Michael sah zu seinem Bruder und Konstantin, beide nickten, wobei Konstantin hilfesuchend zu Gregor schielte. Aus einem Augenwinkel nahm Michael hinter Konstantins Rücken eine Bewegung wahr. Eine verschwommene Silhouette näherte sich der kleinen Gruppe. Mit jedem Schritt wurden die Konturen des Mannes deutlicher, auch die Glatze von Stepan bekam mehr Glanz.

Ungeachtet der Prügel, die Michael von dem Mann nicht nur angedroht bekommen, sondern heute auch schon eingeholt hatte, wurde Michael bei dem Anblick noch mulmiger zumute. Stepans Miene war eine Maske aus purer Bosheit.

„Den ersten, den ich in die Finger bekomme, werde ich zu Brei zerquetschen", schrie er von Weitem.

Zu Michaels Erstaunen hörte er Onkel Emil auflachen. Alle drei Jungen wandten ihre Köpfe zu dem alten Mann und sahen ihn mit großen Augen an. „Er macht nur große Sprüche. Du rührst niemanden von den dreien an, Stepan. Sonst werde ich dich windelweich prügeln", sagte er so, als unterhalte er sich mit einem Kind. „Und wenn deine Avancen meiner Schwester gegenüber irgendwelche Unannehmlichkeiten nach sich ziehen sollten, wirst du meine Schwester heiraten müssen. Ob du es willst oder nicht."

Der große Mann blieb mitten in der Bewegung stehen. Onkel Emil lachte jetzt noch lauter, sodass ihm die Tränen kamen. „Du hast doch nicht wirklich gedacht, dass ich von deinen Annäherungen und den ewigen Stelldicheins in meiner Abwesenheit nichts mitbekommen habe? Allein das Lächeln auf dem Gesicht meiner Schwester spricht Bände."

Stepan bedachte die drei Freunde mit einem finsteren Blick.

„Die haben damit nichts zu tun", grummelte Onkel Emil. Er klang nicht mehr amüsiert. Die Heiterkeit war aus seinem Gesicht und seiner Stimme verflogen. Er hüstelte und stopfte die Pfeife. Alle schwiegen und schauten wie gebannt zu, wie Onkel Emil den Tabak mit dem Daumen festdrückte. Der lederne Beutel, in dem er den Tabak aufbewahrte, ließ er in seiner Hose verschwinden, um gleich darauf eine kleine Schachtel mit Streichhölzern hervorzuzaubern. Dann zischte der braune Kopf eines Streichholzes auf. Eine weiße Qualmwolke waberte gen Himmel.

Stepan stand jetzt dicht hinter Michael. Der eingeschüchterte Junge trat einen Schritt zur Seite, falls es sich nicht wirklich nur um eine leere Drohung handeln sollte.

„Wirst du meine Schwester heiraten, falls deine Spielchen irgendwelche Früchte tragen sollten?", wollte der alte Mann mit leichtem Sarkasmus in der Stimme wissen. Er zog genüsslich an seiner Pfeife, der Qualm vernebelte sein ernst dreinschauendes Antlitz.

„Nein", gab Stepan unumwunden zu.

„Dann lass es bei dem letzten Versuch bewenden und hoffe, dass es wieder nur bei einem Fehlschuss blieb."

Stepan nickte stumm und wandte sich schnell zum Gehen ab. Er wollte sich so schnell wie nur möglich aus der Affäre ziehen. „Kommt mit, ihr nichtsnutzigen Bastarde", sagte Stepan barsch. Schon schritt er schnellen Schrittes zu den beiden Bullen, die neben der Scheune im Schatten standen und an frischem Stroh kauten.

„Wird er meinem Bruder und Gregor wirklich nichts antun?", vergewisserte sich Michael mit besorgter Miene bei Onkel Emil. Sie beide liefen in eine entgegengesetzte Richtung - zum Wald.

„Nein, Stepan hat sich bisher immer an meine Anweisungen gehalten, ein Wort von mir, und er wird zu den Waffen gerufen. Bei seiner Größe und seinem Verstand wird er an der Front keinen Tag überleben. Er würde eine schöne Zielscheibe für die Deutschen abgeben", sprach Onkel Emil versonnen. Das klapprige Pferd stand am Zaun hinterm Haus. Dahinter schlängelte sich ein schmaler Pfad, der bis zum Wald führte. Von wilden Sträuchern und trockenem Strauchgehölz umsäumt, wirkte der Pfad verwildert. Manche der Büsche waren dornig und kratzten an Michaels Knöcheln. Auch blieben welche mit den spitzen Dornen an seiner Leinenhose hängen.

Einerseits freute sich Michael, dass er Onkel Emil zur Hand gehen durfte, andererseits fürchtete er sich davor, von seinem Bruder getrennt zu sein.

„Du darfst in den Wagen hüpfen", unterbrach Onkel Emil Michaels Gedankenflug. Michael begriff zuerst nicht, was der Mann von ihm wollte. Onkel Emil band das Pferd von dem Zaun los und setzte sich laut krächzend in den Hänger. „Ich werde es dir nicht noch einmal anbieten, du darfst gerne nebenherlaufen, aber ich sag's dir gleich, die Büsche hier haben giftige Dornen, die meisten zumindest", sprach Onkel Emil mit einem flüchtigen Lächeln, das wegen seines grauen Bartes nur zu erahnen war, aber seine Stimme verriet seinen Gemütszustand dennoch. Michael kletterte schnell hinein und stellte sich dabei nicht weniger elegant an als der dicke Mann. Das Stroh, das auf den Brettern des Wagens ausgebreitet war, linderte Michaels Aufprall, als sich das Pferd unerwartet in Bewegung setzte. „Prrr", brummte der Mann und zog an den Zügeln. Das Pferd blieb stehen. Michael lag nun auf dem Rücken und starrte mit zu schmalen Schlitzen zusammengekniffenen Augen zum blauen Himmel empor. Der Wagen ruckte erneut, als Onkel Emil die Zügel lockerte. Er schnalzte mehrmals mit der Zunge. Das Pferd kannte diesen eigenartigen Befehl nur zu gut, denn es zog nun langsam am Wagen. Die Räder quietschten und holperten über die unebene Erde. Trotzdem fühlte Michael sich wie losgelöst und von allen Sorgen befreit. Der Krieg schien in weite Ferne gerückt zu sein, die Ängste waren für einen kurzen Moment ausgeblendet. Für einen winzigen Augenblick war Michael wieder glücklich.

29

September 1942

„Wie geht es dir, Sascha?" Dunja saß vor Alexander auf einem kleinen Hocker, den Blick nach oben gerichtet. Sie war dabei, Kartoffeln zu schälen, sie warf das Messer zurück in den Korb zu den schmutzigen Knollen und wischte sich die Hände an der Schürze trocken. Daneben stand noch eine Schüssel, darin schwammen die hellen Kartoffeln, die Dunja bereits aus der Schale gepellt hatte.

Alexander schaute auf Dunjas ebenmäßige Züge, er hatte sich auf der Bettkante aufgerichtet. Alles um ihn herum drehte sich. Ein Schwindelgefühl erfasste ihn, sodass er sich mit beiden Händen am Bett festhalten musste, um nicht nach vorne überzukippen. Dunja sprang auf die Füße und drückte Alexander fest an sich. Sein Gesicht lag auf ihrer weichen Brust. Er hörte ihr reines Herz laut schlagen. Das stetige Pochen spendete ihm Trost. Dunja duftete nach Blumen und frischer Milch. Ihre Arme drückten seinen Kopf sachte an sich und ließen langsam los. Als Alexander das Gleichgewicht wiederfand und seine Hände sich nicht mehr am Bettlaken festkrallten, trat sie einen winzigen Schritt zurück. Ihre Hände hielten sein Gesicht immer noch fest umklammert.

„Geht's wieder?", flüsterte sie kaum hörbar. Ohne eine Antwort abzuwarten, löste sich ihre Umklammerung vollends, die Alexander sofort zu vermissen begann.

Der Gedanke daran, ob er weiterleben wollte, ob das Leben überhaupt lebenswert war, nahm in Alexanders Kopf allmählich Gestalt an, und diese war Dunja. Ihr blondes Haar war wie immer zu einem Zopf geflochten und von einem bunten Kopftuch bedeckt. Auch jetzt hatte sich eine Strähne gelöst, Dunja schob sie mit einer schnellen Handbewegung zurück unter das Tuch und sah Alexander erwartungsvoll an. Er war etwas irritiert und wusste nicht so recht, worauf sie wartete. „Wie geht es dir, Sascha?" Sie wählte stets die kürzere Form seines Namens und nannte ihn nie Alexander, sondern nur Sascha. Auf eine unerklärliche Weise gefiel Alexander dies. Er fühlte sich dabei geborgen. „Was meinst du, magst du dich heute bis zum Fenster wagen? Traust du es dir zu?" Das war also der Grund ihres sonderbaren Auftretens. Erst gestern hatte er sich gewagt, einige Schritte zu laufen. Er war an seinem Vorhaben kläglich gescheitert. Aber er wollte sich dadurch nicht entmutigen lassen. Dunja ermunterte ihn nicht nur, es erneut zu versuchen, sie ermutigte ihn sogar, eine viel längere Strecke abzulaufen. „Ich werde dich stützen und abfangen. Der Weg ist das Ziel, Sascha, aber ich bin zuversichtlich. Du hast dem Tod die Stirn geboten, also wird es für dich ein Leichtes sein, diese kleine Hürde zu überwinden", drängte sie mit einer sanften Bestimmtheit. Alexander verzog bei diesen Worten seinen Mund zu einem müden Lächeln.

„Hast du einen Stuhl, der eine Lehne hat?", sprach Alexander mit kratziger Stimme, weil seine Kehle ausgetrocknet war. Ihm blieb bei jedem Wort die Zunge am Gaumen kleben. Dunja schüttelte den Kopf.

Alexander hatte Durst, aber das war für ihn von minderer Bedeutung. Er wollte Dunja beweisen, dass er ein richtiger Mann war. Dunja sah ihn fragend an. Sie wusste nicht, warum er plötzlich nach einem Stuhl mit einer Rückenlehne verlangt hatte.

Alexander sah sich im Haus um. Das schummrige Licht, das durch die von weißen Vorhängen behangenen Fenstern hineindrang, erhellte den Raum nur dürftig. Der Herbst hatte also Einzug gehalten und tauchte alles in ein melancholisches Grau, dachte Alexander. Sein Blick schweifte über die hölzernen Wände. Ein gediegener Tisch mit massiven Beinen befand sich neben dem Fenster, umringt von genauso stabilen Stühlen aus hellem Holz. Ein weißgetünchter Ofen beherrschte den geräumigen Raum, der das ganze Haus ausmachte. An der Decke hingen getrocknete Kräuter, Büschel mit verschrumpelten Beeren und Pilze, die auf einem Garn aufgereiht waren, baumelten herunter. Alexander sah sich weiter nach einem passenden Gegenstand um. Dunja wartete schweigend. Sie wusste nicht, was sie mit ihren Händen anfangen sollte.

Alexander deutete mit einem unmerklichen Kopfnicken zum Fenster. Dunja folgte seinem Blick.

„Alexander, sprich zu mir", flüsterte sie.

„Kannst du mir den Hocker geben", sprach er mit ruhiger Stimme und deutete mit dem Kinn auf das hölzerne Möbelstück. Dunja beeilte sich, seiner Bitte nachzugehen. Beim Vorbeilaufen war sie mit dem linken Fuß gegen die Schüssel gestoßen, das Wasser schwappte über. Eine nackte Kartoffel kullerte polternd über die Holzdielen. Dunja schenkte dem kleinen Malheur keine Beachtung, mit schnellen Schritten war sie am Fenster angelangt. Fieberhaft schnappte sie nach dem Hocker und schleppte ihn nicht ohne Anstrengung ans Bett.

„Hier, Sascha, was willst du damit machen?" Dunja war ein wenig außer Atem geraten, was nicht von der körperlichen Belastung herrührte, sie war einfach zu neugierig. Die Worte klangen abgehackt und gedämpft zugleich.

Alexander blieb ihr eine Antwort schuldig, statt etwas auf ihre Frage zu erwidern, stemmte er sich mit beiden Händen an der Bettkante hoch. Das Schwindelgefühl ergriff von ihm Besitz. Alexander schloss die Augen, wartete, bevor er die Augenlider wieder hob, machte er mehrere Atemzüge. Die Welt drehte sich immer noch unter seinen Füßen, aber nicht mehr so schnell. Als Dunja den Versuch wagte, ihn zu stützen, schob er sie schweigend, allerdings bestimmend beiseite. Die Bewegung war fahrig und gröber, als er es beabsichtigt hatte, aber für eine Entschuldigung fehlte ihm die Kraft. Er konzentrierte sich jetzt auf den ersten Schritt. Ganz langsam beugte er sich nach vorne, bis seine Hände den Rand des Hockers zu fassen bekamen. Das Holz fühlte sich angenehm warm an. Die Finger klammerten sich am Rand der Sitzfläche fest. Die Füße vom Hocker kratzten knirschend über den Boden, als Alexander sein ganzes Gewicht darauf verlagerte. Der Schmerz in seinem Kopf war fürchterlich. Die Veränderung seiner Körperhaltung raubte ihm für einen Augenblick den Atem. Alexander wusste nicht, ob die Pistolenkugel immer noch in seinem Kopf steckte oder ob das Projektil durch seinen Schädel durchgeflogen war.

„Sascha, geht es dir gut?", drängte sich die zärtliche Stimme durch den ohrenbetäubenden Schmerz, der in Alexanders Kopf schrie und ihn zum Aufgeben zwang. Das allgegenwärtige Rauschen machte ihn fast taub.

„Ja", krächzte Alexander durch seine zusammengebissenen Zähne und hob den verdammten Hocker einen Zentimeter vom Boden ab. Mit einer unbeholfenen und ruckartigen Bewegung rammte er die behelfsmäßige Gehstütze eine Handbreit vor sich in den Boden. Der Druck in seinem Kopf stieg ins Unermessliche. Er atmete zweimal tief ein und setzte seinen rechten Fuß in Bewegung. Seine nackte Fußsohle schleifte über die vom verschütteten Wasser nassen Dielenbretter. Das linke Bein knickte ein, drohte wegzurutschen. Natürlich bestand die Gefahr, dass er das Risiko umsonst einging, auch war ihm bewusst, er könnte an seinem Vorhaben kläglich scheitern und sich weitere Verletzungen zufügen. Alles um ihn herum wurde zu einem verschwommenen Bild, er sah sich schon zu Boden stürzen. In letzter Sekunde fing er sich jedoch. Mit aller Kraft, die ihm noch geblieben war, hielt er sich an dem Hocker fest. Schweiß bedeckte seinen Körper wie ein nasses Laken. Sein Atem ging stoßweise, aber er hatte sich geschworen, nicht aufzugeben. Die Stimme der Vernunft stieg in seinem Kopf stetig an, wurde lauter, durchdringender, schließlich schwoll sie zu einem Schrei an, um sich so Gehör zu verschaffen und Alexander an seinem Vorhaben zu hindern. Aber er wollte nicht aufgeben, also hob er den Hocker noch höher an als beim ersten Mal und knallte ihn fast einen ganzen Schritt vor seinen Füßen gegen die Dielen. Jetzt waren zwei Schritte nötig, bis er sicheren Halt fand. Erneut krachte das Holz unter ihm. Schweiß tropfte von seiner Stirn. Sein Haar war nass. Seine ausgestreckten Arme zitterten, doch statt aufzugeben, schob er den Hocker immer weiter von sich weg. Nach einer gefühlten Ewigkeit griff er mit der rechten Hand an die Tischkante. Völlig erschöpft setzte er sich auf die Bank, die unter dem kleinen Fenster stand. Alexander legte den Kopf in den Nacken, bis er mit dem Hinterkopf die Fensterbank spürte. Er lächelte müde, wartete, bis sich sein Blick klärte, dann sah er zu Dunja. Ihre Augen glänzten, mit beiden Händen hielt sie ihr schmales Gesicht umklammert. Sie strahlte vor endlosem Glück. Ihre Augen funkelten. Sie zauberte ein schüchternes Lächeln auf ihre Lippen. Auch sie war stolz auf ihn, stellte Alexander zufrieden fest. Ohne darüber ein Wort verloren zu haben, wussten die beiden, dass sie von einem unsichtbaren Faden zusammengehalten wurden. „Morgen werde ich für den Winter Holz hacken gehen, und das ohne diesen verdammten Stuhl", sprach Alexander mit zittriger Stimme, dann warf er einen flüchtigen Blick durch die vom Staub trübe Scheibe und begann laut zu lachen. Dunja stimmte in sein fröhliches Lachen mit ein. Sie beide lachten sich das Leid von der Seele. So befreit hatte sich Alexander schon seit Langem nicht mehr gefühlt wie in diesem Moment puren Glücks.

„Aber zuerst essen wir Bratkartoffeln zu Mittag", sagte Dunja mit vor Tränen glänzenden Augen.

„Am Tisch, wie zivilisierte Menschen", fügte Alexander hinzu und verzog schmerzhaft das Gesicht, weil ein Blitz aus unsäglichem Schmerz durch seinen Kopf hindurch gejagt war.

„Ist dir nicht gut?", flüsterte Dunja erschrocken, lief auf Alexander zu, fiel vor ihm auf die Knie, um ihn aufzuhalten, als er sich gefährlich weit vornüber beugte. Im letzten Moment bekam er die Tischkante zu fassen. Er hielt sich verzweifelt daran fest. Der Tisch rutschte über den Boden, gab ein kurzes, lautes Kratzen von sich, blieb jedoch an der Kante einer verbogenen Diele hängen. Der solide gebaute Tisch verharrte in der Position, bis Alexander sich wieder aufrichten konnte. „Es ist nichts, ich habe nur die Kartoffel aufheben wollen", scherzte er. Mit einem müden Lächeln deutete er mit der rechten Hand in die Ecke, in der die hellgelbe Knolle lag. Dunja lächelte und blickte sich um.

30

Winterpause

„Wir müssen die Bienenstöcke zurückfahren. Schau bitte nach, ob die Bienen genügend Honig haben und die Rahmen mit Waben ausgefüllt sind", sprach Onkel Emil zu Michael und paffte genüsslich an seiner Pfeife. Sie hatten in den drei Monaten schon dreimal den Standort gewechselt. Michael wurde dabei mehr als ein Dutzend Mal gestochen. Dabei war er stets auf der Hut und hatte keiner der Bienen etwas Böses getan. Auch jetzt zog sich seine Haut zusammen. Immer, wenn er an die brennenden Stiche denken musste, bekam er eine Gänsehaut. Das Gift ist gut für die Gesundheit, sagte Onkel Emil nach jedem Angriff, und jedes Mal grinste er breit. Er hatte eine Pferdehaut, dachte Michael, weil, egal wo ihn die Bienen gestochen hatten, wurde diese Stelle nicht einmal rot. Michael bekam Hautausschlag, einmal lag er sogar einen ganzen Tag oben im Heu. Er konnte sich kaum bewegen, auch hatte er Fieber bekommen und konnte schlecht atmen. Erst nach dem dritten Tag ging die Schwellung allmählich zurück. Das kleine Biest hatte ihn in die Zunge gestochen. Onkel Emil hatte Michael eine dicke Scheibe von einer roten Beete auf die Zunge gelegt, die dunkelrote Scheibe war kühl gewesen. Die Beete war unheimlich süß und schmeckte leicht nach Erde. Michael aß an dem Tag drei Scheiben davon. Ihn kümmerte es auch nicht, dass er sich dabei mehrere Male die Zunge blutig biss, die rote Knolle schmeckte einfach zu gut, um auf etwas so Banales wie Schmerzen achtzugeben.

Nun stand Michael vor seiner härtesten Prüfung als Imker. „Wird die Königin nicht ihr ganzes Volk auf mich losschicken?", stotterte Michael und zögerte diesen Moment so weit wie möglich hinaus.

Statt einer Antwort bekam er zuerst einen Klaps auf den Hinterkopf. Zu dem Summen aus dem Bienenstock gesellte sich jetzt auch noch das Brummen in Michaels Kopf. Der Klaps traf ihn genau dort, wo es am meisten weh tat. Onkel Emil war ein Klaps-Meister, das hatte schon Gregor mehr als nur einmal erwähnt, nun wusste Michael, warum.

„Keine Königin, du Dummkopf. Eine Weisel, du Esel. Eine Königin ist schließlich keine Gebärmaschine, die am Tag hunderte von Eiern legen muss. Und schau auch nach der Weiselzelle, wenn du eine findest, musst du sie kaputtmachen. Ich möchte nicht, dass mir die Bienen ausschwärmen", herrschte Onkel Emil ihn in brüskem Ton an und zog erneut an seiner Pfeife.

Michael rieb sich den Kopf. „Ich traue mich nicht", flüsterte er nach einem Augenblick kaum hörbar.

Ein weiterer Klaps folgte. Dieser tat noch mehr weh als der erste. Michael brodelte innerlich, war aber machtlos, genau das ärgerte ihn auch so. Die tiefe Stimme sprach erneut, jetzt noch eindringlicher: „Das, was du von dir gibst, ist einer der Vorwände, den die meisten von sich geben, um ihre Schwächen zu rechtfertigen, oder sich vor der Verantwortung und den Schwierigkeiten, die einem das Leben aufbürdet, zu drücken."

Michael drehte sich um und sah den alten Mann nicht ohne Bewunderung an. Auch wenn er nicht alles verstanden hatte, fand er das, was Onkel Emil gesagt hatte, sehr lehrreich.

„Ich kann nicht oder ich traue mich nicht ist die billige Rechtfertigung eines feigen Herzens. Das sage ich dir, jetzt steh da nicht dumm rum und hebe den Deckel an."

Sie beide standen wieder am Waldrand. Michael ließ seinen Blick über die weißen Stämme der Birken schweifen. Die grünen Blätter der Bäume raschelten im warmen Wind des Herbstes. Der alte Gaul graste unweit auf einer Weide. Der Schäferhund stand an der Seite seines Herrn, er sah zu Michael auf. Plötzlich wurde Adolf von der Sonne geblendet. Der schnaubte und nieste laut. Das Niesen hörte sich beinahe an wie das von einem Menschen. Michael sah den Hund einen Moment lang an, ohne zu blinzeln, denn auch in seiner Nase kribbelte es jetzt.

„Habt ihr's bald, ihr beiden?", brummte Onkel Emil und sah zuerst Michael, dann Adolf an.

„Ich glaube, ich bin krank", versuchte Michael sich aus der verzwickten Situation herauszureden. Adolf gab ein kurzes Bellen von sich und ließ seine lange Zunge heraushängen.

„Erzähl mir nichts. Komm jetzt. Hier, nimm den Raucher und schau nach den Rahmen, ich werde solange etwas von dem Gras mähen, damit wir die Bienenstöcke auf dem Wagen sicher aufstellen und besser transportierten können." Onkel Emil drückte Michael eine Art Büchse mit einem kleinen Blasebalg in die Hand. Aus dem Trichter, der oben an dem Behälter angebracht war, stieg eine Rauchwolke und löste sich nur langsam auf. „Das soll die kleinen Viecher besänftigen", fügte Onkel Emil hinzu und ging gemächlichen Schrittes zum Pferd. Die Sense lehnte an einem der Bäume. Onkel Emil gab einen kurzen Pfiff von sich, sodass Adolf ihm vorauseilte. Leichtfüßig sprang Adolf in voller Geschwindigkeit in den Hänger. Nur seine Schnauze ragte heraus, er sah seinem Herrchen interessiert beim Mähen zu. Adolf beobachtete seinen Herrn genau, dabei bewegte er seinen Kopf hin und her, so als würde sein Blick die Sense bewegen, und nicht die schwieligen Hände Onkel Emils.

Michael holte tief Luft, dabei hatte er etwas von dem beißenden Rauch eingeatmet. Jetzt musste er husten. Nichtsdestotrotz schlenderte er zu den Bienenstöcken. Als er sich den winzigen Insekten näherte, schien die Luft zu leben. Zu Tausenden flogen die kleinen Tierchen in alle Himmelsrichtungen, schwärmten auf der Suche nach Nektar aus, kamen mit winzigen Pollen schwer beladen wieder zurück. Michael schluckte schwer, hielt den Atem an und hob einen der Deckel leicht an. Das Summen wurde lauter, aggressiver und respekteinflößender. Michael Kopfhaut zog sich zusammen, erneut bekam er eine Gänsehaut. Vorsichtig legte er den hölzernen Deckel auf die Erde, um im gleichen Moment nach dem Raucher zu schnappen. Er betätigte mehrmals den Blasebalg. Er achtete darauf, dass der Rauch sich gleichmäßig über die Bienen verteilte. Als das Summen nicht mehr so laut war, zumindest kam es Michael so vor, hob er einen der Rahmen aus der Fassung und begutachtete die Waben. Der Rahmen war noch nicht ganz ausgefüllt, aber das machte nichts, noch hatten die kleinen, fleißigen Tierchen ein wenig Zeit, dem nachzukommen. Rastlos waren sie damit beschäftigt, den Nektar in Honig zu verwandeln. Aber wie machten sie das? Gregor sagte, sie würden Nektar fressen, um später Honig scheißen zu können. Onkel Emil meinte, sie würden die Pollen mit einem Sekret, einer Art Speichel, vermengen. Auch das klang nicht besonders lecker, dachte Michael, er atmete jetzt gleichmäßig durch die Nase. Er wollte die Bienen auf keinen Fall reizen. Noch waren sie von dem Rauch benebelt und ließen Michael seine Arbeit verrichten. Eine Weiselzelle konnte er nirgends ausmachen. Er steckte den Rahmen genauso behutsam zurück, um wieder nach dem Raucher zu greifen. Ihn juckte es überall, am liebsten würde er sich die Fingernägel tief unter die Haut drücken, doch er wusste, jede unnötige Bewegung könnte die Bienen reizen. Auf einen Bienenangriff konnte er gut und gerne verzichten, also fuhr er mit seiner Arbeit fort, dem Juckreiz schenkte er keine Beachtung mehr. Nur nicht zappeln, nur nicht zappeln, sagte er zu sich selbst.

Vor der Winterpause muss alles fertig sein, auch das Heu für die Tiere, hallten die Worte Onkel Emils in seinem Kopf nach. Michael schwelgte in Gedanken und erinnerte sich an die Tage, als sein Vater seine beiden jüngeren Söhne, Gregor und Michael, mit zum Heumachen nahm, damit sie das frische Gras mit den Heugabeln auf den Hänger aufluden, um später die nach Kräutern duftenden Halme wieder vor dem Haus zum Trocknen auszubreiten. In Gedanken versunken vergaß Michael die Gefahr und arbeitete sich langsam von einem Bienenstock zum anderen vor. Bienen sind meine Leidenschaft, und dieser werde ich bis an mein Lebensende frönen, wer weiß, vielleicht wirst auch du irgendwann sie verstehen lernen. Das hatte Onkel Emil zu Michael gesagt, als er mit einem süßen Stück von der roten Beete im Mund auf dem Heuhaufen lag und so tat, als würde er demnächst sterben. Michael stimmte dieser Gedanke fröhlich, der Rauch reizte nun auch seine Nase und die Augen nicht mehr. Die Finger flogen über das warme Holz, die Augen huschten abschätzend über die Rahmen. Die Arbeit fing langsam an, Spaß zu machen, selbst als eine der Bienen sich in seinem Haar verfangen hatte, blieb Michael ruhig, er wartete einfach ab, bis sie sich von alleine befreit hatte. Wie wohl dieser Waldhonig schmeckte, erwischte er sich bei dem Gedanken. Ein schneller Blick in Onkel Emils Richtung reichte ihm aus, den Gedanken zu verwerfen. Sein Gesicht war rot, die Sense schnitt die Halme dicht über der Erde ab. Nein, das war zu riskant, sagte Michael zu sich selbst und widmete sich wieder seiner Aufgabe.

31
Schlagabtausch

Alexander sah Dunja zu, wie sie am Ofen stand und die Kartoffeln in dünne Scheiben in die heiße Pfanne schnitt.

Der Duft nach Bratkartoffeln wie auch das laute Zischen und Knistern waren überwältigend, ihm lief die ganze Zeit das Wasser im Mund zusammen. Als alle Kartoffeln geschnitten waren, warf Dunja ein Holzscheit in den Offen nach, indem sie die schwere eiserne Tür mit einem Schürhaken öffnete. Das Lodern der Flammen lenkte Alexander von einer Bewegung an der Tür ab, auch die schweren Schritte von Stiefeln hatte Alexander nicht gleich gehört, weil die Kartoffeln in der Pfanne laut brutzelten und den Raum mit lautem Zischen und leckerem Duft erfüllten.

„Seid gegrüßt, Genossen", polterte die tiefe Stimme des Eindringlings durch das Haus und ließ Alexander zusammenfahren, als der Schatten im Raum vor seinen Augen erschienen war. Auch Dunja zuckte zusammen, mit einem gedämpften Aufschrei ließ sie den Schürhaken aus der Hand fallen, sodass das Eisen klimpernd vor ihren Füßen liegen blieb.

„Habe ich euch beide etwa erschreckt?", spielte der große Mann in Uniform den Unschuldigen. „Das tut mir aber aufrichtig leid." Sein maliziöses Grinsen wurde breiter. Er lief gemächlich an den Herd, mit spitzen Fingern fischte er eine knusprige Scheibe mit dunklen Rändern heraus. Pustend schnappte er mit den Zähnen danach. Er gab ein zufriedenes Geräusch von sich und kaute mit geschlossenen Augen auf der Kartoffel herum.

„Wie gut, dass ich bei euch vorbei geschaut habe", sagte der Mann, hob die Lider, um nach einer zweiten Scheibe zu schnappen, beließ es aber bei einem Versuch. Dann wurde sein Blick auf einmal finster. Alexander erkannte ihn, nur fiel ihm der Name nicht ein.

„Genosse Pulski, Sie sollten lieber gehen", ergriff Dunja mit zittriger Stimme das Wort. Schnell beugte sie sich nach unten.

Ohne den Blick zu senken, tastete sie mit der rechten Hand flink über den Boden. Sie suchte nach dem Schürhaken.

„Sonst noch was?", grinste Pulski mit bösem Blick. Mit geradem Rücken machte er einen Schritt auf Dunja zu. Alexander wiederholte den Namen mehrmals, konnte damit aber nicht viel anfangen. Sein Kopf begann laut zu pochen, die Schmerzen wurden wieder intensiver. Die Rädchen seines Verstandes griffen nicht richtig ineinander, die Erinnerung blieb im Verborgenen.

Pulski drehte sich um. Er genoss seine Überlegenheit, die Macht, die ihm erteilt wurde, ließ ihn strahlen. Genüsslich griff er erneut nach einer heißen Kartoffelscheibe, pustete kurz darauf und warf sie sich in den Mund, um im selben Moment Dunja an den Hintern zu fassen.

Die junge Frau gab einen undefinierbaren Laut der Empörung von sich und schlug mit dem Haken wie mit einem Stock ungeschickt nach dem Mann, der leichtfüßig zur Seite sprang.

„Nanana, nicht so stürmisch, junge Frau", lachte Pulski zufrieden, dennoch sichtlich überrascht, mit solch einer heftigen Abfuhr hatte der große Mann nicht gerechnet. Dunja war zwar zierlich, dennoch kampflustig. Sie war wie eine Katze, grazil und elegant, aber mit scharfen Krallen und spitzen Zähnen ausgerüstet, stellte Alexander mit einem leichten Zucken in der Brust fest.

Auch wenn er wollte, würde Alexander nicht eingreifen können. Alexander saß am Tisch. Er war nur ein verdammter Zuschauer, ein Voyeur, ein Taugenichts, ein Anhängsel. Er biss die Zähne zusammen, bis der Schmerz in den Kiefermuskeln zu brennen begann.

Dunja war auf sich allein gestellt, das war nicht nur ihm klar gewesen. Genau diese Machtlosigkeit machte ihn rasend. Unbewusst seines Tuns griff die rechte Hand, die auf der Tischplatte ruhte, nach dem Messer, dessen dünne Klinge weiße Flecken hatte, weil Dunja damit noch vor Kurzem die Kartoffeln geschält hatte. Der Griff aus Hirschgeweih fühlte sich in seiner Hand an wie ein nackter Knochen, glatt und kalt. Er schloss seine Finger fester um den Knauf, die Fingerknöchel schimmerten weiß durch seine Haut.

„Der Krüppel lebt ja, allen Hoffnungen zum Trotz", presste Pulski durch seine zusammengebissenen Zähne. Abschätzend sah er auf Alexanders Hand. Hohn und Verachtung spiegelten sich in seinen dunklen Augen wider. „Du wirst mich doch nicht mit diesem Ding da verletzen wollen?", sprach er mit vor Abscheu zitternder Stimme. Blanker Hass loderte in seinen Augen.

Alexander kratzte mit der Messerspitze über die Tischplatte. Dabei hinterließ er eine helle Furche.

„Ich dachte, man hat dir den halben Schädel weggepustet?", fuhr Pulski fort. Seine rechte Hand lag jetzt auf der Pistole. Dieser Mann würde ohne jegliche Hemmungen davon Gebrauch machen, beim Abdrücken würde er nicht einmal mit der Wimper zucken, das wussten sie beide. Dunja schätzte die Situation, die in einem tödlichen Streit eskalieren konnte, schnell ab, der Ausgang war allen bekannt. „Bitte, gehen Sie, Genosse Pulski", stotterte sie. Den Schürhaken ließ sie zu Boden fallen, ihre Augen glänzten von Tränen, die von der Machtlosigkeit und Verzweiflung herrührten. Sie erniedrigte sich nur seinetwegen, dabei fühlte sich Alexander noch schäbiger als schon zuvor.

„Die Kartoffeln brennen an, Zeit, um sie zu wenden. Sei so lieb, Dunja, stell uns doch bitte eine Flasche von deinem Selbstgebrannten auf den Tisch. Dein Erwählter wartet schon sehnsüchtig darauf, er hat schon das passende Besteck in seiner Hand", sagte Pulski salopp, zog einen Schemel an den Tisch, behände setzte er sich darauf, um Alexander provozierend anzugrinsen. Er ließ die Zähne aufblitzen und rieb die Hände aneinander. „Na komm, Frau, lass uns deine Kartoffeln probieren. Hier warten zwei hungrige Männer auf dich." Seine Nonchalance war nur gespielt, trotzdem entspannte dies die aufgestaute Atmosphäre. Alexander gab sich geschlagen, ihm war klar: diesem Mann könnte er nicht die Stirn bieten - noch nicht. Dem Ganzen Einhalt zu gebieten, in seiner derzeitigen Verfassung, dazu hatte er keine Chance. Er war ein Nichts, ein Niemand, er war ein Deutscher, ein Pfand des sowjetischen Volkes, damit musste er leben, falls er am Leben gelassen wurde, fuhr der zerstörende Gedanke durch seinen Kopf. Langsam lösten sich seine Finger von dem Knauf.

Pulski grinste breit, die Ellenbogen auf den Tisch gestützt sprach er mit süffisanter Stimme: „Dämlich scheinst du nicht zu sein." Der Spott war nicht zu überhören. Pulski streckte seinen Arm aus. Seine Hand schloss sich um den Griff. Er nahm das Messer, fuhr mit dem Daumen prüfend über die Klinge, mit gekräuselten Lippen pfiff er leise und anerkennend. Dann verlagerte er das Messer in die rechte Hand, um sich damit ein Stück von dem Brot abzuschneiden, das unter einem Handtuch auf dem Tisch zum Essen bereitlag. „Aber mit einem Loch im Kopf kommt man nicht weit." Mit Genugtuung stellte Pulski fest, wie seine Worte Alexander noch mehr verletzten und ihm noch mehr Leid zufügten. Pulski biss herzhaft in das dunkle Brot hinein. Er kaute genüsslich, schleckte sich über die Lippen, den Blick durchs Fenster nach draußen gerichtet. Dunja wendete die Kartoffeln, klopfte den Löffel an dem schwarzverrußten Rand der Pfanne ab, um gleich darauf aus dem großen Raum zu verschwinden. Sie holt den Schnaps, stellte Alexander fest, mit einem Schlag war ihm der Appetit vergangenen. Dunja blieb vor der verhangenen Tür stehen und schlüpfte in Galoschen. Pulski drehte sich um. Sein Blick war auf Dunjas Rücken geheftet. Als sie hinter dem Vorhang verschwunden war, der nur bedingt die kalte Luft abhielt, stand Pulski auf. „Ich gehe eine rauchen. Kommst du mit?" Alexander ignorierte ihn. Er schaute zum Fenster hinaus, versuchte dabei die Anwesenheit dieses Kotzbrockens in Uniform auszublenden, scheiterte jedoch bei dem Versuch, sein Kontrahent gönnte ihm diese Möglichkeit, dem Konflikt aus dem Weg zu gehen, nicht.

Pulski lehnte die Fingerspitzen aneinander, hielt die Hände an den Mund gepresst wie zu einem stummen Gebet. Er hatte es sich mit dem Rauchen anders überlegt. Die Tür fiel dumpf ins Schloss. Pulski setzte sich Alexander gegenüber.

„Du scheinst ein zäher Bursche zu sein. Warum hängst du an deinem Leben? Warum krallst du dich daran fest?", sprach Pulski mit verhaltener Stimme. Doch sein gefasster Gesichtsausdruck war nur eine Fassade. Erneut griff er nach dem Messer. Alexanders Blick war jedoch auf das ausgemergelte

385

Antlitz seines Gegenübers gerichtet. Die Augen straften die Abgeklärtheit Pulskis, die er an den Tag zu legen versuchte, Lügen. Darin sah Alexander puren Hass.

Sie schwiegen eine Weile. Alexander hielt dem kleinen psychologischen Spielchen stand, ohne jegliche Regung sah Alexander in ein verärgertes Gesicht, dessen Miene einen nächsten Wutausbruch ankündigte.

Pulski senkte den Blick, mit quälender Langsamkeit schabte er mit der Klinge über die Stoppeln auf seiner rechten Wange und spannte den Kiefer.

„Was wollen Sie von mir?" Alexanders Stimme war rau. Die Frage klang holprig und unbeholfen, so, als fürchte er sich vor der bevorstehenden Antwort.

Pulski seufzte und schniefte laut. Ohne Alexander direkt anzusehen, warf er ihm einen verächtlichen Seitenblick zu, so, als wäre sein Gegenüber ein Niemand. Alexander versuchte zu begreifen, was nun kommen möge. Ihm war klar, dass er in seiner jetzigen Konstitution diesem Mann wehrlos ausgeliefert war. Er versuchte aus dieser prekären Situation einen Ausweg zu ersinnen, doch sein Verstand funktionierte noch nicht richtig. Die Zahnräder in seinem Kopf griffen immer noch nicht richtig ineinander. Sein Kopf dröhnte und drohte zu bersten, aber er versuchte dies, so gut es ging, durch einen ernst dreinblickenden Gesichtsausdruck zu kaschieren.

Pulski rammte das Messer mit der Spitze in die Tischplatte. Das Messer gab ein leises Surren von sich, als Pulski den Knauf losließ. Immer noch in sich gekehrt, begann der Kommandant an einer Kruste an seinem Knöchel der rechten Hand zu knibbeln. Sie schwiegen. Alexander wartete die Situation ab. Er versuchte sich ruhig zu verhalten. Eine Eskalation, bei der er ohne Zweifel die Rolle des Verlierers spielen würde, brächte ihn nicht weiter. Das war so klar wie Kloßbrühe, wie seine Oma stets zu sagen pflegte. Rauch stieg ihm in die Nase, die Kartoffeln begannen anzubrennen. Doch keiner der beiden Männer rührte sich. „Du bist mir scheißegal, ich kenne dich nicht", schnaubte Pulski verächtlich, ohne den Blick zu heben. Als er die Kruste von seiner Haut abgekratzt hatte, presste er sich den Handrücken an die Lippen und sog daran. „Dunja, sie ist das Lustobjekt meiner Begierde", nuschelte er mit vom Blut nassen Lippen. Dann leckte er sich mit der Zunge über den Mund. Ein leises Poltern ließ ihn verstummen. Der bunte Vorhang blähte sich wie ein Segel auf. Eine kalte Welle frischer Herbstluft strömte hinein. Dunja trat ein. Mit wenigen Schritten stand sie am Tisch, knallte Pulski eine halbvolle Flasche mit milchig-trüber Flüssigkeit vor die Nase und eilte zum Herd, der sich neben dem Ofen befand. Die knisternde Atmosphäre löste sich mit einem zufriedenen Aufatmen des Kommandanten in Luft auf. Pulski entkorkte die Flasche, der Pfropfen ging mit einem quietschenden Plopp-Geräusch auf. Der Schnaps schwappte gegen die gläsernen Wände und verströmte einen eigenartigen Geruch nach Alkohol und Heilkräutern.

„Wir brauchen noch drei Gläser", brummte Pulski. Mit hastigen Handbewegungen wischte er imaginäre Krümel vom Tisch herunter, dabei sah er sich fortwährend um.

Dunja ließ sich Zeit mit einer Antwort. „Ich trinke nicht", entgegnete sie dann trocken. Sie blickte in einen stumpfen Spiegel, dessen Kanten schwarz waren, eine Ecke fehlte ganz. Der Spiegel hing unter einer kleinen Ikone, auf der die Heilige Mutter Gottes abgebildet war. Dunja schlug drei Kreuze und küsste das kleine, hölzerne Kruzifix, das an einem Lederriemen auf ihrer Brust baumelte. Sie sahen sich einen Augenblick lang an. Sie schätzte die Situation ab, indem sie die beiden Männer durch den Spiegel betrachtete. Ihre Hände fuhren hoch zu ihrem Kopf. Schnell band sie sich das Kopftuch neu. Ihre Finger waren flink, mit geübter Bewegung strich sie sich das Haar glatt und machte einen festen Knoten darum, dann strich sie sich die Schürze glatt. Erst dann lief sie zu einem Regal und nahm zwei Gläser heraus, die sie dicht neben dem Messer genauso laut wie zuvor die Flasche auf den Tisch knallte. Mit unerwarteter Schnelligkeit griff Pulski nach ihrer Hand. Er erwischte sie mit seiner Pranke fest am Handgelenk. Dunjas Gesichtszüge wurden finster. Alexander konnte darin jedoch keine Furcht erkennen, alles, was er sah, war die feste Entschlossenheit und der unbändiger Stolz einer Frau, die sich um keinen Preis

387

unterwerfen würde. Sie würde eher zerbrechen als sich zu beugen. Sie war zu allem entschlossen. Pulski grinste breit. „Ich hasse es, wenn Frauen sich über die Männer stellen, widerstreben und nicht das tun, was von ihnen verlangt wird."

Dunja sah ihn abschätzend an. Mit der freien Hand griff sie nach dem Messer und hielt es an seinen dünnen Hals.

„Lassen Sie bitte meine Hand los, Genosse Pulski!", zischte sie entschieden.

Pulski schluckte schwer, sein Blick ruhte auf ihrem wohlgeformten Busen, in Gedanken sah er sie nackt vor sich auf dem Bett räkeln, mutmaßte Alexander und schmeckte bittere Galle, die ihm bei dem niederen Gedanken den Hals hinaufstieg. Das Messer schien diesem sexsüchtigen Kerl nichts auszumachen, auch verzog er keine Miene, als Dunja die Klinge an seine Haut presste. Er grinste umso breiter. „Ich mag Frauen mit hartem Kern." Er bleckte seine Zähne wie ein wildes Tier und strich ihr mit der linken Hand über den Po, mit der rechten hielt er sie immer noch am Handgelenk fest. Verzweifelt zog sie einmal heftig, sie war versucht, sich aus der Umklammerung zu befreien. Pulskis Finger schlossen sich nur noch fester um ihr Gelenk, sodass ihre Hand blau anlief. Die Adern schwollen unter der weißen Haut an und begannen leicht zu pulsieren. Als Alexander im Begriff war, aufzufahren, tat Dunja etwas, womit keiner der beiden Männer gerechnet hatte. Sie zog die Klinge über seine stoppelige Haut, ohne sie dabei zu verletzen. Er schluckte laut. Sein Blick war auf einmal nicht mehr so gierig. Die Pupillen wurden zu zwei schwarzen Punkten.

„Jetzt bin ich an deiner Schlagader angelangt, ein heftiger Stoß, und ich lasse Sie wie ein Schwein verbluten, Genosse Pulski", flüsterte sie.

„Das wagst du nicht, Weib", zischte der aufgebrachte Kommandant. Seine Stimme vibrierte dabei. Doch er rührte sich nicht.

Dunjas Entschlossenheit, ihn vom Gegenteil zu überzeugen, war körperlich spürbar.

„Und ob", sagte sie schlicht. Ihre Stimme klang kalt, fast schon teilnahmslos. Mit einer lässigen Bewegung zog sie das Messer sanft über die vom Wetter gegerbte Haut ihres Peinigers. Ein dunkler Tropfen quoll aus der Schnittwunde und rollte hinunter, bis er im Kragen verschwand.

Pulski ließ von ihr ab. Niemand sagte etwas. „Du genießt deine Immunität nur, solange dieser verdammte Jude noch lebt, nur ihm hast du es zu verdanken, dass du noch ...", entfuhr es Pulski. Er ließ den Satz unvollendet.

„Halbjude", verbesserte ihn Dunja wie einen kleinen Schuljungen und warf das Messer auf den Tisch. Danach sagte niemand mehr etwas.

Die Stille lastete schwer auf Alexanders Schultern und drückte unnachgiebig auf sein Gemüt.

„Die Kartoffeln sind fertig", zischte Pulski. Er griff nach der Flasche und goss die beiden Gläser bis zum Rand voll. „Die Kartoffeln sind fertig!", schrie er dann und ließ seine rechte Hand auf den Tisch knallen, sodass etwas von der milchigen Flüssigkeit über die Ränder schwappte. Der verschüttete Schnaps färbte die Platte dunkel. Durch sein aggressives Verhalten mühte sich Pulski ab, den Rest seiner verbliebenen Würde zu bewahren, stellte Alexander mit einem Anflug von Genugtuung fest.

Dunja sah Alexander an und schüttelte unmerklich den Kopf. Er zog seine Hand zurück, die sich unweit vom Messer befand. Angst strömte durch seine sämtlichen Glieder und ließ ihn verkrampfen, er kam sich schäbig vor. Anstatt sie in Schutz zu nehmen, blieb er da sitzen und wartete die Situation, einem Feigling gleich, einfach nur ab. „Ist schon gut", flüsterte Dunja. Dieser Satz galt nicht dem Pulski, begriff Alexander. Vor Scham und Erleichterung senkte er seine Lider.

Eine Stimme tief in ihm drin sagte, es wäre jetzt besser, nichts mehr zu sagen, also schwieg Alexander.

Pulski nahm eines der Gläser, hauchte die Luft aus und kippte den Inhalt hinunter. Danach brach er sich etwas vom Brot ab, hob sich das dunkle Stück an die Nase, verzog sein Gesicht zu einer angewiderten Miene, und sog gierige die Luft ein. Fast in der gleichen Bewegung füllte er das Glas erneut. „Du sollst deins auch nehmen", sagte er und deutete mit dem Kinn auf das zweite Glas. Alexander folgte seiner Anweisung, die einem Befehl glich. Pulski prostete ihm zu. „Auf den Sieg! Mögen unsere Soldaten die Deutschen dem Boden gleichmachen, sie und ihresgleichen, danach nehmen wir uns die Verräter und die Juden vor." Dieses Mal trank er den Schnaps langsam, über den Rand seines Glases beobachtete er Alexander. Hohn und Verachtung spiegelten sich in seinen Augen wider. Alexander trank mit, was blieb ihm anderes übrig, beruhigte er sich. Also wusste Pulski mehr über ihn, auch darüber, wie er seine Freunde bei einer misslungenen Revolte verloren hatte.

Dunja stellte die Pfanne mit den dunklen, an manchen Stellen angebrannten Kartoffeln mitten auf den Tisch. Drei Gabeln wurden verteilt. Sie hielt ein Handtuch in der Hand, das Pulski ihr entriss. Mit geschützter Hand schob er die heiße Pfanne dicht vor seine Nase. Mit der Gabel stocherte er darin herum. Hastig stopfte er sich die dampfenden Kartoffeln in den Mund. Laut schmatzend sah er sich die beiden an. Seine Wunde blutete nicht mehr.

Alexander und Dunja beobachteten ihn stumpf. So hatten sie sich das heutige Essen nicht vorgestellt, dachte Alexander. Der Schmerz in seinem Kopf legte sich ein wenig. Er lehnte seinen schweren Kopf an die Wand. Auch seine Lider wurden schwer. Das Schaben von der Gabel sowie das Schmatzen versuchte Alexander zu ignorieren. Er spürte, wie etwas Weiches seine Finger ergriff. Das Umfeld vor seinen Augen verschwand. Er kämpfte dagegen an. Dunjas Hand legte sich auf die seine. Sein Atem ging schwer, sein Geist driftete ab. Der Schlaf machte seine Glieder schwer.

„Komm, ich bring dich wieder ins Bett", flüsterte sie. Alexander blinzelte.

„Wo ist ..."

„Er ist gegangen", unterbrach sie ihn mit müdem Lächeln.

„Willst du etwas von den Kartoffeln, er hat noch etwas übrig gelassen?", fragte sie mit immer noch sanfter Stimme. Alexander wagte erst gar nicht, mit dem Kopf zu schütteln.

„Nein", sagte er schlicht und stemmte sich auf die Beine.

„Du bist eingeschlafen", antwortete Dunja auf die nicht gestellte Frage. Alexander nickte.

„Warum ich, Dunja, warum kümmerst du dich um mich und begibst dich ..."

„Schscht, nicht jetzt, Alexander, nicht heute", fiel sie ihm sachte ins Wort. Alexander wankte. Seine Beine knickten bei jedem Schritt ein, Dunja stützte ihn beim Gehen. Seine Kräfte waren erschöpft, auch Dunja musste sich anstrengen, um seinen klapprigen Körper nicht loszulassen. Endlich hatten sie das Bett erreicht. Alexander stützte sich mit den Händen ab. Für einen Augenblick verharrte er in gebeugter Haltung, dann stieß er den angehaltenen Atem aus, versuchte sich so gut es nur ging zu entspannen. Seine Muskeln verkrampften sich. Er zitterte am ganzen Körper. Ganz langsam drehte er sich dann auf die Seite und legte sich hinein. Dunja hob seine Beine an und schob sie auf die weiche Matratze, damit Alexander endlich schlafen konnte. Doch dieser verlor das Bewusstsein.

32
Honig und Asche

Der letzte Bienenstock wog am schwersten, dachte Michael, als er und Onkel Emil das hölzerne Häuschen auf den Wagen stellten und es mit Grashalmen an den Seiten stabilisierten, indem sie einzelne Büsche zwischen die Stöcke und die Seitenwände schoben. Michael schwitzte aus allen Poren: einerseits war es wirklich eine körperlich sehr anstrengende Arbeit, andererseits hatte er sich die ganze Zeit davor gefürchtet, eine dieser lebenden Bomben fallen zu lassen, zum Glück verlief alles reibungslos.

„Das haben wir für dieses Jahr gut gemacht", lobte ihn Onkel Emil. Die Stirn in Falten gelegt sah er in die Ferne, ihn schien etwas zu beschäftigen. Geistesabwesend strich sich der grauhaarige Mann über den Handrücken, der zwischen Zeige- und Mittelfinger eine rote Schwellung aufwies, die dem Mann nicht wirklich etwas ausmachte. „Hoffentlich wird das nächste Jahr ein anderes sein. Möge der Deutsche des Tötens überdrüssig werden." Er tätschelte dem Pferd den Hals, band die Zügel los, die um den Schößling einer Birke geknotet waren, lief um das Tier herum, zog sich auf den Wagen und warf Michael einen fragenden Blick zu. „Wartet der vornehme Herr auf eine Extraeinladung? Oder mag er gefälligst seinen Allerwertesten auch hier heraufschwingen?" Michael verzog den Mund zu einem Lächeln. Obwohl Onkel Emil schon so alt war, waren seine Bewegungen überhaupt nicht schwerfällig, darüber staunte Michael jedes Mal. Auch seine Körperfülle schien ihn in keinster Weise bei irgendeiner Tätigkeit einzuschränken. Michael wusste ganz genau, was der Mann als Nächstes tun würde. Onkel Emil holte seine Pfeife heraus. „Wird's bald?", setzte er trocken an, die Pfeife steckte jetzt in seinem Mund. Michael sprang auf.

„Ist das Rauchen nicht schädlich?", sprach Michael seine Sorge laut aus.

„Nein, dumme Fragen jedoch schon. Halt dich lieber fest", forderte Onkel Emil ihn mürrisch auf. Als der Wagen sich in Bewegung setzte, ließ er ein paar Rauchwolken kräuseln, die sich in seinem Bart auflösten.

Daher also blieb er von den Stichen verschont, die Bienen wollten ihn gar nicht stechen, weil er durch und durch nach Tabakrauch stank, stellte Michael mit einem komischen Gefühl in der Brust fest, und scheuchte eine der summenden Bienen von sich weg, die ihm direkt ins Gesicht geflogen war. Adolf, der es sich zwischen Michael und Onkel Emil auf dem breiten Brett gemütlich gemacht hatte, jaulte auf und begann sich am Hintern zu lecken. Tut mir leid, Kumpel, flüsterte Michael in Gedanken. Die Vorstellung, schon wieder von einer der Bienen gestochen worden zu sein, zwang ihn dazu, sich an den Armen und am Kopf zu kratzen. Seine Haut juckte unheimlich. Er freute sich schon auf die warme Dusche heute Abend.

Plötzlich stockte ihm doch der Atem, als Onkel Emil das Pferd zum Stehen brachte und sich umständlich nach hinten drehte, um einen der Deckel anzuheben. Mit haarsträubender Gelassenheit legte er ihn mit der unteren Seite nach oben auf einem anderen Bienenstock ab. Mit ruhiger Miene zog der graubärtige Mann an seiner Pfeife, blies den Rauch über die aufgebrachten Bienen, holte einen der Rahmen heraus, um ihn mit ernster Miene zu betrachten. Er schien zufrieden. Michael war klitschnass. Er wagte es nicht, sich zu rühren, seine Augen huschten hin und her. An seinem Nacken bildete sich ein Rinnsal, die Haare klebten nass auf der Kopfhaut, die Hände waren jedoch kalt, die Finger zitterten wie bei einem Todkranken. Onkel Emil war das genaue Gegenteil. Immer noch gelassen, als gäbe es die Bienen überhaupt nicht, griff er an sein Hosenbein, dicht oberhalb seines rechten Stiefels. Erneut quoll eine Rauchwolke zwischen seinen schmalen Lippen hervor. Mit geübter Handbewegung zog er ein kleines Messer heraus, das er stets bei sich trug. Mit einer ruckartigen Bewegung schüttelte er die kleinen Biester ab, die wie ein Haufen lebloser Körper ins Innere des Bienenstocks fielen. Behände schnitt er dann ein

393

handgroßes Stück aus dem Wabengebilde heraus und hielt es zwischen Daumen- und Zeigefinger fest. Mit der anderen Hand steckte er den Rahmen zurück, schnell legte er den Deckel wieder zurück auf seinen Platz. Das Summen wurde lauter, dennoch blieb Onkel Emil von den Stichen verschont. Auch Adolf schien sich wieder beruhigt zu haben. Michael sah ihn an, seine Augen wanderten über den schmalen Körper. Eine dicke Beule, die sich unter dem dunklen Fell des Tieres gebildet hatte, ließ Michael laut ausatmen. Adolf warf ihm einen kurzen, verächtlichen Blick zu, das dachte Michael zumindest so. Auf einmal fühlte er sich schäbig. Nach einem kurzen Blickkontakt hängte Adolf seine Zunge heraus und hechelte, die schwarzen Lefzen glänzten in der Abendsonne. Der alte Hund schien zu lächeln. Michaels Aufmerksamkeit wurde von einem dumpfen Laut abgelenkt, er hob den Blick und sah wieder hoch. Onkel Emil war vom Wagen gesprungen. Michael wankte und haderte mit sich selbst, was hatte der alte Mann jetzt schon wieder im Sinn? Das Wabenstück hielt er immer noch in seiner rechten Hand, die er leicht vor sich hingestreckt hielt. Er schien zu grinsen, nur mit den Augen, denn sein Mund war von den Barthaaren überwuchert, die Pfeife hüpfte in seinem linken Mundwinkel, aus dem rechten stieg eine kleine Rauchwolke empor. „Hier, das ist für dich", sagte Onkel Emil. Michael blieb regungslos.

„Nimm es, schnell, verfluchte Scheiße. Steck's dir schnell in den Mund. Pass aber darauf auf, nicht von den Viechern gestochen zu werden."

Onkel Emil schnaubte, packte mit der linken Hand nach Michaels rechtem Unterarm und legte ihm das Stück in die Hand. Michael fühlte die Wärme, aber auch die klebrige Flüssigkeit auf seiner Haut. „Du kannst darauf kauen, aber das Wachs darfst du nicht runterschlucken, sonst bekommst ..."

„Verstopfung", vervollständigte Michael mit monotoner Stimme den Satz, der von Onkel Emil unausgesprochen blieb, weil ihm das eine Wort nicht einfallen wollte.

„Genau", stimmte Onkel Emil zu.

„Jetzt komm aber schnell runter, ich glaube, eines der Räder ist von der Nabe gerutscht." Michael ließ es sich nicht noch einmal sagen.

Onkel Emil klopfte derweil die Asche aus seiner Pfeife heraus, indem er sie sich gegen die linke Handfläche schlug. Ein kleiner grauer Haufen lag jetzt auf der vom Wetter rissigen Haut.

„Darf ich?", krächzte Michael, der das Stück Wabe immer noch auf seiner flachen Hand hielt. Er deutete mit dem linken Zeigefinger auf das kleine Häufchen Asche.

Onkel Emil runzelte die Stirn. Auch sein Gesicht war staubig, sodass die Furchen darauf wie schwarze Striche aussahen, so, als habe sie ihm jemand mit einem Bleistift auf die Haut gemalt.

Der alte Mann folgte Michaels ausgestrecktem Zeigefinger und öffnete seine Hand, ohne recht zu begreifen, was Michael von ihm wollte. „Du meinst wohl nicht die Asche?" Onkel Emil hüstelte. Mit geklärter Stimme sagte er dann: „Haben dich die Bienen ins Hirn gestochen?" Es klang nicht wie ein Witz. Tatsächlich schwirrten die kleinen Tiere um Michaels rechte Hand, die vom Honig zu glänzen begann. Michael drehte seine linke Hand mit der Handfläche um. Onkel Emil schüttelte ihm das kleine graue Häufchen, das immer noch warm war, auf den Handteller.

Michael pustete die Bienen weg. Die vom Honig triefende Wabe steckte er sich schnell in den Mund, dabei musste er mehrmals von dem weichen Gebilde abbeißen, damit das Stück, das golden glänzte, in seinen Mund passte. Die bittersüße Flüssigkeit kratzte in seinem Rachen und wollte nicht so recht hinunterfließen. Michael schloss für einen Augenblick die Augen. Er genoss den Moment der Wonne, ohne es zu wollen, stieß er ein leises Stöhnen aus. Er schwelgte in den Erinnerungen an die friedlichen Tage, die er in den Ferien bei seinen Großeltern verbringen durfte. Sein Opa war auch ein Imker gewesen. Er sagte, dass der Honig antiseptisch wirkte. Michael fragte seinen Opa, was antisektisch bedeutete. Opa hatte Tränen gelacht und wiederholte das Wort, sprach es dann aber ganz anders aus. Anti-bak-te-riell, sprach er langsam, jede Silbe betonend. Auch damit konnte Michael nicht viel anfangen. Sein Opa war nämlich auch ein Lehrer. Er war Chemiker und Biologe und noch etwas, das wusste Michael aber nicht mehr. Honig heilt Wunden. Er lässt Entzündungen abschwellen, klärte ihn sein Opa damals mit ruhigem Ton auf.

„Ist mit dir alles in Ordnung?", riss ihn Onkel Emils Stimme aus seinem Tagtraum. „Das Rad ist zwar noch dran, Gott sei Dank, nur wollen wir hier keine Wurzeln schlagen. Manchmal bereitest du mir doch Sorgen", brummte der Mann. Frustriert aufseufzend steckte er seine Pfeife zurück in die Hosentasche. „Du wurdest auch nicht gestochen?"

Mit vollem Mund schüttelte Michael den Kopf.

„Du fühlst dich gut?"

Michael nickte stumm und rieb immer noch schweigend beide Hände langsam aneinander, bis sich die Asche mit dem Honig zu einer grauen, klebrigen Masse vermischt hatte. Das Wachs in seinem Mund klebte jetzt an den Zähnen. Nun schmeckte es auch nicht mehr so süß. Ohne etwas zu sagen, blinzelte Michael die Erinnerung aus seinem Kopf. Er betrachtete seine Handflächen. Mit dem Ergebnis zufrieden, ging er auf das gebrechliche Tier zu, das ungestört graste und mit den Muskeln zuckte, damit die lästigen Fliegen sich nicht an die wunden Stellen setzten. Das war aber vergebliche Liebesmüh, sagte Michaels Mama oft, wenn einer ihrer Kinder etwas machte, was keinen Sinn hatte. Dabei lächelte sie immer. Doch oft griff sie ihren Kindern unter die Arme, wenn sie sich zu dumm anstellten. Michael blinzelte erneut, jetzt gesellten sich auch noch Tränen zu den Erinnerungen hinzu, die er jetzt nun wirklich nicht haben konnte.

Der alte Gaul, hob den Kopf und prustete. Seine schwarzen Augen schauten traurig zu Michael hoch. Er schrak nicht zurück und schnappte mit seinen abgenutzten Zähnen nicht nach dem Jungen, denn das tat er immer, wenn einer ihm zu nahetrat. Er stand einfach nur da - wartete ab, was als nächstes geschah. Michael legte ihm zuerst seine rechte Hand auf die Stelle, die sich hinter dem rechten Ohr befand. Dort war das Fell wie abrasiert, die helle Haut hatte drei tiefe Kratzer, die nicht zuheilen wollten. Michael spürte das leichte Zucken. Das Tier hob das linke vordere Bein, schabte mit den Hufen über die Erde, ansonsten hielt es still. Michael gab sich größte Mühe, dem Tier keine unnötigen Schmerzen zuzufügen, mit äußerster Sorgfalt strich er mit der klebrigen Hand sanft über die Wunde. Der alte Gaul wieherte, rührte sich jedoch immer noch nicht. Er schabte sogar nicht mehr. Dann ging Michael auf die andere Seite und tat dasselbe, nur befand sich die Abschürfung unter seinem rechten Auge, auch dort strich Michael mit der klebrigen Hand darüber. Den Rest schmierte er dem Tier über zwei andere Stellen, die weniger schlimm waren.

„Wo hast du diese heidnischen Fähigkeiten her? Du meinst wohl nicht wirklich, dass etwas Asche und Honig da was bewirken sollen? Ich habe schon alles versucht, der alte Gaul ist einfach krank." Onkel Emil versuchte anmaßend zu klingen, doch seine Stimme klang rau, so, als wäre er von sich nicht ganz überzeugt. Michael nahm das Wachs aus seinem Mund und sagte: „Ich weiß es nicht, aber mein Opa sagte, Asche und Honig helfen bei eitrigen Wunden." Das war alles, was Michael von sich gab. Für einen Augenblick galt sein Augenmerk der Erde. Er suchte eine Stelle aus, die trocken und klumpig war, nahm einen der Brocken, zerrieb die Erde auf seinen Händen und bedeckte damit die Wunden. „Damit die Fliegen und andere Insekten sich nicht erneut an die Wunden ranmachen", klärte er Onkel Emil auf, ohne die Frage gestellt bekommen zu haben.

Der verdutzt dreinblickende Mann zuckte nur die Achseln, nahm die Zügel in die Hand, stieg auf und zog den ledernen Riemen zweimal leicht an. Diese Bewegung war mehr symbolisch. Auch wenn das Tier alt und gebrechlich war, dumm war der alte Gaul nicht. Michael sprang auch hoch.

„Was war eigentlich mit dem Rad?" Michael ließ seinen Blick über die Wiese schweifen.

„Ich muss es Zuhause genauer anschauen. Der Keil ist abgenutzt. Muss einen neuen machen", lautete die kurze Antwort.

Der Wagen ruckelte, die Räder begannen zu quietschten, einer der Bienenstöcke neigte sich leicht zur Seite, Michael hielt für eine Schrecksekunde den Atem an und behielt die gefährliche Ladung die ganze Strecke ihres kurzen Marsches im Auge. Zum Glück blieb die befürchtete Katastrophe aus. Die beiden Männer, der leicht lädierte Hund wie auch der alte Gaul wurden von den Bienen und ihren Angriffen verschont.

33

Der erste Kuss

Alexander fröstelte. Er wurde von menschlichen Stimmen geweckt, die nichts als ein leises Flüstern in der Nacht waren. Neben dem Fenster tänzelte eine kleine Flamme und spiegelte sich in der Fensterscheibe, die von der Nacht mit schwarzer Farbe übermalt war. Alexanders Mundhöhle war trocken, die Zunge dick und rau, so als habe er Staub eingeatmet.

„Darum habe ich es doch auch bei einer Verwarnung bewenden lassen", empörte sich eine männliche Stimme. „Aber die Anmeldung ist obligatorisch und kann nicht einfach so mir nichts, dir nichts ignoriert werden", murmelte der Fremde weiter.

Alexanders Blick war getrübt. Er konnte nur unscharfe Umrisse erkennen.

„Ich weiß, Fjodor Iwanowitsch", entgegnete Dunja.

Alexander blinzelte mehrmals und fuhr mit dem Handrücken über seine Augen, dabei gab er sich alle Mühe, sich durch nichts zu verraten. Nur befürchtete er, dass das Pochen in seiner Brust, das von der Aufregung, die in ihm aufstieg, herrührte, ohrenbetäubend und nicht zu überhören war. Auch das Rauschen in seinem Kopf hinderte ihn daran, dem Gespräch zu folgen. Er musste sich ziemlich anstrengen, um alles mitzubekommen.

„Dein Vater war mein bester Freund. Ich lasse dich nicht im Stich, Dunja, aber der neue Kommandant ist ein arroganter Hund. Er ist Mitglied der Roten Partei. Er hat Macht. Dieser Pulski kann nach Belieben handeln."

In Alexanders Kopf blitzte eine Erinnerung aus der Vergangenheit auf, es war nur eine kurze Abfolge von Bildern, er sah, wie sein Freund Andrej und der Zigeuner von Kugeln der Soldaten getroffen wurden, auch er selbst entging dem sicheren Tod nur mit viel Glück. Wäre da nicht Dunja gewesen, hätte man ihn wie einen Hund in einen Graben geworfen und mit Dreck zugeschüttet. Die Erinnerung erlosch zu einem bitteren Geschmack, der nach Erde und Blut schmeckte.

„Warum hängst du so an diesem Mann?" Die Stimme des Mannes wurde etwas lauter, eindringlicher, ja sogar fordernder. Anscheinend begriff auch er nicht, warum Dunja ausgerechnet ihn, einen Verräter, dazu noch einen Deutschen, zum Lieben ausgesucht hatte. War das Liebe?, huschte der Gedanke durch Alexanders Kopf. Die Vorstellung, von einer Frau aufrichtig geliebt zu werden, hinterließ einen heißen Stich in seiner Brust.

„Ich weiß es nicht, ich kann mir das nicht erklären. Ich habe mich nicht dazu entschieden. Es ist einfach passiert. Nehmen Sie es als einen Schicksalsschlag hin. Vielleicht werde ich meine Entscheidung irgendwann bereuen, zum jetzigen Zeitpunkt kann ich aber keinen klaren Gedanken fassen. Bisher blieb mir jedes Lebensglück vergönnt ..." Sie verstummte.

Alexander schluckte, Enttäuschung machte sich in ihm breit und floss wie heißes Wachs durch seine Adern.

„Mein Herz hat sich dazu entschieden. Ich kann mich nicht dagegen wehren", sprach Dunja mit belegter Stimme weiter. Sie weinte.

Ein dicker Kloß drückte Alexanders Luftröhre ab.

„Dem Herzen kannst du nichts befehlen, es ist stur, eigensinnig. Es trifft eigene Entscheidungen." Dunjas Stimme flatterte wie die nassen Flügel eines Nachtfalters gegen eine Scheibe - leise und zerbrechlich.

„Du bist aber verheiratet ..."

„... worden", unterbrach Dunja mit kalter Stimme den Mann, den Alexander immer noch nicht sehen konnte. Nur Dunjas Gesicht flimmerte im gelben Licht der Petroleumlampe. Sie tupfte sich die Augen mit einem Tuch ab.

„Ich liebe meinen Mann aber nicht. Ich bin froh, dass er in den Krieg gezogen ist, ich wünsche mir nichts sehnlicher, als dass er nicht mehr nach Hause kommt. Und es ist mir egal, ob er dabei stirbt oder in Gefangenschaft gerät. Alles ist mir recht, nur soll er von mir fernbleiben. Ich hoffe, er kehrt nie wieder heim."

„Sag so etwas nicht, Dunja. Ihr seid Mann und Frau", herrschte die Stimme sie scharf an.

„Das ist mir egal", trotzte Dunja der Rüge wie ein störrisches Kind.

„Nun gut, auf jeden Fall musst du morgen früh aufs Amt. Dort muss dein Alexander täglich gemeldet werden. Daran gibt es nichts zu rütteln. Jeder Deutsche muss registriert werden. Und wenn er verstirbt, musst du auch dies unverzüglich melden." In dem letzten Satz schwang in der tiefen Stimme so etwas wie Hoffnung mit. Aber Alexander hätte sich auch verhört haben können. Das Rauschen in seinem Kopf stieg wieder an, auch die Wut kochte in ihm hoch, er ärgerte sich erneut darüber, dass er wieder nur Zuhörer war.

„Morgen früh, hast du mich verstanden? Das darfst du nicht versäumen!"

„Das werde ich nicht", nuschelte Dunja mit von Tränen belegter Stimme.

„Du kannst mit jedweder möglichen Unterstützung meinerseits rechnen, aber auch ich muss so manche Regeln befolgen." Alexander hörte, wie der Mann ächzte, als er sich von der Bank erhob, deren Holz knarzte, auch die Dielen knarrten unter dem Gewicht des Fremden. Schritte polterten, wurden allmählich wieder leiser. Endlich hatte der unbekannte Mann das Haus verlassen.

Alexander lauschte der Stille und Dunjas leisem Atem, die immer noch am Tisch saß und stumm auf die Decke starrte, die Hände hielt sie wie zu einem Gebet gefaltet.

Alexanders Kopf lag zur Seite geneigt, er wollte Dunja nicht erschrecken, darum sagte er nichts, sah sie nur an und dachte: Was wäre wohl aus ihnen beiden geworden, wenn ... Er verwarf den Gedanken. Er wollte seinen Blick schon abwenden, als Dunja sich erhob. Ihm blieb nichts anderes übrig, als die Augen zu schließen. Er tat so, als würde er schlafen. Er versuchte dabei gleichmäßig zu atmen. Sie kam auf ihn zu. Er roch wieder den Duft nach Milch und Kräutern. Alexander musste schlucken, denn das fiese Gefühl der sich anbahnenden Angst, sterben zu müssen, stieg erneut ihn ihm auf. Das laute Pochen seines Herzens war ohrenbetäubend. Eine warme Hand legte sich auf seine Stirn. Alexander schwitzte.

401

„Das ist gut, wenn du schwitzt, das bedeutet, dass dein Fieber sich senkt, Sascha", hörte er Dunja flüstern. Sie nahm die Hand weg, trotzdem konnte er die Berührung immer noch auf seiner Haut spüren. Er schluckte erneut. „Hast du Durst, Sascha?", ertönte ihre leise Stimme.

Alexander traute sich doch noch, die Augen zu öffnen. Sein Blick war trüb und klärte sich nur langsam. „Ja", krächzte er.

Dunja verschwand aus seinem Blickfeld, blieb jedoch nicht lange weg. Mit der linken Hand hob sie seinen Kopf leicht an. Behutsam flößte sie ihm etwas Wasser ein – Schluck für Schluck. Der hölzerne Krug an seinen Lippen war warm. Er tat mehrere Schlucke und dankte Dunja, indem er seine Lider schloss.

Das Gefäß polterte leise, als Dunja es auf dem Boden abstellte. „Jetzt musst du schlafen, Sascha", flüsterte Dunja. Alexander öffnete die Augen und sah sie durchdringend an. Sie wandte dieses Mal den Blick nicht ab. Eine gefühlte Ewigkeit schauten sich die beiden einfach nur an. Das Licht der Petroleumlampe flackerte und ließ zuckende Schatten über die Wände tanzen. Als Dunja im Begriff war, wieder aufzustehen, setzte Alexanders Herz einen Schlag aus, seine Finger griffen nach ihr. Hast du den Schneid, Alexander, wagst du den ersten Schritt?, fragte er sich selbst. Seine Hand umklammerte Dunjas Handgelenk. Die Finger schlossen sich langsam. Dunja hielt still. Er zog sie ohne viel Kraftaufwand zu sich heran, es war nur ein sanftes Zucken. Sie folgte seiner Geste. Mit gesenkten Lidern senkte sie ihren Kopf zu ihm herunter. Er spürte ihren warmen Atem auf seinem Gesicht, bis sich ihre Lippen berührten. Der Kuss war wie eine flüchtige Erscheinung, dennoch würde er sich noch nach Jahren an diesen einen Augenblick erinnern können, das wusste er. Dunja erhob sich und strich mit einer hastigen Bewegung ihr Kleid glatt. „Ich werde den Tisch abräumen, dann gehe ich auch ins Bett. Ich werde oben auf dem Ofen schlafen", flüsterte sie. „Gute Nacht", fügte sie schnell hinzu. Noch bevor er etwas erwidern konnte, tippelte sie schnell davon.

„Gute Nacht", flüsterte er kaum hörbar und schloss seine schweren Lider.

402

34

Auf dem Heuhaufen

Michael lag im weichen, nach Staub und vergangenem Sommer duftenden Heuhaufen. Die anderen beiden Jungen schliefen schon längst. Sie waren heute wieder bei den Holzfällarbeiten gewesen. Den ganzen Tag lang hatten Gregor und Konstantin von zwei Bullen Holzstämme aus dem Wald bis zum Sägewerk schleppen lassen. Michael blieb die meiste Zeit bei Onkel Emil. Er half ihm bei den Bienen oder im Hof. Das Holz musste gehackt werden, das Heu gemäht oder eines der morschen Bretter ausgebessert. Michael wusste, dass er es bei Onkel Emil gut hatte. Dafür war er sehr dankbar. Jetzt lag er einfach nur da und spielte mit dem Medaillon, das er von Onkel Igor bekommen hatte. Wo war der große Mann jetzt?, sinnierte Michael, dabei strich mit dem Daumen über die glatte Oberfläche. Vielleicht war die Medaille mehr als nur ein Glücksbringer, überlegte Michael weiter. Mit der rechten Hand knetete er das weiche Wachs zu einer Schlange, die er sich um den schmalen Lederriemen wickelte. Er glaubte immer noch den süßen Honig auf seiner Zunge schmecken zu können: Als er das weiche Wachs zu einem Ring geformt hatte, der jetzt neben der Medaille baumelte, musste er an die Worte von Onkel Emil denken. „Uns wird berichtet, wenngleich spärlich, wie tapfer unsere Streitkräfte gegen die deutschen Invasoren kämpfen. Über die erfreulichen Ereignisse an der Front spricht jeder, dennoch wird verschwiegen, welche Verluste wir für den Vormarsch hinnehmen müssen. Millionen Menschen sterben, und wir freuen uns noch darüber. Genosse Stalin verfolg nur ein Ziel: Sieg, egal um welchen Preis. Ein toter Soldat ist eine Tragödie, Tausende lediglich Strategie." Michael schob den unschönen Gedanken an den Krieg beiseite, legte seine Hände unter den Kopf und gab sich Mühe einzuschlafen, auch wenn er müde war, gelang es ihm nicht. Er atmete entrüstet aus, richtete sich im weichen Heu auf und fiel in eine reglos stumme Haltung. Sein Magen knurrte, Michael hatte Hunger. Sie waren schon lange nicht mehr im Räucherhaus gewesen. Sie hatten Angst, beim Stehlen erwischt zu werden. Jetzt war die Gelegenheit günstig, überlegte Michael mit einem leichten Kribbeln im Bauch. Sein Bruder würde sich bestimmt über ein zartes Stück Fisch freuen. Sofort lief ihm das Wasser im Mund zusammen. Mit leichtem Kribbeln in den Fingerspitzen entschied er sich, heute Nacht etwas zu riskieren. Außerdem hing der Mond tief und hell über der Landschaft, sodass er keine Lampe benötigen würde.

Er stieg die Leiter herunter, tätschelte beim Vorbeilaufen den alten Gaul am knochigen Hinterbein und lief nach draußen. Von der Verzweiflung gestärkt, stürzte er sich in das gefährliche Abenteuer. Die Luft unten roch frisch und kühl. Michael stellte sich vor, wie er mit einem Haufen geräucherter Fische zurückkam, er würde seinen Bruder und Konstantin wecken, jedem je zwei Fische in die Hand drücken und sich feiern lassen. Den Rest könnten sie ja hier oben verstecken, damit sie auch im Winter nicht hungern müssten. Bei dem Gedanken lachte er kurz auf, obwohl sein Herz vor Panik zu erstarren drohte. Er wollte schon umkehren, unterdrückte die aufkeimende Angst jedoch, als das leise Knurren in seinem Magen lauter wurde. In den letzten Tagen kam es bei der Essensausgabe schon des Öfteren zu Rangeleien. Oft wurden die verzweifelten Menschen handgreiflich. Einmal mussten Michael und Gregor ihr Brot mit Konstantin teilen, weil er es nicht schnell genug in seinem Mund hatte. Einer von den großen Jungs hatte ihm das klägliche Stück Brot, das mit Sägemehl gestreckt wurde, aus der Hand gerissen und mit einem einzigen Bissen verschlungen. Michaels Magen knurrte jetzt so laut wie der Schäferhund von Onkel Emil. Er musste sich beeilen, denn die Baumkronen wurden vom zarten Leuchten der Morgenröte erhellt.

Er schlich wie ein Dieb, schaute sich unentwegt um. Die Erde unter seinen Füßen war kalt und klamm. Geisterhafte Gestalten tauchten überall auf, um sich im gleichen Moment in der Dunkelheit aufzulösen. Das Flattern von Flügeln und das Rufen einer Eule trieb Michael kalten Schweiß auf die Stirn.

Trotzdem bahnte er sich den Weg durch das nasse Gras, weil er eine Abkürzung nehmen wollte. Michael schien ziemlich überzeugt davon zu sein, jemand würde eine schützende Hand über ihn halten, dieser Gedanke ließ ihn darauf hoffen, auch jetzt nicht im Stich gelassen zu werden. Bitte, Mama, steh mir bei, ich will doch nur etwas zu essen holen, flüsterte er mit den Lippen. Endlich sah er die Konturen des Zauns. Er orientierte sich am dunklen Schatten des Wohnhauses, welches sich jetzt auf der rechten Seite von ihm befand. Dort ist auch die Eiche, die der Großvater von Onkel Emil gepflanzt hatte, oder war es sein Vater? Ein Rascheln ließ Michael aufmerken. Er blieb stehen, lauschte. Ein Fuchs vielleicht, oder doch nur eine Ratte. Michael horchte weiter. Vergebens, alles, was er wahrnahm, war das stetige Rauschen in seinen Ohren. Er ging langsam weiter, die Augen weit aufgerissen. Er blieb an einem Gestrüpp hängen. Es war ein Hagebuttenstrauch, stellte Michael mit schmerzverzerrter Miene fest. Nur mühsam konnte er sich aus den stacheligen Fängen befreien. Seine Unterarme brannten wie Hölle. Er bereute sein Vorhaben nun mehr als einmal. Doch endlich fand er den ausgetretenen Pfad wieder, der zum Fluss und später auch zu dem Räucherhaus führte. Alles, was er jetzt zu tun hatte, war, diesem Pfad zu folgen.

Michaels Atem stockte aufs Neue. Als seine Hände den Zaun zu fassen bekamen, der das Anwesen eingrenzte, und schon im Begriff war, drüberzuklettern, blieb er wie angewurzelt stehen. Er war kurz davor, den Hof zu verlassen, da wurde er von einem Schatten erschreckt, der links von ihm auftauchte. Wie aus dem Nichts. Das Knurren wurde lauter.

Michael hatte seine Rechnung ohne Adolf gemacht. Der blöde Hund war ein wachsames Tier, er ließ niemanden an das Hofgut heran, aber er hinderte auch jeden daran, das Gelände einfach so zu verlassen, bis auf Onkel Emil. Michael schluckte trocken, als er die scharfen Zähne im fahlen Licht des Morgengrauens aufblitzen sah. Mit langsamen Schritten taumelte der zu Tode erschrockene Michael rückwärts, zurück zu der Scheune. Adolf bewegte sich wie ein Schatten und folgte ihm, bis Michael kurz vor dem großen Tor stand. Erst dann hörte das Knurren auf.

„Du bist ein blödes Viech, Adolf", brummte Michael mit beleidigter Miene, drehte sich um und verschwand in der Dunkelheit. Doch irgendwie war er dem Hund auch dankbar. Michael tastete sich durch die Schwärze, die in der Scheune herrschte, bis er dicht vor der Leiter stand. Er hatte seine Absicht in die Tat umsetzen wollen, aber Adolf hatte ihn daran gehindert, beruhigte Michael sich selbst. Ehe er auf die erste Sprosse stieg, sah er sich um. Tatsächlich harrte Adolf eine ganze Weile vor dem Tor aus, so, als wolle er sichergehen, dass Michael ihm tatsächlich nicht mehr entwischen würde. Erst als Michael fast oben angelangt war, trottete der wachsame Hund davon. Michaels Puls flachte erst ab, als er sich neben die schlafenden Jungen gelegt hatte. Auf einmal ergriff die Müdigkeit von ihm Besitz. Mit gekreuzten Armen vor der Brust lag er auf dem Rücken, die Augen brannten, als er die Lider schloss. Ohne es zu merken, schlief er doch noch ein. Er träumte von Maria, dem Mädchen, in das er sich unsterblich verliebt hatte.

35

November 1942

„Heute gehst du mit den beiden in den Wald, Mischa", brummte Onkel Emil, dabei tastete er prüfend dem alten Gaul über die fast vernarbten Stellen. Mit ernster Miene tauchte er seine dicken Finger, deren Nägel schwarz und bis an die Haut abgekaut waren, in eine Tonschüssel. Er strich die klebrige Masse aus etwas Honig und Asche über die gezackten Linien, die gräulich durch das Fell hervortraten. Mit pedantischer Sorgfalt verteilte er die heilende Paste gleichmäßig über die wenigen Stellen, die immer noch nässten. Das gebrechliche Tier zuckte mit den Muskeln, blieb jedoch stehen. „Im Winter wirst du zur Mühle fahren müssen", fuhr Onkel Emil fort.

„Jetzt gräme dich nicht so. Du bist doch kein Weib, Junge. Ich werde euch über den Winter nicht bei mir behalten können", sprach Onkel Emil scheinbar ungerührt, doch Michael konnte eine leichte Veränderung in der rauchigen Stimme heraushören. „Die Behausungen für die Deutschen sind für den Winter soweit fertig. Der Winter wird zu kalt sein, als dass ich euch weiter im Heu schlafen lassen kann", murmelte Onkel Emil und drückte die leere Schüssel in Michaels Hände.

Der Tag war kühl und wolkenverhangen. Beim Atmen stiegen Michael und Onkel Emil kleine Dunstwolken aus Nase und Mund. Das alte Tier prustete und schnaubte mit den Nüstern, ein weißer Schleier umhüllte seinen Kopf. Onkel Emil tätschelte dem Tier die Rippen, die leicht durch das Fell hervortraten. „Ohne dich wäre das Viech schon längst verreckt oder ich hätte ihn geschlachtet, auch wenn er nichts auf den Knochen hat, aber Adolf würde sich über einen Pferdeknochen freuen", scherzte Onkel Emil, beugte sich dann leicht nach unten, um Adolf hinter den Ohren zu kraulen. Der Schäferhund saß hechelnd neben seinem Herrchen. Seine Lefzen hingen glänzend herab und entblößten die scharfen Zähne, es sah so aus, als würde Adolf dabei lächeln. Seine Augen huschten hin und her. Er wusste nicht, ob er ruhig bleiben sollte oder bellen. „Jetzt kannst du die beiden Schlafmützen aus den Federn scheuchen, nicht, dass ihr heute ohne Brot bleibt", brummte der alte Mann versöhnlich. Adolf reckte seinen Hals und sah den Mann durchdringend an. „Du kommst mit, alter Freund, wir werden nach den Hühnern schauen." Adolf legte den Kopf schief, seine lange Zunge, die leicht zuckte, hing aus seinem Maul heraus. Onkel Emil klopfte dem Hund noch einmal kräftig auf den Rücken. Ohne ein weiteres Wort zu verlieren, lief der alte Mann aus der Scheune. Ein kurzer Pfiff erschallte. Onkel Emil hob die linke Hand. Adolf gab ein gedämpftes Husten von sich und folgte ihm.

36
Bei der Brotausgabe

Michaels Gaumen und Mund wurden wie fast jeden Tag trocken, sobald er an dem Tisch stand, auf dem ziemlich gleichgroße Brotstücke verteilt wurden, die vorher von Maria in schmale Streifen geschnitten worden waren. Der Duft war wie immer betörend, noch mehr brachte ihn aber der Anblick des jungen Mädchens außer Atem - Maria. Ihr langes Haar war stets von einem Kopftuch bedeckt, der Blick leicht nach unten gesenkt. Ihre Hände und die Schürze waren weiß vom Mehl. Heute war sogar ihre Nasenspitze weiß mehliert. Der Gedanke, dass er sie vielleicht bald nicht mehr sehen würde, weil sie die nächsten Tage woanders hinziehen würden, behagte ihm nicht. Aber noch war er guter Hoffnung, dass sie trotzdem zur Essensausgabe hierher kommen würden, denn schließlich sah Konstantin seine Mutter auch täglich. Ein heftiger Stoß gegen seinen Rücken brachte ihn wieder zurück aus seinen Träumen. „Beweg deinen Arsch, sonst bekommen wir heute wirklich nichts", fauchte Gregor ihn von hinten an. Er muss mich und Onkel Emil heute früh belauscht haben, dachte Michael ärgerlich. „Deine Angebetete Maria ist nicht mehr frei, ihr Herz schlägt jetzt für jemand anderen, der nicht so dämlich ist wie du", stichelte Gregor seinen Bruder weiter an und schob ihn vor sich her. Bei diesen Worten verflüchtigte sich Michaels Traum wie ein flaues Windchen, die Hoffnung auf ein gemeinsames Leben mit Maria zerstob wie ein Traum, alles, was ihm blieb, war ein bitterer Geschmack auf der Zunge.

„Guten Morgen, Mischa", erklang eine sanfte Stimme. Maria griff nach einem Stück Brot und hielt es Michael entgegen. Ihr Blick hob sich nur für einen kurzen Augenblick.

Michael öffnete den Mund und schloss ihn wieder, er bekam wie so oft keinen Ton heraus. Mit flatternden Fingern fuhr er sich über die Stirn, er hasste sich dafür. Jedes Mal kam er sich dabei wie ein Idiot vor, weil er wie ein Taubstummer dastand und keinen Ton herausbrachte. Egal, wie sehr er sich anstrengte, egal, was er sich zurecht legte, er dachte sich sogar Sätze aus und lernte sie wie ein Gedicht auswendig, doch wenn es so weit war und er vor Maria stand, wurde er zum Taubstummen. Sobald er das Mädchen erblickte, war sein Kopf leer, die Worte blieben einfach weg - immer.

„Guten Morgen, Maria. Wie geht es dir? Du siehst heute gut aus." Genau das wollte er dem Mädchen sagen, aber er hörte statt seiner Stimme die seines Bruders. Gregor stand immer noch hinter seinem Rücken, sein Kinn lag auf Michaels rechter Schulter. Michael sah auch, wie Gregor nach dem Brot schnappte, er hatte einfach den Arm unter den von Michael geschoben. Maria strich sich eine ungebändigte Strähne von der Stirn, mit dem Zeigefinger schob sie das blonde Haar zurück unter das graue Kopftuch. Ihre Wangen bekamen rote Flecken der Schamesröte. Auch sie war schüchtern und verlor selten ein Wort. Mit ihrer zierlichen Hand griff sie hastig nach einem nächsten Brotstreifen. Als sie bemerkt hatte, dass es ein Loch hatte, wollte sie das kleine Brotstück gegen ein anderes umtauschen. Doch Michael griff nach ihrer Hand, schnell, dennoch sanft war sein Griff. Er wollte ihr nicht weh tun. Ihre Hand war kalt und zitterte leicht. Oder waren es seine Finger, die so zitterten und brannten?

„Die Löcher schmecken am besten", krächzte er wie schon einmal zuvor. Diesen Witz hatte er sich von seiner Mutter aufgeschnappt, auch sein Bruder Alexander sagte es oft, wenn Mama den Käse in dünne Streifen geschnitten hatte. Anita wollte dann immer den Käse mit dem größten Loch haben. Jedes Mal kaute sie auf dem Loch und regte sich auf, weil sie nichts schmeckte als Luft. Michael musste schmunzeln. Er sah, wie Marias Mundwinkel sich leicht nach oben bewegten, ihr Gesicht bekam einen rötlichen Teint.

„Michael, komm, wir müssen gehen. Maria hat sich in einen anderen verguckt", sagte Gregor so laut, dass es jeder hören konnte, somit zerstörte er alles, was Michael sich erhofft hatte.

„Gregor!", begehrte Michael mit dumpfer Stimme auf. Sein Ellenbogen traf Gregor in die Rippen, als Michael wütend nach hinten ausholte.

„Stimmt doch, ich habe sie im Wald gesehen", keuchte Gregor mit einem schwachen Grinsen. Michael seufzte frustriert auf. Gregor lächelte wohlwollend und zugleich genervt. „Komm jetzt", zischte er dann. Das letzte Stück Brot verschwand in seinem Mund. Gregor schüttelte den Kopf. „Alles, was ich gesagt habe, ist die pure Wahrheit, ich schwöre beim Schwein von Onkel Emil." Dann zwänge sich Gregor an Michael vorbei und lief hinaus.

„Nein, es stimmt nicht", glaubte Michael die Stimme von Maria gehört zu haben, doch im selben Moment wurde er von den groben Händen einer alten Frau zur Seite geschoben.

„Die anderen wollen auch was essen", rügte sie den Jungen mit zittriger Stimme. Ihre Oberlippe hing wie ein schlaffer Hautlappen herunter. Ihr von unzähligen Falten zerfurchtes Gesicht war so mager, dass Michael die Bewegung ihrer Kaumuskeln sah. Ihr Atem roch faul, die Kleidung miefte nach Schimmel und Erde.

„Weitergehen", befehligte eine Männerstimme. Zwei Soldaten, die am Eingang postiert waren, ließen die Menschen nur einzeln herein, damit die Situation nicht mehr eskalieren konnte.

Michael trat einen Schritt zurück, warf einen letzten Blick über die Theke, suchte nach Bestätigung. Maria war gekränkt, Michael schloss dies aus ihrer Haltung, denn die Gesichtszüge des schüchternen Mädchens waren vom Kopf der Greisin verdeckt, weil ihr Rücken gekrümmt war. Sie hatte auch einen Buckel auf ihrem rechten Schulterblatt. Michael harrte aus, blieb mit dem Rücken gegen die Wand gepresst stehen. Endlich ging die alte Frau weiter.

Maria stand nur da. Mit vor Tränen glänzenden Augen sah sie ihn ohne jegliche Regung im Gesicht an. Michael blinzelte schnell, er durfte nicht weinen. Richtige Männer weinten nie, das wusste er. Als er sich zum Gehen abwandte und den Ausgang ansteuerte, der sich auf der anderen Seite des Raumes

411

befand, sah er, wie Maria unmerklich den Kopf schüttelte. Die Bewegung war kaum wahrzunehmen, trotzdem wusste Michael, dass sein Bruder schon wieder etwas falsch gedeutet hatte. Wie immer hatte dieser Schwachkopf zu viel hineininterpretiert, er war einfach ein dämliches Kind, das hatte einmal Papa zu ihm gesagt, als Gregor gemeint hatte, Gott sei von den dummen Kapitalisten erfunden worden, um den Kommunismus zu zerstören.

„Komm jetzt", herrschte Gregor Michael von draußen an. Grob packte er Michael bei der Schulter. Beide Brüder liefen aus dem Gebäude. „Du bist so dumm. Wie kannst du dich in sie verlieben?", zog Gregor seinen Bruder weiter auf, als sie endlich draußen waren. Er lachte schallend über sein dummes Auftreten. Dabei kam er sich mächtig lustig vor. Michael war so erleichtert darüber, dass Gregor ihn nur ärgern wollte. Trotzdem trieb ihn der Groll, den er gegen seinen Bruder hegte, zu etwas an, das schon längst überfällig war. Michael stopfte sich das Brot in den Mund. Gregor sah ihn verdutzt an. Seine Augen huschten hin und her. Michael ballte seine rechte Hand zu einer Faust. Der Schlag kam unerwartet, blitzschnell sauste die Faust nach vorne und traf Gregor in die Magengrube.

„Bist du des Wahnsinns?", keuchte Gregor. Er war von der Wucht überrascht worden. Der Schlag riss ihn von den Beinen, sodass er hart auf seinem Hintern landete. Nun schmeckte Michael auch das Brot wieder. Mit einem Mal zog sich auch sein Magen schmerzlich zusammen. Er hatte Hunger. Mit finsterem Blick begann er an dem Stück Brot zu kauen.

„Okay, ich habe Mist gebaut", gab Gregor klein bei. Michael stutzte. Doch Gregor hegte keine bösen Absichten. Er klang ehrlich. Michael streckte ihm seinen Arm entgegen. Gregor griff nach seiner Hand und ließ sich auf die Füße ziehen. „Ich habe immer noch Kohldampf", brummte Gregor. Er ging in die Hocke. Wie so oft sammelte er kleine, runde Steine auf, die er sich in die Hosentasche stopfte. Sie warteten auf ihren Kumpel Konstantin, der immer noch mit seinen Brüdern und seiner Mutter in der Schlange stand.

„Ob es noch das Räucherhaus gibt?", nuschelte Michael mit vollem Mund.

Gregor sah zu ihm auf. Ein Sonnenstrahl tanzte auf seinem Gesicht und ließ ihn blinzeln. Gregor klopfte seine Hose am Hintern ab. „Das kann gut möglich sein", entgegnete Gregor, dann ließ er einen der Steine über die Erde hüpfen. „Aber, wenn uns jemand dabei erwischt ..." Gregor ließ den Satz unausgesprochen. Ein weiterer Stein flog aus seiner Hand, der noch weiter flog als der erste.

„Wir haben noch Zeit, warte, ich komme gleich." Michael lief zu der Menschentraube. Konstantin stand vor dem Eingang. Der schmächtige Junge wurde von der Menge fast erdrückt. Stimmen wurden laut, als die Wartenden Michaels Verhalten falsch gedeutet hatten. „Du musst dich hinten anstellen, du Bengel", rief ein gebrechlich aussehender Mann ihm zu, blieb jedoch in der Menge kleben. Seine rechte Schulter war zwischen zwei Hüften von Frauen eingeklemmt, die sich darum überhaupt nicht zu scheren schienen, als sich dieser Mann mit der freien Hand zu befreien versucht hatte.

„Wir treffen uns bei Onkel Emils Haus", flüsterte Michael Konstantin ins Ohr. Er ignorierte die schmähenden Rufe. Dabei entging er nur knapp einer Ohrfeige, indem er schnell nach hinten sprang. Eine junge Frau holte erneut zu einem weiteren Schlag aus. Weil sie aber zu weit ausgeholt hatte, wäre sie für ihre Torheit beinahe aus der Menge herausgedrückt worden. „Hey, ich war hier zuerst", schrie sie erschrocken auf. Jetzt konzentrierte sie sich auf eine andere Person, die Michael nicht sehen konnte. Der Hunger trieb Menschen zu erniedrigenden Taten an. Jeder musste täglich damit rechnen, dass das Brot heute nicht für alle reichen könnte. Butter oder Milch gab es schon lange nicht mehr, nur etwas Brot, manchmal auch etwas Haferbrei. Jeder war sich selbst der Nächste.

Der Geruch nach geräuchertem Fisch stieg erneut aus Michaels Erinnerung auf, alles, an was er jetzt dachte, war: sich den Bauch vollzuschlagen. „Wir treffen uns bei den Stallungen", rief er Konstatin zu. Rückwärts entfernte er sich von der Menge. Gregor stupste ihn mit dem Ellenbogen an. Michael blieb stehen.

„Wer als letzter am Fluss ist, ist ein feiges Arschloch", grinste Gregor. Ohne abzuwarten rannte er los. Michael sah, wie die Fersen seines Bruders den Staub aufwirbelten. Ohne sich

413

wirklich zu beeilen, lief er schließlich auch los. Ein feiges Arschloch zu sein machte ihm nicht viel aus. Solange er seine Maria für sich hatte, ging ihm der Rest der Welt am Arsch vorbei. Als sie die Siedlung verlassen hatten, rief jemand seinen Namen, doch Michael ignorierte die Rufe, er entschied sich doch dagegen, die Wette zu verlieren, außerdem wurde Gregor etwas langsamer. Mal sehen, wer von uns das feige Arschloch ist, grinste Michael und legte einen Zahn zu.

Alexander traute seinen Augen nicht, als er zwei Jungen vorbeihuschen sah, die unweit von Dunjas Haus den schmalen Pfad entlang flitzten. Den ersten hatte er verpasst, aber den zweiten, der mit den verzerrten Gesichtszügen, der dem etwas größeren Jungen hinterrannte, sah er so deutlich, dass ihm bei dem Anblick der Atem stockte. Nichts als ein krächzendes „Michael", brachte er aus sich heraus.

Nur mit Mühe hielt er sich am Türrahmen fest. Ein stechender Schmerz explodierte in seinem Kopf. Alles um ihn herum begann zu kreisen. Auch der Boden unter seinen Füßen gab nach. Seine Sinne schwanden. Die Umgebung verschwamm vor seinen Augen, die Konturen verloren an Schärfe. Ein dunkler Schleier senkte sich auf die Erde. Die Finsternis verschluckte die Welt. Alexander taumelte. Seine Finger lösten sich, wäre Dunja nicht in der Nähe gewesen, wäre er die Stufen hinuntergefallen. In letzter Sekunde konnte sie nach ihm greifen. Sie zog ihn an sich. Alexanders Beine gaben nach, doch Dunja presste ihn fest an sich.

„Sascha, du bist noch viel zu schwach", flüsterte sie erschrocken. Ihr fester Griff lockerte sich. Behutsam ließ sie ihn langsam zu Boden sinken. Alexander lehnte mit dem Rücken am Türrahmen. Der Blick war immer noch in die Richtung gerichtet, in die die beiden Jungen gelaufen waren. Der dunkle Schleier löste sich langsam, die bunten Farben kehrten allmählich zurück. Auch sein Atem flachte ab, er konnte wieder richtig atmen, auch wenn immer noch stoßweise. Der Schwächeanfall ließ ihn endlich los. „Ich glaube, ich habe meinen kleinen Bruder gesehen, aber das kann gar nicht möglich sein, denn sie leben in Russland", sprach er seine Sorge laut aus. Eine heiße Träne kullerte über seine linke Wange. Er schluckte schwer.

„Komm, wir gehen zurück ins Haus, ich muss für dich noch kurz zu Semjon Pulski, um dich anzumelden, nicht, dass es wieder Ärger gibt."

Bei der Erwähnung dieses Namens lief Alexander ein kalter Schauer über den Rücken. Der Zorn verlieh ihm wieder Kraft. Mit zusammengebissenen Zähnen rappelte er sich hoch. Dunjas Warnrufe ignorierte er ganz. Mehr aus Trotz als aus Überzeugung, wollte er ihr beweisen, wie gut es ihm schon ging. Auch wenn er wie ein Betrunkener zurück in die Hütte taumelte, so hatte er keine Unterstützung nötig gehabt. Er schaffte es, ohne sich von Dunja stützen zu lassen, bis an das Bett. „Ich bin nicht schwach", entfuhr es ihm. Die Bemerkung klang abweisender, als er es beabsichtigt hatte. Aber im Moment waren es zu viele Emotionen, die ihn von innen heraus wie Gift zu zerfressen drohten. Er würde noch Jahre brauchen, um sie alle verarbeiten zu können.

Sein Herz raste wie eine Dampflokomotive und pochte laut gegen den Brustkorb. Er ließ sich nicht viel Zeit für die Rast. Immer noch schwankend hielt er sich an der Kopfstütze des Bettes fest. Aber er wollte sich, nein, er durfte sich nicht hinlegen, das würde nämlich seine Schwäche untermauern, was er um jeden Preis zu vermeiden versuchte. Er holte mehrmals tief Luft. In seiner Brust rasselte es. Sein Blick war auf das kleine Fenster gerichtet. Der Weg ist das Ziel, das waren Dunjas Worte. „Ich bin nicht schwach", flüsterte er erneut. In seiner Stimme schwang Zorn und Verbitterung mit. Er stieß sich ab. Ich bin nicht SCHWACH!, spornte er sich an. Seine Füße waren schwer wie Blei, trotzdem kam er seinem Ziel immer näher. Einen Fuß vor den anderen. Tatsächlich überwand er die Strecke, ohne hinzufallen. Schwer atmend setzte er sich auf eine Bank neben dem Fenster, wo er schon viele Stunden während seiner Genesung verbracht hatte. Jetzt jedoch war sein Blick stumpf und nach innen gekehrt. Alexander war in seine Gedanken versunken. Er dachte an die schöne Zeit seiner Vergangenheit.

Dunja lehnte an der Tür. „Ich bin gleich wieder da", sagte sie kaum hörbar. Alexander nahm sie kaum wahr.

Michaels Atem ging stoßweise. Sein Hals war so trocken, dass ihm die Zunge am Gaumen klebte.

„Du bist ein verdammtes Arschloch, Michael. Das war ungerecht, du hättest stehen bleiben müssen, als ich über den scheiß Stein gestolpert und danach auf die Fresse geflogen bin", keuchte Gregor nicht weniger laut als Michael. Er betrachtet seine Ellenbogen, die blutige Kratzer hatten. Michael stand nach vorne gebeugt da. Er stützte seinen Oberkörper mit den Armen ab, indem er sich mit den Händen an den Knien festhielt. Auch seine Beine zitterten.

„Feiges Arschloch", nuschelte Michael. Er konnte sich ein Grinsen einfach nicht verkneifen. Ein fester Fausthieb gegen seine Schulter brachte ihn zum Torkeln, trotzdem war das Gefühl des Sieges wohltuend. Das war seine Rache für Gregors dummen Witz und die Bloßstellung in Marias Beisein.

„Das war deine Idee, du feiges Arschloch", flüsterte Michael erneut. Schnell wich er einem weiteren Fausthieb gekonnt aus. „Jetzt müssen wir leiser sein, wenn wir beim Klauen erwischt werden, reißt uns dieser Pulski Arme und Beine aus und steckt sie uns wie einen Blumenstrauß in den Arsch."

„Du hast recht, wir dürfen jetzt kein Aufsehen erregen." Michael wurde wieder ernst. Gregor schniefte laut und spie den schleimigen Klumpen in den Staub. Ein vertrauter Geruch stieg Michael in die Nase, der Geruch nach Wasser, der jedoch von einer leicht rauchigen Note durchtränkt war.

„Die Räucherhütte müsste dort drüben sein, wo der Fluss eine Biegung macht." Gregor streckte seinen rechten Arm aus. Der Streit war schon wieder vergessen.

Michael rieb sich kurz die Schulter, die immer noch schmerzte.

Er ließ seinen Blick schweifen. Das Rauschen des Wassers machte ihn schwermütig. Gregor legte seinen Arm um Michaels Schulter. Diesmal wies Michael seinen Bruder nicht von sich. Gemeinsam schauten sie zum Ufer. „Fast wie bei uns Zuhause, habe ich recht, Mischa?" Michael nickte stumm.

Das Schilf wiegte sanft im flauen Wind des Herbstes und raschelte leise. „Komm, lass uns gehen, nicht, dass unser Stotterfreund uns bei Onkel Emil verpetzt." Gregor nahm den Arm wieder weg und lief voraus. Michael folgte stumm seinem Bruder. Auch er achtete darauf, nicht auf die abgebrochenen Halme zu treten, die wie spitze Speere aus der sumpfigen Erde herausragten. Auch mied er die Blätter, deren Kanten scharf wie Rasierklingen sein konnten.

Ohne jegliche Vorwarnung blieb Gregor stehen und lauschte. Warnend hob er den rechten Arm in die Luft. Gregor drehte langsam den Kopf über die Schulter, sein Blick war fragend. Michael zuckte unschlüssig mit den Schultern. Nichts.

„Hast du das gehört?", flüsterte Gregor. Er drehte sich jetzt ganz herum. Er sah Michael mit glänzenden Augen an. Michael schüttelte verneinend den Kopf.

„Ich habe ein Wiehern gehört. Nicht, dass dieser Pulski uns gefolgt ist", flüsterte Gregor weiter.

„Ach was. Warum sollte er das tun? Die Brotausgabe war noch nicht zu Ende, als wir gegangen sind. Außerdem haben sich da wieder welche geprügelt", versuchte Michael Gregors aufgebrachtes Gemüt zu beschwichtigen. Gleichzeitig merkte er, dass sich sein Puls beschleunigte. Ehrlich gesagt wusste er nicht, wen er mehr zu beruhigen versuchte, seinen Bruder oder sich selbst.

„Du hast recht. Ich habe überreagiert. Komm, wir müssen uns trotzdem beeilen, die Hütte müsste dort bei der großen Linde sein", sprach Gregor mit gedämpfter Stimme und zwängte sich weiter durch das Dickicht der Uferpflanzen.

Die Halme knackten verräterisch, doch der Hunger trieb die beiden Jungen weiter.

Endlich hatten sie sich durch das Schilfrohr durchgekämpft. Sie standen auf einem Erdhügel. Mehrere Bäume, es waren Birken und Eichen, wachten über die kleine Anhöhe. Das hohe Gras reichte hier bis zu den Knien. Michael und Gregor liefen noch mehrere Schritte die kleine Anhöhe hinauf. Hocherfreut über ihren kleinen Erfolg, von niemandem dabei erwischt worden zu sein, blieben sie vor der Räucherhütte stehen. Eigentlich war es nur ein kleiner Vorsprung aus Holz. Es erweckte den Anschein, als hätte jemand diese kleine, klapprige, vom Räuchern schwarzverrußte Hütte bis zu dem schiefen Dach in der Erde versenkt. Eine kleine Falltür im schrägen Dach diente als Eingang. Gregor beugte sich nach vorne. Mit beiden Händen tastete er nach einem bestimmten Brett. Als er die Stelle fand, zog er den Deckel nach oben. Vertrocknete Äste mit verschrumpelten Blättern lagen auf dem Deckel verteilt. Dieser Umstand verriet den beiden, dass hier seit Längerem keiner gewesen war, um die zur besseren Tarnung dienenden Äste gegen ein Paar frische auszutauschen. Die Scharniere knarzten laut, als Gregor den Deckel vollends nach oben drückte. Er spreizte seine Beine weit auseinander, lief um die Hütte herum, dann ließ er den Deckel auf der anderen Seite auf die Erde fallen. Muffige Luft stieg den beiden Brüdern in die Nase.

Eine knorrige Leiter, die zum Abstieg diente, stand schief, einige Sprossen fehlten.

„Du gehst als Erster", sagte Gregor. Sein Blick war fest. Während er seine Hände aneinander rieb, die vom klebrigen Ruß schwarz waren, schaute er sich skeptisch um.

Aus einem Augenwinkel nahm Michael hinter Gregors Rücken eine Bewegung wahr, die seinem Bruder wohl entgangen war. Ein grauer Schatten huschte geräuschlos an den beiden vorbei. Michael schluckte hart.

„Da ist jemand", stotterte er und zeigte in die Richtung, wo er den Schatten vermutete.

Gregors Gesicht wurde bleicher als der Bauch von einer Brache, stellte Michael fest. Nun spürte er, wie auch ihm das Blut aus dem Gesicht wich.

„Erzähl keinen Scheiß", entfuhr es Gregor.

419

„Doch, da ist jemand", entgegnete Michael beharrlich.

„Konstantin, bist du das?" Gregor hüstelte sich die Stimme frei. „Konstantin?", krächzte er erneut. Nichts.

Da war es wieder. Michael packte seinen Bruder bei der Schulter und streckte erneut seinen Arm aus. Mit dem Zeigefinger deutete er auf einen bestimmten Punkt. „Dort, siehst du es denn nicht?"

„Verdammt", fluchte Gregor kaum hörbar. „Adolf." Dieses eine Wort klang wie eine Frage, aber auch wie ein Ruf der Verzweiflung.

Der Schatten bewegte sich auf die beiden zu.

„Adolf", presste Michael durch die Zähne. Unter seiner Hand, die immer noch auf Gregors Schulter lastete, spürte er, wie sein Bruder zitterte.

Eine dunkle Schnauze tauchte zwischen den grünen Halmen hindurch auf.

„Komm her, alter Köter. Was machst du hier?", fuhr Michael schnell fort, seine Stimme vibrierte vor Erleichterung. Michael nahm seinen ganzen Mut zusammen, machte einen tiefen Atemzug, ging langsam in die Knie, rieb Daumen und Zeigefinger aneinander und steckte sie sich in den Mund. Er schloss die Augen. Voller Konzentration pfiff er leise eine Melodie, die er von Onkel Emil aufgeschnappt hatte. Er hoffte, dass Adolf seine Angst und das Zittern in seiner Stimme nicht spürte. Der Hund sah sich um, doch dann wedelte er plötzlich mit dem Schwanz. Er schien sich zu freuen, sein hündisches Lächeln ließ Michael auf ein glückliches Ende hoffen. Als Adolf seine Zunge herausstreckte, fiel Michael ein riesiger Felsbrocken von der Brust, das Pfeifen klang jetzt heller und melodischer. Mit gesenktem Kopf lief der Hund auf Michael zu, der Schwanz wedelte immer noch hin und her.

„Du darfst uns nicht verraten, alter Freund", sprach Michael auf den Hund ein. Als Adolf nah genug bei ihm war, fuhren Michaels Finger tief in das dichte Fell und kraulten den knochigen Rücken. „Bist du wieder ausgebüxt? Bist du wieder auf der Pirsch? Habe ich recht, na, habe ich recht, alter Freund?"

Michael lächelte, seine Stimme bebte nicht mehr. Seine Bewegungen wurden sicherer. Adolf legte sich auf die Seite und ließ sich den Bauch streicheln. Sein Atem roch nach faulen Eiern. Als Michael sich zu weit nach unten beugte und Adolf ihm über die Wange leckte, musste Michael die Luft anhalten. Ohne sein Herrchen war der Schäferhund wie ein Schoßhündchen, stellte Michael nicht zum ersten Mal fest.

„Gregor, du musst nach unten steigen, ich werde hier solange Adolf bei Laune halten. Nicht, dass auch noch Onkel Emil in der Nähe ist, der wird sich schlecht am Bauch kraulen lassen. Er hat bestimmt wieder seinen Gürtel dabei."

Dem konnte Gregor nicht widersprechen. Sie beide wussten, was eine Tracht Prügel bedeutete, auch wussten sie, wie schmerzhaft es sein konnte, wenn Onkel Emil seinen Gürtel sprechen ließ.

„Mach schon, Gregor", drängte Michael seinen Bruder zur Eile. „Braver Adolf", sprach er besänftigend auf das Tier ein. Als Adolf sich erheben wollte, drückte Michael ihn mit sanfter Entschlossenheit zu Boden. Mit beiden Händen fuhr er Adolf durch das dichte Fell. Er sah, wie Flöhe im hohen Bogen heraushüpften. Er widerstand dem Drang, sich zu kratzen. Adolf genoss die ungewöhnliche Liebkosung, er lag nun mit geschlossenen Augen im Gras. Sein Fell, Michaels Finger verkrampften sich, die Schultern brannten, dennoch hörte er nicht auf.

Gregor verschwand endlich im Loch. Es dauerte keine Minute lang, da kroch er schon wieder heraus. Enttäuscht hielt er nur zwei verschrumpelte Fische in den Händen, die nicht wirklich groß waren.

„Das ist alles, mehr ist da nicht. Außerdem hat mich dort unten jemand an der Schulter berührt. Lieber lasse ich mich von Adolf zerfleischen, als nochmal dorthin zu steigen", sprach Gregor aufgebracht. Vor Enttäuschung oder gar Angst bebte seine Stimme.

Adolf spitzte die Ohren. Er regte den Kopf, sah Gregor prüfend an, dabei schlabberte seine Zunge über die Schnauze und die dunkle Nase.

„Den einen essen wir hier auf. Wir müssen auch Adolf etwas davon geben", sagte Michael.

„Braver Hund", wandte er sich an Adolf. Der Hund stemmte sich auf die Beine, die Rute stand senkrecht. Er blaffte zweimal. Michael sah seinem Bruder in die Augen. Adolf gab erneut ein gedämpftes Blaffen von sich. Immer wieder schleckte er sich mit der rosigen Zunge über die Schnauze, als habe er Michaels Worte verstanden.

„Er könnte dabei ersticken", entgegnete Gregor trocken.

„So, wie der schlingt, wird er es nicht einmal merken, dafür wird er uns nicht bei Onkel Emil verpetzen."

„Er ist ein Hund, du dämlicher Idiot", sagte Gregor und runzelte die Stirn.

„Ich meine, er wird uns treu sein. Das ist so bei den Hunden. Wer sie füttert, dem sind sie später treu ergeben."

Ohne etwas zu erwidern, brach Gregor dem kleineren Fisch den Kopf ab. Mit mürrischem Gesichtsausdruck roch er daran und war schon im Begriff, diesen dem Hund vor die Schnauze zu werfen.

„Nein, daran wird er wirklich ersticken." Michael nahm Gregor den geköpften Fisch aus der Hand. Sorglich zog er an der verschrumpelten Seite die braune Haut weg und kratzte etwas von dem hellen Fleisch ab. Sein Magen knurrte und zog sich schmerzhaft zusammen, trotzdem streckte er seine Hand dem Hund entgegen, der gierig über seine Finger leckte. Die raue Zunge fühlte sich feucht und kalt an, stellte Michael fest. Adolf sah ihn mit seinen dunklen Augen ergeben an. Michael zögerte, gab schließlich dem Hund noch etwas von dem Fisch.

„Das reicht, Adolf. Jetzt sind wir dran", entschied Michael, war sich aber der darauffolgenden Situation nicht sicher. Der Hund sah ihn mit traurigen Augen an. Michael ging in die Hocke. „Wir haben auch Hunger, Adolf", versuchte er den Hund zu besänftigen. Abermals schleckte Adolf Michael über Nase und Mund.

„Aus, Adolf, du bist eklig", zwang Michael den Hund lächelnd zur Räson. Adolf nieste und stupste ihn mit der Nase an.

„Nein", entschied Michael trocken und stand auf.

Den Rest des Fisches teilten sich die beiden Brüder gerecht auf. Gregor bekam die größere Hälfte, weil er der ältere war, so war es bisher immer gewesen. Den Kopf und das Skelett warf Gregor in den Fluss. Dann liefen sie schnell zum Hof, Adolf blieb treu an ihrer Seite. Der zweite Fisch, der nicht viel größer als der erste war, steckte in Gregors Hosentasche.

„Wir haben vergessen, den Deckel zuzumachen", fiel es Michael plötzlich ein, als sie schon ein gutes Stück gelaufen waren.

„Ist doch egal, dort gibt es nichts mehr zu holen", entgegnete Gregor mit müder Stimme. Ohne ein weiteres Wort zu verlieren trottete er weiter, so, als wäre nichts gewesen. Ein dumpfes Traben von Pferdehufen ließ die beiden Brüder erschaudern. In vollendeter Verwirrung starrte Gregor seinen Bruder mit weit aufgerissenen Augen an. Durch Michaels Adern floss ein unsägliches Gefühl der Furcht, mehr noch, Todesangst kroch durch ihn hindurch und lähmte ihn. Als er den Reiter erblickt hatte, erstarrte er zu einer Salzsäule. Niemand anderer als Semjon Pulski saß auf dem braunen Pferd. Er ritt schnurstracks auf sie zu. Erst als er ganz nah an den beiden Jungen war, riss er das Tier herum. Staub wurde zu einer grauen Wolke aufgewirbelt.

„Wohin des Weges, die edlen Herren?" Sein Grinsen glich dem bösartigen Zähnefletschen eines Raubtieres.

Er wusste Bescheid, mutmaßte Michael voller Sorge. Im Augenwinkel sah er, wie Gregors Hand in die Tasche griff. Sie hatten ja den Fisch immer noch bei sich. Wenn Pulski ihn entdeckte, waren sie beide tot, damit war jeder Zweifel, was er mit ihnen anstellen würde, aus dem Weg geräumt. Erhängen wäre eine milde Art zu sterben, doch Michael wollte überhaupt nicht sterben, egal auf welche Art.

Ein lauter Pfiff aus der Ferne ließ alle zusammenfahren. Selbst Pulski drehte sich um. Nur Adolf schien sich des Pfiffes zu erfreuen. Sein buschiger Schwanz begann zu pendeln. Er gab einen durchdringenden Laut von sich und schabte mit den Vorderpfoten über die Erde, wich jedoch den beiden Jungen keinen Zentimeter von der Seite. Michael wähnte sich in Sicherheit, zumindest baute er darauf, heute nicht sterben zu müssen.

„Adolf!", hallte die tiefe Stimme von Onkel Emil. Michaels Brust schwoll vor unsäglicher Freude an, sein Blick huschte hastig durch die Umgebung.

Der alte Mann war nicht allein. Ein schmächtiger Junge begleitete ihn. Es war niemand anderes als Konstantin.

„Wo seid ihr gewesen?", brummte Onkel Emil. Er war leicht außer Atem. Die Anwesenheit von Semjon Pulski ignorierte er vollkommen, so, als existiere der Mann überhaupt nicht.

„Warum laufen deine Bengel frei herum?", fuhr der Soldat den viel älteren Mann von oben herab mit barsch klingendem Ton an.

„Weil es unerzogene Bengel sind. Und du, Adolf, du steckst mit den beiden unter einer Decke, nicht wahr?" Auf einmal klang Onkel Emils Stimme sanft und überhaupt nicht anmaßend, so als spreche er mit einem kleinen Kind, das unartig war, jedoch nichts Schlimmes angestellt hatte. Adolf senkte schuldbewusst seine Schnauze, auch zog er jetzt den Schwanz ein. Langsam kroch er zu seinem Herrchen und hob vorsichtig den Blick. Onkel Emil kraulte ihn hinter den Ohren und tätschelte ihm die Flanken.

„Du Staubteppich - voller Läuse." Onkel Emil klopfte ein letztes Mal dem Hund auf den Rücken. Mit ernster Miene sah er jetzt die beiden Brüder fragend an. „So, nun zu euch beiden. Welche Ausrede habt ihr zwei Taugenichtse dieses Mal für mich vorbereitet?"

Michael trat von einem Bein aufs andere. Gregor starrte auf seine nackten Füße.

„Ich habe kein Wort verstanden, was dieser Stotterjunge mir die ganze Zeit zu sagen versucht hatte, eins weiß ich jedoch sehr genau, eine Tracht Prügel habt ihr alle mehr als verdient." Als seine Stimme verklang, entstand eine ohrenbetäubende Ruhe, die von einem leisen Prusten des Pferdes unterbrochen wurde. Der Hengst wurde unruhig, als Onkel Emil den braunen Gürtel von seiner Hand abzuwickeln begann.

Nun lief auch Michael ein kalter Schauer den Rücken hinunter. Nur ein einziger Gedanke hielt ihn davon ab, wegzurennen, die Prügel bedeuteten - sie würden diesen Tag überleben.

„Wenn ich deine Bengel noch einmal ohne Aufsicht beim Spazierengehen erwische, gibt es Konsequenzen", sprach Semjon Pulski mit gespielter Gefasstheit, riss die Zügeln herum und gab seinem Pferd die Sporen. Erdklumpen flogen durch die Luft, doch Michael spürte nicht, wie sie sein glühend heißes Gesicht besprenkelten. Sein ganzes Augenmerk galt dem Gürtel, der abrupt in der Luft erschlaffte, sobald der Kommandant außer Sicht war.

„Seid ihr des Wahnsinns?!", schrie Onkel Emil die beiden Brüder ohne jegliche Vorwarnung an. Grob packte er Gregor am Kragen. Michael sah, wie die Füße seines Bruders in der Luft baumelten. Gregors Kopf wurde puterrot, die Augen traten vor Entsetzen hervor, er rang nach Luft. Schließlich ließ der aufgebrachte Mann von Gregor ab. Er schleuderte ihn, als wiege Gregor nichts, auf die nackte Erde. Michael taumelte rückwärts. Doch das schmale Ende des Gürtels erwischte ihn trotzdem am Hintern, sodass er einen heißen Schmerz zu spüren bekam, der jetzt durch seinen ganzen Körper kroch. Der Wutausbruch war im Nu verflogen.

Der Schäferhund lief zu Gregor, der sich aufgerappelt hatte und sich hastig den Staub aus den Klamotten klopfte. Mit der Schnauze stupste Adolf Gregor an der Tasche an, dort, wo der Fisch versteckt war. „Hau ab, Adolf", krächzte Gregor. Schnell schob Gregor ihn von sich weg. Der Hund begann zu knurren.

„Was hast du dort versteckt?", wollte Onkel Emil wissen. Sein Atem ging schwer.

„Nichts!", entgegnete Gregor matt.

Konstantin half Michael auf die Füße, seine Hände waren kalt und zitterten. „Wa ... wa ... was habt ihr angestellt?", flüsterte er kaum hörbar.

Alles, was danach geschah, blieb für immer in Michaels Gedächtnis eingeprägt. Sein Bruder griff in die Tasche. Mit zittrigen Fingern zog er den verschrumpelten Fisch heraus.

Adolf hüpfte hin und her und leckte sich mit seiner rosigen Zunge über die Schnauze, die vor Geifer zu glänzen begann.

Für einen Augenblick blieb dem alten Mann die Sprache weg. In der rechten Hand hielt er immer noch den Gürtel, mit der anderen fuhr er sich durchs graue Haar. Er sah Gregor ungläubig an. Nicht Zorn, sondern Mitleid spiegelte sich in seinen trüben Augen.

„Wo habt ihr diesen Fisch her?", sprach er mit belegter Stimme.

Gregor sagte nichts, er deutet mit dem Kopf in die Richtung, aus der sie gekommen waren. Gregor weinte stumm.

„Warum habt ihr den Fisch nicht auf der Stelle aufgegessen?"

„Wir wollten ihn teilen", stammelte Gregor.

„Mit wem denn? Ihr wart doch zusammen dort. Du und dein Bruder." Der alte Mann konnte Gregor nicht ganz folgen. Seine Stirn war von tiefen Furchen zerfurcht.

„Mit Konstantin", flüsterte Gregor. Er hüstelte und strich sich mit dem Handrücken über die Augen. Seine tief eingefallenen Wangen waren schmutzig und nass.

„Gib ihn mir", sagte Onkel Emil ruhig. Langsam streckte er seinen linken Arm aus. Gregor tat drei unsichere Schritte, während sein Blick auf den Gürtel gerichtet war.

„Wir essen ihn heute zu Abend, aber ich will euch nie wieder beim Stehlen erwischen. Sonst hängen sie mich mit euch zusammen auf." Mehr sagte der alte Herr nicht. Er stopfte den ausgedörrten Fisch in den Hosenbund und wickelte den Gürtel um seine Hand. Ein leiser Pfiff ertönte. Dann drehte er sich um und lief Richtung Hof. Die drei Jungen folgten ihm stumm. Nach einer Weile roch Michael den ihm so vertrauten Pfeifenrauch. Allmählich legte sich die Sorge. Auch seine Brust schmerzte nicht mehr. Nur das stetige Pochen in seinem Kopf war alles, was er wahrnahm, ansonsten hörte er nichts. Er lief einfach in seine Gedanken versunken dem alten Mann hinterher, an seiner Seite waren Gregor und Konstantin, auch sie blieben den ganzen Weg über stumm.

39

Am Hof

Michael schwitzte. Obwohl die Luft kühl war, lief ihm der Schweiß den Nacken hinunter. Onkel Emil blieb vor dem großen Tor zur Scheune stehen. Die Pfeife hüpfte in seinem Mundwinkel, ohne zu qualmen. Sein Blick war schneidend. Keiner der drei Jungen wagte es, den Blick zu heben.

„Ihr alle geht heute in den Wald. Das wird euer letzter Arbeitstag bei mir sein. Ich weiß nicht, ob wir uns nächstes Jahr wiedersehen. Der Winter ist ein erbarmungsloser Gegner, er macht vor nichts Halt. Er kann schlimmer sein als der Deutsche. Der Vorrat an Essen ist knapp und wird mit jedem Tag knapper werden, also zieht die Gürtel noch enger zusammen. Gregor und Konstantin wissen, was sie zu tun haben, du, Michael, machst das, was dein älterer Bruder dir aufträgt. Wenn ihr gut gearbeitet habt, werden wir heute zu Abend zusammen essen."

Wie jeden Abend kochte Onkel Emils Schwester Gerstenbrei für sie. Ab und zu gab es auch gekochten Buchweizen. Trotzdem freuten sie sich immer, wenn es etwas Warmes zu essen gab.

„Wo habt ihr den Fisch jetzt eigentlich her?", wollte Onkel Emil erneut wissen, als keiner sich rührte.

„Am Fluss, aus einer Räucherhütte", entgegnete Michael kaum hörbar.

„Ist da noch mehr drin?"

Die beiden Brüder schüttelten die Köpfe.

„Also gut, ihr vergesst den Weg dorthin. Verstanden?"

Jetzt nickten die beiden.

„Ihr drei geht in den Stall und spannt die Ochsen ein. Michael, du gehst mit ihnen." Onkel Emil haderte mit sich selbst, dann kam er näher auf sie zu. „Ich möchte es noch mal erwähnen, schreibt es hinter eure schmutzigen Ohren, geht nie wieder dorthin." Um zu verdeutlichen, was er mit dort gemeint hatte, zeigte Onkel Emil mit seinem bärtigen Kinn in dieselbe Richtung, in die Gregor noch vor wenigen Minuten gezeigt hatte. Die beiden Brüder verstanden ihn, auch Konstantin wusste, wovon der Mann sprach.

„Dann ist gut." Sein Gesicht hellte sich auf, die Augen waren nicht mehr stechend. „Ihr müsst heute mehr Holz denn je herbeischaffen", wechselte Onkel Emil das Thema in freundlicherem Ton.

„Und wenn die Ochsen nicht spuren? Einer der beiden lahmt", begehrte Gregor mit erstaunlich fester Stimme auf.

„Das sind Bullen, keine Ochsen, die sind nicht kastriert, merk dir das, Junge, später wirst du wissen, wozu du die zwei Nüsse zwischen deinen Beinen hast. Meine beiden Stiere sind noch ganz. An ihnen wurde nicht herumgeschnipselt." Michael glaubte ein Augenzwinkern bemerkt zu haben, sicher war er sich jedoch nicht. Onkel Emil war nie leicht zu durchschauen. Nie wusste man, wann er einen Witz machte. Auch wusste Michael nie genau, wann er sich einen Scherz erlauben durfte, ohne von Onkel Emil dafür gerügt zu werden.

„Wenn die beiden nicht spuren, macht ihr dem grauen Bullen Feuer unterm Arsch. Leonid ist der Anführer, der andere wird ihm dann schon folgen."

Die drei Freunde nickten, ihre Münder verzogen sich zu einem schelmischen Grinsen. Immer noch lachend gingen sie zu den Tieren. Der alte Herr sah den drei Kindern nach, gab einen kurzen Pfiff von sich und lief zum Haus.

Michael kniff die Augen zusammen, weil es hier in der Scheune viel dunkler war, und er für einen Augenblick die Umgebung nur als vage Umrisse wahrnehmen konnte. Den anderen beiden ging es ähnlich, auch sie blieben stehen und ließen sich etwas Zeit, sich an das Dunkel zu gewöhnen. „W ... wusstet ihr, d ... dass Ni ... Nikolai sich erhängt hat?"

„Wo?", entfuhr es Gregor.

„Im Räucherschuppen, er ... er w ... wollte lieber jetzt sterben a ... a ... als an der Front. Er ... er... eeer sagte, die Faschisten würden einem d ... di ... die Eier abschneiden, F ... Frauen vergewaltigen, um dann alle G ... Ge ... efangenen, auch K ... Kinder in einem Haus einzu ... sperren, um sie b ... bei lebendigem Lllleib zu verbrennen", flüsterte Konstantin stotternd.

„Woher weißt du das?" Gregors Stimme bebte. Auch Michael verspürte ein leises Unbehagen und sah den Drachentöter vor seinem inneren Auge, wie er an einem Seil an der rußgeschwärzten Decke baumelte. Michael blinzelte mehrmals, um die Vorstellung aus seinem Kopf zu vertreiben.

„Mei ... meine Mama, haaat es m ... mir ..."

„Erzählt", fiel Gregor ihm ungehalten ins Wort. „Wer hat ihn dort gefunden?", wollte er schnell wissen.

„Sei ... seine Schwester, vo ... vor drei Tagen", versuchte Konstantin sein Bestes, um nicht erneut zu stottern, scheiterte jedoch.

„Seine Schwester ist tot", unterbrach Gregor das verzweifelte Stammeln von Konstantin.

„E ... er hat no ... noch eine, sie sie ist ein bisschen dumm, sagen die die Leu ... Leute. Sie haat so laange ge ... ge ...schrien, bis bis sie von ei ... einem Jääger ge ... ge ... gefunden wurde."

Michael taumelte rückwärts, weil er sich an die Nacht erinnert hatte, in der er nicht schlafen konnte. Wenn der Hund ihn nicht aufgehalten hätte, kroch der Gedanke durch seinen Kopf und ließ ihn erschaudern. Bei der Vorstellung, einem Toten in der Nacht zu begegnen, bekam Michael eine Gänsehaut.

„Ich gehe da nie wieder hin. Jetzt lasst uns aber die Ochsen ..."

„Bullen", verbesserte Michael seinen Bruder, ohne es beabsichtigt zu haben. Da er jetzt wieder alles sehen konnte, entging Michael der giftige Blick, den Gregor ihm zugeworfen hatte, nicht.

„Wenn du so schlau bist, kannst du ja auch gleich ohne uns die Bullen", er betonte das letzte Wort, wartete, zog den Schleim die Nase hoch, spie geräuschvoll aus und fügte hinzu, „in den

Wald führen. Auch die Baumstämme darfst du gerne selbst festmachen."

„Tut mir leid, Bruder. Ich musste nur an den toten Nikolai denken." Er war nicht gewillt, jetzt mit ihm zu streiten und wollte die unnötige Konfrontation umgehen. Du sollst einem rollenden Stein einfach aus dem Weg gehen, sagte sein Opa immer, wenn Oma schlechter Laune war. Ein kleiner Schritt zur Seite reichte vollkommen aus, um den Zusammenstoß zu vermeiden. Michael tat jetzt diesen kleinen Schritt. Tatsächlich beruhigte sich Gregor wieder und lief zu einem der Holzpfeiler. Immer noch griesgrämig, schnappte er sich das Geschirr, Konstantin folgte ihm stumm. Michael ging derweil zu dem Pferd, das er heimlich Pegasus nannte, und rieb ihm die fast verheilten Narben mit der grauen Paste aus Honig und Asche ein.

40

Im Wald bei den Holzfällern

Die hellen Schläge der Äxte erfüllten den Wald mit lauten Klängen, die von Menschenstimmen und warnenden Rufen ab und an unterbrochen wurden. Ein reißendes Krächzen ließ die Stimmen lauter werden. „Baum fällt", erklang der laute Ruf eines Mannes, den Michael vor lauter Bäumen nicht sehen konnte. Ein lautes Krachen, dann ein prasselndes Rascheln, gefolgt von männlichen Stimmen, ließen nichts Gutes vermuten. Das trockene Knacken von Ästen oben in den Kronen ließ Michael gen Himmel schauen.

„Wir müssen weiter nach links", fluchte Gregor. Er schlug einem der Bullen mit einem abgebrochenen Stock mehrmals heftig gegen die Flanke. Konstantin zog ihn mit vor Hast roten Wangen an einem Seil, das an den Nasenring des grauen Bullen geknotet war. Der Bulle muhte, verdrehte den Kopf, folgte dem Jungen jedoch, auch das zweite Tier lief in die bestimmte Richtung. Blätter und Zweige fielen wie tote Tiere von oben herab. Unzählige Tannennadeln rieselten auf die trockene Erde.

„Achtung!!!", brüllte eine tiefe Stimme lauter als alle anderen. Trotzdem nahm Michael diese kaum wahr. Das knackende Holz ächzte. Ein ohrenbetäubendes Krachen ließ die Erde erschüttern. Staub und Nadeln wurden aufgewirbelt. Michael kam sich überflüssig vor, er wusste nicht, was er jetzt tun sollte. Unschlüssig taumelte er zu seinem Bruder, weil er vor sich nicht mehr viel sehen konnte. Der Staub kratzte in seiner Kehle.

Endlich war der Riese gefallen, stellte Michael mit weit aufgerissenen Augen fest, als er die mächtige Baumkrone unweit von sich auf dem Boden liegen sah. Er schluckte trocken. Gregor schien von dem Geschehnis wenig beeindruckt zu sein, auch Konstantin ließ sich nicht aus der Ruhe bringen. Er schubste einen der Bullen weiter nach vorne, weil dieser mit einem Bein im Schlamm versunken war. Seine Anstrengung zeigte wenig Wirkung, bis Konstantin nach einem langen Ast gegriffen hatte. Er brach den knorrigen Arm am unteren Ende über seinem rechten Knie ab. Die dünnen Verzweigungen riss er mit einer einzigen langen Bewegung ab. Schon sauste das dünne Ende des Astes durch die Luft. Der braune Bulle schüttelte mit dem großen Kopf, als eine schmale Linie sich durch seinen Hals zog, dort, wo ihn die Rute traf. „Beweg dich endlich, du faules Viech", brüllte Konstantin. Michael stellte fest, dass sein Freund überhaupt nicht stotterte. Er war auf seine Arbeit konzentriert. Michael fühlte sich immer noch fehl am Platz und stand einfach nur da.

„Pack ihn am Schwanz, Michael, und steh nicht einfach so da. Zieh in nach links", fuhr ihn jetzt Gregor in barschem Ton an. Er zog den Leonid bei den Hörnern. Gregors Miene war vor Anstrengung verzerrt.

Michael wusste nicht, ob sein Bruder ihn nicht verarschte. Doch dann sah er, wie Konstantin den braunen Bullen tatsächlich am Schwanz packte. Mit beiden Händen zog er fest daran wie an einem Seil, kurz und heftig. „Hier, schlag ihn damit auf die Rippen, aber nicht zu fest, damit seine Haut nicht aufplatzt", keuchte Konstantin. Er beugte sich schnell nach unten, schnappte die Rute, die an der Spitze zerfledert war, Michael zu.

Michael fing den Ast geschickt mit der Rechten auf. Ohne zu zögern tat er wie geheißen. Nach gemeinsamer Anstrengung ließen sich die Tiere aus dem Graben führen, in den sie aus Versehen hineingeraten waren. Die Baumkrone versperrte ihnen zusätzlich den Weg.

„Seid ihr alle heil geblieben?", wollte einer der Männer wissen.

„Geht schon", entgegnete Gregor brüsk.

„Der war an einem anderen Baum abgeprallt. Ging noch mal schief", scherzte der Mann. Er kletterte über den Baum und reichte Gregor den Arm. Gregor nickte zur Begrüßung. Der schnurbärtige Holzfäller, dessen sehnige Unterarme voller Kratzer waren, packte den grauen Bullen am Kummetgeschirr.

433

Unbeirrt zog der Mann das Tier durch das Geäst. Die Tiere folgten ihm. Äste knackten, Zweige wurden niedergetrampelt. Einige der Zweige schlugen Michael ins Gesicht. Dabei hinterließen sie rote Striemen, die unangenehm brannten. Mit dem rechten Hemdsärmel blieb er an einem der abgebrochenen Äste hängen. Der Stoff riss sofort. Ein großes Loch am Ellenbogen blieb ihm als Erinnerung zurück. Zum Glück war die Haut heil geblieben. Michael krempelte die Ärmel weiter um, bis über die Ellenbogen.

„Pass auf, das kann schnell ins Auge gehen", meldete sich der Mann erneut zu Wort. Er war groß und dünn, sein blondes Haar war raspelkurz. Das Gesicht mager und von unzähligen Kratzern übersät. Der Schnurrbart ließ ihn älter erscheinen. „Verstehst du mich?"

„Ja, ich heiße Michael", antwortete Michael schüchtern.

„Also, Mischa, pass immer auf und schaue nie nach unten, der Baum kommt immer von oben. Am besten, du versteckst dich jedes Mal, wenn ein Baum fällt, hinter einem dicken Stamm. Auch ein Bär kann von einem Baum erschlagen werden", machte der Mann eine Anspielung auf die russische Bedeutung seines Kosenamens. Ein kurzes Augenzwinkern, dann drehte sich der gut gelaunte Holzfäller zu dem schmalen Pfad um, der von dem Baum flankiert wurde. „Obacht geben. In Ordnung?", rief er laut, ohne sich erneut umzudrehen.

„In Ordnung", bestätigte Michael mit belegter Stimme, dass er den Mann gehört hatte.

„So etwas wie heute passiert uns eigentlich selten", fuhr der Mann fort und wurde von Gregors Lachen unterbrochen.

„Wer's glaubt, wird selig", prustete Gregor weiter. Jetzt lachte auch der Mann.

„Du sollst den Jungen nicht gleich an seinem ersten Tag einschüchtern. Sonst kommt er nicht mehr her. Wir brauchen aber jeden, der Arme und Beine hat", sagte der Mann, packte Gregor mit gespielter Ernsthaftigkeit am Nacken und schüttelte ihn.

„Dieser Junge ist mein jüngerer Bruder. Dumm ist er auch nicht. Schau dir doch dein Gesicht und deine Arme an, Alexej, das sagt doch über euch Holzfäller alles aus." Der Mann war viel älter als Gregor, er war um die dreißig, schätzte Michael, trotzdem duzte ihn Gregor.

Alexej begutachtete seinen rechten Arm, sah auf die Hand, dann wackelte er mit den Fingern. „Es ist noch alles dran."

„Noch", schmunzelte Gregor, packte den rechten Arm des Mannes, in der er das Seil hielt, mit dem er den Bullen an den Hörnern zog, und sagte dann etwas lauter: „Und was ist damit?"

Tatsächlich. An dieser Hand fehlte Alexej der kleine Finger.

„Der hatte mich beim Hacken gestört", war alles, was der Mann darauf erwiderte. „Kommt, wir habe für euch schon etwas vorbereitet", sprach Alexej weiter, so, als wären sie nicht erst vor Kurzem einem Unfall entkommen. Seine Stimme klang so, als spräche er von banalen Dingen. Die Axthiebe klangen erneut auf. Hier und da stiegen die Männer auf den dicken Stamm. In schnellem Takt schlugen sie mit ihren Äxten dem Baum die dicken Arme ab.

Als Michaels Blick auf einen fertig bearbeiteten Baumstamm fiel, der auf einer Lichtung lag, wollte er nicht glauben, dass die beiden Bullen diesen Koloss von der Stelle wegbekommen würden, geschweige denn den Stamm bis zu der Siedlung ziehen.

Wie so oft in seinem jungen Leben wurde er eines Besseren belehrt. Mit geübtem Handgriff kletterten Gregor und Konstantin von einer Seite zur anderen. Geschickt banden sie den von rauer Rinde überzogenen Baumstamm mit breiten Riemen und dicken Seilen fest. Michael half mit, überall da, wo er konnte. Mit Verdruss musste er mehrmals feststellen, er stand den beiden öfter im Weg, als dass er ihnen helfen konnte.

„Das wird sich nach einigen Tagen hier bessern", munterte ihn Alexej auf, der danebenstand und die Arbeit der flinken Hände der Jungs nicht ohne Anerkennung beobachtete. Als Konstantin sich an Alexej vorbeizwängen wollte, hielt er ihn kurz im Schwitzkasten fest und rieb ihm mit seiner rauen Hand

435

kurz über den blonden Kopf. „Selbst Konstantin, den keiner hier versteht, hat es schnell gelernt." Michael warf einen kurzen Blick zu seinem Freund. Er sah, wie sein so schon rotes Gesicht noch dunkler wurde. Ob vor Scham oder doch vor Entrüstung, das konnte keiner wissen. Alexej ließ den Jungen los und verpasste ihm einen leichten Arschritt. „Ich lass euch jetzt allein", warf Alexej in die Runde, sprang über den vertäuten Baum und verschwand im Dickicht.

Als sie dann endlich fertig waren, schnalzte Gregor mit der Zunge. Mit einer kurzen Handbewegung zog er den rechten Bullen am Nasenring, jedoch nicht so heftig wie noch kurz zuvor. Leonids Nüstern blähten sich auf, er gab ein langanhaltendes Muhen von sich. Sein riesiger Kopf senkte sich gefährlich. Gregor zog ohne jegliche Furcht erneut an dem Seil. Der Bulle schabte mit dem rechten Bein über den von unzähligen Ästen und Nadeln bedeckten Waldboden. „Jetzt zier dich nicht wie ein Weib", brummte Gregor und setzte eine stoische Miene auf - wie die von Onkel Emil. Konstantin klatschte dem anderen Bullen mit der flachen Hand auf den breiten Rücken. Das schwere Gespann setzte sich nicht ohne Anstrengung in Bewegung. Langsam ging es endlich Richtung Siedlung, dorthin, wo das Holz zum Bauen von Blockhütten gebraucht wurde. Sie trafen noch weitere Tiere, die von Kindern, die auch in Michaels Alter waren, geführt wurden.

Der Tag zog sich in die Länge. Gegen Abend spürte Michael seine Beine nicht mehr. Auch die zwei Bullen waren erschöpft. Die anstrengende Arbeit zehrte an ihren Kräften. Eines der Tiere humpelte leicht. Es war der Bulle, der hier das Sagen hatte: Leonid. Er hinkte am rechten Bein. Sein Knie schwoll immer mehr an.

„Diesen Stamm müssen wir noch zur Baustelle bringen", sprach Gregor mit vor Müdigkeit zerknirschtem Gesicht. Sein Hemd war klatschnass, das dunkle Haar klebte an seinem Kopf.

„Aber es wird dunkel, wir werden auf dem Heimweg nichts mehr sehen können", entgegnete Michael.

„Dann werden wir d ... dem da F ... Feuer u ... u ... unterm Arsch ma ... machen", mischte sich Konstantin ein. Seine Augen funkelten böse. Er deutete auf den Bullen mit dem Nasenring und wedelte mit dem glühenden Stock, mit dem sie die Mücken zu verscheuchen versuchten, die zunehmend lästiger wurden, je weiter sich der Tag dem Abend neigte. Konstantin pustete auf die provisorische Fackel. Die Glut glomm auf. Konstantin blinzelte, weil Rauch seine Netzhaut reizte. „Der Kuhdung stinkt echt übel", keuchte er naserümpfend.

Sie hatten getrocknete Kuhfladen gefunden und diesen mit frischen, biegsamen Ruten, die man sonst zum Körbeflechten benutzte, an einem Knüppel festgebunden. Konstantin hatte schon wieder Streichhölzer bei Onkel Emil stibitzt. Es dauerte eine Weile, bis der Dung richtig glomm und rauchte. Konstantin war der Fackelträger und wedelte mit dem Stock in der Luft herum. Sie wussten nicht, ob diese selbstgebastelte Vorrichtung tatsächlich die Mücken abhielt, zumindest kam es den dreien so vor.

Konstantin streckte seinen Arm in die Luft und ließ die Fackel kreisen. „W … wenn es hhheiß g … g … genug ist, werde i … ich seine Eier ankokeln." Der blonde Junge brach in ein schallendes Gelächter aus.

„Genau", grinste Gregor. Und klatschte sich gegen die rechte Wange. Nur ein roter Blutfleck blieb von der Mücke übrig. „Kommt, lasst uns gehen", trieb Gregor sie an. Tüchtig machten sich die drei an die Arbeit. Die Fackel steckte solange in der Erde. Michael konnte den penetranten Gestank nicht mehr ertragen, aber die lästigen Blutsauger waren noch unangenehmer.

Schnell war der Stamm festgebunden. Jeder tat das, was er am besten konnte. Michael kannte nach der vierten Ladung die kniffligen Griffe fast aus dem Stegreif. So war der Baum zum Transport bereit. Konstantin schnappte sich als erster seine stinkende Fackel, die jetzt sogar etwas Licht spendete, weil die Dunkelheit über den Wald gekrochen kam.

Das raue Holz schabte monoton über die Erde und hinterließ eine lange Spur. Ein erdiger Geruch nach morschem Waldboden vermischte sich mit dem Rauch. Michael war müde, seine nackten Füße waren taub und bleischwer.

Sie alle waren so erschöpft, dass keiner etwas zu sagen vermochte. Jeder hing stumm seinen Gedanken nach, keiner wusste so genau, wie es in ihrem Leben weitergehen sollte. Auf einmal ertönte ein lautes Muhen. Leonid trat mit den Hinterbeinen nach hinten, er zerrte an den Ketten, die metallisch rasselten. Michael rümpfte die Nase. Ein beißender Geruch nach verbranntem Fleisch stieg ihm in die Nase. Die Tiere wurden schneller. Er fragte sich, was da wohl geschehen war, bis er seinen Kopf nach hinten gedreht hatte. Konstantin hielt seinen glühenden Stock einem der Bullen zwischen die Beine. Eine helle Flamme flackerte auf.

„Bist du des Wahnsinns?", fuhr Michael den verdutzt dreinschauenden Jungen an und schlug ihm den Stock aus den Händen.

Gregor zerrte an dem dicken Seil, so lange, bis die Bullen stehen blieben. Leonid wedelte die ganze Zeit mit dem Kopf. Sein rechtes Hinterbein stampfte unaufhörlich gegen die Erde.

„A ... aber Onkel Emil", verteidigte sich Konstantin, lief zu dem brennenden Stock und hob ihn auf. Er trat die Blätter, die Feuer gefangen hatten, mit hastigen Fußtritten aus. Sein Gesicht war schmerzverzerrt, weil er mit seinem nackten Fuß wahrscheinlich auf einen spitzen Ast oder abgebrochenen Schößling getreten war, welchen er in der Dunkelheit und in dem Tumult übersehen hatte. Doch Michael war dies egal. Ein kurzer Blick genügte ihm, um festzustellen, dass der graue Bulle zwischen den Beinen einen schwarzen Fleck hatte. An einer Stelle löste sich jetzt schon die Haut ab. Er sah rotes Fleisch und Blut.

„Das war nur ein Scherz, du Idiot", spie er die Worte zwischen zusammengebissenen Zähnen aus. Konstantin zuckte zusammen. Jetzt suchte er mit einem verzweifelten Blick bei Gregor nach Bestätigung, die jedoch nicht kam, mehr noch, Gregor hob den Schwanz des Bullen an. Ließ ihn los, kniff die Augen zusammen und verpasste Konstantin einen heftigen Klaps auf den Hinterkopf, sodass aus der Fackel Funken flogen.

„Wenn der verreckt, macht Onkel Emil mit uns das Gleiche, was er mit Bullen macht, damit sie zu Ochsen werden, du Depp, du bescheuertes Stück Scheiße", fluchte Gregor. Verzweifelt fuhr er sich mit beiden Händen durch sein Haar.

„Und jetzt?", sprach Michael sein Unbehagen laut aus.

Konstantin stand nur da und war zu keiner Äußerung mehr fähig. Sein Gesicht war in ein gelbes Leuchten getaucht, um seine Fackel kreisten Insekten. Mit leisem Zischen verbrannten sie und fielen zu Boden.

Gregor schritt hin und her, war verzweifelt, er fühlte sich für das Ganze hier verantwortlich, dennoch brachte er keinen Vorschlag zustande, wie sie jetzt vorgehen sollten.

„Wir müssen weiter. Wenn wir den Baumstamm abgeliefert haben, müssen wir uns der Strafe stellen, gemeinsam", sprach Michael mit fester Stimme.

Gregor lachte auf. Sein Gesicht strahlte Verzweiflung und Wut gleichermaßen aus. Ein erneutes Lachen erklang, welches noch mehr einem Husten glich. „Was schlägst du da vor, mein lieber Bruder?" Gregor senkte provozierend den Kopf. Er war wieder auf Krawall aus, warum auch immer. Michael stand ruhig da, auch als sein Bruder dicht vor ihm stand, die Hände zu Fäusten geballt. „Ich soll mich zusammenschlagen lassen, nur weil er zu blöd ist?" Seine Lippen zitterten. „Oh nein, nicht schon wieder. Nicht bei sowas." Seine rechte Faust öffnete sich. Er deutete mit dem Zeigefinger dem verletzten Bullen zwischen die Beine. „Denn meine Eier will ich noch behalten. Ich habe keine Lust darauf, sie mir von Adolf abbeißen zu lassen." Seine Stimme klang trotz des Zorns gemäßigt und spiegelte die Last des Unrechts wider, die ihm sein Bruder aufzubürden versuchte. Er war sichtlich nicht gewillt, die Schuld eines anderen auf sich zu nehmen. Die Sühne des anderen zu tragen, damit war er nicht einverstanden. „Ich werde mich hüten, Onkel Emil das hier zu beichten, vergiss es!" Er zeigte mit gestrecktem Finger auf Michaels Gesicht. Sein Gesicht war wie in Stein gemeißelt, kantig und kalt.

„Was bleibt uns anderes übrig?"

„Na, wir sagen die Wahrheit, so, wie uns unsere Eltern das immer beigebracht haben." Gregor öffnete seine beiden Hände und hob sie zum Himmel.

„Sie sagten aber auch, wir sollen immer füreinander da sein und zusammenbleiben, egal, was passiert", entgegnete Michael stoisch.

„Pah, dass ich nicht lache. Wo sind sie denn, unsere Eltern? Ich sehe sie nicht? Sie haben sich einfach verpisst und uns allein gelassen. Wir, du und ich, sind alles, was uns von der Familie geblieben ist", presste Gregor aus sich heraus. Er spielte den harten Kerl. Doch seine Fassade bröckelte. Tränen schossen ihm aus den Augen, die er mit einer energischen Bewegung mit seinem schmutzigen Ärmel wegwischte. „Wir sind auf uns allein gestellt, was zählt, sind du und ich, du und ich, Michael. Du bist mein Bruder, ich hätte die Schuld auf mich genommen, wenn du es gewesen wärst. Verstehst du, du, nur, weil du mein Bruder bist, und der da, wer ist er? Ein dahergelaufener Stotterjunge, wegen dem wir ständig in der Scheiße stecken." Gregors Stimme bebte, auch wenn seine Worte nicht lauter als ein Flüstern waren, schien er zu schreien.

„I ... ich sa ... sage, dass ihr n ... nichts da ... damit zu t ... tun habt", unterbrach sie Konstantin. Seine Miene war ausdruckslos. Die Augen stumpf, der Blick nach innen gekehrt. Er hatte mit seinem Leben abgeschlossen. „Scheiß auf mein beschissenes Leben", fügte er schnell hinzu, ohne sich zu verhaspeln. Zwei glänzende Bäche liefen jetzt über seine Wangen und sammelten sich an seinem spitzen Kinn zu einem Tropfen, der in der Fackel leuchtend aufblitzte, um im selben Moment zu verschwinden. Konstantin weinte stumm. Das Weiß seiner Augen war rot. Der glühende Stock in seiner Hand erhellte sein Gesicht nur zur Hälfte, was seinem Aussehen etwas Bizarres verlieh. Hier im Wald war es jetzt schon dunkel, obwohl die Abenddämmerung noch nicht ganz angebrochen war. Der Mond war nirgends zu sehen. Der Himmel hatte die gelbgraue Farbe eines Eidotters angenommen.

Ein lauer Wind kam auf, das Feuer begann zu züngeln und warf unruhige Schatten auf das schmächtige Gesicht von Konstantin. Er senkte seinen Blick, lief an den beiden Jungen

440

vorbei, nahm den auf den Boden geworfenen Strick und zog einmal heftig daran. Die Hand zur Faust zusammengeballt, warf er sich das Seil über die Schulter. Jetzt führte er das Bullengespann den schmalen Pfad entlang, der sich durch den Wald schlängelte. Gregor und Michael folgten ihm stumm.

41
Am Hof

Die Sonne hing tief am Horizont. Der Mond schimmerte leicht am grauen Himmel. Die schwach leuchtende Sichel verlieh der angespannten Atmosphäre einen falschen Eindruck der Behaglichkeit. Es war alles andere als friedlich auf dieser Welt. Michael fürchtete sich vor der bevorstehenden Standpauke. Er konnte die Anspannung in der abendlichen Luft knistern hören. Das Rauschen stieg stetig an, sodass er Mühe hatte, seine eigenen Gedanken zu hören. Sie standen vor dem großen Tor der Scheune. Zitternd warteten sie auf ihren Henker. Auf dem Nachhauseweg entschieden sie sich doch dafür, sich gemeinsam der Strafe zu stellen.

Das Knirschen von Stiefeln auf dem staubigen Boden kam mit jedem Atemzug näher. Ein kleiner Lichtpunkt tänzelte in der Luft und wurde immer heller, obwohl es noch nicht sehr dunkel war, hatte Onkel Emil seine Lampe dabei. Das Rauschen in Michaels Kopf war auf einmal verschwunden. Seine Glieder wurden steif, die Finger fingen an zu kribbeln, in seinem Bauch lag ein heißer Klumpen und strahlte die angsteinflößende Wärme in seine Beine aus. Die Knie zitterten butterweich, der Kopf war voller Gedanken.

„Wo wart ihr so lange, ihr Unnütze?", brummte die Stimme Onkel Emils aus der Ferne.

Michael hörte an der Stimmlage heraus, dass Onkel Emil sich einen oder zwei Gläser hinter die Binde gekippt hatte. Das konnte zu ihrem Vorteil werden oder auch nicht. Alles hing davon ab, aus welchem Grund sich der alte Mann etwas von dem Selbstgebranntem gegönnt hatte. Onkel Emil gab einen kurzen Laut von sich, der einem Grunzen gleichkam, dann endlich stand er vor ihnen. Die Petroleumlampe hing über ihren Köpfen, metallisch quietschend schwang sie am verbogenen Bügel leicht hin und her. Onkel Emil starrte sie mit zusammengekniffenen Augen durchdringend an.

„Was habt ihr dieses Mal verbrochen?"

Woher wusste er das?, überlegte Michael. Konnte er es an unseren Gesichtern ablesen, oder roch er den Gestank nach verbranntem Fleisch?

Mit der linken Hand fuhr er sich, wie es seine Gewohnheit war, über den dichten Bart. Mit unzerstörbarer Beherrschung sah der alte Mann zu den zwei Bullen, die unweit am Scheunentor standen. „Was ist mit Leonid passiert? Warum zittert er?", brummte der Mann, sein dicker Bauch trat noch mehr hervor und spannte an seinem Hemd. Als Onkel Emil einen tiefen Atemzug machte, knickte eines der Beine des verletzten Bullen ein.

„Die Tiere waren müde, dann haben wir uns an Ihren Spruch erinnert", entfuhr es Michael. Im Augenwinkel sah er, wie Konstantin einen Schritt nach hinten trat.

„Welchen Spruch?" Der Mann torkelte auf die Tiere zu. „Ach du meine Güte. Was, zum Geier, habt ihr, des Teufels Kinder, da angerichtet?", hörten sie ihn fluchen. „Wer von euch Deppen war das?"

Als Michael sich ein Herz fasste und sich umgewandt hatte, Gregor und Konstantin taten es ihm nach, sah er, wie Onkel Emil den Schwanz des verletzten Bullen anhob, um die Fleischwunde genauer in Augenschein zu nehmen. Dabei hielt er die Lampe dicht zwischen die zuckenden Hinterbeine des Tieres.

Der Bulle muhte laut und wedelte mit dem mächtigen Kopf, sodass die Kette an seinem Hals klagend zu rasseln begann.

Onkel Emil ließ den Schwanz los, fuhr sich mit den gespreizten Fingern über die Haarmähne. Langsam kam er zurück auf die drei Jungen zu. „Wer war das?" Er sprach jedes Wort einzeln aus. Seine rechte Hand schloss und öffnete sich mehrmals.

„Sie haben gesagt, wir müssen uns heute beeilen. Falls die Bullen nicht spuren ..." Michael verschluckte sich, er starrte die ganze Zeit zu Boden, doch dann entschied er sich, dem Mann in die Augen zu schauen, „... macht dem Bullen Feuer unterm

443

Arsch", wiederholte er den einen Satz, wegen dem sie jetzt tief in der Klemme steckten.

Dann geschah etwas, womit Michael niemals gerechnet hätte. Onkel Emil begann zu lachen. „Euch darf man aber auch gar nichts sagen, man muss ständig damit rechnen, dass ihr das anstandslos in die Tat umsetzt. Ihr Deutschen macht tatsächlich alles, was man euch befehligt. Was soll ich mit euch dreien nur tun?", grummelte er. Der alte Mann fuhr sich mit Daumen und Zeigefinger über die Augen. „Ich bin ja auch ein alter Narr …" Er klang jetzt mehr müde als erzürnt. „Geht euch waschen, danach könnt ihr etwas essen", brummte er. „Ich hole Stepan, wir werden den Bullen schlachten. Ihm ist ein Baumstamm gegen die Vorderbeine gerollt. Das vordere Knie ist angeschwollen, eines seiner Beine ist gebrochen, sagt ihr?"

Die drei Jungen starrten den Mann verdutzt an. Zuerst begriff keiner von ihnen, was Onkel Emil da sagte. Dann nickten sie schließlich, selbst Konstantin verstand, dass es der offizielle Grund für das Schlachten des Tieres war.

„Fjodor Iwanowitsch wird zwar nicht begeistert sein, aber es war ein Arbeitsunfall. Nicht wahr?" Onkel Emil sah sie noch einmal prüfend an.

Erneutes Nicken, diesmal noch heftiger.

„Seht jetzt zu, dass ihr hier verschwindet, und sagt Ludmilla, sie soll euch etwas von dem Fisch geben. Vielleicht kann sie morgen einen Braten machen." Der letzte Satz klang nicht sehr überzeugend.

42

Der Haferschleim schmeckte heute besonders gut. Eine wohlige Wärme breitete sich in Michaels Bauch aus. Auch Gregor und Konstantin löffelten die glibberige Pampe mit zufriedenen Mienen in sich hinein, ohne dabei von ihren Tellern hochzuschauen. Der Brei hatte heute einen leichten Fischgeschmack. Es war das beste Essen seit langem.

Als die Teller leer waren, strichen sie mit ihren Fingern über die Stellen, wo noch etwas von dem Essen kleben geblieben war. Konstantin schleckte sogar mit der Zunge darüber.

„Ich habe nichts mehr für euch, ihr könnt schlafen gehen, Nachschlag gibt es keinen. Ab morgen bin ich euch endlich los. Ich weiß nicht, warum mein Bruder so einen Narren an euch gefressen hat", sprach Ludmilla mit giftiger Stimme. Sie kam an den Tisch und riss den Kindern die Teller aus den Händen.

„Eure Rationen und die Essensmarken, für die ihr Hafer oder Gerste bekommt, langen bei Weitem nicht, um eure Bäuche zu stopfen, mein dämlicher Bruder sieht es als seine Pflicht an, euch am Leben zu halten. Wegen euch plündert er den Ertrag unserer Ernte, der so schon dürftig ist, weil wir den größten Teil für die Soldaten an die Front spenden müssen. Das sind Kinder, und sie haben nichts mit dem Krieg zu tun, sagt er immer", knurrte sie. Sie ahmte ihren Bruder nach, indem sie mit etwas tieferer Stimme sprach. „Aber ihr seid deutsche Kinder, ihr seid für den Krieg genauso verantwortlich. Das Unkraut sollte samt Strauch und Saat gejätet werden", beendete sie ihre Hasspredigt. Sie lief um den Tisch herum, wischte mit einem feuchten Lappen über die Tischplatte, schnappte die schmutzigen Teller und lief schnellen Schrittes zurück ins Haus.

Auch wenn Michael kein Sättigungsgefühl verspürte und sein Magen knurrend nach noch mehr Haferbrei verlangte, fühlte er sich trotzdem so gut wie seit Langem nicht mehr. Auch schien sein Bruder förmlich zu schweben, als er sich mit ein wenig verzerrten Gesichtszügen erhob.

„Ich dachte, wir drei würden heute in dem Kochtopf dieser Hexe schmoren, nachdem uns Onkel Emil in Stücke gehackt hat", sprach Gregor den furchteinflößenden Gedanken aus, der dem Michaels sehr ähnelte. Er sah sich nämlich neben seinem Bruder und Konstantin vor einem Graben stehen, drei Gewehrläufe wurden auf sie gerichtet. Niemand geringerer als Pulski gab den Befehl zum Erschießen.

445

„Ich ich da ... dachte, er wird Adolf au ... auf mich hetzen", stotterte Konstantin und holte sie ein.

Gregor schlug ihn gegen die Schulter. Konstantin rieb sich die Schulter, grinste aber breit.

„Du denkst wie immer zuerst nur an dich, du Stotterjunge."

Konstantin erlaubte sich denselben Spaß und boxte Gregor zurück, traf ihn jedoch nicht in die Schulter, sondern an seinem Kinn.

Gregor war alles andere als gutmütig und ließ es nicht so auf sich beruhen. Seine Rechte flog durch die Luft, schmatzend traf sie Konstantin mitten auf die Nase.

Michael packte seinen Bruder von hinten und hielt ihn an den Armbeugen fest. Gregor wollte sich befreien, er konnte es nicht bei einer Entschuldigung bewenden lassen, die Konstantin vor sich her stotterte.

„Bitte G ... Gregor tu ... tut ... tut mir leid", stammelte Konstantin. Mit vor der Brust erhobenen Händen lief er rückwärts. Gregor zappelte. Fast schaffte er es, sich loszureißen. Konstantin hielt jetzt die Hände schützend vor sein Gesicht.

Ein langanhaltendes Muhen, das in einem blubbernden Keuchen erstickte, ließ die Jungen zusammenzucken. Gregors Gegenwehr erlosch abrupt. Michael ließ seinen Bruder los. Auch er sah jetzt in die Richtung, aus der der letzte Ruf des Bullen, dessen Tod sie zu verantworten hatten, zu hören war.

Michael fragte sich, wie es dem alten Mann hatte gelingen können, so ein großes Tier zu töten.

Die ernüchternde Antwort bekam er nur kurze Zeit später zu sehen. Der Bulle lag auf dem Boden. Sein Kopf war mit einem dicken Seil an den Hörnern an einem massiven Pfosten fixiert, die Vorder- und Hinterbeine waren gefesselt. In dem zweiten Mann, dessen rechte Hand rot vom Blut glänzte, erkannte Michael Stepan. Er hielt einen Eimer an den Hals des sterbenden Tieres und fing damit das strömende Blut auf. Nichts wurde vergeudet. In der Zeit, in der der Hunger herrschte, hatten die Menschen alles gegessen. Selbst Katzen wurden nicht verschont. Man konnte sie essen, nur schmeckten diese Biester ekelhaft.

Das hatte Michael von Konstantin gehört. Er, seine zwei Brüder und ihre Mutter hatten ihre eigene Katze gegessen. Aber ohne Salz war das zähe Fleisch wie Stroh, hatte Konstantin den beiden Brüdern erzählt. Als sie in der ersten Nacht, die sie hier auf dem Hof verbracht hatten, lange wach blieben und nicht einschlafen konnten, sprachen sie von der beschwerlichen Reise und dem Leben davor. Auch Konstantins Dorf wurde geplündert, sie hielten sich mehrere Tage im Keller versteckt. Danach flohen sie in den Wald, die Katze war ihnen gefolgt. Als sie schließlich nichts mehr zu essen hatten, hatte die Mutter den Kater erwürgt. Später hatte sie ihm die Haut abgezogen und den schmächtigen Körper über einer Feuerstelle gebraten. Aber es nützte alles nichts, sie liefen zurück in die Siedlung und direkt in die Arme der Soldaten.

„Kommt her!" Die Stimme von Onkel Emil riss Michael aus seinen Erinnerungen. Der bärtige Mann winkte sie zu sich. „Schnell, Fjodor Iwanowitsch kann jede Minute da sein. Bewegt euch, verdammt noch mal. Stepan, lass die Jungs etwas von dem Blut trinken. Ich will kein Wort von euch hören. Wenn ihr leben wollt, dann trinkt das Zeug."

Wie paralysiert liefen sie auf den großen Mann zu, dessen Glatze im Licht der Dämmerung glänzte. Er hielt den Eimer in der rechten Hand und in der linken eine Schöpfkelle. Gregor war als Erster dran. Als er zögerte und den großen hölzernen Löffel nicht ergriff, schob ihn Konstantin zur Seite. Der blonde Junge trank das Blut, ohne den Löffel abzuheben. Michael wurde es flau im Magen.

„Jetzt du", brummte Stepan. Er tauchte den Löffel in den Eimer und reichte Michael die Kelle. Das Blut begann zu gerinnen. Die glibberige, warme Flüssigkeit schwappte in dem großen Löffel.

„Wenn du nur einen Tropfen verschüttest, wird Fjodor Iwanowitsch die Wahrheit erfahren", drohte Onkel Emil.

Michael gab sich einen Ruck, schloss die Augen und trank. Der erste Schluck wollte nicht seine Kehle hinunterfließen. Aber Michael zwang sich, das Blut hinunterzuwürgen. Er schluckte so

447

lange, bis die Schöpfkelle leer war. Gregor haderte auch nicht mehr. Auch er leerte die Kelle mit wenigen Schlucken.

„Und jetzt macht, dass ihr mir aus den Augen verschwindet."

Michael wischte sich die ganze Zeit über die Lippen, lief dann aber ohne sich umzuschauen in die Dunkelheit der Scheune, die ihn geräuschlos verschluckte. Im Inneren roch es nach Mist und Heu, der ihm so vertraute Geruch würde ihm bald fehlen. Denn schon morgen würden sie in das Haus von Konstantins Mutter ziehen.

43

Der Morgen war kühl, und dünne Bindfäden verhießen, dass der heutige Tag nass sein würde und dass der Herbst jetzt vollends Einzug gehalten hatte. Michael lag wach. Dann drehte er sich auf den Bauch und krabbelte bis an die Wand. Lange spähte er durch einen breiten Spalt nach draußen. Er konnte in dieser Nacht kein Auge zumachen, er träumte davon, wie er dem Bullen mehrmals in den Hals stach, um in dessen Blut zu baden.

Als er so dalag und die Stimmen von draußen verstummt waren, war er nochmal nach unten geklettert. Alles, was von dem Bullen geblieben war, war eine rote Pfütze, die von dem schmutzigen Regen aufgelöst wurde. Eigentlich war der Regen nicht schmutzig, wusste er, aber das sagte immer seine Mama, wenn draußen die Erde aufgeweicht wurde und die Löcher im Boden zu tiefen Schlammpfützen wurden. Danach lief er wieder zurück. Nun lag er wach da und wartete auf den Morgen. Er drehte sich wieder auf den Rücken und starrte zu der hohen Decke, die voll von Spinnweben war.

„Aufwachen, ihr ... ihr N ... Nichts ... Nichtsnütze."

„Das heißt Nichtsnutze, du Arsch, und hör auf, hier so laut zu brüllen", fluchte Gregor, noch trunken vom Schlaf. Er sprang auf und trat den aufgebrachten Konstantin gegen das Schienbein. Konstantin schrie kurz auf und fiel hin.

„Runter mit euch", ertönte eine tiefe Stimme von unten. Die beiden Streithähne verstummen.

Michael wagte einen Blick nach unten. Dort stand, wie nicht anders zu erwarten, Onkel Emil. Er zündete seine Pfeife an, nachdem er zwei der Streichhölzer angerissen hatte, schmatzte er verärgert mit den Lippen. „Wird's bald? Oder muss ich euch darum bitten?"

„Wir ... wir k ... kommen", beeilte sich Konstantin der Bitte, die keine war, nachzukommen.

Als der Tabak zu qualmen begann, wedelte er das kleine Stück Holz mit wenigen Bewegungen aus. Mit einem einzigen Stampfen zertrat er das verkohlte Stäbchen mit seinem Stiefel. Erst jetzt sah Michael, dass Onkel Emil einen Sack neben sich liegen hatte.

Ihre Blicke trafen sich. Michael wurde es kalt ums Herz. Er fasste an sein Medaillon, das sich warm anfühlte. Ihm widerstrebte es, Onkel Emil weiter anzustarren, also sprang er auf, klopfte die trockenen Halme von seinen Sachen ab, erst dann kletterte er die schiefe Leiter nach unten.

„Zieht euch aus, macht schnell", herrschte Onkel Emil die drei ängstlich dreinschauenden Kinder an. Sie zögerten. Der alte Mann schnaubte und schüttelte entrüstet den Kopf. Michael schaute in die Augen des Mannes, darin spiegelte sich eher Mitleid als Unmut. Die Pfeife wanderte von einem Mundwinkel zum anderen. Eine gelbe Rauchwolke umhüllte Onkel Emils Gesicht, die er mit seiner linken Hand wie ein lästiges Insekt von sich wegscheuchte.

„Das, was ihr da anhabt, eignet sich höchstens noch zum Bodenwischen", brummte der Mann erneut, beugte sich nach unten, ergriff den Sack, fluchend zerrte er an dem Knoten, der zu fest zugezurrt war. Dann, als seine knorrigen Finger den Knoten endlich aufbekommen hatten, drehte er den Jutesack um und schüttete den Inhalt auf den mit Heu bestreuten Boden aus. Michael traute seinen Augen nicht. Das, was er das sah, verschlug ihm den Atem.

„Müsste euch allen passen."

Nun gab es kein Halten mehr. Die Jungen streiften ihre zerrissenen Klamotten von ihren nur von Haut zusammengehaltenen Körpern ab und griffen nach den Sachen, die auf dem Boden verstreut lagen. Michael erwischte eine Hose und ein rotes Hemd mit weißen Punkten, auch ein Paar Stiefel konnte er ab heute sein Eigen nennen. Die Zehen fühlten sich angenehm eingeengt an. Ein dünner Strick aus Leder hielt seine etwas zu groß geratene Hose fest um seine schmale Hüfte. Seine Kiefermuskeln taten ihm weh, weil er die ganze Zeit über wie ein Wahnsinniger grinste. Auch Gregor und Konstantin konnten ihr Glück nicht fassen.

„Hat alles meinem jüngeren Sohn gehört", grummelte Onkel Emil, drehte sich um und war im Begriff zu gehen.

„Onkel Emil", rief Michael.

Der Mann mit dem graumelierten Haar drehte sich zu ihnen um.

Ohne lange zu überlegen, stürmte Michael auf den oft übel gelaunten Mann zu und klammerte sich an ihm fest. Er umarmte ihn und begann vor Glück zu weinen.

„Ist schon gut, Junge", flüsterte Onkel Emil. Er klopfte Michael sachte auf den Rücken, auch seine Stimme zitterte. „Ist schon gut", sagte er immer wieder und kämpfte selbst gegen die Tränen. „Der verdammte Krieg ist an allem schuld, nicht ihr, auch nicht eure Eltern." Die schwere Hand des Mannes klopfte nicht mehr, sie strich Michael über den Rücken, fast schon zärtlich - wie die eines Vaters. Das brachte Michael dazu, völlig in Tränen auszubrechen und laut zu schluchzen.

„Ich glaube, ihr werdet jetzt abgeholt", sprach Onkel Emil nun mit fester Stimme, als er draußen das laute Bellen von Adolf vernommen hatte.

Eine leise Unruhe hatte sich seiner bemächtigt, als Michael mit sanfter Bestimmtheit weggeschoben wurde. „Wisch dir das Gesicht trocken", entfuhr es dem Mann.

Michael tat, wie ihm geheißen. Tatsächlich wurden draußen Stimmen laut.

„Ich glaube, d ... das ... das ist m ... meine Ma ... ma", flüsterte Konstantin. Auch seine Augen waren rot.

„Ja, deine Mutter ist da, sie holt euch jetzt ab, macht, dass ihr hier verschwindet, ich werde jetzt die Tiere füttern, ihr kommt auch ohne mich zurecht", grummelte Onkel Emil und schnappte nach einer Heugabel.

Michael sah, wie Onkel Emil mit dem Hintergrund verschwamm. *Werden wir uns nächstes Jahr alle wiedersehen können ...?*

MISCHA
Buch 3
Verstoßen

1

Winter 1943

Alexander schwitzte bei klirrender Kälte. Seine Rückenmuskulatur brannte, die Finger krallten sich fest um das Holz. Ein trockenes Klack, Klack, Klack zerschnitt die morgendliche Luft. Schnee schmolz auf seiner nackten Haut, denn er trug nur eine Hose und Gummistiefel.

Dunja stand in der Tür. Sie hatte sich in einen dicken Pelzmantel gewickelt. Stumm sah sie ihm zu, wie er das Holz spaltete.

„Sascha, das wird für zwei Winter reichen, und dieser ist hoffentlich schon bald vorbei", sagte sie und zog den Mantel fester um ihre Schulter.

„Wer weiß, ob du im nächsten Winter noch einen Mann hast; der eine ist an der Front, und mich können sie jederzeit holen, um mich zu erschießen", entgegnete Alexander schnaufend. Sofort taten ihm seine Worte leid. Er holte zu einem weiteren Schlag aus. Die Axt sauste herunter, die Klinge war scharf, ohne viel Widerstand spaltete sie das Holz. Das Holzscheit flog in zwei Hälften auseinander. Alexander streckte mit vor Anstrengung verzerrtem Gesicht seinen Rücken, die Axt hielt er in der linken Hand. Als keiner der Wirbel mehr knackte, drehte er sich zu Dunja um.

Ihre Wangen glühten, ob vor Kälte oder Zorn, vermochte Alexander nicht zu sagen. Sofort griff die Kälte nach ihm und jagte ihre kalten Finger in seine von Schweißperlen bedeckte Haut.

„Komm rein, Sascha, das Essen ist fertig", flüsterte Dunja und verschwand hinter der Tür, die langsam und quietschend ins Schloss fiel.

Alexander rammte die Axtschneide in den großen Baumstamm einer Eiche, sammelte mehrere Scheite auf und folgte Dunja in das warme Haus.

Drinnen flackerte das Feuer. Wohlige Wärme spendete Trost. Alexander fühlte sich heimisch, genau dies machte ihm die ganze Zeit zu schaffen. Der Gedanke, Dunja verlassen zu müssen, nagte an seinem Gemüt. Er würde alles Erdenkliche in die Tat umsetzen, wenn er das Schicksal irgendwie bestechen könnte, damit es ihm hold blieb.

Er ging zum Ofen und stapelte das Holz zu einem Haufen. Mit einem schweren Schürhaken öffnete er die gusseiserne Tür des Ofens, um die Glut zu schüren. Prüfend warf Alexander einen Blick hinein. Eine heiße Welle erfasste sein Gesicht, als er zwei Holzscheite in den brennenden Schlund hineinwarf, um dem Feuer mehr Nahrung zu geben. Als er die Tür wieder schloss, versuchte er die Lethargie von sich abzuschütteln. Er schloss die Augen, holte tief Luft und setzte eine fröhliche Miene auf. Irgendwie werde ich alles geradebiegen, dachte er, blieb in der Hocke sitzen, rieb seine klamm gewordenen Hände aneinander und öffnete die Augen. Der Schürhaken griff erneut nach der Tür. Die Glut hatte sich in ein loderndes Feuer verwandelt. Er starrte auf das züngelnde Tanzen, so lange, bis seine Augen zu tränen begannen.

„Sascha, das Essen bleibt nicht den ganzen Tag warm", hörte er erneut Dunjas Stimme.

Er stand auf, das rechte Knie knackte dabei trocken, wie eben eines der Holzscheite im Ofen, tat aber nicht weh. Leichtfüßig und etwas besserer Laune warf er einen kurzen Blick auf den Tisch. Darauf stand eine Schüssel mit drei gekochten Eiern, daneben etwas Butter und mehrere Scheiben Brot.

„Sascha, komm essen, die Eier werden sonst kalt", hörte er Dunjas Stimme. Sie stand mit dem Rücken zu ihm an dem massiven Tisch und goss aus einem kleinen irdenen Krug etwas Milch ein. Als sie mit dem Ausschenken fertig war, drehte sie sich zu ihm um, den Krug hielt sie immer noch in ihren zierlichen Händen fest umklammert. Er nickte. Dunja stellte das Gefäß ab und ging auf die andere Seite des Tisches.

Alexander sah sie teilnahmsvoll an. Sie schnitt jetzt das Brot und merkte nicht, wie er sie beobachtete. Womit habe ich nur solches Glück verdient?, dachte er. Das Schicksal hatte ihm eine kleine Chance eingeräumt, an die er sich mit aller Kraft festklammerte. Doch dieses Seelenheil war vergänglich, das wusste er. Nichts anderes blieb ihm mehr übrig, als jeden Tag das Leben zu genießen, so als wäre er der letzte. Wie schmerzhaft der Tod sein kann, hatte er am eigenen Leib erfahren, umso mehr freute er sich auf das Leben.

Dunja setzte sich hin und faltete die Hände zu einem kurzen Gebet. Sie sprach das Vaterunser. Alexander hängte den Eisenhaken in die Halterung ein, ging auf die junge Frau zu und nahm sie von hinten in den Arm. Ihre Finger legten sich auf seine Arme. Dünn und kalt, aber auch zärtlich waren ihre Hände. Sie blickte zu ihm auf. Ein zauberhaftes Lächeln huschte über ihr Gesicht.

„Später vielleicht, jetzt essen wir aber." Beide wussten, was mit *später* gemeint war. „Ich habe Hunger", stellte sie mit Nachdruck fest.

Hunger hatte er auch, dachte Alexander, sein Magen knurrte, sie beide lächelten einander an. Dunja zog Alexanders Kopf zu sich und gab ihm einen warmen Kuss, schob ihn dann wieder von sich, als Alexander noch mehr wollte. Seine linke Hand wanderte von der Schulter zu ihrer Brust. Dunja scheuchte sie mit einem kurzen Klaps von sich. Alexander knurrte.

„Schluss jetzt, sonst gibt es auch kein *später* heute Abend", sprach sie mit gespielter Ernsthaftigkeit.

Sie sah ihn jedoch liebevoll an, hob die Hand, mit sanfter Berührung flatterten ihre Finger über seine Stirn, an die Stelle, an der die Narbe von der Kugel noch deutlich zu sehen war. Ihre Augen glänzten. „Lass uns essen, Sascha", flüsterte sie. Er nickte nur und setzte sich ihr gegenüber.

2

In der Hütte bei Tante Elsa (Konstantins Mutter)

Tante Elsa gab einen Schrei des Entsetzens von sich. Sie sah ihren Sohn finster an, so als würde sie ihn am liebsten erschlagen.

„Was hast du angestellt, Konstantin? Du dummer Junge!" Ihre Stimme zitterte vor Zorn. Ihre Lippen wurden zu einem farblosen Strich.

Konstantin rührte sich nicht. Weder sein Gesichtsausdruck noch seine Körperhaltung verrieten den Anwesenden, was in ihm vorging. Er stand mit ausdrucksloser Miene einfach nur da. Die Hände in den Taschen seiner an den Knien ausgebeulten Hose versteckt, sah er seine Mutter ohne ein Wort zu sagen einfach nur an.

„Du weißt ganz genau, was ich meine. Also hör auf, mich so dumm anzustarren."

Michael mochte die Frau nicht. Sie hatte sich verändert. Mit ihrem gehässigen Gerede versucht sie stets die anderen in Angst und Schrecken zu versetzen, sodass jedes der Kinder heilfroh war, wenn sie für ihre Strafpredigten ein anderes Opfer ausgesucht hatte, um sich darauf zu stürzen.

„Ich möchte dir nur vor Augen führen, was dich alles erwartet, wenn du dich weigerst, mir auf meine nächste Frage eine ehrliche Antwort zu geben. Falls du gedenkst, dich weiter in Lügen zu verstricken, so gnade dir Gott. Ich gebe dir eine Minute zum Überlegen." Mit vor der Brust gekreuzten Armen stand sie mit finsterer Miene da, wartete. Ihr Haar war zerzaust, das Gesicht scharfkantig, die Augen eisig. Michael schauderte bei diesem Anblick.

Dann, nach einer gefühlten Ewigkeit, rührte sich Konstantin endlich. „Ich h … hatte Hunger", flüsterte er die knappe Antwort mit belegter Stimme.

Michael beobachtete das Ganze, ohne sich einzumischen. Er ließ seinen Blick durch den Raum wandern, bis er auf Gregor traf. Im Augenwinkel vernahm Michael eine Bewegung. Er wandte sich von seinem Bruder ab.

Tante Elsa kam raschen Schrittes auf ihren Sohn zu. Mit einer weitausholenden Bewegung klatschte sie Konstantin mit der flachen Hand ins Gesicht. Sofort wurde die Haut an dieser Stelle rot. Michael sah, wie der Abdruck deutlich hervortrat, doch Konstantin verzog keine Miene. Er nahm seine Strafe mit stoischem Gesichtsausdruck auf sich. Die Augen nach vorne gerichtet sah er durch seine Mutter hindurch, so als wäre sie Luft.

In Tante Elsas kalten Augen konnte Michael nicht eine Spur des Mitgefühls für ihren Sohn erkennen. Das, was Konstantin getan hatte, war unverzeihlich. Er hatte die Reste vom Vorabend, es war ein Esslöffel Brei, der eigentlich für seinen kleinen Bruder gedacht war, aufgegessen. In der Nacht, als alle schliefen, mutmaßte Michael. Der kleine Rudi hatte Fieber, seit Tagen schon, er war zu schwach, um den Brei ganz aufzuessen.

Michael sah sich in diesem Moment bemüßigt, etwas zu sagen, damit die Situation nicht ganz eskalierte.

„Ich fahre heute zur Mühle und werde etwas Mehl stehlen." Er erkannte seine eigene Stimme nicht wieder, denn insgeheim hoffte er, die Frau würde ihn davon abhalten wollen.

Die in den harten Monaten des kalten Winters stark gealterte Frau wandte sich von ihrem Sohn ab und sah Michael durchdringend an. „Hätte ich euch nicht am Hals gehabt ..." Weiter kam sie nicht. Ihre Stimme war in Tränen erstickt. „Eure

459

Mutter hätte sich um euch kümmern müssen, nicht ich", schluchzte sie, nachdem sie sich wieder gefasst hatte.

Michael hatte keine Ahnung, wie lange er sich noch beherrschen könnte, darum biss er die Zähne noch fester zusammen und ballte die Hände so fest zusammen, dass seine Fingernägel tief in die Handflächen fuhren. Der so entstandene Schmerz lenkte seine bösen Gedanken in eine andere Richtung, auch der Zorn ebbte allmählich ab, der Atem ging jetzt etwas flacher. Er verbiss sich die unschönen Worte, die sich in seinem Kopf zu einem langen Satz aufreihten.

„Ohne uns wären Sie schon längst verhungert", mischte Gregor sich ein. Er sagte immer das, was er dachte, ohne einen Gedanken an die darauffolgenden Konsequenzen zu verschwenden. Einzig in Anwesenheit von Pulski oder Onkel Emil wusste sich Michaels Bruder zu beherrschen. Nun stand Gregor von dem Schemel auf, auf dem er saß und an einer Holzfigur schnitzte. Sein Blick war provokativ. Mit der rechten Hand fuhr er durch sein dichtes, pechschwarzes Haar. „Und wagen Sie es ja nicht", ermahnte er die Frau, als sie sich ihm genähert hatte. Ihre Hand war erneut zu einer Ohrfeige angehoben, die Gregor gelten sollte. Gregors gespielte Gelassenheit brachte die Frau in Rage.

„Hüte deine Zunge, Junge", sagte sie mit gepresster Stimme.

„Sonst noch was?" Das scharfe Messer fuhr weiter durch das helle Holz. Feine Holzspäne segelten zu Boden. „Ich werde mich nicht von Ihnen verprügeln lassen. Nur dank meines Bruders und mir haben Sie wie auch Ihre Söhne etwas zu essen. Wir können jederzeit dabei erwischt werden. Auch wenn wir nichts klauen, ist es nicht erlaubt, sich ungefragt in den Wald zu schleichen, um dort nach Beeren zu suchen. Aber jetzt im Winter gibt es dort nichts mehr zu holen. Pulski hat mich schon zweimal ermahnt. Er sagte, hier sei ein Arbeitslager und kein Kurort für stinkreiche Kapitalisten."

Die eingeschüchterte Frau zauderte, auch war ihr mehr als bewusst, dass Gregor recht hatte. Ihr Kinn begann zu zittern. Mit beiden Händen bedeckte sie ihr Gesicht, schluchzend sank sie auf einen Stuhl und begann laut zu weinen.

Der kleine Rudi war von der laut geführten Auseinandersetzung aufgewacht. Sein vom Schleim belegtes Schreien wurde immer wieder von heftigen Hustenattacken unterbrochen.

Gregor schniefte. Sein Blick wanderte nach oben, zum Ofen, dort, wo der kleine, vom Fieber geschwächte Rudi lag. Die warme Schlafstätte, die vom Feuer im Ofen warmgehalten wurde, gehörte der Frau und ihren zwei jüngsten Söhnen. Rudi quengelte jetzt nur noch. Michael sah seinen Bruder erwartungsvoll an, denn er wusste, dass Gregor mit sich selbst haderte. Er war unentschlossen, das Messer in seiner Hand hing mit der Spitze nach unten, die halbfertige Holzfigur hatte jetzt schon die Form eines Pferdes. Gregor lief zum Tisch, die Figur krachte auf die Tischplatte, mit der rechten Hand rammte er das Messer tief ins blank polierte Holz hinein und stürmte hinaus. Jeder seiner Schritte klang dumpf. Die Tür wurde aufgerissen, ein kalter Windstoß drang ins Innere. Die plötzliche Kälte ließ Michael erschauern.

Gregor blieb nicht lange weg. Als er wieder zurückkam, waren seine Haare von Schnee bedeckt. Die Finger rot und nass, das Gesicht von Traurigkeit bestimmt. Gregors rechte Hand war zu einer Faust geballt. Darin hielt er etwas versteckt, das Michael nicht richtig erkennen konnte. Gregors Blick war jetzt schneidend. Enttäuschung war etwas Anderem gewichen, Zorn vielleicht, überlegte Michael. Er konnte seinen Bruder nie richtig einschätzen.

Alle starrten mit ausdruckslosen Mienen zu Gregor. Mit festen Schritten lief er auf die verdutzte Frau zu. Seine nackten Füße klatschten auf den Dielen. „Hier", sagte er mit gepresster Stimme, schon knallte seine rechte Hand auf die Tischplatte. Zwei Knochen blieben auf dem Tisch liegen, als Gregor die Hand wieder wegnahm. „Kochen Sie etwas Brühe für Ihr krankes Kind. Und du, Konstantin, wenn du ihm noch einmal

461

etwas wegisst, dann werde ich deine Knochen herausschneiden, um für Rudi daraus eine Suppe zu kochen."

Konstantins Unterkiefer malmte. Sein schuldbewusster Blick trübte sich.

Die Frau - mit vor Tränen verquollenen Augen - rappelte sich auf die Beine und fiel, als wäre sie angeschossen worden, auf die Knie. Sie klammerte sich an Gregors Beinen fest wie eine Bittstellerin. Gregor war auf so eine Wendung nicht vorbereitet. Er wurde von diesem völlig unerwarteten Gefühlsausbruch fast erschlagen. Seine finstere Miene strahlte Unentschlossenheit aus. Tante Elsa schluchzte jetzt umso lauter. Mit nasaler Stimme sagte sie irgendeinen Psalm auf, den keiner verstehen konnte, ihre klagenden Worte klangen belegt. Sie zitterte am ganzen Körper, so, als ob sie fröre.

Gregor starrte sie mit einem nicht zu deutenden Blick an, zog sie an den Achseln hoch auf die Beine und setzte sie zurück auf die Bank. Eine nie gekannte bange Erwartung ließ Michael zu einer Salzsäule erstarren. Wo hatte Gregor diese Knochen her?, beherrschte diese eigentlich sehr einfache Frage seinen Verstand. Doch in dieser Zeit, in der der Hunger allgegenwärtig war, konnte dies über Leben und Tod entscheiden. Jeder, der beim Stehlen erwischt wurde, kam in ein anderes Arbeitslager, dorthin, wo andere Gesetze herrschten. Da war der Umgang rauer, nicht wie hier. Das wusste er vom Hörensagen. Das Leben dort war schlimmer als der Tod.

„Gregor, wo hast du das her?", flüsterte Michael, dabei erkannte er seine eigene Stimme kaum.

Sein Bruder schien zuerst eine Lüge zu erwägen, nach einem kurzen Moment der Stille besann er sich jedoch anders.

„Ich habe sie einem Hund weggenommen", brummte Gregor. Also doch keine Wahrheit, grämte sich Michael. Gregor mied den Blickkontakt, weil beide wussten, dass er gelogen hatte. Gregor setzte sich wieder auf den kleinen Hocker und begann seine nackten Füße mit langen Stoffstreifen aus grober Baumwolle einzuwickeln.

„Gerade eben?", entfuhr es Konstantin.

Gregor warf ihm einen abschätzigen Blick zu, als habe er ein begriffsstutziges Kind vor sich.

„Was denkst du denn?" Die brüchig klingende Stimme nahm einen gefährlichen Klang an, als Gregor Konstantin durchdringend anschaute.

„Gregor, du bist ein Schatz, nimm dir an deinem Freund ein Beispiel, Konstantin", mischte sich Tante Elsa ein.

Gregors finstere Miene bekam weichere Züge. „Wir sind Genossen, keine Freunde", flüsterte er tonlos.

Der Druck auf Michaels Brust löste sich. Ein zaghaftes Lächeln huschte über seine Lippen, als er bemerkte, wie Gregors Wangen einen roten Schimmer bekommen hatten. Er ging zu seinem Bruder, setzte sich neben ihn auf den staubigen Boden und begann jetzt auch seine Füße einzuwickeln.

„Ich habe sie vor zwei Wochen im Schnee eingegraben", rechtfertigte sich Gregor, als niemand mehr etwas sagte. „Wir sind spät dran", murmelte er dann, sich jetzt an Michael gewandt, und stopfte das lose Ende des Stoffes zwischen die Lagen, die er sich um die Wade gewickelt hatte. Michael zog die Wicklungen seiner Fußlappen nicht zu fest zu, aber auch nicht zu locker, damit die Stofflagen in den viel zu großen Filzstiefeln beim Gehen nicht verrutschen. Als er mit dem zweiten Bein fertig war, klopfte es beharrlich an der Tür, laut und fordernd waren die Hiebe.

Die Frau griff mit den Fingern nach den Knochen und versteckte sie hastig unter dem üppigen Busen. „Es ist offen", rief sie mit aufgesetzter Gelassenheit. Schnell richtete sie ihr Haar unter der Kopfbedeckung und streifte das Kleid glatt.

Eine dunkle Gestalt mit nach unten gesenktem Kopf trat ein.

Die Fellmütze auf dem Kopf des Riesen war weiß von Schnee. Die Schneeflocken lösten sich sofort zu Wassertropfen. Als eine große Pranke die Mütze vom Kopf streifte, erkannte Michael die Glatze. Auch das Gesicht des Mannes war ihm bestens bekannt. Es war Stepan. Der Mann atmete geräuschvoll ein, bevor er sprach: „Ich komme von Emil, er schickt mich, um das hier bei euch abzugeben." Er sah dabei die Frau an, die nicht so recht wusste, was sie mit ihren Händen machen sollte, schließlich faltete sie sie wie zu einem Gebet und hielt sie so vor der Brust.

Stepans rechte Hand verschwand unter dem dicken Mantel. Nach kurzem Zögern förderte er ein kleines Bündel heraus. Er stand immer noch vor der Tür und wagte nicht, sich weiter ins Haus hinein zu begeben. Die Tür lehnte an seinem Rücken, durch den schmalen Schlitz drang ein kalter Luftzug. Unsicher, als stünde die Frau vor einer wichtigen Entscheidung, stand sie da und traute sich nicht, auf den Mann zuzugehen. Wieder war es Michael, der den beiden Erwachsenen die Entscheidung abnahm. Er steckte seine Füße in die dicken Filzstiefel, wackelte mit dem Kopf und ging auf Stepan zu, um das Bündel entgegenzunehmen.

„Ich soll euch einen schönen Gruß ausrichten. Er erwartet euch beide an der Mühle." Diese Information galt den beiden Brüdern. Mehr sagte Stepan nicht, er stülpte sich die Mütze auf seinen Kopf und trat in die klirrende Kälte hinaus, dabei beugte er seinen Körper weit nach unten, so wie es alle großen Menschen taten, wenn sie unter einer Zarge hindurch schritten.

Als die Tür ins Schloss fiel, löste sich die Spannung auf. In dem Augenblick der absoluten Stille erklang ein lauter Knall. Alle zuckten zusammen, Rudi war wieder aufgewacht. Weinend begann das aufgeschreckte Kind zu husten.

„Es war nur das Holz im Ofen", flüsterte die Frau ihrem Sohn zu, der nach ihr rief.

464

Das Bündel in Michaels Hand wog nicht schwer. Er ging zum Tisch. Mit spitzen Fingern löste er nicht ohne einige Anstrengung den Knoten. Zwei Scheiben Brot und etwas Käse waren alles, was sich darin befand, aber es war mehr, als sie sich erhofft hatten.

„Ich kann daraus eine leckere Suppe machen", stotterte Tante Elsa. Mit der linken Hand griff sie sich an den Busen. Ihre zittrigen Finger hielten die beiden Knochen, die sie bedächtig auf das weiße Tuch neben das verschrumpelte Brot und die ausgetrockneten Käsereste legte.

„Aber lasst etwas für uns übrig", grummelte Gregor und schnappte nach seinem Mantel.

Sie hatten Glück. Onkel Emil hatte sie selbst in dieser schwierigen Zeit nicht vergessen. Auch verdankten sie es dem Tod einer alten Oma, dass sie in dieses Haus hatten einziehen dürfen. Die anderen traf es weit schlimmer, sie lebten oft zu Dutzenden in einem einzigen Raum, der nicht einmal einen richtigen Ofen zum Heizen hatte. Aus einem unerklärlichen Grund lächelte Michael seinen Bruder an. Gregor hob die Augenbrauen. Dann stülpte er sich eine Pelzmütze aus abgewetzten Kaninchenhäuten auf den Kopf und verdeckte seine Stirn bis an die dunklen Augen. „Komm jetzt, und hör auf, so dumm zu grinsen", brummte Gregor und schlüpfte nach draußen. Michael nahm den zweiten Mantel vom Haken. Der Mantel war zu weit und roch muffig. Immer noch besser, als mit dem nackten Arsch im Schnee zu sitzen, diese Bemerkung hatte sich Onkel Emil nicht entgehen lassen, als Michael bei dem Anblick die Nase gerümpft hatte. Immer noch mit einem schiefen Grinsen band er den Lederriemen fest um seinen Bauch.

„Und du, Konstantin, gib dir Mühe, nicht alles aufzuessen, und sieh zu, dass du heute den Korb fertig bekommst", sprach Gregor in barschem Ton, weil er nachschauen wollte, wo Michael so lange blieb. Dann sah er in die Ecke, dort, wo zwei angefangene Körbe mit all dem dazugehörigen Flechtzeug lagen, das sie zum Arbeiten benötigten. Konstantin folgte Gregors Blick. Mit zerknirschter Miene nickte er zustimmend.

„Falls du wieder nicht fertig sein solltest, werde ich dich persönlich zum Pulski bringen, dann kannst du ihm deine Entschuldigung selbst vorstottern", ermahnte ihn Gregor in barschem Ton. „Michael, kommst du jetzt endlich?" Ohne die Antwort abzuwarten, verschwand er wieder.

„Bis heute Abend", sagte Michael leise. Mit der rechten Hand stieß er die Tür auf.

Die Luft war eisig und brannte in der Nase, als Michael einen tiefen Atemzug machte.

Gregor hüpfte jetzt schon auf der Stelle. Eine dicke Dampfwolke stieg aus seinem Mund, als er sich warme Luft in die Fäustlinge einhauchte.

Michael machte die klirrende Kälte weniger aus. Die reine Luft tat seiner Seele gut, auch wenn sie in seiner Lunge brannte.

„Was ist?", fragte Gregor, als er bemerkte, wie Michael ihn ansah. „Nun sag schon?"

„Wolltest du die Knochen selbst essen?", rutschte Michael der Satz wie von alleine raus. Er wusste, dass Gregor ihm sein Geheimnis nicht verraten würde, trotzdem brannte ihm die Frage unter den Fingernägeln. Er wollte es einfach wissen, wo sein Bruder unbemerkt die zwei dicken, in Scheiben gesägten Knochen her hatte.

Gregor hielt den zweiten Fäustling an den Mund. Erneut sah Michael, wie eine warme Wolke in einem Handschuh verschwand.

„Du hast sie hoffentlich nicht dem Adolf stibitzt?" Er formulierte die Frage zu einem Witz.

Gregor bedachte seinen Bruder mit einem unsicheren Blick, die Augen zu zwei schmalen Schlitzen zusammengekniffen. „Klar", lautete seine knappe Antwort. Dann stellte er den Kragen hoch, senkte den Kopf und stampfte Richtung Mühle. Michael folgte seinen Fußstapfen. Ihre Beine versanken bis zu den Knien im Schnee, trotzdem mussten sie raus. Ansonsten wären sie ohne Essen geblieben. Wer nicht arbeitet, isst nichts, lautete hier die Devise.

3

Dunjas Haus

Alexanders Hände waren flink, dank seiner Schnelligkeit und seinem Geschick konnte er mehrere Körbe an einem Tag flechten. Diese Art von Beschäftigung lenkte ihn vom grauen Alltag ab, gleichzeitig verlieh ihm die Tätigkeit das Gefühl, gebraucht zu werden. Aus der Gesellschaft verstoßen zu werden ist oft das Schlimmste, was einem Menschen passieren kann.

„Genosse Pulski war heute wieder bei der Ausgabe dabei. Er hat nach dir gefragt", meldete sich Dunja. Sie saß am Tisch und siebte das Korn aus. „Bei ihm war auch noch ein anderer Mann, Andrej Koslov, glaube ich, hieß er."

Alexander hielt inne, legte den Korb auf den Boden und sah über die Schulter zu Dunja. „Was haben die gewollt?"

Sie zuckte mit den Schultern. „Dieser Koslov hat behauptet, dich gut zu kennen."

„Wie sah er aus?"

„Er ist ungefähr so alt wie du, hat eine runde Brille, auch scheint er im Großen und Ganzen ein intelligenter Mann zu sein – zumindest beim ersten Eindruck. Er arbeitet in der Fabrik, nein, ich glaube, er wurde versetzt." Dunjas Hände schwebten über der Tischplatte. „Sie sprachen von der Mühle. Dieser Koslov sagte, ich soll dich von Herrn Scherbenkind oder so ähnlich grüßen."

„Scherenkind?", echote Alexander. „Achim?"

Dunja drehte sich nun doch zu ihm um. Mit einem leicht irritierten Gesichtsausdruck zog sie die Augenbrauen zusammen. „Das weiß ich nicht", flüsterte sie und zuckte erneut mit den Schultern. „Sie haben gesagt, das Rad muss bis zum Frühling wieder repariert werden. Auf jeden Fall wirst du ihm wohl zur Hand gehen müssen."

„Wem?"

„Diesem Koslov. Pulski wird doch kein Rad reparieren", sagte Dunja. Mit der rechten Hand strich sie von der Tischplatte die ausgesiebten Körner in einen Mörser aus schwerem Gußeisen, die sie langsam mit einem Stampfer zu zermahlen begann.

Alexander seufzte und schloss die Augen. Manchmal brachte ihn Dunja mit ihrer Gelassenheit zur Verzweiflung. „Was hat dieser Koslov denn von mir gewollt? Wo möchte er mich denn sehen? In der Mühlenfabrik?", sprach Alexander mit gefasster Stimme, jedes Wort betonend.

„Ich weiß es nicht", entgegnete sie im gleichen ruhigen Ton.

Als Alexander im Begriff war, erneut zu einer Frage anzusetzen, schüttelte Dunja unmerklich den Kopf, ihre Augen waren rot vor ungeweinten Tränen. Ihr Blick heischte nach etwas, womit sie sich aus dieser Situation retten konnte. Als sie nichts fand, sagte sie: „Ich weiß es nicht, Alexander, bitte verschone mich mit deinen Fragen, die uns beide überhaupt nicht weiterbringen werden, außerdem habe ich gehört …" Ihre Stimme brach abrupt ab. Der Mörser verstummte.

„Was?" Alexander musste an sich halten. Er hasste es, ihr immer die Worte einzeln aus der Nase ziehen zu müssen.

„Mein Mann lebt, ich habe gehört, dass er wahrscheinlich verletzt wurde und im Frühjahr zurück nach Hause kommt."

In ihrem hoffnungslosen Blick lag mehr Trauer, als Alexander es je bei einem Menschen gesehen hatte. Er stand von seinem Hocker auf, seine Knie knackten und taten weh vom vielen Sitzen. Mit heftigen Bewegungen klopfte er seine Hose ab und ging zu Dunja. Sie ließ sich in seine Arme fallen, als er dicht vor ihr stand. Das Gesicht an seine Brust gelehnt, weinte sie bittere Tränen. Ihr Körper zuckte in seiner Umarmung. Von Weinkrämpfen geschüttelt, drückte sie ihn fest an sich, so als fürchte sie sich davor, in einen Abgrund zu stürzen.

„Wo? Wo soll ich hin, welche Fabrik? Dunja, wenn du es mir nicht sagst, kann es schlimme Folgen nach sich ziehen."

„Bei der Mühle", schluchzte Dunja, ohne den Kopf zu heben. Ihre Stimme klang gedämpft, Alexander spürte ihren heißen Atem auf seiner Brust.

„Wann?" Alexander schob sie von sich weg. Mit Daumen und Zeigefinger hob er ihr Gesicht an, indem er ihr spitzes Kinn sanft umfasste.

Ihre nassen Augen waren immer noch rot.

„Heute", sagte sie und tupfte sich mit einem Handtuch die Augen trocken. „Eigentlich jetzt, hieß es, Sascha, ich habe Angst, dass es sich um eine Falle handelt. Ich traue diesem Pulski alles zu. Er tötet jeden, der sich ihm in den Weg stellt. Bitte geh nicht, ich habe mit Fjodor Iwanowitsch ..."

„Herrgott, Dunja, dein Fjodor Iwanowitsch wird mich nicht vor der Schlinge retten können. Falls Pulski sich dazu entschieden hat, mich an einem Balken hängen sehen zu wollen, wird er es durchziehen. Verstehst du das etwa nicht? Dein Fjodor Iwanowitsch wird ihn nicht aufhalten können. Pulski hat hier das Sagen!" Alexander nahm ihr zartes Gesicht in seine Hände, ihre Wangen glühten auf seinen Handflächen und waren feucht. „Alles, was ihn davon abhält, mich aus der Welt zu schaffen, sind du und deine auch für mich unbegreifliche Liebe zu mir." Seine Augen füllten sich mit Tränen.

„Liebst du mich etwa nicht?" Ihre Augen wurden groß.

„Natürlich, aber darum geht es nicht. Ich bin ein ... ich bin ein beschissener Deutscher, verdammt nochmal", fluchte er und drückte sie fest an sich.

„Das ist mir egal." Sie befreite sich aus seiner Umklammerung. „Meinem Herzen ist es egal, meine Liebe zu dir ist ehrlich."

„Liebe ist launisch, genauso wie du." Alexander verzog seinen Mund zu einem Lächeln, um sie gleich darauf anzuschauen. „Ich muss jetzt los. Wir dürfen das Schicksal nicht unnötig herausfordern. Ich schulde dem Tod schon zweimal mein Leben, nicht, dass heute wieder ein Unschuldiger statt meiner sterben muss, das will ich wirklich nicht", sagte er mit trauriger, dennoch sehr ernster Stimme. „Ich bin nicht der, von dem du getröstet werden solltest. Aber das klären wir ein anderes Mal. Ich werde jetzt gehen, und ich rate dir, dich mir nicht in den Weg zu stellen." Seine Stimme klang eher müde als schroff.

4

Auf dem Weg zur Fabrik

Michael und Gregor stampften mit gesenkten Köpfen durch den Schnee. Ihre Füße brachen durch die Schneekruste, um jedes Mal tief in dem weichen Schnee zu versinken. Ihre Gesichter glühten. Der peitschende Wind schlug ihnen unerbittlich gegen die Haut und drängte sie vom Weg ab. Aber die beiden Brüder wussten, welche Konsequenzen sie wegen ihres Fehlens würden tragen müssen. Endlich erkannten sie in der Ferne das Gebäude. Der aufgewirbelte Schnee war wie ein dichter Nebel. Sie nahmen die Umgebung wie durch einen mit eiskalten Nadeln gespickten Schleier wahr. Selbst auf ihren Wimpern hatte sich eine dünne Schicht Raureif gebildet Michael erkannte das aus roten Ziegelsteinen errichtete Bauwerk als Erster.

„Da ist jemand!" Gregor zeigte auf einen Mann, der sich neben dem Tor postiert hatte. Das Gebäude wurde von einer steinernen Mauer umsäumt. Das schwere Tor aus dunklem Holz stand heute offen, davor schritt ein Mann hin und her, wie ein Bär in einem Käfig. Doch dann blieb er abrupt stehen, als er die beiden Brüder bemerkt hatte.

„Ich glaube, das ist Onkel Emil." Michael blinzelte. Die Sicht blieb weiterhin trüb.

„Wo seid ihr solange gewesen?", schrie Onkel Emil. Der Wind trug seine Worte fort, sodass sie seine Frage nur erahnen konnten. „Ihr sollt die Säcke abholen, sie hier auf den Hänger laden und in die Bäckerei fahren!", schrie der Mann weiter.

Michael und Gregor senkten die Köpfe und liefen eilig auf den Mann zu. Hier war der Schnee nicht so tief, darum fiel es den beiden leichter, schneller voranzuschreiten.

„Ich wäre hier fast erfroren. Stepan war schon längst bei mir."

„Er ist ja auch ein riesiger Bär. Da unten ist der Schnee so tief." Gregor hielt die linke Hand an sein Knie.

„Du bist für eine Ausrede nie zu faul", fuhr Onkel Emil ihn an und hob die Stimme, als Gregor ihm widersprechen wollte. „Das ist mir egal. Ihr geht jetzt hinein", schnitt der Mann dem aufgebrachten Jungen erneut das Wort ab. Gregor presste die Lippen aufeinander. Mit dem rechten Fuß trat er gegen einen Eisklumpen, der in weitem Bogen davonflog. Onkel Emil rieb die Hände aneinander. Sein grauer Bart hatte Eiszapfen. Dort, wo sein Mund war, stieg eine weiße Wolke empor und brachte die winzigen, kristallklaren Zapfen zum Schmelzen. Er klopfte sich mit den Händen, die in dicken Fäustlingen steckten, gegen Brust und Arme.

„Der Gaul wird verrecken, wenn er sich nicht bald bewegt", brummte Onkel Emil immer noch laut. Eine Schneewolke wurde über die weiße Schneeschicht gejagt und zu einem Strudel aufgewirbelt. Für eine Sekunde verschwand die Welt in einem Nebel aus Schneepulver.

„Die nächste Ladung holt ihr ab, wenn ihr diese hier abgeladen habt." Die tiefe Stimme kam wie aus dem Nirgendwo. Die Wolke aus Schneekristallen wurde immer und immer wieder aufgewirbelt. „Ihr fragt in der Mühle nach Arthur Rosental. Wenn ihr zwei Fuhren erledigt habt, bringt ihr den Klepper zurück in die Stallungen zu den anderen Tieren. Und noch etwas ..." Endlich legte sich der Wind.

Onkel Emil brüllte jetzt nicht mehr so laut: „Wenn ihr die Säcke in der Backstube ausleert, müsst ihr danach die feuchten und angeschimmelten Flächen abkratzen. Am besten nehmt ihr dafür einen Korb. Versucht so viel ihr könnt von dem abgekratzten Mehl darin zu verstauen, deckt es aber ordentlich ab, soll ja nicht jeder davon erfahren. Habt keine Angst, belangt werdet ihr deswegen nicht, falls jemand sich doch dazu entscheiden sollte, euch auf die Pelle zu rücken, dem richtet ihr

473

schöne Grüße von mir und meinem Gürtel aus." Michael und Gregor sahen sich mit fröhlichen Gesichtern an, kurz darauf richteten sie ihre ganze Aufmerksamkeit erneut auf Onkel Emil. „Ich werde später den Tieren daraus Mehlsuppe kochen. Aber untersteht euch, es selbst zu essen, der grüne Schimmel ist giftig", ermahnte er sie, dabei sah er die beiden Jungen ernst an. „Habt ihr alles soweit verstanden?"

„Ja", entgegneten sie wie aus einem Mund.

„Gut, dann ich gehe jetzt. Ich bin zu alt für diese Kälte." Mit diesem Satz verschwand der Mann in der nebeligen Luft.

„Komm, wir müssen uns bewegen, sonst friert mir noch alles ab", sagte Gregor und klatschte in die Hände.

Gregor sowie auch Michael trugen dicke Fäustlinge, trotzdem waren die Finger klamm. Das Tier prustete und schüttelte den Kopf, als Michael es bei den Zügeln nahm. Der Schlitten war wie festgefroren. Nur mit Mühe gelang es ihnen, den Hänger in Bewegung zu setzen. Trotz der breiten Kufen versank der Schlitten im Schnee, dabei hinterließ er eine breite Schneise.

5

Ein Toter in der Mühle

Alexander lief durch einen schmalen Gang eine steile Treppe nach oben. Die Stufen knarzten, alles war von einer Staubschicht bedeckt. Hier oben war die Luft eisig und roch nach morschem Holz.

Das mechanische Poltern von Zahnrädern und breiten Riemen war ohrenbetäubend. Doch Alexander fiel auf, je höher er stieg, umso leiser wurde das Rattern der unzähligen Räder, Hebel und anderen diversen mechanischen Teilen, die die komplexe Konstruktion in Bewegung brachten. Mit jeder weiteren Stufe wurde die Luft unerträglicher, aber auch kälter. Hier pfiff der Wind aus allen Ecken. Alexander zog den Kopf tiefer ein.

„Einfach ganz nach oben laufen", wies ihm ein älterer Herr den Weg, als Alexander sich im Inneren der Mühlenanlage nach Kommandant Pulski erkundigt hatte.

„Was ist die Hölle im Vergleich zu dem Wutausbruch einer Frau, die ihrer Ehre verlustig ging?", hörte er eine männliche Stimme. Kurz darauf erklang ein Gelächter, das die klackernden Geräusche zu übertönen schien.

Alles hier war nicht nur von einer dicken Staubschicht bedeckt, stellte Alexander fest, als er nach den lachenden Männern Ausschau hielt, es war Mehl, das sich mit Staub vermischt hatte. Er blieb stehen und horchte, um anhand der Stimmen die ungefähre Position der immer noch lachenden Männer abzuschätzen.

Endlich erblickte er zwei Gestalten. Sie standen dicht voreinander und unterhielten sich. Einer der beiden trug Uniform, der andere machte auf Alexander einen intellektuellen Eindruck. Er trug auch eine Brille. Es war Achim Scherenkind, da war er sich sicher. Der zweite Mann kam ihm ebenfalls mehr als bekannt vor, auch wenn er sein Gesicht nicht sehen konnte.

Alexanders Kehle wurde eng, als er sah, worauf sein ehemaliger Schulkamerad starrte. Sein Gesicht war genauso grau wie alles andere hier. Er kämpfte um Fassung. Warum hatte er wohl gelacht, überlegte Alexander, die Frage war überflüssig, musste er sich eingestehen, die Antwort simpel, auch er hatte Respekt vor diesem Pulski. Warum verwenden die meisten diesen Ausdruck, anstatt ehrlich zu sagen, dass sie Angst hatten? Ist Respekt zu haben nicht ebenso erniedrigend wie sich vor irgendetwas zu fürchten?

Alexander ließ sich Zeit, um zu Atem zu kommen und die Situation einzuschätzen. Achim strich sich mit einem Taschentuch über die Stirn. Das, worauf sein Blick gerichtet war, widerte ihn an. Achim kämpfte um Fassung, immer wieder stieß er auf, um die Galle mit verzogener Miene aufs Neue hinunter zu schlucken. Sein Gegenüber hingegen schien der Anblick nicht zu stören, er erzählte in demselben heiteren Ton weitere Anekdoten aus seinem Leben. Es war niemand geringerer als dieser Pulski. Alexander hatte ihn sofort erkannt, auch wenn er mit dem Rücken zu ihm gewandt stand. Immer wieder tupfte Pulski sich die Augen ab, die ihm vor Lachen tränten. Als Pulski seinem Gesprächspartner ins Gesicht schaute, musste er Achims festem Blick gefolgt sein, denn jetzt drehte auch er sich um und erblickte Alexander. Seine Miene nahm einen anderen Ausdruck an. Das Lachen wurde zu einem abwertenden Grinsen. Die Augen glänzten nicht mehr, sie wurden dunkel und schmal.

Mit einem kurzen Nicken deutete er Alexander an, näher zu treten. Alexander näherte sich den beiden, dabei gab er sich Mühe, dem Pulski nicht in die Augen zu sehen.

Als er sich den beiden bis auf zwei Schritte genähert hatte, entschied er sich dazu, dort stehen zu bleiben. Pulski lachte verächtlich auf, schniefte und spuckte den Rotz vor die Füße des Neuankömmlings. Alexander beachtete diesen Ausdruck der

Abscheu nicht. Er wollte ihn nicht provozieren, die ganze Situation war jetzt schon mehr als heikel.

„Na endlich, wir dachten schon, du bist auf dem Weg hierher erfroren", blaffte Pulski und heischte nach einem Lachen von Achim. Der junge Mann gewährte ihm diese Freude nicht. Zu Pulskis Verdruss schwieg Achim.

„Ich bin so schnell gekommen, wie ich nur konnte", sagte Alexander trocken. Der Staub kratzte in seinem Hals. „Wie kann ich hier behilflich sein?" Er blieb sachlich.

Pulskis Augen wurden noch schmaler. Zu Alexanders Erstaunen trug er keine Handschuhe.

„Genosse Koslov hat mir versichert, dass du ein guter Handwerker bist und dich in der Mechanik gut auskennst. Seinen Worten nach bist du einer, der vielseitig einsetzbar ist, und auch sonst mehr als alle anderen Ahnung von der Technik hat. Ein Wunderkind sozusagen", sprach Pulski, jedes Wort in die Länge ziehend. Dann fuhr er sich langsam mit der Zunge unter seine Oberlippe.

Alexander sah nur im Augenwinkel, wie Achim unmerklich nickte. Seine Lider blieben einen Augenblick länger als gewöhnlich zu. Daher weht also der Wind. Jetzt war Alexander auch das Durcheinander mit den Namen Koslov und Scherenkind klar. Sie hatten Achim eine neue Identität verpasst, einen Juden wollte niemand in den kommunistischen Reihen haben. War Trotzki, der eigentlich Bronstein hieß, nicht auch ein Jude?

„Stimmt es nun oder nicht?" Pulskis Miene blieb steinern.

„Ja, das stimmt", entgegnete Alexander ruhig. Die Gefasstheit, die er nach außenhin ausstrahlte, schockierte ihn.

„Das ist gut", grinste Pulski. Sein Kopf fuhr herum und sah in eine bestimmte Richtung. „Wir haben nämlich ein grundlegendes Problem." Er deutete mit einer Hand auf eine

477

Antriebswelle aus einem polierten Baumstamm. Darauf befand sich ein Rad, das von einem breiten Gürtel umspannt wurde. „Wie für jeden ersichtlich, ist das Rad von einem Fremdkörper, welchen es nun zu beseitigen gilt, blockiert." Der Unterton boshafter Befriedigung war nicht zu überhören.

Der Fremdkörper war eine männliche Leiche, die aus einem für Alexander unerklärlichen Grund irgendwie dazwischengeraten sein musste und von dem breiten Gürtel regelrecht zerquetscht worden war.

„Auch er war der Meinung, er könnte alles reparieren, nun wurde er für sein lautes Mundwerk eines Besseren belehrt. Wird ihm wohl eine Lehre sein." Pulskis grinste wieder und fletschte dabei seine Zähne.

Alexander jedoch kämpfte gegen Krämpfe in seinem Magen an. Die Säure brannte in der Speiseröhre, aber Alexander schluckte die Galle einfach hinunter, ohne dabei eine Miene zu verziehen.

„Wie ist das passiert?", presste er aus sich heraus.

„Er war zu wissbegierig und unerfahren, so steht es im Protokoll, das wir gemeinsam mit dem Genossen Koslov erstellt haben. Der eigentliche Grund seines Ablebens ist aber ein anderer. Ich mochte diesen Mann nicht, ich habe mich bei seinem Anblick stets an dich erinnert." Mehr verriet der Uniformierte nicht. Er genoss die Situation.

„Sein Name war Arthur Rosental", murmelte Achim und mied den Blick auf die zerquetschte Leiche.

Ein kalter Schauer durchzuckte Alexander. Diesen Arthur kannte er zwar flüchtig, dennoch war ihm der junge Mann im Gedächtnis hängengeblieben. Er war nämlich derjenige, der ihm seine Freundschaft aufzwingen wollte, bevor sie getrennt wurden.

Pulski grinste unaufhörlich und machte einen unbekümmerten Eindruck.

Dir wird das Lachen noch vergehen, dachte Alexander. Um seine Hände zu beschäftigen, ballte er sie zu Fäusten.

„Das ist der Kreis des Lebens. Gegen den Tod sind nicht einmal die vorsichtigsten Menschen gefeit." Pulskis Stimme zitterte nicht. Auch sonst schien ihm die Kälte nichts auszumachen.

„Das war ein Unfall. Genosse Pulski war der Erste, der die Leiche entdeckt hat. Wer weiß, wie lange der Tote hier noch unentdeckt geblieben wäre. Dieser Bereich der Anlage steht schon seit Längerem still", nahm Achim Scherenkind das Gespräch wieder auf.

„Darum sind die täglichen Kontrollgänge auch so wichtig", fügte Kommandant Pulski mit kalter Boshaftigkeit hinzu.

„Als würde sich an seinem Ausgang etwas ändern. Wenn man gestorben ist, ist man tot. Die Kälte macht Arthur wohl auch nichts mehr aus." Alexander schnaubte verächtlich. Er wusste nicht, wem seine Verachtung mehr galt, Pulski oder Achim.

„Dein Humor gefällt mir. Aber nimm das als eine göttliche Fügung auf, wärest du nicht angeschossen gewesen, wer weiß, ob nicht du hier deinen Kopf verloren hättest statt diesem - wie war sein Name nochmal? Ist auch egal, dieser Unfall sollte jedem als eine Warnung dienen. Niemand ist unsterblich. Wir alle sollen uns an die Vorschriften halten. Dieser Mann hat nicht nachgeschaut, ob das Rad auch tatsächlich fachmännisch blockiert wurde. Also Obacht geben. Du bist auch nur ein Deutscher. Dank einigen Leuten giltst du nicht als Kriegsverbrecher, obwohl ihr alle demselben Schoß einer Hure entsprungen seid. Du kannst von Glück reden, dass du immer noch lebst. Aber was nicht ist, kann ja noch werden." Pulski ließ den Satz auf Alexander einwirken, als niemand etwas sagte, fuhr er mit gleicher Abgeklärtheit fort: „Welcher Lebensweg für uns vorgesehen ist, wissen wir nicht. Doch deinen bestimme immer noch ich. Solange du mir keinen Grund gibst, dich auf der Stelle zu erschießen, darfst du leben. Doch sobald ich etwas finde, das mich dazu veranlasst, meine Ansichten zu ändern, werde ich nicht zögern." Pulski grinste maliziös. Sein blasses Gesicht wirkte wie das eines Toten. „Nun gut. Auch in der Zeit des Krieges können Deutsche uns behilflich sein. Genosse Koslov hat alles in die Gänge gesetzt, um den Mechanismus professionell zu blockieren, leider war seine Mühe umsonst, dem armen Kerl kann niemand mehr helfen. Jetzt liegt es in deinen Händen, diesen Platz zu säubern und die Mühle wieder in Gang zu bringen." Mehr sagte Pulski nicht. Alexander einen Genossen zu nennen, lag unter seiner Würde. Er benutzte nur das eine Wort: Du! Dann räusperte sich der Kommandant, richtete schnell den Kragen seines Mantels auf und klopfte Achim freundschaftlich auf die Schulter, drehte sich auf dem Absatz um, dann ging er endlich. Als Pulski die schmale Treppe hinunterstieg, stimmte er ein patriotisches Lied an, die Worte drangen bis in Alexanders Mark und ließen ihn frösteln.

Die beiden Männer standen eine Weile einfach nur da und schwiegen. Die Räder und Wellen bewegten sich nicht mehr. Nur das gedämpfte Knattern und Schlagen von unten war noch zu hören, hier oben war alles erstarrt, so, als habe jemand die Zeit angehalten.

„Die Zeiten haben sich geändert, Alexander. Die Wahrheit bedeutet mir weniger als das Leben. Du magst vielleicht eine andere Ansicht vertreten, ich aber bevorzuge zu leben, statt für irgendwelche Prinzipien in einem Erdloch zu verrecken. Arthur und ich waren nicht immer einer Meinung, das Ergebnis kennst du ja jetzt."

„Ist das eine Drohung?", wollte Alexander wissen und streckte seinen Rücken.

Achim schüttelte müde den Kopf. „Eine Warnung, eine Art Appell an dein Gewissen, nicht immer überleben die Stärksten. Die Helden sterben zuerst, die Ehre gilt vielleicht den Gefallenen, den Sieg feiern für gewöhnlich immer die, die nicht als Erste aus den Schützengräben herauskriechen."

Alexander wusste, dass Achim recht hatte. Einen Moment lang standen sie schweigend da. Erneut pfiff der Wind durch das löchrige Dach. Die Zugluft roch nach altem Leder, Rauch und etwas, das Alexander nicht zu deuten vermochte, doch dann fiel es ihm ein - Verrat.

„Du hast deinen Prinzipien den Rücken gekehrt und dich selbst verraten, so wie ich meine auch", fügte Alexander schnell hinzu und fühlte sich auf einmal hundeelend. Er war kein Saubermann, darum wusste er ganz genau, wie es Achim die ganze Zeit ergangen war.

„Danke, dass du mich in Schutz genommen hast", flüsterte Alexander. Unbewusst fuhr seine Hand an die Stirn.

„Ich habe nicht gedacht, dass du es überlebst."

„Vielleicht hätte ich lieber sterben sollen", murmelte Alexander.

„Red keinen Blödsinn", widersprach ihm Achim, wenn auch nicht sehr überzeugend. Seine hohe Stirn bekam tiefe Furchen. „Wie geht es deinem Kopf? Kannst du dich noch an alles erinnern?"

Alexander machte ein trauriges Gesicht. „Ich kann mich nicht an deinen Namen erinnern."

Achims Falten wurden noch tiefer. „Ich heiße Achim", begann er, dann stockte er. Achim hatte den Witz doch noch verstanden. Krähenfüße umsäumten seine Augen. Er lächelte müde.

Dann, plötzlich, als habe jemand sie gegeneinander geschubst, fielen sie sich in die Arme und umarmten sich, wie es nur Männer taten, heftig und hart, dennoch von ganzem Herzen.

„Jetzt lass mich meine Arbeit tun", grummelte Alexander. Sie ließen voneinander ab. Beide sahen betreten zu Boden.

„Das Werkzeug steht dort." Achim zeigte in eine dunkle Ecke. „Ich werde später zwei Männer raufschicken, um den Leichnam abzuholen."

„Danke."

Achim nickte nur und ging die schmale Treppe nach unten. „Sag mir Bescheid, wenn du hier oben fertig bist. Nicht, dass jemand auf die Idee kommt, die Blockierung zu lösen", rief Achim noch.

„Mache ich", entgegnete Alexander. Ohne sich umzudrehen, zog er die Handschuhe aus. Erst jetzt spürte er, wie kalt es hier oben tatsächlich war.

6

Im Inneren des Gebäudes war die klirrende Kälte genauso gnadenlos wie draußen - zumindest zerrte der eisige Wind nicht an ihren Sachen, überlegte Michael, richtete seine Mütze und band sie fester zu.

„Was habt ihr beiden hier zu suchen?", schnauzte ein Mann sie an, als er die beiden Jungen sah. Der Raum war nicht groß, jedoch lang, und wurde nur von zwei gelben Glühbirnen beleuchtet. Hier und da standen irgendwelche Geräte, die Michael nicht wirklich zuordnen konnte. Er erkannte lediglich einen Pflug. Der Mann, der sie so giftig angefahren hatte, saß in der Hocke und war im Begriff, das Rad an einem Schubkarren zu richten. Nun starrte er sie einfach nur an. In der rechten Hand hielt er eine verrostete Zange. Als keiner der beiden Jungen etwas sagte, richtete sich der Mann auf, der von gedrungener Statur war, und warf die Zange in den Karren. In der zweiten Hand hielt er ein Stück Draht.

Gregor war damit beschäftigt, sich etwas Wärme in den linken Handschuh zu blasen.

„Wir suchen nach …" Michael war der Name entfallen. Er biss sich auf die trockene Unterlippe, die jetzt wieder zu bluten begann. Mit verzerrter Miene wusch er sich vorsichtig mit der Rückseite seines Fäustlings über den Mund.

„Arthur Rosental", half ihm sein Bruder auf die Sprünge und hauchte eine weiße Wolke jetzt in den linken Fäustling ein.

„Er ist nicht da. Wir haben jetzt einen Neuen. Was braucht ihr eigentlich?" Der Mann, dessen Gesicht von einem Schal aus brauner Schafwolle umwickelt war, machte zwei Schritte auf sie zu. Seine wattierte Jacke war nicht mehr dunkel. Der Stoff war von feinem Mehlstaub bedeckt. An den Schultern hatte er richtige Krusten.

„Wir sollen Mehlsäcke abholen", warf Michael schnell ein.

„Warum habt ihr das nicht gleich gesagt, da kann ich euch auch helfen." Er zog an seinem Schal. Nur an den dunklen Augen konnte Michael sehen, dass der Mann lächelte. „Wie heißt du, mein Sohn?", wollte der Mann mit gedämpfter Stimme wissen. Da, wo Michael seinen Mund vermutete, war der Schal vereist.

„Michael."

„Also Mischa. Und der andere, hat er auch einen Namen?"

„Ich heiße Gregor."

„Bist du auch genauso stark wie dein Name, Mischa? Viel Fleisch hast du ja nicht auf den Knochen, aber nicht der Körper macht uns stark, sondern der Wille, habe ich recht?" Nun warf der Mann auch den Draht in den Karren zu der Zange.

„Alles Humbug, sage ich euch nur. Niemand erreicht seine Ziele, nur, weil er es sich wünscht. Um etwas Neues zu erbauen, muss das Alte bis zu seinem Fundament abgerissen werden. Merkt euch das. Nun legt mal einen Zahn zu, wir habe noch etwas Arbeit vor uns." Er holte die Zange samt dem Draht wieder aus dem Karren heraus, schaute sich um, rieb sich am Hinterkopf, er trug keine Mütze, sein lichtes Haar war grau, räusperte sich, als er nicht fand, wonach er gesucht hatte, schmiss er beides in einen Werkzeugkasten. Eigentlich war es nur eine Holzkiste mit Griff. Michael stand nur da. Auch Gregor rührte sich nicht.

„Wir Kommunisten werden die Welt besser, schöner und heller machen!" Mit einem Fuß trat er die Kiste aus dem Weg. „Wenn ihr mir folgen wollt." Es war keine Frage. Also blieb Michael auch nichts anderes übrig, als dem Mann stumm zu folgen. Er warf einen kurzen Blick über die Schulter, Gregor sah ihn unschlüssig an, mit seiner rechten Hand tippte er sich zweimal gegen die Schläfe. Auch Michael fand, dass dieser Mann ziemlich seltsam war. Er hatte sich auch nicht vorgestellt, hatte es offensichtlich auch nicht für nötig befunden. Er zog sich zwei Handschuhe über, packte die abgenutzten Griffe von dem Schubkarren, ohne ein Wort zu verlieren, lief er den beiden Brüdern den schmalen Gang voraus. Das Rad quietschte und holperte über den unebenen Boden. Die beiden Brüder folgten dem Mann. Gregor äffte den humpelnden Gang des Mannes nach, Michael verpasste ihm einen leichten Schubs gegen die Schulter. Gregor sah ihn mit ausgestreckter Zunge und schielenden Augen dümmlich an. Michael musste grinsen. Als der Mann stehen blieb, weil Gregor nun auch irgendwelche Geräusche von sich gab, stieß Michael ihn heftiger gegen die Schulter. Gregor stolperte über seine eigenen Beine, hörte jedoch sofort mit dem Blödsinn auf.

„Wir müssen da lang", ertönte die Stimme des Mannes. Durch eine Tür gelangten sie in einen breiten Korridor, der von großen Schiebetoren umsäumt war. Der Schubkarren quietschte nicht mehr, als der Mann ihn vor dem zweiten Tor stehen ließ. Mit einiger Anstrengung schob er kommentarlos das Tor zur Seite. Stumm winkte er die beiden hinein. Auf einer Ladebühne lag ein Berg von Säcken. Zwei Gestalten tauchten aus einer dunklen Ecke auf. Sie warfen noch mehr Säcke auf den Stapel, um gleich darauf im Gang dahinter in der Dunkelheit zu verschwinden.

„Jeder von euch schnappt sich einen der Säcke. Ihr schleppt sie einfach den gleichen Weg zurück nach draußen. Habt ihr einen Karren dabei?" Der Mann blickte sie fragend an.

Die beiden sahen ihn irritiert an.

„Was ist mit dem hier?", entfuhr es Gregor.

„Der taugt nichts. Außerdem liegt draußen zu viel Schnee. Habt ihr nicht einen Schlitten oder sowas?" Die buschigen Augenbrauen des Mannes zogen sich zusammen.

485

„Einen Gaul mit Schlitten, der steht draußen, haben Sie den nicht gesehen?", fragte Gregor und verzog sein Gesicht.

„Das ist gut." Der Mann sprang geschickt auf die Ladefläche. Als er oben stand, gab er Gregor mit einer Geste zu verstehen, näher zu treten. Gregor folgte der Aufforderung. „Halte ihn hier am Knoten mit beiden Händen fest und beuge dich leicht nach vorne", wies ihn der Mann an. Mit beiden Händen schnappte er nach dem ersten Sack. Gregor gab ein gedämpftes *Umpf* von sich, als der Mehlsack auf seine rechte Schulter gelegt wurde. Er wankte und wackelte leicht, endlich fand er das Gleichgewicht wieder, trotzdem stand ihm die Last ins Gesicht geschrieben. Mit kleinen Schritten lief Gregor den Weg, den sie gekommen waren, wieder zurück. Danach war Michael dran. Sein Rücken heulte auf, als der schwere Sack ihm abzurutschen drohte. „Komm, Mischa, kneif die Arschbacken zusammen", munterte ihn der Mann von oben auf. „Ich warte hier auf euch", sagte er dann noch. Mehr hörte Michael nicht, denn er beeilte sich, den Ballast so schnell wie möglich wieder loszuwerden.

Wie ein Betrunkener lief er eine Schlangenlinie. Einmal stieß er sogar gegen die Wand, als er über ein Hindernis stolperte. Dabei war ihm der Knoten fast aus den Händen gerutscht, der Sack drohte abzurutschen, Michael gelang es nur im letzten Augenblick, den Knoten anders zu umfassen. Den Rest des Weges rannte er beinahe, den Körper weit nach vorne gebeugt.

Als er durch die Tür nach draußen trat, traute er seinen Augen kaum. Der Sturm hatte sich wieder gelegt. Graue Wolken umspannten den Himmel und schwebten über das endlose Firmament. Das Pferd stand immer noch dicht am Mauerwerk. Sein Rücken war komplett von Schnee bedeckt. Gregor warf den Sack in den Hänger und streckte sich. Er keuchte auf. Michael tat dasselbe. Der Schmerz fuhr ihm bis ins Mark, die einzelnen Wirbel knackten.

„Ich werde nicht zurückgehen, sonschd klabb i zsamme. I bin do koi Gaul ned", scherzte Gregor mit schmerzverzerrter Miene, den Dialekt ihrer Oma nachäffend.

Michael lachte, bei dem Scherz zog er die Stirn kraus. „Wir müssen das Viech vom Schnee abklopfen, ich habe nämlich keine Lust, den Scheiß hier selbst zu schleppen, wenn der Gaul verreckt. Sonschd reischt uns Onkl Emil die Köbfe ab", versuchte sich jetzt auch Michael im Schwäbischen. Gemeinsam klopften sie die weiße Schicht von dem braunen Fell ab. Erst jetzt sah Michael, dass Onkel Emil dem Tier eine Decke auf den Rücken geschnallt hatte. Das Pferd wieherte. „Gern gescheha, du Bferd", sagte Gregor. Michael streichelte dem Pferd über den Hals. Die Narben waren komplett verheilt. Ein dunkles Auge starrte Michael durchdringend an. „Du bist ein guter Freund, nicht wahr?", flüsterte Michael dem Pferd ins Ohr. Ein leises Prusten war Bestätigung genug. Michael lächelte.

„Komm, wir müssen wieder los", hörte er die Stimme seines Bruders.

„Ich weiß", entgegnete Michael und folgte seinem Bruder, die Zeit für etwas Spaß war vorüber.

7

„Und der sechste", ertönte die kratzige Stimme des Mannes. „Kennt ihr den Weg zur Bäckerei?"

„Nein", presste Michael durch seine zusammengebissenen Zähne. Dieser Sack war bisher der schwerste, dachte Michael mit zittrigen Knien.

„Wisst ihr, wo der Bahnhof ist?"

„Ja", schnaufte Michael. Er wollte unbedingt die Last so schnell wie möglich loswerden.

„Das Gebäude daneben ist die Bäckerei. Dort verlangt ihr nach Elena."

Michael stampfte davon, ohne etwas zu sagen, er brauchte das bisschen ihm verbliebene Kraft für den Rückweg. Dieser Sack zog ihn die ganze Zeit zurück.

Michael zählte die Schritte, um nicht zusammenzubrechen und sich von den Schmerzen, die seine sämtlichen Glieder erfasst hatten, abzulenken. Als er dicht vor dem Karren stand, knickte sein linkes Bein um. Er wäre zusammengeklappt, wenn sein Bruder nicht nach dem Sack gegriffen hätte.

„Du machst jetzt nicht schlapp, Bruderherz. Ich habe keine Lust, die zweite Ladung alleine zu schultern", sagte er und warf den Sack zu den anderen. „Was hat dieser Kerl da für ein Scheiß zusammengezählt. Sechs? Hat er nicht sechs gesagt?" Gregors Miene strahlte förmlich.

Michael nickte. Er stand nach vorne gebeugt da, rang nach Atem, dabei stützte er sich mit beiden Händen an den Knien ab. Sein ganzer Körper zitterte.

„Es sind aber acht, ich habe mitgezählt." Dann begann er die Säcke erneut zu zählen, dabei bewegte er nur seine Lippen. „Michael, es sind acht Säcke Mehl", sagte er, jedes Wort einzeln betonend, seine Stimme überschlug sich dabei.

Michael wollte sich der euphorische Gefühlsausbruch seines Bruders nicht erschließen. „Schön, dann brauchen wir beim zweiten Durchgang nicht so viel zu schleppen."

„Michael, wach auf." Gregor klang jetzt erzürnt. „Begreifst du etwa nicht? Zwei, ZWEI Säcke Mehl zu viel." Seine Augen funkelten. Mit beiden Armen packte er Michael bei den Schultern und schüttelte ihn so heftig, als wollte er ihn tatsächlich aufwecken.

„Und?" Michael verstand wirklich nicht, warum sein Bruder sich auf einmal so riesig darüber freute, zwei Säcke mehr hierher geschleppt zu haben. Er schlug die Hände seines Bruders grob beiseite.

„Wir laden sie unterwegs irgendwo ab", sprach Gregor seine Gedanken so leise aus, dass Michael Mühe hatte, seine Worte zu verstehen. „Verschdehsch's?" Gregor grinste wie ein Honigkuchenpferd.

„Bist du bescheuert?", entfuhr es Michael. Gregors Grinsen war wie ausgelöscht. „Ich werde mich hüten, einen der Säcke beiseite zu schaffen, allein der Gedanke daran, was aus uns …"

„Nein, Michael. Wir müssen nur sechs abliefern. Das ist alles."

Michaels Magen krümmte sich zusammen, denn für einen Augenblick stellte er sich vor, was man mit zwei Säcken Mehl alles kochen konnte. Doch er verwarf diese törichte Vorstellung sofort.

„Nein, Gregor, das machen wir nicht", entgegnete er entschieden.

Gregor schob seine Pelzmütze tief in den Nacken, kratzte sich mit der behandschuhten Faust die Stirn und hob indigniert die dunklen Brauen, in seinen Augen loderte Zorn. „Du bist ein feiger Hund, Mischa!" Er sagte diesen Satz auf Russisch, damit unterstrich er seinen Zorn umso deutlicher.

Michael ließ sich nicht einschüchtern, er blieb unnachgiebig. Er wollte die aufgeheizte Situation nicht in einen Streit ausarten lassen. Die angestaute Wut seines Bruders konnte sich sehr schnell entladen und in einem heftigen Handgemenge enden. Michael hatte keine Lust auf eine Auseinandersetzung. Er gab sich sichtlich Mühe, den Streit nicht mehr weiter zu forcieren, darum bedachte er seinen Bruder mit einem harten Blick und ließ ihn einfach stehen.

„Komm, Pegasus", sagte Michael schlicht, als seine Hand sich um das Zaumzeug schloss. Das Pferd prustete durch seine Nüstern und gab sich einen Ruck. Der Schlitten kam in Bewegung.

„Michael!", versuchte Gregor ein letztes Mal, seinen Bruder umzustimmen. Doch Michael lief einfach weiter.

„Seid ihr immer noch da?", durchschnitt eine Männerstimme die eisige Luft. Jemand, dem Michael nicht sonderlich viel Beachtung zu schenken gewillt war, stand am Tor und rauchte. Michael lief einfach weiter.

„Wir gehen schon, der Wagen war festgefroren", schrie Gregor zurück. Dann sprang er auf den Wagen zu den Säcken.

Das Tor ging quietschend zu.

8

Oben in der Mühle

Alexander fuhr zusammen, als er eine Stimme vernahm.

„Wo ist die Leiche?", wiederholte der Mann erneut seine einfache Frage. Er war nicht allein, neben ihm stand eine weitere Gestalt. Ein Junge, Alexander schätzte ihn nicht älter als fünfzehn. Er trug nur einen schäbigen Mantel, der an mehreren Stellen geflickt war. Das schlohweiße Haar des Jungen stand wirr in alle Richtungen ab, darunter lugten zwei knallrote Ohren hervor. Seine lange Nase hatte einen bläulichen Schimmer. Die Augen huschten hin und her. Er machte einen ängstlichen Eindruck.

Er hat Angst vor dem Anblick des Toten, sinnierte Alexander stumm.

„Kannst du uns verstehen?" Der Mann starrte Alexander mit leicht irritiertem Blick fragend an.

„Ich habe ihn dort in Tücher eingewickelt. Er ist steif wie ein Brett", wandte sich Alexander an den älteren Mann, ohne auf die zweite Frage näher einzugehen.

Die Mütze saß schief auf dem kahlen Schädel des Mannes. Mit beiden Händen, die rot waren, denn erstaunlicherweise trug keiner der beiden Handschuhe, zog der betagte Mann seine Mütze tiefer in die Stirn.

„Komm, Petjka, schaffen wir den Toten hier raus", blaffte er den Jungen an. Stampfend ging er in die Richtung, in die Alexander vor Kurzem gewiesen hatte.

„Genosse Koslov lässt Ihnen ausrichten, dass Sie sich in der Tischlerei melden sollen, sobald Sie hier mit allem fertig sind. Am besten, Sie gehen gleich morgen dorthin. Heute ist bestimmt keiner mehr da", sprach der Mann, ohne sich beim Gehen umzudrehen. Noch bevor Alexander zu einer Frage ansetzen konnte, um sich nach dem Weg zu erkundigen, fuhr der Mann in demselben monotonen Singsang weiter fort: „Die Tischlerei befindet sich in dem gleichen Abschnitt. Dieser Teil des Gebäudes ist der älteste, der Rest wurde erst nach dem ersten Weltkrieg dazu gebaut, einfach zwei Etagen tiefer und dann nach links, am roten Tor durch die kleine Tür. Das Schaufelrad an der Mühle muss bis zum Frühjahr erneuert werden. Noch funktioniert die Windmühle ..." Langsam verklang die Stimme und wich einem anstrengenden Keuchen. Der Mann hustete und blaffte den Jungen erneut an. Er solle sich nicht wie eine verdammte Jungfrau vor ihrer Hochzeitsnacht zieren, sondern wie ein echter Totengräber mit anpacken, so wie es sich eben gehört. Alexander verfolgte die Szenerie immer noch in der Hocke sitzend und rieb sich die Hände vom Blut ab. Seine Handschuhe wollte er nicht mit dem Blut eines Toten besudeln. Kurze, zögernde Schritte hallten durch den staubigen Raum. „Petjka!", ermahnte ihn der Mann erneut und hob die Rechte zu einem Schlag an. Petjka duckte sich, instinktiv hob er eine Hand so, dass sein Hinterkopf geschützt war. Der alte Herr musterte seinen Handlanger mit finsterer Miene. Vorwurfsvoll deutete er mit seinem krummen Finger auf den Toten.

Der Junge maß ihn mit einem trotzigen Blick, fügte sich jedoch seinem Schicksal, beugte sich nach unten und packte den Leichnam unter den Achseln. „Nicht, dass du mir den da loslässt, besser, du gehst voran. Und sei beim Hinuntersteigen nicht so schnell wie beim letzten Mal, dieses Mal werde ich die Last loslassen, danach komme, was da wolle, auch wenn du dir dabei den Hals verrenkst. Ich werde deiner Mutter sagen, dass du als tapferer Krieger im Kampf gefallen bist." Etwas wie ein Lachen, welches dem Bellen eines alten Köters ähnlich klang, drang aus seiner Kehle. Peter, der von dem Mann Petjka genannt wurde, lachte nicht. Alexander warf einen kurzen Blick auf seine Hände. Das Blut hatte sich mit dem klebrigen Schmutz vermischt und haftete wie Harz an seinen Händen. Die Finger waren taub vor Kälte. Er hauchte warme Luft in seine Fäustlinge ein und stülpte sie über seine klammen Hände.

Viel war hier nicht zu machen, stellte er nüchtern fest. Der Anblick des Toten machte ihm nicht mehr viel aus. Alexander begutachtete noch einmal den Riemen, der wieder gespannt und mit den Klammern fixiert wurde. Auch die Rolle wurde von den Knochen und blutigen Stofffetzen befreit. Nur ein roter Fleck auf dem Boden und auf der ansonsten hellen Achse war als ein stummer Zeuge des Unfalls geblieben.

Alexander glaubte nicht an den Unfall, sinnierte aber nicht mehr länger über die anderen Möglichkeiten, wie sich das Ganze tatsächlich abgespielt haben könnte. Dieser Pulski machte auch keinen Hehl daraus, dass er dazu etwas beigetragen haben könnte.

Alles, was Alexander jetzt wollte, war, sich wärmen zu dürfen. Vielleicht war die Tischlerei doch noch nicht zu, wenn die Luft dort nicht so eisig war wie hier, so könnte er sich vorstellen, dort noch heute mit der Reparatur des Rades zu beginnen.

Etwas besserer Laune schnappte er nach dem Werkzeugkasten. Mit vor Schmerz und Kälte tauben Gliedern machte er sich auf den Weg nach unten. Die beiden Männer waren ihm vorausgegangen. Die Schimpftiraden wiesen ihm die Richtung. Obwohl sich der grausame Anblick des jungen Mannes mit seinem zerquetschten Gesicht tief in Alexanders Netzhaut eingebrannt hatte, sodass er dieses Bild bis an sein Lebensende nicht mehr vergessen würde, konnte er sich ein flüchtiges Lächeln nicht verkneifen. Denn er freute sich auf Dunja, der Gedanke an sie wärmte seine Seele. Als er sich der Treppe genähert hatte, hörte er erneut die lauten Flüche des schlecht gelaunten Mannes, die hier oben immer noch gut zu hören waren. Auch wenn die Situation alles andere als heiter war, besserte sich seine Laune dennoch. „Ich habe seine Eier in meinem Gesicht, Petjka, du verdammter Sprössling einer

Eselin", erklangen die wüsten Beschimpfungen und wurden sofort von einem dumpfen Poltern erstickt. Alexander schüttelte den Kopf, stieg schnell die Treppe hinunter, lief in die entgegengesetzte Richtung und bog, so wie ihm der Mann die Richtung zur Tischlerei beschrieben hatte, nach links ab.

9

An der Bäckerei

Michael schlug mit beiden Händen, die er zu Fäusten geballt hatte, gegen die hölzerne Tür, die von einer festen Eisschicht überzogen war.

Eine wohlbeleibte Frau machte den beiden Brüdern die große Tür auf und taxierte sie mit anmaßendem Blick. Sie war nicht alt, sah aber verlebt und vom schweren Leben gezeichnet aus. Ihr Gesicht wurde von einem Schal in Form gehalten. Ihre Hängebacken waren von feinen Äderchen überzogen, die sich wie kleine Flüsse über die verschrumpelte Haut schlängelten. Die knollige Nase war zerfurcht, die Nasenflügel blähten sich auf, als sie sagte: „Was wollt ihr denn hier?" Die Hände in die breite Hüfte gestemmt, versperrte sie den beiden Jungen den Weg ins Innere.

„Wir bringen Mehl. Wir sollen nach einer Elena fragen", sprach Michael in freundlichem Ton, was jedoch nicht viel half, die Frau zu besänftigen.

Immer noch mürrisch dreinblickend, fuhr sie sich mit der Zunge unter die schmale Unterlippe. „Ich bin Elena. Wer schickt euch zu mir?", wollte sie wissen und tat einen Schritt nach draußen, um sich zu vergewissern, dass die beiden die Wahrheit sagten. Als sie das Pferd und den vollbeladenen Hänger erblickte, änderte sich der Ausdruck ihrer Augen, doch ihre Mine blieb weiterhin streng. „Richtet dem alten Esel aus, er soll das nächste Mal Männer schicken und keine halbverhungerten Kinder. Ihr könnt die Säcke abladen. Bringt sie hinein. Macht schon, ich habe nicht den ganzen Tag Zeit für euch", brummte sie und ging hinein, „schließlich habe ich noch alle Hände voll zu tun. Und lasst mir ja nicht die Tür offen, sonst gibt es was hinter die Löffel", ermahnte sie die beiden und ließ die Tür zufallen, als sie im Inneren verschwand.

„Blöde Kuh", entfuhr es Gregor. Zum Glück auf Deutsch, dachte Michael.

Doch dann flog die Tür unvermittelt wieder auf. Die beiden Brüder blieben vor Schreck wie angewurzelt stehen. Zu keiner Regung fähig starrten sie die Frau an. Der Schock fuhr ihnen so tief in die Knochen, dass sie nicht imstande waren, sich zu bewegen, auch dann nicht, als die Frau die Tür mit voller Wucht zuwarf. Die Angeln quietschten laut, ein lautes Poltern von Holz auf Metall rüttelte Michael wieder wach, doch es war zu spät. Da er näher zur Tür stand, schnappte die dicke Frau nach Michaels Kragen und klatschte ihm mit der linken Hand ins Gesicht, dass er Sterne sah, dann schleuderte sie den verdutzten Michael gegen die Türbretter. Er wollte weglaufen, rutschte jedoch aus und fiel mit dem Gesicht zur Erde in den Schnee. Schnellen Schrittes lief die betagte Dame wieder hinein und kam dann mit einem Kehrbesen bewaffnet wieder nach draußen. Sie holte weit aus. Der Besen sah der Baba-Jaga sehr ähnlich, dachte Michael, nur blieb ihm nicht viel Zeit, sich gegen den wuchtigen Schlag zu wehren. Das Ende des Besens mit den ausgefransten Zweigen landete krachend auf seinem Rücken, als er im Begriff war, sich aufzurappeln, um dem Schlag doch noch zu entgehen. Pustekuchen. Die Wucht des Hexenbesens brachte ihn erneut zu Fall. Zweige brachen und verteilten sich im Schnee. Zum Glück blieb es nur bei einem Hieb, denn nun knüpfte sich die Frau auch Gregor vor. Da dieser etwas mehr Zeit zum Reagieren hatte, konnte er sich ducken, doch obwohl die Frau dick und unbeweglich zu sein schien, waren ihre Bewegungen alles andere als träge und unbeholfen. Erstaunlich flink drehte sie sich um und holte mit dem Besen erneut aus, die Zweige zischten durch die Luft. Dann hörte Michael ein trockenes Knacken und einen leisen Aufschrei. Michael bezweifelte, dass dieser Besen überhaupt jemals zum Kehren benutzt wurde. Die Frau holte erneut aus, diesmal rutschte sie im Schnee aus, so fiel ihr Schlag nicht sehr präzise aus. Trotzdem erwischte sie Gregor am Hinterkopf. Nur der dicken Fellmütze hatte er es zu verdanken, keinen Dachschaden davon getragen zu haben, sinnierte Michael und verspürte ein leichtes Kribbeln der Schadenfreude in sich aufsteigen. Er war froh, dass Gregor endlich für sein vorlautes Mundwerk bestraft wurde.

„Ich werde euch noch Manieren beibringen", schrie sie in deutscher Sprache, mit einem schlimmen Dialekt.

„Ich habe doch nicht Sie gemeint", stotterte Gregor und rieb sich den Kopf. Die Mütze war nach vorne gerutscht und bedeckte seine Augen, sodass er in die falsche Richtung stierte, bis er seine Kopfbedeckung wieder zurechtgerückt hatte.

„Was glaubt ihr eigentlich, wer ihr seid? Hat euch denn keiner beigebracht, wie man mit einer älteren Dame Umgang pflegt, von Achtung und Respekt habt ihr wohl nie etwas gehört, oder ist euch bei der Kälte das bisschen Hirn, das ihr in euren dummen Köpfen habt, eingefroren?" Sie hob den Besen, dem nun etliche Zweige bei der Attacke abhanden gekommen waren, zu einem weiteren Schlag an. Ihr Atem ging schwer, weißer Dampf umwölkte ihr Gesicht. Auch Gregor schnaufte und japste nach Luft. Er war auf der Hut, sein Blick war auf den Besen gerichtet, der immer noch in der Luft schwebte.

„Nein, bitte nicht", kreischte Gregor und rutschte auf dem Hosenboden rückwärts über den festgetretenen Schnee, von der Frau weg, als sie einen unsicheren Schritt auf ihn zu tat.

„Meine Uroma war zwar keine Adelige aus Preußen, aber mein verstorbener Vater war Professor auf der Universität in Moskau, mein Mann war ein Physiker und wurde vor Kriegsbeginn inhaftiert. Die Rote Armee hat mir alles genommen, selbst meine zwei Söhne. Jetzt dürft ihr Rotznasen dreimal raten, was mir von all dem geblieben ist, was ich so geliebt habe." Ihre Stimme zitterte. Der Kehrbesen flog in hohem Bogen in einen Schneehaufen und blieb mit dem Griff tief in dem weißen Berg stecken.

Keiner sagte etwas. Michael rappelte sich auf und klopfte das weiße Pulver von seinen Sachen ab. Ein gedämpftes Prusten des Pferdes vertrieb die angeheizte Atmosphäre.

Die Frau bedachte das Tier mit einem mürrischen Blick.

„Das Pferd friert", brummte sie. „Nun ladet die verdammten Säcke ab", sprach sie dann wieder russisch und klopfte sich die lederne Schürze glatt. Sie hatte ihre Fassung wiedererlangt und wirkte genauso kalt wie noch kurz zuvor. Die Melancholie war aus ihrem Gesicht wie wegradiert. „Und sammelt den Reisig auf", befahl sie, ohne einen der beiden Jungen anzuschauen.

Als die Frau wieder verschwunden war, nahm Michael einen Schneeklumpen in die Hand und warf ihn nach seinem Bruder. Der Schneeball traf ihn an der Brust und zerfiel zu Staub. Sie beide grinsten. Gregor rieb immer noch seinen Kopf. „Das war aber knapp", flüsterte er und schaute ängstlich zur Tür. Nachdem sie polternd zugeworfen wurde und die Frau nicht wieder herausgekommen war, stieß Gregor einen erleichterten Seufzer aus. „Lass uns die Säcke abladen", sagte er dann und rappelte sich mühsam auf die Beine.

„Komm, lass uns das Mehl rein tragen, mein Arsch ist kälter als der scheiß Schnee", murrte Gregor und lief zum Hänger. Der klapprige Gaul stand mit gesenktem Kopf da und kaute. Dampf stieg aus seinen Nüstern und umnebelte seine schlauen Augen.

Als die beiden Brüder sich dem Tier genähert hatten, hob sich der große Kopf. Die schwarzen Augen musterten sie eingehend.

„Das sind nur wir, brauchst ja nicht gleich zu bellen und zu beißen anfangen." Gregor tätschelte lachend den Kopf von Pegasus. Seine unerklärlich gute Laune bereitete Michael Sorgen. Er musste jetzt auf der Hut sein, dachte Michael. Ohne ein Wort packte er den ersten Sack an der Seite mit dem Knoten und zerrte daran, bis Gregor das andere Ende greifen konnte. Zusammen liefen sie in das schiefe Gebäude, aus dessen Schornstein eine Rauchsäule aufstieg und sich zu einer Wolke kräuselte, um vom lauen Wind weggetragen zu werden.

Gregor drosch mit dem Fuß gegen das vereiste Holz der großen Tür. Im Inneren erklang eine Stimme. Sie gehörte Elena.

„Kommt schnell herein", sagte sie, als sie die Tür aufschloss. Sie wirkte jetzt nicht mehr gereizt.

Gregor lief rückwärts hindurch, Michael folgte ihm und spürte, wie die Tür gegen seinen Rücken schlug, als eine Windböe sie erfasste. Er stolperte und wurde von einer Fluchtirade der dicken Frau begleitet, weil er ihr dabei auf den großen Zeh getreten war. Er duckte sich vor einem Schlag weg, der jedoch nicht kam. Erleichtert aufatmend lief er etwas schneller, weil Gregor wieder vorwärts laufen konnte.

Tatsächlich war es hier wärmer, stellte Michael mit wohltuender Schwere in den Beinen fest, als die Wärme sein Gesicht zu liebkosen begann. In einem riesigen Ofen loderte das Feuer. Der Geruch nach frischem Brot ließ seinen Magen zu einem harten Klumpen zusammenschrumpfen, sodass er ein flaues Gefühl verspürte und gegen einen leichten Brechreiz anzukämpfen versuchte. Mehrmals musste er die Galle hinunterschlucken, bis sich sein rebellierender Magen endlich beruhigt hatte.

„Ihr könnt den Sack dort zu den anderen werfen", erklang wie aus dem Nichts eine tiefe Stimme. Die beiden Brüder stutzten. Die vom Schlaf raue Stimme gehörte einem bärtigen Greis. Er saß in einer Ecke und döste vor sich hin. Der Blick, mit dem er sie bedachte, war fast schon verächtlich. Müde kratzte er sich an dem verfilzten Bart und räusperte sich laut gähnend. Dann wälzte er sich unwillig knurrend in eine andere Sitzposition, sein Kopf war an die Wand hinter ihm gelehnt, die Pelzmütze diente ihm als Kopfkissen. Im Augenwinkel erkannte Michael eine Schrotflinte, die der Mann mit seinem rechten Arm umklammert hielt. „Dort zu den anderen Säcken", murmelte der Greis jetzt kaum hörbar und nickte mit dem Kopf nach rechts.

„Der alte Esel hat wieder den ganzen Tag verschlafen. Der beste Nachtwächter, den die Kommune entbehren konnte", grummelte Elena und warf ein Holzscheit nach dem Mann. Sie verfehlte ihn nur knapp. Der alte Herr warf ihr nur einen müden

Blick zu, gähnte erneut, schmatzte laut, schloss dann aber die faltigen Lider, ohne etwas zu erwidern.

„Bringt das Mehl dort hin", sagte sie dann mit weniger vorwurfsvoller Stimme, als Michael es von ihr erwartet hätte. Mit ihrer schwieligen Hand deutete sie zu einem großen Tisch aus dunklem Holz. Dort standen ein Dutzend Frauen und brachten den Teig in gleichmäßige Formen, die sie nebeneinander reihten, um später die weiche Masse in einen Kasten aus schwarz verrußtem Blech zu stopfen. Reihe um Reihe stapelten sich die Laibe in einem Regal. Bei dem Anblick verkrampfte sich Michaels Magen erneut. Seit Tagen verspürte er den Schmerz des Hungers in sich. Es fühlte sich wie Zahnschmerzen an, so als würde in seinem Bauch ein fauler Zahn wachsen, den ihm niemand würde ziehen können.

„So, jetzt bringt ihr den Rest auch noch schnell rein. Meinen Mädels geht das Mehl aus", drängte Elena die beiden zur Eile, als sie den Sack in einen großen Trog aus gehobelten Brettern hineingeworfen hatten.

Die Brüder ließen sich beim Hinausgehen etwas mehr Zeit, sie zogen ihre Fäustlinge von den Händen ab, sie wackelten mit den klammen Fingern. Allmählich tauten die steifen Glieder auf, die Haut, besonders die Hände, fingen zu jucken und brennen an. Die Zehen waren immer noch taub. „Seht zu, dass ihr in die Gänge kommt", erklang erneut die Stimme von Elena. Ihr musste der langsame, fast schon gemächliche Gang aufgefallen sein, dachte Michael.

„Ja", brummte Gregor und verpasste der Tür einen wuchtigen Tritt.

Draußen tobte der Winter. Die eisige Kälte schlug den beiden Brüdern ihre unsichtbaren Krallen, die mit scharfen Nadeln gespickt waren, tief in die Haut. Die Wangen glühten. Als Michael einen tiefen Atemzug tat, klebten für einen kurzen Augenblick seine Nasenflügel zusammen. Er hustete.

Sie liefen noch fünfmal zu dem Schlitten. Als der sechste Sack in dem Trog gelandet war, klopfte Gregor in die Hände, um das taube Gefühl aus den Gliedern zu vertreiben, und sagte: „Das war der letzte."

Vor so viel Dreistigkeit blieb Michael einfach die Luft weg. Gregor machte eine Kopfbewegung zur Tür und sprach weiter: „Komm, Michael, wir holen die nächste Ladung."

„Halt", hallte die Stimme von Elena von den verrußten Wänden wider. Selbst der alte Mann schreckte zusammen und tastete blindlings nach seiner Flinte. Dabei fiel ihm die Mütze auf den Boden. Er blinzelte und bedachte alle mit einem glasigen Blick.

„Wo sind die anderen zwei? Es hätten acht Säcke sein müssen, wie immer. Acht Säcke. Nicht sechs!" Die letzten beiden Worte trennte sie nach Silben, so als wären die beiden Jungen schwer von Begriff. „Acht", dieses Wort sprach sie in deutscher Sprache aus. Der bärtige Mann murmelte etwas Unverständliches, weil er das letzte Wort nicht richtig deuten konnte. Michael umso mehr. Es war nicht nur eine Zahl, es war eine Drohung, und falls die Frau dahinterkommen sollte, dass sie gerade von ihnen angelogen wurde, könnte dieser Tag ihr letzter gewesen sein. Am liebsten wäre er nach draußen gestürmt, hätte den Besen aus dem Schnee gezogen, um damit seinen Bruder zu verdreschen, bis der Stiel entzwei brach.

„Acht?", stellte Gregor sich dumm und rieb sich theatralisch am Hinterkopf. Nun klang er nicht mehr so selbstsicher. Seine Selbstüberschätzung bröckelte.

Jetzt wurden sie sogar von den Frauen beäugt, die in ihrer Arbeit innehielten.

„Ich schaue nach, vielleicht haben wir sie irgendwo unterwegs verloren", entgegnete Gregor nun nicht mehr so glaubhaft wie noch kurz zuvor.

„Was?", brüllte die Frau und stemmte ihre Hände in die Hüften.

„Die liegen noch in dem Hänger, mein Bruder kann nur bis sechs zählen", versuchte Michael die angeheizte Situation zu entspannen und die Wogen zu glätten.

„Das stimmt", pflichtete Gregor ihm kleinlaut bei. Er zog eine Schnute.

„Dann ab mit euch nach draußen, sonst mache ich euch Beine und ziehe euch die Ohren lang!"

Gregor duckte sich. Michael schob ihn vor sich her, bis sie endlich draußen waren. Dann rammte er seinem Bruder die Faust in den Rücken. Gregor stolperte, Michael setzte ihm nach und trat seinen Bruder in den Arsch, so erzürnt war er.

Die Tür ging auf, als Michael seinem Bruder die Mütze über die Augen zog und ihn im Schwitzkasten hielt.

„Für Kaschpereien habt ihr noch später Zeit." Michael verstand wieder nur einen Teil von dem, was die Frau von sich gab. Ihr Dialekt ähnelte nur der deutschen Sprache.

Er ließ von Gregor ab und stapfte zu dem Pferd.

„Das war nur eine Falle, du Trottel", presste Michael die Worte durch die zusammengebissenen Zähne und schluckte nur mühsam den Zorn hinunter, als sie vor dem Karren standen. In der Tür stand Elena und beobachtete sie mit finsterer Miene.

„Das habe ich doch nicht wissen können, dass dieser Mann so ein gwiefter Hund ist."

„Er hätte uns mit so einem leichten Trick überführen können. Hätte ich auf dich gehört ..."

„Ist ja schon gut", unterbrach ihn Gregor genervt und zog den siebten Sack aus dem Karren heraus. „Pack lieber mit an", sagte er.

„Jetzt sind es alle", brummte Gregor, als auch der achte Sack quer auf den anderen lag.

„Ich habe schon gedacht, der alte Esel wollte mich für dumm verkaufen. Wie würde ich später vor dem Komitee dastehen, wenn ich nicht mit Argusaugen hier alles bewachen würde. Auf den alten Säufer dort in der Ecke ist kein Verlass." Anscheinend waren alle Männer für Elena alte Esel oder Säufer. „Nehmt die da mit und bringt mir noch weitere acht. Für dich sind es sechs und nochmal zwei." Dieser Seitenhieb galt Gregor. „Für heute würden uns die sechzehn reichen. Ob ich morgen noch mehr brauchen werde ..." Sie verstummte und dachte nach. Mit nach oben gerichtetem Blick, der sich in der von Spinnweben behangenen Dunkelheit verlor, begann sie nachzurechnen. Sie bewegte stumm ihre Lippen und klappte dabei ihre Finger nacheinander auf. Nach kurzem Zögern schüttelte sie unschlüssig den Kopf, holte tief Luft, zog den Knoten unter ihrem schwammigen Kinn fester zu und wandte sich erneut an die beiden Brüder: „Sagt dem alten Esel, ich werde mich noch bei ihm melden. Heute Abend. Jetzt schnappt euch die hier und verschwindet." Sie wies mit knapper Geste auf einen Haufen leerer Säcke, die vor der Tür lagen. Michael fielen die Worte von Onkel Emil ein. *Kratzt die schimmeligen Stellen ab.*

„Komm, Gregor", sagte Michael mit belegter Stimme, weil in seinem Kopf gerade eben ein Licht aufging.

„Wir müssen auf dem Rückweg an unserem Haus vorbeikommen", sprach Michael leise, als sie in die Kälte hinaustraten. Die Säcke, die auf seiner Schulter lasteten, rochen modrig.

„Was hast du jetzt vor?", wollte Gregor wissen, auch er sprach mit verschwörerisch gedämpfter Stimme.

„Onkel Emil hat uns aufgetragen, die Stellen auf den Säcken abzuschaben, die schimmelig vor Nässe geworden sind, kannst du dich daran noch erinnern?"

„Ja klar." Sie warfen die Säcke in den Hänger. Michael blieb eine Weile stumm, weil er damit beschäftigt war, den ersten Sack auf eben diese Stellen abzusuchen. Erst als er den Sack auf links drehte, wurde er fündig. Ein flacher braungrüner Klumpen hatte sich in den Stoff hineingefressen. Michael hob den Sack an seine Nase und roch daran. Der Geruch nach Schimmel war intensiv und beißend, dennoch konnte er eine Nuance des Duftes nach Mehl ausmachen.

„Meinst du, wenn Menschen das essen würden, würden sie daran krepieren?", murmelte Gregor und kratzte mit dem Zeigefinger seiner rechten Hand an einem zweiten Sack. Den dicken Handschuh hatte er sich unter die Achsel geklemmt.

„Keine Ahnung", entgegnete Michael, dann sah er, wie sein Bruder den Finger an die Lippen hob und daran sog. „Gregor", ermahnte Michael seinen Bruder, erwischte sich jedoch dabei, wie er mit der Zungenspitze den groben Stoff berührte.

„Ihr braucht heute nicht mehr zu kommen, was macht ihr da mit den Säcken?", erklang die Stimme von Elena. „Und wo ist mein Besen?", entfuhr es der Frau.

Ein heißer Schauer durchströmte Michaels Körper. Er ließ den Sack los und fing an, die trockenen Zweige aufzusammeln. Gregor half ihm dabei. Als sie alles aufgesammelt hatten, zog Michael den Besen aus dem Schneehaufen heraus und übergab ihn der Frau. Gregor streckte der Frau die trockenen Äste wie einen Blumenstrauß entgegen. Sie schüttelte nur den Kopf und verschwand hinter der Tür, die polternd ins Schloss fiel. Ein Riegel wurde geschlossen.

„Komm, wir müssen los", murmelte Michael.

Sie liefen zurück zu dem Pferd, das immer noch kaute. Erst jetzt war Michael aufgefallen, dass Pegasus im Schnee ein Loch herausgescharrt hatte. Er kniete vor seinem Freund nieder und tastete die Stelle mit der flachen Hand ab. Sie war kahl, nichts als nackte Erde. Doch dann fiel ihm ein einzelnes Weizenkorn auf. Pegasus hatte also eine Stelle gefunden, wo jemand etwas von dem Korn verschüttet hatte. Er schob noch mehr Schnee beiseite, fand jedoch nichts mehr.

„Hast wohl alles aufgefuttert?"

Das Tier wieherte und schüttelte mit dem Kopf.

„Na komm, alter Freund." In Michaels Stimme schwang Enttäuschung mit. Dafür konnte das Pferd aber nichts, dachte er, tätschelte den seidigen Hals und sprang auf den Wagen zu seinem Bruder, der ungeduldig auf ihn zu warten schien.

10

In der Tischlerei

Alexander saß auf einem massiven Tisch und wartete, bis jemand hier erschien. Er ließ die Tür offenstehen, weil es in diesem Raum ansonsten komplett dunkel war. Das graue Viereck erleuchtete den Raum nur dürftig und reichte nicht in alle Ecken. Bei jedem Atemzug stieg eine Dunstwolke aus Alexanders Mund und Nase. Er fror jetzt, die Kälte kroch durch seine Hände und Füße. Er sprang vom Tisch und entschied sich, die Tischlerei zu verlassen. Er hatte genug gewartet. Die Hoffnung, dass heute hier noch jemand auftauchen würde, war auf ein Minimum geschrumpft. Er warf noch einen letzten Blick durch den Raum und ging hinaus.

Der schmale Korridor war zu seinem Erstaunen auch leer. Also lief er zurück nach oben. Kurz bevor er die Treppe erreicht hatte, vernahm er ein leises Fluchen. Die Neugier war stärker als die Furcht, sodass Alexander sich dazu entschied, einen flüchtigen Blick zu riskieren. Er ging durch eine weitere Tür und befand sich plötzlich in einem Raum, in dem sich auf einer Laderampe mehrere Dutzend Säcke türmten. Dort, unweit vor einem Gang, der tiefer in das Gebäude führte, stieß er tatsächlich auf einen Mann, dem er heute schon einmal begegnet war. Der etwas eigenartige Typ werkelte immer noch an dem Rad des Handkarrens herum.

„Wo sind alle Männer abgeblieben?", wandte sich Alexander an den Mann, der einen erstickten Aufschrei von sich gab und erschrocken herumfuhr.

„Sag mal, spinnst du, dich so an mich ran zu schleichen? Warum bist du immer noch hier?"

„Die Anweisung lautete, ich sollte mich in die Tischlerei begeben."

„Ach ja, wegen des Schaufelrades", brummte der Mann und stand auf. Seine Knie knackten wie Reisig.

„Ich dachte, es geht um ein neues Wasserrad, von einem Schaufelrad höre ich jetzt zum ersten Mal." Alexander zog die Stirn kraus.

„Wasserrad, Schaufelrad, was macht das für einen Unterschied?", fragte der Mann und verzog sein Gesicht zu einer gequälten Grimasse, dabei kratzte er sich mit der Zange am Hinterkopf. Mit schmerzverzerrter Miene streckte er seine Arme aus. Den Kopf legte er tief in den Nacken, dann drückte er sein stoppeliges Kinn auf die Brust. So verweilte er eine gefühlte Ewigkeit. „Diese Gicht macht mich irgendwann zum Krüppel." Dann hob er den Blick und stemmte sich die beiden Hände in sein Kreuz, mit flackernden Lidern streckte er ganz langsam den Rücken gerade. „Komm einfach morgen noch mal vorbei, vielleicht ist unser Tischler wieder da, der Teufel allein weiß, wo er sich wieder herumtreibt", blaffte der Mann und humpelte, ohne ein weiteres Wort zu verlieren, in die Richtung, aus der Alexander gerade eben gekommen war. Männerstimmen wurden lauter, ein mechanisches Brummen brachte die Luft zum Vibrieren. „Du sollst dich beim Kommandant Pulski oder beim Genossen Koslov abmelden, bevor du gehst", rief er Alexander noch zu, ohne sich umzudrehen.

„Wo finde ich sie denn?" Alexander konnte den aufsteigenden Zorn kaum noch unterdrücken. Der Mann blieb stehen. Dann drehte er sich umständlich um. Der Blick, mit dem er Alexander taxierte, war mehr als verdrießlich. Er wankte, so als müsste er sich entscheiden, welche Richtung er jetzt einschlagen sollte, schließlich tat er zwei Schritte auf Alexander zu und seufzte ermattet. „Ich habe gehört, dass du bei Dunja lebst." Alexander entgegnete nichts, ließ sich auch mit keiner Regung anmerken, dass ihn dieser Satz in seinem Innersten erschauern ließ. „Hör mir gut zu, Jungchen, wenn du leben willst, dann merke dir das, was ich dir jetzt verraten werde, genau, am besten schreibe es dir hinter die Ohren und befolge meinen Rat. Lass die Finger von ihr, denn unser Kommandant

..." Der Mann sah sich verstohlen um, in gedämpfterem Ton fuhr er fort: „... er hat sich in sie verguckt. Wenn er ein Auge auf eine Frau geworfen hat, gehört sie ihm, und es wäre für dich wie auch für die alte Jungfer viel leichter, in dieser Hinsicht dem Verstand zu folgen, anstatt - du weißt schon." Sein Blick deutete auf Alexanders Brust. Hinter seinen Rippen pochte das Herz wie wild. „Pulski bekommt, was er will, und ihr beide dürft weiter leben. Bekommt er es nicht, wird jemand anderer dich von einer Wand oder sonst woher abkratzen müssen. So wie du heute. Hast du mich verstanden?"

Alexander nickte unsicher.

Der Mann tat einen Atemzug. „Du gehst jetzt mit mir und hilfst mir dabei, die Säcke aufzuladen. Pack den Schubkarren ..."

„Nanu, wer spaziert hier ohne Aufsicht herum?", erklang eine Alexander mehr als bekannte Stimme. „Wer hat dir erlaubt, den Arbeitsplatz zu verlassen, ohne dich bei mir abzumelden?" Pulski war wie aus dem Nichts aufgetaucht. In seinem Mundwinkel wippte ein Streichholz. In den vor Hass glänzenden Augen loderte etwas, das Alexander nicht gefiel und ihm ein Gefühl verlieh, etwas verbrochen zu haben. „Bei einem wiederholten Vergehen landest du vor einem Kriegsgericht, Gefangener Berg. Habe ich recht? Berg, nicht wahr?"

Alexander nickte.

„Da werden selbst dem ach so einflussreichem Fjodor Iwanowitsch die Hände gebunden sein." Pulski grinste zufrieden. „Und du, warum bist du noch hier, du Ratte?"

Alexander sah, wie Pulskis kalte Augen bei dem Mann neben ihm Halt machten. „Petrowitsch, ab morgen bist du derjenige, der hier nach dem Rechten schaut. Damit meine ich, du wirst mir einen Rapport über jeden seiner Schritte abgeben, den er macht. Verstanden?" Pulski holte mit Daumen und Zeigefinger das Streichholz aus dem Mund und schnipste es in Alexanders Richtung, es verfehlte ihn nur um eine Handbreite.

Der Mann, der Petrowitsch genannt wurde, räusperte sich und wusste nicht, was er eigentlich verbrochen hatte, um mit so einer Aufgabe bestraft zu werden. „Aber, aber ...", stammelte er und rang die Hände.

„Das ist ein Befehl", unterbrach ihn Pulski und zog den Gürtel an seinem Mantel zurecht.

„Jetzt begleitest du ihn bis zu seinem Haus und schaust dort nach dem Rechten."

„Aber, ich ..."

„Petrowitsch, du musst mich doch langsam kennen. Ich wiederhole mich nur ungern." In seiner Stimme lag eine Kälte, die niemanden daran zweifeln ließ, zu was dieser Mann fähig war, falls sich jemand seinem Willen widersetzte. Pulski griff in die Innentasche seines Mantels. Als er sie wieder herauszog, hielt er eine zerknautschte Zigarettenpackung in der Hand, die er dem eingeschüchterten Mann anbot. Mit zittrigen Fingern griff Petrowitsch nach einer Papirossa. Das Mundstück drückte er an zwei Stellen zusammen und steckte sie sich hastig in den Mund, seine Augen waren die ganze Zeit auf den grinsenden Kommandanten gerichtet. Pulski holte für sich auch eine heraus, pustete in das hohle Ende hinein, überlegte und hielt sie Alexander entgegen. Als Alexander sich nicht rührte, bedachte ihn Pulski mit einem maliziösen Lächeln. „Du bist wie ein gut abgerichteter Hund, nimmst nichts aus der Hand eines Fremden an." Puslkis Gesichtsausdruck unterstrich seine persönliche Aversion, die er Alexander gegenüber empfand. Dann riss er ein Streichholz an, den Blick hielt er nur noch einen kurzen Moment auf Alexander gerichtet, als die Flamme zu erlöschen drohte, verdeckte er das züngelnde Feuer mit beiden Händen und hielt es dem Petrowitsch entgegen. Der vermummte Mann beugte sich leicht nach vorne und zog mehrmals an seiner Papirossa.

Der gelbe Rauch kratzte in Alexanders Kehle. „Jetzt macht, dass ihr wegkommt." Pulski drehte sich auf dem Absatz seiner auf Hochglanz gewichsten Stiefeln um und ging. Seine Schritte hallten hell auf dem steinigen Boden. Die Stiefel hatte er einem

Deutschen abgenommen, das wusste Alexander. Es waren Schaftstiefel eines Unterfeldwebels, Russen hatten solches Schuhwerk nicht. Und dieser Mann sollte ein Patriot sein?

Auf Alexanders Gesicht zeichnete sich ein geplagter Blick ab, verbunden mit einem freudlosen Mundzucken. „Hoffentlich holt dich bald der Tod ein", flüsterte er in Gedanken.

„Komm", blaffte der Mann kurz angebunden, den Pulski mit Petrowitsch angesprochen hatte. Er bedachte Alexander mit einem festen Blick, der keine Ausrede mehr duldete. Alex nickte nur, dann folgte er ihm stumm.

11

Herbe Enttäuschung

„Gregor, warte du hier auf der Straße und mach bitte weiter. Ich bin gleich wieder da."

„Aber beeil dich. Ich möchte nicht mit dem Zeug hier erwischt werden", merkte Gregor an und kratzte mit blau angelaufenen Fingern weiter die dunkel verfärbte Kruste ab, wobei er penibel darauf achtete, dass alles zu einem akkuraten Berg aufgehäuft wurde, und nicht durch die Ritzen zwischen den Brettern hindurch rieselte.

„Ist klar", entgegnete Michael, als er vom Wagen sprang und nach den Handschuhen griff, in denen sie den größten Teil des verfaulten Mehls verstaut hatten. „Ich bin gleich wieder da, hole nur schnell den Korb." Mehr sagte er nicht. Seine Füße versanken bei jedem Schritt im Schnee. Das Vorwärtskommen strengte ihn an. Trotzdem biss Michael die Zähne zusammen, auch wenn er am ganzen Körper zitterte, ob mehr vor Angst oder doch von der eisigen Kälte, vermochte er nicht zu sagen.

Michael ignorierte die Taubheit und das brennende Kratzen in seiner Kehle. Sein ganzes Augenmerk galt nur den beiden Fäustlingen, in Gedanken löffelte er schon die dicke Suppe in sich hinein. Ein Schwall wohltuender Wärme strömte nun durch seinen Körper. Sein Gang wurde schneller. Endlich hatte er die Hütte erreicht. Der Eingang war von außen verweht, sodass Michael zuerst den Schnee mit der stumpfen Spitze seines Filzstiefels wegscharren musste. Erst beim zweiten Versuch bekam er den Griff zu fassen, und als er mit aller Kraft daran zog, ließ sich die Tür bewegen. Schwer atmend betrat er das Haus, ohne dabei die Stiefel abzuklopfen. Gregor wartete draußen auf ihn, für solche Nichtigkeiten hatte er jetzt keine Zeit. Er stolperte durch den kleinen Windfang mehr als dass er ging. Mit dem Ellenbogen schob er den Vorhang beiseite. In freudiger Erwartung, Tante Elsa und Konstantin samt seinen Brüdern zu überraschen, konnte Michael ein breites Grinsen nicht unterdrücken. Er strahlte über beide Ohren. Doch statt einer herzlichen Begrüßung starrten ihn erschrockene Gesichter an. Sie alle saßen um den Tisch herum. Konstantin kniete auf der Bank. Der Junge mit den blonden Haaren lag mit dem Oberkörper weit über die Kante gebeugt auf der Tischplatte und kratzte mit einem Löffel in einem Topf herum.

Ein Gefühl unsäglicher Abneigung keimte in Michael auf, als er Konstantin in die Augen sah. Der Löffel steckte jetzt in seinem Mund, nur der hölzerne runde Griff ragte zwischen seinen schmalen Lippen heraus. Das dumpfe Pochen in Michaels Herz wurde schneller. Er hatte Mühe, den Klumpen, der gegen seine Atemwege drückte, hinunterzuwürgen.

„Ihr seid schon zurück", sprach die Frau mit zittriger Stimme, die ihr Unbehagen verriet und das Gesehene bestätigte. So, als wolle sie ihre Hände abtrocknen, fuhr sie sich mit hastigen Bewegungen über die Schürze.

Michael tat so, als habe er nichts bemerkt. Der kleine Rudi saß auch am Tisch. Unbeholfen löffelte er aus einer flachen Schüssel die Reste der dickflüssigen Brühe, die eine graue Farbe hatte. Sicher, die Gesundheit und das Wohlergehen der eigenen Kinder geht immer vor, trotzdem fühlte sich Michael hintergangen. Ihm und Gregor war das Glück, eine Mutter zu haben, nicht vergönnt. Bittere Tränen der Enttäuschung schwammen in seinen Augen. Er schluckte hart. Die heißen Tropfen, die über sein Gesicht kullerten, wischte er sich grob mit dem Ärmel weg.

„Ich habe hier etwas Mehl", krächzte er mit heiserer Stimme, weil ihm nicht passendes einfiel.

Die Frau strauchelte, wusste nicht, was sie als nächstes tun sollte. Schließlich kam sie auf Michael zu und nahm ihm die Fäustlinge ab.

„Ich brauche sie aber gleich wieder, draußen ist es sehr kalt." Die Wärme ergriff seine Finger und das Gesicht. Die Haut begann erneut zu brennen, als habe er sich verbrüht, so intensiv war der Schmerz. Michael rieb die Handflächen aneinander.

„Und einen Korb", beeilte sich Michael, als er hörte, wie draußen jemand gegen die Tür trat. Gregor durfte davon nichts erfahren. Er würde nämlich nicht wegschauen, wie die Suppe gelöffelt wurde, während er draußen fror. Mehr noch, die zwei Knochenscheiben mit dem nahrhaften Knochenmark hatte er und niemand anderer sonst irgendwo aufgetrieben. Und jetzt war alles weg. Michaels Zähne klapperten. Sein ganzer Körper bebte. „Schnell, die Fäustlinge!", stotterte er vor Ungeduld, den Blick auf den Vorhang hinter seinem Rücken gerichtet.

Als niemand sich rührte, schnappte er nach dem erstbesten Korb, riss die Fäustlinge aus den Händen von Tante Elsa und stürmte nach draußen.

Rechtzeitig.

Michael stieß mit Gregor zusammen, als dieser im Begriff war, das Haus zu betreten.

„Wo bleibst du denn so lange?", fuhr Gregor auf und stieß Michael vor die Brust. Michael fiel gegen die Tür, die krachend zufiel. „Habt ihr dort drin ohne mich gegessen?", fuhr Gregor im gleichen barschen Ton fort und wollte sich hindurchzwängen.

Michael hielt seinen Bruder am Arm fest. „Rudi schläft. Sei bitte leise und mach nicht so viel Lärm", zwang Michael mit seiner Lüge Gregor zur Räson.

„Dann lass uns gehen", brummte Gregor, zeigte sich jedoch zu Michaels Erleichterung einsichtig, auch wenn sein Gesichtsausdruck alles andere als freundlich war. „Aber ich habe solchen Hunger, Michael, dass ich nicht mehr weiß, was keinen Hunger zu haben bedeutet. Ich träume sogar nachts davon, wie ich an einer menschlichen Hand kaue."

„Ich auch, Bruder, nur kaue ich an einem saftigen Schinken. Aber was können wir dagegen tun? Es sei denn, du verrätst mir, woher du die Knochen hast?"

„Ich habe sie gefunden."

„Du lügst mich an."

„So, wie auch du mich anlügst", protestierte Gregor und stopfte seine Hände in die Fäustlinge.

Ein ängstliches Flattern stieg in Michaels Brust auf.

„Da ist ja noch Mehl drin", wunderte sich Gregor. Mit zusammengezogenen Augenbrauen sah er skeptisch auf einen der Fäustlinge und musterte zweifelnd seinen Bruder.

„Wir dürfen doch nicht alles für uns behalten, sonst fällt es womöglich noch auf."

„Hast du nicht selber gesagt, dass das Onkel Emils Idee war?"

Michael spürte, wie ihm vor Unbehagen die Galle hochstieg.

„Warum sagst du nichts, Michael? Fällt dir auf die Schnelle keine passende Lüge ein? Was glaubst du, was die aus uns machen, wenn sie uns beim Stehlen erwischen?" Das letzte Wort war ein erstickter Schrei, der kaum hörbar war, dennoch bekam Michael eine Gänsehaut. Alles, was ihm jetzt geblieben war, waren Zweifel und Schuldgefühle. Vor allem jedoch fürchtete er sich davor, sterben zu müssen.

„Wir haben doch nichts geklaut", verteidigte er sich. Seine Hand klammerte sich fester um den geflochtenen Bügel des

Korbes, welchen er in der behandschuhten Hand hielt. „Ich habe Onkel Emil so verstanden, dass ...“

„Das kannst du Pulski auftischen, wenn er dir den Handschuh in den ...“

Ein leises Wiehern ließ die beiden Brüder zusammenzucken. „Da kommt jemand“, unterbrach sich Gregor. Sein Kopf schnellte herum, auch Michael ließ seinen Blick durch die Ferne schweifen.

Dann sah er in die Richtung, in die sein Bruder mit dem Fäustling deutete, der noch halb mit verschimmeltem Mehl gefüllt war.

Zwei Gestalten liefen nebeneinander. Einer der beiden war der Mann von der Mühle, der an seinem Schubkarren herumhantiert und sie später zum Säckeschleppen verdonnert hatte. Den zweiten erkannte Michael nicht. Er war groß und hatte einen leichten Gang, obwohl auch seine Füße im Schnee versanken, trotzdem schien es so, als würde ihm dies nicht viel ausmachen. Wie Alexander, dachte Michael. Die Erinnerung an seinen ältesten Bruder ließ ihn an eine Geschichte denken, die ihm Alexander vor Jahren einmal erzählt hatte. Es ging um einen tapferen Krieger, er gehörte dem Volk an, das einen stolzen Namen trug: Alemannen. Sie waren die Ersten, die die Römer in die Flucht geschlagen hatten, nur, weil die Alemannen tapfer waren und hungrig. Sie wollten sich nicht unterwerfen lassen, lieber würden sie im Kampf sterben als sich zu beugen.

„Michael, kommst du jetzt?“, drängte Gregor und warf mit einem Schneeball nach ihm. Der kalte Pulverschnee vertrieb den Tagtraum aus Michaels Kopf, als ihn der Klumpen im Gesicht traf. Auch die beiden Männer waren aus seinem Blickfeld verschwunden, alles, was blieb, war die vage Erinnerung an den Abend, an dem Alexander ihnen über die Vorfahren erzählt hatte. Sie alle waren damals mit Stolz erfüllt und lauschten mit rotglühenden Wangen der scheinbar unendlichen Geschichte.

„Die Männer sind verschwunden“, rief Gregor.

Doch die Erinnerung kam wieder zurück. Noch immer sah Michael die Männer in ihren Bärenfellen, wie sie die Römer in den glänzenden Rüstungen aus Gold durch die Wälder jagten.

„Komm jetzt", schrie Gregor fast und lief zum Pferd, das mit dem rechten Fuß im Schnee scharrte.

Michael schüttelte den Kopf und wischte sich den nassen Schnee aus dem Gesicht. Er dachte erneut an all die schönen Tage, die er vor dem Krieg erleben durfte. Dann sah er, wie Gregor auf den Wagen sprang, die Zügel klatschten laut in der Luft, das Tier scheute und setzte sich in Bewegung. „Wer nicht fahren will, muss eben rennen", schrie Gregor lachend und ließ die Zügel erneut peitschen. Jetzt musste Michael zusehen, dass er in die Gänge kam. Der Korb störte ihn beim Rennen. Trotzdem schaffte er es, den Wagen einzuholen und sich hineinzuziehen. Dann stülpte er den Korb Gregor auf den Kopf. Beide Brüder vergaßen für einen Moment den Hunger und die Sorgen.

„Der eine der Typen war der komische Kauz von der Mühle", wandte sich Gregor an Michael.

„Ja, den habe ich auch erkannt", bestätigte Michael, er saß neben seinem Bruder auf der Sitzfläche.

„Da der alte Esel nicht mehr bei der Mühle ist, wer bekommt jetzt die leeren Säcke?", wollte Gregor wissen, als sie eine Weile stumm den geschwungenen Pfad entlangfuhren. Sie lachten nicht mehr, Michael kratzte die Reste des dunklen Mehls von einem der Säcke ab und ließ die Krümel in den Korb rieseln.

Gregor hielt die Zügel, er schwieg.

„Wir fragen uns einfach durch", schlug Michael nach einer Weile vor. Gregor entgegnete nichts.

12

Alexander kämpfte sich durch den Schnee und gegen die unerträglichen Kopfschmerzen an, die ihm die Sicht nahmen, alles um ihn herum war wie von einem milchigen Dunstschleier bedeckt.

„Weiter gehe ich nicht, sonst frieren mir die Haxen ab", meldete sich Petrowitsch, der beim Gehen jeden seiner Füße in die Stapfen von Alexander drückte.

Alexanders zermartertes Gehirn brauchte eine Weile, bis er die gesagten Worte zu einem Satz aufgereiht hatte, der für ihn einen Sinn ergab. „Pulskis Anweisung war aber ..."

„Das ist mir egal!", entgegnete der Mann mürrisch. Der Lautstärke nach war Alexander klar, dass dieser Mann nur den Großen spielte, doch er ließ diesen Petrowitsch in dem Glauben, dass er ihm seine Aussage voll abgenommen hatte. „Wenn du aber Faxen machst und dich wegschleichst ...", sprach der Mann weiter in brüskem Ton, dabei schaute er sich hastig nach allen Seiten um, seine Stimme war nicht viel lauter als das Pfeifen des eisigen Windes, der wieder an Stärke zuzunehmen schien, „... dann werde ich in meinem Rapport davon berichten, wie du mich überwältigt hast und dann weggelaufen bist."

„Wo soll ich denn hin?" Alexander kreuzte die Arme vor der Brust und kniff die Augen zusammen. Eiskristalle prasselten auf sein Gesicht wie tausend spitze Nadeln.

„Da hast du auch wieder recht", nuschelte Petrowitsch und schien sich bei den Worten wieder beruhigt zu haben. Um sich zu vergewissern, dass dem so war, ließ er seinen Blick erneut über den Horizont schweifen, diesmal ließ er sich Zeit. Alexander schaute sich auch um. Alles, was er sah, war eine verschwommene Wand aus grauer Masse. Eine Windböe kam auf und riss dem Petrowitsch das Tuch vom Gesicht weg. Alexander musterte ihn, dachte, darunter würde sich eine entstellte Visage verbergen, dem war aber nicht so. Petrowitsch war ein ganz gewöhnlich aussehender Mann um die Vierzig. Die Kräuselung seiner Lippen ließ die kleinen Fältchen um seinen Mund und die Augen deutlicher hervorstechen. Die Furchen auf seiner Stirn wurden tiefer.

„Warum bist du nicht an der Front und verteidigst dein Land gegen die faschistischen Usurpatoren?" Alexander hatte den Gedanken laut ausgesprochen, ohne es in jeglicher Art beabsichtigt zu haben. Zuerst dachte er, Petrowitsch hätte seine Frage nicht gehört, und atmete erleichtert wieder aus.

„Weil das Land nicht nur von außen, von euch, dem Abschaum, angegriffen wird. Es fault auch von innen heraus, weil das sowjetische Komitee zu human ist. Wer würde sonst für innere Ordnung sorgen können, wenn alle Männer an der vordersten Front für die Befreiung der Sowjetunion kämpfen würden?" Petrowitschs Blick flackerte, er wich Alexanders festem Blick aus. Mehr Schein als Sein, stellte Alexander nicht ohne Mundzucken fest. „Da hast du wohl recht", gab er trotzdem klein bei. Er wollte die Situation nicht unnötig eskalieren lassen.

Petrowitsch umwickelte sein Gesicht mit dem Tuch, sodass nur ein schmaler Schlitz für die Augen übrigblieb, und murrte dann: „Ich hole dich morgen oder übermorgen ab. Unser Tischler hat sich einen seiner Finger zerschmettert." Das war alles, was der Mann verlauten ließ, bevor er sich umwandte und zurücklief. Alexander sah ihm noch eine Weile hinterher, wie er nach den Spuren im Schnee Ausschau hielt, um in diese hineinzustapfen. Seine Beine versanken tief in den Löchern, die Alexander in der weißen Schicht hinterlassen hatte, und die jetzt dem Mann als Wegweiser dienten. Als die geduckte Gestalt sich mit dem Grau des Winters vermischt hatte und nicht mehr als eine verschwommene Silhouette zu erkennen war, drehte er sich um und lief zu Dunja, die sich bestimmt um ihn sorgte.

Sein Gang wurde immer schneller, je deutlicher er die Umrisse der Hütte zu erkennen glaubte.

Die Begrüßung war herzlich. Als Alexander das Haus betrat, fiel ihm Dunja in die Arme und begann zu weinen.

Alexander zog schnell die Handschuhe aus. Sanft ergriff er ihr Gesicht. Ihre von Tränen nassen Wangen glühten. Ihr schönes Gesicht fühlte sich in seinen schwieligen Händen weich und gleichermaßen zerbrechlich an.

Ihre natürliche Herzlichkeit, die sie ausstrahlte, unterstrich ihre zierlichen Gesichtszüge. Auch wenn der Hunger den Glanz aus ihren Augen vertrieben hatte und ihre so schon weiße Haut noch heller machte, war sie für ihn immer noch hübsch, fand Alexander. Auch wenn sie nicht seine Frau war, so liebte er sie mehr als alles andere, eines Tages würde er gehen müssen, das wusste er, doch diesen Gedanken verwarf er und konzentrierte sich auf ihren Mund. „Was ist passiert?", wollte er von ihr wissen

Sie verharrte eine Weile reglos, schluckte schwer, dann ... „Du bist mir passiert, wie konnte ich mich so sehr in dich verlieben? Wie eine dumme, naive Jungfrau", flüsterte sie und senkte den Blick.

Alexander spürte ein sanftes Lächeln über seinen Mund huschen.

Tränen strömten Dunja über die Wangen, die Lippen, bis an das spitze Kinn. Wie kleine Flüsse rannen sie ihr den schmalen Hals hinunter.

„Darum musst du weinen?" Alexander lächelte. Mit den Fingerspitzen fuhr er ihr über die nasse Haut.

„Ich dachte bloß, dir wäre etwas passiert. Ich meine, du bist einfach los, ohne mich ausreden zu lassen. Dieser Pulski war außer sich ..." Sie verhaspelte sich und schluckte.

„Warte, war er etwa hier?"

Sie nickte heftig. Vor Weinkrämpfen geschüttelt, wisperte sie schluchzend: „Zum Glück war die Nachbarin hier bei mir." Dunjas Kinn bebte, als ob sie fröre.

„Hat er dir weh getan?"

Sie schüttelte entschieden den Kopf und schniefte leise.

Alexander fasste sie mit beiden Händen an den schmalen Schultern. Er hielt sie so, dass er ihr direkt in die Augen schauen konnte. „Was meinst du? Will er dich zu seiner Geliebten machen? Hat er dir irgendwelche Avancen gemacht?"

Sie schaute ihn mit nach oben gezogenen Augenbrauen an und nickte unsicher mit dem Kopf. „Seine Absichten waren eindeutig."

Alexander schloss sie in seine Arme. Drückte sie so fest an sich, bis er glaubte, ihr dabei weh getan zu haben.

„Komm, wir essen jetzt zu Mittag", sagte sie und befreite sich langsam aus seiner Umarmung. „Und häng deine Sachen vor dem Ofen auf, sie sind kalt und nass", sagte sie leise und ging zum Tisch. „Fjodor Iwanowitsch wird es nicht zulassen. Das habe ich diesem Semjon Pulski klar und deutlich gemacht. Beim nächsten Mal wird sein aufdringliches Verhalten schlimme Konsequenzen nach sich ziehen." Sie klang nicht sehr überzeugend.

Alexander graute bereits vor der bevorstehenden Auseinandersetzung und den erniedrigenden Anspielungen von Pulski. Er würde alles Mögliche in die Wege leiten, um Alexander für irgendein Verbrechen den Prozess zu machen. Semjon Pulski fürchtete sich nicht vor Fjodor Iwanowitsch, für ihn war alles nur ein Spiel. Er würde sich Dunjas entledigen, sobald er von ihr alles bekommen und sie satt hatte.

Doch noch war der Kampf nicht verloren, dachte Alexander und zwängte sich aus seinen klamm gewordenen Klamotten.

13

An Onkel Emils Scheune

Als die beiden Brüder endlich am Tor der Scheune angekommen waren, wurden sie dort von Onkel Emil erwartet. Er stand da und zog an seiner Pfeife.

„Ich dachte schon, ihr seid mir erfroren", sprach er, den Wind übertönend. „Bleibt einfach sitzen, ich fahre euch zurück", rief er, als die beiden Jungen im Begriff zum Absteigen waren.

„Und die Säcke?" Michael hielt den Korb umklammert. Unsicher deutete er mit dem Kopf in den Wagen.

„Die werde ich morgen selbst vorbeibringen. Heute ist niemand mehr dort. Sie alle sind auf der Parteiversammlung. Los jetzt, rutsch zur Seite, Gregor!", brummte der Mann. Knurrend setzte er sich hinter das Pferd und ergriff die Zügel.

Der angenehme Geruch nach Pfeifenrauch kribbelte in Michaels Nase. „Wir haben da etwas zusammengekratzt", wandte er sich an Onkel Emil.

„Ihr müsst das Zeug zu flachen Scheiben formen und in den Ofen schieben. Schmeckt zwar wie Schimmel, aber ihr werdet mit Gottes Hilfe diesen Winter vielleicht doch noch irgendwie überleben", brummte Onkel Emil, schnalzte mit den Zügeln und trieb das Pferd durch den tiefen Schnee.

Die Fahrt dauerte nicht lange. Onkel Emil kannte eine Abkürzung, sie führte durch mehrere Höfe und an dem Kornspeicher vorbei. „Los jetzt, absteigen, und vergesst euren Korb nicht", rief er, schon schnalzte er mit der Zunge. Der gutmütige Onkel Emil wartete nicht lange, um wieder losfahren zu können. Noch bevor Michaels Füße die Erde berührt hatten, setzte sich der Wagen schon in Bewegung. So landete Michael auf seinem Hintern, doch den Korb hielt er immer noch fest umklammert. Mit erschrockenem Gesicht ließ er sich von Gregor auf die Beine ziehen.

„Komm, Michael, mir fallen bald die Beine und Arme ab", sprach Gregor mit bebender Stimme. Michael konnte sogar seine Zähne klappern hören. Der Schnee knirschte unter ihren Füßen. Gregor lief voraus. Michaels schleifende Schritte holten Gregor langsam, aber stetig ein. Gregor stemmte sich mit einem Fuß am Haus ab und zog mit aller Kraft an der Tür. Warme Luft umschloss die beiden, als sie ins Haus traten.

„Na, endlich seid ihr wieder da", begrüßte sie Tante Elsa mit einer aufgesetzten Herzlichkeit, die von Schuldgefühlen durchtränkt war. Gregor hatte davon nichts gemerkt, denn er wusste ja nicht, dass diese Frau die nahrhafte Suppe an ihre Kinder verfüttert hatte. In Michael keimte erneut bittere Enttäuschung auf. Doch als er zwei volle Teller auf dem Tisch stehen sah, verflüchtigte sich das Brennen in seiner Brust zu einem kaum wahrnehmbaren Pochen.

„Die Suppe ist heiß, als ich die Schritte von außen hörte, habe ich für euch die Suppe bereitgestellt. Direkt vom Herd. Was würden wir ohne euch nur machen, nicht wahr, Konstantin?" Der Junge nickte eifrig, sein Blick huschte zu Michael. Michael ignorierte ihn.

„Und ihr?" Das war Gregor, der sich zum ersten Mal um die anderen sorgte.

„Wir haben schon gegessen." Tante Elsa nestelte an einem ausgefransten Geschirrtuch.

Als Michael Platz nahm, sah er die klare Brühe in seinem Teller, und ganz unten schwamm der Knochen, nichts als ein weißer Ring, das Knochenmark war ausgesaugt.

Als Michael den Kopf hob und seine Augen die von Tante Elsa trafen, erkannte er darin einen Hauch von Reue.

Gregor löffelte die Brühe in sich hinein, schmatzte, hielt inne, bedachte seinen Bruder mit fragendem Blick, und fuhr sich mit der Zungenspitze über die Innenseite seiner linken Wange. „Ist was?"

„Nein, die ist mir ein bisschen zu heiß", entgegnete Michael, tauchte dann seinen Löffel in die Suppe. Er hielt sich den hölzernen Löffel an die Lippen und pustete demonstrativ. „Wir haben noch mehr Mehl mitgebracht, Sie können daraus ...", sprach Michael mit belegter Stimme. Seine Hand, in der er den Löffel hielt, zitterte.

„Ja, ich werde euch daraus kleine Fladenküchle machen", sagte Tante Elsa schnell. Rasch wischte sie sich die Hände an der Schürze ab und eilte zu einer Schüssel, um das feuchte Mehl aus dem Korb herauszuklopfen. Michael betrachtete sie eine Weile. Konstantins Mutter wirkte in letzter Zeit irgendwie sonderbar verloren. Sie redete oft mit sich selbst. An einigen Tagen saß sie einfach nur da, reglos war ihr Blick in die Ferne gerichtet. Sie schaute aus dem Fenster, einfach so, auch in der Nacht.

„Konstantin, komm mal her und halt die Schüssel mit beiden Händen fest", rief sie etwas verhalten. Geduldig wartete sie, bis ihr Sohn neben ihr stand. „In Zukunft wirst du den beiden Jungs zur Hand gehen. Sie sind zwar immer noch Kinder, aber ihre Taten gleichen denen erwachsener Menschen", flüsterte sie. Irgendwie schmeichelte Michael der Vergleich. Er schob sich den Löffel in den Mund, die warme Brühe tat seiner Seele gut. Der Magen verkrampfte sich. Der Schmerz kam so unerwartet und heftig, dass er fast den Löffel fallen ließ.

„Ist deine Suppe immer noch zu heiß?", ertönte die mürrische Stimme von Gregor.

Michael räusperte sich. Und legte den Löffel, nicht ohne ihn dabei vorher abgeschleckt zu haben, auf den Tisch. „Nein, jetzt nicht mehr", entgegnete er und hob den Teller an den Mund. Matt lächelnd starrte er seinen Bruder über den Rand der Schüssel an. Er entschloss sich dazu, die Suppe auszutrinken. Seine Handflächen brannten immer noch, aber die Wärme tat ihm gut.

„Wo ist eigentlich das Brot geblieben?", wollte Gregor wissen. Sein enttäuschter Blick war in die leere Schüssel gerichtet. Mit Daumen und Zeigefinger griff er nach dem Knochen. Wie ein Monokel hob er ihn an sein linkes Auge. Die Haut an seiner Hand war schmutzig und von unzähligen dunklen Rissen übersät. Er spähte hindurch. „Ich sehe nichts als Luft, meinst du nicht auch, dass sie uns alles weggefressen haben?" Gregor klang provokativ, seine Stimme bebte vor Zorn. Er stieß einen Rülpser hervor. Gregors Magen knurrte laut.

„Wir sind zu viele. Hättest du nicht so geschlungen, hättest du die Brotkrumen in deiner Suppe rausschmecken können." Michael staunte selbst darüber, was er da faselte, aber er wollte der Konfrontation und der Stänkerei keine Chance geben, was sicherlich bis zu einer handgreiflichen Auseinandersetzung eskalieren würde, falls Gregor die ganze Wahrheit erführe.

Gregor warf den knochigen Ring auf den Tisch. Ein trockenes Poltern hallte durch den Raum und wurde nur von dem leisen Knacken des brennenden Holzes im Ofen unterbrochen, so leise war es in dem Raum.

Tante Elsa hüstelte und hielt kurz in der Bewegung inne.

„Wann sind die Fladenküchle denn soweit fertig?", presste Gregor die Worte durch seine zusammengebissenen Zähne. Michael war sich sicher, dass sein Bruder Lunte gerochen hatte. Dumm war er ja nicht. Nachdem er die vorwurfsvolle Frage in mehr als brüskem Ton und mit zu schmalen Schlitzen verengten Augen gestellt hatte, fuhr er sich mit der Zungenspitze über die rissigen Lippen. Er wartete. Auch Michael verharrte mitten in der Bewegung. Die Schüssel klebte jetzt an seinen Lippen.

Die Frau versuchte ein versöhnliches, ja sogar freundliches Lächeln, doch ihr Blick blieb verächtlich. Sie hatte Angst, dennoch starrte sie Gregor mit stoischer Miene an, ohne dabei zu blinzeln, bot sie ihm die Stirn. Sie würde für ihre Kinder sterben, dass wusste auch Gregor. Seine Hand kroch über den Tisch, ertastete den Griff des Küchenmessers, das er zum Schnitzen benutzte, und schloss sich darum.

Der vernichtende Blick der Frau wich der Angst, die ihrem Gesichtsausdruck weiche Züge verlieh. Krähenfüße umsäumten ihre Augen. „Konstantin, du machst hier weiter und ich gehe zum Ofen. Das dauert nur einen Augenblick." Ihre Stimme zitterte.

Gregor bedachte sie mit einem schiefen Grinsen, griff in seine Hosentasche und holte eine kleine Holzfigur heraus. Die dunkel angelaufene Schneide des Messers war vom vielen Schärfen dünn geworden. Nahezu widerstandslos glitt sie über das Holz. Nach jedem Schnitt fiel eine helle Holzlocke zu Boden. Gregors Augen straften sein freundliches Lächeln Lügen, denn darin spiegelte sich der Zorn, den er gegen die Frau und ihre Kinder hegte.

Der Knoten in Michaels Kehle löste sich allmählich, er trank die lauwarme Flüssigkeit in kleinen Zügen. Hoffentlich ist der verdammte Krieg bald vorbei, dachte er.

Der schimmelige Teig lag schwer in Michaels Magen, als er in der Nacht mit offenen Augen dalag. Er wartete, bis Gregor eingeschlafen war.

Erst am dritten Tag wurden sie erneut in der Bäckerei gebraucht. So vergingen Tage, an denen sie das schimmelige Mehl mit Holzmehl vermengten. Der Hunger war allgegenwärtig. Alles drehte sich nur darum, wie sie etwas zu Essen herbeischaffen konnten. Manchmal schlichen sie sich in den Wald, um nach Beeren zu suchen. Dieses Unterfangen war sehr gefährlich, denn niemand durfte die Grenzen des Arbeitslagers ohne Einwilligung des Kommandanten verlassen. Nur zweimal hatten Michael und Gregor einen Berberitzen-

Strauch gefunden. Sie hatten sämtliche Beeren gepflückt, die von den Vögeln übrig gelassen worden waren. Völlig zerkratzt und dennoch glücklich hatten die Brüder die meisten Beeren selbst gegessen. Aus den restlichen hatte ihnen dann Tante Elsa einen Sud gekocht.

Danach blieben ihre Ausflüge ohne Erfolg.

Die Wintertage hatten sich zu grauer Masse und diffusen Erlebnissen vermischt. Michael sehnte sich nach dem blauen Himmel und dem warmen, hellen Licht der Sonne.

14

Frühling 1944

In Dunja Haus

Alexander lag im Bett, die Arme hinter dem Kopf, den Blick zur Decke gerichtet, grübelte er über sein Leben nach. Dunja lag neben ihm, sie schlief noch, ihr gleichmäßiger Atem war ihm so vertraut geworden, dass es ihn bei dem Gedanken, Dunja irgendwann verlassen zu müssen, fröstelte.

Dunja erwartete fast täglich ihren Mann zurück, der eigentlich schon vor Monaten hätte hier sein müssen. Er war schwer verletzt worden, ihm wurde der linke Arm abgenommen, wenn man den Gerüchten nur einen Funken Glauben schenken durfte.

Was, wenn er mitten in der Nacht mit der Tür ins Haus fallen würde? Alexander verzog seinen Mund zu einem zaghaften Lächeln. Mich zu erwürgen wird dem gehörnten Mann wohl nicht gut gelingen, aber mich mit einer Axt in Stücke zu hacken, wird für ihn überhaupt kein Problem sein, überlegte Alexander. Jedes Mal, bevor sie schlafen gingen, hatte Dunja mehrmals den Türschieber überprüft.

Aber wie lange konnte schon so ein Riegel einem wütenden Mann standhalten?

Das Schicksal schlägt meistens dann zu, wenn man am wenigstens darauf vorbereitet ist, fielen Alexander die Worte seines Vaters ein.

„Kannst du auch nicht schlafen?", hörte er Dunjas Stimme, die vom Schlaf brüchig klang.

„Und du?" Alexander streckte seine Hände zur Decke und gähnte.

„Ich kann dich selbst im Schlaf beim Denken hören." Sie kreischte, als Alexander die dicke Decke zur Seite warf und sich ohne jegliche Vorwarnung wie ein wildes Tier auf sie stürzte. Er küsste sie fest auf die Lippen. Ihre Hände krochen unter sein Hemd und liebkosten ihn. Als Dunja ihre Lippen öffnete, berührten sich ihre Zungen. Der Kuss wurde heftiger. Michael schob seinen Arm nach unten und umklammerte den Saum ihres Schlafkleides. Langsam schob er den weichen Stoff nach oben. Dunjas Atem wurde schwerer, der Kuss fordernder. Ihr Becken fuhr nach oben. Alexander schaute sie an. Ihre Lider flatterten. Endlich drang er in sie ein. Sie war warm und feucht. Alexander sog den Moment mit all seinen Sinnen in sich ein und ließ sich treiben. Dieses Gefühl, das er dabei empfand, ließ sich nicht in Worte fassen. Nicht der Akt selbst, sondern diese ehrliche Liebe raubte ihm fast den Verstand. Vielleicht war es nur Dankbarkeit, die er der schönen Frau gegenüber tagtäglich empfand. Schließlich hatte er ihr sein Leben zu verdanken. „Ich liebe dich", flüsterte sie leise. Seine Stöße wurden heftiger, Dunjas Stöhnen wurde lauter. Alexander fühlte sich schwerelos, das losgelöste Gefühl ergriff ihn. Er spürte nichts, er ließ sich davongleiten. Dunja schrie jetzt, auch Alexander keuchte schwer.

„Ich liebe dich, Sascha, ich liebe dich", flüsterte sie und zitterte am ganzen Körper, auch Alexander zuckte nun heftig zusammen.

15
In der Scheune von Onkel Emil

Michael machte einen tiefen Zug. Wie sehr hatte er im Winter diesen Duft nach Heu vermisst, ja, sogar der beißende Gestank nach Kuhdung hatte ihm all die kalten Monate des harten Winters gefehlt.

Voller Erwartung und Ungeduld lief er im Kreis herum. Gregor saß auf einem Schemel und kaute auf einem trockenen Grashalm. Konstantin stand am Tor. Sein Blick war zum Himmel gerichtet. „Er ... er k ... kommt!", schrie Konstantin und streckte seinen Arm aus.

„Was schreit ihr hier rum wie die Gestörten? Ihr erschreckt mir ja die Hühner, sodass sie sich weigern werden, Eier zu legen", brummte Onkel Emil und war nicht weniger erfreut über das Wiedersehen. „Ich habe gehört, ihr werdet mir ab heute wieder unter die Arme greifen müssen?" Sein Lächeln strafte den barschen Ton Lügen. Alle grinsten, bis auf Konstantin, er verstand den schrägen Humor von Onkel Emil nicht.

„Wie ihr seht, haben wir viel zu tun." Er machte mit beiden Händen eine weit ausladende Bewegung. Michael und Gregor, der jetzt aufgestanden war, schauten sich um. „Wir haben Nachwuchs bekommen, habt ihr den jungen Bullen schon gesehen? Dem dürft ihr aber nicht mehr die Eier abfackeln. Das zweite Mal werde ich euch vor dem Zorn von Fjodor Iwanowitsch nicht schützen können."

Auf einmal lachte Konstantin kurz auf. Onkel Emil bedachte ihn mit einem verwirrten Blick. Gregor machte zwei große Schritte auf den irritierten Jungen zu und schlug dem nun verdutzt dreinschauenden Konstantin mit der flachen Hand auf den Hinterkopf.

„Gregor, nicht doch", entfuhr es Onkel Emil. Er war heute irgendwie sehr gut gelaunt, stellte Michael fest. Er nahm auch ein leises Seufzen wahr. Klang Onkel Emil tatsächlich irgendwie erleichtert?, fragte sich Michael, dabei zog er seine Stirn kraus.

„Diesen Winter sind viele Menschen gestorben, müsst ihr wissen. Vor allem die Alten und die Kinder. Der Krieg selektiert die Menschen, nur die Stärksten werden diese schreckliche Zeit überleben, und diejenigen, die genug zu essen haben. Wir haben noch viele harte Tage vor uns. Wir müssen dafür sorgen, dass die Soldaten an der Front genügend zu essen haben. Damit sie dem ganzen Gemetzel endlich ein Ende setzen. Und dem Krieg ein für alle Mal einen Riegel vorschieben." Dann klatschte der Mann in die Hände.

„Alles bleibt beim Alten, du, Gregor, fährst mit dem Stotterjungen in den Wald, und du, Michael, du wirst mir vorerst zur Hand gehen. Die Bienenstöcke müssen wieder ausgefahren werden. Zwei Völker haben den Winter nicht überstanden, drei sind ausgeschwärmt, wir werden sie die nächsten Tage mit etwas Glück wieder einfangen. Und jetzt kommt alle näher zu mir." Ungeduldig strich er sich mit der linken Hand über den grauen Bart. Die rechte hielt er hinter dem Rücken versteckt.

Konstantin trat unsicher auf einer Stelle und rieb sich immer noch am Hinterkopf. Die beiden Brüder waren mutiger. Sie taten ohne zu zögern, wie ihnen geheißen. Gregor verschränkte die Arme vor der Brust und warf einen verkniffenen Blick in Konstantins Richtung.

„Komm her, Stotterjunge", brummte Onkel Emil. Lächelnd lüftete der graubärtige Mann sein Geheimnis, indem er seinen linken Arm vor die Brust hob. Er hielt einen kleinen Sack in seiner Faust. Er wickelte die Ecken auf, sodass auf seiner flachen Hand das bunte Tuch wie eine kleine Tischdecke lag, darauf waren drei Würfel Brot zu sehen. Michael lief bei dem Anblick das Wasser im Mund zusammen. „Und hier habe ich noch etwas für euch." Seine Rechte verschwand in der Tasche seiner breiten Hose, die an den Knien geflickt war. „Schaut her. Na kommt, greift zu." Michael war als Zweiter dran. Gregor griff wie so oft als Erster nach dem dunklen Stück Brot und einem kleinen Stückchen harten Käse. Michael schob beides hinter die Backe und saugte daran. Der Käse war hart wie Stein, schmeckte leicht salzig und milchig. Das Brot war schwarz, roch aber frisch. „Meine Schwester hat das Brot erst heute gebacken. Ich habe mir etwas davon abgeschnitten, jetzt darf ich mich bis zum Abend nicht bei ihr blicken lassen." Er deutete mit dem Daumen zum Haus, strich die Krumen vom Tuch in die Hand und warf sie sich in den Mund. Schmatzend sprach er weiter: „Bis sich ihr Gemüt wieder gelegt hat. Aber wir werden vor Sonnenuntergang sowieso über beide Ohren voll zu tun haben. Habt ihr euch im Kontor gemeldet?", wechselte er das Thema und wurde wieder ernst. Dümmlich grinsend nickten alle wie auf Befehl. Mit zufriedenen Gesichtern und glänzenden Augen folgten sie dem alten Mann in die Scheune.

16

Dunjas Haus

Müde und total erschöpft pellte sich Alexander aus dem zerwühlten Bett. Seine nackten Füße klatschten auf den Boden, als er zum Tisch ging, um sich anzuziehen.

„Du hast doch noch gar nichts gefrühstückt", murmelte Dunja und wickelte sich in die Decke ein.

„Ich habe keinen Hunger", entgegnete er und schlüpfte mit einem Bein in die Hose. „Hast du ...", er räusperte sich, „... hast du schon etwas von deinem Mann gehört?"

Schweigen.

Alexander setzte sich auf die Bank. Er wartete. Die Schnalle klimperte leise, als er den Gürtel zuzog. Er hob erst dann den Blick, nachdem er ein leises Seufzen wahrgenommen hatte. Als er Dunja ansah, malte sich Verwirrung in sein Gesicht. Sie weinte stumm. In ihren Augen schimmerten Tränen. Sie setzte sich mit an die Brust angezogenen Beinen im Bett auf. Immer noch in die Decke eingewickelt wie in einen Kokon, lehnte sie sich mit dem Rücken an die Wand.

„Ich habe nichts mehr von ihm gehört. Die letzte Nachricht lautete, er läge in einem Hospital. Ansonsten weiß ich keine weiteren Details über sein Verbleiben oder seinen Gesundheitszustand. Ich wünsche ihm das Schlimmste. Aber Unkraut vergeht ja nie." Ihre vom Weinen roten Augen wurden zornig.

Alexander überging ihre letzte Bemerkung. „Wäre es da nicht besser, dass ich mich nach einer anderen Schlafstätte umschaue? Ich kann auch in der Tischlerei schlafen." Alexander schämte sich, er kam sich wie ein Feigling vor, aber er wollte nicht, dass Dunja seinetwegen in Schwierigkeiten geriet.

„Nein, dazu ist es zu spät, außerdem will ich nicht allein sein, wenn er hier auftaucht. Ich möchte, dass du hierbleibst."

„Bist du dir da ganz sicher?"

Ein leichtes Zögern, dann ein Nicken. Dunja trocknete ihre Augen mit dem Zipfel der Decke ab. Zaghaft versuchte sie es dann mit einem Lächeln, das traurig und verzweifelt wirkte. In diesem Augenblick sah sie total schutzlos und verletzlich aus. Alexanders Kehle wurde eng. Was habe ich nur angerichtet?, dachte er bei sich, ohne den Gedanken laut auszusprechen. „Warum habt ihr keine Kinder?" Diese Sache beschäftigte ihn schon die ganze Zeit. Jetzt war es endlich raus. Er bedauerte einerseits, diese Frage gestellt zu haben, andererseits war er froh darüber, endlich den Grund ihrer Kinderlosigkeit zu erfahren. Jetzt schien der Moment unpassender nicht sein zu können, aber in all der Zeit, die er an Dunjas Seite verbracht hatte, fand er keine Sekunde, die passend zu sein schien, dieser Gegebenheit auf den Grund zu gehen.

Matte Augen, ein nach innen gekehrter Blick und volle Lippen, die eine Ewigkeit lang versiegelt blieben.

Alexander wartete, bedrängte sie nicht. Ihm war mehr als bewusst, dass er nichts überstürzen durfte. Dunja brauchte Zeit zum Überlegen. Eine tiefe Ernsthaftigkeit ließ ihre Augen dunkler werden, ihr Gesicht bekam einen rötlichen Teint.

Die Sekunden wurden zäh und zogen sich in die Länge.

„Wir haben es versucht, mehrmals, eigentlich all die Jahre unserer Ehe, aber es hat nicht geklappt. Es muss wohl an mir liegen. Der liebe Gott will mich anscheinend für meine Sünden bestrafen, indem er mir keine Kinder zu gebären erlaubt."

Alexander schluckte schwer.

Dunjas Wangen glänzten wieder, doch diesmal wischte sie die Tränen nicht weg. Sie weinte. Dieser Anblick tat in Alexanders Brust weh, so als habe ihm jemand einen heißen Nagel durch die Rippen getrieben.

„Aber ich kann getrost sein. Denn ...", sie schluckte, ihr Kinn bebte, plötzlich lachte sie kurz auf, um mit belegter Stimme fortzufahren, „was hätte ich Nikita für eine Lüge auftischen müssen?" Sie lachte jetzt wieder etwas lauter, sie klang nicht hysterisch, ihre Freude war nicht gespielt, nun musste auch Alexander grinsen, ohne zu wissen warum, denn die Situation war wahrlich mehr als unpassend. „Was hätte ich meinem Mann sagen können, nach der Zeit seiner Abwesenheit und den vielen Nächten, die ich an deiner Seite in diesem Bett verbracht habe? Ein Heiliger Geist hat mich geschwängert? Und das Kind, das ich empfangen habe, war allein Gottes Werk?"

Alexander sprang auf, ging auf sie zu und umarmte sie. Ihr nackter Körper fühlte sich warm und sehr vertraut in seinen Händen an. Sie zitterte. Ihre weiche Haut brannte auf seinem nackten Oberkörper. Sie presste ihren Kopf an seine Brust. „Ich liebe dich, Sascha, aber auch dieses Glück bleibt mir verwehrt", sagte sie. Er strich ihr sanft über den Rücken. Sie durfte nicht mitbekommen, dass auch er weinte.

„Ich muss auf die Arbeit", sagte er schlicht.

„Du musst noch für unseren Abort ein Loch graben", wechselte sie das Thema und begann erneut zu lachen. Der Übergang war so abrupt, dass die Melancholie auf einmal verflogen war. Als hätten sie sich abgesprochen, fingen sie beide laut zu lachen an. Sie küssten sich mit vor Tränen nassen Gesichtern. Für den winzigen Bruchteil einer Sekunde waren die Sorgen vergessen, alles, was jetzt zählte, war dieser eine Augenblick. Ihre Blicke trafen sich erneut.

Du kannst, wenn du einem Menschen ganz tief in die Augen blickst, in seine Seele hineinschauen, an diesem Blick kannst du seinen wahren Geist erkennen, erklangen die Worte seiner Mutter. Sie krochen aus der dunkelsten Ecke seiner Erinnerung heraus und erhellten seinen Gemütszustand. Dunja war die Frau seines Lebens, da war er sich mehr als sicher. Langsam befreite er sich aus ihrer Umarmung. So leid es ihm auch tat, er musste los, sie wusste es auch und ließ ihn gehen.

17

Am Waldrand

Die aufgeschreckten Bienen summten. Sie formierten sich zu einer dunklen Wolke und kamen ihnen gefährlich nahe, doch der Rauch aus Onkel Emils Pfeife hielt die kleinen Biester auf Abstand, trotzdem hatten zwei oder drei dieser kleinen, aggressiven Lebewesen Michael an den Armen gestochen.

Der letzte Bienenstock schien auch der schwerste zu sein. Michaels Schultern brannten vor Anstrengung. Mit letzter Kraftreserve und etwas Mut gelang es ihm, den Bienenstock nicht auf halber Strecke loszulassen.

„Hier können wir das schwere Ding abstellen", keuchte der alte Mann auf der anderen Seite. Michael war froh darüber, sich der Last endlich entledigen zu dürfen.

„Dein linker Arm ist angeschwollen", bemerkte Onkel Emil und zog an seiner Pfeife. Mit verzerrter Miene ließ er die Wirbel seines breiten Kreuzes knacken. Mit aufgeblähten Backen blies er den blauen Dunst durch seinen von dichtem Haar zugewucherten Mund aus. Der schwere Rauch verkroch sich in dem grauen Bart.

Michael begutachtete seinen linken Unterarm, der zunehmend dicker wurde. Er war jetzt dicker als sein Oberarm.

„Nicht, dass du mir hier noch den Löffel abgibst", grummelte der Mann und rieb sich die dicke Nase. Die schlammige Erde schmatzte unter seinen Füßen. Er senkte den Blick, drückte den Absatz seines rechten Stiefel tief in den noch nassen Boden hinein, bis ein dicker Erdklumpen daran haften blieb. Krächzend ging er in die Hocke und kratzte den dunklen Brocken von dem Absatz ab. Mit der linken Hand hielt er Michael am Handgelenk fest. Seine Finger waren rau vom schweren Schuften. Mit der anderen Hand rieb er die nasse Erde auf Michaels Haut. Dann griff er nach Michaels Kopf und drückte sein Gesicht fest an die Brust. Auch im Nacken spürte Michael die wohltuende Kühle.

„Wo haben dich die kleinen Biester denn noch erwischt?"

„Am Bein", sagte Michael mit immer noch gesenktem Kopf. Ein kalter Tropfen kullerte über seinen Nacken bis an den Hosenbund. Er bekam eine Gänsehaut, die Härchen auf seinen Armen standen jetzt zu Berge.

„Fröstelt es dich, Mischa?" Onkel Emil klang ehrlich besorgt. Die vom Dreck verschmierte Hand umfasste Michaels Stirn. „Fieber scheinst du nicht zu haben", grummelte er weiter, ging erneut in die Hocke, schob das Hosenbein nach oben und schmierte auch dort die rote Stelle mit Dreck ein. „Das wird die Stichstellen abkühlen und die Schwellungen werden besser zurückgehen. Für heute machen wir Schluss. Ab morgen wirst du mir dafür sorgen, dass die Rinder genügend zu fressen bekommen. Mit dem Sonnenaufgang wirst du mit ihnen auf die Weide gehen und mit dem Sonnenuntergang zurückkommen. Adolf wird dich dabei begleiten, nicht wahr, alter Freund?" Onkel Emil warf einen Blick nach unten und sah den Hund freundlich an. Der Schäferhund streckte seine Zunge heraus. Michael kam es immer so vor, als würde Adolf dabei lächeln. Der betagte Mann machte einen tiefen Zug an seiner Pfeife und tätschelte dem Hund die Schnauze.

„Jetzt brauchst du den Jungen nicht mehr anzuulken, du bist jetzt nämlich genauso schmutzig wie er", freute sich der Mann. „Vielleicht sollte ich euch beide im Schweinestall schlafen lassen. Platz habe ich jetzt ja für euch. Ich habe alle beide Säue für die Rote Armee schlachten müssen", zwinkerte er Michael zu, rieb sich die Hand an der Hose sauber, dann wurde sein Gesicht wieder ernst. „Der nächste Winter wird noch schlimmer werden, uns gehen die Lebensmittel aus, aber irgendwie wird es

538

schon werden, denn Unkraut vergeht nie, stimmt's oder habe ich recht?", flüsterte er. Gemächlichen Schrittes schlenderte er, ohne ein weiteres Wort zu verlieren, zum Pferd, das unweit vom Waldrand stand und graste.

Zwei Monate später

18

Dunjas Haus

Alexander schwitzte am ganzen Körper. Die Sonne wärmte seinen Körper. Er atmete in vollen Zügen die nach Leben duftende Luft ein, die ihn umwehte. Vögel sangen wieder ihre Lieder. Er genoss die Wärme und das Brennen in seinen Gliedern. Er fühlte sich wieder lebendig. Er stand bis zur Hüfte in einem mehr oder weniger quadratischen Loch und schaufelte die Erde heraus. Die alte Latrine, die schief und krumm und bis fast an den Rand voll mit Fäkalien war, musste erneuert werden. Die Bretter für das neue Häuschen hatte er aus der Tischlerei mitnehmen dürfen. Das Wasserrad war rechtzeitig zum Wintertau fertig geworden. Jetzt war die Mühle wieder funktionsfähig und konnte nicht nur vom Wind angetrieben werden. All die Monate ging er den anderen Männern zur Hand, dabei war stets er derjenige, der die Drecksarbeit, die keiner von den anderen machen wollte, zu erledigen hatte. Aber er beklagte sich kein einziges Mal, die körperliche Arbeit jeglicher Art war ihm zehnmal lieber als das triste Dahinvegetieren in irgendeinem der Gulags. Er lebte und allein das zählte für ihn.

„Gräbst du dieses Loch etwa für dich?"

Alexander schreckte zusammen. Als er zu der Stimme aufblickte, sah er nur einen dunklen Schatten. Erdklumpen rieselten über den Rand, denn der Störenfried schob mit seinem rechten Stiefel einen Stein zurück in die Grube. Alexander musste zur Seite springen, als der Brocken dicht vor seinen nackten Füßen landete. „Das hätte ich dir nämlich auch geraten", sprach der Mann weiter. Seine Worte klangen lallend, er war betrunken. Alexander schirmte die Augen mit der rechten Hand von den gleißenden Sonnenstrahlen ab, trotzdem konnte er den Mann nicht richtig sehen, doch die Stimme war ihm mehr als vertraut. Es war niemand geringerer als dieser Pulski. Aus einem unerklärlichen Grund trug er heute keine Uniform. Er schniefte laut und spuckte Alexander den dicken Rotzklumpen vor die Füße. Ungeniert kratzte sich der Mann am Hintern, furzte und trat gegen den Erdhügel. Noch mehr Erde rutschte in die Grube. „Komm raus da!", befahl er in barschem Ton. Alexander wollte keinen Ärger, darum tat er, wie ihm geheißen. Der Schweiß auf seinem Körper war getrocknet, die Haut spannte jetzt, so als wäre sie ihm auf einmal zu klein geworden. Seine Kopfschmerzen meldeten sich wieder. Er biss die Zähne fest zusammen. Wartete. Mit gesenktem Kopf stand er einfach nur da, die Schaufel steckte in der Erde und diente ihm dabei als Stütze, der Boden unter ihm begann sich zu drehen.

Pulski sagte nichts mehr. Er drehte sich mit dem Rücken zum Erdloch, seine Fersen standen dicht an der Kante. Wortlos schnallte er seinen Gürtel ab, zog die Hose herunter, ging in die Hocke und verrichtete sein Geschäft. Mit erhobenem Kopf verzog er seinen Mund zu einem höhnischen Grinsen. Mit angewidertem Gesicht starrte Alexander über den Horizont. Am liebsten würde er dem Mann das widerliche Grinsen mit der Schaufel auslöschen.

Stattdessen holte er tief Luft und sah zum Himmel empor. Wolken huschten über ihren Köpfen hinweg. Er hörte, wie der Kerl vor ihm schnaubte und keuchend atmete, der Gestank war kaum noch erträglich.

„So, jetzt kannst du das Scheißloch wieder zugraben", lallte er weiter. Seine Augen waren trüb, das Gesicht zerknittert. Ohne sich den Hintern abzuwischen, zog er seine Hose wieder an. „Los, sonst werfe ich dich in das Scheißloch hinein und grabe dich zu." Alexander war bemüht, sich zu beherrschen und sich nicht von dem Urinstinkt treiben zu lassen, den Mann auf der Stelle zu töten. Er durfte sich nicht dazu verleiten lassen, seinem Gegenüber die Faust tief in seine Fratze zu rammen oder ihn mit der Schaufel zu erschlagen.

„Bewegung!", schrie Pulski, er taumelte. Mit wedelnden Armen verzog er sein Gesicht zu einer erschrockenen Fratze, denn er war für einen Augenblick gezwungen, um das Gleichgewicht zu kämpfen, als die Erde unter seinen Stiefeln nachgab und der Rand abzubröckeln begann. Ein kleiner Schubs würde reichen und der Mann läge jetzt in seinem eigenen Scheißhaufen, dachte Alexander. Mit zusammengebissenen Zähnen packte er den hölzernen Griff und rammte das Schaufelblatt mit voller Wucht tief in die lockere Erde hinein.

„Nachdem du das Loch zugeschüttet hast, darfst du später ein weiteres ausgraben, dieses Mal etwas tiefer." Der betrunkene Kommandant griff tief in die Tasche seiner Hose, nach einigem Zögern holte er schließlich eine zerknüllte Zigarettenpackung heraus, wankte unsicher zu dem Stapel Bretter und setzte sich breitbeinig darauf. Ein leises, metallisches Klimpern ertönte. Alexander merkte auf. Sein Blick war auf die Hände von Pulski gerichtet, darin befand sich ein Sturmfeuerzeug, ein greller Sonnenstrahl hatte sich darin verfangen und blendete Alexander. Er kniff die Augen zusammen.

Pulski grinste hämisch. „Habe ich einem deiner Verwandten abgenommen."

542

Alexander verstand, was dieser Abschaum mit *deinen Verwandten* meinte. „Ich war ein Soldat der russischen Armee. Ich habe die deutschen Gefangenen noch nie zu Gesicht bekommen", flüsterte Alexander mit trockener Stimme.

„Ich schon. Die kommen ja in Scharen." Jetzt lachte er und zündete sich eine Zigarette mit Filter an. Auch diese hatte er einem deutschen Soldaten abgenommen, wusste Alexander. Pulski lehnte sich nach hinten und stützte sich mit den Ellenbogen ab, das Gesicht war gen Himmel gerichtet. Mit der flachen Hand klatschte er sich auf die Stirn. Er verfehlte die Schmeißfliege, die sich nun erneut auf sein Gesicht setzte. „Bald ist der Krieg vorbei. Nach der Schlacht um Stalingrad wurde der Deutsche geschwächt." Pulski schwieg, zog sehr lange an seiner Zigarette, wedelte mit der rechten Hand über seinem Kopf, weil aus einer Fliege jetzt mehrere Dutzend wurden, dann sagte er: „Wir werden die Deutschen dem Boden gleichmachen. Die Amerikaner wollen euch auch zerstören. Ihr seid im Arsch. Nichts als Sklaven der Siegermächte." Pulski richtete sich auf und warf Alexander einen niederträchtigen Blick zu. „Ihr seid dazu verdammt, für uns Scheißlöcher zu graben", fügte er selbstzufrieden hinzu und deutete mit der Hand auf den Erdhügel. „Dawaj, dawaj, arbeiten arbeiten", das Wort „arbeiten" sagte er auf Deutsch.

Obwohl Alexander sichtlich geknickt war, ließ er sich die Niederlage nicht anmerken. Er erwiderte den anmaßenden Blick dermaßen ungerührt, dass sein Kontrahent sich am beißenden Rauch verschluckte. Seine Augen wurden auf einmal groß, er begann nun wie ein kranker Köter zu husten. Immer noch mit vor Schreck geweiteten Augen richtete sich der betrunkene Kommandant auf und klopfte sich mit der rechten Faust auf seine schmächtige Brust. Er schnappte mit geöffnetem Mund geräuschvoll nach Luft, seine Lunge pfiff. Obwohl er ziemlich groß war, ging auch an ihm der Krieg nicht spurlos vorbei und hinterließ auch bei ihm die allen so bekannten Spuren des Hungers wie auch des Leidens. Pulskis Hände gruben sich in die Bretter. Mit jeder Sekunde wurde sein Gesicht dunkler.

Alexander sah ihm gebannt zu. War die Zigarette mit Zyankali getränkt? Dieser Gedanke erfreute ihn, er ließ sogar vor Vorfreude die Zähne aufblitzen. Er wollte Pulski nicht länger leiden sehen, das Schicksal hatte es schließlich so gewollt, Alexander wollte ihm nur einen Schubs geben. In freudiger Erwartung, beim Ableben des Kommandanten mitwirken zu dürfen, schüttelte Alexander den Kopf, immer noch grienend spuckte er sich einmal in die Hände, bevor er die Schaufel mit einem heftigen Ruck aus der Erde zog.

Mit so einer Dreistigkeit hatte der Kommandant nicht gerechnet, immer noch hustend schrie er: „Du bist ein toter Mann, wenn du ..." Seine Stimme wurde heiser und riss plötzlich ab. Mit beiden Händen umklammerte er seinen Hals. Vor Anspannung traten die Sehnen wie dicke Stränge unter seiner Haut hervor. Erneut veränderte sich sein Gesicht. Mit der rechten Hand griff er sich in den weitaufgerissenen Mund, versuchte zu schlucken, dabei kratzte er sich die Lippen blutig. Seine Augen quollen heraus und wurden rot.

Hoffentlich verreckt er an seinem Husten, dachte Alexander im Stillen.

Ein zischendes Keuchen drang aus der Kehle des Mannes, der etwas zu sagen versuchte. „Verdammte Scheiße, ich bekomme keine Luft mehr. Hilf mir", keuchte er kaum hörbar.

Alexander spielte immer noch mit dem Gedanken, diesem Pulski einen Gnadenstoß zu verpassen. „Wag es ja nicht", krächzte Pulski, als habe er Alexanders Vorhaben erahnt. Eine unnatürliche Bläue kroch um seinen Mund herum, sein Gesicht wurde noch dunkler. Pulski krümmte sich, bäumte sich auf, schließlich rollte er seitlich von den Brettern herunter. Seine Beine begannen zu zappeln. Immer noch zusammengerollt lag er auf der Erde. Seine Finger schlossen sich zu Klauen um ein Grasbüschel. Der blutige Mund schloss und öffnete sich. Der sterbende Kommandant biss buchstäblich ins Gras, erst jetzt konnte Alexander sich bildlich vorstellen, was dieser Ausdruck bedeutete. Pulski erlitt höllische Quallen, doch Alexander rührte sich immer noch nicht. Er spielte mit dem Gedanken, den Sterbenden von seinem Leiden zu erlösen. Ein heftiger Kantenschlag mit der Schaufel gegen den Hals würde diesen Pulski auf der Stelle töten.

Plötzlich kam ihm ein anderer Gedanken, wie würde er diese Situation erklären? Wenn Pulski starb, käme nur er als Täter in Frage. Das Keuchen wurde zu einem stetigen Röcheln und Pfeifen. Keiner würde sich damit auseinandersetzen wollen, die Sachlage zu klären. Er, Alexander Berg, würde in einem Gulag landen, mit all den Vaterlandsverrätern, Fahnenflüchtigen, politisch Verfolgten und anderem Abschaum des Kommunismus. Er ließ die Schaufel in der Erde stecken, packte den starren Körper bei den Schultern und hob ihn auf. Mit dem Finger fuhr er dem Mann in den Mund, fand jedoch nichts. Aus purer Verzweiflung zog er den Mann bis zum Erdloch, legte ihn auf den Bauch, mit dem Kopf nach unten in die Tiefe, sodass der Oberkörper über der Kante hing, hielt ihn am Gürtel fest und klopfte dem Mann so stark, wie er nur konnte, auf den Rücken.

„Sascha, nein", ertönte eine Frauenstimme. Es war Dunja, das wusste Alexander, nur sie nannte ihn mit dem Kosenamen. Seine Faust war taub, er ließ sie erneut auf den knochigen Rücken niederfahren. „Nein, Sascha, bitte töte ihn nicht!", kreischte sie nun. Eine weitere weibliche Stimme schrie um Hilfe. Es war die Nachbarin, die alte Hexe, jetzt würde die ganze Siedlung von diesem Vorfall erfahren. Ihr Haus war die Anlaufstelle für alle Tratschtanten der Siedlung.

„Nein, Sascha." Jetzt schrie Dunja nicht mehr, sie flüsterte nur und ergriff seinen erhoben Arm am Ellenbogen.

„Er erstickt", keuchte er außer Atem.

„Tante Galina, der Mann hier erstickt", wandte sich Dunja an die Frau, die mit über dem Kopf erhobenen Händen im Kreis herumlief und immer wieder die gleiche Phrase in die Welt hinaus schrie. „Ein Mörder, ein Mörder ein ..." Ihre Stimme brach plötzlich ab. Die theatralische Besinnungslosigkeit wandelte sich in pure Neugierde um. Die Trauer war wie weggewischt.

Alexander zerrte den scheinbar toten Pulski wieder aus dem Loch heraus und drehte ihn jetzt auf den Rücken. Um Mund und Nase war er dunkelblau geworden.

„Was?", sprach die Dame mit vom Schreien rauer Stimme. Tante Galina war von stattlicher Statur. Ihr runder Körper steckte in einem dunklen Kleid, ihr graues Haar, das zu einem Zopf geflochten und am Hinterkopf zu einer Spirale hochgesteckt war, wurde von einem dunkelblauen Kopftuch bedeckt, welches sie jetzt mit einiger Anstrengung abnahm, um das große Tuch über dem leblosen Körper auszubreiten.

Das schlichte Kopftuch lag auf der Brust und auf dem ausgemergelten Gesicht des Mannes.

„Mach die Hände so", wies Tante Galina Alexander an. Um zu verdeutlichen, was sie meinte, verschränkte sie ihre beiden Hände ineinander. So, als würde sie darin etwas verstecken. Alexander befolgte ihre Anweisung.

„Und jetzt", sie legte ihren rechten Zeigefinger, dessen Fingernagel in der Mitte krumm verwachsen war, auf die Brust des leblosen Pulski, nur eine Handbreit oberhalb der Magengrube. „Schlag so fest, wie du kannst, genau auf diese Stelle." Sie sprach die Worte klar und deutlich aus, so als wäre Alexander schwer von Begriff. „Mach schon", sagte sie dann schroff.

Alexander ließ seine Hände mit so einer Wucht auf die Brust niedersausen, dass er befürchtete, dem Kommandanten mehrere Rippen, wenn nicht sogar den Brustkorb gebrochen zu haben.

„Nochmal", drängte die Alte.

Erneuter Schlag, diesmal etwas heftiger.

Ein Husten.

Das Kopftuch bauschte sich an einer Stelle, dort wo Alexander den Mund von Pulski vermutete, zu einem kleinen Hügel auf. Erneutes Husten, und wieder war der kleine Hügel zu sehen. Tante Galina riss das Tuch vom Gesicht des Mannes und zwang Alexander, innezuhalten. „Halt", sagte sie, herrisch hob sie ihre Hand in die Luft.

„Es war nur eine Fliege, eine Schmeißfliege", verbesserte sie sich und rümpfte die Nase. Mit ihren knorrigen Fingern griff sie dem hustenden Pulski in den von Schleim, Blut, Erbrochenem und Speichel glänzenden Mund. Mit angewiderter Miene förderte sie einen kleinen, grün glänzenden Körper zutage. „Kein Wunder auch, er stinkt aus dem Maul wie ein toter Hund", schnaubte sie angeekelt, mit verzogenem Mund wischte sie sich den Finger an ihrer Schürze ab. Ein Schatten huschte über das blasse Gesicht von Pulski, der noch nicht recht begriffen hatte, wo er sich jetzt befand.

Die Frau band sich hastig das Kopftuch um das Handgelenk. Sprach einige Worte, die nach einem Zauberspruch klangen, bekreuzigte sich, spuckte über die Schulter, erst dann warf sie einen Blick nach oben. Schnell schlug sie erneut drei Kreuze. Ihre Augen huschten hin und her. „Das ist ein sehr schlechtes Omen", flüsterte sie und spuckte wieder dreimal über ihre linke Schulter. „Dieser Mann ist dem Tode geweiht", sprach sie schnell, ihre Stimme stockte. Der Schatten verschwand. Wie aus dem Nichts flog ein schwarz gefiederter Vogel wie ein Stein auf die Erde. Eine Staubwolke materialisierte sich, so als habe jemand einen Stein auf den Erdhaufen geworfen. Es war aber kein Stein, der vom Himmel gefallen war, sondern eine Krähe. Blut troff aus dem weit aufgerissenen Schnabel des schwer verletzen Vogels.

Ohne jegliche Vorwarnung packte Tante Galina Dunja am Arm und rappelte sich umständlich auf die Beine. „Komm, Dunja, sonst kommen wir noch zu spät."

Der Vogel gab ein leises Krächzen von sich, schlug mehrmals mit den Flügeln, und zum Erstaunen aller hob er wieder ab. Alexander verfolgte die Krähe, bis ihre Silhouette auf dem grauen Hintergrund einer dunklen Wolke zu einem Fleck verschwamm, um hinter den gezackten Baumkronen der Fichten zu verschwinden.

Als er sich nach Dunja umsehen wollte, war sie schon weg.

Pulski kam allmählich zu sich. Er wusste offensichtlich immer noch nicht, wo er sich zu diesem Zeitpunkt befand. Auch schien er nicht zu begreifen, was mit ihm geschehen war. Er starrte nur Alexander mit weit aufgerissenen Augen an. Mit jedem Atemzug kroch auch die Erinnerung in sein Hirn zurück. Er hatte endlich realisiert, dass er den Anfall überlebt hatte.

Mit der rechten Hand auf der Brust und schmerzverzerrten Gesichtszügen drückte er sich auf den linken Ellenbogen. Wortlos betrachtete er mit matten Augen die Gegend. Sein Kopf wackelte, so als müsse er gegen ein Schwindelgefühl ankämpfen. Mit der Handkante wusch er sich über den Mund, taxierte zuerst Alexander, dann seine Hand, die feucht und rötlich glänzte. „Schütte die Grube zu, ich komme in drei Stunden wieder zurück, um mich zu überzeugen, dass du bis dahin ein zweites Loch gegraben hast. Darin werde ich dich begraben“, sagte er ruhig. „Wenn nicht ...“ Er ließ den Satz unvollendet in der Luft schweben. Schwer schnaufend rappelte er sich auf die wackeligen Beine. Ohne sich die Sachen vom Staub abzuklopfen, beugte er sich nach unten und hob die Zigarettenpackung auf, die er sogleich zu einem Klumpen zerknüllte. Mit rotem Kopf warf er sie in das Erdloch hinein. Erst danach klopfte er sich die Hose grob vom Staub ab und taumelte den schmalen Weg, der zum Hinterhof führte, entlang. Er kam noch einmal mit dem Leben davon, dachte Alexander. Wie oft kann dieser Mann dem Schicksal wohl noch ein Schnippchen schlagen?

Unwillig packte Alexander die Schaufel. Mit schweren Gliedern grub er das Loch zu. Unzählige Fliegen, deren grün schimmernde Chitinpanzer in der gleißenden Sonne glänzten, stoben in alle Richtungen davon, als der Scheißhaufen, den dieser verdammte Pulski hinterlassen hatte, von der bröckeligen Erde zugeschüttet wurde.

19

Onkel Emils Scheune

„Halt ihn fest, Mischa. Ja, mit beiden Händen. Du verdammter Gaul, bleib endlich still", fluchte Onkel Emil und rammte dem Tier seinen Ellenbogen in die Rippen. „Immer wieder das Gleiche mit dir", grummelte der Mann weiter. Michael hielt das Vorderbein, eigentlich nur den rechten Huf, mit beiden Händen fest umklammert. Onkel Emil fuchtelte mit einem Messer herum und kratzte den Dreck aus dem Hufeisen heraus. „So, jetzt kannst du das blöde Viech loslassen. Früher konnte ich solche Dinge selbst erledigen, aber mein Rheuma und der schlimme Rücken schränken mich in manchen Tätigkeiten doch beträchtlich ein." Er klappte das Messer zu und streckte seinen Rücken. Ein Geräusch ließ die beiden aufhorchen. Dann drehten sie ihre Köpfe herum und starrten zum Tor, das offenstand. Irgendjemand stand an der Schwelle und traute sich nicht herein. „Wer bist du, Fremder?", wollte Onkel Emil wissen, trat aus der Pferdebox in den breiten Gang heraus und zündete sich die Pfeife an. „Unser Ross ist unverkäuflich", scherzte er. Irgendwie war der alte Mann erstaunlich guter Laune, fand Michael. Die Gestalt bewegte sich immer noch nicht und sagte auch nichts. „Komm rein, mein Kind, was ist dein Anliegen? Ist jemand krank geworden? Oder aus welchem Grund hat man dich zu mir geschickt?", sprach Onkel Emil weiter. Seine durchdringende Stimme bekam einen anderen Klang, die Heiterkeit war verblasst, ehrliche Sorge mischte sich hinzu und brachte die Stimme zum Zittern.

„Ist Michael hier?", ertönte eine Mädchenstimme. Michael traute seinen Ohren nicht.

„Ja, ist er. Mischa, komm ans Licht, eine junge Dame interessiert sich nach deinem Verbleib. Warst du etwa bei der Essensausgabe nicht anwesend? Wenn ich mich richtig entsinnen kann, ist dieses zarte Geschöpf ein Mädchen, an das du dein Herz verloren hast", sprach der Mann seine Vermutung laut aus.

Michael spürte, wie ihm das Blut ins Gesicht schoss. Seine Arme und Beine kribbelten. Zum Glück war es in dieser Ecke dunkel und Maria würde seine Röte nicht sofort bemerken. Jetzt wurde auch noch sein Hals trocken.

„Ich habe etwas Brot und ein Stück Butter dabei", sagte Maria. Auch ihre Stimme zitterte.

„Ich dachte, Gregor bringt mir was mit", versuchte Michael mit fester Stimme zu sprechen und staunte, dass es ihm dieses Mal gut gelungen war. Er wartete noch einen Augenblick, bis sein Gesicht nicht mehr glühte. Nach zwei tiefen Atemzügen verließ er die Box.

„Aber wir dürfen das nicht. Da muss die Person schon selbst erscheinen, an einen dritten, selbst wenn er die Essensmarken dabei hat, darf die Tagesration nicht ausgehändigt werden, so lauten die Regeln, um Ärger zu vermeiden. Manche sind bereit, dafür eine Straftat zu begehen, ich weiß, dass Gregor das nicht machen würde, aber Gesetz ist Gesetz." Ihre letzten Worte klangen nicht sehr überzeugend.

„Du hast jetzt eine Pause verdient", ergriff der alte Mann das Wort, als keins der Kinder sich etwas zu sagen traute. „Iss du dein Brot nur in aller Ruhe und komm dann zu mir ins Haus. Danach werde ich dir die Wiese zeigen. Dort wirst du ab morgen mit der Morgenröte die Kühe hinbringen. Maria kann auch gerne mit uns kommen, wenn sie es darf, dann kann sie dir jeden Tag deine Ration vorbeibringen." Die Stille wurde nur von den leisen Tritten der Tiere unterbrochen. Eine der Kühe muhte.

„Los jetzt, die Kühe wollen später auch noch raus in die Sonne." Onkel Emil klatschte in die Hände und scheuchte das schüchterne Paar nach draußen.

Die Sonne blendete Michael so, dass er die Augen zusammenkneifen musste, auch deswegen, weil er Maria nicht direkt anschauen konnte. Er spähte durch die Lider. Auch Maria traute sich nicht, ihn direkt anzuschauen, sie beäugte ihre Galoschen.

„Wollen wir uns vielleicht dort drüben hinsetzen?" Michael zeigte auf eine kleine Anhöhe hinter dem Haus.

Maria nickte unschlüssig. Michael kratzte sich am Hinterkopf.

„Was ist mit dir passiert, Mischa? Hast du dich verletzt?", wollte Maria wissen. Sie blieben beide immer noch wie angewurzelt stehen.

„Er wurde von wilden Tieren angegriffen", scherzte Onkel Emil. Er war immer noch im Stall und streute etwas Heu in die Futterkörbe der Kühe.

„Komm, wir laufen", schlug Michael vor. Maria sagte nichts, sie hielt ein kleines Bündel in der Hand. Soll ich sie an die Hand nehmen?, fragte Michael sich, verwarf diesen frivolen Gedanken jedoch sofort. Er wollte ja nicht als schamlos erscheinen.

„Welche Tiere waren das?", wollte sie dann doch noch wissen, als sie einige Schritte gelaufen und, so hoffte Michael, endlich aus der Hörweite des alten Mannes waren.

„Bienen", sagte Michael schlicht. Er kam nicht umhin, seine Mundwinkel nicht nach oben zu ziehen.

Im Augenwinkel sah er Maria schmunzeln. „Warum hast du dich dann mit Erde ..."

„Das war Onkel Emil", unterbrach er sie. Ohne sich anzuschauen, begannen sie beide laut zu lachen.

„Willst du dich nicht waschen?"

„Später."

„Hier, das ist für dich, Mischa." Sie streckte ihren Arm aus.

„Danke", entgegnete Michael und nahm das kleine Bündel an sich, ohne es beabsichtig zu haben, hatten sich ihre Finger doch noch berührt. Oder war es Maria, die ihn berührt hatte? Für einen Augenblick lang blieb für Michael die Welt stehen. Marias Wangen wurden rot. Sie senkte den Kopf. Ihr langer Zopf hing über ihrer Schulter. Die Berührung löste sich. Michael war traurig darüber.

Als sie den Hügel erreicht hatten, ließen sie sich in das hohe Gras nieder. Michael löste den Knoten. Die Butter war schon auf das Brot geschmiert worden. Die zwei Streifen waren miteinander verklebt. Vorsichtig löste Michael die dunklen Brotstreifen voneinander und gab einen dem Mädchen.

Sie schüttelte entschieden den Kopf.

„Bitte, Maria, ich weiß, dass es deine Ration ist", flüsterte er leise.

„Ich darf jedes Mal nach der Ausgabe die Krumen vom Tisch aufsammeln." Sie schaute dabei erneut auf ihre Schuhe, die ihr entschieden zu groß waren. Aber sie hatte wenigstens welche, dachte Michael.

„Das ist nicht das Gleiche. Sonst kriegt es der Hund", sagte er mit heiterer Stimme. Adolf saß nämlich direkt vor ihnen und schaute die beiden abwechselnd an. Maria hatte wohl den Hund nicht bemerkt, denn als sie den Blick hob und den Schäferhund vor sich sitzen sah, drückte sie sich an Michaels Schulter.

Ich danke dir, mein alter Freund, dachte Michael und lächelte den Hund freundlich an. Mit spitzen Fingern riss er ein kleines Stück von seinem Brot ab und warf es dem Adolf zu. Dieser schnappte nach dem Krümel. Adolf fing das kleine Stückchen mit seinem Maul in der Luft, ohne sich dabei großartig zu bewegen. Maria nahm ihren Anteil doch noch. Schweigend aßen sie das Brot. Als Adolf begriffen hatte, dass er hier nichts mehr zu erwarten hatte, gab er einen kurzen Laut von sich und schlich davon. Beide Kinder lächelten, schwiegen jedoch weiter.

20

Dunjas Haus

Mehrere Stunden später

Alexander stand bis an die Brust in der Grube und schaufelte die Erde über den Rand. Er zitterte vor Erschöpfung. Das Grundwasser, das mit jedem Spatenstich immer höher stieg, erschwerte die Arbeit zusätzlich. Seine Hose war komplett nass. Seine Füße schmatzten bei jedem Tritt, den er tat.

„Das reicht jetzt", vernahm er eine Stimme von oben. Alexander sah zwei schwarze Stiefel. Als er den Blick weiter nach oben hob, sah er das Antlitz seines verhassten Feindes. Pulski war wieder da. Er war nicht mehr so betrunken wie noch einige Stunden zuvor. Ob er seinen Rausch ausgeschlafen hatte? Alexander fuhr sich mit der Außenseite seines Unterarms über die Stirn.

„Komm raus da. Ich werde dich im Sitzen begraben, oder besser noch, ich lasse deinen Kopf aus der Erde herausragen, sollen dir die Krähen doch die Augen rauspicken." Pulski schnalzte vor Begeisterung mit der Zunge. Alexander hatte sich geirrt, Pulski war noch betrunkener als zuvor. Als er einen Schritt nach hinten tat, konnte er sich kaum noch auf den Beinen halten, er stolperte und fiel beinahe rücklings hin. „Raus da und hol mir was zu trinken", schrie Pulski. Die Schlagader an seinem Hals war nun deutlich zu erkennen. „Beweg endlich deinen faschistischen Arsch, du Hurensohn!"

Alexander stieg aus dem Loch, nicht ohne dabei zweimal abzurutschen. Sein vor Schweiß und Dreck glänzender Oberkörper war von der schweren Arbeit athletisch geformt. Er strich sich den gröbsten Dreck von seiner Haut. Die war von nasser Erde durchtränkt und klebte jetzt an seinen Beinen. Pulski taxierte ihn mit verschwommenen Augen.

Alexander hielt seinem Blick stand. Er würde sich nicht von diesem Mann lebendig begraben lassen. Das stand fest. Mit finsterer Miene warf er dem Mann die nassglänzende Schaufel auf die Erde, direkt vor die Füße des betrunkenen Kommandanten.

„Ich mag es, wenn die Soldaten meine Befehle widerstandslos befolgen."

„Du warst nie im Krieg, um die Soldaten zu befehligen ..."

„Halt deine verdammte Fresse und bring mir mein Wasser", keifte Pulski. Speichel spritzte aus seinem Mund. Die Tropfen flogen in alle Richtungen. Ein dünner Faden hing aus seinem Mundwinkel, den er unbeholfen mit dem Hemdsärmel wegwischte. „Los jetzt." Mit der rechten Hand tastete er nach seiner Pistole, die er nicht fand. „Ich habe heute Geburtstag, verdammte Scheiße. Da darf man sich doch erlauben, auf seine Gesundheit zu trinken. Oder nicht?", brabbelte er und begann am Schritt seiner Hose zu fummeln. „Das Loch eignet sich großartig für eine Pissgrube", lallte er und drehte sich um. Alexander ging zum Haus.

Dort war es schön kühl. Zuerst gönnte er sich selbst einen Schluck kaltes Wasser. Das kühle Nass tat einfach gut. Er tauchte die hölzerne Schöpfkelle erneut in den großen Eimer, der immer mit Wasser gefüllt war und vor dem Herd stand.

Von draußen drangen Schreie. Die schrille Stimme von Tante Galina war furchterregend. „Er wird ihn töten, liebe Leute, so helft uns doch. Nikita wird gleich den Mann töten", krakeelte sie wie von Sinnen. Alexander ließ die Kelle los und stürmte Hals über Kopf nach draußen, um schnell nach dem Rechten zu schauen. Weil seine nackten Füße glitschig waren, rutschte er auf den Holzdielen aus. Polternd fiel er der Länge nach hin. Wie benommen schaute er auf. Drei Schatten huschten an einem der Fenster vorbei. Sie liefen in den Garten, dorthin, wo Alexander die Grube ausgehoben hatte. Die lauten Rufe der Frau wurden leiser, dennoch nicht minder furchteinflößend. Alexander rappelte sich auf, dabei warf er eine große Schüssel mit Wäsche um. Er rutschte erneut aus, konnte sich jedoch an einem Haken an der Wand festklammern. Als er das Gleichgewicht wiederfand, stürmte er durch die offene Tür nach draußen. Er lief ums Haus herum, dort erkannte er Dunja und die dicke Frau, die sich mit beiden Händen den Kopf festhielt. Vor ihnen stampfte ein stämmiger Kerl, dessen linker Ärmel leer war, so als habe der Mann vergessen, seinen Arm hineinzustecken. Dann fielen ihm die Worte von Dunja ein. Nikita wurde am Arme verletzt. Er liegt in einem Hospital, hoffentlich wird er seinen Verletzungen erlegen.

Alexander verdrängte die Erinnerung. Schnellen Schrittes eilte er der kleinen Gruppe hinterher. Dunja packte ihren Mann am rechten Arm. Mit einer heftigen Bewegung löste er sich aus ihrer Umklammerung, ohne dabei langsamer zu werden. Sie versuchte ihn am anderen Arm zu packen und zerrte den losen Ärmel aus dem breiten Ledergürtel heraus, der den Ärmel dicht an den Körper des Ehemannes gedrückt hielt. Nikita drehte sich jetzt doch noch herum. Mit vor Zorn verengten Augen schlug er seiner Frau mit einer heftigen Armbewegung ins Gesicht. Die schallende Ohrfeige warf Dunja von den Füßen. Sie ließ ihn beim Fallen los. Das vor Rage verzerrte Gesicht des Mannes war zu einer Maske verzerrt. Eine dunkle Schramme verlief schräg über sein ganzes Gesicht. Sein dunkles, raspelkurz geschorenes Haar glänzte in der Sonne, genauso wie seine Augen, die voll Hass waren. Er hatte die Anwesenheit von Alexander nicht bemerkt. Sein ganzes Augenmerk galt einem anderen - Pulski.

Er stand mit dem Rücken zu Nikita. Er pinkelte immer noch in die Grube und wackelte dabei mit der Hüfte hin und her. Pulski schrie aus vollem Halse ein Lied über die Kommunisten und ihre Siege. Jetzt wippte er auf den Fußballen und wackelte noch heftiger mit der Hüfte, während er sich die ganze Zeit an seinem Glied festhielt und sich erleichterte.

„Ist das der Kerl?", schrie Nikita und zeigte mit dem rechten Arm auf Pulski. Der linke Ärmel flatterte lose im lauen Wind des Frühlings. Erst jetzt hatte Pulski die Rufe gehört. Langsam wandte er seinen Kopf über die rechte Schulter. Sein Blick war fragend.

„Bitte, bring ihn nicht um, das ist er nicht", flehte ihn Dunja an und rutschte bei dem Versuch, aufzustehen, erneut aus.

„Lüg mich nicht an, du verdammte Hure", kreischte er wie von Sinnen. Nikita war fest entschlossen, etwas zu tun, was Alexander eine Gänsehaut verpasste.

Ohne sich im Gang zu verlangsamen, beugte sich der Soldat, dem der linke Arm fehlte, nach unten, packte die Schaufel mit der gesunden Hand am Griff, holte aus und schlug zu.

Pulski war von der Situation so überrumpelt, dass er nicht imstande war, darauf in irgendeiner Weise zu reagieren, außer dümmlich auf die auf ihn zurasende Schaufel zu starren.

Das Schaufelblatt traf ihn seitlich ins Gesicht. Ein dumpfes, metallisches Klirren, gefolgt von einem Stöhnen, fraßen sich tief in Alexanders Gedächtnis ein und ließen ihn erschauern. Wie in Zeitlupe sah er, wie Pulski von den Füßen gerissen wurde. Blut, Speichel und noch etwas flogen in alle Richtungen, der Körper sackte in sich zusammen. Zuckend fiel er in das Loch hinein, die Hände hielt er immer noch an seinen Schritt.

„Neeeiiin!!!", schrie Dunja. Sie schlug sich die Hände vors Gesicht. Ihr Schrei ging zu einem leisen Wimmern über.

„Oh Gott, er hat den Kommandeur umgebracht. Hilfe, so helft uns doch. Liebe Leute, wo seid ihr denn alle?", brüllte die dicke Frau und wackelte mit dem Kopf.

Nikita sah seine Frau apathisch an. „Wovon redet die ..." Seine Stimme brach wie ein trockener Ast ab, als er plötzlich Alexander erblickte. Ihm fiel die Erkenntnis, dass er einen Riesenfehler begangen hatte, wie Schuppen von den Augen.

„Wer ... wer ... wer bist du denn?", stotterte er. Seine Kiefermuskeln traten hervor. Nikita schloss und öffnete die eine Hand, die ihm noch geblieben war, mehrmals zu einer Faust. Er schien seine Chancen abzuwägen, Nikita hatte jetzt nichts mehr zu verlieren. Alexander war jünger und stärker, wenngleich er einen schmaleren Brustkorb besaß, wirkte er gesund, schien sein Gesichtsausdruck seine Gedanken zu verraten.

Alexander schaute seinen Kontrahenten prüfend an, die harte Arbeit auf der Mühle hatte seine Muskeln gestählt. Er war zu allem entschlossen. Auch wenn er wusste, zu was dieser Nikita fähig war, ging es auch für ihn nun um alles, was er hatte. Sein Blick streifte Dunja, die aus der Nase blutete, und verscheuchte alle Zweifel. Er würde diesen Mann auch töten, wenn es sein musste.

Als Nikita wankte und den Blick zur Schaufel warf, die ihm bei dem heftigen Schlag aus der Hand gerutscht war und jetzt auf dem Erdhügel lag, setzte Alexander als Erster zum Angriff an.

Auch Nikita reagierte, indem er zu der Schaufel sprang. Alexander war einen Tick schneller. Mit einem gewaltigen Hechtsprung erwischte er den Mann noch beim Fallen am rechten Fuß. Mit der linken Hand packte Alexander ihn an seinem breiten Gürtel und zog ihn heftig nach unten. Nikita keuchte. Seine Finger gruben sich tief in Alexanders Haar. Der Schmerz war unangenehm, den Alexander jedoch leicht wegsteckte. Seine Entschiedenheit wurde von Wut und Rache genährt und verlieh ihm zusätzliche Kraft. Als Alexander sich herumwälzte, um sich so aus dem Griff zu lösen, durchfuhr ihn ein Stechen, das ihm die Luft raubte. Er schnappte wie ein Fisch nach Luft. Jemand hatte ihm in den Bauch getreten. Die Schuhspitze traf ihn direkt unterhalb der Rippen. Alles in seinem Bauch zog sich zusammen.

„Nein, es war nicht Sascha, mein Mann hat ihn umgebracht", hörte er eine Stimme wie durch ein Kissen. Alles um ihn herum verschwamm vor seinen Augen. Grobe Hände packten ihn bei den Schultern. Die Arme wurden hinter seinem Rücken verdreht. Die Gelenke drohten zu zerspringen. Seine Schultern brannten wie Feuer. Ein weiterer Mann mit zwei Händen kam Nikita zu Hilfe, den Alexander nicht sehen konnte. Er riss sich aus den groben Händen heraus und robbte nach vorne. Sein Blick klärte sich. Er hing mit dem Kopf über der Grube. Der tote Pulski lag mit gespaltenem Gesicht auf dem Rücken und starrte mit weit aufgerissenen Augen zum Himmel. In seinen Händen hielt er sein schlaffes Glied umklammert.

Alexanders Hände krallten sich in die lockere Erde. Einer der Fingernägel war abgebrochen. Alexander ignorierte den Schmerz, alles, was er jetzt wollte, war, sich von der Grube wegzubringen, egal wie. Er wollte nicht zu dem toten Pulski hinuntergestoßen werden. Die Erde unter seinen Händen gab nach und rieselte auf Pulski hinab.

Noch mehr Menschen kamen herbeigeeilt. Das laute Rufen von Stimmen wurde zu einem Singsang. Füße wirbelten Staub auf. Doch Alexander nahm von alledem nichts mehr wahr. Er lag mit dem Gesicht nach unten auf die Erde gedrückt. Jemand hielt sein Knie gegen seinen Nacken. Der Druck wurde stärker, als Alexander ein letztes Mal versuchte, sich zu befreien. Eine harte Schuhspitze traf ihn an der Schläfe. Seine Sinne schwanden. Er verlor das Bewusstsein. Sein Atem wurde flach. Alexander fiel in ein tiefes Loch hinein, zumindest kam es ihm so vor, als die Welt vor seinen Augen von der Finsternis verschluckt wurde. Dunja, es tut mir wirklich leid, begleitete ihn der eine Satz in die Welt, die sich hinter dem Horizont des Lebens befand. Er war im Kampf für eine Frau gestorben, die er mehr als alles andere auf der Welt geliebt hatte, das beruhigte ihn ein wenig.

21

Etwas später

In Dunjas Haus

„Geht es dir gut, Sascha?"

Alexander öffnete langsam die Lider. Das Trübe wich nur allmählich aus seinen Augen. Nach scheinbar ewigen Sekunden, die er gebraucht hatte, um wieder klar sehen zu können, kristallisierte sich das sorgenvolle Gesicht von Dunja aus der Dunkelheit heraus und nahm schärfere Konturen an. Alexander sah sie unsicher an.

Allmählich kam auch die Erinnerung zurück. Jeder Atemzug tat ihm weh. Alexander wollte sich aufrichten, doch die linke Seite an seinem Kopf schrie vor Schmerz. Er lag im Bett in Dunjas Haus, von außen drangen Stimmen hinein, die deutlich leiser wurden. Er schluckte, hob die Hand und berührte sachte das schöne Gesicht von Dunja. Er fürchtete sich schon, seine Finger würden durch das Antlitz wie durch ein Trugbild hindurch gleiten. Er atmete erleichtert aus, als er ihre samtige Haut zu berühren glaubte.

„Du hast eine Gehirnerschütterung, und deine Rippen sind geprellt Alexander." Jetzt tauchte auch Tante Galina in seinem Blickfeld auf. Die Hände in die üppigen Seiten gestemmt, musterte sie ihn mit scharfem Blick, gleichzeitig bewegte sie ihren Kopf bedächtig von links nach rechts. „Du bist ein zäher Hund, selbst eine Kugel konnte das Leben in dir nicht auslöschen. Was kann dann ein Stiefel von meinem Mann da groß ausrichten, nicht wahr?" Sie versuchte es mit einem Lächeln. Aber Alexander war die Unsicherheit, die in ihrer Stimme mitschwang, nicht entgangen.

„Wo ist dein Mann? War es dein Mann?", korrigierte er sich und fuhr mit der Zunge über seinen Mund. „War dieser Soldat Nikita dein Mann?" Seine Zunge fuhr erneut über die aufgeplatzten Lippen, Tante Galina schenkte er keine Beachtung mehr, er konzentrierte sich nur auf Dunja. Alexander schmeckte Blut. Dunja hatte offenbar keine Ahnung, was sie zuerst sagen sollte, auch wusste sie nicht, ob sie es als Frage oder als Feststellung auffassen sollte.

Sie zog sich aus seiner Berührung zurück. Alexanders Hand schloss sich zu einer Faust. Ein sengender Schmerz durchfuhr seinen Mittelfinger, der blutig war. Dort fehlte ihm ein großer Teil des Fingernagels.

„Nikita wurde verhaftet, er wird des Mordes an Genosse Kommandant Pulski beschuldigt", sprach jemand, den Alexander nicht sehen konnte. Die Stimme gehörte einem Mann.

„Halt du dich bloß da raus, alter Ziegenbock", schimpfte Tante Galina den Mann, den Alexander immer noch nicht sehen konnte. Sie tat mit der Hand eine Bewegung, die den Unbekannten im Nu zum Schweigen brachte.

„Das ist unser Nachbar", flüsterte Dunja. „Er hat dich an der Schläfe erwischt, als er Nikita von dir runterzerren wollte. Es sah zwar nicht danach aus, aber er schwört Hand und Fuß, dass es so war", fügte sie mit leicht nach oben gehobenen Mundwinkeln hinzu.

„Onkel Grischa?" Alexander lächelte, weil er wusste, wer bei Tante Galina zu Hause das Sagen hatte. Der schmächtige Mann war unscheinbar und fürchtete sich vor den Ausbrüchen seiner Frau. Aber er war ein Trinker, und wenn er genug intus hatte, erwachte in ihm der Stolz eines geknickten Mannes. Doch sein Mut war nie von langer Dauer, die Frau wusste nämlich, wie sie ihm die Flausen aus dem Kopf auszutreiben hatte. Aber es gab Tage, da verbrachte sie sogar die ganze Nacht in Dunjas Haus, wenn Onkel Grischa so richtig in Fahrt kam. Einmal jagte er seiner Frau mit einer Flinte nach. Am nächsten Morgen erschien er reumütig mit einem selbstgepflückten Strauß wilder Blumen

562

vor der Tür, um mit den Nelken und Mohnblumen von seiner Frau verdroschen zu werden.

„Onkel Grischa hatte Nikita in Schach gehalten, bis andere Männer ihm zur Hilfe kamen." Dunja strich Alexander sanft über seine nackte Brust. Das sachte Flattern ihrer Finger tat ihm gut.

„Ich habe es genau gesehen, wie Nikita dem Kommandanten den Kopf gespalten hat", meldete sich Onkel Grischa erneut zu Wort, seine Stimme klang fester, er blieb dennoch immer noch im Verborgenen.

„Ist ja gut", fuhr die Frau auf und starrte über die Schulter. „Hinter dem Kamin unter der losen Diele ist deine verdammte Flasche, aber wehe, du machst sie leer, dann gnade dir Gott", schimpfte sie.

„Schon gut, schon gut", brabbelte der Mann. Ohne sich zu verabschieden, verschwand er einfach auf leisen Sohlen aus dem Haus.

„Für eine Flasche Schnaps würde er sogar seine Mutter verkaufen, wenn die noch gelebt hätte." Tante Galina schlug erneut drei Kreuze und spuckte dreimal über die rechte Schulter. „Aber er wird zu deinen Gunsten aussagen", sprach sie mit müder Stimme. „Jetzt muss ich aber los, Dunja, pass auf deinen Deutschen auf, und ich schaue, wo mein Säufer ist, sonst habe ich nichts mehr für meine Tinkturen, wenn ich ihn zu lange alleine lasse. Ich hätte lieber auch einen Deutschen geheiratet, die trinken zumindest nicht so wie mein alter Esel." Sie hob ihren Rock an und beeilte sich, nach draußen zu kommen.

„Tut dein Auge noch arg weh?" Alexander berührte Dunja sanft an der Wange. Sie schmiegte ihr Gesicht an seine Handfläche.

„Nicht der Rede wert. Jetzt ist alles wieder gut." Zärtlich umschlossen ihre Finger seine Hand. Alexander war die Veränderung in ihren Augen nicht entgangen. Langsam führte sie seine Hand nach unten und legte ihm diese auf ihren Bauch. Mit der linken Hand fasste er sie vorsichtig am Handgelenk. Er spürte das schnelle Pochen ihres furchtsamen Herzen in der Brust. Die Pulsader unter seinem Daumen raste.

In ihren Augen schwammen Tränen, doch nicht der Schmerz war bei diesem Gefühlsausbruch der Grund, sondern Freude und Sorge.

„Tante Galina sagt, ich bin schwanger", sprach sie schnell, so als fürchtete sie sich, dass ihr die Worte im Halse stecken bleiben könnten.

Den Schmerz außer Acht lassend, biss Alexander die Zähne fest zusammen, zog sich in die Senkrechte und schloss den zerbrechlichen Körper von Dunja in seine Arme. Ein Schluchzen brachte ihren Körper zum Zittern. Alexander strich ihr beruhigend über den Rücken. „Auch im Krieg werden Kinder geboren", flüsterte er sanftmütig.

22

Sommer 1944

Onkel Emils Scheune

Michael lag auf dem Rücken und betrachtete den Wald. Die ersten Sonnenstrahlen färbten die Spitzen der Baumkronen in dunkles Rot, was bedeutete, das es nicht mehr lange hin war, bis Maria ihn mit einem in ein Tuch gewickeltes Stück Brot aufsuchen würde. Er lag mit dem Rücken auf einer Anhöhe, umringt von wilden Blumen und hohen Gräsern. Hier und da flog summend eine Biene vorbei, die emsigen Tierchen suchten unaufhörlich nach Blütenstaub. Michael zog an einem Grashalm, bis dieser sich gelöst hatte, das weiche Ende, das voller Saft war und ein wenig süßlich schmeckte, steckte er sich zwischen die Lippen und kaute darauf. Er ließ kurz seinen Blick über die Landschaft schweifen, die Kühe standen alle dicht beisammen und grasten gemütlich. Maria war noch nicht zu sehen. Michael legte den Kopf auf die Seite, zu dem Pfad, den er jeden Tag entlangkam, von dort erwartete er auch das Mädchen. Zwei Schmetterlinge flatterten vor seiner Nase und vollführten einen eleganten Tanz. Michael dachte sehnsüchtig an Maria. Sie würde genau diesen schmalen, gewundenen Pfad nehmen, um ihn aufzusuchen. Wie jeden Tag, nachdem sie ihn damals auf dem Hof von Onkel Emil zum ersten Mal besucht hatte. Onkel Emil hatte sein Wort gehalten, wie immer.

Täglich trieb Michael die Kühe auf die Weide und passte dort auf sie auf. Adolf wurde zu seinem treuen Begleiter und schützte Michael wie auch die kleine Tierherde, die aus fünf Kühen bestand, vor den Raubtieren. Nicht unweit der Siedlung wurde im Frühjahr ein Wolfsrudel gesichtet. Auch die Raubtiere hatten Hunger und würden nichts unversucht lassen, um an ihre Beute zu gelangen. Trotzdem genoss Michael die Zeit der kurzen Zweisamkeit mit Maria. Oft saßen sie einfach nur da und genossen das Schweigen. Aber an manchen Tagen erzählten sie sich von der Vergangenheit, von der Zeit vor dem Krieg. So hatte Michael erfahren, dass Maria in eine Ballett-Schule ging und sogar eine Einladung von einem Theater aus Moskau erhalten hatte. Sie wäre fast in einer der bekanntesten Tanzschulen aufgenommen worden, um später vielleicht eine Primaballerina werden zu können. Doch dann kam der Krieg, mit ihm auch die Männer, die ihr alles genommen hatten. Nur ihre Großmutter und ihre jüngste Schwester blieben in dem großen Haus, sie beide wurden dem Schicksal überlassen. Eine war zu alt, die andere zu jung, hatte einer der Männer gesagt, als Maria ihn gefragt hatte, warum Oma und ihre Schwester nicht mitdurften. Er trug ein Gewehr und sah ziemlich furchteinflößend aus, so stellte sie sich immer den Jäger aus dem Rotkäppchen-Buch vor, der den Bauch des Wolfes aufgeschlitzt hatte, berichtete sie ihm. Als Maria ihm weinend und schluchzend von ihrer kleinen Schwester erzählt hatte, musste Michael instinktiv an seine kleine Schwester Anja denken. Wie auch jetzt. Ob sie wohl noch lebte? Hatte sie überhaupt Amerika erreichen können? Und Anita? Er hatte sie in den letzten Monaten nur einmal gesehen. Sie hatte sich verändert, aber sie lebte, und das allein zählte jetzt.

Adolf räusperte sich und gab ein kurzes Kläffen von sich. Er richtete sich auf, seine Rute stand hoch und zuckte. Damit riss Michaels Gedankengang ab. Er blinzelte sich die Augen klar und spähte, die Hand wie einen Schirm über die Augen haltend, über die Wiese zu dem Trampelpfad, in freudiger Erwartung des Mädchens im roten Kleid mit weißen Punkten.

Doch das Glück schien wie so oft in seinem Leben nur eine flüchtige Erscheinung zu sein. Als Maria näherkam, sah er ihrem Gesicht an, dass da etwas nicht stimmte. Er eilte ihr entgegen. Adolf folgte ihm knurrend.

Michaels nackte Füße klatschten auf der Erde als er immer schneller wurde, er wollte so schnell, wie es nur ging, erfahren, welches Ereignis Maria so traurig gestimmt hatte. Er blieb nur wenige Fußlängen keuchend vor ihr stehen. Ihre Augen waren rot, das Gesicht nass, heute trug sie kein Kopftuch, ihr blondes Haar glänzte golden in der morgendlichen Sonne, der Zopf hing ihr über die rechte Schulter. Unentschlossen nestelte sie mit ihren schmalen Fingern an ihrem Haar. Michael sah sie fragend an und kam noch näher auf sie zu, bis ihre Fußspitzen sich beinahe berührten.

„Wir, meine Brüder und auch ich, werden umgesiedelt. Meine Tante ist gestorben ..." Maria weinte jetzt, den Blick hielt sie nach unten gesenkt.

Die Morgenröte legte sich wie ein mit Blut durchtränktes Tuch über sie.

23

Herbst 1944

Dunjas Haus

Alexander saß die ganze Nacht auf der Bettkante und wich nicht von Dunjas Seite. Ihr Körper glühte. Er wrang erneut den nassen Lappen aus, den er schon unzählige Male in den Eimer mit kaltem Wasser getaucht hatte. Behutsam breitete er ihr den Stoff über die heiße Stirn, dann wechselte er die Wadenwickler. Sein trauriger Blick huschte über den gewölbten Bauch von Dunja. Bisher war die Schwangerschaft ohne Komplikationen verlaufen. Den Grund ihres Leidens sah Tante Galina darin, dass sich das Blut zweier verhasster Rassen miteinander vermischt hatte. Alexander hob vorsichtig, um Dunja nicht zu wecken, zuerst das linke, dann das rechte Bein von Dunja an, und legte ihre Füße auf ein Kissen. Um die Wickel zu erneuern, musste er die warm gewordenen Lappen langsam abwickeln, aber ihm fehlte die Kraft. Mit zittrigen Fingern zog er an dem Leinentuch, bis es sich wie ein grauer Hautlappen von Dunjas Bein löste.

„Sascha, ich habe Durst", flüsterte Dunja schwach wie im Delirium. Ihre Augenlider flatterten wie die Flügel eines Nachtfalters auf nassem Glas.

Alexander legte das eine Leinentuch, das er in seinen Händen hielt, in den Eimer und stand auf.

Im Haus roch es nach Kräutern und verbrannten Zweigen. Dieser Duft hing schwer in der Luft. Tante Galina hatte erst vor Kurzen mit einem glühenden Bündel aus diversen Kräutern damit die bösen Geister vertrieben, die Dunja von innen auszehrten. Zwar war die dicke Frau oft übellaunig und garstig, aber tief in ihrem Kern liebte sie Dunja. Als sie von dem schlechten Zustand erfahren hatte, hatte sie einen Sud aus allerhand Kräutern zubereitet, die jede bestimmte Heilwirkungen in sich trugen und dem armen Mädchen bestimmt helfen würden, versprach sie. Dabei bedachte die unberechenbare Frau Alexander mit einem Blick, der ihn für den ganzen Schlamassel beschuldigte. „Du sollst ihr diesen Trank zu jeder vollen Stunde löffelweise einflößen, auch wenn sie sich weigern sollte", trichterte sie ihm ein. Das tat er auch.

Alexander wankte zum Ofen. Nach zwei Schritten blieb er stehen, weil die Umgebung im dichten Nebel abzutauchen schien. Die Konturen verschwammen zu einer zähen Masse. Mit Daumen und Zeigefinger fuhr er sich über die Augen. Sie brannten, als habe ihm jemand Sand auf die Hornhaut gestreut.

Er warf einen flüchtigen Blick auf die Taschenuhr, die Dunjas Vater gehört hatte. Diese hielt er in seiner Hand und betrachtete die Zeiger, so lange, bis er das weiße Ziffernblatt wieder deutlich vor sich sah. Etwas stimmte da nicht. Sein Verstand war träge geworden, die Rädchen in seinem Kopf griffen nicht mehr richtig ineinander, er brauchte Schlaf, aber daran war nicht zu denken, solange Dunja mit hohem Fieber unruhig im Bett lag. Er blinzelte und fuhr sich erneut mit den Fingern über die müden Augen. Erst bei genauerer Betrachtung sah er, dass der Sekundenzeiger stockte. Siedend heiß fiel ihm ein, dass er vergessen hatte, die Feder aufzuziehen. Schnell drehte er an dem kleinen Rädchen, das Uhrwerk tickte wieder, der schmale Zeiger trieb die Zeit erneut voran.

Dann, als der Boden sich nicht mehr drehte, lief er weiter zum Ofen. Daneben, auf einem dreibeinigen Hocker, stand ein zerbeulter Topf, der nur mit einem Tuch aus grober Baumwolle zugedeckt war. Der Trank roch bitter und süßlich zu gleich. Alexander klappte das Tuch zur Seite, in der golden schimmernden Flüssigkeit schwammen zwei Pilzköpfe und eine kleine nackte Zwiebel. Alexander tauchte den Aluminiumbecher hinein, achtete darauf, dass er keinen der Pilze erwischte, schob mit dem Finger die zerkochte Zwiebel beiseite und hob den Becher, der nun fast bis zum Rand gefüllt war, wieder heraus. Die Flüssigkeit schwappte über den Rand. Alexander schlürfte den bitter schmeckenden Trank ab. Es brannte wie Hölle bis in den Magen hinein, mit verzerrtem Gesicht und gefülltem Becher lief er zurück zu Dunja. Sie redete im Traum, sprach von ihrem Mann, er solle endlich aus ihrem Leben verschwinden.

Alexander setzte sich neben sie und hob achtsam ihren Kopf leicht an. „Trink das, meine Liebe, gleich wird es dir wieder besser gehen", flüsterte er. Den Becher hielt er ihr an den Mund. Ihre rissig gewordenen Lippen berührten den Rand. Zittrig öffnete sich ihr Mund, die Augen blieben zu. In kleinen Schlucken flößte er ihr die Flüssigkeit ein, so wie es ihm Tante Galina eingebläut hatte.

24

Onkel Emils Scheune

„Warum heulst du jetzt?", fuhr Gregor Konstantin an, der weinend in die Scheune kam.

„Halt die die Schn ... auze", blaffte Konstantin nur.

Gregor war gerade dabei, die Boxen der Kühe auszumisten, und hielt die Schaufel gegen den Boden gedrückt, auf der sich ein gewaltiger Haufen befand. „Was?", entfuhr es ihm erneut. Empathie war nie seine Stärke, Gregor war ein junger Mann fürs Grobe. Sein Blick bohrte sich tief in den von Konstantin hinein. Er ließ die Schaufel los und lief auf Konstantin zu. Dieser bekam es mit der Angst zu tun und versuchte wegzurennen. Doch Michael, der bei dem Pferd stand, wusste, wie schnell Gregor rennen konnte. Konstantin wusste das auch, darum schrie aus Angst, verprügelt zu werden, wie ein Wahnsinniger, und packte im letzten Augenblick die Sense. „Komm nur näher", fuchtelte er mit der scharfen Klinge in der Luft. Seine Augen wurden tellergroß, tödliche Entschlossenheit spiegelte sich darin wider. Gregor stockte.

„Lasst den Scheiß", mischte sich Michael ein, als er mit dem leeren Schubkarren in den Händen das Szenario, das wie so oft zu eskalieren drohte, wenn die beiden miteinander stritten, erneut miterleben musste. Es war wie ein Déjà-vu, das er immer wieder miterleben durfte.

„He!", schrie eine tiefe Stimme durch das Tor. „Seid ihr von Sinnen?" Onkel Emil erschien im Tor. Sein behaarter Oberkörper glänzte vom Schweiß, er hatte draußen Holz gehackt und wurde wegen des Geschreis aufmerksam. Jetzt wollte er nach dem Rechten sehen. „Wenn du mir nur eine einzige

Schramme in die Sense einjagst, die Spitze verbiegst oder die Schneide schartig machst, werde ich dich an den Beinen aufhängen." Diese Drohung wirkte. Auch Gregors Fäuste öffneten sich.

Konstantin hängte die Sense wieder ein. Als Gregor Anstalten machte, Konstantin zu packen, schrie der Mann erneut: „Und dich hänge ich auch auf, wenn du ihm nur ein einziges Haar krümmst. Ihr werdet heute ohne Abendessen schlafengegen, wenn ihr nicht sofort aufhört, euch gegenseitig die Köpfe einzuschlagen!"

„Aber er hat mich beleidigt", verteidigte sich Gregor. Auch wenn es nichts als zwei Löffel Grütze gab, wollte keiner auf sein Essen verzichten.

„Das ist mir scheißegal, verdammt. Michael, was geht hier vor? Dich habe ich nicht gefragt, Gregor, also halt so lange still, bis du wieder an der Reihe bist. Halt den Rand!"

Gregor schnappte verärgert nach Luft, mit zusammengepressten Lippen starrte er zu Konstatin.

Michael starrte den Mann verdutzt an und hob nur die Schultern.

„Du, rede, Stotterjunge."

Konstantin stammelte ohne jeglichen Zusammenhang vor sich hin, bis er sich endlich beruhigt hatte. Dann fing er von vorne an.

„Was hat er da gefaselt?", wollte Onkel Emil wissen und kaute energisch auf seiner Pfeife, ohne sie angezündet zu haben.

„Er war heute in der Ortschaft. Musste seine Mutter besuchen, sie ist krank", spielte Michael den Dolmetscher.

„Und? Deswegen heult er jetzt wie eine Göre?"

„Nein, er wurde zusammengeschlagen von drei Jungen." Michael fasste mit seinen Fingerspitzen das Medaillon an und spielte damit, um sich besser konzentrieren zu können, denn so genau konnte er die Wortfetzen auch nicht deuten, um sie zu einem richtigen Satz zusammenzufügen, brauchte er etwas mehr Zeit, die Onkel Emil ihm aber nicht geben wollte. „Sprich zu mir, sonst kriegst auch du was hinter die Löffel, Michael!"

„Er hat gebettelt", mischte sich Gregor ein. Er verbrachte die meiste Zeit seines Lebens zusammen mit Konstantin und verstand ihn besser als alle anderen, sogar besser als seine eigene Mutter, hatte sich Gregor nicht nur einmal gebrüstet. Jetzt stand Gregor mit dem Rücken an einen Pfeiler gelehnt da und kaute mit geschlossenen Augen auf einem Grashalm herum. „Wie oft habe ich ihn ermahnt, dass er nicht betteln gehen soll. Er spricht die anderen immer in deutscher Sprache an, dieser Trottel. Er versteht nicht, nein, er will es nicht begreifen, dass die Russen uns hassen."

„Hüte deine Zunge, Bengel", brummte Onkel Emil. Seine Stimme klang eher traurig als ermahnend. „Die können nichts dafür. All diese Beschuldigungen und der Gegenhass sind Wasser auf die Mühlen der kommunistischen Propaganda. Dass das sowjetische Volk euch zum Sündenbock für all die Gräueltaten eurer Landmänner gemacht hat, ist auch verständlich. Die haben unser Land in Schutt und Asche gelegt. Aber Gregor hat recht, es ist dumm, so etwas zu tun, Stotterjunge. Das ist nicht gut, Konstantin, du solltest dies in Zukunft bleiben lassen. Hast du verstanden?" Konstantin blickte konsterniert drein. Auch die beiden anderen schauten den Mann verblüfft an. Den letzten Satz hatte er langsam, dennoch gut verständlich auf Deutsch gesagt. Sichtlich zufrieden, dass ihm diese Überraschung gelungen war, lachte der Mann, sodass sein runder Bauch noch größer wurde. Auch die Jungen fielen in das Gelächter mit ein. Der Groll und die Beschuldigungen wurden vergessen.

„Jetzt macht, dass ihr hier fertig werdet. Und du, Michael, fährst morgen das Korn in die Nachbarschaft. Weißt du, wo die Kommune der ‚Rote Oktober' ist?"

Michael nickte energisch. Dorthin wurde nämlich Maria umgesiedelt. Er hatte sie schon seit Wochen nicht mehr sehen dürfen. Sein Herz machte Luftsprünge.

25
Dunjas Haus

Draußen tauchte die Abendsonne alles in ein kaltes Grau. Die Schatten wurden länger, bis sie sich zu einer kühlen Schwärze vermischten, um darin zu verschwinden. Die Nächte wurden länger. Alexander kämpfte gegen den Schlaf und die Machtlosigkeit an. Das Schlimmste, was einem in seinem Leben passieren kann, ist, hilflos zuschauen zu müssen, wie deine Liebste leidet, ohne ihr dabei irgendwie helfen zu können oder ihr das Leiden etwas zu lindern.

Der Wind kam auf, denn draußen vor der Tür hörte Alexander ein metallisches Poltern, so als habe jemand einen leeren Eimer umgeworfen. Alexanders Kräfte schwanden zusehends, er befand sich in einem Zustand des Deliriums. Hörte Stimmen, die gar nicht existierten. Doch als die Tür quietschend nach innen geschoben wurde und ein Schatten im tanzenden Licht einer Petroleumlampe erschien, die auf dem Tisch stand und flackerte, begriff Alexander, dass er sich das gedämpfte Fluchen nicht eingebildet hatte.

In dem späten Gast erkannte Alexander den Mann, der Dunja zu einem zweiten Vater geworden war. Es war Fjodor Iwanowitsch. Aber Alexander vermutete, dass dieser alte Mann Dunja gegenüber nicht unbedingt die Gefühle eines Vaters empfand, seine Absichten waren ganz anderer Natur. Er wollte keine platonische Liebe einer jungen Frau, er wollte das, was alle Männer beabsichtigten, wenn sie sich so für ein weibliches Wesen einsetzten, und jeden Wunsch, den sie imstande waren zu erfüllen, auch Wirklichkeit werden ließen.

„Auch dir einen guten Abend", fuhr der kleine Mann mit einem stattlichen Bauch, der von dem langen Mantel nicht bedeckt werden konnte, Alexander brüsk an, ohne dabei laut zu werden. Er schnaufte schwer. Als Fjodor Iwanowitsch einen kurzen Blick auf das Bett geworfen hatte, erkannte Alexander in den dunklen Augen des Mannes etwas, das einem Raubtiere ähnelte, etwas, das animalisch und lüstern zugleich war. Als Alexander dem auffällig durchdringenden Blick des Mannes gefolgt war, erkannte er den Grund, warum die fast schwarzen Augen leuchteten - Dunja lag mit angehobenen Beinen im zerwühlten Bett, die Decke hatte sie von sich weggezogen, ihre Brust war kaum von dem Nachthemd verdeckt. Alexander räusperte sich vernehmlich, doch der Mann reagierte nicht. Erst als Alexander sich vom Stuhl erhoben hatte und Anstalten machte, den vor Hitze glühenden Körper zuzudecken, löste sich der Mann aus seiner Starre. Vielleicht hatte Alexander auch zu viel hineininterpretiert, und dieser Mann machte sich nur Sorgen.

„Sie ist krank", erklang die Stimme von Fjodor Iwanowitsch, es klang wie ein Vorwurf, nicht wie eine Frage. Dem Mann war ein säuerlicher Geruch zu eigen geworden, so als habe er den Gang zur Waschstube schon seit langem gemieden.

„Das weiß ich bereits", brummte Alexander müde.

„Dir ist die Dringlichkeit meines Anliegens mehr als bewusst, hoffe ich doch. Nur sind auch mir oft die Hände gebunden, wenn es um etwas so Sensibles wie das menschliche Leben geht. Hier haben wir es gleich mit zwei kranken Seelen zu tun, bei dem das eine Geschöpf Gottes noch nicht einmal diese schreckliche Welt erblicken durfte. Unsere Möglichkeiten, Dunja wieder gesund zu pflegen, sind gering. Auch mir liegt viel an ihr, vielleicht sogar mehr als dir. Für dich war sie nur ein Lustobjekt. Sie ist ein naives Mädchen. Jetzt muss sie für ihre Sünde, die sie aus Torheit begangen hat, sühnen. Ich darf nicht zulassen, dass sie von uns geht. Ich hoffe, die hohe Priorität ist dir bewusst? Wenn sie die Schwangerschaft nicht überleben sollte, hast du in meiner Welt keinen Platz mehr. Dein Leben hängt von ihrem Überlebenswillen ab. Sie ist für mich alles, was ich noch habe, außer meiner Frau und meiner Kinder. Meine Frau ist in letzter Zeit sehr krank. Das nur am Rande erwähnt. Dunjas Zustand ist mehr als kritisch. Ich habe ihrem Vater versprochen, mich um sie zu kümmern. Nun sieh, was du aus ihr gemacht hast." Er holte tief Luft und atmete geräuschvoll aus.

Alexander schwieg, denn er wusste, alles, was er jetzt sagen würde, würde den Mann nur noch mehr erzürnen.

„Ich habe ..." Fjodor Iwanowitsch unterbrach sich und drehte sich umständlich um, der Mantel fegte über den Boden, als er zwei Schritte zurück zur Tür gemacht hatte, um sie zu öffnen. Er verschwand hinter dem Vorhang, der als Windfang diente und die Kälte nur dürftig abschirmte „Warum kommst du nicht mit rein?", wandte der Mann sich an jemanden, den Alexander von seiner Position aus nicht sehen konnte. Er blieb jetzt an Dunjas Seite, strich ihr das nass geschwitzte Haar aus dem Gesicht und tupfte mit dem kühlen Lappen die Stirn ab. Ihr Atem war röchelnd. Die verbrauchte Luft roch faul. Sie schluckte schwer. Als Alexander nach dem Becher griff, der unter dem Bett stand, hörte er weitere Schritte. Sie waren nicht so schwer wie die des Mannes. Langsam hob er den Blick.

„Jetzt komm schon rein", drängte Fjodor Iwanowitsch und schubste das Mädchen ins Licht. Bei dem Anblick ließ Alexander den Becher aus den Händen fallen. Polternd fiel er zu Boden, die durchsichtige Flüssigkeit ergoss sich zu einer Pfütze und benetzte dabei Alexanders nackte Füße, doch all das war für ihn nicht wichtig. Selbst Dunja verschwand für einen kurzen Augenblick aus seinem Kopf.

Er traute seinen Augen nicht. Auch er atmete jetzt genauso schwer wie Dunja. Seine Beine gaben nach, er rutschte von der Bettkante auf den Boden. Seine Augen wurden von Tränen benetzt, sodass er nichts mehr sehen konnte. Schnell strich er sich die Tränen mit den Fäusten weg. Da erschien das Mädchen wieder. Das kleine Haus wirkte öde und erdrückend wie vorher auch, bis dieses Mädchen den Raum betreten hatte.

„Anita?", fragte Alexander mit rauer Stimme, die ihm bei jedem Buchstaben zu versagen drohte.

Das Mädchen nickte zaghaft. In ihren Händen hielt sie ein Bündel, welches sie fest an ihre Brust drückte. Sie hatte ihn scheinbar nicht erkannt, aber Alexander war das egal.

„Anita, du lebst", flüsterte Alexander nur mit den Lippen. Er spürte, wie sich seine Augen erneut mit Tränen füllten, doch er ignorierte sie, beachtete sie nicht. Nichts war ihm mehr wichtig. Seine Brust blähte sich auf, trotzdem bekam er keine Luft. „Komm her, erkennst du mich denn nicht?"

Anita blieb da, wo sie war.

Er brauchte eine Zeit lang, um zu begreifen, dass auch er sich verändert hatte, und zwar viel mehr, als ihm lieb war. Mit den Fingerspitzen ertastete er die Schramme auf seinem Gesicht und versuchte es mit einem traurigen Lächeln. Er stand auf. Tat einen zaghaften Schritt auf sie zu, dann noch einen. Anita regte sich nicht. Alexander bewegte sich sehr langsam, so als habe er Angst, dass das Erscheinen seiner Schwester nur ein schöner Traum war, und dieser jede Sekunde zu entschwinden drohte. Daher traute er sich nicht zu blinzeln. Sehr behutsam darauf bedacht, nicht erneut den Boden unter den Füßen zu verlieren, stellte er den rechten Fuß vor den linken, hielt sich mit der rechten Hand an der Bettkante fest. Als seine Augen den Schmerz nicht mehr aushielten, schloss er seine Lider und öffnete sie sogleich wieder. Alles war noch da, selbst der mürrische Mann, der immer noch nichts gesagt hatte und das ganze Szenario mit nach außen gestülpter Unterlippe betrachtet hatte, war noch hinter dem Mädchen. Seine groben Arme ruhten auf ihren schmalen Schultern, die von einem fadenscheinigen Kleid bedeckt waren.

„Kennt ihr euch etwa?", wollte Fjodor Iwanowitsch wissen. Er war hin und her gerissen.

„Sie ist meine Schwester", stotterte Alexander und taumelte auf das Mädchen zu.

Anita schloss die Augen. Blinzelte. Ihr Kinn bebte.

„Alexander?" Sie klang unsicher, fast schon ängstlich.

„Ja, Schwesterherz, ich bin es, dein großer Bruder. Erkennst du mich denn etwa nicht?"

Sie machte eine Kopfbewegung, die für ihn nicht richtig zu deuten war. Doch dann nickte sie. „Das ist für ..." Sie stockte und hob fragend den Kopf.

Fjodor Iwanowitsch ließ das eingeschüchterte Mädchen sich umdrehen und entriss ihr das Bündel aus der Umklammerung.

„Ich habe etwas Brot, ein wenig Mehl und Kräuter eingepackt. Anita bleibt hier und hilft dir, Dunja gesund zu pflegen. Ich tue das nur für sie, sie ist für mich wie eine eigene Tochter, wenn sie die Schwangerschaft nicht überleben sollte, wirst du den Rest deines Lebens in Gefangenschaft verbringen. Ich werde persönlich dafür sorgen, dass du ein langes Leben haben wirst." Mehr sagte der Mann nicht. Er ging zum Tisch und wickelte das Tuch auf, so als wolle er sich davon überzeugen, dass ihm unterwegs nichts abhandengekommen war. Als er sich vergewissert hatte, dass alles in Ordnung war, drehte er sich auf dem Absatz seiner auf Hochglanz polierten Stiefel um und verließ das Haus, ohne sich zu verabschieden.

Als die Tür polternd zufiel, wartete Alexander nicht länger, er ergriff seine Schwester und vergrub sie in seiner Umarmung. Zuerst wehrte sich Anita, doch dann begann ihr Körper zu zucken, schließlich hörte er, wie sie zu schluchzen begann. Ihre Hände ergriffen ihn. Befreiend und glücklich klang jetzt ihr Weinen. „Wird sie auch sterben? Wie Mama?" Alexander spürte ihre Stimme mit seiner Brust, denn ihren Kopf hielt sie immer noch an seine Rippen gepresst.

Nach diesen Worten stürzte Alexanders Welt wie ein Kartenhaus in sich zusammen. War Anita die einzige, die ihm von seiner Familie geblieben war? Dieser Gedanke trieb einen heißen Schmerz durch sein Herz.

„Nein, wird sie nicht ...", war alles, was er aus sich herausbringen konnte. Ein dicker Kloß in seinem Hals schnürte ihm die Luft ab. Er schluckte hart, trotzdem blieb der Klumpen weiterhin in seinem Hals stecken.

Wie eine Seifenblase zerplatzte der schöne Augenblick des Wiedersehens. Die Hoffnung auf ein Wiedersehen mit seiner Mutter war erloschen, was blieb, war kalte Asche aus Erinnerungsfetzen. Waren auch seine beiden Brüder tot? Er wagte jetzt nicht, diese ihm Sorgen bereitende Frage laut auszusprechen. Er wollte seiner Schwester nicht noch mehr Kummer aufbürden. Sie sah jetzt schon, viel zu zerbrechlich und zu eingeschüchtert aus. Wie ein kleines Wolfskind, das in eine Falle geraten war. Sie zitterte am ganzen Körper. Ein leises Wimmern drang aus ihrer Kehle. Alexander kämpfte gegen die Tränen und rang nach Luft. Seine Kehle wurde mit jedem Lidschlag enger, so, als zöge ihm jemand eine Schlinge um den Hals immer fester zu, mit der Absicht, ihn zu töten. Aber er musste für seine Schwester stark sein, für sie wie auch für Dunja und vor allem für das ungeborene Kind. Er zerriss die imaginäre Schlinge mit einem leisen Lied. Er sang das Lied von den Engeln. Anitas Umarmung löste sich. Mit traurigen Augen sah sie ihn an und flüsterte die lang vergessen geglaubten Verse mit ihm zusammen, die nach und nach zu einem traurigen Lied mit einer schönen Melodie wurden.

26

Onkel Emils Scheune

Michael lag die ganze Nacht wach und lauschte dem leisen Schnarchen von Gregor und Konstantin. Er war so aufgeregt, dass er Maria bald sehen durfte, dass er keinen Schlaf finden konnte. Immer wieder spähte er durch die Bretter nach draußen, um zu sehen, ob die Sonne sich endlich blicken ließ. Er hatte gestern Abend, bevor sie sich schlafen gelegt hatten, seinem Bruder aufgetragen, die ihm zustehende Essensration mitzunehmen.

Obwohl er sich die ganze Nacht über hellwach fühlte, musste er eingenickt sein, denn das laute Muhen der Kühe schreckten ihn aus einem traumlosen Schlaf wach. Sein Hals war trocken und das Herz pochte so schnell wie eine Lokomotive in voller Fahrt. Michael fuhr sich fahrig über die Augen. Schlaftrunken blickte er sich um. Gregor brabbelte im Schlaf. Konstantin wälzte sich unruhig hin und her.

Ein hastiger Blick durch einen langen Riss in einem der Bretter genügte Michael. Die Sonne stand jetzt nicht nur über dem Horizont, der gelbe Kreis thronte über dem Wald und verscheuchte die Nacht. Michael streckte sich, riss den Mund auf und gähnte. Dann betastete er sein Medaillon, schloss die Augen und warf ein kurzes Gebet gen Himmel.

Prüfend schaute er erneut nach draußen. Onkel Emil schlief noch, stellte er erleichtert fest, denn die Fensterläden waren noch verschlossen. Schnell stieg er die Leiter herunter. Das Pferd stand in der Box und kaute gemächlich an welken Grasbüscheln. Den Wagen hatte Michael noch gestern beladen. Die Papiere steckten in seiner Hose. Die wären wichtig, hatte Onkel Emil gesagt, wenn die abhanden kämen, dürfte sich Michael danach getrost in einem Bottich oder dem Bach ertränken, ansonsten würde ihm Onkel Emil persönlich den Kopf abreißen.

Der Schäferhund war jetzt nirgends zu sehen. Auch gut, dachte Michael und führte das Pferd aus der Box, um das zahme Tier vor den Wagen zu spannen.

„Wohin des Weges?", dröhnte die Stimme von Onkel Emil, als Michael aus dem Pferdestall kam und die Augen wegen der grellen Sonne zusammenkniff. „Wo sind die Dokumente?" Onkel Emil kam näher.

Michael hob seine rechte Hand schützend vor die Augen, mit der linken klopfte er sich gegen den Bauch und lupfte kurz das Hemd. Das Papier raschelte. Die Dokumente steckten in dem Bund seiner zerschlissenen Hose.

„Und die Zählung, schon mal daran gedacht?"

„Aber Sie haben doch gesagt, dass Sie dem Mann Bescheid geben werden. Und mein Fehlen ..."

„Ist schon gut. Nur hättest du dich vorher bei mir abmelden müssen", brummte der Mann, der selbst bei der morgendlichen Kälte kein Hemd trug. Er kratzte sich an seinem runden Bauch, griff in die Hosentasche. Er gähnte, holte die Pfeife heraus, und steckte sie sich in den Mund. Michael hörte, wie das Holz über die Zähne klapperte. Onkel Emil griff erneut in die Tasche und förderte einen kleinen Lederbeutel mit Tabak zutage. „Wie verzweifelt muss einer sein, um auf so eine Idee zu kommen, sich in aller Herrgottsfrühe auf den Weg zu machen? Was verleitet dich dazu, dich bereit zu erklären, dorthin zu fahren? Doch nicht etwa das blonde Mädchen mit dem langem Zopf, das dir eine Zeit lang etwas zu essen mitgebracht hat?" Seine Miene wurde freundlicher. Mit dem Daumen drückte er den Tabak fest und riss ein Streichholz an.

Michael wurde rot und senkte den Blick.

„Das mit dem gefährlich war natürlich Unsinn, ich wollte dir nur ein bisschen Angst machen. Hier gibt es keine Straßenräuber, nur mag ich es nicht, wenn sich einer davonschleicht." Er blies eine gelbe Wolke durch den Mund, schmatzte genüsslich mit den Lippen und fuhr fort: „Heute Morgen findet eine extraordinäre Versammlung statt. Dabei wird entschieden, wie man mit euch in naher Zukunft verfahren wird. Vielleicht wird ein großer Teil erneut ausgesiedelt. Das sage ich dir nur, damit du dich darauf einstellen kannst, diese Gegend irgendwann verlassen zu müssen. Du weißt, was ich damit bezwecken möchte. Verliebe dich nicht zu sehr, auch wenn das Mädchen noch so hübsch ist, der Regierung sind die Gefühle eines Kindes egal."

Michael nickte nur.

„Mach ja keine Dummheiten, Michael, hast du mich verstanden? Du musst mit Argusaugen über die Fracht wachen, hin und zurück. Du gibst diese Papiere an einen Soldaten ab, der auf dich warten wird. Du übergibst sie keinem Zivilisten, verstanden? Und bleibe nicht zu lange weg. Auch darfst du Maria nicht zu nahe treten. Eure Liebe soll platonisch bleiben. Für diese Sache habt ihr nach dem Krieg noch Zeit." Die sonst so barsche Stimme zitterte jetzt vor Verlegenheit.

Michael begriff nicht, was Onkel Emil damit meinte, darum hob er den Kopf und sah ihn mit gerunzelter Stirn verdutzt an.

„Du sollst das Mädchen nicht schwängern. Du bist sechzehn, nicht wahr?"

Michael nickte. Erst jetzt verstand er die Andeutung. „Ja, aber wir sind noch nicht verheiratet ..."

Das schallende Gelächter des Mannes ließ Michael verstummen.

„Du bist ja so naiv. Ich hoffe, wir beide reden von demselben. Um Kinder zu bekommen, brauchst du eine Frau nicht vorher zu heiraten. Wie dem auch sei. Das Korn muss noch heute abgeliefert werden, von dort aus wird ein Zug abfahren. Du darfst dort nicht zu lange bleiben, nur abladen und zurück, falls dich dort jemand beim Herumschleichen erwischt, bist du geliefert, und ich werde nichts für dich tun können." Seine Stimme klang jetzt wieder ernst. „Hast du mich verstanden? Keine Dummheiten, ist das klar?", fragte er jovial und legte seine rechte Hand auf Michaels Schulter. Michael nickte. „Nach dem Krieg - hörst du mir zu, nach dem Krieg darfst du deine Maria heiraten, vorher nicht ..." Seine Stimme erstarb, als er ein lautes Bellen vernahm. Auch Michael regte den Kopf und blickte in die Richtung, aus der das jaulende Gebelle kam.

„Adolf hat schon wieder einen Hasen entdeckt", brummte Onkel Emil, klopfte Michael auf die Schulter und sagte: „Jetzt sieh zu, dass du fortkommst. Noch etwas, wenn du deine Maria siehst, was ich stark befürchte, dann ..." Onkel Emil strich sich über den Bart, machte einen tiefen Zug und steckte seine linke Hand in die Hosentasche. Er fummelte umständlich darin herum und hielt schließlich ein zusammengefaltetes Blatt Papier in der Hand, das vergilbt und an den Ecken ausgefranst war. Er hüstelte. „Ihre Tante wurde ... du weißt schon. Ihre fast schon zwanghafte Neigung für Gerechtigkeit wurde ihr zum Verhängnis. Meine Schwester hat bis vor kurzem mit der Frau zusammengearbeitet. Diesen Brief, also den darf niemand sehen. Sie starb für ihre Ideologie. Gesinnung, wie die Kommunisten es sagen. Aber das Leben - dein Leben", er klopfte Michael auf die Schulter, „ist zu wertvoll, um es für die neue Weltanschauung zu opfern. Also hab Acht. Verstanden?" Er sprach den Satz in einem Atemzug aus und hüstelte. Mit geklärter Stimme fügte er noch hinzu: „Hin und zurück, Michael. Jeder, der von dem schmalen Pfad abweicht, geht verloren. Die Sümpfe unseres Zeitgeistes sind tief und trügerisch."

Michael verstand nur die Andeutung. Er schluckte schwer, mit zittriger Hand nahm er den Brief und steckte ihn in den Hosenbund, dort, wo die anderen Dokumente waren. Dann stieg er leichtfüßig auf den Karren, packte die Zügel mit beiden Händen, und schlug damit dem Tier leicht auf den Rücken. Der Wagen ruckelte. Eines der Räder war blockiert. Onkel Emil trat den Stein unter dem Rad weg und verpasste dem Pferd einen leichten Klaps gegen die Flanke. „Hin und zurück, Mischa. Und nur geradeaus", rief Onkel Emil ihm hinterher, drehte sich um und ging zur Scheune. „Aufwachen, ihr Schlafmützen", hörte Michael die laute Stimme des Mannes, dabei konnte er sich ein schadenfrohes Grinsen nicht verkneifen.

27

Dunjas Haus

Alexander wurde von einem feuchten Husten geweckt. Er war doch eingeschlafen. Mit verklärtem Blick und Geist rieb er sich den Schlaf aus den Augen. Er saß, mit dem Rücken gegen die Bettkante gelehnt, auf dem Boden. Seine kleine Schwester lag zusammengerollt wie ein Igel neben ihm. Sie zitterte leicht. Er zog eine Decke, die er vom Bett nahm, über ihren dünnen Körper und schaute nach Dunja.

Ihr Mund war leicht geöffnet, die Lippen waren rissig. Er betupfte die trockene Haut mit einem nassen Tuch. Horchte.

„Dunja, mein Schatz, willst du etwas trinken?"

„Sie braucht einen Arzt", riss ihn eine Stimme aus der Stille heraus. Tante Galina war so leise ins Haus getreten, dass er ihr Kommen überhaupt nicht bemerkt hatte. „Wenn ihr euch schon nicht die Mühe macht, die Tür abzuschließen, dann solltet ihr sie zumindest richtig zumachen", murmelte sie und trat näher an die Kranke heran, um sich selbst ein Bild von ihrem Zustand zu machen. Sie schnalzte tadelnd mit der Zunge, dabei weckte sie Anita auf, weil sie ihr auf den Fuß getreten war.

„Grundgütiger", schnappte die Frau nach Luft und hielt sich mit beiden Händen an die Brust. „Was macht dieses Kind hier?" Mit finsterem Blick fuhr sie zu Alexander herum und wartete auf eine plausible Antwort.

„Sie ist meine Schwester", entgegnete Alexander matt.

„Noch ein Mund mehr, den ich zu füttern habe", warf sie ein.

„Nein, müssen Sie nicht. Ich habe Essensmarken dabei", nuschelte Anita und zog ihre Füße noch näher an ihre Brust.

„Pah!", war alles, was die Frau von sich gab. Sie fühlte die Stirn von Dunja, neigte ihren Kopf so, dass sie mit dem rechten Ohr an den Mund kam, und hörte eine Weile nach ihrem Atem. „Wir brauchen einen Arzt", wiederholte sie aufs Neue.

„Wo bekomme ich denn einen her? Und wie bezahle ich ihn?", wollte Alexander wissen.

„Er kommt jeden Donnerstag hierher, also heute, und bezahlt wird er oft in Liter."

Alexander legte fragend die Stirn in Falten.

„Selbstgebranntes", lautete die schlichte Antwort. „Aber ich habe keinen Tropfen mehr übrig", fügte sie schnell hinzu und kräuselte die Lippen, eine ihrer Augenbrauen fuhr nach oben. Sie schien zu überlegen. Dann kaute sie an ihrer Unterlippe und schnippte leise mit den Fingern. „Wir haben hier im Ort einen Schwarzbrenner. Stepan, Stepan ... ach verdammt, mir fällt der Name nicht ein. Ein großer Mann mit Glatze", sie schloss die Augen und strengte sich an, „er war früher Stallmeistergehilfe, als Emil Medvedev noch Pferde hatte. Nachdem der Krieg kam, hatte Emil alles aufgeben müssen, jetzt ist er für die wenigen Tiere, die wir in unserer Kommune haben, zuständig. Aber dieser Stepan, jetzt habe ich es, Stepan Klinov, er hilft dem alten Emil immer noch. Dieser Emil Medvedev wohnt am Ortsrand. Wie soll ich dir den Weg am besten beschreiben ..." Tante Galina legte sich die Finger auf die Lippen.

„Ich weiß, wo das ist", meldete sich Anita zaghaft. „Dort sind auch meine Brüder."

Alexander wurde bleich im Gesicht. „Du hast mir nichts davon erzählt", sprach er heiser.

„Weil du mich nicht danach gefragt hast."

587

„Ich bin davon ausgegangen ..." Alexander unterbrach sich, ohne den schrecklichen Gedanken laut ausgesprochen zu haben.

„Können Sie so lange auf Dunja aufpassen. Ich ...", wandte er sich ohne Übergang an die Frau.

„Den Schnaps bekommst du nicht für ein Dankeschön", schnitt sie ihm das Wort ab.

„Aber ich habe nichts, was ich ihm geben kann, außer dass ich für ihn arbeiten könnte."

Die Frau lachte auf. „Brot, Brot ist alles, was er akzeptiert, außer du hast noch etwas Schmuck bei dir. Essen, das ist alles, was heutzutage zählt. Ein Laib Brot gegen eine Flasche Schnaps, so hoch ist der Wechselkurs."

Alexander lief zum Waschtisch, der neben der Tür stand, und öffnete den Schrank. In einer der Schatullen lagen seine Essensmarken versteckt. Es waren aber nur noch fünf, weil der Monat in fünf Tagen endete. Er fluchte leise.

„Ich habe nur fünf dabei", sagte Anita und stand auf. Sie streckte die Hand aus, darin lagen fünf kleine Kärtchen. Alexander nahm sie an sich, ohne zu zögern, vergaß sogar, sich bei seiner Schwester zu bedanken und verschwendete keinen weiteren Gedanken, was sie die fünf Tage ohne die tägliche Ration machen würden. Sein Kopf war nur von einem einzigen Gedanken beherrscht, Dunja brauchte einen Arzt.

„Mir fehlen noch zehn." Dabei sah er die Frau an. Sie zuckte leicht die Achseln.

„Da kann ich dir leider nicht weiterhelfen. Dunja ist mir wie eine Tochter, aber sie ist nicht mein Kind. Ihre Gesundheit liegt in Gottes Hand und in deinem Bemühen."

„Komm, Anita, zeig mir bitte, wo dieser Emil wohnt, vielleicht akzeptiert er auch Teilzahlungen."

Ein enttäuschtes Prusten von Tante Galina begleitete die beiden, als sie nach draußen traten.

Dann fiel Alexander ein, dass sie sich zuerst zu der Zählung begeben mussten. Entrüstet wechselte er die Richtung und stampfte dorthin, wo sich die Gemeinde der Deutschen täglich zu versammeln hatte, um wie Tiere der Liste nach abgehakt zu werden.

Aber wie konnte es geschehen, dass er seine Brüder all diese Zeit nicht bei der täglichen Zählung schon eher getroffen hatte. Dieser Gedanke bedrückte ihn. In der Zeit, als er im Sterben lag, war Dunja jeden Tag zum Kontor gegangen, aber dann ...

„Wir müssen jetzt dort lang", unterbrach Anita seinen Gedankenfluss und deutete nach rechts. Alexander blieb stehen.

„Bist du dir da sicher?"

Anita überlegte nicht lange, nickte schließlich. „Unsere Gemeinde ist groß und wird nach Gruppen unterteilt", entgegnete sie mit einer Selbstverständlichkeit, die ihr schon immer zu eigen war. Alexander lächelte sie an und gab ihr einen trockenen Kuss auf die Stirn. Sie wischte sich schnell darüber und zog ihn in die Richtung, in die sie gezeigt hatte.

„Warte, Anita." Er nahm sie bei der Hand und zog sie mit auf eine kleine Anhöhe. Eilig waren sie auf den kleinen Hügel hinaufgerannt. Leicht außer Atem deutete er mit ausgestrecktem Arm auf eines der höchsten Gebäude. Die roten Ziegelsteine bildeten einen krassen Kontrast zu den Baumstämmen, die hier hauptsächlich zum Bau der Hütten verwendet wurden. „Ich war immer am großen Haus. Das ist die Mühle", sagte er schnell, und bewegte gleich darauf seinen Arm ein wenig weiter nach rechts. „Du dort", er deutete mit dem Kopf auf einen Platz, wo sich immer mehr Menschen versammelten, Anita blinzelte und nickte zustimmend.

„Und wo finden wir unsere Brüder?" Er überlegte und ließ seinen Blick über die Häuser und Höfe schweifen. Da er und

589

Anita auf einem Hügel standen, war es ein Leichtes, den Überblick zu behalten. Alexander ließ stumm den Blick über die Dächer schweifen. Der Nebel lag wie eine weiße Decke über dem Tal. Doch die herbstliche Sonne stieg weiter den Himmel empor und drängte das milchige Weiß immer weiter weg. Mit der Wärme erwachte auch das Leben. Hier und da wurden Rufe von Mensch und Tier lauter. Ein entferntes Grunzen von Schweinen und das unverkennbare Gackern von Hühnern schien von überall herzukommen. Ausgetretene Wege schlängelten sich wie Waldpfade durch das Dorf, das mit der Zwangsumsiedlung der Deutschen in den letzten Jahren um das Mehrfache angewachsen war. Rauchsäulen stiegen empor und vermischten sich mit dem Nebel, die vom milden Wind weggetragen wurden. Die von Rauch geschwängerte Luft umwehte Alexanders Nase. Wehmütig erinnerte er sich an das Leben vor dem Krieg. Dieser Anblick täuschte eine friedvolle, idyllische Abgeschiedenheit vor, die weit weg von den Gräueltaten und dem Leiden des Krieges zu sein schien, den die Russen den großen Vaterlandskrieg nannten. All die Häuser mit ihren Zäunen und Gärten, die Wege mit tiefen Rillen von Wagen führten zur Ortsmitte. Alexander folgte dem Pfad, der etwas breiter war als viele andere, hohe Bäume umsäumten den Weg. Ihre Baumkronen raschelten im Wind. Alexander sammelte sich wieder, etwas zerstreut sagte er: „Schau mal, siehst du dort die Menschen?" Er beugte sich leicht nach vorne, sodass er dieselbe Augenhöhe wie seine Schwester hatte, und streckte den Arm aus. Er deutete auf eine graue Menschenmenge, die sich langsam in gewohntem Ablauf nach und nach in einer Reihe aufstellten.

„Ja, sie kommen alle von dort. Ich sehe jetzt das Kornhaus. Ich meine den Speicher, sie alle arbeiten auf den Feldern." Anitas Stimme klang hell.

„Wenn wir diesen Pfad entlang laufen ..."

„Dann kommen wir zu den Stallungen", beendete Anita den Satz und lächelte.

„Genau, also lass uns schnell dorthin gehen, vielleicht sind Gregor und Michael auch dort."

28

Sowchose Stalin

Michael malte sich aus, wie sein Treffen mit Maria wohl verlaufen würde, wenn er endlich dort ankam. Insgeheim träumte er gar von einem Kuss auf die Wange. Dabei lief ihm ein angenehmes Kribbeln über den Rücken. Noch einmal prüfte er, ob die Papiere und der Brief sicher in dem Bund seiner Hose verstaut waren.

Der Weg war holprig. Der Wagen ächzte, als eines der Räder erneut in einer von schweren Geräten verursachten und vom Regen ausgewaschenen Mulde stecken blieb. Die Ladung drohte zu kippen. Michael sprang vom Wagen, lief um das müde Tier herum, und zog Pegasus heftig am Geschirr. Endlich gelang es dem altersschwachen Pferd, die schwere Last aus dem Wasserloch herauszuziehen. Seine Hufe verursachten bei jedem Schritt ein schmatzendes Geräusch. Hier musste es stark geregnet haben, stellte Michael schlecht gelaunt fest, als seine Füße an der matschigen Erde zu kleben schienen. Immer wieder rutschte er aus, dachte aber nicht mehr daran, auf den Wagen zu steigen, er hielt die Zügel fest in seiner Hand und führte das Tier hinter sich her. Endlich sah er Rauchsäulen und graue Dächer. Es dauerte dann auch nicht mehr lange, bis er die Siedlung erreicht hatte.

Die *Sowchose* bedeutete so viel wie sowjetische Wirtschaft, hatte ihn Onkel Emil mal aufgeklärt, als er den Unterschied zwischen Sowchose und Kolchose wissen wollte. Als *Kolchose* wurde eine kollektive Wirtschaft bezeichnet. „Beides waren Abkürzungen zweier aneinandergereihter Worte", sagte Onkel Emil, zog an der Pfeife und fügte traurig hinzu: „Für mich ist beides eine kollektive Ausbeutung des Volkes, aber behalte es nur für dich." Michael verstand den Unterschied immer noch nicht so ganz. Das war jetzt aber zweitrangig. Allem Anschein nach war diese Sowchose vor nicht allzu langer Zeit gegründet worden, denn alle Häuser hatten eine helle Farbe. Die Baumstämme waren jungfräulich und rochen nach frischem Holz. Auch die Wege waren hier noch ziemlich grün. Eigentlich war es eine einzige Straße, zwar breit, aber übersichtlich.

Michael lief langsam, seine Füße schmatzten nicht mehr, auch der Wagen drohte nicht mehr auseinanderzufallen. An einer Kreuzung, die die Straße in zwei Teile teilte, blieb Michael unentschlossen stehen. Er konnte sich nicht entscheiden, welche Richtung er nun einschlagen sollte. Mehrere Frauen liefen an ihm vorbei, ohne ihn dabei eines Blickes zu würdigen. So traute Michael sich auch nicht, die Frauen anzusprechen. Wie denn auch.

„Was machen wir jetzt, Pegasus?", fragte Michael unsicher das Pferd und tätschelte seinen Hals. Das Tier blähte die Nüstern auf und schüttelte heftig den Kopf.

„Prima, danke für deine Antwort", schnaubte Michael entrüstet.

„He, du da!" Eine Männerstimme von hinten ließ Michael zusammenfahren. Langsam drehte er sich zu der Stimme um.

„Bringst du uns das Korn?" Der Mann war nicht groß, eine Krücke aus einem knorrigen Ast steckte unter seiner linken Achsel. Sein linkes Bein ging nur bis zum Knie, das Hosenbein war an dieser Stelle umgeschlagen und von einem weißen Strick am Oberschenkel fixiert. Er verlagerte sein Gewicht auf die Krücke und suchte mit der rechten Hand in der braun-grünen Bluse nach einer Papirossa. Der Mann trug eine Uniform. Er war ein Soldat, sinnierte Michael und sah, wie der Mann nur mit einer Hand eine der Papirossas aus der blauweißen Schachtel in seinen schmallippigen Mund beförderte. Der Mann hatte einen buschigen Schnurrbart, der gut zu den Augenbrauen passte, dafür war sein Kopf fast kahl.

„Wie heißt du?", fragte der Mann, als er ein Streichholz angerissen hatte und die kleine Flamme mit beiden Händen vor dem Erlöschen schützend an seinen Mund führte. Er stand im Schatten zwischen zwei Häusern, darum hatte Michael ihn auch übersehen.

„Michael", antwortete Michael und versuchte dabei männlich zu klingen.

„Deutscher?" Der Mann blies eine blaue Wolke durch den Mund. Mit zwei heftigen Handbewegungen wedelte er das Feuer aus. Die Abneigung, die der Soldat Michael gegenüber empfand, war nicht zu übersehen. „Bist du nun ein Deutscher oder nicht?", fragte er mit Nachdruck. Seine Augen wurden zu zwei schmalen Schlitzen. Die Papirossa klebte an seiner Unterlippe.

„Ja", sagte Michael matt.

„Wo sind die Papiere, ich muss die Ware kontrollieren! Nicht, dass sie voller Würmer ist."

Michal griff hastig unter sein Hemd und holte zwei Blätter heraus, den Brief hatte er geschickt mit einer Hand verdeckt, sodass er in seinem Hosenbund unentdeckt stecken blieb. Der Mann humpelte auf Michael zu. Das Pferd scheute, als eine kleine Rauchwolke durch eine seiner Nüstern kroch. Michal strich dem Tier über die glatte Stirn, bis es sich beruhigt hatte. Der Mann entriss Michael grob die Blätter und starrte darauf.

Augenscheinlich konnte der Mann nicht lesen oder er hatte einfach nur schlechte Augen. Michael sah zu, wie der Soldat an seiner Papirossa kaute, diese dann mit finsterer Miene ausspuckte, sich hastig mit der Zunge über die Innenseite der linken Wange fuhr und das Blatt näher an die Augen hob. Seine dünnen Lippen bewegten sich nur langsam. Nach einer Weile des Schweigens blickte er auf.

„Wie viele Säcke hast du dabei?"

Michael verzog unschlüssig den Mund und zuckte mit den Achseln.

Der Mann knetete mit Daumen und Zeigefinger nachdenklich an der Oberlippe. „Du sollst sie nochmal zählen. Laut und deutlich. Kannst du das überhaupt? Zählen?"

Michael nickte. Und fing an zu zählen, dabei zeigte er mit der rechten Hand auf jeden Sack. Der einbeinige Soldat nickte nach jeder Zahl zustimmend und kniff angestrengt die Augen noch enger zusammen.

„Zweiundzwanzig", beendete Michael.

Das Gesicht des Mannes hellte sich auf. Als seine Augen erneut über das Blatt huschten, fuhr er mit dem Finger über die Zeilen, bis er die entsprechende Zahl endlich fand. „Stimmt genau!" Sein vor Dreck schmutziger Fingernagel kratzte über das Papier. „Komm mit", blaffte der Soldat, drehte die Papiere zu einer Rolle zusammen, drehte sich umständlich um und verschwand hinter den beiden Häusern.

„Der Wagen wird da nicht durch passen", rief Michael ihm hinterher. Ein leises Fluchen, gefolgt von mehreren Verwünschungen, wurde in Michaels Richtung geworfen.

Der Mann tauchte aus dem Schatten auf und humpelte zu der Kreuzung, ohne auf Michael zu warten, bog er nach rechts ab. Michel zupfte an den Zügeln und folgte ihm. Die großen Räder quietschten leise, als sich auch der Hänger in Bewegung setzte.

Immer mehr Menschen, meist Frauen mit Kindern, liefen an Michael vorbei und schauten ihn jetzt interessiert an. „Schau mal, Mama, der Mann mit dem Pferd hat viele Säcke dabei", schrie ein kleines Mädchen und deutete auf Michael. Ein Hauch von Stolz durchfuhr Michaels Glieder, weil ihn das Kind einen Mann nannte. Er hielt den Kopf gerade und gab sich Mühe, das kleine Mädchen nicht anzuschauen.

„Du sollst nicht ständig mit dem Finger auf Menschen zeigen, das ziemt sich nicht, und für ein Mädchen schon zweimal nicht", wies die strenge Mutter ihr Kind in die Schranken.

„Mischa? Mischa!"

Erst beim zweiten Mal begriff Michael, dass die ihm so vertraute Stimme keine Einbildung war. Es war Maria. Sein Kopf schnellte nach links. Tatsächlich lief die junge Frau, die sich in der Zeit, in der sie sich nicht sehen konnten, sehr verändert hatte, auf der anderen Seite der Straße. Sie war nicht allein, sie wurde von vier Frauen umringt, sodass Michael sie nicht sofort gesehen hatte. Sie löste sich aus der Gruppe und lief auf ihn zu. Dabei schaute Maria sich ständig um. Michael deutete mit einem Kopfnicken auf den Einbeinigen.

Doch Maria ignorierte ihn einfach. „Wurdest du auch übersiedelt?", flüsterte sie und lief neben ihm her. Hoffnung schwang in ihrer Stimme mit. Als Michael stehen bleiben wollte, schüttelte Maria den Kopf. „Nein, nicht stehen bleiben, sonst gibt es vielleicht noch Ärger. Sag mir bitte, was du hier machst?", sprach sie schnell und immer noch gedämpft. Ihr Kopf fuhr erneut nach links, gleich darauf dann nach rechts. Mit der rechten Hand nahm sie ihn am Ellenbogen und zwang ihn so zum Gehen. Als er weiterlief, löste sich auch ihre Hand von seinem Ellenbogen.

„Ich bringe euch das Korn."

„Das ist nicht für uns. Diesen Winter wird niemand überleben. Alles wird abtransportiert." Tränen glänzten in ihren Augen. „Wann kommst du wieder?", wechselte sie das Thema und faste jetzt nach seiner Hand. Ihre Finger waren eiskalt und zitterten. Michael schloss seine Hand um die ihre. „Ich habe da noch etwas", stammelte Michael. Auch er zitterte jetzt, nicht, weil ihm kalt war, die Nähe dieses Mädchen brachte seine Gefühle zum Überschwappen. Er hörte sogar, wie seine Zähne aufeinander klapperten. Schnell ließ er seine rechte Hand unter dem Hemd verschwinden. Maria folge mit stummem Blick seiner Hand. Sie hatte sofort begriffen, dass er etwas eingeschmuggelt hatte, woraufhin sie sich für einen kurzen Augenblick enger an ihn schmiegte. Michael blieb das Herz stehen, als ihre weiche Brust seinen Oberarm berührte. Er ließ sich absichtlich etwas mehr Zeit, als er tatsächlich brauchte.

„Schnell, Mischa", drängelte sie ihn. Michael zerrte den zerknitterten Brief heraus und hielt ihn in seiner Faust. Marias Finger flatterten über seinen Handrücken. Er löste die Faust, sie griff danach. Rasch ließ sie den Brief unter dem Saum ihrer Schürze verschwinden.

„Vielen Dank, was immer das auch ist, nur muss ich leider los, Mischa. Wenn du die Straße runterläufst, findest du mich ..."

„Haaalt!", schrie der einbeinige Soldat. Maria verstummte, drehte sich schnell herum und folgte dem Strom der Menschen, der immer dichter wurde, in die entgegengesetzte Richtung.

Michael sah sich um. Maria vermischte sich mit der Menschenmenge und verschwand langsam aus seinem Blick.

„Du wartest hier, ab hier führe ich deinen Gaul. Den werde ich dort an der Tränke festmachen. Du holst ihn später ab. Aber du darfst die Siedlung nicht verlassen. Überall sind Wachposten." Michael nickte nur. Er wusste, dass dieser Mann log. Er hatte niemanden gesehen, außerdem, wo sollte er schon hingehen außer zu Maria. Diese Vorstellung gefiel ihm sehr. „Setz dich am besten dorthin." Der einbeinige Mann wies mit seiner Krücke auf einen morschen Baumstamm, der neben einer Hütte vor der Straße lag.

„Mache ich", fügte Michael sich, senkte den Kopf und lief auf die gegenüberliegende Seite. Er wurde hibbelig, was wollte ihm Maria noch sagen?

Das Tier scheute erneut, wollte sogar auf die Hinterhände gehen, doch der Mann strich Pegasus über den Hals und sprach beruhigend auf ihn ein. Dann humpelte er davon. Michael saß auf dem Baumstamm und zuckte ungeduldig mit den Knien, er musste es einfach riskieren. Er kämpfte mit sich, dann sprang er auf und lief den Menschen hinterher. Wer nicht wagt, der nicht gewinnt, dachte er mit rotem Kopf und pochendem Herzen, das laut gegen seine Rippen hämmerte.

Es dauerte nicht lange, bis die Straße an einem Feld endete. Mehrere Dutzend Menschen reihten sich zu einer Schlange auf. Schulter an Schulter stellten sie sich nebeneinander. Michael drehte sich um, er durfte nicht auffallen. Doch er war zu weit gelaufen. Er schimpfte sich einen Ochsen. Hoffentlich war es für einen Rückzieher noch nicht zu spät. Mit knallrotem Gesicht wandte er sich um, und als er schon hinter einem Zaun nach Schutz suchen wollte, wurde er von hinten von einer groben Hand gepackt. Mit einem heftigen Ruck wurde er zurück auf die Straße geschleudert. „Was schleichst du hier herum, Bürschchen? Ab in die Reihe mit dir", herrschte ihn ein Mann an. Er trug ein Gewehr und eine Uniform. Auf seiner Brust glänzten mehrere Medaillen.

Mit gesenktem Kopf und zittrigen Gliedern lief Michael auf die Menschen zu, die ihren Platz in der Reihe einnahmen. Sein Mund war staubtrocken, die Knie butterweich, und das Herz war ihm aus der Brust gehüpft.

„Wie ist dein Name?", wollte der Mann wissen. Er packte Michael erneut am Arm. Er zog so heftig, dass Michael dabei herumgewirbelt wurde.

„Michael."

„Und weiter?", zischte der Mann durch seine zusammengebissenen Zähne. Sein Blick war eisig. Sein blondes Haar war in der Mitte gescheitelt, sein kantiges Kinn hatte eine helle Narbe, die noch nicht richtig verheilt war. Er war nicht alt, aber ziemlich groß und stark. „Wie ist dein Name?", blaffte der Mann nun auf Deutsch. Wegen des starken Akzents verstand Michael nicht sofort, was der Mann von ihm wollte.

„Michael ... und weiter?", half ihm der Mann auf die Sprünge. In der linken Hand hielt er ein Klemmbrett mit Blättern, mit welchem er Michael zweimal auf den Kopf klopfte. Der zweite Schlag brachte Michaels Kopf zum Brummen.

„Morgenstern. Er heißt Michael Morgenstern, er ist mein Sohn, Genosse Soldat." Eine kleine zierliche Frau mit blondem Zopf trat aus der Reihe. Der Mann warf ihr einen prüfenden Blick zu. Die Frau hatte rote Augen, so als habe sie die ganze Nacht durch geweint. Auch ihr Haar war nicht wirklich blond, eher grau, stellte Michael fest, als er wieder zu Atem kam. Das Dröhnen in seinem Kopf wurde allmählich leiser.

„Ist dein Sohn nicht gestern Nacht gestorben?" Der Soldat sprach wieder russisch.

„Nein, Genosse Tretjakow. Nein, mein Sohn lebt, Sie sehen es doch selbst. Da ist er doch, er steht direkt vor Ihnen." Sie kämpfte gegen die Tränen an. Michael entging es nicht, wie ihre Stimme stockte. Auch ihre Hände zitterten jetzt stärker.

„Komm, Mischa", flüsterte sie kaum hörbar. Eine Träne löste sich aus ihrem geröteten Auge und kullerte über ihre linke Wange.

„Los, geh zu deiner Mutter", sprach der Mann in einem Befehlston, als wäre Michael ein Schwerverbrecher.

Als der Soldat die Reihe entlang schritt und außer Hörweite war, sagte Michael: „Vielen Dank." Er war sich nicht sicher, ob ihn die Frau, die ihm nur bis an die Schulter reichte, überhaupt gehört hatte.

Sie klammerte sich an seinem Arm fest. Schluchzte. „Mein Sohn ist letzte Nacht verstorben, da hat der Soldat recht. Wir können von Glück reden, dass er von einem Granatsplitter am Kopf getroffen wurde und sich nicht alles merken kann. Ich weiß nicht, wer du wirklich bist und was du hier machst, aber du musst zusehen, dass du nach der Zählung hier verschwindest und dich nie wieder blicken lässt. Es grenzt an ein Wunder, so als wäre mein Michael für dich gestorben." Ihre Worte brachen. Sie presste ihren Kopf an seine Schulter und weinte bitterlich. Doch als der Soldat wieder näher kam, gelang es ihr, sich so weit zu fangen, dass ihre Trauer nicht weiter auffiel. Nur Michael spürte, wie ihre Hände zitterten, sie hielt sich nämlich die ganze Zeit an seinem Arm fest.

Die Namen wurden laut vorgelesen, die Aufgerufenen traten einen kleinen Schritt aus der Reihe, um ihre Anwesenheit zu bestätigen. Michael warf seinen Blick nach links, als der Name Hornoff erklang. Maria hielt ihren Kopf gesenkt, dann schaute sie nach rechts. Michael fing ihren Blick mit glänzenden Augen auf, er glaubte, auf ihren Lippen ein Lächeln erkannt haben. Doch als der Mann mit der Liste auf sie zu kam, wandte sie ihren Blick von Michael ab und sah erneut auf die Erde. „Heute darfst du dir eine Ration mehr geben lassen, hier." Er reichte ihr einen kleinen Zettel, der dem einer Essensmarke ähnlich war.

Marias Kopf schnellte nach oben. Das kam sehr überraschend für sie. Jeder der Anwesenden wusste, was das zu bedeuten hatte. Der Mann war einen Kopf größer als Maria, sodass sie ihren Kopf tief in den Nacken legen musste, um ihm in die Augen schauen zu können. Michael starrte die beiden an. Deutlich nahm er wahr, wie die schmalen Finger der alten Frau sich tiefer in sein Fleisch gruben. Ein Schwall besorgniserregender Kälte strömte durch seine Glieder. Seine Kehle wurde enger. Obwohl er wusste, dass Marias Tante gestorben war, konnte er sichtlich fühlen, wie das blonde Mädchen um Fassung rang, denn ihre Befürchtungen galten den beiden Brüdern, von denen sie getrennt wurde, da war sich Michael mehr als sicher, aber wie sollte er sie jetzt darüber in Kenntnis setzen? Der Verlust einer geliebten Tante ist schlimm, aber erträglicher als die Sorge, eines seiner Geschwister zu verlieren. „Bei jedem Todesfall eines engen Verwandten bekommt der noch Lebende eine letzte Ration des Verstorbenen", flüsterte die Frau neben ihm. „Ich hole meine morgen ab", fügte sie mit nasaler Stimme hinzu. Sie wirkte apathisch, so als wäre sie betrunken.

Vom Leid volltrunken,

besinnungslos unglücklich,

des Lebens müde,

bereit für das Sterben,

zu schwach, um zu leben,

zu stolz für den Tod ...

Dieses Lied hatte er einmal im Zug eine Frau singen hören, nachdem sie all ihre Kinder verloren hatte, weil sie krank geworden waren und auf der Zugfahrt den Hungertod gestorben waren. Nur wollten bei ihm die Strophen nicht zu einem Reim werden, vielleicht deswegen, weil er sich nur den Grund ihres Leidens eingeprägt hatte.

Die Worte verklangen in seinem Kopf, nur die traurige Melodie war geblieben. Er sah zum Himmel, weil er von dem Soldaten angestarrt wurde.

Die Wolken verdeckten die Sonne, wie Trauerkleider hingen sie über den versammelten Menschen. Ein gedämpftes Raunen wanderte wie ein Lauffeuer von Mensch zu Mensch. Die Frauen tuschelten miteinander.

„Willst du denn nicht wissen, wer gestorben ist?" Der streitsüchtige Ton erschütterte Michael.

„Wer?", war alles, was Maria sagen konnte. Sie trotzte dem finsteren Blick des Mannes.

„Deine Tante", lautete die knappe Antwort. Er riss den kleinen Zettel ab und drückte ihn in Marias rechte Faust hinein.

Mit zittrigen Fingern nahm Maria den Zettel an sich. Sie schien traurig und erleichtert zugleich zu sein.

„Wie geht es meinen beiden Brüdern?", wollte sie wissen. Das Stimmengewirr, das an Lautstärke zunahm und zu einer Kakophonie der verzweifelten und gleichermaßen verängstigten Menschen anwuchs, verschluckte Marias Worte.

„Ruhe!", brüllte der Mann. Das Durcheinander wurde wie abgeschnitten. Bis auf das trockene Husten einer kranken Frau und das leise Winseln eines Kindes traute sich niemand mehr, etwas zu sagen. Die Stille war einschüchternd.

„Woher soll ich das denn wissen, ich bin doch nicht eure Mutter. Wenn der Winter anbricht, wirst du deine Brüder wohl wiedersehen können, wenn sie bis dahin nicht den Löffel abgegeben haben." Seine Worte klangen kalt und schneidend. „Zurücktreten", fuhr er das Mädchen barsch an. Maria folgte wortlos dem Befehl, der Mann fuhr mit der Zählung fort. „Adelheid Herzog!", rief er mit hellklingender Stimme. Michael hörte nicht mehr zu, er wartete nur ab, bis er Maria endlich sprechen durfte.

29

Kolchose „Neue Welt"

„Warum heißt unser Dorf seit Kurzem ‚Neue Welt'?" Anitas Augen funkelten vor Neugier.

Alexander kniff sie sanft in die Wange. „Weil hier das neue Leben entstehen soll. Keine Ahnung, was die damit bezwecken, den Siedlungen neue Namen zu geben."

„Verstehe ich nicht." Das Funkeln in ihren Augen war erloschen. „Da ist er", rief sie plötzlich laut und deutete auf zwei Jungen. Vor Ungeduld fing sie an zu hüpfen.

Alexander sah nur zwei schlaksige Halbwüchsige. Einer hatte einen wackelnden Gang. Bei jedem Schritt neigte sich sein Körper mal nach rechts mal nach links, die Hände steckten in den Hosentaschen. Wie ein kleiner Ganove, die Alexander aus seiner Jugend her kannte. So liefen immer die, die sich für oberwichtig hielten. „Siehst du, da ist Gregor, der so komisch läuft, als habe er sich in die Hose gemacht." Anita stand mit dem ausgestreckten Arm da und sah hoch zu ihrem Bruder auf. Sie grinste breit.

„Jetzt sehe ich ihn auch. Aber der daneben ist doch nicht unser Michael? Oder was meinst du, Anitchen?" Michael strich ihr über das Haar. Sie schüttelte mit ernster Miene den Kopf.

Sie atmete enttäuscht aus. „Nein, das ist Konstantin, er war schon einmal tot, er wurde von einer Schlange gebissen, danach hat Michael ihn auf den Mund geküsst, und Gregor hat ihn auf die Brust geschlagen, den Konstantin, nicht Michael, später war Konstantin wie der Jesus wieder wach, aber nicht nach drei Tagen, sondern fast gleich, er hatte Seife gegessen, obwohl er das nicht zugeben will, aber ich habe auf seinem Mund Schaum gesehen, das war eklig", plapperte sie schnell. Die Zusammenfassung des scheinbar tragischen Erlebnisses war wie ein unendlicher Satz. Etwas außer Atem schwieg sie für eine Sekunde, holte tief Luft und rannte los. Die Arme weit ausgebreitet, lief sie auf ihren Bruder zu und schrie seinen Namen. Alexander sah nur ihre schmutzigen Fersen aufblitzen.

„Gregor, ich habe Alexander gefunden", kreischte Anita aus voller Kehle.

Gregor fing sie in vollem Lauf auf und drehte sich mehrmals um die eigene Achse. Anita schrie vor Vergnügen.

Alexander beeilte sich, den beiden näher zu kommen. Sein Kopf begann zu pochen. Die verletzte Schläfe drohte zu explodieren. Dennoch lachte sein Herz vor Freude.

Gregor stellte Anita mit einem breiten Grinsen auf die Erde und fixierte seinen älteren Bruder. Das glückselige Gesicht glich nun einer Maske. Gregor strich sich mit der rechten Hand über das Kinn. Alexander hielt dem durchdringenden Blick nur mühselig stand. Gregor war groß geworden. Der Körper sehnig wie der eines jungen Gottes. Sein Blick glich dem ihres Vaters. Forsch und fordernd. Man hatte dabei immer das Gefühl, etwas falsch gemacht zu haben, und bemüßigt, sich schuldig zu bekennen, auch wenn man nichts verbrochen hatte.

Als sie sich dicht an dicht gegenüberstanden, blieb die Zeit für einen Augenblick stehen. Alles verharrte, bewegte sich nicht. Dann, wie auf Kommando, fielen sich die Brüder in die Arme. Grob und heftig fiel die Umarmung aus. Gregors Hände gruben sich tief in Alexanders Fleisch. Der Schmerz war alles andere als unangenehm. Sein Bruder war stark und hatte ihn gebraucht, das war Alexander sehr wichtig. Er presste Gregor fester an sich.

„Mama ist tot, Alexander, Mama ist vor zwei Jahren gestorben." Gregor sagte es so, als wäre er daran schuld und wollte diese schwere Bürde bei seinem Bruder ablegen.

Alexander rang mit seinen Gefühlen. Er atmete tief ein, hielt die Luft an, und als er sich sicher war, dass er zum Sprechen fähig war, sagte er: „Für mich ist es genau so ein großer Verlust wie für dich, Gregor, doch keiner von euch trägt die Schuld. Wo ist Michael?" Sie sahen sich mit vor Glück und Trauer glänzenden Augen an.

Etwas verlegen ließen sie voneinander ab. Gregor strich sich grob über die Augen. Der Junge mit den blonden Locken sah betreten zu Boden.

„Er lebt", entgegnete Gregor. Das Weiß seiner Augen war rot und von unzähligen Äderchen durchzogen. „Er kommt heute noch zurück. Bringt das Korn in eine benachbarte Kommune. Ich soll für ihn die heutige Tagesration abholen." Als habe Alexander auf das Stichwort gewartet, streckte er seinen Rücken gerade und machte die Schultern breit. Er räusperte sich vernehmlich. Gregor bedachte ihn mit einem fragenden Blick. Alexander wollte nicht herumdrucksen. Er war immer derjenige, der geradeheraus sprach, ohne viel Drumherum.

„Gregor, hast du die Marken bei dir?"

Gregor nickte unsicher. Seine Hand fuhr in die linke Hosentasche. Auch sein Freund kontrollierte, ob seine Kärtchen noch dort waren, wo er sie zuletzt versteckt hatte.

„Kann ich sie haben?", fragte Alexander einfach so heraus.

Gregor trat einen Schritt nach hinten. Aus einem für Alexander unerklärlichen Grund blickte sich sein Bruder um. Dann schüttelte er wie benommen den Kopf. Seine so schon dunklen Augen wurden finster. „Das kann ich nicht machen. Warum soll ich dir mein Essen geben, auch wenn du mein Bruder bist? Hast du mich nur deswegen gefunden? Ist das der Grund deines Auftauchens, nach all den Jahren?", fragte Gregor. Der Junge sah zu, dass er hier wegkam. Doch noch bevor er sich aus dem Staub machen konnte, packte Alexander ihn am Handgelenk. Der Junge begann zu sprechen, doch Alexander konnte kein Wort verstehen.

„Es geht um Leben und Tod", flüsterte Alexander flehentlich, um kein Aufsehen zu erregen.

„Es geht hier die ganze Zeit um Leben ODER Tod. Ein UND gibt es nicht", presste Gregor aus sich heraus. Er klang verbittert und enttäuscht. Das Wiedersehen hatte er sich anders vorgestellt, Alexander auch, doch dies war unumgänglich. Dunja musste leben. „Es geht um ein ungeborenes Kind. Habe Erbarmen, Gregor. Ich werde euch das Essen wieder zurückgeben." Der blonde Junge zappelte. Alexander nahm ihn in den Schwitzkasten und drückte mit der Armbeuge den schmalen Hals des Halbwüchsigen etwas fester zu.

„Lass ihn los, verdammt", fluchte Gregor. Er lief im Halbkreis und rieb sich die ganze Zeit am Kinn. Hastig schaute er sich um, auch er wollte kein Aufsehen erregen. Der blonde Junge mit dem lockigen Haar, das jetzt vor Angstschweiß nass glänzte, keuchte. „Konstantin hat mit der Sache nichts zu tun. Hier hast du deine verdammten Marken." Gregor hielt die rechte Hand zu einer Faust geballt und warf die hellroten Streifen vor Alexanders Füße. „Danke, Bruder", sagte Alexander beschämt. „Jetzt du, Konstantin." Der Blondschopf winselte. Mit letzten Kräften, die von Verzweiflung gestärkt wurden, verstärkte der schmächtige Kerl seine Gegenwehr, musste aber feststellen, dass sein Angreifer um einiges stärker war. Weitere fünf Streifen rieselten zu Boden.

„Alexander, tu ihm nicht weh", winselte Anita. Sie stand etwas abseits und nestelte weinend an ihrem Kleid.

Alexander löste seinen Griff. Stumm nach Luft schnappend rieb Konstantin seinen Hals und torkelte rückwärts. „Du Di … dieb, du Gemein … n … ling, du", stotterte er zusammenhanglos. Alexander fuhr sich mit der Zunge über die Lippen. Ihm war die Situation nicht nur unangenehm, er schämte sich für seine Tat, wie er sich in seinem ganzen Leben noch nie geschämt hatte, nicht einmal, als er einem schwer verletzten Mann in den Kopf geschossen hatte.

„Bist du jetzt glücklich?", spie Gregor die Worte wie Gift aus. Nachdem er Alexander die vorwurfsvolle Frage an den Kopf geworfen hatte, wandte er sich an seinen Begleiter: „Komm, Konstantin, so ein Bruder kann mir gestohlen bleiben", brummte Gregor und zog seinen Freund am Ärmel. Mit zu engen Schlitzen zusammengekniffenen Augen sah er sich um und warf Alexander ein letztes Mal einen enttäuschten Blick zu.

„Gregor, warte", versuchte Alexander seinen Bruder aufzuhalten. Anita winselte. Sie war hin und her gerissen.

„Was willst du noch von mir? Ich habe nichts mehr", schrie Gregor, er lief jetzt rückwärts, zum Beweis stülpte er seine Tasche nach außen. „Ich habe nicht einmal mehr einen großen Bruder", knurrte er und kehrte Alexander den Rücken zu. Konstantin folgte ihm dicht auf den Fersen.

Mit schwerem Herzen und sengender Hitze in der Brust ging Alexander in die Hocke. Mit zittrigen Fingern klaubte er die Streifen einzeln auf, die wie welke Blätter auf der staubigen Erde verstreut lagen.

Als er fertig war und den Kopf hob, sah er, wie ein großer Mann Gregor an der Schulter festhielt. Sein Bruder riss sich mit einer ruckartigen Bewegung los und schlenderte weiter. Die Glatze des Mannes bekam tiefe Furchen. Mit einem einzigen Schritt holte er Gregor ein. Seine rechte Pranke schloss sich um den Oberarm des Jungen. Wie ein Schraubstock hielt er ihn fest. Gregor versuchte mehrmals, sich zu befreien, doch der Griff des Mannes war eisern.

Alexander ließ die Essensmarken in seiner Hose verschwinden.

„Ich muss gehen", winselte Anita.

„Du bleibst hier."

„Ich gehe, du machst mir Angst!"

„Nein, Anita, du gehst nirgendwo hin", tadelte er sie sanft, als sie sich zu widersetzen begann.

„Und wer sind Sie?", wollte er dann von dem großen Kerl wissen, als er sich der kleinen Gruppe anschloss.

„Wer will das wissen?", brummte der Mann. Seine Hand hielt Gregor noch immer fest.

„Ich bin sein Bruder, und Sie?" Alexander deutete mit dem Kinn auf Gregor.

„Stepan", entgegnete der Mann trocken.

„Klinov?"

„Mal angenommen ..." Der Riese schniefte und sah Alexander mit gespielter Langeweile an. Er war auf Provokation aus. Aber Alexander ließ sich nicht aus der Fassung bringen.

„Hier sind fünfundzwanzig Abrisse. Mehr als ein ganzes Brot sozusagen." Er griff schnell in die Tasche, dann streckte er seinen Arm aus und öffnete die Faust. Der Mann starrte prüfend auf die ihm dargebotenen Marken und rümpfte die Nase.

„Was willst du stattdessen?" Die Frage war überflüssig, beide wusste es. Es war nur reine Formsache.

„Das, womit ich einen Arzt für ..." Alexanders Stimme brach, weil Dunjas bleiches und wie tot wirkendes Gesicht vor seinem inneren Auge aufblitze, er hüstelte und fuhr mit geklärter Stimme fort, „... seinen Besuch bezahlen kann. Meine Frau, sie liegt im Sterben." Bei diesen Worten suchte er den Blickkontakt zu seinem Bruder. Die Kälte in Gregors Augen schmolz. Leicht verschämt senkte Gregor die Lider. Der Griff um den Arm des Jungen lockerte sich, weil der glatzköpfige Kerl nach einer Frau schaute, die ein kleines Kind an ihre nackte Brust presste, während sie sich lautstark mit einer anderen stritt. Gregor nutzte die Gunst der Stunde und riss sich los. „Lauf, Konstantin", schrie er. Und sie liefen wie auf Kommando los. „Verdammte

Bengel", brummte Stepan, beachtete sie aber nicht weiter, sein Blick klebte auf den hellroten Marken. „Das ist strafbar, weißt du das?"

„Erklär das bitte Gott. Ich will nur, dass meine Frau am Leben bleibt. Die Gesetze machen einen nicht satt", erwiderte Alexander und war im Begriff, die Finger zu schließen.

„Komm mit", brummte der Mann, wollte ihm schon die Marken aus der Hand reißen. Doch Alexander war schneller. Er schloss die Hand wieder zur Faust und versteckte sie in seiner Hosentasche „Ich muss mich noch anmelden."

Sein Gegenüber knurrte entnervt.

„Ich mich auch", erklang eine Mädchenstimme. Alexander erschrak, weil er nicht bemerkt hatte, wie seine Schwester sich ihm doch noch genähert hatte.

„Dann treffen wir uns bei der Mühle. Ich werde dort auf dich warten. Doch wenn du mich auflaufen lässt, gnade dir Gott. Deine Geschwister werden dann nur noch in der Vergangenheit über dich sprechen."

„Wir müssen der Dinge harren, die auf uns zukommen werden", lautete Alexanders Antwort. Er nahm Anita bei der Hand und ging in die Richtung, wo sich eine Menschenmenge versammelt hatte.

„Ich muss dort hin", flüsterte Anita, als sie an eine Kreuzung kamen.

„Ich werde hier auf dich warten, wenn du schneller fertig sein solltest als ich, musst du hier auf mich warten. Abgemacht?"

Anita nickte und beeilte sich, denn sie wollte nicht zu spät kommen.

609

„Alle wegtreten", befehligte der Mann in einem Ton, als habe er ein Bataillon von Soldaten vor sich stehen anstatt Frauen und Kinder. „Jeder geht seiner Arbeit nach, ihr habt zwanzig Minuten Zeit, um euer Essen in Empfang zu nehmen und euch dann an die Arbeitsplätze zu begeben." Erst jetzt wurden die Stimmen von Frauen lauter, die sich beschwerten, dass das, was dieser Soldat als Essen bezeichnete, vorne und hinten nicht reichte, um annähernd satt zu werden. „Das nervige Geschwätz wird ab sofort eingestellt, sonst landen die Saboteure im Kerker. Wir tun unser Bestes, nicht wir haben diesen Krieg angefangen, sondern euresgleichen", rief er so laut, dass die wütenden Rufe verstummten, jedoch nicht völlig versiegten.

„Die Welt wird nur von Tyrannen regiert, wütend und ohne Skrupel werden Menschen wie Vieh abgeschlachtet, nur damit sich eine Handvoll von Habgierigen ihre dicken Bäuche vollschlagen können. Seelenlos seid ihr, seelenlos und gewissenslos." Eine ältere Frau, deren Rücken krumm wie ein Rad vom schweren Schuften geworden war, sprach klagend über den Krieg. Ihr zahnloser Mund blutleer, die faltigen Lippen bläulich schimmernd, feucht von Speichel. „Der arme Mann an der Front kämpft gegen die Feinde, die keine sind, denn beide erwartet Zuhause eine vom Schicksal geschlagene Frau, ob Deutscher oder Russe, wir sind alles Puppen. Arme, verzweifelte Frauen mit in den Armen vor Hunger sterbenden Kindern weinen sich die Seele aus dem Leib, derweil schaufeln die Kommunisten und Kapitalisten das Geld wie Kuhscheiße zusammen und kriegen nie genug davon. Ihr schindet das Volk, unterdrückt und raubt ihm all sein Hab und Gut, alles, was ihr ihm lasst, ist die Hoffnung auf Frieden, der niemals einkehren wird, solange die Schlangen an der Macht sind. Verbrennen sollt ihr im Fegefeuer des Allmächtigen Vaters, der über uns wacht."

Bei diesen Worten erschauerte Michael und zuckte heftig zusammen, als jemand ihn am Ellenbogen berührte.

„Was ist in die alte Hexe gefahren?", empörte sich der Soldat.

„Sie ist blind, auch ihr Verstand ist vor Jahren stumpf geworden, Genosse Kommandant." Eine Frau mit grau gesprenkeltem Haar umarmte die Greisin. Ihre trüben Augen waren weiß. Michael war von dem blinden Blick der alten Frau wie hypnotisiert.

„Führt sie fort." Der Soldat verstand ihre Worte nicht und gab sich auch keine Mühe, den Abscheu zu verbergen, den er bei dem Anblick empfand.

Die alte Frau ließ sich von der Frau, die vielleicht ihre Tochter war, wegführen. Ein Glück, dass beide nicht dieselbe Sprache sprachen, sinnierte Michael.

„Mischa …" Erst jetzt erwachte Michael aus seiner Starre. Es war Maria. Ihre Augen waren gerötet, doch sie weinte nicht. „Wir müssen hier weg, wenn jemand herausfindet, dass du dich ohne Erlaubnis entfernt hast, kann es schlimme Folge nach sich ziehen. Du kannst wegen Verrats oder Spionage angeklagt und sogar erhängt werde." Es war keine Drohung. Das wussten sie beide. „Komm, lass uns hier fortgehen." Sie liefen zurück zu dem umgestürzten Baumstamm. Das Pferd war noch nicht da, stellte Michael mit einer gewissen Erleichterung fest. Also hatte er noch etwas Zeit.

„Musst du nicht zur Essensausgabe?", sorgte sich Michael um das Mädchen.

„Wir bekommen schon seit Tagen nichts mehr. Außer einem wässrigen Eintopf am Abend." Maria senkte die Lider, so als schien ihr das Thema unangenehm, oder als wollte sie etwas von ihm und traute sich nicht, grübelte Michael nach. Er wusste nicht, was er jetzt machen sollte.

„Was ist los, Maria? Worüber denkst du nach?", wollte er sie fragen, traute sich jedoch nicht.

Als hätte er die Worte laut ausgesprochen, hob Maria den Blick und sah ihn traurig an. „Lass uns ein bisschen hinsetzen, Mischa."

Scheinbar eine Ewigkeit lang saßen sie in kaum veränderter Sitzposition auf dem morschen Holz.

„Ich bin müde", begann Maria als Erste. In ihren Augen schwammen Tränen. „Müde vom Krieg, müde, ständig an Essen zu denken, müde, nicht schlafen zu können, weil ich die ganze Zeit ans Essen denken muss. Auch bin ich müde, weil ich nicht weiß, wo meine Brüder sind. Ich möchte einfach, dass dieser Albtraum endlich ein Ende nimmt. Und mir ist es egal, wer siegt. Deutsche oder Russen. Hauptsache, der Krieg beherrscht nicht mein Leben. Manchmal wünsche ich mir zu sterben, aber ich habe Angst davor, weil ich nicht weiß, was uns dort erwartet." Ihre Stimme vibrierte vor Zorn und Trauer. „Meine Tante sagte immer, man darf sich niemals unterdrücken lassen, man muss immer seinen Prinzipien treu sein. Und wo ist sie jetzt mit ihren Prinzipien?" Erst jetzt erkannte Michael, dass sie die ganze Zeit an dem zusammengefalteten Blatt Papier knetete.

„Soll ich ihn für dich vorlesen?"

Sie nickte abwesend. „Ich habe es zuvor kurz versucht, aber meine Seele fängt sofort an zu weinen, dann sehe ich nichts mehr vor Tränen. Auch wenn ich meine Tante nie wirklich geliebt habe, so war sie die letzten Monate wie ..." Ihre Stimme stockte. „Jetzt stolpere ich schon über meine eigenen Worte." Ein weinerliches Lachen entsprang ihrer Kehle. Ihr Körper zuckte wie bei einem Krampf zusammen. Sie drückte ihren Kopf an Michaels Schulter. Ein leichter Duft nach Seife drang ihm in die Nase. Ihr Haar kitzelte ihn an der Wange, als Maria ihm die Arme um den Hals legte und sich an ihn schmiegte. „Ich habe

niemanden mehr, Mischa. Alle, die erwachsen waren, sind tot."
Die Worte fuhren tief in sein Fleisch, auch er hatte seine Eltern
verloren. Auch seinen älteren Bruder Alexander und seine
jüngste Schwester. Auch wenn sie nicht tot war, so würde er sie
nie wiedersehen können.

Als Maria klar wurde, dass sie sich von ihren Gefühlen zu
weit treiben ließ, löste sie ihre Arme von ihm und setzte sich
wieder gerade hin, ihre Hände ruhten im Schoß und kneteten an
dem Stoff der grauen Schürze.

„Entschuldige, Mischa, wir alle haben unsere Liebsten
verloren. Kannst du mir bitte den Brief vorlesen? Ich muss
gleich in die Schneiderei. Wir nähen, ach nicht so wichtig." Sie
warf ihm einen hastigen Blick zu. Er nickte kaum merklich.

Wie betäubt faltete er das Blatt auf.

„Liebes Mariechen ...", begann er und machte eine kurze
Pause. Konzentrierte sich auf die geschwungenen Linien, die
hastig hingeschrieben wirkten. „Nie hätte ich gedacht, mich
dereinst auf diesem Weg verabschieden zu müssen. Aber ich bin
deswegen nicht trauriger. Mein Leben ist nicht ohne Sinn an mir
vorbeigeflogen. Mit Wehmut und einem gewissen Stolz darf ich
auf die vergangenen Tage meines Daseins zurückblicken."
Michael verstummte erneut für einen Augenblick. Das Lesen fiel
ihm schwer, weil die Schrift schwer leserlich war und seine
Hände vor Aufregung zitterten. Ein heller Sonnenstrahl kroch
über eins der Dächer und blendete ihn, das Lesen wurde
zusätzlich schwieriger, weil er das linke Auge fast komplett
zukneifen musste. Das helle Licht huschte über seine Lider und
hinterließ eine warme Spur auf seinem Gesicht. Michael
zwinkerte die hellen Punkte aus seinen Augen und konzentrierte
sich erneut auf den Brief. „Ein Leben ohne Ziele ist kein Leben.
Ich fand es nicht mehr erstrebenswert, noch länger auf dieser
Welt zu verbleiben, wenn ich nicht mehr das sein darf, was ich
bin. Später, wenn du erwachsen bist, wirst du deine verrückte
Tante vielleicht verstehen." Hier machte Michael erneut eine

Pause. Maria sah ihn mit traurigen Augen an. Diesmal hielt er ihrem Blick stand.

„Ist das alles?"

Er schüttelte den Kopf, drehte das Stück Papier um, strich die Falten auf seinen Oberschenkeln glatt und entzifferte stumm die mit Bleistift geschriebenen Worte. Mit Bedacht, sie auch richtig auszusprechen, las er mit belegter Stimme weiter laut und deutlich vor. „Erklärungen und Beschönigungen sind vergebliche Liebesmüh, alles, was mir geblieben ist, ist die Wahrheit, und die schmeckt nur den wenigsten. Ich habe diese bittere Pille geschluckt und werde mich nicht beugen."

„Hat sie sich vergiftet?" Marias Stimme klang ängstlich.

„Das glaube ich nicht, sie meint es im übertragenen Sinne."

Maria nickte benommen.

Michael beeilte sich, die letzten Zeilen schnell hinter sich zu bringen. „Mich für den Tod entschieden zu haben, bedeutet noch lange nicht, dass mir das Leben gleichgültig war. Nein, nur die Tatsache, zu wissen, dass ich mich für eine gute Sache eingesetzt habe, erfüllt mich mit dem untrüglichen Selbstwertgefühl einer stolzen Frau, sich selbst treu geblieben zu sein. Du, Maria, hast noch dein ganzes Leben vor dir, wirf es nicht weg. Hätte ich einen Wunsch frei, so würde ich lieber Kinder in die Welt setzen dürfen, irgendwo, wo es keinen Krieg gibt, dafür bin ich aber schon zu alt, so finde ich bei dem Gedanken viel mehr Trost, zu deiner Mutter zu wandeln, um mit ihr zusammen über euch zu wachen und euch zu beschützen. In Liebe - deine Tante."

Michael faltete das Blatt zu einem kleinen Viereck. „Das war alles."

Maria griff in den Ärmel ihres Kleides, das verwaschen und an manchen Stellen fadenscheinig war. Die grüne Farbe wirkte blass, wie alles andere auch. Verblichen und unecht, nur der

Hunger war existent und greifbar nahe. Michael sah auf ihre schmale Hand, die an einigen Stellen Schnittwunden aufwies, die silbern glänzten. Ein weißes Taschentuch aus Leinen kroch aus dem Ärmel hervor. Maria tupfte sich damit die geröteten Augen ab.

„Kann ich es kurz haben?", fragte Michael. Sie gab ihm das Tuch, welches an einer Ecke feucht war. Schnell griff Michael mit der linken Hand in seine Hosentasche. Weizenkörner rieselten auf das ausgebreitete Viereck. Er griff erneut in die Tasche, erwischte die letzten Körner und warf auch diese auf den kleinen Haufen. Er sah sich verstohlen um und wickelte das Tuch zu einem kleinen Bündel, das er mit zwei festen Knoten zuband. „Einer der Säcke hatte ein Loch", meinte er geniert.

Er gab ihr das Taschentuch zurück. Dabei berührten sich ihre Finger, als Maria das kleine Geschenk, das ihr so viel bedeutete, entgegennahm. „Und was ist mit dir?", wollte sie wissen.

„Ich habe in der anderen Tasche noch mehr", log er, alles, was in seiner rechten Tasche war, war ein Loch.

Ein unsicheres Flackern in ihren Augen, sie öffnete leicht die Lippen und wollte etwas erwidern ...

„Maria, wo bleibst du denn so lange!", schrie eine Frau aus der Ferne. Michael konnte nur die Umrisse erkennen. Scheinbar winkte sie mit erhobenem Arm dem blonden Mädchen auf seiner Seite zu. Maria winkte zurück und stand hastig auf. Sie drückte Michael einen trockenen Kuss auf die Wange. „Danke für das Essen, Mischa", sagte sie schnell und lief zu der Frau.

Michael sah ihr zu. Nur mit den Fingerspitzen fuhr er sachte über seine rechte Wange. Er wollte den Kuss nicht verscheuchen. Noch immer hatte er ein leichtes Kribbeln in der Magengrube. „He, du da!", riss ihn eine herrische Stimme aus seinem Tagtraum. „Was machst du da?" Ihm stand ein älterer Mann gegenüber. Sein dunkles Haar war zur Seite gekämmt. Auf der linken Seite verlief der Scheitel als ein heller Streifen. Der Schnurrbart war nur eine dünne Linie, genauso wie die

Lippen des Mannes, die sich kaum bewegten, wenn er sprach. Er trug keine Uniform, wirkte jedoch nicht weniger einschüchternd als der blonde Soldat.

„Michael", sagte der Junge, stand auf und strich seine Klamotten glatt.

„Michael - und weiter?" Michael sah sich unschlüssig um. Der blonde Soldat war nirgends auszumachen, und an den Namen des verstorbenen Jungen erinnerte er sich auch nicht mehr, so nannte er dem Mann seinen richtigen. „Berg."

„Wo kommst du her? Was machst du hier, und wo sind deine Papiere!"

Michael räusperte sich und verlagerte unbehaglich sein Gewicht von einem Fuß auf den anderen. „Mir wurde aufgetragen ..."

„Nun geniere dich nicht wie eine Jungfrau vor einem nackten Mann."

„Ich hatte eine Ladung Weizen", sagte Michael und dankte Gott dafür, dass er ein Loch in der Hosentasche hatte. Falls er gefilzt werden sollte, er dachte den Gedanken nicht ganz zu ende, als der Mann ihn erneut anschrie: „Arme nach oben!"

Michael tat, wie ihm geheißen. Zwei grobe Hände klopften seinen Körper ab. Sie fuhren tief in seine Taschen hinein, die rechte rutschte durch das Loch und berührte sein Bein. Der Mann fluchte leise.

Schuhe trug Michael zum Glück auch keine. Der Mann strich sich mit dem Zeigefinger über den Bart und zog die Augenbrauen zusammen. „Wo ist die Ladung?"

„Ein Soldat hat sie entgegengenommen. So lautete die Anweisung. Die Fracht darf nur an einen Uniformierten, auf keinen Fall an einen in ziviler Kleidung übergeben werden."

Noch mehr Furchen zerpflügten sein vom Wetter gegerbtes Gesicht. „Wie sah er aus?" Er klang nicht mehr so schroff, doch sein Blick wurde schneidender und bohrte sich tief in Michaels Kopf hinein.

Mit gefährlich ruhiger Stimme sagte er: „Wenn du mich anlügst ..."

„Nein, Genosse ..." Michael verhaspelte sich, weil er nicht wusste, wie der Mann hieß, „er war ein Kriegsveteran. Ihm fehlte ein Bein. Er lief mit einer Krücke."

„Wo, wo hast du ihn getroffen?", wetterte der Mann. Ein lautes, mechanisches Klappern und Donnern kam schnell auf sie zu. Es war ein Motorengeräusch. Michael sah erstaunt zu, wie ein Mann auf einem Motorrad auf sie zugerast kam.

„Genosse Pupkin, darf ich Ihnen berichten, dass wir einen Partisanen gefangen genommen haben, der versucht hat, eine Fuhre mit Diebesgut aus der Kommune zu schmuggeln."

Michael atmete erleichtert aus, zumindest keimte Hoffnung auf, dass er heute nicht gehängt würde. Als der Mann mit dem Motorrad, der noch ziemlich jung war, zu Michael sah, trat Michael einen Schritt auf ihn zu. Das Motorrad knatterte so laut, dass er die Worte kaum verstehen konnte. „Und das Pferd, der schwarze Gaul, lebt er noch?"

„Er hinkt zwar, aber er lebt, ja. Er ist noch klappriger als das Ding hier. Diese Maschine hat mein Vater den Deutschen abgenommen", verkündete der junge Mann mit stolzer Miene. Sein Gesicht war rußverschmiert.

„Ihr beide kommt mit", sprach der Mann und fuhr sich mit dem Ärmel seines Hemdes über die Stirn, die von kleinen Schweißtropfen bedeckt war. „Du hattest Glück, Bürschchen, scheinbar ist deine kostbare Fracht doch noch aufgetaucht", wandte er sich an Michael, „sonst hätte ich dich an die Wand stellen müssen, du weißt, was das für dich für Folgen haben könnte."

Michael nickte nur.

Der Junge auf dem Motorrad richtete seine viel zu große Mütze so, dass sie ihm nicht mehr die Augen bedeckte, und sagte mit einem breiten Grinsen auf den Lippen: „Ich fahre schon mal vor. Er ist im Zentralgebäude." Dann gab er Gas und hinterließ eine Staubwolke.

Der Mann mit dem komischen Nachnamen klopfte sich den Staub aus dem Hemd und schüttelte stumm den Kopf. „Komm jetzt", war alles, was er sagte. Dann packte er Michael am Kragen und schubste ihn vor sich her. „Folge einfach der Staubwolke und bete zu Gott oder zu wem ihr auch immer sprecht, flehe ihn um Gnade an, dass die Ware unversehrt geblieben ist."

Das tat Michael auch. Er sprach aber zu seiner Mutter und seinem Vater. Und zu Marias Tante.

31

Kolchose „Neue Welt"

Alexander stand neben dem großen Tor und wartet auf den Mann mit der Glatze und die Flasche, die er so bitter nötig hatte.

Anita stand daneben und zwirbelte eine Haarsträhne um den schmalen Finger. „Sascha, ich habe Hunger", quengelte sie.

„Ich weiß, Kleines, ich weiß." Anita schaute auf, als sie einen dunklen Schatten über die Erde kriechen sah. „Komm mit", sagte der Schatten mit tiefer Stimme. Das Mädchen traute sich nicht aufzuschauen.

„Komm, Schwesterherz, und denke an das, was ich dir gesagt habe", raunte Alexander ihr ins Ohr, als er nach ihrer Hand griff und sie leicht zusammendrückte. Sie liefen dem Mann hinterher. Er verschwand um die Ecke, hinter dem großen Gebäude aus roten Ziegelsteinen. Hier schien keine Sonne. Ein fauler Geruch nach Tierkadavern und Exkrementen reizte Alexanders Schleimhäute. Er rümpfte die Nase und verzog angewidert das Gesicht. Anita bedeckte ihre kleine Nase und den Mund mit beiden Händen. „Hier stinkt's", empörte sie sich mit nasaler Stimme.

„Hast du die Ware?" Alexander musterte den Mann prüfend. Mit argwöhnischem Blick achtete er sehr genau auf dessen Hände. Alexander hätte nämlich genauso gut in einen Hinterhalt geraten können. Aber die Verzweiflung ließ ihm keine andere Wahl, als diesen Schritt zu wagen. Der große Mann drehte sich zur Mauer um, mit angestrengter Miene griff er mit beiden Händen nach einem der Ziegelsteine. Vorsichtig zog und ruckelte er daran. Füllmaterial rieselte zu Boden. Endlich hatte der Mann den Stein herausgezogen, den er dann achtlos auf den Boden warf. Äste und trockenes Laub knisterten unter dem

Gewicht und brachen geräuschvoll. Stepan steckte seine Hand in die längliche Öffnung. Ein helles Kratzen von Glas auf Stein ließ Alexander erleichtert aufatmen. Der grobschlächtige Mann hielt demonstrativ die Flasche vor Alexanders Gesicht.

„Die ist ja nur halb voll", empörte er sich und trat einen Schritt zurück. Erneut erklang das Rascheln von Blättern unter seinen Füßen. Hier reichte das Laub bis zu den Knöcheln.

Der Mann ließ sich Zeit. Betont lässig fuhr er sich mit der freien Hand über die Glatze.

Alexander starrte pikiert auf die halbleere Flasche, seine Kiefermuskeln traten hervor, aber er beherrschte sich. Denn auch dieser Stepan hob eine Augenbraue an. Er starrte seinerseits den kleineren Alexander indigniert an und grinste dabei höhnisch. „Das oder gar nichts", brummte er und schüttelte die Flasche, die milchige Flüssigkeit schwappte darin.

Alexander schnappte ihm die Flasche aus der Hand. „Nur die Ruhe!" Alexander hob seine rechte Hand. „Ich will mich vergewissern, ob du mir nicht deine Pisse andrehen willst."

Der Mann lachte laut auf und kreuzte seine mächtigen Arme vor der breiten Brust. „Wenn ich so pissen könnte, wäre ich der mächtigste Mann in Russland." Sein brummendes Gelächter könnte in einer anderen Situation mitreißend wirken, zu dem gegebenem Zeitpunkt war es nur furchteinflößend.

Alexander zog an dem provisorischen Korken, der nichts anderes als ein zusammengerolltes Stück Papier gewesen war. Ein leises Ploppen ertönte. Alexander schnupperte am Flaschenhals. Zuckte die Schultern. „Anita, kannst du bitte dran schnuppern, meine Nase ist verstopft." So, als würde er nichts im Schilde führen, drehte er sich zu seiner Schwester um, stopfte noch in der Umdrehung die Flasche wieder zu und drückte fast im selben Augenblick seiner Schwester die kleinen Scheine in die Hand. Für sich ließ er nur einen Coupon übrig. Seine Kehle fühlte sich pelzig an. Die Zunge lag schwer in seinem Mund und schwoll an.

Seine Schwester rümpfte die Nase. „Es stinkt." Alexander verdeckte sie mit seinem Rücken. Mit Daumen und Zeigefinger drückte sie sich die Nase zu. Ein lautes Prusten erklang hinter Alexanders gebeugtem Rücken. „Lass sie doch etwas aus der Flasche trinken", machte sich Stepan über die beiden lustig. Er hatte die Lunte noch nicht gerochen, freute sich Alexander. Angriff ist die beste Verteidigung, vor allem dann, wenn der Angriff überraschend kommt.

„Scheint in Ordnung zu sein", rief Alexander laut, wechselte aber dann zu seiner Muttersprache. „Schwesterherz, du rennst jetzt zu Dunja, dort gibst du diese Flasche der dicken Frau und sagst ihr, sie soll den Arzt holen. Danach versteckst du dich irgendwo, am besten kletterst du auf den Ofen und bleibst dort so lange, bis ich zurück bin. Hast du mich verstanden? Und verliere die Essenskarten nicht, die müssen wir noch unseren Brüdern zurückgeben."

Sie nickte heftig.

„He, was faselst du da, du Sohn einer deutschen Hure?"

Alexander beachtete ihn nicht. Drückte seiner Schwester einen Kuss auf die Stirn, nahm sie fest an den winzigen Schultern, drehte sie um und sagte leise: „Renn, Schwesterherz, so schnell du kannst." Sie hielt die Flasche mit beiden Armen fest umschlungen, ohne sich umzublicken rannte Anita davon. Ihr Kleid flatterte, das Haar löste sich und wurde zu einem goldenen Meer aus Seide.

„Wo rennt sie hin?", empörte sich der Mann. „Was hast du ihr da zugeflüstert?" Die Worte klangen irritiert.

Alexander sah zu, wie seine Schwester wie um ihr Leben davonrannte. Ein zweideutiges Gefühl aus Hoffnung und Selbstverachtung bemächtigte sich seiner. Einerseits hasste er sich dafür, seine Brüder betrogen und im Stich gelassen zu haben, andererseits, was blieb ihm anderes übrig, es war seine einzige Chance, nur so war es ihm möglich, seine Frau wie auch sein ungeborenes Kind vor dem Tod zu retten. Aber egal, wie sehr man seine Brüder und Schwestern lieb hatte, wenn es um das Leben des eigenen Kindes ging, traten sie an die zweite Stelle. Rette erst deine Kinder, dann die Welt, pflegte sein Vater immer zu sagen, erst jetzt wurde Alexander klar, wie recht er doch damit hatte.

Alexander hörte ein lautes Brüllen hinter seinem Rücken wie das eines wilden Tieres.

„Du bist ein toter Mann!", erklang die Stimme wie ein Donnergrollen hinter ihm.

Wie Alexander es erwartet hatte, schien der Mann mit so einer Wendung nicht gerechnet zu haben. Da er mit einer körperlichen Auseinandersetzung gerechnet hatte, spannte Alexander alle seine Muskeln an und drehte sich erst dann zu dem Mann um. Der Zorn in Stepans Augen explodierte und machte ihn für einen Augenblick blind. Während die Wut einen anderen Mann dazu bewegt hätte, Alexander sofort an die Gurgel zu springen, lief der Riese zuerst dem kleinen und verängstigten Mädchen hinterher, blieb jedoch schon nach wenigen Schritten wie angewurzelt stehen, blitzschnell wirbelte er herum. Seine lodernden Augen fixierten Alexander. Seine Finger knackten, als er sie zu Fäusten ballte. Weiße Knöchel schimmerten durch die rissige Haut hindurch. Dann trieb der Urinstinkt eines jeden Mannes, der nur eins wollte, nämlich seinen Gegner zu töten, den großen Kerl manisch auf Alexander zu. Alles, was Alexander in Stepans Augen sah, war der Wunsch nach Rache. Ein lautes, hölzernes Bersten brachte Stepan dazu, hochzuschauen. Einer der riesigen Äste bahnte sich den Weg durch die unzähligen knorrigen Arme der Eiche nach unten. Alexander nutzte die winzige Chance und griff als Erster an. Er ging in die Hocke und sprang aus dem Stand den irritiert dreinblickenden Mann mit dem wütenden Geschrei eines verzweifelten Kämpfers an. Blindwütig rammte er seinem Kontrahenten die rechte Faust in die Magengrube.

Der Mann japste nach Luft, trat einen Schritt zurück und schlug seinerseits mit einem rechten Haken nach Alexanders

Kopf. Alexander duckte sich unter der mächtigen Pranke des Mannes, die in einem Seitenhaken auf seine verletzte Schläfe gerichtet war. Nur knapp entging er dem vielleicht tödlichen Schlag, rollte sich über die rechte Schulter, verlor dabei für einen Augenblick das Gleichgewicht, fing sich jedoch sofort und griff nach dem Ziegelstein, der in dem Mauerwerk ein längliches Loch hinterlassen hatte. Der Stein wog schwer in seiner Hand. Drohend hob Alexander seine Rechte über seinen pochenden Kopf. „Ich werde dich töten, genauso wie diesen Pulski", keuchte Alexander.

Schweiß bedeckte den kahlen Schädel des Mannes. Seine Augen wurden eng. Er schien seine Chance abzuwägen. Langsam neigte er den großen Kopf nach links, dann nach rechts, seine Halswirbel knackten trocken. Genauso langsam griff seine Hand hinter den Rücken zum Hosenbund, wo Alexander eine Waffe vermutete.

Alexander wartete nicht länger, er schleuderte den Stein gegen den Kopf des Mannes und brachte ihm eine blutende Wunde bei, die jedoch nicht gefährlich war. Der Stein hatte ihn nur mit der länglichen Seite gestreift. Der Mann tat den nicht besonders geglückten Angriff mit einem schiefen Grinsen ab.

Trotz seiner Körpergröße war der Mann alles andere als träge. Seine Bewegungen glichen dem eines geübten Straßenkämpfers. „Ich habe solche wie dich in der Mitte wie trockene Zweige durchgebrochen – bündelweise." Er bleckte die Zähne.

Seine Hand schnellte nach vorne, eine Klinge blitzte in seiner rechten Faust auf. Er wurde weicher in den Knien und nahm die Stellung eines Ringers an. Alexander begann zu schwitzen. *Dann sterbe ich eben. Hoffentlich wird jemand Anita finden, damit sie nicht zu lange auf mich warten muss.*

Rette die Kinder und dann die Welt, echoten die Worte seines Vaters erneut in seinem Kopf. Seine rechte Schläfe pulsierte erneut, das Pochen wurde von einem stechenden Schmerz begleitet, wie der von einer Nadel, die bei jedem Pulsschlag tiefer in seinen Kopf drang.

„Stepan, lass das Messer fallen. Genug der Mätzchen, sonst lasse ich euch beide auspeitschen", knurrte jemand. Im Augenwinkel sah Alexander einen alten Mann hinter der Mauer auftauchen, dessen Gesicht von einem dichten Bart umsäumt war. Alles, was er sah, waren Augen, die von buschigen Augenbrauen beherrscht waren. Sein Auftreten war kühn, wie das eines Königs oder eines Anführers, kam Alexander in den Sinn. Aber der Mann strahlte eine Autorität aus, die selbst ihn beindruckte und kleiner wirken ließ, als er sich eh schon fühlte.

Alexander kämpfte gegen die unerträglichen Kopfschmerzen, die ihm Tränen in die Augen trieben. Wäre dieser Mann nicht aufgetaucht, würde ihn Stepan zu Hackfleisch verarbeitet haben. Alles um ihn herum begann sich zu drehen, sein Sehvermögen löste sich zu schwarzen Flecken. Wie durch eine dünne Decke sah er, wie der Riese die Hand langsam sinken ließ.

Erleichterung machte sich in Alexanders Körper breit. Sein Atem wurde flacher, er schloss die Lider und stieß ein kurzes Gebet an seine Eltern aus. Als die Benommenheit verflogen war, öffnete er langsam seine Augen. Der Mann mit dem zerzausten Haar und dem dichten Bart trat näher an den Riesen heran. Der große Bauch des betagten Mannes spannte an den Nähten seines Hemdes.

Alexander musterte die beiden Männer schweigend. Erst jetzt fiel ihm erneut der muffige Geruch auf. Äste brachen unter seinen Füßen, braune, vertrocknete Blätter raschelten unter ihm, als er sich gewagt hatte, sich zu bewegen. Immer noch benommen, lauschte er durch das Dröhnen in seinem Kopf dem gedämpften Gespräch der beiden Männer. Er verstand nicht alles, wovon die beiden Männer sprachen, die sich zu alledem auch noch gut zu kennen schienen. Er konnte nur Fetzen des Gesagten heraushören, denn das Pochen in seinem Kopf machte ihn taub. Der große Stepan stand wie ein kleiner Junge mit gesenktem Kopf da, und während ihm der alte Mann die Leviten las, fuhr er mit dem Daumen fortwährend über die schartige Klinge, ohne dabei den Blick zu heben. Der dicke Greis entriss ihm grob das Messer aus den Händen. Das Stück rostigen Metalls mit der behelfsmäßig geschärften Scheide, das noch kurz zuvor in der Pranke von Stepan eine tödliche Waffe war, lag in der Hand des Alten. Mit dem Daumen ließ er die Schneide aufschnappen, um sie erneut in den Knauf zu drücken. Das leise Klicken wirkte beruhigend. „Wo hast du dieses Schnappmesser denn her? Einem der Deutschen abgenommen?" Stepan schwieg, ging auf die Frage nicht ein. Er stand nur da, den Blick auf die schwielige Hand seines Gegenübers gerichtet. „Wie würdest du denn dastehen? Hättest du diese rostige Klinge tatsächlich dem Mann dort in den Bauch gerammt, wärst du nicht besser als die hinterlistigen Faschisten, die Frauen und Kinder in den Kirchen einsperren, um sie bei lebendigem Leibe zu verbrennen. Wolltest du ihm wirklich für das bisschen Schnaps, den du meiner Schwester abgeluchst hast, die Kehle durchschneiden?" Das metallische Klicken hörte auf. Erneutes Brechen von Holz ließ die beidem Männer aufmerken. Ihre ganze Aufmerksamkeit galt jetzt Alexander.

„Und du bist nicht viel besser. Hat man dir ins Hirn geschissen?", fuhr der Alte Alexander an. „Dich mit dem ..."

„Geschossen", unterbrach ihn Alexander und fuhr sich seines Tuns unbewusst über die Stelle, die immer noch dumpf pochte. Die Narbe fühlte sich glatt und heiß an, unter seinen Fingerkuppen spürte er das stete Pulsieren seines Herzens. „Wie haben Sie uns gefunden, wer sind Sie überhaupt - sein Vater?"

Anstatt einer Antwort hustete der Greis in die Faust. Sein Husten war feucht, wie der eines Rauchers. „Wenn Gregor mich nicht angelogen hat, musst du sein Bruder sein?", konterte er mit einer Gegenfrage.

Noch bevor Alexander irgendwie darauf reagieren konnte, vernahm er im Augenwinkel eine Bewegung.

„Ich habe Sie angelogen, Onkel Emil, er ist nicht mein Bruder, er hat mich verraten und mir das Essen weggenommen."

Scham schoss in Alexanders Gesicht, kroch seinen Hals empor und färbte die Wangen rot. Er konnte seinem jüngeren Bruder nicht ins Gesicht sehen. Gregor stand im Schatten einer Eiche, die ihre mächtigen Arme über die Mauer ausgebreitet hatte, hinter der Alexander damals ein gutes Versteck zum Sterben gefunden hatte. Da gehörte er hin, unter die nach Fäkalien stinkende Erde. Hätte der dicke Greis die Vollendung der kurzen Meinungsverschiedenheit nicht vereitelt, läge er mit aufgeschlitztem Bauch unter den Ästen versteckt, und kein Mensch hätte nach ihm gesucht.

Anita stand vor Gregor, sie hielt immer noch die Flasche fest umklammert. Gregors Hände lagen schützend auf ihren Schultern. Ihr Gesicht war schmutzig von Tränen und Staub. Der blonde Junge stand neben den beiden. In seiner Faust hielt er die Essensmarken, Alexander konnte mehrere Zipfel der blass-roten Streifen sehen, die zwischen seinen Fingern hervorragten.

„Gregor hat mich eingeholt, er ist schneller, er kann wirklich schnell rennen, ich bin hingefallen, und die Flasche ist ..." Anitas Unterlippe zuckte.

„Das ist überhaupt nicht schlimm, Schwesterherz. Hast du dir dabei weh getan?" Alexanders Stimme flatterte.

Sie schüttelte langsam den Kopf.

„Hier ist noch ein Coupon. Gregor, ich hatte, nein ..." Alexander räusperte sich, wollte seinen Bruder nicht noch einmal belügen oder bedrängen. Er trat näher an die Kinder, betete zu Gott, dass sie ihn ausreden ließen. Als er nah genug bei ihnen war, ging er in die Knie und streckte seinen Arm aus, öffnete die Faust, in der eine zerknüllte Essensmarke lag, und bot sie wie eine Opfergabe dar. Nur den Blick hielt er nicht gesenkt. Seine Augen wurden trüb, auch Gregor weinte jetzt stumm. Der blonde Junge, der Konstantin hieß, griff nach der

Marke und stopfte sie hastig zu den anderen in seine rechte Faust.

„Meine Frau, die ist ... sie ist sterbenskrank. Sie erwartet", erneut musste er Luft holen, weil seine Stimme ihm zu versagen drohte, „wir erwarten ein Kind. Sie ist schwanger, und sie werden beide sterben, wenn ich keinen Arzt für sie beschaffe. Dies war die Tat eines verzweifelten Vaters, versteh mich, Gregor. Ich hatte nicht vor, euch das Essen wegzunehmen."

„Wozu dann die Flasche, wolltest du dich etwa besaufen?" Gregor blieb schroff. Grob strich er sich mit dem Ärmel über die Augen, deren Weiß von roten Äderchen durchzogen war.

„Den Arzt bezahlen", lautete die schlichte Antwort.

„Genug, hier ist dein Messer, Stepan. Geh zurück und kümmere dich um die Rinder. Ich komme bald zurück. Und lass ja die Finger von meiner Schwester. Michael hätte eigentlich schon längst zurück sein müssen. Die Kühe sollen auf die Weide. Seht beide zu, dass auch der Gaul was zum Fressen bekommt. Komm, Alexander, so heißt du doch?"

Alexander nickte. „Steh auf und zeig mir dein Haus. Ich werde mir deine Frau anschauen. Dieser Scharlatan, der sich Doktor schimpft, ist schlimmer als ein Zigeuner. Traue niemals einem Juden, der Alkohol trinkt", brummte der Mann und wandte sich an Anita.

„Und du, Kind, wie geht es dir bei Fjodor Iwanowitsch?" Plötzlich klang seine sonst so rechthaberische Stimme sanft und väterlich.

Anita zuckte die Achseln.

„Na komm, Kind, gib mir die verdammte Flasche", sagte der Bärtige, aus dem Alexander immer noch nicht schlau wurde. Wer war dieser Mann eigentlich? Anita gab ihm die Flasche. Sie verschwand in der weiten Hose des Mannes, dann griff er nach der Hand des Mädchens und fuhr mit seinen knorrigen Fingern Gregor durch das Haar. „Kommt mit, ihr Kinder, wir werden nach eurer Schwägerin schauen." Nun klang er wieder alles andere als erzürnt, eine gewisse Wärme, ja sogar Fürsorge schwang darin mit und ließ Alexander ruhiger atmen.

Als sie auf die breite Straße kamen, wurden sie von einem schreienden Pulk aufgebrachter Gemüter überrascht. Frauen schrien Soldaten an, zerrten an ihnen und wurden mit derselben Rohheit in die Schranken gewiesen. Doch die Frauen wollten sich nicht einschüchtern lassen. Eine Kaskade von Flüchen und wüsten Beschimpfungen wurde von dem lauten Grunzen und Quieken von Schweinen übertüncht. Hühner flatterten und schlugen mit den Flügeln in den Händen von Männern, die allesamt uniformiert waren, und das Federvieh ohne Ziererei in großen Körben mit geflochtenen Deckeln verstauten. Schweine wurden auf die Ladeflächen militärischer Fahrzeuge getrieben.

„Was ist hier los?", wandte sich der alte Mann an eine der aufgebrachten Frauen, die mit einem Soldaten um ihre Hühner stritt. Er drückte Anita in die Hände von Alexander. Ihn schien die ganze Situation zu überfordern, dennoch wollte er von der Frau eine Antwort haben.

„Sie wollen uns verhungern lassen."

„Zuerst die Front, dann das Volk, so lautet das Befehl", sagte der Soldat, der nicht viel älter als Gregor war, dachte Alexander und legte die linke Hand auf die Schulter seines Bruders, Gregor streifte sie nicht ab.

„Lass uns die Hühner, mein Sohn, dafür bekommst du das hier?" Onkel Emil, wie er von Gregor genannt wurde, lupfte sein Hemd und zeigte dem Soldaten die Flasche, die in seinem Hosenbund steckte. Der Soldat fackelte nicht lange, drückte dem alten Mann die vier Hühner an die Brust und in der gleichen Bewegung zog er geschickt am Flaschenhals. Mit flinken Fingern versteckte er den Schnaps unter seiner Bluse. Hastig schaute er sich um, schon verschwand der junge Soldat im Tumult der verzweifelten Menschen.

„Zwei für mich - zwei für dich", brummte Onkel Emil. Gab der Frau zwei Hühner und bahnte sich den Weg durch die Menschenmenge, um sofort in einer Seitenstraße zu verschwinden. Er baute darauf, dass die kleine Gruppe ihm folgen würde. Alexander hielt Anita mit der rechten Hand fest, dabei schaute er ständig über die Schulter, ob auch Gregor ihm folgen würde. Das Vorwärtskommen war beschwerlich, dennoch gelang es ihnen, sich hindurch zu schlängeln, einmal mussten sie sogar über einen leblosen Körper steigen, dabei hielt Alexander seiner kleinen Schwester mit der flachen Hand die Augen zu. Angstschweiß benetzte seine Stirn. Auch Gregor war bleich im Gesicht.

„Alexander, wo müssen wir jetzt hin?" Der dicke Mann stand im Schatten zweier Häuser, er wirkte hektisch, seine Augen huschten hin und her. Während er auf Alexanders Antwort wartete, drehte er mit schnellen Drehbewegungen den beiden Hühnern die Hälse um und stopfte sich die zuckenden Körper unter das Hemd. „Ihr zwei geht hin und tauscht die Marken gegen Brot ein. Alle, verstanden, alle Marken. Ich glaube nicht, dass sie noch lange gültig sind! Danach lauft ihr zurück, so schnell ihr könnt, am besten, ihr meidet die Menschen", wandte er sich ohne Umschweife an die Jungen. „Du, Engelchen, begleitest die Jungen und zeigst den beiden Taugenichtsen den Weg zu Alexanders Haus. In Ordnung?" Er strich ihr sanft über den Kopf. Unter seinem Hemd zappelten die toten Hühner immer noch. Anita zuckte zusammen. „Verdammte Biester", fluchte Onkel Emil und hielt sie mit beiden Händen fest an seinen Bauch gedrückt. „Du bist ein tapferes Kind, ohne dich sind die beiden Großen verloren. Du bringst mir die beiden wieder zurück. Versprochen?" Anita lächelte mit weinerlichen Augen, nickte und nahm Gregor an die Hand. „Wenn ihr zurück seid, werden wir eine leckere Suppe essen, also seht zu, dass ihr nicht zu lange rumtrödelt, und meidet die Hauptstraße, mit dem Brot macht ihr das Gleiche wie ich mit den Hühnern. Versteckt es", sagte er mit gedämpfter Stimme.

„Du achtest sorgfältig darauf, dass sie alles richtig machen, Engelchen." Die Sanftmut passte zu dem Mann eigentlich überhaupt nicht, dachte Alexander, aber so konnte man sich in einem Menschen täuschen.

Anita musterte die beiden Jungen aufmerksam, überlegte, zog eine Schnute und nickte erneut. „Ich werde darauf achten", entgegnete sie leise.

„Gutes Kind. Und ihr tut das, was euch das Mädel sagt, verstanden?" Erneut klang seine Stimme rau und dunkel. Gregor und Konstantin widersprachen nicht.

„Jetzt müssen wir aber los, sonst kratzen mir die Hühner den Bauch auf", brummte der dicke Mann, klopfte Alexander auf die Schulter und deutete mit seinem Bart Richtung Hinterhöfe.

32

Unerwartete Wendung

Michael zitterte immer noch am ganzen Körper. Die Befragung hatte mehrere Stunden gedauert, bevor die Männer sich dazu entschieden hatten, ihn laufen zu lassen. Er hatte geweint wie noch nie in seinem Leben. Selbst jetzt hatte er keine Träne mehr übrig. War es überhaupt möglich, sich leer zu weinen?, dachte er mit laut pochendem Herzen. Seine Augen brannten immer noch. Noch immer konnte er nicht fassen, dass sie ihn laufen ließen, unter dem Vorwand, diesen Vorfall mit keinem Wort zu erwähnen, nicht heute und nicht morgen, selbst seiner Mutter gegenüber musste er schweigen. Michael hatte allen Forderungen zugestimmt, auch hatte er den Tod seiner Mutter den Männern verschwiegen. Er wollte nur raus dort. Er hatte Glück im Unglück gehabt. Der Einbeinige war allem Anschein nach nicht der Hellste und bei seinem Raubzug zu schlampig gewesen. Er hatte nämlich den Lieferschein, wie Onkel Emil den Zettel bezeichnet hatte, nicht weggeschmissen. Die Säcke waren vollzählig. Trotzdem durfte Michael sich nicht mehr dort blicken lassen, nicht, weil ihm die Männer dies verboten hatten, nein, der Grund war ein anderer, der echte, der verstorbene Michael, wurde noch am gleichen Tag beerdigt, mit ihm auch die Chance, Maria wieder besuchen zu dürfen.

In Gedanken versunken folgte er dem Pfad mit gesenktem Kopf. Er war froh und traurig gleichermaßen. Das Leben war so ungerecht, dachte er, und hob den Kopf, als der schmale Weg eine Biegung nahm.

Michael sah von Weitem die Scheune und freute sich darüber, Onkel Emil und seinen Bruder wiedersehen zu dürfen. Die nächste Fuhre müsste Gregor für ihn übernehmen, und

Michael würde sich dafür bereit erklären, mit Konstantin in den Wald zu gehen. Vielleicht, wenn der Winter anbrach, dürfte er Maria wiedersehen.

Das alte Pferd hinkte. Michaels Füße brannten an den Sohlen, die Blase am großen Zeh war aufgeplatzt. Jetzt tat jeder seiner Schritte weh, trotzdem wollte er nicht auf den Wagen steigen. Das arme Tier zehrte schließlich auch an seinen letzten Kräften.

Irgendetwas schien hier nicht zu stimmen, überlegte Michael, als er die Scheune und die Stallungen erreicht hatte. Es war niemand da. Der Stall war leer, auf dem Heuhaufen hörte er keine Stimmen, obwohl Gregor und Konstantin schon längst zurück sein mussten.

„Da bist du ja!"

Michael drehte sich mit versteinerter Miene zu der tiefen Stimme um. Es war Stepan. Trotzdem kam sein Auftreten so plötzlich, dass Michael zu keiner Antwort fähig war.

„Wo warst du?"

„Es gab Schwierigkeiten", sagte Michael, als die Starre langsam von ihm wich.

„Das sehe ich, warum lahmt das Pferd?"

„Das möchte ich Onkel Emil selbst erzählen. Wo sind alle?" Michael winkelte das rechte Bein an und zog an dem kleinen Hautlappen an seinem Zeh. Blut machte die Haut glitschig. Michael sog vor Schmerz die Luft durch die Zähne ein. Ein gedämpftes Blaffen ließ Michael aufschauen. Adolf stand neben Stepan und schaute Michael fragend an, dabei drehte er seinen dunklen Kopf nach links und nach rechts.

Michael warf dem Hund die abgerissene Haut von seinem Zeh zu, um zu sehen ob der alte Hund danach schnappen würde, wie nach allem, was er ins Maul bekam. Doch Adolf senkte die

Schnauze. Der rote Klumpen landete im Staub. Er schnüffelte daran, ließ den schmutzigen Fetzen da, wo er war, und hob den Kopf.

„Wo sind Gregor und Konstantin und die Kühe?", wandte sich Michael erneut an Stepan.

„Das wollte ich gerade dich fragen. Nur die Bullen habe ich auf die Weide gebracht, die Kühe waren nicht da!"

Michael verstand wirklich nicht, was Stepan jetzt für ein Spielchen abzog.

„Onkel Emil wollte sich um die Rinder kümmern, er wollte diese Aufgabe ..."

„Und du hättest schon längst da sein müssen ..."

„Ich wurde aufgehalten", unterbrach Michael den großen Mann und staunte über sich selbst, wie gereizt seine Stimme klang. Selbst Stepan traute sich nicht, ihn in die Schranken zu weisen.

„Michael! Michael! MI CHA EL!" Ein lautes Rufen ließ die beiden Streitenden verstummen. Nacheinander wandten sie sich um; selbst Adolf wollte wissen, wer da so laut schrie. Er gab ein leises Blaffen von sich und richtete seinen buschigen Schwanz auf, die Ohren waren auch gespitzt.

Gregor stand mit wedelnden Armen vor dem Zaun und deutete Michael, ihm zu folgen. Er würde keinen weiteren Schritt machen, das wusste Michael.

„Geh schon, ich kümmere mich um den Gaul", brummte Stepan. Er benahm sich anders als sonst, überlegte Michael, zuckte die Achseln und drückte dem großen Mann die Zügel in seine offene Hand. „Er wird durstig sein", sagte Michael. Auch sein Hals fühlte sich kratzig an, als habe er zu viel Staub eingeatmet, doch für so etwas wie sich ausruhen und sich einen Schluck Wasser gönnen hatte er einfach keine Zeit. Er lief durch den überwucherten Garten zu seinem Bruder. Das hohe Gras raschelte und wurde von seinen nackten Füßen niedergetrampelt. Er hinterließ eine schmale Schneise hinter sich, doch auch das kümmerte ihn nicht im Geringsten. Fall es Kräuter waren, würde er heute von Onkel Emil eine gescheite Tracht Prügel einkassieren, das war für Michael aber eine der geringeren Sorgen.

„Was ist los, Gregor?", wollte Michael von seinem Bruder wissen, als er nah genug bei ihm war. Ohne Spucke im Mund fiel das Sprechen besonders schwer, stellte Michael fest und schluckte, was ihm auch nicht sonderlich gut gelang.

„Nicht jetzt, wir müssen uns beeilen, sonst essen sie die Suppe ohne uns auf. Ich habe Konstantin und Anita zum Brotholen geschickt. Ich habe dich von Weitem gesehen und dachte, ich sage dir gleich Bescheid. Onkel Emil kocht eine Suppe für uns." Schon wollte Gregor loslaufen, doch Michael hielt ihn am Ärmel fest. Adolf stand zwischen ihnen und hörte ihnen zu, so als könnte er jedes ihrer Worte verstehen. Das tat er aber nur dann, wenn sie miteinander Deutsch redeten. Michael kam nicht umhin, den Hund zwischen den Ohren zu kraulen. „Was ist hier passiert, Gregor? Wo sind die Kühe, warum kommen so viele Lastwagen aus dem Dorf? Ist der Krieg vorbei?"

„Nein, wie kommst du darauf? Die Soldaten brauchen mehr Proviant für die Soldaten an der Front. Aber das ist jetzt nicht so wichtig."

„Wo habt ihr Anita gefunden?"

„Das erzähle ich dir später, wenn wir dort sind. Komm jetzt, wer als Letzter dort ist, ist ein lahmer Bock." Gregor lächelte schelmisch.

„Gregor!" Michaels Griff wurde stärker. Adolf gab ein kurzes Bellen von sich und schnappte nach Michaels Hemdsärmel. „Pfui, Adolf, wir schlagen uns nicht." Doch dem Hund war es egal, er mischte sich jedes Mal ein, wenn sich die beiden Brüder stritten, und immer griff er denjenigen an, der zuschlug. Jetzt war es Michael, der sich gegen den Schäferhund wehren musste. „Adolf, lass mich los." Doch Adolf zog so lange an seinem Hemd, bis Michael seinen Griff gelöst hatte.

„Braver Adolf", lobte ihn Gregor lachend und hastete davon. Adolf sprang über die spitzen Pfähle und folgte Gregor. Michael blieb nichts anderes übrig, als schwerfällig über den Zaun zu klettern und den beiden hinterher zu eilen. Trotz des Schmerzes an seinem Zeh rannte Michael, so schnell er konnte.

Erst als sie das Ziel erreicht hatten, blieb Gregor laut schnaufend stehen. Er hatte die ganze Strecke nicht auf Michaels Rufe reagiert und lief umso schneller, je lauter Michael wurde.

„Wem gehört dieses Haus?" Michael atmete schwer. Auch Gregor japste nach Luft.

„Ich habe eine Überraschung für dich. Mach die Glubscher zu. Und nicht spicken." Michael hatte die Faxen so dicke, dass ihm beinahe der Kragen platzte, trotzdem machte er das, was sein Bruder von ihm verlangte, weil er wusste, dass es so schneller gehen würde, als sich darüber aufzuregen.

Michael stolperte mehrmals über irgendwelche Hindernisse, weil Gregor es nicht für wichtig gehalten hatte, ihn davor zu warnen. Je weiter sie ins Innere des Hauses kamen, umso herrlicher wurde der lang vergessene Duft nach, nach, es war so lange her, dass Michael Mühe hatte, den herrlichen Wohlgeruch dem Gericht zuzuordnen.

„Jetzt kannst du die Augen öffnen." Gregors Stimme überschlug sich vor Freude. Michael traute sich nicht. Er holte zweimal Luft und hob die Lider. Zuerst dachte er, er hielte seine Augen immer noch geschlossen, weil es nicht real sein konnte. Denn das, was er sah, konnte nicht Wirklichkeit sein. Er starrte einen Mann an, den er gefürchtet hatte, nie mehr wiedersehen zu dürfen.

„Alexander?" Michaels Stimme war nur ein Flüstern

„Michael!" Alexander saß auf der Bettkante. Auch seine Stimme klang belegt, er wollte zuerst aufspringen, doch dann besann er sich anders und blieb sitzen, im Bett lag eine Frau. Sie schien krank zu sein. Tränen benetzten Michaels Augen. Der Anblick der kranken, ihm völlig fremden Frau war ihm mehr als vertraut. Die Vergangenheit kroch aus ihrem Versteck heraus und ließ sein Herz erneut bluten. Wie eiskaltes Wasser strömte das Blut durch seine Adern und ließ ihn frösteln. Denn genau so war ihm seine Mutter in Erinnerung geblieben.

Plötzlich verschwand die Frau aus seinem Blick, alles um ihn herum wurde dunkel. Er sah einen Schatten auf sich zu schnellen. Seine Nase wurde plattgedrückt, er bekam schlecht Luft. Die herzliche Umarmung seines Bruders, mit der er nicht mehr gerechnet hatte, raubte ihm den Atem, trotzdem wollte er nicht, dass Alexander ihn losließ. Er winselte wie ein kleiner Wolfsjunge in die Brust seines Bruders. Er hörte das Pochen in seinem Kopf, oder war das das Herz seines Bruders, das so laut in seiner Brust schlug? Michael war nicht imstande, die Arme zu heben, um Alexander zu umarmen. Sie standen eine Ewigkeit lang da. Niemand sagte etwas.

„Unsere Mama ist tot, Alexander", sprach Michael mit zittriger Stimme, als wollte er beichten. Als wäre er an dem Tod seiner Mutter schuld.

„Ich weiß es bereits. Aber sie ist die ganze Zeit bei uns. Sie hielt ihre Hand über mich, als ich dem Tode näher war als dem Leben." Alexander ließ Michael los und schaute seinen Bruder mit traurigen Augen an. „Ich habe sie gesehen", er nickte zur Decke. „Und weißt du, was sie zu mir gesagt hat?"

Michael wischte die Tränen weg und schüttelte leicht den Kopf.

Alexander verzog seinen Mund zu einem traurigen Lächeln. „Sie sagte, die Zeit ist noch nicht gekommen. Da wusste ich, dass ich es überleben werde." Er strich sich über die Narbe, die Michael erst jetzt bemerkt hatte.

„Wer ist diese Frau?" Michael nickte zum Bett.

„Dunja, sie ist krank ...“

„So jetzt habt ihr genug Rotz und Wasser vergossen“, mischte sich Onkel Emil ein. Beide Brüder lächelten.

„Gregor, warum bist du schon hier? Wo sind deine Wegbegleiter abgeblieben? Du hättest den Stotterjungen nicht mit deiner Schwester alleine lassen dürfen“, brummte er und zupfte sich einige Federn aus dem Bart. Vor ihm auf dem Tisch stand eine tiefe Schüssel voll mit heißem Wasser, darin lag ein totes Huhn. Es hatte noch Federn, trotzdem konnte Michael die bläuliche Haut des Vogels gut sehen. „Kannst du Federn rupfen?“

Michael nickte.

„Gut“, freute sich Onkel Emil und strich sich über die behaarten Unterarme. Eine Daunenfeder löste sich und trudelte langsam zu Boden.

Ein lautes Knallen ließ die ganze Bude erbeben. Eine dicke Frau stürmte herein.

„Die haben meine Kuh mitgenommen und meine Hühner.“ Ihre Augen standen weit offen. Michael dachte schon, sie würden jetzt aus ihrem runzligen Gesicht herausspringen. „Die plündern wie die ...“ Sie verbiss sich die Beleidigung und lief auf den bärtigen Mann zu, der sich mit einer Hand über das Haar fuhr.

Die Arme weit ausgebreitet, so als wollte sie ihn umarmen, stürzte sie sich auf ihn.

„Sei ruhig, Weib!“, wies er sie grob in die Schranken. Er wich zur Seite, streckte seinen Arm aus und hielt sie so auf Abstand. Dabei war es ihm egal, dass er sie an dem mächtigen Busen anfassen musste. Die Frau schlug seinen Arm nicht beiseite. Trat jedoch einen Schritt zurück, schaute sich nach einer Sitzmöglichkeit um, schniefend zog sie einen Hocker heran und plumpste schwer darauf nieder. Immer noch schwer atmend sah sie in die Runde.

„Die Männer an der Front lassen für uns ihr Leben, da können wir unsere Gürtel doch enger schnallen, du und ich haben noch genug auf den Rippen. Wir werden schon nicht vom Fleisch fallen", murrte Onkel Emil. „Kümmere dich lieber um das Mädchen. Ich werde solange nach den beiden verschollenen Kindern schauen. Nicht, dass sie unter einen dieser Laster geraten sind. Du, Gregor, kommst mit mir." Onkel Emil rieb sich die Hände an der Hose trocken, bedachte die Frau mit einem ernsten Blick, und stürmte nach draußen. Gregor gab etwas Unverständliches von sich - lief dem Mann jedoch brav hinterher. Die Frau wartete ab, bis der Mann aus dem Haus verschwunden war, und beäugte die Umgebung. Ihr Blick war jetzt ganz anders - überhaupt nicht traurig. Sie weinte auch nicht mehr. Michael tat so, als wäre er voll und ganz mit dem Huhn beschäftigt. Alexander kümmerte sich um die kranke Frau. Er flößte ihr etwas aus einer Schüssel ein, indem er den Löffel hinein tauchte, pustete, und ihr den Löffel vorsichtig an die Lippen hob.

Michael hielt kurz inne. Die Frau sah sich verstohlen um, als keiner reagierte, schlich sie sich an den Ofen. Dort stand ein Topf. Michael vermutete, dass dort die Suppe stand, die so wunderbar duftete, und ihm deswegen die ganze Zeit das Wasser im Mund zusammenlief. Als die Frau nah genug bei dem Topf war, räusperte sich Michael vernehmlich. „Alexander, wer hat die Suppe gekocht?", fragte er dann übertrieben laut. Die Frau zuckte zusammen und ließ beinahe den Deckel fallen. Am Fenster huschten mehrere Köpfe vorbei. Die Frau begab sich langsam zurück zu ihrem Hocker. Rückwärts wie ein viel zu dicker Krebs. Michael sah die Frau mit einem höhnischen Grinsen an. Jetzt hörte er Stimmen von mehreren Personen, dann das Poltern von Füßen vor der Tür. Die Angeln quietschten leise. Ein Durcheinander von Kinderstimmen wurde von den Flüchen eines aufgebrachten Mannes begleitet. „Bastarde, die können uns doch nicht wie Tiere verhungern lassen", schimpfte er. Also galt sein Zorn nicht den Kindern. Michael atmete erleichtert auf. Die dicke Frau hatte sich beinahe daneben gehockt, in letzter Sekunde konnte sie sich noch an dem Hocker festhalten. Die Füße kreischten dabei über den Boden, bis der Stuhl an der Wand stehen blieb.

„Wie können die die so schon kargen Mahlzeiten halbieren? Wie soll ich euch nur über den Winter bringen? Du, Galina, gehst am besten nach Hause und tauschst deinen Schnaps gegen ein paar Hühner." Er sprach zu der Frau, die wieder eine traurige Miene aufgesetzt hatte.

Sie gab die Maskerade auf und blickte den Mann giftig an. „Aber glaub ja nicht, dass ich es mit denen allen hier teilen werde", sagte sie brüsk, strich sich die Schürze glatt und watschelte aus dem Haus. Den Deckel warf sie beim Hinauslaufen einfach auf den Tisch, sodass er scheppernd zu Boden fiel.

„Mischa, du bist auch hier?" Das war Anita. Sie kam als Letzte herein und wurde von der Frau zur Seite geschubst. Doch das blonde Mädchen ignorierte diese grobe Geste und lief auf ihren Bruder zu, um sich von ihm in die Arme schließen zu lassen.

33

Der Abschied

Onkel Emil hatte darauf bestanden, dass die Kinder die Suppe aufessen. Er kochte noch eine zweite, die ließ er dann auf dem Tisch stehen. Sie war für Dunja. Seit Langem hatte Michael nichts gegessen, was leckerer war als diese klare Brühe mit etwas Fleisch. Auch wenn die Hühner wirklich mager waren, so hatte trotzdem jeder seinen Anteil bekommen. Nur Onkel Emil aß nichts. Als Alexander sich auch dagegen gewehrt hatte, von der Suppe zu kosten, so wurde Onkel Emil laut und zornig. „Er muss bei Kräften bleiben und sich um die beiden kümmern, auch um seine Schwester, die über den harten Winter hierbleiben wird."

Als Alexander sich dazu überreden ließ, doch noch etwas von der Suppe zu essen, wollte Onkel Emil wissen, wie es ihm schmecke.

„Da fehlt Salz", scherzte Alexander.

Beide Männer lachten traurig.

„Ich nehme deine Brüder mit, wenn Gott will, werden sie den Winter überleben. Die Suppe müsste euch beiden für die nächste Woche langen. Halte sie stets warm, und gieße immer wieder Wasser nach, so verdirbt sie nicht. Denn nach draußen zum Kühlen würde ich sie nicht stellen."

„Ich weiß nicht, wie ich Ihnen danken soll."

„Bleib einfach am Leben. Ich zähle auf dich, pass auch auf deine Schwester auf. So viele Engel auf Erden haben wir nicht.

Außerdem machst du einen ehrenwerten Eindruck auf mich." Onkel Emils Augen wurden bei diesem Vertrauensbeweis trüb.

Alexander nickte und presste die Lippen fest zusammen.

Anita stand daneben und zwirbelte sich ihr helles Haar um die Finger, das tat sie immer, wenn sie unschlüssig war. Onkel Emil, der für seine grobe Art bei den Jungs bekannt war, wirkte auf einmal sehr traurig. Er strich Anita über das blonde Haar, beugte sich leicht nach vorne und sah ihr tief in die Augen. „Passt du auf deinen großen Bruder auf, auf ihn und seine Frau, sodass sie wieder gesund wird?" Er verzog seinen Mund, der von dem dichten Bart kaum zu sehen war, zu einem Lächeln.

Anita wusste nicht, wie sie darauf reagieren sollte. „Es ist nicht wahrscheinlich, dass der Krieg bald vorbei ist, aber lange wird er nicht mehr dauern, denn auch den Deutschen werden bald die Kugeln ausgehen. Wenn du mir versprichst, auf deinen Bruder aufzupassen, so verspreche ich dir, dass ich auf deine anderen Brüder aufpasse." Jetzt nickte Anita. Ihr linker Mundwinkel fuhr leicht nach oben.

„Kommt, ihr Racker", sagte er matt, als er sich an die drei Jungen gewandt hatte.

„Und du, Engel, pass auch auf dich auf." Er strich Anita zum Abschied über den Kopf.

Sie gingen. Michael, Gregor und Konstantin mussten wieder zu Konstantins Mutter umziehen.

Onkel Emil wollte sie die Strecke begleiten.

„Was ist passiert, Michael? Warum hast du so lange gebraucht?" Die Frage kam so plötzlich, dass Michael nicht sofort begriffen hatte, worauf sich diese bezog. Noch bevor er zu einer Antwort ansetzen konnte, fuhr Onkel Emil mit einer für ihn unnatürlich traurigen Stimme fort: „Ich habe Stepan getroffen. Als ich mich nach Anita und Konstantin umgeschaut habe, hat er mir etwas anvertraut, das mir immer noch schwer im Magen

641

liegt. Wie sich herausgestellt hat, hättest du nicht so lange getrödelt, wäre ich um ein Pferd ärmer geworden. So haben die Soldaten nur die Kühe mitgenommen. Die Bullen hat Stepan rechtzeitig wegbringen können." Seine mächtige Pranke ruhte schwer auf Michaels Schulter, doch Michael ließ sich die Müdigkeit nicht anmerken, er strich die Hand nicht von sich weg, mehr noch, er straffte seinen Rücken, auch versuchte er nicht zu humpeln.

„Mischa, diesen Winter werden die wenigsten überleben. Versprich mir, außer deinen Geschwistern und dem Stotterjungen natürlich, dass du auf niemanden Rücksicht nehmen wirst. Alles, worum ich dich bitte, ist, iss alles, was du in die Finger bekommen kannst, und teile es mit niemandem. Der Stotterjunge ist für euch wie ein Bruder, das ist mir klar!" Gregor und Konstantin liefen einige Schritte voraus und stritten sich lauthals, wie so oft, über irgendwelche Nichtigkeiten, so konnten sie Onkel Emil nicht belauschen.

„Hier, ich habe etwas Brot. Ich weiß nicht, wann die nächsten Essensmarken ausgeteilt werden. Konstantin hat seinen Anteil gegessen. Das hat mir deine Schwester verraten. Ich glaube aber, er hat nicht nur seinen, sondern auch etwas von eurem verschlungen." Er griff durch den Hemdkragen, der fast bis zum Bauch aufgeknöpft war, und holte ein kleines Bündel heraus. „Versteckt es irgendwo dort, wo es keiner finden kann. Teilt es noch so ein, dass ihr jeden Tag etwas in den Mund bekommt. Und das hier, das sind Knochen, zerreibt sie zu Staub. In einem Mörser oder mit einem Stein zu Mehl, kocht sie und mischt etwas Sägemehl bei."

Irritiert schaute Michael den Mann an und zog die Stirn kraus.

„Aber das sind nur Knochen!"

Der Mann tat seinen Einwurf mit einem einzigen Achselzucken ab.

„Den Mäusen ist es egal. Macht daraus Klümpchen und stellt Fallen auf, weißt du, wie man eine Mausefalle bastelt?"

Michael nickte, auch wenn er überhaupt keine Ahnung davon hatte. Er wollte den Mann nicht enttäuschen, irgendwie war es ihm in diesem Moment wichtig, dass Onkel Emil einfach weitersprach. Doch die Frage irritierte ihn dennoch, nicht, weil er den Sinn nicht verstanden hatte, sondern das, was Onkel Emil damit bezwecken wollte. „Mäuse?" Das Wort war eine Frage und Empörung zugleich.

„In der Not frisst der Teufel auch Fliegen."

„Wir essen doch keine Mäuse", entgegnete Michael, „Gott hat sie für die Katzen erschaffen."

„Hunger ist der beste Koch, wenn die letzte Katze stirbt, werden die Menschen anfangen, sich selbst zu essen." Michael lief ein kalter Schauer über den Rücken.

„Wenn du eine Katze fängst, iss auch sie, Michael. Das ist mein Ernst. Schau dich nur an, nur noch Haut und Knochen." Seine wulstige Hand knetete seine Schulter. „Zuerst muss der Mensch seine Primärbedürfnisse befriedigen, in deinem Fall ist es essen und schlafen. Ihr habt nicht mehr viel Fleisch auf den Knochen. Was ist mit deinem Fuß passiert?"

Sofort sah Michael an sich hinab. Seine schmutzigen Füße stapften über die staubige Erde. Sein verletzter Zeh war dunkel. „Nichts Besonderes, nur eine Blase."

„Hast du dein Mädchen gesehen? Ich habe Kopf und Kragen riskiert. Dachte schon, du bist verschollen." Der raue Ton wurde sanfter. Onkel Emil fuhr Michael durch sein Haar.

Michael war um Worte verlegen wie sonst nie in seinem Leben. Er sah dem Mann ins Gesicht, dem das Leben tiefe Falten eingekerbt hat. Leichte Röte kroch ihm den Hals hinauf. Sein Gesicht bekam einen dunkleren Teint. Hitze prickelte auf seiner Haut.

„Hast du das Mädchen nun sehen können oder nicht?", setzte Onkel Emil nach.

„Ja. Aber ich darf sie nicht mehr besuchen."

„Was hast du angestellt?"

Michael kaute auf der Unterlippe, schwieg, suchte nach passenden Worten, die ihm nicht einfallen wollten.

„Was versuchst du mir da vorzuenthalten, Junge?"

„Ich habe fast die ganze Ladung verloren ..." Er machte eine Pause, wartete auf die Reaktion von dem betagten Mann, der jedoch schwieg. Dann entschied sich Michael, ihm reinen Wein einzuschenken. Mit den nackten Füßen den Staub aufwirbelnd, erzählte er alles, was ihm heute widerfahren war, nicht ganz, den Kuss verschwieg er, dieses Geheimnis wollte er für sich behalten.

34

Winter 1944

Dunjas Haus

Alexander ließ die Axt ein zweites Mal auf das Holzscheit niedersausen und gab einen fast schon kriegerischen Laut von sich. Endlich sprang das Holz entzwei. Der Schlag war so heftig, dass die frisch geschärfte Spitze sich tief in den Baumstumpf grub, der als Hauklotz herhalten musste. Alexander zerrte an dem glatten Holzgriff, doch er hatte sich zu sehr verausgabt. Schwer atmend ließ er die Axt einfach stecken und entschied sich, eine Pause einzulegen. Anita streckte ihr schmales Gesicht durch den Türspalt und spähte nach draußen.

„Alexander, brennst du etwa?" Sie lachte.

Alexander schaut auf seinen nackten Oberkörper und stellte fest, dass er dampfte. „Beinahe. Was macht Dunja?" Mit verzerrtem Gesicht zog er die kühle Luft schnaufend tief durch die Nase ein.

„Sie wäscht. Soll ich dir beim Holzaufsammeln helfen?"

„Ja, aber nimm bitte nur die kleinen Scheite und nicht zu viele auf einmal", ermahnte Alexander seine kleine Schwester. Er konnte immer noch nicht fassen, dass er das Leben seiner Liebsten einem Mann zu verdanken hatte, der eher einem bösen Zwerg glich als einem Menschen, geschweige denn einem Engel. Alexander könnte schwören, dass der Bärtige etwas in die Suppe gegeben hatte. Denn noch in derselben Nacht ging das Fieber runter und Dunja brabbelte nicht mehr im Schlaf. Wie dem auch sei, wenn er ihn irgendwann zu Gesicht bekommen sollte, würde er sich bei dem Mann bedanken. Er stand nämlich bis zum Hals und noch tiefer in seiner Schuld.

Mit einem leichten Seitenstechen griff er nach dem ersten Holzscheit. Das scharfkantige Holz drückte beißend gegen seine Armbeuge, doch der Schmerz war nicht unangenehm.

Als Alexander so viel Holz aufgesammelt hatte, dass er nichts mehr sehen konnte, entschied er sich dazu, hineinzugehen. Auch fror er jetzt wieder ein wenig, weil die Kälte ihm die ganze Wärme entzogen hatte, der Schweiß auf seiner Haut war verdunstet und schützte ihn nicht mehr vor der eisigen Luft des Winters.

Als er mit dem linken Schuh nach der ersten Stufe tastete, nahm er ein Geräusch wahr, das er nicht richtig zuordnen konnte. Sein linker Fuß blieb in der Luft hängen. Menschenschreie wurden laut. Die Rufe kamen von der Straße.

„Anita! Anita!", rief er. Doch von seiner Schwester fehlte jede Spur.

„Da ist ein Lastwagen umgefallen, direkt vor unserem Haus", erklang dann ihre Stimme von Weitem. Alexander drehte sich um und warf das Holz, das er in der Armbeuge hielt, in den Schnee. „Was?"

646

Anita stand in der Tür, die Augen weit aufgerissen, zeigte sie mit dem ausgestreckten Arm ins Haus. Jetzt kam auch Dunja raus. Sie war immer noch bleich und dürr, aber sie lebte, allein das zählte. Alexander hatte vergessen, dass er sie tadeln wollte, weil sie sich schon wieder um die Wäsche kümmerte, anstatt sich auszuruhen. Sie hielt ihm seinen wattierten Mantel entgegen. „Da ist ein Laster umgekippt, ich hoffe, dabei wurde niemand verletzt. Wir haben ihn am Fenster vorbeirauschen sehen."

Anita nickte zustimmend. Ihre Augen glänzten.

„Ich bin gleich wieder da", sagte er schnell, hüpfte in seinen wattierten Mantel und eilte durch den Garten auf die Straße. Seine Beine versanken knöcheltief, der Schnee knirschte unter seinen Füßen, die immer langsamer wurden, je näher er sich der Stelle näherte. Zwei schwarze, langgezogene Furchen, wie dunkle Narben, hatten die weiße Schneedecke zerpflügt. Die Bremsspuren waren bogenförmig und führten bis zur Unfallstelle.

Tatsächlich war der Lastwagen auf die Seite gekippt, er musste von der Straße abgekommen sein, weil seine Reifen abgefahren waren und glatt wie Alexanders Galoschen. Ein Meer aus Weizenkörnern lag auf dem Boden verstreut. Menschen schlugen sich um das Korn, als ginge es hier um Leben und Tod.

Alexander sah sich das Schauspiel einen Augenblick lang an, dann traf ihn die Besinnung wie ein heftiger Schlag in die Magengrube. Es ging tatsächlich um Leben und Tod. Menschen stopften sich das Korn in die Taschen und Hemden. Frauen schaufelten sich die Körner samt Schnee in die Ausschnitte, ohne darauf zu achten, dass ihre Brüste dabei entblößt wurden. Niemand kümmerte sich darum, wie er dabei aussah. Hier war sich jeder selbst der Nächste. Tücher, Hüte, sogar Stiefel wurden vollgestopft und weggetragen. „Schnell, schnell", schrien alle durcheinander. Alexander grub seine Hände in den kalten Schnee, jemand trat ihm mit einem nackten, kalten, von

Schwielen rauen Fuß auf die Hand. Alexander stieß den Mann von sich und stopfte alles, was er in die Hände bekam, in die Taschen seines Mantels. Doch diese waren schneller voll, als ihm lieb war. Er zog seine Stiefel aus und schaufelte damit den Weizen hinein. Schüsse zerschnitte die Luft. Jemand schrie gellend auf. Weitere Schüsse trieben die Menschen in die Flucht, nur die mutigsten oder die verzweifelten, die dem Hungertod am nächsten waren, harrten aus und gruben ihre vor Kälte roten Hände in die weiße Pulverschicht, die sich an manchen Stellen rot zu färben begann. Blut floss und ließ den Schnee schmelzen. Schwarze Flecken schimmerten an manchen Stellen hindurch. Menschen schrien, rannten weg, kamen zurück, schnappten nach dem, was sie greifen konnten, und verschwanden wieder. Alexander schob mit der rechten Hand noch etwas von den Körnern in den zweiten Stiefel und sah zu, dass er wegkam.

35

Konstantins letztes Lied

Michael saß am Fenster, knetete an seinem Stück Wachs, das er immer noch bei sich hatte, und sah zu, wie riesige Schneeflocken über dem Boden tanzten, um in der weichen Schneeschicht zu verschwinden. Gregor saß am Ofen auf einem kleinen Schemel und schnitzte an einem Stück Holz. Konstantin lag auf einer Bank und sang leise ein Lied. Plötzlich flog die Tür auf. Seine Mutter stolperte hinein. Sie hielt ihre beiden kleineren Söhne an den Händen. Sie sahen allesamt verängstigt und gleichzeitig hocherfreut aus.

„Schnell, helft uns", stammelte Konstantins Mutter und fuhr sich mit der Hand in die Brüste. Michael konnte sogar die dunklen Brustwarzen sehen, als sie sich tief über den Tisch beugte und die nassen Körner auf die Tischplatte schüttete. „Schnell, Joseph und Rudolf haben etwas in den Taschen."

„Mama, ich habe auch was in mein Hemd gestopft." Joseph grinste voller Stolz und hustete. Feucht und pfeifend klang es in seiner Brust.

Rudi stand daneben und grinste. „Ich auch", sprach er in die entstandene Pause hinein und lenkte die ganze Aufmerksamkeit mit seiner kindlichen Naivität auf sich. Er öffnete seine Hände, die er zu kleinen Fäustchen geballt hielt, und ließ die Körner auf die Dielen rieseln. „Guckt mal, so viel Brotkörner", freute er sich.

Joseph bekam erneut einen Hustenanfall. „Die ganze Sache ist ein einziges Unglück", stammelte Tante Elsa und beeilte sich, Joseph beim Ausziehen zu helfen. Der Junge hatte sich mehr Schnee hinein geschaufelt als Weizen. Seine von fast durchsichtiger Haut umspannte Brust hatte einen dunklen Frostfleck. Bei jedem Atemzug traten seine Rippen hervor. Sein Gesicht war puterrot.

„Du dummer, dummer Junge", sprach seine Mutter mit weinerlicher Stimme. Sie war der Verzweiflung nahe. Ihre Hände zitterten. Das komplett durchnässte Hemd klebte an dem kindlichen Körper. Wie eine zweite Haut pellte sich der Stoff nur mit viel Mühe ab. Sie rieb ihn mit einem Tuch trocken und wickelte ihn in eine Decke ein. „Krabbele schnell nach oben und deck dich zu, Joseph."

Sie half ihm beim Hinaufklettern.

„Kochst du uns eine Suppe, Mama?", keuchte Joseph vom Ofen herunter.

„Ja, mein Schatz", flüsterte sie und wandte sich ihrem kleinsten Sohn zu. Ihr Kleid tropfte und war an der Brust durchnässt. Sie ignorierte es. Mit von heißen Tränen nassem Gesicht kümmerte sie sich zuerst um ihre beiden Kinder. Der kleine Rudi hatte sich den Weizen in die Hosentaschen gestopft. „Wird Joseph sterben, Mami?", fragte er mit großen Augen.

„Nein, wie kommst du darauf? Rudi, sag so etwas nie wieder." Ihre Zurechtweisung wurde von Tränen erstickt. Sie rang um Fassung, strich hastig das nasse Haar aus dem Gesicht, und zog an Rudis Hose.

„Und ich?"

„Nein!" Jetzt war sie vollkommen aufgelöst. Ihre Stimme war ein einziges Flüstern. „So, jetzt gehst du auch nach oben zu deinem Bruder." Sie schob den Kleinen in die warme Nische, die der Frau und ihren beiden Jüngsten als Schlafstätte diente.

„Und wenn Joseph stirbt, bekomme ich sein Essen? Ich habe Hunger. Mami, machst du uns ein Brot? Ich habe viele Körner gesammelt."

„Rudi!", ermahnte sie ihn. In ihren Worten lag kein Tadel, sie klang nur erschöpft und verzweifelt. Zärtlich strich sie ihm über die Wange. „Schlaft jetzt ein bisschen, ich wecke euch dann auf, wenn es soweit ist."

„Werde ich wieder gesund?" Michael saß wie paralysiert da, sah, wie Tante Elsa dem kranken Sohn über das nasse Haar strich und ihn zärtlich auf die Stirn küsste. Sie stand auf Zehenspitzen auf einem Hocker, damit sie ihren Söhnen in die fragenden Gesichter schauen konnte. „Werde ich wieder gesund, Mami?" Sein Kinn bebte.

„Ja, Joseph, du wirst bald wieder gesund werden", pflichtete Tante Elsa ihm bei.

Michael war sich da nicht so sicher, auch Tante Elsa zweifelte daran, das konnte er an ihrer Stimme hören.

„Dreht euch um, ich werde mich umziehen", wandte sie sich an die drei großen Jungs und kletterte vom Hocker auf die Dielen.

Michael starrte wieder aus dem Fenster, Gregors Aufmerksamkeit galt seiner Schnitzerei. Konstantin sah zu seinen Brüdern hoch, er sang weiter leise das traurige Lied von den Engeln.

36

Zwei Tage später

Michael wurde von einem leisen Wimmern wach. Er lag auf der Bank und hob seinen Kopf ein wenig an. Das Fenster war immer noch schwarz. Also war es noch Nacht. Er blinzelte sich den Schlaf aus den Augen und versuchte etwas zu sehen, was jedoch fast unmöglich war. Er wischte sich mit der Hand über das Gesicht und schaute erneut in die Dunkelheit hinein. Das leise Weinen kam von oben. Jetzt wurden auch Gregor und Konstantin wach. Das Klatschen von nackten Füßen, gefolgt vom gelben Aufleuchten einer Petroleumlampe, tauchte das Zimmer in ein flackerndes Gelb. Michael sah zu Gregor, auf seinem Gesicht tanzten dunkle Schatten. Er hielt die Lampe über seinem Kopf und blickte zu der Schlafnische. Dort saß Tante Elsa und wiegte ihren Körper hin und her. In ihren Armen schien der kleine Joseph zu schlafen. Das tat er aber nicht, da war sich Michael sicher. Nach dem Unfall hatte er nichts mehr gegessen, selbst zum Husten war er zu schwach gewesen. Der kleine Rudi hatte also recht.

Joseph war der Einzige, der sich von dem leisen Weinen seiner Mutter nicht stören ließ.

Konstantin starrte nach oben. Sein Kinn bebte. Zum ersten Mal empfand Michael für den Jungen so etwas wie Mitleid. Dieses Wort war aber falsch. Es war kein Mitleid wie ein Es-tut-mir-leid, dachte Michael, nein, er fühlte mit dem Jungen mit, er wusste, was das für ein Schmerz ist, seinen liebsten Menschen verlieren zu müssen, für immer und ewiglich. Ein harter Klumpen drückte Michael die Kehle zu. Die gelben Schatten begannen heftiger zu zucken. Wie durch einen Schleier sah Michael, wie Gregor sich immer wieder über die Augen strich, beinahe hätte er vor bitteren Tränen den Tisch verfehlt und die Lampe daneben gestellt. Dann, als er sich erneut über die Augen wischte, stellte er die Lampe ab, setzte sich auf einen Schemel, umarmte seinen Bauch, beugte sich tief nach vorne und weinte mit. Die vordergründige Stille, die von leisen Klagewörtern gestört wurde, war trügerisch, doch keiner traute sich, den Gedanken laut auszusprechen. Noch schlief Joseph, er war noch nicht wirklich tot, auch wenn es nur eine dumme Lüge war. Trotzdem zögerten sie, seinen Tod anzuerkennen.

Michael hatte nicht mitbekommen, wie draußen der Himmel grau wurde. Ein neuer Tag war angebrochen. Tante Elsa weinte nicht mehr. Sie stand am Tisch und stampfte die Körner in dem gusseisernen Mörser zu Mehl.

„Konstantin, nimmst du bitte die Marken und holst meine Ration, sag den Frauen auch Bescheid, dass dein Bruder von uns gegangen ist. Dafür steht uns heute eine Extra-Ration zu. Für Joseph und seinen Tod. Vergiss das bitte nicht." Sie klang erstaunlich sachlich, wie so oft, wenn sie den Jungen die Hausarbeiten erteilte.

„Mache ich", flüsterte Konstantin mit belegter Stimme.

„Mama, weckst du mich auf, wenn das Essen fertig ist?"

Michael blickte nach oben. Rudis Augen waren rot, das kleine, runde Gesicht glühte. Die goldenen Locken klebten nass an seinem Kopf. „Warum ist Joseph so kalt, ich glaube, er friert, Mama."

„Tut er nicht!", schrie sie ihn an und schlug mit der flachen Hand auf die Tischplatte.

Rudi zog sich zurück und begann zu weinen, so lange, bis er sich an dem Schleim verschluckt hatte.

„Er kann nichts dafür", fuhr Konstantin seine Mutter an, womit er sich von ihr einen finsteren Blick einhandelte.

„Ich weiß. Aber ich, ich ... ich ..." Sie brach in Tränen aus und setzte sich auf die Bank, den Hinterkopf an die Wand gelehnt sah sie Konstantin mit vor Trauer belegtem Blick an. „Seht zu, dass ihr Brot holt. Ich werde mich nicht mehr lange um euch kümmern können. Rudi nehme ich mit. Du musst dich allein durchs Leben schlagen, Konstantin. Sei stark, mein Sohn, und jetzt geht und holt etwas Brot, ich werde Mehlsuppe kochen."

Konstantin trat unentschlossen von einem Bein aufs andere. Er begriff nicht, was seine Mutter da von sich gab. Michael bescherte die klare Erkenntnis eine Gänsehaut. Er verstand, was Tante Elsa ihrem Sohn zu vermitteln versuchte.

„Konstantin, weckst du mich auf, wenn du zurück bist?"

„Klar, Rudi. Das mache ich als allererstes." Doch dabei sah Konstantin immer noch seine Mutter an. Sie schloss die Lider, Tränen quollen hindurch. Wie Perlen kullerten sie über ihr eingefallenes Gesicht, um in den tiefen Falten an den bebenden Nasenflügeln zu verschwinden.

„Ich habe dich lieb, Koka." Mehr sagte Rudi nicht. Er kroch zurück und schlief wieder ein.

Nachdem die drei großen Jungen sich angezogen hatten, gingen sie mit gesenkten Köpfen nach draußen. Der kalte Atem des Winters peitschte ihnen ins Gesicht und zwang sie zurück ins Haus. Doch sie trotzten dem eisigen Wind, mit eingezogenen Köpfen liefen sie zur Essensausgabe. Ihre Beine versanken im Schnee bis fast zu den Knien.

Es dauerte eine Ewigkeit, bis sie die Strecke zum Kontor überwunden hatten. Michael sah sich in dem kleinen Raum, in dem sich die Menschen drängten, um. Ein Gewirr aus Kindern und Frauen, die allesamt ums nackte Überleben kämpften, sammelten sich hier Tag für Tag, in der Hoffnung, mehr als nur ein Stück Brot zu erhalten. Konstantin wurde die Extra-Ration beinahe nicht ausgehändigt, weil die Frau hinter dem Tisch der Meinung war, dass das Essen so schon mehr als knapp war, bis sich mehrere Frauen einmischten, als sie erfuhren, dass Konstantins kleiner Bruder heute nach verstorben war.

Konstantin hatte die Lethargie abgeschüttelt, und obwohl die Schlinge um seine Brust ihn sichtbar schmerzte und ihm die Luft raubte, starrte er die Frau mit ernster Miene an. „Ich hoffe, Sie werden es selbst erleben müssen, wie eins Ihrer Kinder stirbt", spuckte er ihr die Worte ins Gesicht, ohne dabei zu stottern. Dann riss er ihr grob das Brot aus den Händen und zwang sich durch das Gewirr nach draußen.

Michael und Gregor folgten ihm stumm, ohne auf die wüsten Beschimpfungen der anderen zu achten. Draußen trieb der unerbittliche Winter sein Unwesen und wirbelte den frischen Schnee zu einer nebligen Wolke auf.

Am großen Platz, so wurde die Ortsmitte genannt, stand ein Lastwagen. Die Ladefläche war leer, die Bordkanten waren nach unten geklappt worden und mit roten Bannern geschmückt. Ein Mann stand darauf und schrie die allseits vertrauten Parolen in die Menge, die sich um den Lastwagen versammelt hatte. Es waren ein Dutzend Männer und Frauen. Sie trugen allesamt eine Uniform und wurde dazu ganz bestimmt gezwungen, Michael glaubte nicht, dass sie sich freiwillig hier versammelt hatten, und in der klirrenden Kälte ausharrten, nur um den dummen Sprüchen des Mannes zuzuhören.

„Alles, was gut, alles was schön in unserem Land war, haben die Deutschen zerstört und zu Staub zermahlen. Die Aufgabe, die uns anvertraut wurde, haben wir mit Bravour erledigt. Der Deutsche wurde zurückgedrängt. Der Sieg naht." Die Menge jubelte, nur klang es im lauten Wind wie das gedämpfte Jaulen eines keinen Wolfrudels. Der Mann wedelte mit Blättern. Seiner Stimme nach zu urteilen war er nicht mehr jung aber auch nicht alt. Eines der Blätter löste sich aus seiner behandschuhten Hand und flatterte wie ein Vogel davon. „Im Angesicht unseres

Schweißes haben wir für dieses Land gekämpft. Unsere Brüder und Schwester bieten dem Deutschen die Stirn, ungeachtet dieser Hundskälte harren sie dort draußen aus! Da könnten wir doch unseren kleinen Beitrag dazu leisten und den Tribut zollen, indem wir uns unsere Bäuche nicht vollschlagen, sondern einen Teil unserer Ration den Soldaten zu Verfügung stellen."

Michael traute seinen Ohren nicht. Gerade hatte er miterlebt, wie ein kleines Kind den Hungertod gestorben war, und dieser verdammte Propagandist predigte etwas von vollen Bäuchen.

„Michael!" Gregor klopfte seinem Bruder heftig auf den Rücken. Michael drehte sich zu seinem Bruder um. Sein Gesicht war weiß, an den Augenbrauen klebten weiße Eisblumen, seine Mütze und der Mantel waren von Schnee bedeckt, die Lippen hatten einen bläulichen Schimmer. Michael konnte sogar das Zähneklappern hören, oder waren es gar seine eigenen? „Wir sind verwaiste Kinder, dennoch kämpfen wir weiter", krakeelte der Mann weiter, doch Michael konzentrierte sich jetzt auf seinen Bruder.

„Du wolltest doch wissen, wo ich die Knochen herhatte", fing er ohne jegliche Umschweife an, doch Michael verstand sofort, was Gregor meinte, also nickte er. „Konstantin soll zurücklaufen, er hat unser Brot, wir gehen jetzt dorthin, wo wir vielleicht etwas zu essen bekommen können." Seine Augen funkelten gefährlich.

„Wir werden arbeiten, unsere Pflichten erfüllen und dann sterben, wie alle anderen vor uns es seit vielen Generationen getan haben, nur mit einer anderen Ideologie, einer besseren helleren Zukunft!" Die Worte wurden vom Wind weggetragen, das Aufjaulen der Menge erfror in der Luft.

Michael sah seinen Bruder zustimmend an. Gregor klopfte ihm erneut auf den Rücken und deutete mit einem Kopfnicken nach links. Den Konstantin nahmen sie beim Vorbeigehen nicht zur Kenntnis. Michael spürte, wie sich die Stimmung in ihm änderte, er ahnte schon, dass der Ort, zu dem ihn Gregor brachte, sie in große Schwierigkeiten bringen konnte. Aber der Hunger war viel stärker als die nagende Angst.

37

Ambar

„Siehst du, dort hinter dem Zaun steht eine Hütte. Dieser Ambar wird meistens bewacht, aber nur abends und bei gutem Wetter." Gregors Stimme bebte, und das nicht nur der Kälte wegen. Auch in Michaels Adern flossen Angst und eine freudige Erwartung mit, die er immer dann verspürte, wenn es um etwas Verbotenes ging. Er hasste dieses Kribbeln an den Fingerspitzen, vor allem dann, wenn sich auch noch die Kopfhaut unangenehm zusammenzog.

Gregor sah Michael komplizenhaft an. Dampf stieg aus seinem Mund, als er sich etwas warme Luft in die Hände einhauchte. „Du gehst zuerst, dann gehe ich, nein, du, du steigst über den Zaun, du bist kleiner, außerdem tut mir mein linkes Bein noch weh." Michael nickte, er wusste, dass Gregor sich nicht drückte, er hatte sich tatsächlich vorgestern beim Holzhacken verletzt. „Ich war hier bisher nur einmal, dort habe ich die Knochen mit einem kleinen Stück Fleisch ergattern können, es war geräuchert ..."

„Und für uns hattest du nur einen Knochen übrig."

Gregor senkte beschämt den Blick. „Ich wollte es mit dir teilen, aber dieser Konstantin klebte ja an deiner Backe. Ich wollte dich holen ... ehrlich."

Michael quittierte Gregors Ausweichen mit einem müden Lächeln. „Ist schon gut, Gregor, du hast schlimmere Dinge getan, die ich dir verziehen habe. Lass uns jetzt auf diesen Ambar konzentrieren."

„Ich wollte dich an dem Tag nach draußen holen, dann wurde ich von Tante Elsa überrascht. Die Knochen habe ich deswegen vergraben, weil …"

„Schon gut, Gregor, wie komme ich da rein?"

„Die Tür ist zwar verriegelt, aber nicht abgeschlossen."

Michael nickte und musterte seinen Bruder achtsam.

„Ich warte hier auf dich, und falls sich uns jemand nähern sollte, werde ich pfeifen, so." Gregor pfiff nur mit den Lippen, ohne sich dabei die Finger in den Mund zu stecken. Das Pfeifen klang wie das Singen eines Vogels. Die Hütte wurde auf der Nordseite von einem Erdwall geschützt und stand deswegen im Windschatten.

Um den hohen Zaun aus breiten Brettern sah Michael die verwehten Fußspuren von einem Menschen.

„Wie oft wird hier patrouilliert, Gregor?" Jetzt war sich Michael nicht mehr so sicher, ob ihr Vorhaben nicht doch zu gefährlich war.

„Keine Ahnung, bei dem Sauwetter wie heute werden sie im Warmen bleiben wollen", entgegnete er, richtete den Kragen auf und zog seinen Schal fester zusammen.

Michael schloss die Augen, atmete tief durch und lief geduckt zum Zaun. Mit einem hastigen Blick schätzte er die Lage erneut ein. Er sah kurz zu Gregor, der ihm mit einer Geste Einhalt gebot. Michael presste sich mit dem Rücken gegen den Zaun. Dann hob sein Bruder entwarnend seinen Arm in die Luft. Er hielt sich hinter einem Busch versteckt. Hastig schüttelte Michael an mehreren Brettern, die zu seinem Bedauern fest in der Erde steckten.

„Ich bin zu klein, Gregor", schrie er seinen Bruder flüsternd an und sprang zweimal hoch.

Gregor rieb sich mit dem Fäustling an der Nasenspitze. „Hier, du musst dort durch", wies Gregor mit der Hand und schaute sich fortwährend verstohlen um. Michael folgte seiner Geste. Tatsächlich war das zweite Brett, an dem Michael gezerrt hatte, lose. Er zog es an sich heran und schob es mit Nachdruck gegen den Wind nach links. Der Spalt war nicht sehr breit, Michael musste seine Mütze ausziehen, um hindurch klettern zu können. Der Wind zerzauste sein Haar und ließ es an den Spitzen zu Eiszapfen werden. Als er endlich auf der anderen Seite war, beeilte er sich noch mehr. Die Angst trieb ihn an, das Herz raste und schlug schneller gegen seine Rippen. Die Tür war nicht abgeschlossen? Klar! Er fluchte seinen Bruder einen Deppen. Ein schweres Schloss machte Michael einen dicken Strich durch die Rechnung. Michael wollte schon umkehren, als ein durchdringender Pfiff ertönte. Einem Vogelschrei ähnelte dieser Ruf überhaupt nicht. Michaels Hals wurde auf einmal trocken. Seine Finger zuckten. Er zog und zerrte am Schloss, natürlich ließ sich das blöde Ding nicht aufmachen. Michael sah sich um. Die Hütte stand auf Holzpfeilern. Klar, es war doch ein Speicher, dachte er und grübelte nach, die Gedanken rasten durch seinen Kopf wie eine Lokomotive. Etwas quietschte. Michael schaute sich um. Verdammt, das Tor wurde aufgeschoben. Kalter Schweiß rann über seinen Rücken. Mehr aus Verzweiflung als aus klarer Überlegung sprang er von den Stufen in den Schnee, warf sich auf den Rücken und schob sich unter den Boden des Ambars. Hoffentlich werden die Männer, die tiefe Schneise nicht bemerken, betete er stumm. Er roch das morsche Holz. Die Angst war greifbar. Weiße Atemluft umnebelte sein Gesicht.

Er hörte das laute Quietschen. Dann vernahm er ein lautes Poltern, wie Metall auf Holz. Die Tür wurde geöffnet, knarzend in den verrosteten Angeln schlug sie mehrmals gegen die Wand.

Michael schloss die Augen. Stille. Die trügerische Ruhe versprach nichts Gutes.

Dann dumpfe Schritte. Das Stampfen von mehreren Füßen über ihm wurde von gedämpften Stimmen begleitet. „Unser

Vorrat wird nicht mehr lange reichen", sagte eine Männerstimme.

„Die Deutschen sterben heutzutage wie die Fliegen. Allein gestern waren es sechs", höhnte eine zweite.

„Also werden wir täglich weniger Proviant brauchen." Beide lachten über den bösen Witz. Ein Schaben und Schlagen im Innern schien ewig zu dauern. Die Männer füllten die Säcke mit Korn, dachte Michael, um sich von der Kälte, die vom kalten Boden aus in seinen Körper kroch, abzulenken. Dann fiel die Tür endlich zu. Ein metallisches Zuschnappen, dann sah Michael vier Beine, die sich entfernten. Das Tor wurde zugeschoben. Er konnte erleichtert aufatmen. Nichts wie weg hier, sagte er zu sich selbst und drückte sich mit beiden Händen an den dicken Bodendielen weg. Etwas fiel durch einen kleinen Spalt hindurch und landete auf seiner Stirn. Michael zerrte mit den Zähnen den Fäustling von seiner klammen Hand herunter und tastete sich mit den kalten Fingern über die Stirn. Es war ein Weizenkorn. Er zog den Fäustling wieder an und sah sich nach einem Stein um. Seine Mütze verrutschte. Jetzt sah er nichts mehr außer Schwärze. Nur mit Mühe drückte er sie wieder aus seinen Augen. Er wollte ja nicht zu viel Krach verursachen, womöglich würden die Männer wieder zurückkommen. Michael presste seinen Kopf gegen den kalten Boden, ganz sachte drehte er sich zuerst nach links, dann nach rechts, so weit, bis er mit der Schulter gegen die Dielen stieß. Enttäuscht gab er sein Vorhaben auf. Er konnte nämlich nichts finden, auch hier war alles vom Schnee verweht. Dann fiel ihm das Medaillon ein. Erneut zog er die Fäustlinge aus.

Er nestelte an den Knöpfen seines Mantels, die Finger waren so taub, dass er die Knöpfe mehr erahnte als dass er sie ertasten konnte. Danach erwischte er endlich den schmalen Lederriemen und zog daran. Immer wieder rutschte ihm der Riemen aus den Fingern. Doch Michael wollte so kurz vor dem Ziel nicht aufgeben. Nach mehrmaligen Versuchen hielt er das Medaillon endlich zwischen seinen Fingern.

Jetzt freute er sich sogar, dass der Boden so dicht vor seinem Gesicht war. Der Riemen war für seine Absicht zum Glück auch lang genug. Er kratzte zuerst mit kurzen, heftigen Bewegungen an der Stelle weiter, die einen kleinen Spalt aufwies. Aber dann änderte er seine Taktik, er zwängte das Medaillon in die Öffnung hinein und drehte daran. Das morsche Holz gab tatsächlich nach. Winzige Klümpchen krümelten auf sein Gesicht. Nach einigen Versuchen bekam er den Schlitz breiter. Für einen Augenblick verweilte er reglos, horchte. Als er keine Geräusche außer seinem eigenen Atem wahrnahm, zerrte er sich mit der freien Hand die Mütze vom Kopf. Als er sie unter das Loch hielt, zog er das Medaillon aus der Öffnung heraus. Braune Körner raschelten und rieselten fröhlich durch das kleine Loch hindurch. Siedend heiß fiel Michael ein, was er jetzt machen sollte, um das kleine Loch wieder zuzustopfen. Er hielt die Öffnung zuerst mit dem Finger zu, doch das war ja keine dauerhafte Lösung. Mit der freien Hand spielte er an dem Medaillon.

Das Wachs. Genau. Das Wachs. Das war es. Er kratze das Wachs von der Medaille ab, machte daraus eine kleine Kugel und versiegelte damit die Öffnung. Das war erstmal geschafft. Michael atmete erleichtert aus und kroch wieder nach draußen. Als er bis zur Hüfte im Freien war, packte ihn jemand an den Beinen. Er wollte schon nach demjenigen treten und behielt nur mit Mühe einen gellenden Aufschrei der Angst in sich.

Als er Gregors Stimme hörte, fluchte er nur leise.

„Das bin ich, du Idiot, hör jetzt auf zu zappeln. Du hast mir eine Heidenangst eingejagt", fuhr Gregor ihn mit verängstigter Miene an. Doch in seinen Augen tänzelte Freude.

„Und ich habe mich hier prächtig amüsiert, du Arsch", brummte Michael. Nun mussten beide grinsen. Die Erleichterung stimmte sie fröhlich. Gregors Augen weiteten sich, ihm klappte sogar die Kinnlade auf, als sein Blick auf Michaels Hände wanderte. „Du bist doch ein Schlingel, wie hast du das nur angestellt, die Tür ist doch verschlossen?" Er lachte leise und rieb seine Hände aneinander. Der Anblick der Mütze, die bis an den Rand mit Weizen gefüllt war, brachte ihre Bäuche zum Knurren.

„Jetzt müssen wir aber wirklich los." Gregor zog Michael auf die Beine. Er hielt für seinen jüngeren Bruder sogar das Brett, das er zur Seite geschoben hatte, so lange fest, bis sich Michael mit der Mütze unter dem Arm durch den Spalt hindurch gequetscht hatte.

38

Dunjas Haus

„Sascha, hast du deine Brüder heute auch nicht gefunden?",
wollte Dunja wissen. Sie stand am Ofen und legte ein paar
Holzscheite nach. Der traurige Blick sagte alles. Alexander saß
am Tisch und sah nach draußen.

„Warst du bei diesem Emil?"

„Ja, war ich. Er ist letzte Woche verstorben, das hat mir seine
Schwester gesagt. Sie lebt jetzt mit diesem glatzköpfigen Kerl
zusammen, und ihm ginge es am Arsch vorbei, wo die Bälger
abgeblieben seien."

„Fjodor Iwanowitsch hat uns Erbsen mitgebracht. Ich habe
uns etwas Suppe gekocht. Kannst du bitte deine Schwester
aufwecken? Sie muss etwas essen."

Alexander nickte, stand auf und strich seiner Schwester über
die Wange. „Warum habe ich damals nicht daran gedacht, die
beiden zu fragen, wo sie den Winter verbringen werden?"

„Weil du auch so genug um die Ohren hattest", versuchte
Dunja ihn zu beschwichtigen.

Anita blinzelte und rieb sich mit beiden Fäusten die Augen.
Ihre linke Wange hatte kleine Fältchen vom Schlafen.

Als sie sich erhob, lächelte er seine Schwester sanftmütig an.
Zumindest dich weiß ich in meiner Nähe, dachte er. Hoffentlich
ist den beiden nichts passiert. Er sah seine kleine Schwester an.
Sie lächelte immer noch. Alexander setzte sich auf die
Bettkannte. In einem Anflug brüderlicher Besorgnis nahm er

seine Schwester in den Arm und wiegte sich mit ihr einen Moment lang hin und her.

„Das hat Mama auch immer gemacht", flüsterte Anita mit schläfriger Stimme.

„Ich weiß", sagte er, küsste sie auf die Stirn. Dunja störte es nicht, wenn ihr geliebter Mann sich mit der kleinen Schwester in seiner Muttersprache unterhielt. Dunja hörte immer nur zu und lächelte sanftmütig, so wie auch jetzt. Sie saß nur da, den Blick verträumt auf die beiden gerichtet. Alexander konnte Dunja im Spiegel sehen. Anita wollte wissen, wie es ihren beiden anderen Brüdern wohl ginge, ob sie auch eine Suppe zu essen bekämen.

Alexander sprach ihr beruhigende Worte zu, seine Augen sahen jedoch zu dem alten Spiegel, der an der Wand unter der Ikone hing, durch den er Dunja heimlich beobachtete.

39

Ein Grab für drei

Michael klopfte seine Stiefel vom Schnee ab. Gregor ging so ins Haus. „Schaut mal, was ...", wollte er angeben, doch seine Freude wich abrupt der Stille. Michael beeilte sich und folgte seinem Bruder. Konstantin kniete wimmernd vor seiner Mutter. Sie lag auf dem Boden, neben ihr kauerte der kleine Rudi. Er schien zu schlafen.

„Der Boden ist zu kalt, Rudi ist krank ...", begann Michael. Als er jedoch das Gesicht des kleinen Jungen sah, wurde ihm klar, dass Rudi die Kälte nichts mehr ausmachte. Alles Leben war aus ihm gewichen. „Er ist hungrig gestorben", weinte Konstantin. Seine Augen waren trüb und rot.

„Kümmert euch bitte um meinen Konstantin. Ich werde meinem kleinen Jungen folgen, ich kann sie dort nicht allein lassen", wandte sich die todkranke Frau an die Brüder. Michael torkelte zum Tisch und legte dort seine Mütze ab. *Sie waren zu spät gekommen*, war der einzige Gedanke, den er noch hatte. Die Frau lag im Delirium. Leise sang sie das Lied von den Engeln, das Michael bis heute immer so geliebt hatte. Konstantin kauerte daneben und strich seiner Mutter über das zerzauste Haar. Sie alle saßen neben der Frau und dem toten Kind stumm da, so lange, bis das zerbrochene Herz der Frau zu schlagen aufhört hatte. Sie lag auf der Seite, ihre Hand ruhte auf dem kleinen, leblosen Körper ihres jüngsten Kindes, das sich so aufs Essen gefreut hatte.

Die tödliche Stille war erdrückend. Tief in der Nacht erklang ein langanhaltender Schrei. Erst da wurde Konstantin klar, dass er nun ganz allein auf dieser Welt war. Er hatte an einem Tag seine ganze Familie verloren, nur, weil sie nicht genug zu essen hatten. Konstantin weinte so lange, bis ihm die Kräfte ausgingen und er vor Erschöpfung neben seiner toten Mutter und seinem kleinen Bruder eingeschlafen war. Michael und Gregor trugen ihn zur Bank und deckten ihn zu.

„Wir müssen morgen Gräber ausheben", sagte Gregor.

„Aber der Boden ist durchgefroren", entgegnete Michael. Sie saßen beide am Tisch und schauten dem Züngeln des Feuers im Ofen zu. Sie hatten die Tür offen gelassen. Sie wollten nicht in der Dunkelheit sitzen. Im milden Schein der lodernden Flammenzungen war die Atmosphäre eigentlich behaglich und angenehm warm, doch nicht in dieser Nacht. Die beiden Brüder musterten sich eine Zeit lang schweigend. Sie beide beschäftigte nur ein Gedanke, die Toten mussten begraben werden. Doch wie?

„Wir müssen Feuer machen", schlug Michael vor. Unsicherheit lag in seinem Blick, als er auf die rote Glut im Ofen starrte.

„Ich gehe als Erster. Wenn wir das Feuer bis morgen früh schüren werden, könnte es uns gelingen, Konstantins Familie in aller Stille zu beerdigen und ihnen somit die letzte Ehre zu erweisen."

Gregor nickte stumm. „Konstantin schläft, ich gehe mit dir."

Die ganze Nacht ließen sie das Feuer brennen. Als der Morgen anbrach, löschten sie die Flamme und begannen eine Grube auszustechen, die Erde war immer noch hart wie Stein. Die Schaufeln hatten sie bei den Nachbarn geborgt.

„Warum besucht uns Alexander eigentlich nicht?", keuchte Gregor außer Atem, „hoffentlich ist ihm und Anita nichts Schlimmes widerfahren."

„Das glaube ich nicht", beruhigte Michael sich und seinen Bruder. „Wollen wir später zu ihnen gehen und nach dem

Rechten schauen?" Gregor stützte sich an der Schaufel ab und atmete schwer. „Ich möchte nicht, dass er denkt, wir kämen nur wegen dem Essen. Er ist unser ältester Bruder, also soll er auch den ersten Schritt machen. Außerdem wissen wir nicht, ob sie noch leben, ich möchte aber denken, dass sie noch leben. So, mehr geht nicht", wechselte er das Thema. Mit erschöpftem Gesichtsausdruck nickte er auf das ausgehobene Grab. „Hart wie Stein", sagte Gregor und stach mit der Schaufel in die vom Eis bedeckte Erde hinein. Ein helles, metallisches Klingen bestätigte seine Worte.

„Wir sollten jetzt die Toten holen." Michael legte seine Schaufel in den Schnee.

Die Frau wog fast nichts. Michael und Gregor trugen ihren Leichnam, den sie auf einer Decke aufgebahrt hatten, gemeinsam nach draußen. Konstantin schlief unruhig. Kurz darauf holten sie auch die kleinen toten Körper der beiden Kinder. Diese hatten sie in Decken eingehüllt, der Frau hatte Gregor eins ihrer Tücher über den Oberkörper gebreitet. Dann legten sie vorsichtig die beiden toten Kinder in die Arme ihrer Mutter. Weil sie es nicht übers Herz gebracht hatten, Erde auf ihre Gesichter zu schütten, auch wenn sie tot waren, so deckten sie sie zuerst mit Tannenzweigen zu. Beim kleinen Rudi ließen sich die Augen nicht schließen. Michael und Gregor weinten bitterlich, weil sie diesen Jungen in ihr Herz geschlossen hatte. Er war für sie wie ein kleiner Bruder gewesen, der sie stets zum Lachen gebracht hatte. Gregor nahm seinen Schal und band ihn Rudi um die Augen. „Wir spielen Blinde Kuh, Rudi", flüsterte er. Tränen tropften von seinen Augen auf das blasse Gesicht des Jungen. „Ich habe da noch ein Geschenk für dich", sprach Gregor weiter, so als würde Rudi noch leben. „Eigentlich sollte es ein Weihnachtsgeschenk werden …" Seine Stimme wurde von Tränen erstickt. Ein Schrei der Verzweiflung blieb in Gregors Kehle stecken, als er in die Hosentasche griff und das hölzerne Pferd herausholte, um es Rudi in die kleine Hand zu drücken.

„Lass uns sie zuschütten", schluchzte Gregor mehr als dass er sprach.

Ein leises Poltern, das immer lauter wurde, drang aus dem Haus. Etwas fiel scheppernd zu Boden. Die beiden fuhren herum. Die Tür flog auf. Konstantin torkelte schlaftrunken in die klirrende Kälte hinaus. Er wirkte verloren. Vom Schlaf immer noch benebelt, fiel sein Blick in die flache Grube. Er stürzte darauf zu. Barfüßig stolperte er mehrmals, rutschte auf der glatten Schneeschicht aus, rappelte sich auf und rannte die kurze Strecke mit nach vorne ausgebreiteten Armen. Er wäre auf die Toten gestürzt, hätte ihn Michael nicht davon abgehalten, er konnte ihn noch rechtzeitig auffangen, als er sich auf seine Mutter fallen lassen wollte. Klagend fiel er auf die Knie. Er bedeckte sein Gesicht mit seinen schmutzigen Fingern, senkte den Kopf, bis seine Stirn die Erde berührte. So saß er dann da. Weinte. Sein Körper zuckte. Michael und Gregor beeilten sich, die Toten so schnell wie möglich mit Erde zuzudecken.

„Konstantin", begann Gregor, von ihm ging immer noch spürbare Anspannung aus. Michael ging in die Hocke und legte dem weinenden Jungen seine Hand um die Schulter. „Auch wir haben unsere Mutter verloren, doch dich hat es noch härter getroffen als uns ..."

Konstantin öffnete die Hände. Mit einer groben Bewegung schob er Michael zur Seite, da spürte Michael die enorme Kraft eines Verzweifelten. Ohne aufzublicken, warf er sich schreiend auf den Erdhügel. „Holt sie raus, sie frieren. Rudi hat Hunger. Wir haben ihm versprochen, ihn zu wecken, sobald wir wieder zurück sind. Ihr verdammten Idioten, was habt ihr nur gemacht, sie schlafen doch bloß", kreischte Konstantin wie von Sinnen und grub seine Hände tief in die vereiste Erde hinein. Erdklumpen flogen in alle Richtungen. Immer heftiger zuckte Konstantins Rücken. Dann brach er in sich zusammen. Er legte sich wie ein kleines Kind auf das Grab.

„Wir müssen ihn ins Haus bringen", sagte Gregor mit belegter Stimme. Konstantin schrie und schlug erneut um sich.

„Lasst mich los, ich möchte lieber hier verrecken!" Doch die beiden Brüder wehrten seine Schläge ab. Gemeinsam zerrten sie ihn ins Haus. Dort verpasste Gregor dem verzweifelten Jungen eine schallende Ohrfeige. Konstantin wollte sich auf ihn stürzen, doch dann klärten sich allmählich sein Blick und sein Verstand. Immer noch am ganzen Körper bebend, plumpste er auf die Bank. Seine Verwirrung dauerte nur noch wenige Augenlidschläge an. Grob wischte er sich den Rotz aus dem schmutzigen Gesicht, stand auf und torkelte zum Ofen. Behände kletterte er hinauf. „Ich bin müde, will schlafen", sprach er mit erstaunlich gefasster Stimme. Danach verschwand er in der dunklen Ecke. Erst jetzt war Michael aufgefallen, dass Konstantin kein einziges Mal gestottert hatte.

40

Der letzte Abschied

Zu der Trauerfeier erschien niemand. Außer einem Soldaten, der die Toten aus seiner Liste streichen musste. Er steckte sich den roten Stift zwischen die Lippen, benetzte die Mine mit seiner Spucke, um mit herrschsüchtiger Miene drei dicke Striche zu ziehen. Michael konnte einen hastigen Blick auf die Liste werfen. Ein Drittel der Namen war von einer roten Linie übermalt.

Der Mann bemerkte, wie Michael in die Liste starrte und musterte ihn anmaßend. Michael hob den Kopf und hielt dem Blick stand. Die Selbstgefälligkeit verschwand aus dem feminin wirkenden Gesicht des Schreibers.

„Weitere werden ihnen folgen", sprach der Mann ruhig. Dann griff er in die Tasche, holte drei Streifen Brot heraus, die er mit lautem Knall auf den Tisch donnerte. „So, das ist euer Anteil, besser gesagt deiner." Er deutete mit dem Finger auf Konstantin und zwinkerte ihm aufmunternd zu. „Kopf hoch, sie haben bei ihrem Tod wenigstens nicht gelitten, nicht wie meine Geschwister. Sie starben an Typhus. Jetzt möchte ich die Essensmarken von deiner Mutter und deinen Brüdern zurückhaben, sie werden sie in Zukunft nicht mehr brauchen." Sein Ton wurde auf einmal fordernd, die Freundlichkeit war weg. Scharfe Gesichtszüge verliehen seiner Miene einen Hauch von Kälte. Seine Kieferknochen traten hervor. „Wird's bald, ich habe nicht den ganzen Tag Zeit." Um seinem Zorn mehr Ausdruck zu verleihen, schlug er mit der Faust auf die Tischplatte. Hoffentlich wird er den Topf nicht bemerken, sorgte sich Michael. Der stand nämlich auf dem Tisch, gefüllt mit geklautem Weizen.

„Die sind hier", lenkte Michael den Mann ab, als Konstantin sich immer noch nicht regte. Hastig zeigte er auf die Schlafnische. Schnell schob er seine Hand unter das noch warme Fell. Er tastete mit den Fingern danach. Der Soldat wippte ungeduldig auf den Schuhballen. Sein Blick begann durch das Haus zu wandern. Endlich fand Michael die Abrisse. Flugs sprang er vom Hocker auf den Boden, um die Papierstreifen schnellstmöglich auszuhändigen. Der Uniformierte schnappte danach, ging einen Schritt auf den Tisch zu, entschied sich jedoch anders, als Gregor nach dem Messer griff. Schließlich stampfte er endlich nach draußen.

Konstantin stand mit gesenktem Kopf da, Tränen kullerten über seine Wangen. Michael überlegte, was er für seinen Freund tun konnte, ihm fiel jedoch nichts ein, womit er Konstantin trösten konnte, also ließ er es ganz bleiben. Er räusperte sich nur und klopfte ihm sachte auf den Rücken.

„Deine Mutter und deine Brüder müssen jetzt nicht mehr leiden." Das war Gregor. Michael staunte, dass Gregor anscheinend mehr mit dem Jungen verband als nur die gemeinsame Waldarbeit. „Wir müssen miteinander sprechen, Konstantin", sprach Gregor versöhnlich und führte den trauernden Jungen nach draußen.

Sie sind zu wahren Freunde geworden, sinnierte Michael und verspürte einen leichten Anflug von Neid. Warum hätte Gregor sich sonst erboten, mit Konstantin über so ein sensibles Thema zu sprechen? Michael warf einen Blick durch das von Eisblumen bedeckte Fenster nach draußen. Die beiden Freunde standen vor dem Erdhügel, die Hände ineinander verkreuzt sprach Gregor ein Gebet. Der Soldat war nirgends zu sehen. Michael nutzte die Zeit, um nach einem passenden Versteck für die Weizenkörner zu suchen. Er fand ihn schließlich oben auf dem Ofen. In der Schlafnische gab es eine Kuhle. Er schüttelte die Körner hinein und deckte sie mit einem dicken Schaffell ab, das bisher als Schlafunterlage gedient hatte.

41

In Dunjas Haus

„Diesen Winter sterben die Menschen wie die Fliegen."
Fjodor Iwanowitsch saß am Tisch und löffelte seelenruhig die
dünnflüssige Erbsensuppe in sich hinein. „Ich gebe zu, Dunja",
er tauchte den Löffel in den Teller, verharrte, dann sah er die
hochschwangere Frau mit einem mehrdeutigem Blick an. Er fuhr
sich mit der Zunge unter die dünne Oberlippe, verzog den Mund
zu einer schiefen Linie, die Mundwinkel rutschten ein kleines
Stück nach unten. Ohne den Löffel an den Mund zu führen,
sprach er im vertraulichen Ton zu ihr: „Als ich dir bei unserem
letzten Gespräch versprochen hatte, mich um dich zu kümmern,
weil ich dies deinem Vater schuldig sei, da habe ich nicht
gelogen, nur ein wenig die Wahrheit verbogen. Ich war erzürnt,
das gebe ich offen und ehrlich zu, hatte mir sogar gewünscht,
dass du das Kind verlierst." Bevor Dunja auffahren konnte, sie
saß dem Mann direkt gegenüber, ihre Hände, die nun flach auf
der Tischkante lagen, sie war im Begriff aufzuspringen, doch der
Mann hob mahnend die Hand mit dem Löffel hoch.
Erbsenstücke plumpsten vom hölzernen Löffel zurück in den
Teller, winzige Tropfen verteilten sich auf dem dunklen Holz.
Keiner der beiden scherte sich darum. Dunja senkte ihre Hände,
knetete an ihrer Schürze, versuchte die Ruhe, die sie nicht
aufbringen konnte, ihrem Gegenüber vorzuspielen. Auch er
täuschte ihr Gefasstheit vor. Der Löffel klatschte in die Suppe.
„Ich habe es dem verstorbenen Emil, Gott sei ihm gnädig, zu
verdanken, dass du noch am Leben bist. Und dein Bastard auch."
Er schlürfte laut seine Suppe und bedachte Alexander mit einem
bösen Blick. Alexander sah Fjodor Iwanowitsch entgegen, ohne
seine Augen von ihm abzuwenden.

In seinem Herzen machte sich explosive Wut breit. Erneut
verspürte er den Drang aufzustehen, um diesem gemeinen Typen
seine Meinung zu sagen. Aber die Konsequenzen wären

verheerend gewesen, darum schwieg Alexander. Er hasste sich dafür, weil er nicht imstande war, dieser fetten Made die Stirn zu bitten. Alles, zu dem er fähig war, war den Mund zu halten. Alles, aber auch alles könnte ihm zum Verhängnis werden, wenn er sich nicht beherrschte. Anita saß auf seinem Schoss, die Hände dicht an die Brust gedrückt. Alexander konnte ihren Atem auf seinem nackten Hals spüren, auch sie hatte Angst vor diesem Mann, der selbstzufrieden zu grinsen begann.

„Aber ich habe meine Fehler eingesehen und mehr als nur einmal meinen, wie soll ich das sagen ...", er schwenkte den Löffel in der Luft, wie ein verdammter Dirigent und suchte nach einem passenden Ausdruck. „... meinen Fehltritt bereut. Du musst zugeben, ohne mich hättest du diesen Winter nicht überlebt - du und dieser ..." Er sprach nicht weiter, seine dünnen Lippen wurden zu einer farblosen Narbe. Schmatzend warf er den Löffel in den Teller, als würde ihm die Suppe plötzlich nicht mehr schmecken.

„Ich habe mir etwas überlegt, liebes Kind. Ich würde es akzeptieren, deinen Bastard mein Eigen zu nennen, wenn du zu mir ziehen würdest, auch das kleine Mädchen würde ich unter meinem Dach gut brauchen können. Sie ist flink, reinlich, auch sonst habe ich an ihr nichts auszusetzen. Sie könnte als eine gute Küchengehilfin fungieren." Er fuhr sich mit der fleischigen Zunge erneut unter die Unterlippe. Schmatzte mehrmals, zog die Luft durch die Zähne ein, als das alles nicht half, kratzte er dann mit dem langen Fingernagel seines kleinen Fingers in der Zahnlücke. Mit angestrengter Miene betrachtete er den Nagel, zuckte mit den Schultern und sog daran. „Willst du bei Onkel Fjodor wohnen, Kleines?", wollte er von Anita wissen, ohne sie eines Blickes zu würdigen.

Anita presste sich noch fester an Alexanders Brust.

„Wir haben deine Gnadengeschenke nicht nötig", platzte es aus Alexander heraus. Das bisschen Stolz, das ihm noch geblieben war, drängte ihn dazu, Dunja in Schutz zu nehmen, so

674

konnte er zumindest sein Gesicht bewahren, auch wenn ihm nichts mehr als seine Ehre geblieben war.

Der fettleibige Mann ignorierte ihn, als wäre Alexander nur ein Trugbild. Sein ganzes Augenmerk galt Dunja. Seine rabenschwarzen Augen hafteten an ihr wie klebriges Harz.

„Ich hätte deine Almosen niemals angerührt, hätte Dunja nicht darauf bestanden ..." Alexander konnte den Satz nicht zu Ende aussprechen. Er kam sich klein vor und des Lebens unwürdig. Jedes der Worte schmeckte bitter wie Galle auf seiner Zunge. Er schämte sich der Tatsache, dass er es nicht abgelehnt hatte, von dem zu essen, was sie in den kalten Tagen des Winters von Fjodor Iwanowitsch bekommen hatten. Erst jetzt wurde ihm klar, dass vielleicht jemand, der es viel nötiger hatte, deswegen sterben musste. Womöglich sogar einer seiner Brüder.

Der ungebetene Gast, dessen Glatze vor Zorn dunkel wurde und von Schweißperlen bedeckt war, drehte sich schwerfällig um, sodass er Alexander nun direkt in Augenschein nehmen konnte. Seine dunklen Augen wurden plötzlich finster wie die Nacht im düsteren Winter und genauso kalt.

Aber auch sein Stern wird am Firmament, das wir Leben nennen, irgendwann erlöschen, statt seiner werden neue Sterne geboren, die heller leuchten werden als der seine, fielen Alexander die Worte seines Kumpels Andrej Goldberg ein. Dies sagte er immer dann, wenn er über schlechte Menschen sprach. Er wurde von Soldaten erschossen, weil er sich dem Regime nicht beugen wollte.

Alexander war nicht so mutig wie Andrej. Egal wie beschissen sein Leben war, so klammerte er sich trotzdem mit aller Kraft daran. „Wir brauchen deine Hilfe nicht."

„Sascha, bitte nicht", fiel ihm Dunja ins Wort. In ihren Augen schwammen Tränen. Er verstummte.

„Was haben wir denn da?", freute sich Fjodor Iwanowitsch. Er lachte kaltherzig und machte dabei mit beiden Armen eine ausladende Geste. „Ein ergebener Mann, von dem kann eine russische Frau nur träumen. Wäre da nicht ein klitzekleiner Wermutstropfen." Er hielt die rechte Hand vor sein Gesicht. Langsam schloss er den Daumen und den Zeigefinger fast zusammen, nur um seine ironische Aussage zu verdeutlichen, um damit Alexander einen weiteren moralischen Seitenhieb zu verpassen. „Du bist ein Deutscher", blaffte er so plötzlich, dass Anita in Alexanders Armen zusammenzuckte.

„Und Sie sind ein Jude", stammelte die kaum genesene Dunja. Ihr Gesicht war kreidebleich.

„Halbjude", schnitt Fjodor Iwanowitsch ihr das Wort ab. Spucke flog aus seinem Mund, seine Unterlippe bebte vor Zorn.

„Das erlaubt Ihnen immer noch nicht, so mit uns zu reden."

„Ich entscheide hier noch darüber, was richtig oder falsch ist", fuhr er erneut auf. Seine Hängebacken bekamen rote Flecken.

„Trotzdem sind Sie ein Mensch wie alle anderen auch." Dunjas Stimme, die vor Entsetzen flatterte, erfüllte den Raum und nahm ihn völlig ein. Anita weinte jetzt leise.

„Wir hatten alle eine schlimme Kindheit", der Ton von Fjodor Iwanowitsch wurde zunehmend sanfter, „meine Vergangenheit war nicht unbedingt ein Bilderbuch, doch wem ging es bitteschön viel anders als mir? Das Leben ist kein Zuckerschlecken. Nichts verläuft so, wie wir uns das oftmals vorstellen. Es gibt keinen idealen Mann und keine ideale Frau." Er sah Dunja mit sanfter Bestimmtheit an. Zaghaft griff seine Hand nach der ihren, die wieder auf der Tischkante lag. Doch Dunja entzog sich seiner Umklammerung und legte die Hände in den Schoß.

Der Mann leckte sich hastig über die Lippen. Dunja entglitt ihm jedes Mal. Mit so einem Ausgang hatte er nicht gerechnet. Er haderte mit sich selbst, um mit fast schon väterlichen Stimme fortzufahren: „Das Schicksal mischt die Karten jedes Mal aufs

Neue. Es wird immer nur einen Gewinner geben und viele Verlierer, so war es schon immer und so wird es auch immer bleiben. Das sind die Gesetze der Evolution. Die natürliche Selektion kennt kein Erbarmen. Wie in jedem Spiel gewinnt nur derjenige, der schlauer ist, oder der, der die Regeln umgehen kann, ohne dass sein Schwindel auffliegt. Auch in dem Spiel, welches wir das Leben nennen, sind die Regeln die gleichen." Er stand auf und zog seine Hose zurecht. Das Hemd spannte gefährlich an seinem Bauch. „Gleichwohl muss es uns bewusst sein, dass wir alle noch im Spiel sind. Noch!" Er tat so, als würde er die Karten mischen und sie dann austeilen. „Und ich bin der Kartengeber." Mit gewisser Schadenfreude rieb er seine wulstigen Hände aneinander. „Nein, für euch bin ich der Spielmacher. Wir alle, die hier anwesend sind, selbst das kleine Mädchen wie auch der Bastard sind noch im Spiel. Will jemand vielleicht jetzt schon aussteigen?" Er wechselte den Blick zwischen Dunja und Alexander. Seine feiste Visage war nicht mehr rot, sein Mund entblößte eine Reihe gelber Zähne, die schief und an den Kanten abgeschabt wie alte Grabsteine aussahen. Selbstzufrieden tupfte er sich mit einem weißen Tuch die Glatze trocken. Wartete. Sein gleichmütiger Gesichtsausdruck wirkte zu keinem Zeitpunkt der teils lautstarken Auseinandersetzung unsicher. Er bekam stets, was er verlangte.

Alexander sah Dunja stumm an. Ihr Gesicht drückte tiefe Besorgnis aus.

„Willst du nun mit mir dieses Haus verlassen oder nicht? Wie gesagt, die Göre kannst du mitnehmen, deine Bruchbude überlassen wir ihm, aber nur bis zum Frühling, danach werden sie weiter gen Süden umgesiedelt. Die letzte Deportation ..."

„Ich hoffe, es kränkt Sie nicht zu sehr, aber ich kann Ihr Angebot nicht annehmen. Sie sind ein verheirateter Mann ..."

„Seit einem Monat bin ich Witwer, Gott sei meiner lieben Sofie gnädig", er klopfte mit dem Fingerknöchel drei Mal gegen

677

die Tischplatte, „ich frage dich zum allerletzten Mal, Dunja, gehst du mit mir?"

Dunja schüttelte entschieden und ohne jegliches Zögern den Kopf.

„Verreckt doch in eurem Loch. Von mir bekommst du keinen Brotkrumen mehr, auch wenn du auf deinem dicken Bauch angekrochen kommst und mich darum bittest, dich reinzulassen. Ich werde meinen Hund auf dich hetzen."

„Seien Sie versichert, das werde ich nicht tun. Nur aus Respekt zu meinem verstorbenen Vater jage ich Sie nicht wie einen verlausten Köter aus meinem Haus. Bitte, gehen Sie, Fjodor Iwanowitsch, und lassen Sie sich nie wieder hier blicken", sprach Dunja, ohne den Kopf zu heben.

Der Mann gab ein undefinierbares Geräusch von sich, das einem abgehackten Husten ähnelte. Er war in seiner Ehre sichtlich gekränkt worden, und das von einer Frau. Trotzdem lief er erhobenen Hauptes durch den Wohnraum, warf den Vorhang zur Seite, riss grob an der Tür und ließ sie mit aller Kraft wieder zuknallen. Eine kleine Ikone fiel zu Boden und bekam einen Riss. Erst jetzt erlaubte sich Dunja, Schwäche zu zeigen, sie begrub ihr Gesicht in der Schürze, die sie sich fest ans Gesicht presste. Alexander hörte sie schluchzen.

Anita wollte etwas sagen, doch Alexander gebot ihr mit einer Kopfbewegung zu schweigen. Stumm kuschelte sie sich erneut an seine Brust und summte leise eine ihm vertraute Melodie.

42

Februar 1945

„Warte, Michael, ich glaube, da kommt jemand." Gregor legte sich flach auf den Bauch. Michael warf sich auch in den weichen, dennoch sehr kalten Schnee. Sein Atem ging stoßweise. Er knetete den Knauf seines Messers, das er heute mitgenommen hatte. Sie hatten nichts mehr zu essen. Also entschieden sie sich, erneut zum Speicher zu gehen, um, wenn sie Glück haben sollten, erneut etwas Weizen mitzunehmen. Konstantin war zu Hause geblieben, er hatte drei geliebte Menschen verloren. Seitdem saß er nur noch da. Seit Tagen schon weinte er nur, oder er schlief.

„Kopf runter", raunte Gregor Michael ins Ohr und drückte ihm das Gesicht in den Schnee. Michael spuckte die kalten Klumpen aus und verpasste seinem Bruder einen Seitenhieb.

„Hör auf", keuchte Gregor. „Da, er geht wieder weg, komm, wir müssen uns beeilen." Ohne Zeit zu verlieren, sprang Gregor auf und lief leicht nach vorne gebeugt zum Zaun. Schnell drückte er die breite Latte zur Seite und zwängte sich hindurch. Michael folgte ihm. Hinter dem Zaun war alles ruhig. Sie schnappten kurz nach Luft, schon liefen sie zum Ambar. „Was bedeutet Ambar noch mal?" Michael sah Gregor fragend an. Sie standen mit den Rücken an das kalte Holz gepresst da, Gregor spähte um die Ecke.

„Keine Ahnung, eine Art Kornspeicher oder einfach nur Speicher, ist ja auch egal. Mach hin und klettere da drunter, ich stehe solange Schmiere."

Michael zerrte sich die Mütze vom Kopf. Kurz sah er zum grauen Himmel hinauf, stieß ein kurzes Gebet zu seiner Mutter, warf sich auf den Boden und kroch unter den Speicher. Mit dem Messer war es ein Leichtes, zwischen den Dielen einen Schlitz hinein zu stochern. Schnell hielt er seine Mütze darunter. Doch da kam nichts. Er kroch auf dem Rücken ein Stück weiter, bohrte ein neues Loch. „Michael! Michael, komm raus da, da kommt jemand! Verdammt, wir sind geliefert", fluchte Gregor mit gepresster Stimme, schon zerrte er Michael am Bein wieder nach draußen. Michael hatte beinahe das Messer fallen lassen. Das Tor wurde in dem Moment aufgeschoben, als Michael sein zweites Bein durch die schmale Öffnung im Zaun herauszog.

„Da war grad jemand, ich schwöre bei Gott", erklang ein tiefer Bariton hinter ihnen. Michael und Gregor nahmen ihre Füße in die Hand und gaben Fersengeld. Doch sie kamen nicht weit. Ein dritter Mann war draußen geblieben und verfolgte sie jetzt. Er war schnell. Michael stolperte mehrmals. Ständig versank er mit seinen viel zu großen Filzstiefeln im weichen Schnee, der von einer harten Kruste überzogen war. Auch Gregor kämpfte sich durch, ohne wirklich zügig voranzukommen. Der Mann erwischte Michael am Kragen seines Mantels. Michael röchelte, weil ihm der Kragen die Luft abschnürte. Die Mütze fiel ihm dabei über die Augen und nahm ihm so die Sicht. „Ich habe einen erwischt", brüllte der Mann. Auch er war außer Atem. Doch dann geschah etwas, womit keiner der drei gerechnet hätte. Ein lautes Knurren brachte den Mann dazu, Michael loszulassen.

Der Kerl, dessen schwerer Atem nach Fäulnis roch, schrie erschrocken auf. Er japste panisch nach Luft, dabei stieß er Michael von sich. Michael schob seine Mütze zurück und sah ein schwarzes Tier. Es war Adolf. Noch bevor Michael irgendwie auf die Situation zu reagieren imstande war, sah er, wie Adolf hochsprang. Mit seinen scharfen Zähnen biss er sich in dem Oberarm des Mannes fest. Knurrend zerrte er an dem Mann und zog ihn zu Boden. Ein gelber Fetzen flog zur Seite, als Adolf erneut zuschnappte. Es war Watte, stellte Michael erleichtert fest. Der Mann schrie immer noch und nestelte hastig an seinem Gürtel.

„Adolf, nein", schrie Michael. Die Stimme rau und zittrig vor Entsetzen. Doch Adolf hörte nicht auf ihn. Der Mann schlug dem Hund mit der rechten Faust auf die empfindliche Nase. Adolf jaulte auf, ließ von dem Mann ab und biss sich jetzt in seiner Wade fest. Dann sah Michael etwas Metallisches in der Faust des schlanken Soldaten aufblitzen. Es war ein Messer.

„Verrecke", keuchte der Soldat und stürzte sich auf den Hund. Adolf zuckte zusammen, als die Messerklinge tief in seinen Hals fuhr. Ein leises Röcheln und Winseln drang aus seiner Kehle. Schwarzes Blut ergoss sich über den aufgewühlten Schnee. Der zu Tode erschrockene Mann kroch zuerst rückwärts, sein Blick war starr auf den Hund gerichtet. Er begriff nicht sofort, dass der Hund zu schwer verwundet war, um einen weiteren Angriff zu starten. Dann rappelte sich der verletzte Soldat auf, hielt den verletzten Arm dicht am Oberkörper fest und humpelte davon.

„Michael, wir müssen weg hier", keuchte Gregor und zerrte an seinem Arm.

„Adolf, er wird sterben ..." Adolf lag auf der Seite. Seine hellrote Zunge hing heraus. Er hechelte, sein Atem ging stoßweise. Als Michael ihn an der Schnauze berührte, schleckte ihm Adolf mit seiner rauen Zunge über die Finger. Auch jetzt schien der Hund zu lächeln. Michael sah auf seine Finger, sie schimmerten rot vom hellen Blut. „Gregor, er wird sterben", flüsterte Michael.

„Und wir mit ihm, wenn wir hier nicht sofort verschwinden. Der Typ hat uns nicht richtig gesehen, er war die ganze Zeit mit

Adolf beschäftigt. Aber sie kommen wieder her. Schau. Die beiden dort, er hat sie eingeholt, jetzt zeigen sie auf uns."

Widerwillig schnappte Michael nach seinem Messer, das im Schnee lag. Er warf einen letzten Blick zu Adolf, dann lief er hinkend seinem Bruder hinterher.

Michael lief nur bis zum ersten Haus. Dort versteckte er sich hinter einem Schneehaufen. Er sah immer noch in die Richtung, in der er Adolf zu sehen vermutete. Tatsächlich sah er, wie einer der Männer auf den schwer verletzten Hund zukam und ihm einen heftigen Tritt verpasste, der Hund jaulte kurz auf. Zu Michaels Erstaunen gelang es Adolf mit letzten Kräften, sich auf die Beine zu stellen. Jetzt torkelte sein vierbeiniger Freund davon. Sein Peiniger wollte ihm nachsetzen, wurde zu seinem Verdruss jedoch von einem seiner Kumpane aufgehalten. „Wasilij, lass den verdammten Köter in Ruhe. Hilf uns lieber beim Aufladen, so arg verletzt bist du auch wieder nicht, das bisschen Watte zählt da nicht", rief einer der Männer ungeduldig dem jungen Soldaten zu, der dem Hund noch einen Augenblick lang nachsah. Er nahm seine Mütze ab, kratzte sich an dem dunklen Kopf, stülpte sie wieder auf und drehte sich schließlich doch herum. „Das war nicht nur Watte", empörte er sich noch.

„Michael, lass uns hier verschwinden." Gregor zog Michael am Ärmel, doch Michael riss sich mit einer heftigen Bewegung los.

„Adolf, hierher, Adolf hierher. Komm, mein Freund, du bist gleich in Sicherheit." Michael bewegte nur die Lippen, doch der Hund hatte ihn entweder gehört oder ihn gewittert. Mit leicht nach unten gesenktem Kopf humpelte er auf Michael zu. Mehrmals blieb er stehen und leckte an seiner Brust. Das Fell an dieser Stelle war nass und schimmerte rötlich. Adolf hinterließ blutige Abdrücke. Dampf stieg aus seiner Schnauze. Die lange Zunge hing an der Seite heraus. Das letzte Stück rannte Michael auf den Hund zu und nahm ihn in den Arm. Adolf leckte ihm über das Gesicht. Sein heißer Atem stank nach verwestem Fleisch. „Komm, Adolf", sagte Michael schließlich und nickte mit dem Kopf. Doch Adolf legte sich auf die Seite. Sein Brustkorb hob und senkte sich mechanisch. Er hechelte nur noch.

„Lass ihn liegen, Michael. Dieser Köter wird uns noch alle ..."

„Er ist kein Köter, er ist mein Freund, wäre er nicht gewesen, wer weiß, was die Männer mit uns gemacht hätten", entgegnete Michael zornig. Er knöpfte seinen Mantel auf. Der Wind frischte auf und ließ ihn erschaudern, trotzdem warf Michael den Mantel auf den Boden. Vorsichtig schob er den verletzten Hund darauf, der sich nicht wehrte.

„Du musst mir helfen, ihn zu tragen", bat Michael seinen Bruder. Die Sonne tauchte hinter dem bleiernen Horizont unter. Der Abend brach an und tauchte alles in ein dunkles, raues Grau. Eigentlich hatten sie sich auf eine Schale Mehlsuppe gefreut und den ganzen Tag darauf gewartet bis der Abend anbrach, jetzt hatten sie nichts.

„Aber er wird es nicht überleben, Michael." Plötzlich verstummte Gregor. Er führt etwas im Schilde, dachte Michael, aber was? Michael spürte das leichte Zittern seiner Muskeln.

„Okay, wir tragen den Hund zusammen, aber wir nehmen die Abkürzung, ich möchte nicht, dass wir dabei erwischt werden, wie wir einen toten Köter, in einen Mantel eingewickelt, zu uns nach Hause tragen."

Michael war froh darüber, dass sein Bruder doch noch eingelenkt hatte. Jeder seiner Muskelfasern war zum Bersten gespannt, er fror wie noch nie in seinem Leben, aber das war ihm Adolfs Leben wert.

„Kann man Hunde eigentlich essen?"

Michael war so damit beschäftigt, nicht zu zittern, dass er die Frage zuerst überhört hatte. „Was?"

„Kann man Hunde überhaupt essen?" Gregor lief vorne und hielt den Mantel an den Ärmeln, Michael an den ausgefransten Ecken des Saums.

„Wir werden Adolf nicht essen."

„Pass auf, da ist ein Graben, nicht, dass du da hineinfällst. Er ist nur verweht", warnte Gregor Michael. Er drehte den Kopf zur Seite. Michael sah, was er meinte. Sie liefen dicht an einem windschiefen Zaun entlang. Der Graben diente im Frühling zur Bewässerung, wusste Michael, und sah zu, dass er noch dichter an den Zaun kam. Im Haus waren die Fenster dunkel. Weiter drüben standen grüne Fichten und boten den beiden Jungen Sichtschutz.

„Ich meine nur", fuhr Gregor fort, den Blick wieder nach vorne gerichtet, „er ist eh tot. Wenn man ihn nicht essen kann, dann laufe ich nicht mehr mit ihm weiter. Selbst Onkel Emil würde ihn essen, das hat er einmal selbst gesagt. Vielleicht ist Adolf deswegen von ihm weggelaufen. Und strolchte deswegen die ganze Zeit umher."

Michael wusste, dass sein Bruder recht hatte. Das leise Winseln war nicht mehr zu hören. Auch die Brust bewegte sich nicht mehr. Sofort wurde er an den kleinen Rudi erinnert.

„Aber wir dürfen das nicht. Er war unser Freund." Michaels Stimme klang traurig. Tränen benetzten seine Augen. „Wie können wir Onkel Emil in die Augen schauen ..." Michaels Stimme brach.

„Gar nicht. Ich habe gehört, dass er vor Wochen an einer Lungenentzündung gestorben ist", entgegnete Gregor müde.

Den Rest des Weges legten sie in ein tiefes Schweigen gehüllt zurück.

Später saßen sie im fahlen Licht des Feuers, das im Ofen züngelte, das ihre Gesichter in ein gelbes Licht tauchte, und ließ sie verhärmt, fast schon verlebt aussehen. Sie waren müde und hungrig.

Den toten Hund hatten sie in einem Schneehügel vergraben, damit ihm die Krähen nicht die Augen auspicken konnten.

Als Michael wieder seine Finger und Zehen bewegen konnte, sah er zu Gregor.

Sein Bruder döste vor sich hin.

„Woher weißt du, dass Onkel Emil gestorben ist?" Michael gelang es nicht, das Zittern in seiner Stimme zu unterdrücken.

Wasserperlen tropften von Gregors Haarspitzen auf sein Gesicht, während er nach einer Antwort suchte, die er jedoch nicht fand. Er räusperte sich, die dunklen Augen fuhren nach oben. Er versuchte sich ungerührt zu geben, doch auch daran scheiterte er. So etwas wie Scham flackerte in seinen Augen, als er Michael ansah. „Stepan hat es mir erzählt. Ich war dort bei ihm. Ich habe gebettelt, bin auf die Knie gefallen wie ein verdammter Bettler. Alles, was ich von ihm wollte, war etwas Brot oder Mehl. Seine Antwort war ein Fußtritt gegen meine Brust. So schäbig habe ich mich in meinem Leben noch nie gefühlt." Gregor konzentrierte sich einzig darauf, sich keine Emotionen anmerken zu lassen. Aber das traurige Flackern in seinen Augen verriet seinen Gemütszustand.

„Wo ist eigentlich Konstantin?" Michael sah seinen älteren Bruder mit bekümmerter Miene an, er fror eigentlich immer noch. Sein Mantel war mit Blut durchtränkt und musste gewaschen werden. Er ließ Gregor schwören, dass er den Hund niemals anfassen würde, egal, was da käme. Nun war er sich nicht mehr so sicher, dass sich sein Bruder an das Versprechen halten würde.

„Keine Ahnung", entgegnete Gregor und brach einen dünnen, langen Holzspan in seinen Händen entzwei.

„Du lügst", entfuhr es Michael. Das Unbehagen wurde zu Eiseskälte. Michaels Nackenhaare sträubten sich. Die Haut fing erneut an, unangenehm zu kribbeln.

„Er wollte doch bloß kurz raus zum Pinkeln?"

Gregor zuckte die Schultern. Er hielt jetzt ein Messer in der Hand und schnitzte an dem größeren Teil des Spans.

„Beruhige dich!"

„Er könnte wieder das Grab seiner ..."

„Wird er nicht!", schrie Gregor auf.

„Woher willst du das denn wissen? Hast du ihm von Adolf auch erzählt? Ist in euch überhaupt kein Funke Menschlichkeit geblieben?" Michael sprang auf die Beine und lief zum Tisch. Er wartete auf Gregors Erwiderung, um ihm noch weitere Beleidigungen an den Kopf zu werfen, doch sein glühender Zorn war verraucht.

Gregor kam auf ihn zu. Seine Brust hob und senkte sich langsam. In einer Hand hielt er das Messer, in der anderen den zugespitzten Span. „Morgen werde ich dich wieder fragen, ob du nicht etwas vom Hundefleisch haben möchtest"; sagte Gregor ruhig.

„Ich gehe ihn trotzdem suchen."

„Tu, was du nicht lassen kannst." Gregor schüttelte nur den Kopf.

Michael setzte sich auf die Bank. Sein Kopf war schwer.

„Wir sollten eine Runde schlafen, Michael." Gregor setzte sich seinem Bruder gegenüber. Er legte das Messer auf den Tisch, das scharfe Stück Holz warf er in den Schlund des Ofens. Er legte einen Arm auf den Tisch und senkte seinen Kopf darauf.

Michael zögerte nur kurz. Konstantin wird schon bald zurückkommen, dachte er. Den schweren Kopf bettete er auf seinen gebeugten Arm. Er wollte sich nur ein wenig ausruhen, sagte er zu sich selbst und schloss die Lider.

„Schaut mal, wen ich hier gefunden habe", ertönte die Stimme von Konstantin und riss die beiden Brüder aus dem Schlaf. Beide waren sie am Tisch sitzend eingeschlafen, ohne es gemerkt zu haben. Michael rieb sich die Augen. Sein Kopf ruhte immer noch auf dem ausgestreckten Arm. Er blinzelte und setzte sich schließlich aufrecht. Im schwachen Licht des Feuers sah er einen Mann. Als dieser dann die Mütze vom Kopf zerrte, erkannte Michael in dem Fremden seinen Bruder.

Gregor sprang als Erster auf. Doch anstatt den ältesten Bruder freundlich zu empfangen, kletterte er auf den Ofen. „Ich bin müde, ich gehe jetzt schlafen", brummte er. Und verschwand unter einer Decke.

„Ich habe die ganze Zeit nach euch gesucht. Ich wusste ja nicht, wo ihr wohnt. Hätte Konstantin draußen nicht das Feuer entzündet, hätte ich euch niemals gefunden. Ich war auf dem Weg zur Mühle, die muss wieder mal überholt werden, bevor der Frühling kommt. Dann habe ich im Dunkeln das gelbe Flackern bemerkt.Der Duft nach gebratenem Fleisch, hat mich hierher gelockt", hüstelte Alexander. „Aber ich will euch nichts wegnehmen, passt aber auf, dass niemand davon Wind bekommt."

„Welches Fleisch?" Gregor Gesicht tauchte unter der schweren Decke hervor. Michael schwante nichts Gutes. Seine Freude, den großen Bruder gefunden zu haben, wurde von wachsender Furcht überlagert.

„Wir haben alle Hunger", verteidigte sich Konstantin. „Ich habe euch belauscht. Er war schon tot. Onkel Emil hat gesagt, wenn wir überleben wollen, dürfen wir alles essen außer Menschen, selbst den alten Gaul. Adolf war tot. Er war an manchen Stellen hart wie Stein. Mein Vater war Jäger, ich weiß, wie man Tiere häutet und zerlegt."

687

Michael sprang so schnell auf, dass die Füße der Bank kreischend über die Dielen scharrten. Michael griff nach dem Messer, mit dem Gregor noch kurz zuvor am Holz geschnitzt hatte, und sprang Konstantin mit wild pochendem Herz an. Sein Gesicht war eine Maske aus Wut und Verzweiflung.

Alexander sprang dazwischen. Mit der Handkante schlug er Michael das Messer aus der Faust. „Michael, Konstantin hat recht." Alexander drückte seinen jüngsten Bruder fest an sich. Michael zappelte, wollte sich losreißen. Aber Alexander war viel stärker als er.

„Jeden anderen wäre es teuer zu stehen gekommen, Konstantin. Ich verschone dich." Michaels Zähne klapperten vor Zorn, den er aber nicht gegen seinen Freund hegte. Sein Groll galt dem Krieg und dem, was er aus den Menschen und der Welt gemacht hatte, in der sie nun leben mussten.

„Ich bringe das Fleisch rein. Ich habe es in kleine Stücke zerteilt, wir können es auch mit deinem Bruder teilen. Seine schwangere Frau braucht Fleisch. Wenn es ein Junge werden sollte, muss sie viel davon essen, sonst wächst ihm kein Pimmel." Konstantins Miene war ernst.

Trotz der bedrückenden Atmosphäre fingen sie alle nacheinander an zu lachen. Selbst Michael musste über die Torheit seines Freundes schmunzeln.

„Was, das hat mein Papa immer gesagt. Meine Mama musste immer viel Fleisch essen ..." Der Raum wurde erneut dunkler. Keiner lachte mehr. Konstantin sah benommen zu Boden. „Ich bringe das Fleisch herein", flüsterte er matt.

„Ich helfe dir, Konstantin." Gregor schlüpfte in seinen Mantel und folgte dem verletzten Jungen nach draußen.

„Ich habe gehört, dass die Alliierten die Deutschen dem Boden gleichmachen wollen. Bald ist der Krieg vorbei, Michael", begann Alexander als Erster, nachdem sie sich einen Augenblick lang nur angeschwiegen hatten.

Michael ging zum Ofen und warf ein Holzscheit nach. Wenigstens froren sie nicht, dachte er und ließ sich auf den Boden gleiten. Er saß mit dem Rücken an den rauen Putz gelehnt. Das Holz platzte leise und zischte. Wohltuende Wärme breitete sich als angenehme Woge in seinem Körper aus.

„Wie geht es Anita?"

„Gut, sie ist so erwachsen geworden", sprach Alexander mit verträumter Stimme und ließ sich neben seinem Bruder nieder. „Was ich dich schon seit Längerem fragen wollte", Alexander ließ Michael Zeit, um sich zu sammeln, „wo ist unsere kleine Anja?"

Michael schlug die Augen nieder. Schwieg. Das Gesicht nackt im Schein der tanzenden Flammenzungen. Scheinbar gedankenverloren spielte er mit seinem Medaillon. „Sie wird in meiner Erinnerung immer ein kleines Mädchen bleiben. Nie wird Anja für mich erwachsen werden." Michael kaute auf seiner Unterlippe. „Sie lebt, so hoffe ich", er schluckte schwer, „in Amerika", vollendete er mit kaum hörbarer Stimme den Satz.

„Das ist gut", hörte er seinen ältesten Bruder flüstern. Sie schwiegen sich erneut an. Beide frönten der Ruhe und dem inneren Frieden. Sie saßen einfach nur da und lauschten dem leisen Knacken des Holzes im Ofen.

43

März 1945

„Wir haben wieder nichts da." Gregor schaute in einen leeren
Topf, in der Hoffnung, dass sich über Nacht dort etwas
angesammelt haben könnte. Mit einem enttäuschten Gesicht
warf er den Deckel wieder auf den zerbeulten Topf und kräuselte
die Lippen. Sich satt zu essen war für alle hier nur ein
Traumwunsch. „Was machen wir jetzt? Wir spielen ein Spiel:
Kannibalen-Verstecken. Wer verliert, wird aufgegessen." Er
grinste böse und ging mit erhobenen Händen auf Konstantin zu.
Er saß neben Michael auf der Bank, sie vertrieben sich die Zeit
mit einem Würfelspiel.

„Das ist überhaupt nicht lustig." Seit dem Tod seiner Mutter
stotterte Konstantin nicht mehr, doch er sang auch keine Lieder.
Er warf die zwei Würfel in einen Becher, schüttelte ihn, und
knallte ihn dann auf die Tischplatte. „Zehn", sagte er matt.
Michael hatte keine Lust mehr auf das Spiel, also ließ er den
Becher, wo er war.

Gregor ließ die Hände sinken und setzte sich an den Tisch.
„Wir könnten wieder zum Ambar gehen."

Michael schüttelte entschieden den Kopf. „Ohne mich. Dort wird patrouilliert. Nein, mit einem Loch im Bauch werde ich noch weniger satt." Niemand lachte über den derben Witz.

„Ich muss gestehen, dass ich die ganze Situation hier sehr bedaure und außerordentlich enttäuscht bin, weil die hiesige Weltherrschaft sich so schlecht um ihre Untergebenen kümmert, nichtsdestotrotz müssen wir uns etwas einfallen zu lassen, um nicht wie die Hunde zu krepieren", ahmte Gregor einen Intellektuellen nach. Diesen Satz hatte er vor Kurzem von einem alten Mann aufgeschnappt. Er hatte sich über die Zustände laut geäußert, um kurz darauf von zwei uniformierten Männern verschleppt zu werden. Michael hatte ihn seitdem nicht mehr gesehen.

„Wir müssen endlich was unternehmen." Gregor klang wieder normal.

„Aber was?"

„Das weiß ich auch nicht, Michael. Lass dir auch mal was einfallen. Und du, Konstantin? Hast du vielleicht eine Idee, wo wir etwas zu essen herbekommen könnten?" Das letzte Wort betonte er besonders.

Michaels Blick fiel auf einen Knochen. Es war eine Rippe, die neben dem aufgestapelten Brennholz lag.

„Du hast gesagt, du und dein Vater, ihr wart auf der Jagd." Gregors Augen funkelten. Eine schräge Idee nahm in seinem Kopf sichtlich Form an. Das konnte Michael aus seinem Blick herauslesen.

„Nein, ich habe lediglich gesagt, dass mein Papa ein Jäger war."

„Das ist dasselbe ..."

„Ist es nicht", widersprach Konstantin.

„Du weißt nicht zufällig, wie man eine Falle baut?"

Konstantin runzelte die Stirn. „Was für eine?"

„Ich habe gestern eine Katze gesehen. Sie schlich sich am Waldrand herum, dort, wo der Schnee aufgetaut ist."

„Eine Katze ist nicht dumm. Sie sind flink", versuchte Konstantin sich aus der Affäre zu ziehen.

„Wir haben Hunger und Zeit", brachte Michael ein und sah Konstantin durchdringend an.

„Wir brauchen einen glatten, festen Strick. Die Katze kannst du nur mit einer Schlinge fangen. Aber die Katze könnte jemanden gehören."

„Das ist der geringste Ärger, der uns blüht", sprach Gregor mit nachdenklicher Stimme. In seinen Gedanken lag er schon auf der Lauer.

„Außerdem schmecken sie nicht." Konstantins Finger klopften unruhig gegen die Tischplatte.

„Adolf hat dir aber geschmeckt", entfuhr es Michael, der sich immer noch dafür schämte, den Hund gegessen zu haben.

„Ich kann euch aber nichts versprechen", lenkte Konstantin schließlich ein. Mit dem Zeigefinger schubste er einen der Würfel.

„Das haben wir von dir auch nicht verlangt, Stotterjunge", neckte ihn Gregor versonnen. Grinsend nahm er die beiden Würfel in die Hand, ließ sie in den Becher kullern, verdeckte die Öffnung mit der Hand und schüttelte den Becher vor seinem Ohr. Er lächelte schmallippig, als er den Becher hob. „Elf", freute sich Gregor und verpasste Konstantin eine Kopfnuss.

„Versuch macht kluch!" Gregor klatschte in die Hände. Michael stimmte seinem Bruder zu.

Sie hackten die Rippe in kleine Stücke und banden sie an einer Schnur fest. Sie diente einst als Wäscheleine, jetzt wurde daraus eine tödliche Waffe. Michael verspürte ein leises Kribbeln in der Bauchgegend.

44

Ein wilder Kampf

Mit einem flauen Gefühl im Magen legten sie sich hinter einem umgestürzten Baum auf die Lauer. Dichte Tannenzweige dienten ihnen als Unterlage zum Schutz vor Kälte. Eiszapfen hingen an dem toten Baum. Einen davon brach Michael ab und lutschte daran. Konstantin und Gregor taten es ihm nach. Alle drei waren aufgeregt. Sie versteckten sich dort, wo Gregor vor Kurzem die Katze gesichtet hatte. Es dauerte eine Ewigkeit, bis Konstantin sich regte.

„Ich glaube, sie kommt", flüsterte er. Der Eiszapfen knackte zwischen seinen Zähnen. Die Aufregung wuchs. Ein heißes Prickeln durchfuhr Michaels Körper. Der grau gestreifte Kater lief auf leisen Pfoten umher. Sein Schwanz war aufgerichtet. Er blickte sich laufend um. Die Luft hier roch nach Metall und Dieselöl, in der Ferne brummte ein Motor. Vor Aufregung biss sich Michael die Lippe blutig, sein Blick war auf das abgemagerte Tier gerichtet.

Die Katze beschnupperte mit erhobenem Kopf die kalte Luft.

Der Plan klang plausibel, doch Michael zweifelte mit jeder Sekunde daran, dass die Jagd genauso ablaufen würde, wie sie es sich ausgemalt hatten. Die Katze tapste weiter im Schnee, immer weiter auf die Schlinge zu.

Wir befinden uns in einer dramatischen Notlage, hier geht es um Leben und Tod, beruhigte sich Michael und rieb sich die Handfläche an seiner Hose trocken. Dann packte er die dünne Schnur fester. Sie waren auf Nummer sicher gegangen und hatt zwei Fallen aufgestellt. Michael und Gregor hielten die Strippen je einer um die Hand gewickelt.

„Jetzt!", schrie Konstantin. Gregor zog an der Schnur, Michael zögerte auch keine Sekunde. In seinen Händen begann der Strick zu zappeln. „Michael, du hast das Viech", freute sich Gregor und stürmte nach vorne. „Zieh fester zu", schrie er über die Schulter. Das zu Tode aufgeschreckte Tier zappelte wie ein Fisch auf dem Trockenen. Als Konstantin und Gregor dicht vor ihrer Beute standen, begann die Katze zu fauchen. Auch sie war zu allem entschlossen.

„Michael, zieh an der Schnur", brüllte Gregor mit vor Ungeduld sich überschlagender Stimme.

Michael tat wie ihm geheißen. Die Katze fiel auf die Seite. Gregor warf sich auf sie.

„Ich habe sie, sie liegt unter mir", kreischte er freudig. Dann schrie er: „Sie beißt, dieses blöde Viech hat Krallen wie der Teufel. Konstantin, hilf mir." Michael hielt die Schnur fest in seiner Hand. Immer wieder drohte sie ihm zu entgleiten. Zweimal gelang es der Katze, sich aus den Händen der beiden Jungen zu entreißen. Gregor blutete an der Wange.

Das völlig verängstigte Tier fauchte und spuckte Geifer, biss sich in dem Seil fest. Das Fell und der Schwanz standen ab. Sie wandte sich, zappelte, kreiste herum. Gregor sprang erneut auf sie drauf, nur der Kopf lugte hervor.

Konstantin zerrte an einem großen Stein. Ihm blieb keine Zeit, er hatte keine einzige Sekunde übrig zum Überlegen, er musste handeln. Michael sah den beiden wie gebannt zu. Konstantin stand auf und trat mehrmals gegen den Stein. Endlich hielt er den Brocken in seiner Hand, dann stellte er sich mit einem Fuß auf die dünne Schnur. Dann tat Konstantin etwas, das die Katze dazu brachte, ihr Leben endgültig auszuhauchen, er ließ ihn auf den Kopf des Tieres fallen, als die Katze sich erneut zu befreien versuchte. Das tote Tier zappelte noch eine Weile. Die Schlinge hatte sich fest um ihre linke Hinterpfote gelegt und diese fast abgerissen.

„Das war knapp", keuchte Gregor. Schwer atmend strich er sich mit den von unzähligen rot schimmernden Striemen übersäten Händen über die zerkratzte Wange.

Auch Konstantin blutete. Seine linke Augenbraue hatte einen tiefen Riss. Der linke Mundwinkel kräuselte seine Wange, sein Lächeln war jedoch alles andere als heiter. „Ich habe sie getötet", rief er. Der Ausdruck in seinen Augen war so beredt wie das Schuldeingeständnis eines Verbrechers.

„Das hast du toll hingekriegt, Stotterjunge. Jetzt nichts wie weg hier", brummte Gregor. Schnappte nach dem toten Tier und schob es sich unter die Jacke. Keinen Augenblick zu spät, wie sich herausstellte.

„Was lungert ihr hier rum?" Ein Mann auf einem braunen Pferd ritt an ihnen vorbei. „Seht zu, dass ihr hier auf der Stelle verschwindet. Wo kommt das ganze Blut her?" Er deutet auf eine kleine rote Pfütze im Schnee.

„Wir haben uns geprügelt", log Gregor und wirkte überhaupt nicht unsicher. Er klang dabei eher lakonisch als traurig, was dem Ganzen noch eine ehrlichere Note verlieh.

„Los jetzt, verschwindet, sonst verprügele ich euch mit dieser Peitsche."

„Machen wir", erwiderte Gregor lächelnd und lief als Erster los. Michael und Konstantin folgten ihm dichtauf.

45

In Dunjas Haus

„Mehr habe ich nicht. Den Rest haben wir zum Setzen aufgehoben", entschuldigte sich Tante Galina und legte ein Dutzend kleine, schrumpelige Kartoffeln auf den Tisch. Ihre braune Haut hatte dunkle Flecken und überall kleine, schwarze Punkte.

„Das ist aber wirklich sehr, sehr großzügig von Ihnen", lobte Alexander sie. Er hatte mit der Zeit gelernt, wie er diese dicke Frau um den Finger wickeln konnte: sie einfach mit freundlicher Miene anlügen bezüglich ihrer Güte und ihres Aussehens. Wenn Dunja nicht zusah, kniff er sie sogar in den Po und zwinkerte ihr zu. Dabei lief die alte Frau immer rot an und wurde oft noch gutmütiger.

Dunja war draußen, sie hängte die Wäsche auf. Alexander beugte sich zu der Frau und gab ihr einen flüchtigen Kuss auf die weiche Wange. Sie presste vor Überraschung die Lippen zusammen, lächelnd legte die geschmeichelte Frau noch zwei weitere Kartoffeln auf den Tisch, die etwas größer waren als die anderen.

„Tante Galina", grüßte Dunja sie, als sie mit einem leeren Korb das Haus betrat.

„Hallo, Dunja." Die dicke Frau klang enttäuscht.

Alexander klaubte sechs Kartoffeln vom Tisch und steckte sie sich in die Hosentasche. „Ich werde euch beide nicht weiter stören. Ich möchte bei meinen Brüdern vorbeischauen und nach dem Rechten sehen." Er drückte seiner Frau einen trockenen Kuss auf die Lippen, strich Anita über den Kopf, sie saß am

Fester und beobachtete eine Schar von Spatzen, die in der Erde nach etwas Essbarem pickten, gleichzeitig nahm er seinen Mantel vom Haken und schlüpfte hinein.

„Ich muss noch zur Mühle. Das Wasserrad muss wieder repariert werden", sagte er schnell und verschwand.

46

Alexander musste sich beeilen. Er durfte nicht zu spät kommen. Heute sollte die Mühle wieder in Gang gesetzt werden. So konnte er vielleicht etwas Mehl abstauben. Er würde wie schon einige Male zuvor seine Kleidung vorher nass machen müssen, damit so viel wie nur möglich von dem Mehl daran kleben blieb.

Seine Brüder befanden sich im Hof. Sie unterhielten sich lautstark mit einem großen Mann. Es war dieser Stepan. Alexander trat näher.

„Ab morgen dürft ihr wieder zu den Stallungen kommen", hörte Alexander die tiefe Stimme des Mannes. Stepan bedachte Alexander mit einem Kopfnicken, Alexander nickte zurück. Michael und Gregor umarmte er, Konstantin musste sich mit einem freundschaftlichen Schulterklopfen begnügen.

„Was ist passiert?", wollte Alexander von Gregor wissen und hob sein Gesicht am Kinn mit zwei Fingern an, um die Kratzspuren besser inspizieren zu können.

„Nichts, sie haben sich geprügelt, ist nichts Neues", warf Stepan ungeduldig ein. Er war der Unterbrechung wegen sichtlich erbost.

„Wie gesagt, ab morgen seid ihr wieder in den Stallungen. Das Haus wird für jemand anderen benötigt." Sein Blick war kühl, die Augen fest auf Alexander gerichtet.

„Oder ihr könnt bei eurem Bruder leben. Das ist mir gleich."

„Nein. Er hat zu wenig Platz", erwiderte Michael trocken. Er wollte Alexander und seiner Frau nicht zur Last werden.

Außerdem sehnte er sich nach dem Duft von frischem Heu. „Was ist mit den Bienen passiert?" Diese Frage beschäftigte ihn schon seit Langem.

Der Riese zuckte nur die Achseln. „Das hättest du Emil fragen sollen, bevor er das Zeitliche gesegnet hat."

„Darf ich mich um sie kümmern?"

„Von mir aus", brummte Stepan. Ohne ein weiteres Wort zu verlieren, drehte er sich um und stampfte davon.

„Scheiße, und was machen wir jetzt?" Konstantin presste entrüstet die Lippen fest zusammen.

„Ihr könnt über Nacht zu uns kommen. Wir haben zwar nicht so viel Platz, aber es wird schon irgendwie gehen. Wir rücken näher zusammen."

„Danke, Alexander, aber wir schlafen lieber im Heu." Michael klopfte seinem Bruder dankend auf die Schulter.

Gregor knöpfte seinen Mantel auf. „Der blöde Kater stinkt wie Scheiße." Er rümpfte angewidert die Nase und ging ins Haus.

Alexander verstand nicht so recht, was sein Bruder meinte, das war ihm aber auch egal. Gregor war schon immer ein Rätsel für sich, was seine Launen betraf. Alexander hielt Michael am Arm fest, warf einen kurzen Blick Richtung Stepan. Er war weg. Erst dann griff er in seine Hosentaschen und drückte Michael die verschrumpelten Knollen in die Hand.

„Wenn du mir zur Hand gehst, könnt ihr heute etwas Mehl haben. Na, was sagst du?"

„Ich gehe auch mit", schlug Konstantin vor. Mit unsicherer Miene wartete er die Reaktion von Alexander ab.

„Dann aber schnell. Wir müssen uns beeilen." Alexander klatschte in die Hände.

Michael lief schnell ins Haus und kam sofort wieder raus, jedoch ohne Kartoffeln. „Konstantin, kannst du den Kater übernehmen?"

Gregor tauchte in der Tür auf. „Ich weiß nicht, wie man das Viech pellt", sagte er mürrisch. Seine Hände waren rot vom Blut.

Konstantin holte tief Luft, der Glanz in seinen Augen war erloschen, enttäuscht nickte er. Mit gesenktem Kopf und einem Anflug von Niedergeschlagenheit verschwand er in der windschiefen Hütte.

„Habt ihr euch schon gemeldet? Ich meine, wart ihr im Kontor?", wollte sich Alexander noch schnell vergewissern, um später keinen Ärger erwarten zu müssen.

„Ja", lautete die knappe Antwort von Gregor.

Das hatten sie tatsächlich, kurz bevor sie auf die Jagd gegangen waren.

„Ist es nicht verboten? Bekommen wir keine Scherereien, wenn wir einfach so mit dir mitgehen?"

Auch Gregor sah Alexander fragend an.

„Handlanger kann man ja schließlich nie genug haben", scherzte Alexander und zwinkerte den beiden zu.

Michael freute sich darüber, endlich beschäftigt werden zu dürfen. Die winterliche Einöde war erdrückend gewesen. Mit dem Frühling hielt endlich der Trubel Einkehr, mit ihm auch das Leben.

47
An der Mühle

„Wen hast du da alles angeschleift?", wurden die drei Brüder von einem Mann begrüßt, dessen Gesicht schwarz vom Schmierfett war. Er rieb sich an der fleischigen Nase.

Michael trat unsicher von einem Fuß auf den anderen. Sie standen vor einem riesigen Rad, so etwas Monströses hatte Michael in seinem ganzen Leben noch nicht gesehen. Das Wasser plätscherte vor sich hin, doch das Rad bewegte sich nicht. Der kühle Geruch nach modrigem Wasser, das typisch für Tauwetter war, stieg ihm in die Nase.

„Die werden dir heute unter die Arme greifen", hörte Michael eine weitere Stimme, die weniger schroff war. Ein ihm bekanntes Gesicht tauchte hinter dem großen Rad hervor. Mit zur Seite ausgestreckten Armen balancierte der bebrillte Mann über eine behelfsmäßige Brücke, die aus nichts Weiterem als zwei Brettern bestand, die nebeneinander leicht schräg über dem schmalen Graben lagen. Das Provisorium flößte Michael nicht wirklich viel Vertrauen ein. Die Bretter knarzten unter den schnellen Schritten. Es war Achim Scherenkind. Mit einem freundlichen Grinsen sprang er von der Brücke auf das sichere Ufer. Er sah fast immer noch so aus, wie ihn Michael in seiner Erinnerung hatte. Nur das Haar war an den Schläfen grau geworden, und das Glas seiner runden Brille hatte auf der rechten Seite einen feinen Riss. Auch seine Hände waren schwarz. Mit dem Knöchel seines Daumens schob er die Brille zurecht und sah die drei Brüder mit einem schiefen Lächeln an.

„Wollt ihr uns heute zur Seite stehen? Wer von euch beiden ist der Don Quijote?"

Michael und Konstantin schauten einander mit nach oben gezogenen Augenbrauen verdutzt an.

„Wir kämpfen heute gegen Mühlen, wenn es auch nur eine ist, ist sie dennoch ein würdiger Gegner. Wie dem auch sei …", gab Achim auf, die beiden Jungen aufzuklären. Er klatschte sich in die Hände. „Nun, wir haben noch viel Arbeit vor uns. Der Riese macht uns seit Tagen Ärger." Immer noch lächelnd deutete er auf die andere Seite des Kanals, desse raue Mauern gute drei Meter in die Tiefe reichten. Die Natursteine waren kurz oberhalb der Wasseroberfläche mit Moos bewachsen. Michael trat einen Schritt zurück von dem Rand. „Das Rad ist blockiert, wir müssen die Nabe reparieren, dafür müssen wir auf die andere Seite", führte Achim in gemäßigtem Ton das Gespräch weiter fort. „Wir versuchen es noch einmal, Pawel", wandte er sich jetzt an den bulligen Mann mit dem schmutzigen Gesicht und dem blonden Haar.

„Wie du meinst. Du bist hier derjenige, der das Sagen hat", grummelte der Mann und griff nach einem großen Holzhammer.

„Du und du, ihr kommt mit mir." Achim zeigte auf Michael und Gregor. Schon lief er leichtfüßig über die Bretter, die unter seinem Gewicht klapperten und sich gefährlich durchbogen. Gregor lief als Erster hinterher. Erst dann traute sich Michael, auf den wackeligen Steg zu steigen. Als er die Hälfte des Weges überwunden hatte, knackte es laut. Gefolgt von einem ächzenden Kreischen setzte sich das Rad langsam in Bewegung. Michael begann aus Angst, er würde jetzt bestimmt den Abgrund hinunterstürzen, wild mit den Armen zu fuchteln.

„Die Keile sind rausgesprungen", schrie der Mann, der Pawel hieß.

Michael sah nur, wie ihm der Boden unter den Füßen wegglitt. Mit den Armen fuchtelnd verlor er endgültig das Gleichgewicht und stürzte tatsächlich nach unten. Das kalte Wasser war tief. Er hörte das laute Plätschern, dann fühlte er die eisige Kälte, die seine Beine hochkroch. Seine Füße rutschten an dem schleimigen, von Moos bewachsenen Untergrund aus. Er verschwand mit dem Kopf unter der Wasseroberfläche. Das kalte Wasser drang durch seine Nase und seinen Mund. Die durchnässten Kleider, die sich vollgesogen hatten, zogen ihn immer tiefer nach unten. Er schaufelte sich mit den Händen nur mit Mühe nach oben. Die Kälte kroch durch seine Kleidung, durch die Haut, das Fleisch, die Knochen und ließ sein Mark gefrieren. Denn genauso fühlte es sich an. Als er endlich an die Oberfläche kam, zog er seinen Hals in die Länge, legte den Kopf in den Nacken und schnappte gierig nach Luft. Irgendwie bekam er tatsächlich den Boden unter seinen Füßen zu fassen. Er musste sich auf Zehenspitzen stellen, um nicht zu ertrinken. Das Wasser schwappte ihm ins Gesicht. Die starke Strömung zog ihn wie von Geisterhand mit sich. Er konnte sich überhaupt nicht dagegen wehren. Bei seinen Bemühungen, die Orientierung einigermaßen zu behalten, geriet er immer tiefer in das strudelnde Wasser, das unerbittlich an ihm zerrte. Er schaute hoch, von hier aus sah es eigentlich nicht so hoch aus wie von oben.

Trotzdem fühlte er sich schutzlos.

Mit Entsetzen stellte er fest, wie das riesige Rad immer näher auf ihn zukam. Das stetige Geplätscher stieg zu einem ohrenbetäubenden Schmatzen an. In seinem Kopf blubberte es, sodass er die Außenwelt auch durch seine Ohren nur wie benommen wahrnahm. Die lauten Rufe waren zu einem Stöhnen übergegangen, wie der Schrei eines Ertrinkenden unter Wasser, genauso hörte es sich an. *Es liegt an einem selbst*, wie er die Welt verlässt, als Feigling oder ... Er konnte den Gedanken nicht zu Ende führen. Wiederholt rutschte er mit einem Bein aus, zwangsläufig holte er einmal Luft und schloss die Augen. Doch dann geschah etwas, womit er nicht gerechnet hatte. Er ging überhaupt nicht unter, stattdessen wurde er von zwei Händen unter den Achseln gepackt, die ihn aus dem Wasser herauszerrten. „Ich habe ihn, ich habe ihn", ging der laute Schrei in ein erleichtertes Keuchen über. Alexander hielt ihn fest an sich gepresst.

Er schüttelte Michael und tätschelte ihm gegen die Wangen. „Alles in Ordnung, kleiner Bruder?"

Michael nickte benommen. Sein linkes Ohr wurde plötzlich frei. Er hörte seinen Bruder klar und deutlich.

„Was ist passiert?", klapperte Michael mit den Zähnen.

Auch Alexander bebte am ganzen Körper.

„Zieht ihn hoch", schrie Alexander nach oben. „Du hast den Kampf gegen die Mühlen viel zu ernst genommen", lächelte Alexander. Schon spürte Michael, wie eine Schlinge sich um seinen Brustkorb zog. Er klammerte sich beidhändig an das dicke Seil. Mit ruckartigen Zugbewegungen wurde er an der rauen Mauer entlang nach oben gezerrt. Schwerelos ist was anderes, dachte er, und rang nach Luft. In seinen Augen flackerte Nervosität, vermischt mit einem Hauch von Freude. Der wolkenverhangene Himmel bescherte dem Tag eine zusätzliche Kühle. Aus Michaels Schuhen floss immer noch Wasser heraus. Michael drückte sich von den rauen Steinen ab, dabei schrammte er sich die Haut auf. Endlich konnte er sich an dem Rand festklammern. Zwei Paar Hände zogen ihn vollends über die Kante. Michael lag auf dem Rücken und atmete schwer. Der Knoten hatte ihm die Brust schmerzlich zusammengequetscht.

„Du gingst wohl nicht wirklich davon aus, dass wir dir in den Kampf folgen", nahm Achim Michael auf den Arm, als er den Knoten auf seiner Brust löste. „Deine Absichten waren wahrlich ritterlich, mein Freund, aber viel zu gefährlich." Er warf den Strick in den Graben. Michael sah, wie das Seil straff wurde. Der kräftige Mann stemmte sich mit den Füßen gegen den Mauervorsprung und blies vor Anstrengung die Backen auf. Pawel knurrte, ließ das Seil jedoch nicht los. Endlich tauchte der blonde Kopf von Alexander auf.

„Dein Bruder hat es wohl zu wörtlich genommen?" Achim war immer noch guter Laune, als er seinen Blick zu Alexander wechselte. „Jetzt muss ich euch aber zuerst zum Trocknen aufhängen", meinte er und deutete den beiden mit der Hand, ihm zu folgen.

„Du bleibst schön bei mir", grummelte Pawel in Gregors Richtung. Immer noch schweren Atems wischte er sich die Hände an seinem Hemd sauber.

Gregor warf Michael einen zornigen Blick zu und schüttelte den Kopf.

Michael blieb seinem Bruder eine Antwort schuldig. Stumm folgte er den beiden Männern, laut mit den Schuhen schmatzend. Seine Zähne klapperten wie die Rassel eines Schamanen.

48

Oben in der Mühle

Kontor von Achim Scherenkind

„Zieht eure Sachen hier aus und wärmt euch, im Kessel ist kochendes Wasser." Achim wies mit der rechten Hand auf einen kleinen, gusseisernen Ofen. Er öffnete die kleine Tür mit einem Holzscheit, warf es hinein und klappte die Tür mit dem Fuß wieder zu. „Die leeren Säcke könnt ihr als Unterlage benutzen. Macht es euch hier gemütlich, soweit die Situation es zulässt. Das hier ist mein Arbeitsplatz. Ich mache hier die Bestandsaufnahme, alles muss seine Ordnung haben. Der Wareneingang wie auch der Ausgang muss genau protokoliert werden." Sein Ton klang gedämpft, fast schon verschwörerisch.

Achim schob erneut seine Brille zurecht, sah sich in der kleinen Kammer um, die ihm als eine Art Büro diente, denn überall stapelten sich Papiere und leere Säcke. Michael ließ seinen Blick über das behelfsmäßig zusammengestellte Mobiliar schweifen. Er würde so gern die nassen Sachen ausziehen. „Ich hole euch in einer Stunde wieder ab", sagte Achim mit belegter Stimme und nickte Alexander zu.

Alexander tippte sich an die Schläfe.

Der schlaksige Mann stieß die schiefe Tür auf, duckte sich, wie es alle großen Menschen taten um sich den Kopf nicht anzustoßen. Er drehte sich um, blinzelte Alexander erneut mit Nachdruck zu, dann verschwand er. Die Tür wurde von außen verschlossen. Michael hörte, wie der Schlüssel in dem rostigen Schloss zweimal umgedreht wurde. Das metallische Kratzen ließ ihn noch mehr erschauern. Alexander achtete nicht darauf. Er war damit beschäftigt, die nassen Klamotten so schnell wie nur möglich auszuziehen.

„Mit Nassmachen habe ich nicht ertrinken gemeint", neckte Alexander Michael mit einem Schmunzeln und stieß ihn sanft mit dem Ellenbogen gegen die Rippen. Michael strauchelte und fiel fast der Länge nach hin, weil er auf einem Bein stand. Mit vor Anstrengung zusammengebissenen Zähnen zog er an dem Stiefel, der ihm eigentlich zu klein war. Alexander hielt Michael am Ellenbogen fest. „Du bist die letzten Stunden zu wackelig auf den Beinen, kleiner Bruder. Los, raus aus den nassen Lumpen."

Der Stiefel ließ sich nur mit viel Mühe abziehen, Wasser lief heraus, als Michael ihn umgedreht hatte. Den zweiten zerrte ihm sein Bruder herunter und warf ihn zu dem anderen.

„Den Rest erledigst du selbst." Alexander schlotterte am ganzen Körper. Mit einem geräuschvollen Schmatzen breitete er zuerst seinen Mantel auf dem steinigen Boden aus. Michael sah ihm bedeutungsvoll zu. „Was machst du da, Alexander?"

„Du sollst mir alles nachmachen", sagte er und ließ jetzt auch sein Hemd auf die Steine klatschen.

Widerwillig breitete Michael zuerst seine Hose aus, dann das Hemd.

„Wir sind alle noch im Spiel, die Karten werden neu verteilt, ich scheiße auf das Schicksal, ich habe nämlich einen Trumpf in der Hand", sagte Alexander. „Was starrst du mich so an?", fuhr er seinem jüngeren Bruder mit dem Zeigefinger über die Rippen. „Da fehlen noch die schwarzen Tasten." Erneut tauchte ein freches Grinsen auf seinen Lippen auf. „Wir sind zu stolz für den Tod, nicht wahr, zu zäh, um zu sterben. Der Sensenmann wird sich seine fauligen Zähne an unseren Knochen ausbeißen. Er wird sich an der Kugel verschlucken, die hier drin steckt." Er klopfte sich gegen die Schläfe. „So, jetzt nimmst du jeden der Säcke und schlägst damit auf die Hose, das Hemd und den Mantel."

Erst jetzt begriff Michael die Heimlichtuerei. Sie waren dabei, Mehl zu stehlen. „Wir stauben den dickbäuchigen Kommunisten unseren Anteil ab."

Tatsächlich blieb der weiße Mehlstaub an den nassen Sachen kleben.

„Umdrehen", keuchte Alexander. Immer wieder griff er nach einem weiteren Sack, dabei ließ er den groben Stoff, der von einer feinen Mehlschicht bedeckt war, auf seine Sachen prallen. Schnell und ruckartig waren seine Bewegungen. Da war eine gewisse Routine drin, stellte Michael nüchtern fest. Michael hatte eine Weile gebraucht, damit auch seine Schläge so präzise und wirkungsvoll waren wie die seines Bruders. Der Raum, in dem sie sich befanden, war vom vielen Staub wie vernebelt.

Als sie fertig waren, hängten sie die Sachen an einer Leine auf und falteten die Säcke neu zusammen.

„Ihr könnt heute Fladenbrot machen. Ab morgen wird Dunja für uns welche machen", träumte Alexander vom morgigen Tag. „Jetzt trinken wir etwas Tee. Wie Lenin, ohne Zucker und Teeblätter drin." Alexander ließ seine Zähne aufblitzen. Sie saßen auf einem Stapel leerer Säcke, nur mit einer Unterhose um die Hüften schlürften sie am heißen Wasser aus zerbeulten Alubechern und wärmten ihre Knochen. Lenins Tee schmeckte Michael außerordentlich gut.

49

In Dunjas Haus.

Einige Stunden später

„Sascha, wo warst du so lange", sorgte sich die hochschwangere Frau.

„Schau mal, wen ich da im Schlepptau habe." Er schob die drei Jungen einen nach dem anderen in sein Haus hinein. Auch Gregors Sachen waren weiß, jedoch nicht so wie die von Michael und Alexander.

„Wir haben sogar etwas Fleisch dabei." Konstantins Stimme bebte vor Stolz. Er hielt das Bündel aus dunklem Leinen unter seinem rechten Arm.

„Wo habt ihr das her?", wollte Anita wissen. Ihre Augen funkelten vor Neugier. Das Erscheinen der Männer brachte ihr nicht den gewünschten, gar nötigen Seelenfrieden. Zu der Neugier mischte sich Angst. „Ihr habt es nicht geklaut, oder, Sascha? War etwa Fjodor Iwanowitsch wieder bei dir?"

Alexander schüttelte verdutzt mit dem Kopf.

„Wir waren auf der Jagd", lautete die platte Antwort von Konstantin.

„Könnt ihr euch vielleicht umdrehen?" Er schaute zuerst seine Frau, danach Anita an. Anitas rechte Augenbraue wurde zu einem gleichmäßigen Bogen und rutschte etwas nach oben. Alexander machte mit der rechten Hand eine kreisende Bewegung, dann zeigte er auf Michael und Gregor. Dunja nickte

710

wissend. Anita zuckte die Achseln. Ihr Blick war jetzt auf das kleine Fenster gerichtet.

„Komm, Anita, wir hängen die Wäsche ab." Ein gelber Lichtstrahl wanderte über das schmutzige Fenster und erhellte den Raum für einen Augenblick. Anita blinzelte mehrmals, sprang vom Hocker, um Dunja brav nach draußen zu folgen.

„Bald ist Frühling", sagte Dunja mit verträumter Stimme und ging hinaus, Anita hüpfte ihr hinterher.

„Los, ausziehen. Nehmt diesen Schaber hier!

Konstantin, stell dich vor die Tür. Wenn was ist, pfeif, so laut du kannst, vor allem dann, wenn eine dicke Frau auftauchen sollte oder ein dicker Mann. Wenn einer der beiden davon Wind bekommt, weiß es später jeder. Im schlimmsten Fall werden sie uns zur Abschreckung hängen."

Konstantin bekam eine Zornesfalte auf seiner geröteten Stirn, weil er schon wieder ausgeschlossen wurde. Mit gesenktem Kopf stampfte er durch die Tür.

Alexander achtete nicht auf die Allüren des Jungen. Stattdessen warf er Gregor und Michael je einen schmalen und auf einer Seite zugespitzten Streifen Holz zu. Die auf Hochglanz polierten hölzernen Werkzeuge sahen beinahe so aus wie ein Messer, nur ohne Griff.

Schnellen Schrittes lief Alexander zum Bett und zog die Tagesdecke ab, um sie mit einer einzigen Bewegung auf dem Dielenboden auszubreiten. Wie ein aufgeblähtes Segel bauschte sich der Stoff aus, um dann flacher zu werden. Alexander lief zu einer umgeschlagenen Seite, zog an dem Stoff, damit die geblümte Decke keine Falten aufwarf. Er kniete neben Michael nieder, nahm ihm den Mantel ab, breitet ihn flach auf der Unterlage aus und schabte mit ruckartigen Bewegungen, das flache Stück Holz schräg haltend, über das verschlissene Kleidungstück.

711

„Ihr müsst an den Stoffasern entlang ziehen, so." Alexander gab Michael den Schaber zurück, richtete sich auf und machte einen Schritt auf Gregor zu. Auch ihm zeigte er mit den gleichen schnellen Bewegungen, was er meinte. Michael nickte und tat es ihm nach. „Genauso", lobte ihn Alexander, erst dann pellte auch er sich aus seinen Klamotten heraus.

Michael und Gregor schwitzten, die scheinbar einfache Arbeit war ermüdend.

Die Ausbeute fiel nicht wirklich groß aus. Aber immerhin. Es war nur ein kleiner Haufen, der eher nach Asche als nach Mehl aussah, aber es war immer noch viel besser als gar nichts, dachte Michael, als er sein Hemd wieder zuknöpfte.

„Ab morgen kommt ihr jeden Tag zur Mühle. Wir brauchen Männer, um die Säcke aufzuladen. Ich habe mit Achim gesprochen. Er sagte, es wäre gut, wenn er jemanden bekommt. Nur eine Sache müsst ihr euch hinter die Ohren schreiben, er heißt nicht mehr Achim Scherenkind." Alexander wischte sich mit dem Handrücken über die nasse Stirn. Michael sah, wie sein Kehlkopf hüpfte. „Seit dem Kriegsbeginn nicht mehr, habt ihr mich verstanden?" Sein Blick wurde ernst. Dies war ihm wirklich wichtig.

„Wie dann?" Gregor blinzelte und rieb sich über die Augen.

„Andrej Semjonowitsch Koslov."

„Also Genosse Koslov?" Michael sah seinem Bruder ins Gesicht.

„Ja, genau", stimmte Alexander ihm knapp angebunden zu, als er das leise Tappen von Schritten vernahm. Das zusammengekratzte Mehl hatte er, bevor er sich angezogen hatte, in einem Topf verstaut.

„Oder Onkel Andrej", platzte Konstantin mit der Tür ins Haus.

Alexander atmete erleichtert aus. „Oder so!" Alle lächelten zufrieden.

„Du hättest pfeifen müssen!", entfuhr es Gregor. Er ballte die rechte Hand zu einer Faust und drohte Konstantin damit.

„Erstens, es war niemand von den Dicken da. Zweitens, ich kann überhaupt nicht pfeifen."

Alexander schüttelte ungläubig den Kopf. Dann wandte er sich an seinen Bruder. „Gregor, holst du Dunja ins Haus? Sie kann mit dem Kochen anfangen. Wir gehen dann noch schnell zu Stepan, um euren Tagesablauf zu klären."

Diesmal bestand Gregor nicht darauf, mitkommen zu dürfen. Er erklärte sich sogar bereit, den beiden Frauen beim Kochen zu helfen.

50

So satt und zufrieden war Michael seit einer Ewigkeit nicht mehr gewesen. Auch wenn die Mehlsuppe mehr nach Schmierfett und alten Socken schmeckte und das Fleisch zäh wie Leder war, so war sein Bauch endlich voll.

Sie waren auch bei Stepan, er hatte sie nicht sonderlich freundlich empfangen.

Sie standen vor dem Haus, das früher Onkel Emil gehört hatte. Michael erinnerte sich mit Wehmut an die Tage, als der mürrische Mann noch gelebt hatte. Auch wenn er streng und aufbrausend war, so kümmerte er sich um die drei, als wären sie seine Söhne.

„Ich hatte gesagt morgen, nicht heute", brummte Stepan. Sein Blick wurde finster.

„Ja, aber ...", begann Michael.

Doch der große Mann war auf einen Streit aus. „Versucht mich hier etwa jeder zu narren? Ludmilla!", brüllte er so laut, dass seine Halsschlagadern wie dicke Würmer anschwollen. Der kahle Kopf wurde dunkelrot.

„Was schreist du hier rum wie ein Gestörter?" Ludmillas Schürze war nass, ihr Haar klebte feucht an der faltigen Stirn. „Ich bin am Waschen!"

„Das ist mir scheißegal. Sag einfach diesen drei Idioten, dass sie hier nicht mehr willkommen sind."

„Was?" Sie runzelte die Stirn. „Kaum ist mein Bruder unter die Erde gekommen, spielst du hier den Herrn des Hauses?" Sie schlug ihm mit einem nassen Tuch auf den kahlen Kopf, sodass es schnalzte.

„Lasst mich einfach mein Zeug tun. Ach ja. Emils letzter Wunsch waren diese verdammten Bienen. Zeig dem Jungen, der Michael heißt, wo diese Bienenkästen, oder wie auch immer diese Holzdinger heißen, stehen." Sie drehte sich auf der nackten Ferse herum und lief zurück ins Haus.

Stepan fuhr sich über den Kopf, der nass glänzte. Ein roter Striemen verlief quer über den kahlen Schädel.

„Kommt mit." Er rieb sich mit der flachen Hand über die Schläfe. „Die stehen irgendwo im Geräteschuppen. Du kannst die Bullen einspannen. Morgen müssen du und deine Brüder sowieso in den Wald, also kannst du die Bienenstöcke noch heute mitnehmen. Du heißt doch Michael?"

Michael nickte. Sein Herz hüpfte vor Freude.

„Genosse Klinov", wandte sich Alexander an den großen Mann. Dieser war es nicht gewohnt, so förmlich angesprochen zu werden. Seine so harten Gesichtszüge wurden weicher, als er doch stehen blieb und sich zu Alexander drehte. „Unser Streit, damals, Sie wissen schon. Es tut mir leid, dass ich Sie damals übers Ohr gehauen habe. Ich dachte aber wirklich, dass ich mit dem Leben abrechnen müsste. Ich gegen Sie, das war kein guter Plan."

Stepan gab ein gedämpftes Grunzen von sich.

„Wie sieht es mit der Bewirtschaftung der Felder aus?", fragte Alexander weiter und lief neben dem Mann her, als Stepan es nicht mehr für nötig hielt, die Zeit mit Herumstehen zu vergeuden.

„Langfristige Maßnahmen, die zu einer deutlichen Ertragserhöhung beitragen sollten, sind schon geplant. Uns wurden Maschinen und andere Hilfsmittel zugesagt. Alles sei soweit fertig, nur muss es noch umgesetzt werden."

Alexander nickte mit ernster Miene.

Michael hörte nur mit halbem Ohr zu. Er beeilte sich, zu dem Geräteschuppen zu kommen. Drinnen war es düster und von Spinnweben verhangen. Die Luft hier drin war trocken und roch nach Mäusekot. Feine Staubflocken schwirrten wie Insekten herum, oder waren es Bienen? Michael verengte seine Augen zu zwei Schlitzen. Fast blind tastete er den Raum schweigend ab. Er musste vorsichtig sein. Überall ragten scharfe Gegenstände heraus, an denen er sich ernsthaft verletzen konnte. Endlich fand er die Bienenstöcke. Zwei waren umgeworfen. Die anderen schienen unversehrt. Aber nur in einem tobte das Leben. Michael presste sein Ohr gegen den warmen und von einer dicken Staubschicht überzogenen Holzdeckel. Der Bienenstock summte.

„Die Soldaten haben hier gewütet. Diesen Winter wurde jedes Haus durchsucht", meldete sich Stepan. Er spähte in den dunklen Raum hinein und suchte nach Michael. Seine Worte klangen nicht ganz aufrichtig. Das störte Michael aber in keinster Weise.

„Wie viele Völker haben den Winter überlebt?", tat Stepan interessiert.

„Drei", log Michael. Er würde die anderen zwei Kästen für neue Völker brauchen. Er ließ mit keiner Silbe verlauten, dass es nur ein Volk war.

„Dann mache ich aus den anderen Brennholz." Stepan klang wieder gelangweilt.

„Sie sind ja jetzt der Herr im Haus", pflichtete Michael dem großen Mann bei und klopfte den Staub von seinen Klamotten. Seine Augen hatten sich langsam an die Dunkelheit gewöhnt, so konnte er jetzt nicht nur unscharfe Umrisse erkennen.

Schnell wurden die beiden Bullen eingespannt, die Bienenstöcke aufgeladen und zu Alexanders Haus abtransportiert. Michael hatte die ganze Zeit befürchtet, der nicht ganz helle Mann könnte es sich anders überlegen, also sah er zu, dass er so schnell, wie es nur ging, fertig wurde.

„Was ist mit dem Gaul passiert?", wollte Michael noch kurz vor der Abreise wissen.

Stepan klopfte sich mit beiden Händen auf den Bauch. „Das ist ihm passiert. Jetzt seht zu, dass ihr hier wegkommt." Er wedelte mit einer Hand vor seinem Gesicht. Eine der Bienen flog um seinen Kopf herum. Stepan drehte sich um und lief zurück zum Haus.

Konstantin blieb die ganze Zeit wie ein Schatten an Alexanders Seite. Michael hatte seine Anwesenheit überhaupt nicht wahrgenommen, erst als sein Freund in den Wagen sprang.

Mit einem schiefen Grinsen nahm Michael die Zügel in beide Hände und ließ sie schnalzen. Die Bullen zogen an dem Karren. Der Weg zurück war wirklich kurz gewesen.

Sie wurden von Dunja sehnlichst erwartet.

„Die Suppe wird kalt wegen deiner blöden Viecher, sie essen uns alles weg", schimpfte Gregor, als sie zusammen die Bienenstöcke abgeladen hatten.

Aber Gregor hatte sich getäuscht. Auf sie wurde gewartet. Keiner rührte seinen Löffel an, bis sie sich an den Tisch gesetzt hatten.

Danach entschieden sie sich, gleich hier zu übernachten. Das hatte Dunja vorgeschlagen. Die Tiere waren im leeren Kuhstall sicher, sagte sie mit verträumter Stimme, dabei strich sie sich sanft über den kugelrunden Bauch. Ihr Kopf lehnte an Alexanders Schulter.

Jetzt lag Michael da und konnte vor Vorfreude nicht mehr einschlafen. Er würde seinen eigenen Honig haben, und dann ein ganzes Glas Maria schenken. Ach, Maria, dachte er traurig. Ohne es bemerkt zu haben, fiel er in einen tiefen Schlaf. Er

717

träumte davon, wie er das Mädchen seiner Träume heiratete und mit ihr vier Kinder bekam.

51

9. Mai 1945

Michael stand am Waldrand und begutachtete die Bienenstöcke. Er hielt einen der Rahmen in das grelle Licht der Sonne. Er stand im Schatten der wogenden Zweige der Birken. Die Waben wuchsen und schlossen den Rahmen fast komplett. Auch der zweite Bienenstock summte. Es war früh am Morgen. Er nahm den Raucher. Mit gleichmäßigen Handbewegungen pumpte er den Rauch über die aufgebrachten Bienen, die um den schmalen Rahmen herumschwirrten. Mit äußerster Sorgfalt schob er ihn wieder zurück auf seinen Platz.

Er musste sich langsam beeilen, denn Stepan würde ihm nicht verzeihen, wenn er sich erneut verspäten sollte. Die Holzfällarbeiten waren kräftezehrend, aber auch gefährlich, trotzdem machte Michael diese Arbeit Spaß. Er war wieder ein Mensch, der eine Aufgabe zu erfüllen und einen Platz in der Gesellschaft bekommen hatte.

„Mischa, Mischa!", schrie jemand von Weitem. Er musste sich verhört haben, dachte er. Doch dann wurden die Schreie lauter und deutlicher. Er erkannte diese Stimme. Er würde sie unter tausend anderen erkennen. Tränen schwammen in seinen Augen. Ein Mädchen, dessen goldenes Haar im lauen Wind wogte, lief mit weit ausgebreiteten Armen auf ihn zu. Er hielt immer noch den verdammten Raucher in der Hand. Der Rauch benebelte seine Sicht und kratzte in seinem Hals. Er warf ihn zu Boden. Mit klopfendem Herzen lief er auf das Mädchen zu.

Maria?

Maria!

Was macht sie hier, was ist passiert? Die Gedanken wurden zu einem einzigen Durcheinander, sodass er nichts begriff. Er rannte einfach auf sie zu. So lange, bis sie in seine Arme fiel.

Ihre Augen waren nass und leuchteten. Etwas war an ihr anders. Sie starrten sich einen Wimpernschlag lang an. Dann, er wusste nicht, wie es geschah, presste Maria ihren Mund auf den seinen. Der erste Kuss. Er war unbeholfen. Michael bekam keine Luft, er hob Maria vom Boden und drückte seinen Mund auf den ihren, noch einmal, so lange, bis sie sich lachend von ihm wegdrückte. „Du Verrückter, ich wäre fast erstickt." Ihre Stimme bebte vor Glückseligkeit, die er so an ihr noch nicht kannte. Sie beide waren außer Atem. Sie lächelte ihn mit verliebten Augen an.

„Mischa, der Krieg ist aus. Die Deutschen haben kapituliert." Tränen kullerten über ihr Gesicht.

Michael hielt sie immer noch fest. Sie baumelte mit den Füßen in der Luft.

„Hast du das gehört? Der Krieg ist aus", flüsterte sie kaum hörbar. „Ich werde zurück zu meinen Brüdern ziehen. Wir können uns jeden Tag sehen."

Michael hörte sie klar und deutlich, doch wollte er, nein, konnte er es einfach nicht begreifen. Das Leiden hatte nun ein Ende.

„Frieden", ließ er sich das Wort auf der Zunge zergehen. Eine flüssige Wärme, wie heißes Wachs, strömte durch seinen Körper.

„Ich liebe dich", stammelte er.

„Ich liebe dich auch, Mischa. Für immer und ..."

„Ewiglich", beendete Michael mit belegter Stimme den Satz.

52

Zur selben Zeit vor Dunjas Haus

Alexander schritt rauchend durch den Hof. Seine Kreise wurden immer kleiner, der Blick stets zur Tür gerichtet. Aus dem Haus drangen Schreie, lautes Keuchen und Fluchen.

„Das war meine letzte Papirossa", lachte Achim und sah Alexander mit einem schiefen Grinsen an. Er drückte seine Brille zurecht und machte einen tiefen Zug. Achim war die Ruhe selbst, er stand mit dem Rücken an einen Baum gelehnt, der voller Blüten war. Er rauchte aber nicht.

„Du hast leicht reden", grummelte Alexander und führte mit zittriger Hand die Papirossa an seine Lippen.

„Wusstest du eigentlich, dass der Krieg bald vorbei ist? Man munkelt, dass die Deutschen zerschlagen wurden. Die Alliierten schmieden einen Plan. Der nennt sich Operation Morgenthau oder so ähnlich. Die deutsche Rasse soll ausgelöscht werden. Zumindest wollen die amerikanischen Verbündeten das so einst mächtige Land in einen Agrarstaat umwandeln. Das hat mir ein Mann erzählt, der die deutschen Gefangenen bis nach Kamtschatka begleitet hat."

Alexander hörte Achim nicht zu. Sein ganzes Augenmerk galt der verschlossenen Tür. Die Schreie im Haus endeten abrupt. Auch Achim hielt mit seiner Erzählung inne.

Die Tür flog auf. Eine dicke Frau torkelte heraus. Ihr Haar klebte nass auf ihrer Stirn. Ihre Wangen waren rot.

„Es ist ein Junge", keuchte sie und verschwand wieder im Haus.

„Was hat sie gesagt? Was? Ein Junge? Achim, sag schon, was hat die alte Frau gesagt?", stammelte Alexander vor Freude. Seine Augen wurden groß. Achim nickte nur. Alexander lief auf ihn zu, packte seinen Freund und hob ihn hoch.

„Lass mich los, du Verrückter", lachte Achim und hielt seine Brille fest. Doch Alexander dachte nicht daran, er lief durch den Hof und schrie vor Glückseligkeit. Achim lachte Tränen. „Du brichst dir das Kreuz, du Blödmann", schrie Achim weiter, auch er lachte. Alexander kreischte vor Freude.

Endlich stellte er seinen Freund zurück auf den Boden.

„Roman."

„Was?" Achim wischte sich die Augen mit einem Leinentuch trocken.

„Mein Sohn wird Roman heißen - zu Ehren meines Vaters."

„Ein schöner Name", sagte Achim mit gefasster Stimme. „Wirklich ein schöner Name, und jetzt lass dir gratulieren, du frischgebackener Vater." Er breitete die Arme aus. Die Umarmung fiel heftig und freundlich aus.

„Der Krieg ist vorbei", rief eine Stimme. Die Männer ließen voneinander ab. Vor ihnen stand ein alter Mann. Er war betrunken.

„Was sagst du da?", fragte Alexander, seine Stimme klang vom vielen Schreien heiser. Es war sein Nachbar, Tante Galinas Mann.

„Der Krieg ist vorbei", wedelte er mit den Armen und fiel fast hin. Achim erwischte ihn am Oberarm. „Ihr habt verloren", lallte der Mann und streckte Alexander die Zunge heraus. Dann blähte er die Backen auf und prustete mit den Lippen.

Plötzlich, von überall her, drang lautes Geschrei. Eine Ziehharmonika erfüllte das Dorf mit schiefen Klängen, die in Alexanders Ohren nicht schöner hätten klingen können.

„Ihr habt verloren", lachte der kleine Mann, riss sich los und torkelte davon. „Verloren", schrie er und hob die Faust in die Luft.

„Verloren, endlich wurde einer der Schlangen der Kopf abgeschlagen", murmelte Achim und legte Alexander den Arm auf die Schulter.

Epilog

Viele Jahrzehnte später

Russland 1992

Moskau „Flughafen Scheremetjewo"

„Opa, warst du schon einmal in Deutschland?" Das kleine Mädchen, sie war fünf, zwirbelte das blondes Haar um ihre Finger.

„Nein, und du, kleine Maus?" Michael tippte mit dem knorrigen Finger seiner Enkeltochter auf die Nase. Sie beide saßen auf einer Bank am Flughafen. Menschen liefen an ihnen vorbei. Manche freuten sich, die anderen waren den Tränen nahe. Aber Michael hörte seiner Enkelin aufmerksam zu, ließ sich von dem Tumult nicht ablenken. „Warst du schon einmal in Deutschland?" Krähenfüße umsäumten seine Augen.

Anja kicherte. „Nein, Opa, warum wollen wir dorthin fliegen?"

„Wir kehren zurück zu unseren Wurzeln."

„Wurzeln?" Sie runzelte die Stirn.

„Kannst du überhaupt Deutsch?"

„Mein Deutsch hakt ein wenig."

„Du bist lustig, Opa. Hast du keine Angst?"

„Ein bisschen, und du, Anja?"

Sie zuckte die Schultern und baumelte mit den Füßen.

„Bist du ein Deutscher, Opa?"

Michael nickte.

„Aber wie kannst du ein Deutscher sein, wenn du kein Deutsch sprichst?"

„Ich kann ein bisschen Deutsch. Nach dem Krieg war es uns verboten, Deutsch zu sprechen." Michael wurde traurig. Er sah auf seine Hände, die von vielen Jahren harter Arbeit steif und knorrig geworden waren. Seine vom Wetter gegerbte Haut war runzlig, dünn wie Pergament und mit dunklen Altersflecken übersät. Die Lebensjahre hatten ihm tiefe Falten eingekerbt. Nicht so bei seiner Enkelin, sie hatte noch alles vor sich. Hoffentlich wird ihr Leben ein anderes sein, dachte er mit einem zaghaften Lächeln. Anja saß neben ihm und spielte jetzt mit ihrer Puppe.

„Da kommt Oma", schrie sie plötzlich auf.

Michael hob den Blick und sah Maria, sie kam lächelnd auf sie zu. Nach dem Krieg hatten sie geheiratet und waren zuerst in eine kleine Erdhütte gezogen, die Michael zusammen mit seinen Brüdern gebaut hatte. Maria hatte ihm drei Söhne und zwei Töchter geschenkt. Vier ihrer Kinder lebten schon seit zwei Jahren in Deutschland. Sein ältester Bruder Alexander starb vor zehn Jahren an Krebs. Gregor lebte in Kasachstan. Er würde auch bald nachkommen, hatte er Michael versprochen, auch er hatte fünf Kinder.

Konstantin hatte Anita geheiratet. Sie waren schon in den Siebzigern nach Deutschland ausgewandert. Ob ich sie irgendwann sehen werde?, dachte Michael.

„Oma, hast du was für mich gekauft?", plapperte der kleine Engel und riss Michael aus seinen Gedanken. „Opa hat gesagt, er hat Angst", verpetzte sie ihn wie so oft. Sie war ein offenes Geheimnis, neckte Michael seine Enkeltochter des Öfteren mit dieser Bemerkung. Die knöpfe sind doch zu, Opa, empörte sie sich dann stets und suchte nach einem Loch in ihren Kleidern.

Maria lächelte nur. „Wir alle haben doch ein wenig Angst, nicht wahr? Wir wissen doch nicht, wie wir dort den Anschluss an die Gesellschaft finden. Aber auch das wird uns irgendwie gelingen."

„Oma, bist du Deutsche?", ließ Anja nicht locker.

„Das bin ich." Maria hob die Kleine auf den Arm. „Kommt jetzt, deine Mama und Papa warten bestimmt schon. Sonst bekommen wir alle noch Ärger, wenn das Flugzeug ohne uns wegfliegt."

Anja kicherte und kletterte Michael auf den Hals. „Hüa, Pferdchen, hüa", spornte sie ihren Opa an.

Michael hielt das kleine freche Kind mit einer Hand an ihrem schmalen Rücken fest, mit der anderen ergriff er die Hand von Maria. Ihre Finger waren kalt, und sie zitterten etwas. Sie umschloss seine Hand, dann sah sie ihn an. Mit den Lippen berührte sie ihn an der Wange. „Lass uns gehen Mischa, du brauchst keine Angst haben", flüsterte sie. „Wir bleiben für immer zusammen, für immer und ..."

„Ewiglich", beendete Michael den Satz.

Ende

Dieses Buch ist reine Fiktion. Die Personen und Orte sind nicht real, jedoch realitätsnah.

Jede Übereinstimmung ist purer Zufall und nicht beabsichtigt.

.

Printed in Germany
by Amazon Distribution
GmbH, Leipzig

21339277R00430